Nordstern

Karsten Blaas

Nordstern

14 Tage und 40 Jahre im Leben des Martin Hansen

Roman

ihleo verlag

Bibliografische Information der Deutschen Nationalbibliothek

Die Deutsche Nationalbibliothek verzeichnet diese Publikation in der Deutschen Nationalbibliografie; detaillierte bibliografische Daten sind im Internet über http://dnb.d-nb.de abrufbar.

Impressum

Zweite Auflage

Gesamtherstellung
ihleo verlag – Dr. Oliver Ihle
Schlossgang 10, 25813 Husum
info@ihleo.de, www.ihleo-verlag.de

ISBN 978-3-96666-038-9

Für Meyke und Hauke

Inhalt

Erster Teil.
Früher.

Inhalt Teil 1

18. September

Meisterwerk

„Wat is'n dat für'n Krach da unten!" Die Oma im dritten Stock hatte ihr Fenster aufgerissen, und jetzt brüllte sie runter. Und sie hatte recht: Ich war ziemlich laut. „Um diese Uhrzeit!"

Es war schon reichlich spät, ungefähr halb zwölf an diesem Donnerstagabend. Ich stand vor dem Bierautomaten beim A&O-Markt in der Von-der-Horst-Straße, Ecke Olshausenstraße. Die Seitenfront des Ladens bestand aus Automaten für Schokolade und Kekse und Kaugummi und Brause, sogar für Damenstrümpfe und Schnittblumen, und ganz rechts gab es verschiedene Sorten Bier. Ich wollte mir eine Flasche Holsten Edel ziehen. Oder vielleicht zwei. Edel ist gefährlich, wie man so sagt, *abends Edel, morgens Schädel.* Aber es war aus irgendeinem Grund das Lieblingsbier in unserer Clique.

Das Problem war, dass das Geld, eine Mark zwanzig, stecken geblieben war.

In so einem Fall muss man kräftig gegen den Automaten schlagen, ungefähr fünf Zentimeter unter dem Münzeinwurf. Das sagte zumindest Stefan Greve. Erst mit der flachen Hand, und wenn das nichts bringt, mit der Faust, und wenn das nichts bringt, mit Fußtritten. Die flache Hand und die Faust hatte ich probiert, erfolglos, und jetzt gab ich Kung-Fu-Tritte gegen den Automaten ab. Bei jedem Tritt schepperte es, und das Scheppern brach sich an den Häuserwänden und hallte durch die Straßen.

Das mit dem Treten war gar nicht so einfach, denn der Schlitz lag in ein Meter sechzig Höhe, und ich trug Stiefeletten.

„Du solltest dich was schämen, solltest du dich!“, rief die Oma.

„Immer mit der Ruhe“, sagte ich, in Zimmerlautstärke, denn man brauchte nicht zu brüllen. Auf der Straße war es still, außer mir war kein Mensch mehr unterwegs. In der Ferne war manchmal ein Auto oder das Quietschen der Straßenbahn zu hören.

„Bist du das, Martin Hansen?“

Ach du Scheiße.

„Ich kenn' dich! Ich kenn' deine Eltern!“

„Ich bin volljährig!“, sagte ich, und dann nahm ich wieder Anlauf und trat gegen den Automaten. Wieder schepperte es.

Ich war sogar schon zwanzig, seit gut zwei Wochen, aber ich wohnte noch zu Hause, in der Bremerstraße, gleich um die Ecke. Ein Lehrling kann sich nun mal keine eigene Wohnung leisten. Oder zumindest keine, wo man gerne wohnen würde. Ich war auf Wohnungssuche gegangen, nachdem ich mit der Lehre angefangen hatte, aber in Kiel gab es nichts für einen Auszubildenden mit 400 Mark Lohn im Monat. In der Schauenburger Straße hätte ich eine Kammer mit Dachschräge bekommen können, mit Gemeinschaftsdusche und Klo eine Treppe tiefer. Und in der Ahlmannstraße gab es eine Einzimmerwohnung mit Kohleofen.

„Da ziehst du mir nicht ein!“, hatte meine Mutter gesagt. Und mein Vater sagte, Kiel ist eine Trümmerwüste, und das wird auch noch ewig so bleiben. Der Krieg war zwar schon mehr als dreißig Jahre vorbei, aber in den meisten Straßen klafften immer noch Lücken in den Häuserreihen wie fehlende Zähne in einem Gebiss.

Auf die Wohnung in der Bremerstraße hatten meine Eltern lange warten müssen. Sie hatten vorher in Elmschenhagen gelebt, am östlichen Stadtrand, in zwei Zimmern links und rechts vom Hausflur, mit Plumpsklo auf dem Hof. Erst als ich unterwegs war, bekamen sie einen Wohnschein für die Bremerstraße, drei Zimmer, dazu Bad und Toilette, und hier war „genug Platz für uns alle“, wie meine Mutter sagte. Also blieb ich da, und das hatte seine Vorteile: warmes Essen, eine Waschmaschine im Keller und ein Bierautomat gleich um die Ecke.

„Besoffen bist du!“, keifte die Oma im dritten Stock.

Das war übertrieben. Ich hatte bei Jens Riester in der Franckestraße nur ein paar Bier getrunken. Jens Riester kannte ich aus der Grundschule. Er war mit fünfzehn von der Hauptschule abgegangen und hatte Dachdecker gelernt, und jetzt verdiente er als Geselle ordentliches Geld, das er hauptsächlich in Hardrock-Platten steckte oder „Meddel“, wie er sagte. Ich traf ihn gelegentlich in der Straßenbahn.

In unseren Gesprächen ging es immer um Musik. Ich fand Hardrock ganz okay, ich hatte ein paar Platten von Deep Purple und das Album von Uriah Heep, das jeder hatte – das mit dem Schlangenkopf drauf. Außerdem hatte ich vor einiger Zeit angefangen, Gitarre zu lernen, mit einer abgegriffenen Klampfe vom Flohmarkt für dreißig Mark und einem kleinen Lernbuch, das es gratis dazugab. Das verlieh mir aus Sicht von Jens Riester wohl die Aura eines Fachmanns. Deswegen akzeptierte er mich als halbwegs Gleichgesinnten, auch wenn wir regelmäßig unterschiedlicher Meinung waren.

Einmal fragte er mich, welche Platte ich zuletzt gekauft hatte.

„Eine von den Undertones“, sagte ich.

„Das ist doch Schwuchtel-Pop!“, rief er. „Der Sänger von denen ist doch nur am Quietschen!“

„Und was hörst du zurzeit so?“, fragte ich.

„Judas Priest!“

„Der Sänger von denen ist ja nun der Ober-Quietscher!“, sagte ich.

„Hmpf“, machte Jens Riester. Seine Meddel-Ehre war gekränkt, und die restliche Straßenbahnfahrt verbrachten wir schweigend.

Aber das war vor ein paar Monaten gewesen, und als ich ihn am Nachmittag traf, war er wieder gut drauf.

„Komm doch heute Abend mal vorbei!", sagte er. „Die neue Scheibe von AC/DC ist draußen! Ein Meisterwerk!"

Und so hatten wir den Abend in seinem Zimmer verbracht, mit der neuen AC/DC-Platte auf seiner neuen Stereoanlage, mit einer Schale Schokolinsen auf dem Tisch und mit einem Zwölferpack Paderborner Pilsener – kleine, gedrungene Flaschen ohne Hals, mit einer Lasche, damit man den Kronkorken abziehen konnte.

„Das sind echte Handgranaten!", sagte Jens Riester.

Es war ihm offenbar so wichtig, seine Begeisterung für die Platte zu teilen, dass er Bier und Süßigkeiten besorgt hatte.

Auch Jens Riester wohnte noch bei seinen Eltern, in einer Altbauwohnung im vierten Stock, und er wäre wohl nie auf die Idee gekommen auszuziehen. Er hatte andere Dinge im Kopf. Die Wände seines Zimmers waren mit Postern aus der „Bravo" und der „Popcorn" gepflastert. Das Blümchenmuster der Tapete war kaum noch zu sehen. Dutzende Hardrock-Bands, jeweils vier oder fünf junge Männer mit langen Haaren und Lederjacken und grimmigen Gesichtern, schauten auf uns herab.

Jens Riesters Zimmer hatte einen empfindlichen Parkettboden. Jeder Schritt und jedes Stuhlrücken und jede schnelle Bewegung konnten die Nadel auf dem Plattenteller springen lassen. Also saßen wir möglichst regungslos auf unseren Sesseln und tranken Bier und aßen Schokolinsen und hörten die Platte.

Jens Riesters Mutter stand alle halbe Stunde in der Tür.

„Das hat ja nun mit Musik aber so rein gar nichts zu tun!", rief sie. „Das ist ja nichts weiter als Lärm und Gebrüll!"

„Das begreifst du eben nicht!", sagte Jens Riester.

Er hatte einen Flachmann mit Oldesloer Korn in der Ritze seines Sessels verborgen. Daran nippte er gelegentlich, und dann stopfte er die Flasche wieder in den Sessel zurück. Ich bekam nichts davon ab.

Je mehr Bier und Korn Jens Riester im Kopf hatte, desto mehr redete er.

„‚Back in Black', das musst du dir mal reinsaugen! Vor ein paar Monaten kackt der Sänger ab, totgesoffen, und jetzt die neue Scheibe, ‚Back in Black'! Das ist doch der Wahnsinn!"

Er reckte mir das schwarze Plattencover entgegen.

„Die Hülle ist ganz in Schwarz!", rief er. „Die sind irre, die Typen! Und die spielen demnächst in der Ostseehalle, Alter! Da müssen wir hin!"

„Mal sehen", sagte ich.

Wir hatten die Platte schon drei Mal gehört. Jens Riester drehte sie erneut um und legte die Nadel auf. Die Kirchenglocke erklang zum vierten Mal, und als die Gitarre einsetzte, formte Jens Riester seine linke Hand zu einem imaginären Akkord. Er ruderte mit der rechten Hand heftig in der Luft rum und presste zwischen den Zähnen Laute hervor.

„Dä-Dädädää-dädädää-dädädää! Hell's Bells! Höllenglocken! Alter, zieh dir das mal rein!"

So ging es weiter.

„Shoot to thrill, ready to kill! Ho ho ho, wa?"

Und dann: „Given the dog a bone! Gib dem Hund einen Knochen!"

Er reckte die Faust in die Luft.

„Knochen, Alter!"

Und danach: „Yoooouuu shook me aaaallll niiiight looong!"

Ich saß schweigend dabei, trank Bier und aß Schokolinsen. Ich war zugleich angetrunken und satt, ein angenehmes Gefühl. Aber Jens Riester laberte zunehmend Blödsinn, und das ging mir langsam auf die Nerven.

Und dann stand seine Mutter wieder in der Tür.

„Wie lange soll das denn noch gehen mit dem Krach?", rief sie. „Du bist ja vollkommen besoffen!"

Dann wandte sie sich an mich.

„Morgen früh soll der Kerl wieder aufs Dach klettern, mit dem ganzen Sprit im Schädel! Sag' du da mal was zu, Martin!"

„Martin kann da gar nix zu sagen", sagte Jens Riester und sein Kopf wankte hin und her. „Der ist nämlich 'ne Büroschwuchtel!"

Ich machte eine Ausbildung zum Reiseverkehrskaufmann beim BVN, Busverkehr Nord, und das nahm Jens Riester als stolzer Handwerker nicht ernst.

„Sie haben natürlich vollkommen recht, Frau Riester", sagte ich. Ich stand aus meinem Sessel auf, und der Boden knarrte. „Morgen ist ja ein Werktag. Da müssen wir alle unseren Mann stehen. Danke für den netten Abend!"

Ich ging zur Tür und hörte noch, wie Frau Riesters Schimpfen lauter wurde, bis sie die Musik von AC/DC übertönte, und dann war ich im Treppenhaus. Zwischen dem dritten und dem zweiten Stock war das Klo auf halber Treppe offen. Das war praktisch, denn ich hatte inzwischen Druck auf der Blase, und da lag sogar diese neue, blaue Seife, die nach Meeresbrise riechen sollte.

Und so fühlte ich mich frisch und erleichtert, als ich unten auf der Straße stand, und ich hatte Lust auf mehr Bier. Die Nacht war angenehm warm, und außerdem hatte ich tatsächlich am nächsten Tag frei.

Die nächste Kneipe wäre das „Oblomow" gewesen, oben in der Olshausenstraße, Ecke Hansastraße.

Aber da waren vor ein paar Wochen die Bhagwan-Jünger eingezogen und hatten ein vegetarisches Restaurant namens „Zorba the Buddha" eröffnet. Da traute ich mich nicht rein. Es wäre wohl auch sinnlos gewesen, bei den Menschen in den bunten Strampelanzügen am Tresen zu sitzen und Fassbier zu bestellen oder nach Flaschenbier zu fragen. Deren Guru war wahrscheinlich Antialkoholiker. Zum „Nordstern", Ecke Wrangelstraße und Gerhardstraße, war es ein

Zehn-Minuten-Fußweg, und darauf hatte ich keine Lust, und deswegen stand ich jetzt in der Von-der-Horst-Straße und trat auf den Bierautomaten ein.

„Ich ruf' gleich die Polizei!"

Die Stimme der Oma aus dem dritten Stock war inzwischen zu einem heiseren Bellen angeschwollen. Ringsherum gingen die Lichter an, und Leute standen hinter den Gardinen und guckten runter.

Ich nahm wieder Anlauf und rammte meinen Fuß gegen das Metall, und wieder schepperte es.

Hinter mir wurde mit lautem Knall ein Fenster aufgerissen.

„Früher wäre so was gleich durch den Schornstein gegangen!", rief ein Mann mit einer knarrenden Kasernenhofstimme.

„Wir haben 1980 und nicht mehr 1933!", sagte ich laut.

„Ja, leider!", rief die Kasernenhofstimme, und das Fenster wurde wieder zugeknallt.

In diesem Moment, nachdem ich ungefähr zehn Mal gegen den Automaten getreten hatte, rasselte mein Geld ins Rückgabefach, ein Markstück und zwei Groschen.

„Das ist Diebstahl!", brüllte die Oma. Sie hatte wohl das Klimpern der Münzen gehört.

„Moment!", sagte ich. „Ich bin gleich fertig!"

Ich nahm das Geld und warf es wieder ein, und diesmal blieb es nicht stecken. Ich hörte, wie es in die Tiefe rasselte, und dann zog ich ganz unten rechts das Fach auf. Das Bier erschien, und ich griff nach dem Flaschenhals.

Und dann begann das Flaschenfach plötzlich zu beben, und ich fühlte mich, als hätte ich an einen Elektrozaun an einer Pferdekoppel gefasst, und es leuchtete für einen Moment giftig grün, und ein Geräusch ertönte, irgendwie hydraulisch, und es wurde immer lauter und schriller.

UUUUUUUUIIIIIIIIIIIIIIIIIIIIIISCHSCHSCH!

Barhocker

Und dann saß ich auf dem Hosenboden.

Der Bierautomat war verschwunden und die anderen Automaten auch. Statt der Gehwegplatten war unter mir ein Holzfußboden. Um mich rum standen Tische und Stühle, und hinter mir, wo eben noch der Bürgersteig gewesen war, stand jetzt ein Zaun mit Blumenkästen. Im dritten Stock war es dunkel, und niemand stand am Fenster. Der Schriftzug „A&O-Supermarkt" an der Hauswand war ebenfalls verschwunden. Dafür hing da jetzt ein blau-gelbes Schild, und darauf stand „Lakritzzz" mit dreimal Z.

„Warst du das?"

Eine junge Frau stand mit verschränkten Armen neben mir und schaute auf mich runter. Sie hatte kurze, blonde Haare und trug ein weißes Hemd und einen schwarzen Rock.

„Was war ich?", fragte ich.

„Na, der Krach hier draußen! Wir bedienen nach zehn Uhr nicht mehr auf der Terrasse! Wenn du was haben willst, musst du reinkommen! Aber nur, wenn du nicht komplett zugedröhnt bist und wenn du keine Randale machst!"

„Wo bin ich denn hier?", fragte ich.

„Das ist hier das ‚Lakritzzz'", sagte sie.

„Aber hier war doch eben noch was ganz anderes …", sagte ich.

„Das ‚Lakritzzz' ist hier seit zwei Jahren. Davor war hier das ‚Plumpaquatsch' und davor das ‚Santa Salami'. Glaub' ich jedenfalls. Du warst wohl länger nicht mehr in Kiel!"

„Ich wollte doch nur ein Bier …", sagte ich.

„Wir haben Hasentaler, nulldrei und nullfünf, Grevenbroicher, nulldrei und nullfünf, und Schöckwitzer, das ist ein Schwarzbier, das wird zurzeit sehr gerne genommen. Aber dafür musst du reinkommen!"

Ich stand auf und folgte ihr durch die Tür an der Ecke zur Olshausenstraße. Der Eingang war da, wo er sein sollte, aber anstelle der Milchglastür des Ladens war da jetzt eine schwere Holztür. Drinnen war der A&O-Markt verschwunden. Es gab keine Regale mehr und keinen Zeitschriftenständer und keinen Ladentisch mit Kasse an der hinteren Wand.

Stattdessen war hier jetzt eine Kneipe oder ein Restaurant oder beides, jedenfalls saßen ein paar Leute an dunklen Holztischen. Der Boden war helles Parkett und sah neu und gepflegt aus, nicht so grau-braun und durchgetreten wie bei Jens Riester, und hinten war ein langer Tresen mit schwarzen Barhockern. Die Leute an den Tischen redeten, und im Hintergrund lief Musik, irgendwas Langsames mit einer Frauenstimme und einem Saxofon und einem elektronischen Schlagzeug.

„Bitteschön, freie Platzwahl!“, sagte die Kellnerin und setzte sich eine schwarze Maske auf, die ihren Mund und ihre Nase bedeckte.

Was soll das denn jetzt, fragte ich mich, das mit der Maske.

„Und deine Maske?“, fragte sie. „Hast du die beim letzten Banküberfall liegen lassen?“

„Äh, ja“, sagte ich.

„Wow“, sagte sie. „Ein kleiner Rebell. Und hast du dich schon entschieden?“

„Wofür?“

„Na, Hasentaler, Grevenbroicher oder Schöckwitzer?“

„Das erste“, sagte ich. „Das mit dem Hasen.“

„Exzellente Wahl!“, sagte sie und ging weg.

Ich setze mich an einen Tisch direkt an der Tür und fühlte mit den Händen über meine Haare und mein Gesicht und meine Beine und dann über den Tisch. Ich war da, es gab mich, ich konnte mich spüren, und auch die Welt um mich rum war da, aber alles war anders, und ich hatte keine Ahnung, wie ich hierhergekommen war.

„Das ist mir jetzt ein bisschen peinlich." Die blonde Kellnerin stand wieder neben mir. „Aber Farid meint, du siehst irgendwie komisch aus, und er hat Angst, dass du einfach dein Bier trinkst und abhaust, wenn du hier an der Tür sitzt. Du hast doch Geld dabei?"

„Ja, klar!", sagte ich.

Ich war heute erst bei der Sparkasse in der Holtenauer Straße gewesen und hatte hundert Mark abgehoben. Meine Mutter sagte immer, ich sollte nicht mit so viel Geld in der Tasche rumlaufen. Aber ich hatte gerne eine Reserve fürs Wochenende. Wenn wir mit Stefan Greve und der Clique in die Disco gingen, dann wurde es immer teuer, und wenn Sabine ins Kino wollte, dann auch. Ohne Scheine in der Tasche stand man doof da, und ab Freitagmittag gab es keine Möglichkeit mehr, an Geld zu kommen.

„Am besten kommst du nach vorne an den Tresen", sagte sie.

Wieder folgte ich ihr. Hinterm Tresen stand ein Mann mit dunklen Haaren, dunklem Schnurrbart und einem schwarzen Hemd. Die oberen Knöpfe standen offen. Um seinen Hals hing eine silberne Kette. Ich setzte mich auf einen der Barhocker, ein paar Meter entfernt vom Silberkettenmann.

„So, Farid", sagte die blonde Frau, „hier kannst du ihn im Blick behalten, falls du das für nötig hältst." Dann ging sie weg.

„Alles frisch, Kollege?", fragte Farid. Er sprach mit einem komischen Akzent, so wie ein Mexikaner in einem John-Wayne-Film, mit spitzem I und rollendem R.

„Ja, klar", sagte ich.

„Und Geld hast du mit? Zeig' mal!"

Ich holte mein Portemonnaie aus der Hosentasche und zupfte die Ecken der Geldscheine raus, ein Fünfziger, zwei Zwanziger und ein Zehner.

„Krass!", rief Farid. „Was ist denn das für Geld?"

„Na ja", sagte ich, „Geld eben!"

„Zeig' mal her, das muss ich gucken!"

Ich gab ihm einen der Zwanziger, einen grünen Schein, vorne mit der Frau mit dem Turban auf dem Kopf und hinten mit der Geige und der Blockflöte, oder was das auch immer für ein Instrument war.

„Wo hast du das denn her?", fragte er.

„Na, von der Sparkasse", sagte ich.

„Die Dinger sind ja uralt!", sagte er. „Dafür kriegst du hier nix."

„Das sind gültige und offizielle Zahlungsmittel!", sagte ich.

„Das gugel ich mal", sagte er.

„Was für eine Kugel?", fragte ich.

Er zog einen kleinen Kasten aus der Hosentasche, etwas größer als eine Musikcassette, und fing an, mit seinem Zeigefinger auf der glänzenden Oberfläche herumzuwischen.

„Was ist denn das für ein Apparat?", fragte ich.

Farid tippte noch ein paar Sekunden auf seiner Cassette rum und schaute mich dann an.

„Krass!", sagte er. „Die sind ja voll was wert, deine Scheine!"

„Sag' ich doch!"

„Pass mal auf", sagte Farid. „Du hast da D-Mark-Scheine, und zwar die ganz alten. Da hat dich der Typ in der Bank aber schön verarscht. Kannst du nicht trauen, diesen Leuten. Offiziell sind deine Scheine 50 Euro wert. Bei Ihbäi kriegst du für den Satz aber 150!"

„Bei wem?", fragte ich.

Er befühlte den Schein in seiner Hand und die anderen, die aus meinem Portemonnaie ragten.

„Die sind ja noch top okay erhalten", sagte Farid, „wie frisch aus dem Automaten!"

„Was denn für ein Automat?", fragte ich.

„Ich geb' dir 100 Euro dafür, okay? 100 für 100, das ist doch fair, oder? Und das Bier geb' ich aus."

Er gab mir den Zwanziger zurück, nahm ein Glas aus dem Regal hinter sich und begann zu zapfen.

Die Kellnerin kam mit einem Tablett mit leeren Gläsern vorbei.

„Egal, was für ein Geschäft er dir anbietet“, sagte sie, „lass dich nicht übers Ohr hauen!“

„Tisch sieben will zahlen!“, sagte Farid.

„Was sind denn das für Geldscheine?“, fragte die Kellnerin.

„Dem Jungen haben sie in der Bank diese Scheine hier angedreht“, sagte Farid. „Die sind über dreißig Jahre alt.“

„Wieso über dreißig Jahre alt?“, fragte ich.

„Dann sind die bestimmt das Doppelte wert!“, sagte die Kellnerin.

„Tisch Nummer sieben!“, sagte Farid, und sie ging zu dem Pärchen rüber, das schon seit ein paar Minuten auf die Rechnung wartete. Der Mann hatte die Arme hinter dem Kopf verschränkt und schaute Richtung Decke.

„Schon wieder kein Trinkgeld“, sagte Farid.

„Wie kommen Sie darauf, dass die Scheine dreißig Jahre alt sind?“, fragte ich.

„Mindestens dreißig Jahre!“, sagte Farid. „Du ziehst dein Ding echt durch, ne? Ich kenn’ solche Typen. In diesem Job lernt man ’ne Menge schräger Leute kennen. Wo hast du eigentlich diese Klamotten her?“

„Komische Frage!“, sagte ich.

Meine Klamotten kamen von Weipert und von Hela und von Hertie und waren ganz normal: ein blau-rotes Karohemd und eine enge Jeans mit einem weißen Streifen an der Seitennaht und mit einem leichten Schlag unten. Und dazu meine braunen Stiefeletten, Kunstleder, aber trotzdem schick, wie ich fand. Und mein hellblauer Blouson, meine „Windjacke“, wie meine Mutter sagte. „Zieh’ die Windjacke an, es wird kalt!“

„Und deine Frisur!“, sagte Farid. „So was hab ich auch schon lange nicht mehr gesehen!“ Er stellte ein großes Glas Bier vor mir auf den Tresen. „Wohl bekomm’s, Kollege!“

„Noch zwei Schöckwitzer, eine Weißweinschorle und ein Gin-Tonic für die Elf!" Die Kellnerin war wieder da.

„Was sagst du zu seinen Haaren?", fragte Farid und zeigte mit dem Daumen in meine Richtung. „Ich meine, so als Frau."

„Tja", sagte die Kellnerin.

Auch an meinen Haaren war nichts Ungewöhnliches, fand ich. Ich trug sie hinten etwas länger, bis in den Nacken, und vorne hatte ich einen Pony, und die Ohren waren halb frei, und alles war kräftig durchgeföhnt, das musste sein, sonst sah man aus wie ein Dackel.

„Kommst du aus Hamburg?", fragte sie. „Ich meine, da sind sie modemäßig ja immer vorneweg. Pass mal auf, Farid, in ein paar Monaten läufst du auch so rum. So 80er-Jahre-mäßig."

Ich hätte einen Kommentar über die Frisur der Kellnerin abgeben können. Sie hatte ihre hellblonden Haare auf der einen Seite bis zur Schläfe wegrasiert, und auf der anderen Seite hing eine Tolle bis übers Ohr, und der Nacken war auch ausrasiert. Es sah so aus, als hätte sie ganz viel Geld ausgegeben, um möglichst billig auszusehen. Aber es wäre unhöflich gewesen, das zu sagen.

„Aus welchem Jahrzehnt stammt denn deine Frisur?", fragte ich.

„Ihr seid schon so zwei Schätzchen", sagte Farid. „Der eine so voll neunzehnachtzig und die andere aber so was von zwanzigzwanzig!"

„Zwanzigzwanzig?", fragte ich.

„Zweitausendzwanzig", sagte Farid.

Ich dachte an den Elektroschock am Bierautomaten und das hydraulische Zischen und das „Lakritzzz"-Schild und die Biersorten mit Namen wie bayrische Jodelkönige, und ich schaute die Kellnerin an mit ihrer Science-Fiction-Punker-Frisur.

„Seid ihr hier das Jahr 2020?", fragte ich.

Farid und die Kellnerin lachten.

„Willkommen, Kollege!“, sagte Farid. „Echt, du bist speziell!“

„In welchem Jahr bist du denn so zuhause?“, fragte die Kellnerin.

„Heute ist der 18. September 1980!“, sagte ich.

„Der 18. September stimmt“, sagte die Kellnerin. „Komplett weggeschossen bis du also nicht.“

„Vielen Dank!“, sagte ich.

Ich griff in die Innentasche meiner Jacke und holte eine Schachtel Peter Stuyvesant raus, obwohl mir schon aufgefallen war, dass hier niemand rauchte. Die Packung war noch fast voll. Bei Jens Riester wurde auch nicht geraucht, aber das war eine Wohnung, und hier war eine Gaststätte. Ich zündete mir eine Zigarette an.

„Hey, Kollege!“, sagte Farid: „Mit der Kippe gehst du vor die Tür, aber zack-zack!“

„Wieso das?“, fragte ich.

„Rauchverbot!“, sagte er. „Nichtraucherlokal!“ Er zeigte Richtung Ausgang.

Den Gedanken, vor der Tür nochmal nachzusehen, ob alles immer noch ganz anders war, fand ich gut, besser jedenfalls, als mich hier anstarren zu lassen wie eine seltene Tierart. Ich stand auf und ging raus.

Vor der Tür war alles immer noch komisch und ungewohnt, Tische und Stühle, keine Automaten.

Und dann lief ich einfach weiter, denn irgendwo musste es ja wieder normal werden, dachte ich. Ich wollte nach Hause. Ich ging die Von-der-Horst-Straße runter Richtung Bremerstraße.

Dicker

Auf der Straße war plötzlich viel mehr los. Ich kam an einer Gruppe von sechs oder sieben Leuten vorbei, und ich dachte, was machen die hier um diese Zeit, die sind doch höchstens siebzehn? Sie waren gut gelaunt, die Mädchen lachten, und alle hatten bunte Flaschen und Dosen in der der Hand, Bier und Sekt und Wein oder was auch immer.

„Bei Niklas geht was!", sagte einer der Jungs. „Bei Niklas geht immer was!"

„Check das, Dicker!", sagte jemand anderes, obwohl alle ziemlich schlank waren, und die Mädchen lachten noch lauter.

Der Typ, der „Dicker" gesagt hatte, hatte einen kleinen Kasten in der Hand, aus dem eine Stimme quäkte, so wie der Ansager beim Autoscooter auf dem Jahrmarkt, und dazu ballerte ein elektronischer Beat. Viele Fenster waren jetzt beleuchtet, ganz anders als vorhin, bevor ich die Nachbarschaft mit meinen Tritten gegen den Automaten geweckt hatte.

Als ich in die Bremerstraße einbog, war wieder laute Musik zu hören. Sie kam aus dem Studentenheim am Ende der Straße. Es waren merkwürdige Klänge, irgendwie arabisch oder afrikanisch.

Dann stand ich vor unserem Haus. Es war frisch gestrichen, in einem strahlenden Weiß. Der Eingang war beleuchtet. Statt der schweren Holztür war da jetzt eine Metalltür mit Milchglasfenstern. Die Tür war verschlossen. Ich versuchte, meinen Schlüssel ins Schloss zu stecken, aber er passte nicht. Dann schaute ich aufs Klingelbrett, zweiter Stock rechts, und da stand nicht „Hansen", sondern „Wilke Rindfleisch Okachango", mit Kugelschreiber auf gelbem Papier geschrieben.

Ich klingelte, aber nichts passierte. Ich trat ein paar Schritte zurück und schaute hoch in den zweiten Stock. Das

Wohnzimmer und das Schlafzimmer meiner Eltern lagen auf der Straßenseite. Alle Fenster waren dunkel. Ich guckte nach links und dann nach rechts. Ich warf die Arme in die Luft und stöhnte und guckte noch mal in den zweiten Stock. Immer noch kein Licht.

„Scheiße!“, rief ich. „Scheiße, Scheiße, Scheiße!“

Mir fiel auf, dass Farid und die Kellnerin offenbar die einzigen Menschen waren, die ich hier überhaupt kannte, in dieser Kiel-Ausgabe von „zwanzigzwanzig“.

Ich ging zurück zum „Lakritzzz“, vorbei an den fröhlichen Betrunkenen mit dem quäkenden Kasten.

„Normaahl!“, sagte einer.

„Krasses Ding!“, sagte ein anderer.

Das Lachen der Mädchen kippte von Fröhlichkeit in Richtung Hysterie.

Als ich das „Lakritzzz“ betrat, war das Lokal fast leer, nur an zwei Fenstertischen saßen noch Leute. Die Kellnerin stand am Tresen. Sie hatte ihre schwarze Maske abgenommen und hielt ein schlankes, hohes Glas mit einer durchsichtigen Flüssigkeit und ein paar Eiswürfeln und einem Strohhalm. Farid stand hinter dem Tresen und putzte die Zapfhähne.

„Na guck mal an, der Achtziger-Mann!“, sagte er. „Das war ja eine lange Zigarette. Willst du dir jetzt doch noch deine neunzig Euro abholen?“

„Farid!“, rief die Kellnerin.

„Alles klar. Hundert. Was sagst du, Junge? Deal?“

Ich zuckte mit den Schultern und dachte, warum nicht, ich muss ja irgendwie klarkommen in dieser Stadt, wo die Leute komisch reden und komisch aussehen.

„Okay“, sagte ich und gab ihm die hundert Mark.

„Gib nicht alles auf einmal aus!“, sagte Farid. Er reichte mir die Geldscheine aus seinem Portemonnaie.

Auch die Scheine waren komisch. Sie waren bunt und sahen wie Spielgeld aus. Auf dem 50-Mark-Schein, den ich Farid gab, war ein Kaufmann aus dem Mittelalter oder so, und hinten drauf war das Holstentor. Der Schein war dunkelbraun, und die Schrift sah altertümlich aus. Da hatte man Respekt. Dieser neue Schein von Farid war viel kleiner, und es war kein Mittelalter-Typ drauf, sondern vorne ein Fenster und hinten eine Brücke, die in der Luft hing. Er fühlte sich an wie Zigarettenpapier.

Die Kellnerin sah mir zu, wie ich die Scheine begutachtete.

„Da kann jemand seinen Reichtum noch gar nicht fassen!", sagte Farid. „Willst du noch ein Bier?"

„Gerne", sagte ich.

„Wo warst du denn die ganze Zeit?", fragte die Kellnerin. „Ich hab' nochmal nachgeguckt, ob du wieder draußen zwischen den Stühlen rumliegst, aber da warst du nicht."

„Ich war bei mir zu Hause", sagte ich. „Aber ich bin nicht reingekommen, der Schlüssel passt nicht, und da wohnen jetzt auch ganz andere Leute."

Farid stellte mir ein neues Bier hin, ein Hasentaler nulldrei.

„Ha!", sagte die Kellnerin. „Du bist aus der WG geflogen, und dann haben sie gleich das Schloss ausgetauscht! Was hast du denn Schlimmes angestellt? Hast du im Kühlschrank deine Mettwurst ins vegane Fach gepackt? Oder hast du den Müll nicht ordentlich getrennt?"

Ich hatte keine Ahnung, was sie meinte.

„Nein", sagte ich. „Meine Eltern wohnen jetzt scheinbar woanders."

Dieser Satz klang ziemlich traurig.

„Der kleine Rebell ist heimatlos", sagte die Kellnerin. „Du Ärmster. Weißt du was? Du kannst heute Nacht bei uns schlafen. Fritjof ist auf Exkursion, das Bett ist frei. Der hat bestimmt nichts dagegen. Und Liam ist sowieso alles egal. Ist auch nicht weit. Obere Hansastraße. Wir sind doch fertig hier, Farid? Ist gleich ein Uhr!"

„Junge", sagte Farid, „du ziehst ein großes Los nach dem anderen!"

„Dann trink mal aus", sagte die Kellnerin. „Ich bin müde."

Ich nahm noch einen Schluck Hasentaler und sie schlürfte mit dem Strohhalm ihre weiße Brause. Dann sagte sie „Tschüss, Farid" und zog sich eine schwarze Lederjacke an, und dann verließen wir das „Lakritzzz".

„Viel Spaß, ihr beiden!", rief Farid uns hinterher.

Spielzeuge

„Wie heißt du eigentlich?", fragte die Kellnerin, als wir die Olshausenstraße hochliefen.

„Martin Hansen", sagte ich, und ich dachte, das klingt irgendwie blöd in dieser Situation, mit dem Nachnamen.

„Martin Hansen", sagte die Kellnerin. „Niedlich."

„Und du?", fragte ich.

„Sophia", sagte sie.

„So wie die Hauptstadt von Bulgarien?", fragte ich.

Das war jetzt schon wieder blöd, aber mir war noch nie eine Sophia begegnet. Mädchen hießen Andrea oder Susanne oder Petra, manchmal auch Christiane oder Kathrin. Einen dieser Namen hatten ungefähr neunzig Prozent der Mädchen in meiner Klasse gehabt. Bärbel oder Frauke waren schon exotisch.

„Nicht Sofia … So*phi*a!"

„Und bist du Kellnerin von Beruf oder …"

„Ich studiere!", sagte sie. „Ökotrophologie!"

„Was für was?", rief ich und lachte und prustete dabei. Das war jetzt zum dritten Mal blöd innerhalb weniger Sekunden.

„Ernährungswissenschaft!"

„Aha."

Und dann wusste ich nicht, was ich noch sagen sollte, und ich wollte auch nichts Blödes mehr sagen, und Sophia sagte auch nichts mehr. Wir gingen schweigend die Olshausenstraße entlang, vorbei an einer Versicherungsfiliale, wo eigentlich der Kohlenhändler sein sollte, mit seinem Lager auf dem Hinterhof. Die Olshausenstraße hatte kein Kopfsteinpflaster mehr, sondern Asphalt, und die Autos, die an der Seite parkten, sahen auch aus wie Spielzeuge, genau wie die Geldscheine. Sie waren entweder klein und rund und bunt, oder sie waren groß und hatten riesige Reifen, so wie der große grüne Jeep von Matchbox, den der kleine Nils Buttgereit früher hatte und mit dem er der Chef war im Sandkasten.

Wir bogen links in die Hansastraße ein. Das Lokal an der Ecke war nicht mehr „Zorba the Buddha", sondern wieder „Oblomow". Immerhin etwas, dachte ich. Auch hier gingen gerade die letzten Gäste.

Ein paar Schritte weiter bogen wir links in einen Hauseingang ein.

„So", sagte Sophia, „hier sind wir, Martin Hansen. Wir müssen nur noch kurz Liam Bescheid sagen, dass du hier übernachtest, und dann kannst du dich erst mal ausschlafen."

Physik

Im ersten Stock schloss sie eine Wohnungstür auf. Am Klingelbrett stand „Birkholz Carlsson Lohwinkel". Wieder drei Namen, dachte ich, das scheint hier so üblich zu sein. Die Tür und der Rahmen waren voller Aufkleber: „Keine Werbung!!!", mit drei Ausrufezeichen, und das Wappen von Werder Bremen und „Kein Ort für Neonazis" und „FCK AFD", was immer das heißen sollte.

Der Flur der Wohnung war weiß gestrichen und aufgeräumt. Ein Dutzend kleine Bilder hingen an der Wand, bunte Farbkleckse mit Gelb oder Grün oder Blau als Grundfarbe, alle im Holzrahmen.

„Hast du das gemalt?“, fragte ich.

„Pssst!“, sagte Sophia.

Sie drückte ihr Ohr an die Zimmertür gegenüber vom Eingang, und dann klopfte sie drei Mal kräftig dagegen. Als sich niemand meldete, öffnete sie die Tür einen Spalt. Flackernde Lichter zuckten in den Flur, so wie das Stroboskop in einer Disco, und es roch nach Schweiß und Ketchup.

„Dachte ich mir's doch!“, sagte Sophia und verzog das Gesicht. „Mein Gott, was stinkt das hier! Auch du brauchst Sauerstoff, Liam!“

Sie riss die Tür weit auf, und ich konnte in das Zimmer gucken. Ein kleiner Mann mit fusseligem Bart und schwarzen Locken und schwarzem T-Shirt und einer riesigen Brille saß vor einem Fernseher. Er saß so dicht davor, dass meine Mutter einen Schock bekommen hätte. Sie sagte immer, man dürfte nicht näher als zwei Meter vor einem Fernseher hocken, besser drei, sonst gehen einem die Augen kaputt.

Der kleine Mann saß an einem Schreibtisch, und zwischen ihm und dem Fernseher lag eine Art flache Schreibmaschine, auf die er mit der linken Hand tippte, während seine rechte Hand einen umgedrehten Aschenbecher mit Kabel dran über die Tischplatte schob. Er trug einen Kopfhörer, aus dem ein Stab rausragte, bis kurz vor seinen Mund, wie bei einem Funker oder einem Piloten, und da redete er rein.

„Links! Da, hinter dem Busch! Pass doch auf! Nein, du musst den Blaster nehmen! Das Schwert nützt da gar nix! Wie, du hast keine Munition mehr? Wir haben doch gerade erst das Depot geknackt! Scheiße! Da oben auf der Plattform sind noch zwei! Kacke! Oh Mann, jetzt sind wir tot!“

Er ließ sich in seinen Stuhl zurückfallen und schlug mit der Hand auf die Tischkante.

„Mist!"

„Liam, das ist Martin Hansen", sagte Sophia.

Liam schaute uns an.

„Er schläft heute Nacht in Fritjofs Zimmer, nur damit du Bescheid weißt."

„Mitgeschnitten!", rief Liam mit hoher, krähender Stimme.

„Und räum' mal auf!", sagte Sophia. „Dein Zimmer ist echt ein Seuchenherd!"

In Liams Zimmer befanden sich außer dem Schreibtisch und dem Stuhl nur ein Bett, eine Holzkiste und ein Regal. Da drauf stand eine abgestorbene Zimmerpflanze. Der Boden lag voll mit Kleidungsstücken, Zetteln, Büchern, Pappschachteln, Tellern und Flaschen. Überall lagen Kabel rum, und unter dem Fenster lagen ein Tretroller und ein Feuerlöscher. Das Einzige, was nicht wahllos in die Gegend geworfen worden war, war eine Armee von Spielfiguren auf dem mittleren Regalbrett. Dutzende Ritter und Pferde und Drachen standen in Reih und Glied.

„Okay, wir fangen noch mal in der Höhle an!", sagte Liam in seinen Stab und starrte wieder auf den Fernseher. „Aber baller' diesmal nicht so wild rum, die Viecher am Anfang können doch nichts!"

Sophia schloss die Tür.

„Was macht der da?", fragte ich.

„Liam studiert Physik", sagte sie.

„Aha."

Sie öffnete die nächste Tür und schaltete das Licht an.

„Komm rein, hier ist dein Nachtlager!"

Das Zimmer war genauso aufgeräumt wie der Flur, und an den Wänden hingen noch mehr von den kleinen, bunten Farbklecksen. Vor dem Fenster stand ein Schreibtisch, ebenfalls mit einem riesigen Fernseher und einer flachen

Schreibmaschine davor. Die linke Wand war von einem Bücherregal verdeckt. Die Bücher waren sorgfältig sortiert, offenbar nach Größe und nach Farbe. In einigen Regalen waren große Muscheln, wie sie in Laboe für teures Geld an Badegäste verkauft wurden. Auf der Fensterbank lagen mehrere Ammoniten, versteinerte Urzeitschnecken. Die kannte ich aus einem „Was ist was"-Buch, Band 45, „Mineralien und Gesteine". An der rechten Wand stand das Bett.

Das ist ein komisches Bett, dachte ich. Es war fast ebenerdig und ziemlich groß für ein einzelnes Bett, aber zu klein für ein Doppelbett, und die Matratze war dick und schwarz.

„Alles klar?", fragte Sophia.

„Ja, astrein", sagte ich.

„Dann mal Gute Nacht, Martin Hansen", sagte sie und klopfte mir auf die Schulter, und dann ging sie raus und machte die Tür zu.

„Danke", sagte ich.

Ich zog die Vorhänge zu und schaltete das Deckenlicht aus und machte die Nachttischlampe an. Dann zog ich Schuhe und Jeans aus und legte mich ins Bett. Die Matratze war erstaunlich hart, und das Laken war aus einem komischen Stoff, irgendwie rutschig, und die Decke und das Kissen waren viel leichter als mein Federbett zu Hause.

An der Wand über der Tür, zwischen den bunten Bildern, hing ein Poster von einer Fußballmannschaft, ungefähr dreißig Spieler in Grün und Weiß. „Werder Bremen 2016/2017" stand am oberen Rand.

Das ist komisch, dachte ich, dass da so viele Leute drauf sind: Es können doch nur elf spielen. Aber vielleicht haben sie inzwischen die Regeln geändert. Außerdem hatte ich in Kiel noch nie einen Fan von Werder Bremen getroffen, denn die waren richtig schlecht, die waren gerade aus der Bundesliga abgestiegen.

Dann machte ich das Licht aus. Der Wecker auf dem Nachttisch zeigte in roten Leuchtzahlen 1:27 Uhr. Es war still, nur aus dem Nebenzimmer war Liams hektisches Gerede gedämpft zu hören.

„Nie wieder Paderborner Handgranaten!“, dachte ich.

Und dann schlief ich ein.

19. September

Arbeitsplatte

Als ich aufwachte, zeigte der Wecker 9:31 Uhr. Ich lag immer noch in dem Bett mit dem rutschigen Laken in dem Zimmer mit der Schrankwand und den bunten Bildern und dem Werder-Bremen-Poster.

Ich war immer noch in „zwanzigzwanzig“.

Das Tageslicht warf Streifen durch die Fenster an den Vorhängen vorbei auf den Parkettboden. Ich stand auf, zog mich an und schaute in den Flur. Alles war still. Liam und sein Riesenfernseher schwiegen, und von Sophia war nichts zu sehen. Am Ende des Flurs hing ein großes, rundes Schild an der Tür, ein weißes S auf grünem Grund, so wie in der Hamburger S-Bahn. Das war wohl ihr Zimmer. Die Tür war geschlossen.

Die Küchentür stand auf, aber auch hier war niemand zu sehen. Ich ging in die Küche. Die Geräte hier sahen aus, als kämen sie von der Kommandobrücke eines Raumschiffs. Zwei große, silberne Kästen mit Leuchtanzeige standen neben der Spüle. Einer davon war wohl der Herd, aber obendrauf hatte er keine Gasfeuerung und keine Elektroplatten, sondern eine dunkle, gläserne Oberfläche mit orangen Strichen und Kreisen. Der andere Silberkasten hatte ein Dutzend Knöpfe und Regler an der Frontseite. Auf einer schwarzen Fläche blinkte „00:00“ in Rot. Auf der Arbeitsplatte stand ein kleinerer Kasten mit einer Glasscheibe, ebenfalls mit Knöpfen und roten Leuchtziffern.

Noch so ein Fernseher, dachte ich.

Auch in der Küche hingen die bunten Farbkleckse in den Holzrahmen an der Wand.

Ich überlegte, ob ich warten sollte, bis jemand aufwachte, aber ich wollte nicht aufdringlich sein. Es war ja schon nett gewesen, mich überhaupt hier schlafen zu lassen, dachte ich mir.

Ich ging aufs Klo. Das Papier war weich, und die Seife war hier nicht blau, sondern gelb, und sie roch nicht nach Meeresbrise, sondern nach Kräutern.

Dann verließ ich die Wohnung.

Ich zog die Tür hinter mir zu und lief die Treppe runter, bis ich vor dem Haus auf der Straße stand. Es war ein warmer Morgen, der Himmel war blau, bis auf ein paar weiße Wolken, und es waren Menschen unterwegs. Die meisten waren jung, und die meisten von den jungen Menschen sahen komisch aus und machten komische Sachen. Die Uni lag gleich um die Ecke, also waren viele der Leute, die hier rumliefen, wohl Studenten. Aber niemand sah aus wie ein Student. Niemand trug einen olivgrünen Bundeswehr-Parka oder einen selbstgestrickten Wollpullover oder ein abgerissenes Sakko oder ein langes, wallendes Kleid. Niemand hatte offene, lange Haare mit Dauerwelle. Niemand hatte einen Schnurrbart. Immerhin trugen einige der Männer Vollbärte, die aussahen, als wären sie mit dem Lineal getrimmt worden. Ein paar Männer hatten einen Dutt so wie meine Oma.

Ecke Olshausenstraße kam mir ein Typ entgegen mit riesigen Kopfhörern, die sein halbes Gesicht bedeckten, so ähnlich wie bei Liam gestern Abend. Er sang mit leiser, gepresster Stimme irgendein Lied mit. Ein anderer trug eine große Sonnenbrille und hatte seine Schirmmütze verkehrt rum aufgesetzt, und aus seinen Ohren hingen weiße Würmer.

Eine Frau mit einer zerrissenen Jeans und einem ärmellosen Hemd kam an mir vorbei. Sie hielt sich eine dieser schwarzen Cassetten vor den Mund, und da sprach sie rein, beim Gehen.

„Das geht echt nicht, ich muss am Dienstag meine Hausarbeit abgeben … Nein, da fahr' ich mit Sandy nach Berlin …"

Viele Menschen waren tätowiert, am Hals, am Unterarm, am Handgelenk oder am Knöchel. Einige hatten Würste auf dem Kopf, so wie Bob Marley. Und einige wischten auf ihren Cassetten rum und kümmerten sich nicht um die Welt oder um andere Menschen oder um den Straßenverkehr. Einige Leute trugen eine Gesichtsmaske, so wie Sophia gestern Abend. Hier gibt's ganz schön viele Kellner, dachte ich.

Ich ging die Olshausenstraße runter und bog dann in die Samwerstraße ein. Überall machten die Menschen komische Sachen, und ich glotzte die komischen Menschen an, verwirrt und ängstlich, so wie die Maus bei „Tom und Jerry" die Katze anglotzt, mit offenen Mund und mit Augen, die aus dem Kopf rausploppen.

Und dann stand ich wieder vor meinem Haus in der Bremerstraße, das jetzt weiß gestrichen war. Die Haustür stand offen.

Das ist eigentlich unmöglich, dachte ich, denn im Erdgeschoss wohnt Frau Köhnke, eine Schreckschraube, die darauf achtet, dass die Hausordnung eingehalten wird. Wer die Eingangstür nicht zumachte, bekam Ärger mit ihr, denn „da kommt nur Gesocks rein", und wer abends nach zehn Uhr vergaß, die Haustür zusätzlich auch noch abzuschließen, bekam Ärger mit ihr wegen „Nichtbeachtung der Sicherheitsvorschriften", und wer zwischen ein und drei Uhr nachmittags Geräusche machte, bekam Ärger mit ihr wegen „Störung der Mittagsruhe", und wer sein Rad auf dem Gehweg vor dem Hauseingang abstellte, bekam Ärger mit ihr, denn „Fahrräder gehören in den Fahrradkeller".

Aber auch Frau Köhnke schien nicht mehr hier zu wohnen. Einerseits toll, dachte ich. Andererseits ziemlich gruselig.

Ich ging durch die offene Haustür, lief hoch zu unserer Wohnung, zweiter Stock rechts, und klingelte bei „Wilke Rindfleisch Okachango“.

Hinter der Tür war laute Musik zu hören, ein stampfender Rhythmus. „Jippie jippie jee, jippie jee, Krawall und Remmidemmi!“, sang ein Typ mit einer blasierten Stimme. Dann wurde die Musik leiser gestellt. Schritte näherten sich, und die Tür ging auf.

Und dann stand da ein riesiger Neger.

Neger soll man nicht mehr sagen. Das hatte Tatjana, Sabines ältere Schwester, uns beigebracht, an einem Freitagabend im letzten Jahr, als wir Sabine zur Disco abholen wollten. Sie wohnte bei ihren Eltern in der Düppelstraße. Stefan Greve war mit dabei und ein paar von seinen Arbeitskollegen. Nachdem wir geklingelt hatten, kam Sabine ans Fenster und rief runter: „Ich komm’ gleich!“ Sie hatte offenbar keine Lust, uns in die Wohnung ihrer Eltern zu lassen, vor allem Stefan Greve nicht. Sabines Vater war streng, und Sabine war sein Schatz, und er hätte sie vielleicht nicht rausgelassen, obwohl Sabine schon neunzehn war.

Zehn Minuten später standen wir immer noch auf der Straße und warteten. Stefan Greve begann zu stöhnen, und dann schoss er Kieselsteine übers Pflaster und pfiff schließlich die Melodie von „Dalli Dalli“. Und dann begann er zu brüllen, so wie der Sergeant bei einem Frage-und-Antwort-Gesang in einem Film mit amerikanischen Soldaten.

„Zehn nackte Neger!“

Die Düppelstraße war eng und hatte hohe Häuser, und das Echo schwappte runter Richtung Adolfplatz. „Zehn nackte Neger …“

„Ohne Hosenträger!“

Wieder das Echo. „Ohne Hosenträger …“

„Die gingen mal zum Doktor!“

In diesem Moment stand Tatjana oben am Fenster, mit ihrem Haarband und ihrem selbstgestrickten Pullover und ihren vielen Halsketten.

„Ey, hör auf damit, du!", rief sie. „Das ist voll rassistisch und kolonialistisch und imperialistisch, du!"

Stefan Greve schaute nach oben, und ich dachte, jetzt kommt die nächste Peinlichkeit, aber er hielt den Mund. Vor älteren Schwestern hat man Respekt.

„Das Wort Neger kommt von Nigger!", rief Tatjana. „Und das ist voll die Sprache von US-amerikanischen Sklavenhaltern, du! Menschen sind alle gleich viel wert, egal, welche Hautfarbe sie haben, du! Denk da mal drüber nach, du!"

Stefan Greve schaute zu Boden, und dann kam Sabine, und wir zogen los zur Disco.

Also, Neger sollte man nicht sagen.

Der Typ an der Tür jetzt hatte schwarze Haut, und seine Haare waren hochgekämmt und standen zu Berge. Er trug ein rotes T-Shirt ohne Ärmel, und er hatte enorme Muskeln. Außerdem hatte er eine bunte Turnhose an, die bis zu den Knien reichte, und ich dachte: Wie unpraktisch. Warum trägt man so lange Turnhosen? An den Füßen hatte er Flip-Flops, und ich wunderte mich, dass jemand Flip-Flops in dieser Größe herstellt, denn so was tragen doch nur achtjährige Mädchen.

„Moin!", sagte er.

„Hallo", sagte ich.

Dann herrschte ein paar Sekunden Stille. Er machte eine Geste mit der Hand, so nach dem Motto, was ist denn jetzt?

„Ich hab' hier mal gewohnt", sagte ich schließlich. Mir fiel nichts Besseres ein.

„Dann suchst du Phil!", sagte er. „Bist du einer von seinen alten Mitbewohnern? War ja wohl 'ne heiße Zeit, was? Ich wohn' erst seit ein paar Monaten hier, und Juri erst seit

Semesteranfang. Phil ist nicht hier, der ist unten im Sportforum. Geräteturnen. Steht er voll drauf, weißt du ja!"

Er zeigte mit dem Daumen nach unten.

„Äh ja, danke", sagte ich.

„Aller klar?", fragte er.

„Alles klar", sagte ich.

„Dann hau' rein!", sagte er.

Er schloss die Tür, und ich hörte wieder Schritte, und dann wurde die Musik wieder lauter. „Schmeiß' die Möbel aus dem Fenster, wir brauchen Platz zum Dancen!"

Ich schaute noch einen Augenblick auf die Tür, hinter der mal meine Wohnung gewesen war.

Dann ging ich runter auf die Straße. Auf dem Bürgersteig fuhr jemand auf einem Skateboard haarscharf an mir vorbei. „Zwanzigzwanzig" ist ein gefährliches Pflaster, dachte ich. Schnell weg hier.

Als ich die Von-der-Horst-Straße überquerte, streifte mich ein Fahrradfahrer mit einem bizarren Helm auf dem Kopf.

„Pass doch auf, du Heckenpenner!", rief er.

Er raste weiter, und ich wunderte mich, dass man so schnell Fahrrad fahren konnte und dass es so aggressive Fahrradfahrer gibt.

Und dann stand ich wieder vorm „Lakritzzz". An der Tür hing ein Schild, „Geöffnet täglich von 10.30 Uhr bis 24 Uhr". Die Tür war verschlossen. Draußen auf der Terrasse waren die Klappstühle mit Metallseilen und Schlössern an die Tische gekettet.

Ich schaute auf den Boden, wo ich gestern auf dem Hintern gelandet war, ob irgendwelche Spuren zu sehen waren, Brandflecken oder Verfärbungen, oder was auch immer so ein grünes Licht mit hydraulischem Heulen anrichten konnte. Aber es war nichts zu sehen. Und dann stand ich wieder hilflos rum, so wie gestern Abend, und mir fiel nichts anderes ein, als zu Sophias Wohnung zurückzugehen.

Kennzeichen

Die Haustür in der Hansastraße stand offen. Ich stieg die Treppe rauf und klingelte im ersten Stock an der Tür mit den vielen bunten Aufklebern bei „Birkholz Carlsson Lohwinkel“. Es dauerte einige Augenblicke, dann hörte ich Schritte, und dann stand Sophia in der Tür. Sie trug eine Art grauen Trainingsanzug, dessen Oberteil mit weißen und braunen Flecken übersät war. In der Hand hielt sie einen Kochlöffel.

„Martin Hansen!“, rief sie. „Haben sie dich schon wieder nicht reingelassen?“

„Nein“, sagte ich. „Da wohnt jetzt ein Neger.“

„Oh, das böse N-Wort“, sagte Sophia.

„Was für ein N-Wort?“

„Also, Nagelpilz ist es nicht.“

„Ach so“, sagte ich. „Ich kenn’ kein besseres Wort.“

„Lass mich mal überlegen“, sagte Sophia. Sie lehnte sich in den Türrahmen und schrieb mit dem Kochlöffel eine Acht in die Luft. „Schwarzer, Person von Farbe, optimal Pigmentierter. Alles nicht doll, aber besser als das böse N-Wort.“

„Störe ich gerade?“, fragte ich.

„Überhaupt nicht“, sagte Sophia. „Komm rein, du kannst mir Gesellschaft leisten.“

Ich folgte ihr in den Flur und dann in die Küche. Auf dem Küchentisch standen zwei große Schüsseln und mehrere kleine Schalen. Darin waren Nüsse und Pulver in verschiedenen Farben.

„Was ist das?“, fragte ich.

Sie zeigte mit dem Kochlöffel nacheinander auf die Schüsseln.

„Datteln, Cashewnüsse, Kakao, Haselnüsse, Vanillepulver, Kokosöl, Ahornsirup!“

„Und was soll das werden?“

„Vegane Schokocreme“, sagte sie. „Ohne tierische Fette und ohne das schlimme Palmöl.“

„So was wie Nutella oder Käpt'n Nuss?“, fragte ich.

„Wer ist Käpt'n Nuss?“

„Käpt'n Nuss ist viel leckerer als Nutella.“

„Kenn' ich nicht.“

Auf dem Herd stand eine Pfanne, in der das Fett brodelte. Sophia nahm die beiden Schüsseln mit den Nüssen vom Tisch und schüttete die Nüsse in die Pfanne. Es zischte gewaltig. Sie drehte den Herd runter.

„Du hast gestern Abend ziemlich wirres Zeug erzählt!“, sagte sie.

„Hab' ich das?“, fragte ich.

„Hast du. Falls du dich nicht erinnerst: Du wolltest uns weismachen, dass du aus der Vergangenheit kommst. Du warst der Meinung, wir leben im Jahr 1980, und du hast mit Geldscheinen aus dem Dreißigjährigen Krieg rumgewedelt!“

„Das mit 1980 stimmt ja auch“, sagte ich.

Sophia lachte. „Du bist hartnäckig!“, sagte sie.

In diesem Moment fiel mir ein, dass ich meinen Personalausweis dabeihatte. Darauf hätte ich auch früher kommen können, dachte ich. Er steckte in der Innentasche meiner Jacke. Ich war zwar noch nie danach gefragt worden, auch nicht, als ich noch jünger war und in die Disco oder ins Kino wollte, aber ich hatte ihn immer dabei. Ich holte das kleine, graue Heft mit dem Bundesadler hervor und blätterte es auf. Rechts war ein Foto von mir, als ich siebzehn war. Meine Haare waren noch kürzer, und ich trug einen Schnurrbart, oder besser gesagt, ich hatte noch nicht angefangen, mich regelmäßig zu rasieren. Das Bild fand ich ziemlich blöd. Ich guckte links an der Kamera vorbei, das hatte der Fotograf so gewollt, und ich versuchte zu lächeln. Ich trug das weiße Hemd mit dem steifen Kragen von meiner Konfirmation, und ich sah aus wie ein Kellner in einer Eisdiele. Unter dem

Bild war meine Unterschrift, sehr ordentlich und gut lesbar, und auf der gegenüberliegenden Seite stand:

„Name: Hansen
Vorname: Martin
Geburtstag: 1. September 1960
Geburtsort: Kiel
Größe: 184 cm
Farbe der Augen: Graublau
Besondere Kennzeichen: Keine“

„1. September, Kriegsanfang.“ Das sagte mein Vater jedes Jahr an meinem Geburtstag. „Als du noch kleiner warst, da hast du geheult wie so ’ne Stalin-Orgel!“

„Hier!“, sagte ich und gab Sophia den Ausweis. „Das ist der Beweis, dass ich keinen Quatsch erzähle!“

Sie schaute rein und sah ein paar Mal zwischen dem Passfoto und mir hin und her.

„Das ist doch nicht dein Ernst!“, sagte sie dann. „Bist du etwa ein Reichsbürger?“

Sie warf das graue Heft auf den Tisch.

„Ich bin Bundesbürger!“, sagte ich.

„Eher Schildbürger!“, sagte sie. „Aber wir fragen einfach mal den Bildungsbürger.“

Sie ging raus in den Flur und hämmerte an die Tür quer gegenüber.

„Liam!“, rief sie. „Wach auf! Wir brauchen dein Gehirn!“

Wenig später wurde Liam am Arm in die Küche gezogen. Er trug noch dasselbe schwarze T-Shirt wie gestern Abend. Darauf war das Wort „Warhammer“ aufgedruckt. Muss wohl eine neue Meddel-Band sein, dachte ich. Jens Riester wäre begeistert gewesen. Sophia drückte Liam auf den Stuhl an der linken Seite des Küchentischs und setzte sich wieder hin. Sie schlug die Beine übereinander und verschränkte die Arme vor der Brust und sah ihn an. Liam hatte Panik im Blick. Er dachte wahrscheinlich, es geht wieder um Sauberkeit und Ordnung.

„Liam, gibt es Zeitreisen?“, fragte Sophia.

„Natürlich gibt es die!“, sagte Liam. Er entspannte ein wenig, als ein Thema angesprochen wurde, mit dem er offenbar vertrauter war als mit Aufräumen. „Die vierte Dimension, die Zeit, liegt genauso offen vor uns wie die drei räumlichen Dimensionen!“, sagte er.

„Es ist also möglich“, sagte Sophia, „dass Martin Hansen hier“, sie zeigte auf mich, „aus dem Jahr 1980 kommt?“

„Aber natürlich!“, sagte Liam.

„Das behauptet er nämlich“, sagte Sophia. „Und er sieht auch so aus, und außerdem checkt er gar nichts!“ Sie schob meinen Perso zu Liam rüber. „Hier!“, sagte sie. „Laut seinem Ausweis ist er 60 Jahre alt!“

Liam schlug den Ausweis auf und blätterte darin herum. Als er die Seite mit meinem Foto betrachtete, zog er die Augenbrauen hoch.

„Gehen wir für einen Moment mal davon aus, dass das alles kein Prank ist“, sagte Sophia. „Und dass er nicht aus irgendeiner geschlossenen Anstalt ausgebrochen ist.“ Sie beugte sich vor und stützte die Ellenbogen auf dem Tisch ab. „Wie kann so was passieren, Liam?“

„Da gibt es verschiedene Möglichkeiten“, sagte Liam.

„Und welche?“

„Wenn wir ausschließen, dass dein Gast eine profunde psychische oder neurale Störung hat“, sagte Liam sehr ernsthaft, „dann bleiben Wurmlöcher und die Stringtheorie übrig.“

„Würdest du das bitte genauer ausführen!“, sagte Sophia. „Oh, Scheiße!“, rief sie dann und sprang auf und rannte zum Herd.

Die Nüsse waren inzwischen schwarzbraun geröstet, und die Küche roch wie ein Stand mit gebrannten Mandeln auf dem Jahrmarkt.

„Puuh!“, sagte Sophia. „Das ist noch mal gutgegangen!“ Sie kippte die Nüsse aus der Pfanne auf ein Backblech, riss das Fenster auf und stellte das Blech auf die Fensterbank. Dann wandte sie sich wieder Liam zu.

„Also?"

„Also", sagte Liam und atmete durch. „Erstens: die Quantentheorie. Fluktuierende Teilchen mit negativer Masse und negativer Energiedichte krümmen die Raumzeit. Ein Wurmloch entsteht, und Martin fällt hinein. Zweitens: die Stringtheorie." Er zeigte zum Backblech auf der Fensterbank und schwenkte dann seinen Arm im hohen Bogen Richtung Küchentür. „Energiebänder durchziehen das Universum. Und es gibt nicht nur vier Dimensionen, sondern elf. Und Martin ist gerade von Nummer sechs in Nummer neun umgestiegen, oder so was Ähnliches."

Danach war es still. Sophia starrte auf die Tischplatte, Liam blätterte weiter in meinem Ausweis, und ich überlegte, wie Liams Kauderwelsch mit meinem Erlebnis am Bierautomaten zusammenhängen könnte.

„Danke, Liam", sagte Sophia schließlich. „Und Entschuldigung für die Störung. Du kannst jetzt weiterschlafen, oder was auch immer du da gerade gemacht hast."

„Moment!", rief Liam, und seine Stimme bekam wieder einen krähenden Tonfall, so wie gestern Abend, als er auf seinen Fernseher eingebrüllt hatte. „Martins Anwesenheit hier hat schwerwiegende Implikationen!"

„Was für Dinger?", fragte ich.

„Erstens!" Liam streckte den Daumen in die Luft. „Willst du hier bleiben oder willst du in deine Epoche oder Dimension zurückreisen?"

„Ich will so schnell wie möglich zurück!", rief ich.

„Dann muss ich dich auf Folgendes hinweisen: Falls du tatsächlich einen Weg findest, ein Wurmloch zu generieren oder die Dimensionen zu durchbrechen, ist nicht gesagt, dass du an deinem Ursprungsort landest. Du könntest genauso gut im 14. Jahrhundert in Botswana herauskommen. Oder irgendwo jenseits des Jupiters. Das wäre dann eine ziemlich kurze Reise!“ Er machte ein krächzendes Geräusch, das wohl ein Lachen sein sollte. „Zweitens!“ Liam reckte zusätzlich den Zeigefinger empor. „Du darfst keinerlei Gegenstände aus der Jetzt-Zeit mitnehmen. Stell dir vor, du nimmst ein Smartphone mit. Das könnte die Entwicklung der Computertechnologie rasant beschleunigen und den Lauf der Geschichte massiv verändern! Möglicherweise wären Sophia und ich dann gar nicht geboren worden, und dieses Gespräch würde nie stattfinden. Ein geradezu klassisches Paradoxon!“

„Huch!“, rief Sophia wieder und hielt sich eine Hand vor den Mund.

„Keine Angst!“, sagte Liam. „Laut Richard Feynman wird alles, was passieren kann, auch tatsächlich passieren. Martin würde also mit seiner Rückkehr eine parallele Zeitlinie eröffnen, und deine Existenz wäre nicht in Gefahr.“

Wieder folgte das Krächzen.

„Hoffen wir nur, dass nicht doch Stephen Hawking recht hatte. Der hat nämlich das Gegenteil behauptet.“

Jetzt wurde mir auch mulmig, und ich hatte Lust auf eine Zigarette.

„Selbst kleinste Informationen, die du hier aufschnappst und mitnimmst, könnten den Lauf der Geschichte verändern“, sagte Liam und schaute mich an. „Wir machen mal ein Experiment. Wann genau hast du den Zeitsprung unternommen?“

„Am 18. September 1980“, sagte ich. „Abends um halb zwölf.“

„Dann kannst du das Folgende nicht wissen“, sagte Liam. Er beugte sich zu mir vor und stützte sich auf den Ellenbogen und schlug einen verschwörerischen Tonfall an. „Darth Vader ist der Vater von Luke Skywalker!“

„Nein!“, rief ich. „Das kann doch nicht angehen!“

„Doch!“, rief Liam. „Siehst du?“ Er wandte sich wieder Sophia zu. „Was für uns selbstverständlich ist, das ist für ihn eine Sensation! Die Gefahr lauert überall!“ Dann reckte er Daumen, Zeigefinger und Mittelfinger in die Luft. „Drittens: Wenn Martin durch die Zeit spaziert, warum tun das andere nicht auch? Vielleicht gibt es ganze Scharen von Zeitreisenden, die hier durch die Straßen laufen und alles durcheinanderbringen!“

„Du meine Güte!“, sagte Sophia. Sie nahm das Backblech von der Fensterbank, riss zwei Stück Küchenpapier ab und rieb die Nüsse dazwischen. Die Schalen fielen ab, und helle Kerne blieben übrig.

Liam reckte nun auch den Ringfinger empor, was ihm sichtlich schwerfiel. Der Finger verharrte auf halbem Weg nach oben.

„Viertens: Du darfst dir nicht selbst begegnen!“ Er schaute mich wieder an. „Theoretisch ist es möglich, dass dein älteres Ich hier irgendwo unterwegs ist. Es ist gar nicht abzusehen, was alles passieren könnte, wenn ihr aufeinandertrefft!“

Es herrschte wieder einige Sekunden Stille in der Küche.

„War's das?“, fragte Sophia dann.

„Ich glaube, ja“, sagte Liam.

„Dann nochmal danke, Liam“, sagte sie.

„Stets zu Diensten und gute Reise!“, sagte Liam. Er stand auf und ging zurück in sein Zimmer. Kurz darauf ertönte wieder das Zischen und Krachen aus seinem Fernseher.

„So langsam wird die Sache spannend“, sagte Sophia. „Wurmlöcher und Quanten und Dimensionen, und das alles auf nüchternen Magen. Weißt du was, Martin Hansen? Wir frühstücken jetzt erstmal. Du hast doch Geld genug. Hol uns mal ein paar Brötchen!“ Sie griff in eine der Schubladen und drückte mir dann eine giftgrüne Gesichtsmaske in die Hand, so wie sie Ärzte bei Operationen tragen. „Und nimm das hier mit! Egal ob du ein kleiner Masken-Rebell bist oder ein Fall für die Klapsmühle oder ein Zeitreisender – das brauchst du in der Bäckerei!“

Dann schüttete sie die Nüsse in eine Maschine mit einer runden Schüssel und einem Quirl. Sie steckte den Quirl in die Nüsse und drückte einen Knopf. Ein Dröhnen und Kratzen ertönte. Der Lärm war noch im Treppenhaus zu hören, als ich auf dem Weg zum Bäcker war.

Macke

Die Bäckerei in der Olshausenstraße, Ecke Samwerstraße, war leer, nur eine junge Frau mit hellblau gefärbten Haaren und Tätowierungen an beiden Armen stand hinterm Tresen. Ich setzte die Operationsmaske auf.

„Was kann ich Gutes für dich tun?", fragte die Verkäuferin.

Ich schaute mir die Glasvitrine und die Körbe an der hinteren Wand an. Alles war voller Brötchen in verschiedenen Größen und Farben. Die meisten hatten Streuseln und Körnern oben drauf.

Wir kauften unsere Brötchen immer bei Bäcker Danielsen in der Holtenauer Straße, hauptsächlich deswegen, weil da Frau Krahl hinterm Tresen stand, Sabines Mutter. Meine Mutter sagte, das gehöre sich so, dass wir bei Danielsen kaufen, denn Frau Krahl könnte ja meine Schwiegermutter werden. Bei Danielsen gab es drei Sorten Brötchen: Sesam, Mohn und Schnittbrötchen, die im Grunde dasselbe waren wie Sesambrötchen und Mohnbrötchen, bloß eben ohne Sesam und Mohn. Eine Variante waren die Hörnchen, die es nur am Sonnabend gab. Die hatten aber ebenfalls Mohn oben drauf, und damit waren sie auch Mohnbrötchen, bloß anders geformt. Aber hier war die Auswahl riesig.

„Ich hätte gern sechs Brötchen, bitte", sagte ich.

„Und welche?", fragte die blauhaarige Frau. „Wir haben Vierkorn, Vollkorn und Vielkorn! Und natürlich Kieler Kracher und Küstenkanten und Kraftkuller! Die sind mit viel Protein, die werden zurzeit sehr gerne genommen!"

„Geben Sie mir einfach sechs verschiedene!"

Sie nahm eine Papiertüte von einem Stapel neben der Kasse und füllte sie mit Brötchen.

„Willst du auch einen Käse-Knust?", fragte sie.

„Äh, ja", sagte ich.

Sie steckte das Käsebrötchen in die Tüte. Dann ging sie zur Kasse und wühlte mit einer Hand in der Tüte herum und tippte mit der anderen die Preise ein. „Vier Euro zweiundsechzig!"

Ich gab ihr einen Schein mit einer 10 drauf und bekam einen kleineren Schein mit einer 5 und ein paar Münzen zurück.

„Lass es dir schmecken", rief die blauhaarige Frau, und ich verließ den Laden und nahm die Maske ab.

Auf dem Rückweg überlegte ich, warum das Geld jetzt Euro hieß und nicht mehr Mark. Das ist ein komischer Name, dachte ich, Euro. Klingt wie eine Versicherungsfirma oder ein Putzmittel.

Sophia hatte sich inzwischen umgezogen. Sie trug eine Jeans und ein dunkelblaues T-Shirt mit orangen Schlieren und strahlend weiße Turnschuhe.

„Eigentlich hätte ich dich gar nicht zum Bäcker schicken dürfen", sagte sie und grinste.

„Wieso?", fragte ich.

„Na, du hast doch gehört, was Liam gesagt hat. Von wegen: keine Informationen abspeichern und in die Vergangenheit mitnehmen."

„Ach ja", sagte ich. „Der zweite Spruch des Liam."

„Die Sprüche des Liam, genau", sagte Sophia. „Scheint so, als müsstest du bis auf Weiteres dein Leben nach seinen Lehren ausrichten. Eine ziemlich bizarre Vorstellung!"

„Keine Angst", sagte ich. „Ich habe nichts Bahnbrechendes erlebt. Außer, dass Bäckereifachverkäuferinnen heutzutage blaue Haare haben und jeden duzen. Und dass es sehr viele verschiedene Sorten Brötchen gibt."

Ich schüttete den Inhalt der Tüte in einen Brotkorb, der neben dem kleinen Fernseher auf der Arbeitsplatte stand.

„Warum hast du denn das Käsebrötchen mitgebracht?", fragte Sophia. „Es gibt Schokocreme!"

Sie hatte inzwischen die geschredderten Nüsse mit dem Öl und den anderen Zutaten vermischt. Auf dem Tisch stand eine Schale mit einer dunkelbraunen Masse, die süß und aromatisch roch, und ich bekam jetzt richtig Hunger. Ich hatte gestern Abend bei Jens Riester zuletzt etwas gegessen, und das waren nur ein paar Schokolinsen gewesen.

„Ich spiel' dein Spielchen mal mit", sagte Sophia, als wir am Küchentisch saßen und Brötchen mit Schokocreme aßen. „Was geht dir eigentlich so durch den Kopf, nachdem dir all diese merkwürdigen Sachen passiert sind?"

Das war eine gefährliche Frage, eine Variante der typischen Frauenfrage „Was denkst du gerade?". Mir war diese Frage schon ein paarmal gestellt worden, und ich hatte bei der Antwort jedes Mal versagt. Die Zeiten waren hart und bedrohlich, zumindest meine Zeit war das. Letztes Jahr war in Amerika dieses Atomkraftwerk explodiert. In Frankreich war dieser Riesentanker auf die Felsen geschlagen und hatte Hunderte Kilometer Strand und Zehntausende Vögel mit Öl verseucht. Aus dieser Chemiefabrik in Italien war Gas ausgetreten, und das hatte die Menschen ringsherum vergiftet. Die Bilder von Kindern mit entstellten, geschwollenen Gesichtern und dicken, roten Pusteln waren jeden Abend in der Tagesschau gewesen. Der Atomkrieg drohte sowieso, und jetzt wollte auch noch Franz Josef Strauß Bundeskanzler werden. Da durfte man auf die Frage eines Mädchens, „Was denkst du gerade?", meistens mehr geflüstert als gesprochen und mit sorgenvoller Miene untermalt, nichts Lockeres, Humorvolles antworten. Es gab Jungs, die hatten das perfekt drauf. Die sagten dann: „Ich bin total betroffen." Das war das neue Modewort. „Betroffen". Und diese Jungs demonstrierten ihre Betroffenheit mit selbstgemachten Gedichten oder sie sagten, sie wollten auf Weltreise gehen, „solange das noch möglich ist", oder dass sie zu einer total engagierten Basisgruppe gehörten und eine atomwaffenfreie Zone in Schleswig-Holstein ausrufen wollten – obwohl ja niemand vorhatte, hier Atomraketen aufzustellen. Dieses Gerede war mir immer zu hoch, da konnte ich nicht mithalten. Und ich war auch nicht spontan und schlagfertig. Ich gab immer komische Antworten. Die blödeste war wahrscheinlich: „Ich freu' mich auf nächsten Donnerstag, da gibt's wieder Wum und Wendelin im Fernsehen." Die Frau rief „Hast 'ne Macke?" mit schriller Stimme, so wie Nina Hagen das auf einer ihrer Platten gemacht hatte.

Das war der große Vorteil an Sabine, dachte ich, dass sie niemals solche Fragen stellt.

„Was mir durch den Kopf geht?", sagte ich schließlich. „Na, dass Luke Skywalker der Sohn von Darth Vader sein soll!"

Das war jetzt wieder eine der unpassenden Antworten.

„Echt?", fragte Sophia.

„Ja, klar. Ich meine, die sind sich doch nur einmal ganz kurz begegnet in dem Krieg-der-Sterne-Film, auf dem Todesstern, und da haben sie sich überhaupt nicht beachtet. Okay, Darth Vader war gerade damit beschäftigt, Ben Kenobi mit dem Lichtschwert umzubringen. Und Luke Skywalker war damit beschäftigt, die Prinzessin zu retten. Aber sie hätten sich doch wenigstens mal zuwinken können!"

„Na, dann pass mal auf", sagte Sophia. „Die Prinzessin ist seine Zwillingsschwester!"

„Nein!"

„Doch!"

„Aber jetzt mal im Ernst", sagte ich. Mir war doch noch etwas Besseres eingefallen. „Das mit diesen Masken …"

Sophia legte den Zeigefinger auf ihre Lippen. „Dazu darf ich dir streng genommen gar nichts sagen", sagte sie. „Zweiter Spruch des Liam. Nur so viel: Es nervt!"

„Okay", sagte ich. „Und warum sieht jeder hier komisch aus? Warum haben zum Beispiel so viele Leute Tätowierungen?"

„Ich habe auch ein Tattoo", sagte Sophia.

Ich schaute auf ihre Arme. Dort war nichts zu sehen.

„Es ist da, wo man es nicht sofort sieht", sagte sie.

Ich fragte mich, was sie damit genau meinte und warum man eine Tätowierung dorthin stechen lässt, wo man sie nicht sieht. Ich hatte bisher immer gedacht, der Sinn einer Tätowierung sei, dass man sie sieht. So wie bei einem meiner Opas. Der war zur See gefahren und hatte ein Mädchen mit kurzem Rock und Matrosenmütze auf dem rechten Unterarm. Wenn er seine Muskeln anspannte, sah es so aus, als ob das Mädchen tanzt. Das führte er gerne auf Familienfeiern und auf Beerdigungen vor.

„Und wie ist das mit diesen Bildern?", fragte ich und zeigte auf die bunten Rahmen an der Wand. „Hast du die gemalt?"

„Um Himmels willen!", rief Sophia. „Ich finde die Bilder schrecklich. Nein, die hat Fritjof gemacht, mit seiner Freundin zusammen. Die setzen sich immer gemeinsam vor die Leinwand, jeder mit einem Pinsel in der Hand. Und nach ein paar Strichen lassen sie alles stehen und liegen und schlafen miteinander. Entsprechend sehen die Bilder aus."

„Es sind ganz schön viele!", sagte ich.

„Komm mal mit!", sagte Sophia und zog mich am Ärmel in den Flur und dann in das Zimmer nebenan mit dem S an der Tür. Dort hingen auch Bilder an der Wand, riesige gerahmte Fotos, Detailansichten im A2-Format. An der linken Wand hing ein Haufen übergroßer Schrauben, gegenüber eine gigantische Pusteblume und links und rechts von der Tür das knapp ein Meter breite Gewinde einer Zahnpastatube und eine Wiese mit enormen Grashalmen.

„Das sind meine Bilder!", sagte sie.

Ich schaute mich in ihrem Zimmer um. Es war ordentlich und aufgeräumt, nichts lag am Boden, nirgendwo eine Spur von Schmutz. Die Wand war weiß und der Parkettboden war von einem großen roten und mehreren kleinen, blauen Teppichen bedeckt. Zwischen dem Bett und dem Schreibtisch stand ein Bücherregal quer im Zimmer. Die Deckenlampe war aus einem roten Regenschirm mit weißen Punkten gebastelt und die Vorhänge waren blau-rot gestreift.

Sophias Welt war bunt und sauber und praktisch.

Im Vergleich dazu war mein Zimmer ein Ausdruck von Einfallslosigkeit und von wenig Geld. Bei mir stand ein Bett, das mein Vater mal gebraucht gekauft hatte, als ich größer als ein Meter siebzig war und als das Kinderbett endgültig nicht mehr passte; dazu ein kleiner Schreibtisch, den ich seit der Grundschule hatte, und ein wuchtiger Kleiderschrank aus der Erbmasse einer entfernten Tante. Die beige-weiß gestreifte Tapete stammte ebenfalls noch aus der Grundschulzeit, ebenso wie die verschiedenen Gebilde, in denen der Staub eine feste Form angenommen hatte, graue Bälle und schwarze Fäden auf dem Schrank und hinterm Bett. Meine Mutter saugte zwar immer noch Staub in meinem Zimmer, aber für alles oberhalb des Teppichs war ich selber verantwortlich. Die einzig nennenswerte Veränderung in den vergangenen zehn Jahren war, dass ich irgendwann die Poster von Donald Duck, Captain Kirk, einem Leopard-Panzer und Uwe Seeler abgenommen hatte. Stattdessen hingen da jetzt Graham Parker and the Rumour, Debby Harry von Blondie in kurzem Glitzerkleid, wie eigentlich bei jedem Jungen ab einem gewissen Alter, dazu das Filmplakat von „The Great Rock 'n' Roll Swindle“, das ich mal in Hamburg für viel Geld gekauft hatte und auf das ich sehr stolz war, und der sterbende Soldat aus dem spanischen Bürgerkrieg mit dem großen „WHY?“ drauf. Meine Mutter fand das Plakat gruselig. Die Drohung, das Staubsaugen einzustellen, „bis die Leiche von der Wand verschwindet", hatte sie aber noch nicht in die Tat umgesetzt.

„Wie macht man solche Bilder?", fragte ich und zeigte auf Sophias Wand.

„Photoshop! Geht ganz einfach!"

„Aha."

„Also, wo fangen wir an?", fragte Sophia.

„Womit?", fragte ich.

„Na, mit deiner Rückkehr! Wenn du wirklich in ein Wurmloch reinplumpst, dann will ich mir das angucken. Und ich muss natürlich meine eigene Zeit beschützen!"

„Wovor das denn?"

„Na, vor deiner Steinzeitfrisur zum Beispiel", sagte sie. „Wenn du länger hierbleibst, dann wirst du noch zum Trendsetter! Dann sehen bald alle Männer auf dem Kopf so aus wie du! Und die Geburtenrate rauscht endgültig in den Keller!"

„Wir können es ja nochmal bei deiner Kneipe versuchen", sagte ich.

„Dann mal los", sagte Sophia. Sie griff sich ihre Lederjacke von der Garderobe im Flur.

Wir liefen wieder den Weg zurück zum A&O-Markt, der jetzt „Lakritzzz" hieß, die Hansastraße hoch und dann die Olshausenstraße runter.

„Das ist nett, dass du mir helfen willst", sagte ich.

„Machst du Witze?", sagte Sophia. „Das ist das Abgefahrenste, das ich seit langer Zeit erlebt habe!"

„Also glaubst du mir? Dass ich aus einer anderen Zeit komme?"

„Sagen wir mal so: Ich will mir angucken, wie diese Geschichte weitergeht!"

Amore

Als wir die Olshausenstraße entlang gingen, kam uns ein junger Mann entgegen, der ebenfalls eine Lederjacke trug und eine ähnliche Frisur hatte wie Sophia, gescheitelt und ausrasiert, bloß in Schwarz, und dazu einen dichten, schwarzen Bart.

„Oh, Scheiße!", sagte Sophia.

„Was ist?", fragte ich.

Der Mann blieb stehen, und Sophia auch. Die beiden standen sich eine Weile schweigend gegenüber, und ich stand etwas verloren daneben.

„Hallo Marcel", sagte Sophia schließlich. Es klang wenig freundlich.

„Hallo", sagte er, und auch das klang nicht freundlich. Er schaute sie an, dann mich und dann wieder sie.

„Das ist Martin", sagte sie und nickte mit dem Kopf in meine Richtung.

„Du bist echt das Letzte, Sophia!", rief er. Er drängelte sich zwischen uns durch und ging weiter die Olshausenstraße rauf.

Sophia drehte sich kurz um und sah ihm hinterher. Dann spuckte sie auf den Boden.

„Tja", sagte sie. „Das war das."

„War das dein Freund?", fragte ich.

„Genau", sagte sie. „Das war mein Freund, mit Betonung auf ‚war'." Dann ging sie weiter. Sie ging so schnell, dass ich Mühe hatte, hinterherzukommen.

Das „Lakritzzz" hatte inzwischen geöffnet. An den Tischen auf der Terrasse saßen Leute und hatten Kaffeetassen und Brotkörbe und Teller mit Wurst, Käse, Obst und Rührei vor sich.

Wir schauten uns noch einmal die Stelle an, wo ich am Abend gelandet war. Einige Frühstücksgäste grinsten, als wir uns über den Ort beugten, wo ich auf dem Hosenboden gesessen hatte.

„Und wie ist das genau passiert?“, fragte Sophia.

„Ich war gerade dabei, eine Flasche Holsten Edel aus dem Bierautomaten zu ziehen“, sagte ich.

„Bierautomat?“, fragte Sophia.

In diesem Moment ertönte hinter uns schallendes Gelächter.

„Da sind ja unsere beiden Turteltäubchen!“

Farid stand in der Tür zum Restaurant. Er hatte ein weißes Geschirrhandtuch in der Hand, das er in meine Richtung schwenkte.

„Ich hab’s dir doch gesagt, Kollege! Du hast das große Los gezogen! Keine Wohnung, aber ein warmes Bett bei unserer Sophia!“ Er lachte wieder, dann reckte er die Arme in die Luft und sang. „Amore! Amore!“ Dann ging er zurück in sein Restaurant.

Sophia stürmte hinterher, blieb an der Tür stehen und brüllte ins „Lakritzzz“ hinein.

„Du bist echt das Letzte, Farid!“ Dann zog sie mich am Ärmel von der Terrasse runter. „Wir gehen jetzt einen Kaffee trinken!“ Sie rief noch einmal ins Restaurant hinein: „Aber nicht hier!“

Ein paar hundert Meter weiter, auf der anderen Seite des Knooper Wegs, standen Tische und Stühle auf dem Gehweg. Direkt am Fahrradweg standen zwei Strandkörbe. „Café Bolivar“ stand auf einem Schild über der Tür des Cafés, das in meiner Welt eine Lottoannahmestelle war. Wir setzten uns an einen der Tische.

Die Kellnerin kam an unseren Tisch, eine blonde Frau mit hochgesteckten Haaren.

„Hallo! Wie geht’s euch? Was darf ich euch bringen?“ Sie flötete geradezu vor Fröhlichkeit.

„Einen Cappuccino“, sagte Sophia.

„Und für dich?“, sang die Kellnerin in meine Richtung.

„Eine Tasse Kaffee, bitte“, sagte ich.

„Wir haben Cappuccino, Espresso, Americano, Macchiato und Lungo!“, jubelte die Kellnerin. „Das ist wie Espresso, aber nicht so stark, das wird zurzeit sehr gerne genommen!“

„Äh …“

„Er nimmt auch einen Cappuccino“, sagte Sophia.

„Super!“, frohlockte die Kellnerin und ging weg.

„Das wirst du mögen“, sagte Sophia. „Ist ganz viel Milch drin.“

„Das klingt jetzt aber garstig“, sagte ich.

„Entschuldige bitte“, sagte sie. „Ich bin gerade etwas neben der Spur.“ Sie zeigte Richtung Olshausenstraße, wo sie sich gerade mit ihrem Freund oder Ex-Freund angegiftet hatte. Dann sah sie mich an.

„Warum willst du eigentlich so schnell weg hier?“, fragte sie. „Wartet zu Hause jemand auf dich?“

„Tja“, sagte ich, „meine Eltern machen sich bestimmt schon Sorgen. Ich war die ganze Nacht nicht zu Hause, sie wissen nicht, wo ich bin, und meine Mutter ist da immer sehr …“

„Ich meine nicht deine Mutter!“, sagte Sophia. „Also: Wartet da jemand?“

Das war eine gute Frage. Würde Sabine auf mich warten, so wie man sehnsüchtig auf einen geliebten Menschen wartet? Würde sie im Dunkeln in ihrem Zimmer sitzen und traurige Musik hören? Würde sie melancholische Sätze in ihr Tagebuch schreiben und nachts wach liegen? „Martin und Sabine gehen miteinander“, das sagten alle, und das schon seit ungefähr zwei Jahren. Aber genau genommen beschränkte sich das Miteinandergehen auf zwei oder drei Stunden in der Woche, meistens am Freitagabend. Wenn wir mit der Clique in der Disco waren oder auf einer Fete oder im Kino, dann kam sie irgendwann zu mir rüber, wenn sie ein paar Bier getrunken hatte und auch ein paar Schnäpse; Sabine war Schnapstrinkerin. Und dann knutschten wir, und irgendwann verzogen wir uns in eine dunkle Ecke, und dann wurde meistens mehr aus der Sache. Und wenn alles vorbei war, hatten wir uns nicht mehr viel zu sagen.

Einmal hatte Sabine den Schlüssel zur Wohnung ihrer Schwester. Tatjana wohnte seit ein paar Monaten in einer Wohngemeinschaft in der Wilhelminenstraße, und als sie über das Wochenende verreist war mit den anderen Hippies und Friedensbewegten, gab sie Sabine den Schlüssel, und wir hatten eine ganze Nacht für uns. Es war schön, neben ihr zu liegen und sich Zeit zu nehmen und keine schnelle Nummer durchzuziehen, so wie sonst, im Stehen, in einem Hinterhof oder im Keller eines Treppenhauses oder gebückt über einer Parkbank. Aber hinterher war wieder Schweigen, und Sabine wollte schnell nach Hause, weil ihr Vater bestimmt noch wach war und auf sie wartete.

Als wir dann den Knooper Weg entlanggingen, redete Sabine in einer Tour. Sie schimpfte über die Leute in der Disco, das waren alles „nervige Kleinkinder", und über die Jungen und Mädchen in dem Kindergarten, in dem sie ihre Ausbildung machte, das waren auch alles „nervige Kleinkinder". An der Ecke zur Beselerallee trennten wir uns, und sie sagte nur: „Tschüss, bis demnächst." Dann strich sie mir mit dem Finger über die Wange und drehte sich um und ging weiter.

Das war unser Miteinandergehen.

Wir redeten nicht über unsere Sorgen und unsere Träume, nicht einmal über unsere Arbeitskollegen oder über Filme und Bücher, die uns gefielen, so wie es andere Paare machten. Wir verbrachten auch sonst keine Zeit miteinander. Wir lagen nicht zusammen auf der Couch und kuschelten, wir gingen nicht zusammen tanzen oder Billard spielen oder Pizza essen. Wir unternahmen keinen gemeinsamen Schaufensterbummel, und wir machten keine Pläne für einen gemeinsamen Urlaub und schon gar nicht für eine gemeinsame Wohnung.

Also würde Sabine sehnsüchtig auf mich warten, wenn ich mal für längere Zeit weg wäre?

Vermutlich nicht.

„Nein“, sagte ich. „Eigentlich wartet da niemand auf mich.“

„Eigentlich nicht heißt ‚eigentlich doch‘“, sagte Sophia. „Was machst du denn sonst so? Studierst du?“

„Um Himmels willen, nein!“, sagte ich.

Ich war nach meinem Realschulabschluss, der recht ordentlich ausgefallen war, eine Zwei in allen Hauptfächern, aufs Fachgymnasium gegangen. Aber da war es deutlich anstrengender, und je anstrengender es wurde, desto weniger strengte ich mich an. Nach einem Jahr und mit haufenweise Vieren und Fünfen gab ich das Abitur auf und fing die Lehre an. Mein Vater kannte jemanden beim BVN und legte ein gutes Wort für mich ein.

Lehrstellen waren schwer zu bekommen, außer man wollte Gas- und Wasserinstallateur oder Estrichleger oder Tier-Zerhacker auf dem Schlachthof werden, aber das wollte niemand.

„Ich mache eine Ausbildung zum Reiseverkehrskaufmann beim BVN. Das bedeutet ‚Busverkehr Nord‘. Oder ‚Berge von Nörglern‘. Oder ‚Bei Verspätung nicht schimpfen‘.

„Ich kenn’ den Laden“, sagte Sophia. „Von Kiel nach Eckernförde in weniger als drei Stunden, wenn’s gut läuft. Und wie ist das so?“

„Eigentlich ganz okay“, sagte ich.

Mir gefiel es beim BVN.

„Hier macht man sich nicht tot“, hatten mir die älteren Kollegen am ersten Tag gesagt, und das war eine Zustandsbeschreibung und auch eine Aufforderung. Die meisten Kollegen waren schon seit Jahrzehnten da und erwarteten von den Jüngeren, dass sie keinen übertriebenen Ehrgeiz zeigten. Die Einstellung gefiel mir.

Der Arbeitstag begann normalerweise mit einer ausgedehnten Kaffeerunde im Frühstücksraum, bei der schachtelweise Zigaretten geraucht wurden. Die Runde löste sich erst so gegen halb zehn auf, wenn Herr Kahlke da gewesen war, der Hausbote. Er brachte die Post und war sehr beliebt, weil er eine Stimmungskanone war. Er hatte häufig eine Plastiktüte voller Fläschchen mit süßem, klebrigem Likör dabei. Seine Lieblingsmarken waren „Schürzenjäger" und „Busengrapscher" und „Schlüpferstürmer". Davon gab er gerne einen aus, und die Tippsen aus der Buchhaltung griffen begeistert zu.

Herr Kahlke kannte eine Menge schweinischer Witze, die er häufig zum Besten gab, wenn er ein paar „Busengrapscher" intus hatte. Zum Beispiel den Witz von dem Mann, der zum Arzt kommt, weil er immer ein rotes Licht vor seinen Augen sieht, und der Arzt sagt, ‚das ist die Warnleuchte: Sie haben zu viel gerammelt, der Tank ist bald leer!' Oder den Witz von der Frau, die zum Arzt kommt und sagt: ‚Mir juckt es zwischen den Zehen', und der Arzt fragt: ‚Zwischen welchen denn?', und sie sagt: ‚Zwischen den beiden großen!' Oder den Witz von dem Mann, der in ein Restaurant kommt und sagt: ‚Ich hätte gerne einen Ochsenschwanz und drei Eier', und der Kellner sagt: ‚Ich auch!' Die Tippsen aus der Buchhaltung quiekten dann vor Lachen, nachdem sie selbst einen oder zwei „Schlüpferstürmer" runtergestürzt hatten.

Nach dem Besuch von Herrn Kahlke wurde dann tatsächlich gearbeitet. Die Post wurde verteilt, es wurde auf Schreibmaschinen getippt, Rechenmaschinen ratterten, Telefone klingelten, und Stempel wurden auf Stempelkissen gedrückt und landeten krachend auf Formularen. Im Hintergrund lief das Vormittagsprogramm von NDR 2. „Von neun bis halb eins" hieß die Sendung, und da gab es gute Laune mit Lutziputzi Ackermann oder Günter dem Funk-Fink oder Carlo von Tiedemann und seinem Kamel Trudi und dazu aktuelle Hits und Schlager und die Beatles.

Die Mittagspause in der Kantine dauerte meist sehr lange, weil sich mehrere Nachtischrunden bildeten, wo Pudding und Eis gegessen wurde und wo es mit den Fläschchen weiterging, denn auch der Kantinenpächter hatte Schnaps und Likör im Angebot.

So gegen zwei Uhr ging es dann zurück an den Schreibtisch, und es gab keinen Alkohol mehr, denn viele wollten mit dem Auto nach Hause, und da musste man vorsichtig sein, seit die dämlichen Politiker die Promillegrenze auf 0,8 gesenkt hatten, wie die Kollegen sagten. Ab halb vier wurden dann die meisten Aktivitäten eingestellt, und jeder dröhnte vor sich hin und wartete auf den Feierabend. Es wurden höchstens noch Gummibäume gegossen oder Bilderrahmen abgestaubt. Das Radio verbreitete nun gedämpfte Stimmung, denn nachmittags lief die Erbschleichersendung, wo junge Verwandte ihren reichen Onkeln und Omas überschwänglich zum 77. oder 85. Geburtstag gratulierten. Die Musik war entsprechend auf den Geschmack von 77- und 85-Jährigen ausgerichtet, Operetten und Märsche und Zarah Leander.

Alles in allem hatte ich ein angenehmes Leben beim BVN. Mit den Kollegen kam ich gut aus. Die Tippsen hatten mich in ihr Herz geschlossen und nannten mich „unseren feschen, jungen Martin“, und Herr Lotz, der Abteilungsleiter, war zufrieden mit mir, weil meine Abrechnungen stimmten. Ich war schon auf der Schule gut in Mathe gewesen, mit Zahlen kannte ich mich aus, und ich war außerdem einer der wenigen, die diese neuen elektronischen Taschenrechner bedienen konnten, die langsam die alten Rechenmaschinen ersetzen sollten.

„Und was machst du da den ganzen Tag?“, fragte Sophia.

„Zurzeit hält uns die Buslinie von Kiel nach Flensburg ziemlich auf Trab“, sagte ich. „Die muss nämlich umgeleitet werden, wegen einer Baustelle in Fleckeby. Da müssen die Busse jetzt durchs Neubaugebiet. Also müssen wir die Fahrpläne und die Haltestellen und die Busse und die Fahrer umdisponieren, auch auf anderen Strecken. Das ist ganz schön anspruchsvoll, manchmal.“

„Eine Baustelle in Fleckeby?“, fragte Sophia und sah mir in die Augen. „Ist das etwa dein Traumjob?“

„Nein, natürlich nicht“, sagte ich.

Das Wort „Traumjob“ war mir neu. Was sollte ein „Traumjob“ sein?

Man ging zur Arbeit, weil man musste oder weil es so üblich war. Spaß erwartete da niemand. Man war zufrieden, wenn sich der Stress in Grenzen hielt.

„Willst du das denn ewig machen, dich um Baustellen in Fleckeby kümmern?“

„Ich weiß ja nicht mal, ob ich nach der Lehre übernommen werde“, sagte ich.

Das war nicht sehr wahrscheinlich, denn es wurde kaum jemand nach der Lehre übernommen. Ich wusste also nicht, was ich ab nächsten Sommer machen würde. Aber der nächste Sommer war noch lange hin, und ich hatte noch nicht einmal darüber nachgedacht, ob ich mir möglicherweise Sorgen machen müsste.

Die Kellnerin stellte zwei große, weiße Becher mit dampfender, schaumiger Flüssigkeit auf den Tisch. In den Schaum waren Herzen geritzt.

„Eure Cappuccinos!“, jauchzte sie. „Und die Formalitäten!“

Sie legte einen Zettel mit der Aufschrift „Gäste-Adressen“ und einen Kugelschreiber auf den Tisch.

„Was willst du denn später machen mit deinem Ökologie-Studium?“, fragte ich Sophia.

„Ökotrophologie!“, sagte sie. „Ich möchte Ernährungsberaterin werden, in einem Krankenhaus oder einer Reha-Klinik oder selbständig, mit eigener Praxis. Mal sehen.“

Das war wieder ein Wort, mit dem ich nichts anfangen konnte: Ernährungsberaterin.

„Also so was Ähnliches wie die Kellnerin hier?“, fragte ich. „Die hat uns ja auch beraten, welche Kaffeesorten sie hier haben.“

„Ja, und ich hab dir gestern Abend die Biersorten vorgebetet. Aber eine Ernährungsberaterin macht etwas anderes. Da geht es um gesunde Lebensmittel, Abnehmen, Allergien, richtiges Essverhalten und so weiter."

„Und wer braucht so was?", fragte ich.

„Zum Beispiel Menschen an sozialen Brennpunkten."

„Wo bitte?", fragte ich.

„Na gut", sagte sie, „die Übersetzung für den Primaten aus den 80ern: in Problemstadtteilen mit hohem Migrationsanteil, vielen Alleinerziehenden und mit bildungsfernen Haushalten."

Ich schaute sie irritiert an.

„Gaarden oder Mettenhof, zum Beispiel", sagte Sophia. „Wie würdest du das denn nennen?"

„Mein Vater sagt immer: Geh da bloß nicht hin, da wohnen bloß Säufer und Sonderschüler. Dabei kommt er selbst vom Ostufer."

„So was sollte man nicht mal denken", sagte Sophia. „Apropos Säufer: Du trinkst ganz schön viel Bier! Du warst gestern Abend schon reichlich angeheitert, und trotzdem wolltest du noch mehr!"

„Ich kenne Leute, gegen die bin ich eine ganz kleine Nummer, was das betrifft", sagte ich. „Aber ich hatte eben richtig Lust auf ein Bier."

Ich zündete mir eine Zigarette an, um meinen Standpunkt zu untermauern, dass ich einen souveränen Umgang mit Alltagsdrogen pflegte. Sophia lehnte sich in ihrem Stuhl zurück, um möglichst weit entfernt von meinem Rauch zu sein. Ein Aschenbecher stand auf dem Tisch, also durfte man heutzutage immerhin draußen rauchen.

Sophia kritzelte etwas auf den Zettel, wo „Gäste-Adressen" draufstand.

„Wir sind heute mal die Geschwister Schnederpelz", sagte sie. „Wir wohnen in Timbuktu, und unsere Telefonnummer ist die Kreiszahl Pi."

„Aha“, sagte ich.

„Frag nicht“, sagte sie. „Der zweite Spruch des Liam.“

Sie legte den Zettel und den Stift auf den Tisch. Wir nahmen beide einen Schluck aus unseren Kaffeebechern. Der Schaumkaffee schmeckte erstaunlich gut, viel besser als der Filterkaffee aus den schlürfenden Maschinen, die wir zu Hause und bei der Arbeit hatten. Da lag immer ein Geruch von Teer in der Luft, und es schmeckte ölig.

„Kann es sein“, fragte Sophia, „dass du mit deinem Bier-Schmachter diese ganze Wurmloch- und Dimensionsnummer in Gang gesetzt hast? Liam würde jetzt aufheulen, aber das wäre doch eine Erklärung, warum es ausgerechnet an diesem Ort und zu diesem Zeitpunkt passiert ist.“

„Wenn das stimmt, dann habe ich aber ein echtes Problem“, sagte ich. „Denn es gibt hier ja weder den Automaten noch den A&O-Laden.“

Ich kaufte mein Bier normalerweise nicht am teuren Automaten, sondern im Laden bei Frau Fischer, der korpulenten Verkäuferin, die Stefan Greve „Görtrud das Mammut“ getauft hatte.

„Gibt es denn nicht noch andere magische Bier-Orte?“, fragte Sophia.

„Klar!“, rief ich. „Getränke-Rademann in der Alten Lübecker Chaussee!“

Getränke-Rademann war der einzige Laden in Kiel, bei dem man schon als 14-Jähriger Alkohol kaufen konnte. Der Weg in die Alte Lübecker war zwar weit, aber in der siebten Klasse fuhren wir trotzdem häufig nach der Schule mit der Straßenbahn oder dem Bus dahin und deckten uns ein. Schwarzfahren war eine problemlose Nummer.

Dem alten Rademann hinter seinem Tresen war es egal, wie alt wir waren. Jeder bekam, was er wollte, sogar der kleine Nils Buttgereit, obwohl der noch aussah wie ein Grundschüler, zwei Köpfe kleiner als der Rest, mit einer Stimme, die meilenweit vom Stimmbruch entfernt war. Der kleine

Nils Buttgereit mochte kein Bier, zumindest damals noch nicht. Er griff sich immer eine Flasche Erdbeersekt. Einmal fragte Rademann ihn nach seinem Alter. „Ich bin sechzehn, Herr Rademann!“, piepste der kleine Nils Buttgereit. Rademann schmunzelte nur und kassierte ab. Wegen seiner Nachsicht genoss er bei uns Heldenstatus. Wir nannten ihn „Ronny Rademann“, weil das cooler klang als Herbert, wie er eigentlich hieß, und wir malten uns aus, dass er ein Leben voller Spaß und Ausschweifung führte.

„Wie heißt der Laden?“, fragte Sophia. „Rademann?“ Sie holte eine dieser schwarzen Cassetten aus der Jackentasche und tippte darauf rum. „Den gibt es tatsächlich!“ Sie sah kurz auf und bearbeitete dann wieder ihren Kasten. „Ich ruf' uns ein Taxi“, sagte sie. „Busfahren ist zu gefährlich, von wegen dem zweiten Spruch des Liam. Ich zahl' den Kaffee und du das Taxi, okay?“ Sie legte ein paar Münzen auf den Tisch.

Klamotte

Ich hatte meine Zigarette gerade ausgedrückt, da hielt ein beiger Mercedes mit schwarz-gelbem Schild auf dem Dach neben uns an. Wenigstens die Taxis sehen noch normal aus, dachte ich. Wir stiegen hinten ein. Der Fahrer- und der Beifahrersitz waren mit einer durchsichtigen Plastikwand von unseren Plätzen getrennt.

„Zu Getränke-Rademann in der Alten Lübecker Chaussee!“, sagte Sophia.

„Morgens um halb zwölf mit dem Taxi in den Getränkemarkt!“, sagte der Fahrer. „Ihr habt es wohl echt nötig!“ Er trug eine Nickelbrille und einen Zopf aus grauen Haaren und eine schwarze Lederweste, und er redete am laufenden Band. „Ihr seid meine letzte Fuhre! Ich bin seit Mitternacht unterwegs! Zwölfstundenschicht! Ich war schon in Flensburg heute Morgen! Da bringen wir immer die Lokführer hin! Die wohnen alle in Kiel, und ihre Züge stehen in Flensburg! Verrückt!"

Wir fuhren den Knooper Weg runter bis zum Exerzierplatz. Die Häuser waren dieselben, aber sie waren frisch gestrichen, genau wie unser Haus. Der Straßenbelag war auch hier neu. Und alle Läden, die ich kannte, standen jetzt leer.

Ecke Lehmberg war in meiner Welt die „Klamotte", wo man Hippie-Kram kaufen konnte, gestreifte Latzhosen und Palästinensertücher und Räucherstäbchen und Holzketten und Einkaufsbeutel aus Sackleinen mit dem Friedenssymbol drauf, das aussah wie der Mercedesstern, bloß mit einem Extra-Strich.

Die „Klamotte" hatte auch ein Regal mit gebrauchten Schallplatten, deswegen war ich da manchmal. Vor ein paar Wochen hatte ich eine Platte von Sailor gekauft, mit „Glass of Champagne" und „Girls Girls Girls" drauf. Das war natürlich primitive Popmusik, irgendwie unpassend für so einen Hippieladen, und weil ich vor dem Typen hinter der Kasse mit seiner selbstgedrehten Zigarette angeben wollte, kaufte ich noch eine Platte vom Mahavishnu Orchestra dazu.

„Geile Mischung", sagte der Zigaretten-Typ.

Die Mahavishnu-Platte hatte ich bisher nur ein einziges Mal aufgelegt und nach drei Minuten wieder ausgeschaltet. Das war grässliche Musik, fand ich, mit schrägen Rhythmen und kreischende Gitarren und dazu auch noch einer quietschenden Geige. Trotzdem stellte ich die Platte gut sichtbar vorne in mein Regal. Das Cover mit den Sternen im Weltraum sah cool aus, und es zeugt von Stil, dachte ich, sich auch mal mit schwieriger Materie zu befassen. Ich hatte auch Platten von Soft Machine und von Bram Tchaikovsky und von Peter Tosh. Ich konnte gegenüber Frauen zwar nicht betroffen wirken, aber meine Plattensammlung hatte Tiefgang.

Jetzt stand die „Klamotte“ leer, und ein Schild von einem Makler mit einer Telefonnummer hing im Fenster. Ein paar Straßen weiter, Ecke Fleethörn, war auch die „Kuckuckshalle“ verschwunden, und auch hier hing ein Schild im kahlen Fenster. In der „Kuckuckshalle“ lief ständig der Fernseher. Das war praktisch, wenn mal ausnahmsweise ein Fußballspiel im Fernsehen kam und wenn der Kasten zu Hause belegt war, weil meine Mutter „Das kleine Fernsehspiel“ gucken wollte oder die Operettensendung von Anneliese Rothenberger. Meine Mutter hatte einen merkwürdigen Geschmack. Der Wirt in der „Kuckuckshalle“ war immer nett zu uns und stellte uns Salzstangen und Brezeln auf den Tisch, auch wenn wir uns 90 Minuten lang an einem kleinen Bier festhielten.

Hinter dem Exer fuhren wir den Schützenwall entlang und dann die Ringstraße hoch und den Königsweg runter zum Rondeel.

„Krankentransporte bringen nix mehr!“, sagte der Fahrer. „Da haben die Kassen den Daumen drauf! Ich hab’ kürzlich mal einen nach Hamburg in die Klinik gefahren! Der hat die ganze Zeit geröchelt! Für 70 Euro! Und zurück dann Leerfahrt!“

In dieser Ecke der Stadt war ich selten. Hier schien sich wenig verändert zu haben. Den „Club 68“ gab es noch, wo wir uns nicht reintrauten, weil wir „nicht schlau genug sind“, wie Stefan Greve sagte. „Da hängen Bilder an der Wand, und die Typen, die die gemalt haben, sitzen daneben und trinken Rotwein! Da passen wir nicht hin!“

Und dann standen wir auf dem Parkplatz vor Getränke-Rademann, ein allein stehendes Gebäude mit einem Flachdach und einer schmucklosen Backsteinfassade, so groß wie eine Turnhalle. Über der Tür stand „Jürgen Rademann – Getränke Handel Party Service“. Dass der Eigentümer jetzt Jürgen hieß und nicht mehr Herbert, muss die größte Veränderung in den letzten vierzig Jahren gewesen sein.

„Acht sechzig!“, sagte der Fahrer.

Ich gab dem Fahrer einen roten Schein mit einer Zehn drauf, wünschte schönen Feierabend, und er sagte „Viel Spaß beim Frühschoppen!“, und dann setzten wir unsere Gesichtsmasken auf und betraten die Halle.

Türme von Bierkästen standen in mehreren Reihen bis zur Hinterwand, die im fahlen Kunstlicht kaum zu sehen war. Links vom Eingang war der Verkaufstresen, und dahinter stand ein Mann mit einem Kugelschreiber in der Hand und studierte einen Zettel auf einem Klemmbrett. Es war ganz eindeutig ein Rademann.

Jürgen musste der Sohn unseres Helden Ronny sein. Er trug einen grauen Kittel, genau wie der Alte, er hatte die gleiche kahle Stirn und die gleichen fettigen, zerzausten Haare am Hinterkopf und das gleiche fliehende Kinn, und er war auch gleich groß. Jürgen hatte keinen Bierbauch und war deutlich schmaler als Ronny, und er trug eine Brille. Ansonsten hätte man die beiden für Zwillinge halten können.

„Moin!“, rief Sophia.

Jürgen Rademann schaute kurz von seinen Zetteln auf und nickte.

„Das Edel steht immer da hinten links“, sagte ich und zeigte zur gegenüberliegenden Seite der Halle.

Tatsächlich standen dort gelbe Kästen mit roter Schrift auf Holzpaletten, und zwar in rauen Mengen, zehn Kisten pro Stapel, vier Stapel pro Reihe und acht Reihen in der Breite.

„Das sind 320 Kisten mal 30 Flaschen, macht 9.600 Flaschen“, sagte ich. Mit Zahlen war ich gut, wie gesagt.

„Und die willst du jetzt alle einzeln untersuchen?“, fragte Sophia.

„Gestern Abend hat eine leichte Berührung ausgereicht. Ich werde sie einfach alle antippen.“

„Na, dann mal los!“, sagte Sophia.

Ich stieg auf die Palette und befühlte die ersten vier Kästen in der obersten Schicht mit der flachen Hand. Nichts passierte.

„Die Kästen sehen komisch aus“, sagte ich. „Die sind ja quadratisch.“ Ich zählte die Kronkorken in einem der Kästen. „Es sind nur noch 27 Flaschen in jeder Kiste. Wer kommt denn auf so was, 27 Flaschen? Das heißt jedenfalls, ich muss nur 8.640 Mal antippen.“

„Das ist natürlich ganz was anderes“, sagte Sophia.

Und dann legten wir los. Mit der Zeit entwickelten wir ein Fließbandsystem. Sophia holte die Kisten von den Stapeln und stellte sie in den Gang. Ich kniete mich davor und griff kurz jede Flasche, hob sie an, drehte sie leicht und ließ sie in den Kasten zurückfallen. Dann baute ich mit den untersuchten Kisten neue Zehnerstapel im Gang, und wenn vier Stapel voll waren, war eine Reihe auf den Paletten leer, und ich reichte die Kisten einzeln an Sophia weiter, die sie wieder in die Ausgangsposition brachte.

Nach einer Weile stand Jürgen Rademann neben uns.

„Was soll denn das hier werden, wenn's fertig ist?“, fragte er.

„Wir suchen eine ganz bestimmte Flasche“, sagte ich.

„Da ist überall die gleiche Plörre drin!“, sagte Jürgen Rademann.

„Es ist wichtig“, sagte ich.

Sophia nahm ihre Maske ab und neigte ihren Kopf ein wenig zur Seite. Sie machte einen Schmollmund.

„Sie würden mir und meinem sehr speziellen Begleiter eine große Freude machen!“, sagte sie. „Bitteeee!“

„Von mir aus“, sagte Jürgen Rademann. „Aber wenn ihr Bruch baut, bezahlt ihr das, und ihr macht die Schweinerei weg. Eimer, Schaufel und Feudel sind da hinten!“ Er zeigte auf die Ecke neben dem Verkaufstresen.

„Dankeeee!“, sagte Sophia, wieder mit Schmollmund.

„Hier erlebst du Sachen …“, sagte Jürgen Rademann und ging weg.

„Die Nummer funktioniert immer“, sagte Sophia. Sie zog noch einmal den Schmollmund, klimperte mit den Augen und grinste. Dann setzte sie wieder ihre Maske auf.

Wir machten weiter mit unserem Fließbandsystem. Wir arbeiteten schnell und machten keine Pausen und redeten nicht viel.

Es war eine ziemliche Plackerei, aber es machte auch Spaß, mit Sophia zusammen den Getränkemarkt umzubauen. Sie hatte Kraft, sie strengte sich an und sie war konzentriert bei der Sache, und das imponierte mir. Einem anderen Menschen zu helfen, und das mit voller Kraft, auch wenn es um schwere Bierkästen ging, das ist gut, dachte ich. Und sie machte das alles, obwohl sie mich vielleicht für einen Spinner hielt. Jemanden, der so was tut, hat man gerne um sich.

Inzwischen hatten wir beide Schweiß auf der Stirn, und die Gesichtsmasken nervten, und ich bekam Durst. Der herbe, süßliche Geruch des Getränkemarktes machte Lust auf Bier.

Und dann wuchtete Sophia den letzten Kasten der siebten Reihe in den Gang. Ich kniete mich davor, Sophia wischte sich die Stirn ab, machte „puuh" und stütze sich ab, eine Hand auf ihrem Oberschenkel und eine Hand auf meiner Schulter, und in diesem Moment drehte ich die siebzehnte Flasche des Kastens.

Die Kiste begann zu beben, und es fühlte sich wieder so an, als ob man an einen Elektrozaun fasst, und es leuchtete wieder giftig grün, und das hydraulische Brummen ertönte und wurde lauter und schriller.

UUUUUUUUIIIIIIIIIIIIIIIIIIIIISCHSCHSCH!

Spezialitäten

Und dann saßen Sophia und ich auf dem Hosenboden. Unter uns war ein Fußboden aus Beton, und ein dicker Mann mit grauem Kittel stand neben uns.

„Wat is denn hier los?“, rief der dicke Mann. Es war Herbert Rademann. „Habt ihr hier ’ne Blitzbombe gezündet?“, rief er. „Wat hockt ihr denn hier aufm Boden rum? Ich hab euch gar nicht reinkommen seh’n! Und wat wüllt ji mit düsse dorigen Masken? Cowboy und Indianer oder wat!“

Wir nahmen die Masken ab. Ich fühlte mich, als wäre ich vom Fahrrad gefallen. Sophia starrte mich an, mit aufgerissenen Augen und offenem Mund.

Die Bierkästen, die wir im Gang gestapelt hatten, waren verschwunden, und vor uns, auf den Paletten, stand eine gelb-rote Wand aus Holsten-Edel-Kisten. Die Kisten waren größer als vorher.

Ich sah auf zu Herbert Rademann, der mit rotem Gesicht neben uns stand.

„Wir waren auf der Suche nach einer Spezialität“, sagte ich.

„Bi mi op ’n Boden gifft dat keene Spezialitäten!“, rief Herbert Rademann. „Seht zu, dass ihr Land gewinnt! Sucht euch ’n ander’n Platz zum Schicki-Micki-Moken!“ Er stemmte die linke Hand in die Hüfte, reckte seinen Bierbauch vor und zeigte mit der rechten Hand Richtung Ausgang.

Wir rappelten uns auf. Ich stellte mich auf eine der Paletten und betrachtete die Holsten-Edel-Kisten. Es waren dreißig Flaschen drin.

„Abmarsch!“, rief Herbert Rademann.

Wir gingen durch die Reihen von Bier- und Saftkästen zur Tür, vorbei an Reklametafeln für Jägermeister und Lux-Zigaretten und einem Blechschild mit der Aufschrift „Beck’s-Bier löscht Männer-Durst“. Herbert Rademann folgte uns und grummelte vor sich hin. Ich war ein wenig enttäuscht vom Helden meiner Jugend.

Die Metalltür des Getränkemarkts stand offen. Herbert Rademann überholte uns, stellte sich neben die Tür und zeigte nach draußen.

„So!“, rief er. „Dor geiht dat rut!“

Wir gingen ins Freie und kamen auf einen Parkplatz.

„Igitt, was stinkt das hier!“, rief Sophia und hielt sich die Hand vor Mund und Nase.

Ein Opel Kadett war auf den Parkplatz eingebogen, und aus dem Auspuff kam eine dichte, blaugraue Wolke, die nach verbranntem Benzin stank. Die Autos in der Welt von zwanzigzwanzig waren geruchsfrei gewesen, hier war das anders.

„Das ist ja eklig!“, rief Sophia.

Der Kadett parkte neben uns, und zwei Typen mit Lederjacke und Dauerwelle stiegen aus. Sie kamen auf den Eingang zu. Der eine guckte Sophia an und grinste, und dann begann er zu singen, „Punker-Maria, oh meine Punker-Maria!“, die Witzversion von Didi Hallervorden von diesem Roland-Kaiser-Schlager. Die beiden lachten und gingen dann in den Getränkemarkt.

„Wo sind wir hier?“, fragte Sophia.

„Wir sind ganz eindeutig bei Ronny Rademann“, sagte ich. „Das bedeutet: Der erste Spruch des Liam ist nicht eingetreten. Wir sind nicht hinterm Jupiter gelandet. Aber ich weiß nicht, wann …“

„Im Zeitalter der Pest!“, sagte Sophia und fächelte sich Luft zu. Dann zeigte sie auf den Getränkemarkt. „Ich frag' mal den Bierbaron!“, sagte sie und ging zurück in den Markt.

Ich folgte ihr, obwohl ich es nicht schlau fand, Herbert Rademann noch mehr auf die Nerven zu gehen.

Herbert Rademann stand hinter seinem Verkaufstresen und stemmte wieder die Hände in die Hüften und den Bierbauch nach vorne, als er uns sah.

„Wat wüllt ji denn al wedder hier?“, rief er.

„Entschuldigung“, sagte Sophia, „aber welchen Tag haben wir heute?“

„Freitag!“, rief Herbert Rademann.

„Und welches Datum?“, fragte Sophia.

„Wollt ihr mich verarschen?"

Hinter Herbert Rademann hing ein Abreißkalender an der Wand. Er zeigte den 19. September.

„Guck mal!", sagte ich und zeigte auf den Kalender.

„Okay", sagte sie. „Eine letzte Frage noch: Welches Jahr haben wir?"

„Nu aber rut! Aber 'n büschen plötzlich!"

Sophia legte den Kopf zur Seite und machte einen Schmollmund und schaute Herbert Rademann an.

„Bitteeee!"

„Ich ruf' gleich die Polizei!", brüllte Herbert Rademann, der für Sophias Charme offenbar weniger empfänglich war als sein Sohn.

„Ich glaub', wir gehen jetzt besser", sagte ich zu Sophia und zupfte am Ärmel ihrer Lederjacke.

„Na gut", sagte sie, und wir gingen wieder nach draußen auf den Parkplatz.

„Das Datum stimmt", sagte sie. „Aber welches Jahr ist das hier?"

Wir standen auf dem Parkplatz, und ich schaute rüber auf die gegenüberliegende Straßenseite. An einem Laternenmast hingen zwei Wahlplakate, ein nachdenklicher Helmut Schmidt mit dem Spruch „Sicherheit für Deutschland" und ein grinsender und winkender Franz Josef Strauß mit dem Spruch „Für Frieden und Freiheit".

„Hier sind wir richtig!", rief ich. „In ein paar Wochen ist ja die Bundestagswahl!" Ich jubelte und sprang in die Luft, und dann lief ich ein paar Schritte und sprang nochmals in die Luft, und dann reckte ich den Arm nach oben, so wie Gerd Müller nach seinem Siegtor im WM-Finale, und dann lief ich zurück zu Sophia. „Neunzehnhundertachtzig!", rief ich. „Ich bin wieder zurück!" Ich umarmte Sophia und drückte sie, und mir schossen die Tränen in die Augen.

Sie stand stocksteif da.

„Jetzt aber ab nach Hause!", rief ich und hüpfte Richtung Bürgersteig. „Meine Güte, was werde ich zu hören kriegen von meiner Mutter!"

Ich war schon auf dem Weg die Alte Lübecker Chaussee hoch, als ich mich umguckte. Sophia stand immer noch starr an derselben Stelle.

Ich ging zu ihr zurück.

„Alles klar?", fragte ich.

„Nein!", sagte sie. „Nichts ist klar. Ich will hier nicht sein! Ich will hier nicht bleiben!" Sie hatte die Augen aufgerissen und schaute durch mich durch. „Ich glaube dir deine Geschichte!", sagte sie. „Du kannst jetzt damit aufhören!"

Ich legte meine Hand auf ihre Schulter. Ich wusste nicht, was ich sagen sollte. Es ging ihr jetzt so, wie es mir am Abend davor gegangen war, und das war kein schönes Gefühl.

Wir standen eine Weile auf dem Parkplatz. Die Typen mit der Dauerwelle kamen aus dem Getränkemarkt raus. Der eine trug einen Kasten Bier, und der andere hielt eine Flasche Bacardi und drei Flaschen Cola eng umschlungen vor der Brust. Als sie an uns vorbeikamen, sang der eine „Und du wirst sehen, Tränen lügen nicht", und beide lachten.

„Wir finden bestimmt einen Weg, dich zurückzubringen", sagte ich. „Aber hier im Getränkemarkt wird das wohl nichts werden."

Der übellaunige Herbert Rademann würde uns bestimmt nicht seine Bierkästen herumwuchten lassen, das stand fest, zumindest nicht heute.

„Wir fahren erst mal zu mir nach Hause", sagte ich. „Komm!"

„Wie kommen wir da denn hin?", fragte Sophia, und ihre Starre löste sich langsam, und sie ging mit vorsichtigen Schritten vom Parkplatz runter auf den Bürgersteig.

„Mit der Straßenbahn!", sagte ich.

Wir liefen die Alte Lübecker Chaussee hoch und das Sophienblatt runter zur Gablenzbrücke. Sophias Schritte waren langsamer und vorsichtiger als am Morgen, als ich kaum mit ihr mithalten konnte. Sie blieb immer wieder stehen und schaute sich um. Dann holte sie ihren Cassetten-Kasten aus der Jackentasche und wischte darauf herum.

„Kein Netz. War ja klar."

Am Rondeel, wo die Alte Lübecker Chaussee endet und das Sophienblatt anfängt, hing ein riesiges Werbeplakat an einer Hauswand, mit Pferden in der Prärie und einer untergehenden Sonne. „Marlboro. Der Geschmack von Freiheit und Abenteuer."

„Ist ja irre", sagte Sophia. Sie hielt ihren Kasten in Richtung des Plakats.

„Ist das etwa auch eine Kamera?", fragte ich.

„Klar!", sagte sie

Sie begann, die Gegend abzufotografieren, die rostige Stoßstange eines VW Käfer, einen Kaugummi-Automaten, ölige Pfützen im Rinnstein, eine Lücke in der Häuserfassade, wo die Trümmer des Krieges schon beseitigt waren, aber wo noch nichts Neues gebaut worden war.

„Das sind tolle Motive hier!"

„Sei lieber vorsichtig", sagte ich. „Du solltest mit deinem Gerät nicht so herumwedeln. Du weißt schon: der zweite Spruch des Liam."

Sophia zuckte mit den Schultern und steckte den Kasten wieder ein.

An der Gablenzbrücke warteten ein Dutzend Menschen auf der Verkehrsinsel in der Mitte der Straße auf die Bahn.

„Hast du Geld für Fahrkarten?", fragte Sophia.

„Django hat Monatskarte!", sagte ich und zog meine Monatskarte aus der Jacke, einen hellgrünen Schein in einer Klarsichthülle.

„Wer ist Django?", fragte Sophia.

„Das sagt man so“, sagte ich. „Ist ein Witz.“

„Aha.“

Ich schaute in mein Portemonnaie, und da waren noch ein paar Mark Kleingeld drin. Schwarzfahren war zwar normalerweise kein Problem, und die Kontrolleure erkannte man sofort, es waren immer alte, dicke Männer in grauen Parkas, immer in grauen Parkas. Aber mit Sophia war mir das Risiko zu groß. Wenn sie erwischt wird, dachte ich, und sie kann sich nicht ausweisen, oder sie zeigt den Controlettis ihren Ausweis mit einem Geburtsdatum in der fernen Zukunft, dann haben wir ein noch größeres Problem.

„Ich hab’ genug Geld für eine Fahrkarte für dich“, sagte ich.

„Wie beruhigend“, sagte sie.

Nach einigen Minuten kam die Straßenbahn langsam mit Dröhnen und Rumpeln über die Brücke gefahren und hielt vor uns an. Die Seiten waren voller Werbung für Geschäfte in der Holstenstraße, Meislahn und Giesecke und Schmielau und Brinkmann. Auf dem Schild an der Frontseite stand „Fähre Holtenau“, und daneben prangte die Zahl 4.

„Wie viele Linien gibt es denn hier?“, fragte Sophia.

„Eine“, sagte ich.

„Und warum ist das dann die 4?“, fragte sie.

„Wahrscheinlich, weil 1 bis 3 inzwischen Buslinien sind“, sagte ich. „Straßenbahnen sind veraltet, bald gibt es nur noch Busse und Autos!“

„Was für eine tolle Idee!“, sagte Sophia. „Ihr seid ja so was von fortschrittlich!“

Ich kaufte für sie eine Karte beim Fahrer. Der Fahrer war griesgrämig, wie immer. Die Fahrkarte kostete eine Mark zehn, viel zu teuer, wie mein Vater sagte. Den grünen Pappstreifen steckte ich in den Stempelautomaten, und aus dem Automaten kamen ein Stampfen und ein Klingeln. Ich gab Sophia die Fahrkarte, und wir gingen den Gang runter in den hinteren Teil der Bahn, wo wir zwei Holzsitze für uns hatten. Die Bahn läutete schrill und setzte sich schaukelnd in Bewegung.

Im Sophienblatt, schräg gegenüber vom Hauptbahnhof, war die Seitenwand eines Hauses gelb gestrichen. Darauf war eine lachende, rote Sonne gemalt, mit dem Schriftzug „Atomkraft? Nein Danke!“ drum rum. Darunter stand, „Lasst alle gefangenen AKW-Gegner + Hausbesetzer frei!“, das Wort „frei“ in schnörkeliger Schönschrift, und daneben, offenbar hastig hingekrakelt, „Wir wollen leben“. Aus den Fenstern der Häuser rechts daneben hingen Bettlaken mit Sprüchen wie „Instandbesetzung“ und „Wir bleiben drin!“. Im Erdgeschoss hatten neue Läden aufgemacht, „Plattenkollektiv“ und „Café Rote Sahne“.

„Was ist denn hier los?“, fragte Sophia.

„Die Häuser sind kürzlich besetzt worden“, sagte ich. „Die standen leer, trotz der Wohnungsnot. Und nun sollen sie abgerissen werden, damit hier ein Einkaufszentrum gebaut wird. Kannst du dir das vorstellen?“

„Völlig absurd!“, sagte Sophia. „Ein riesiges Einkaufszentrum direkt am Kieler Hauptbahnhof! Was für eine Schnapsidee!“

Wir fuhren die Bergstraße hoch, vorbei an den Discos, wo wir freitags und sonnabends die Nächte verbrachten, das „EX 2000“, das „Simplicissimus“, das „Böll“ und der „Hinterhof“, aber da waren wir selten, weil da nur Hippies rumhängen, die mit Drogen dealen, wie Stefan Greve sagte.

Die Bahn wackelte die Holtenauer Straße entlang. Auch hier hingen die Laternenpfähle voller Wahlplakate. Die CDU hatte einen Bilderreigen von Franz Josef Strauß aufgehängt. Sein wuchtiger, rot geschwollener Kopf war von vorne oder im Profil zu sehen, lachend oder mit strengem Blick. Auch die anderen Parteien beschäftigten sich vor allem mit ihm. Die FDP hatte ein gelbes Plakat mit blauer Schrift entworfen, „Genscher statt Strauß!“. Sogar Splittergruppen rechneten sich etwas aus. „Stoppt Strauß! Wählt Volksfront!“

„Dieser Strauß muss ja eine tolle Nummer sein", sagte Sophia.

„Na ja", sagte ich.

„Gehst du eigentlich hin zur Wahl?", fragte Sophia.

Die Frage fand ich komisch. Mir wäre es nie in den Sinn gekommen, nicht zur Wahl zu gehen. Jeder ging hin. An Wahltagen war der Schulhof am Ravensberg, wo unser Wahllokal war, immer voll mit Menschen, und auch als Kind war ich mitgegangen, und wenn ich einen Schulfreund traf, dann blieben wir noch eine Weile da und beobachteten das Treiben.

„Natürlich gehe ich hin", sagte ich.

„Und wen wählst du?"

Auch diese Frage war komisch. Wenn man in einem Mietshaus in der Kieler Innenstadt wohnt und eine Lehre zum Reiseverkehrskaufmann macht, und wenn das der höchste Bildungsabschluss ist, der jemals in dieser Familie erreicht wurde, dann ist es klar, wen man wählt.

Wir sind Arbeiter, sagten meine Eltern, und das sollte vieles erklären. Warum wir im Sommer nicht in Urlaub fuhren, warum wir kein Auto hatten, warum wir einen alten Schwarzweiß-Fernseher hatten und warum wir immer die billigsten Gerichte bestellten, wenn wir ausnahmsweise mal in einem Restaurant saßen. Und warum wir nie in eines dieser modernen Restaurants gingen, wo es italienisches oder jugoslawisches oder chinesisches Essen gab. Nicht weil es da zu teuer war. Aber vor neuen, ausgefallenen Sachen schreckten meine Eltern zurück. Wir sind Arbeiter.

Meine Eltern wählten „natürlich" SPD, aber sie waren keine fanatischen Anhänger. Wenn an einem Wahlabend im Fernsehen der SPD-Balken höher ragte als der schwarze von der CDU, saß mein Vater auf seinem Sessel und sagte, „siehstewohl!", und klopfte sich auf die Schenkel, wenn der Verlierer von der CDU ins Bild kam. „Da! Guck dir mal den Trottel an!"

Aber wenn der schwarze Balken höher stieg und die SPD verloren hatte, sagte er auch, „siehstewohl!", und wenn dann der SPD-Verlierer auf dem Bildschirm erschien, sagte er: „Das haben die jetzt davon! Völlig verdient! Die haben ja nur noch Mist gebaut zuletzt!"

„Ich wähl' SPD", sagte ich, und das klang wie eine Selbstverständlichkeit, dabei hatte ich noch nie gewählt, weil ich beim letzten Mal noch nicht alt genug war.

„Ach, du bist das", sagte Sophia.

Würstchen

Am Schauspielhaus stiegen wir aus. Wir hatten kaum das Pflaster der Haltestelle betreten, als Sophia sich wieder die Hand vor Mund und Nase hielt und aufstöhnte.

„Mein Gott, das stinkt hier ja noch schlimmer!"

Der Geruch der Holsten-Brauerei, die ein paar Schritte die Straße hoch lag, war überwältigend, ein süßsaures Aroma, das in der Nase stach und intensiver wurde, je wärmer es war. Das ganze Viertel stank nach Hopfen und Malz. Ich war daran gewöhnt. Unsere Wohnung lag direkt neben der Brauerei, und von meinem Zimmer aus konnte ich über die Mauer auf den Hof schauen, wo Fässer und Kisten gestapelt waren und wo Gabelstapler und Lastwagen hin und her fuhren. Der Geruch war normal, genau wie das Knattern der Laster, die Rufe der Lagerarbeiter und das Scheppern der Paletten mit Bier und Brause, wenn sie auf den Boden oder auf die Ladeflächen der Lastwagen knallten.

Wir warteten auf eine Lücke im Verkehr und überquerten den Knooper Weg. Von dort kamen wir in die Bremerstraße, und dann standen wir vor unserem Haus. Alles sah aus wie immer, die neue weiße Farbe war weg, und auf dem

Klingelschild für den zweiten Stock rechts stand, in Messing graviert, „Hansen". Der gelbe Zettel von heute Morgen mit „Rindfleisch" und „Okachango" war verschwunden. Ich war trotzdem unsicher, als ich den Schlüssel ins Schloss steckte, aber die Tür öffnete sich sofort.

Ich spürte wieder diese Erleichterung wie vorhin auf dem Parkplatz.

Dieses Gefühl verschwand jedoch schnell, als wir die Treppe raufstiegen, denn ich ahnte, was jetzt kommen würde. Ich schloss die Wohnungstür auf.

„Hallo!", rief ich.

Aus der Küche ertönte ein Schrei.

„Martin!"

Es folgte ein Scheppern.

„Mein Gott, wo warst du?", rief meine Mutter. Sie kam um die Ecke und blieb mit zugekniffenem Mund im Flur stehen, als sie Sophia sah.

„Das ist Sophia", sagte ich.

„Guten Tag", sagte Sophia und streckte die Hand aus, aber meine Mutter rührte sich nicht und starrte sie an.

So standen wir einen Augenblick da, als mein Vater aus dem Wohnzimmer kam. Er war Schlosser bei den Stadtwerken und hatte in dieser Woche Frühschicht, und deswegen war er jetzt schon zu Hause, am frühen Nachmittag. Er schaute mich an und dann Sophia, und dann lächelte er. Meine lange Abwesenheit und Sophias Anwesenheit ließen Raum für alle möglichen Spekulationen.

„Na, wen bringst du uns denn da ins Haus?", fragte mein Vater. Sein Lächeln wurde breiter.

„Das ist Sophia", sagte ich.

„Sofia ist die Hauptstadt von Bulgarien!", rief mein Vater. „Das solltest du eigentlich wissen! Wofür haben wir dich denn auf die Realschule geschickt?"

„Er ist immer aufgeregt, wenn Besuch im Haus ist", sagte ich zu Sophia.

„Werd' bloß nicht frech, du!", sagte mein Vater. Er strahlte jetzt wie eine Glühbirne.

„Ja, aber wie, ich meine, wo habt ihr euch denn kennengelernt?", fragte meine Mutter.

„Gestern Abend, in einer Kneipe", sagte ich.

„Du lieber Himmel!", sagte meine Mutter. „Und dann habt ihr die ganze Nacht ...?"

„Es gibt da ein Problem", sagte ich. „Sophia wohnt in der Hansastraße, aber da kann sie jetzt nicht hin. Ihr Schlüssel ist weg, und da ist zurzeit auch niemand, der sie reinlassen kann."

„Ja!", sagte Sophia.

„Kann sie heute Nacht hier schlafen?"

Der zugekniffene Mund meiner Mutter verengte sich zu einem langen, schmalen Strich.

„Ho ho ho!", machte mein Vater.

„Ja aber", sagte meine Mutter, „wir kennen die Dame ja gar nicht ..."

„Sophia studiert an der Uni", sagte ich. „Ökologie!"

„Hervorragend!", rief mein Vater. „Das hat Zukunft! Davon hört man ja ganz viel in letzter Zeit!"

„Eine Studentin ...", sagte meine Mutter, und sie sprach das Wort so aus, als wäre es eine gefährliche Krankheit. „Und wo kommen Sie her?", fragte sie und traute sich zum ersten Mal, Sophia direkt anzusprechen.

„Ich sagte doch schon, sie wohnt in der Hansastraße!", sagte ich.

„Nein, ich meine mehr so ursprünglich."

„Ich komme aus Rostock", sagte Sophia.

Das überraschte mich. Ich hatte noch nie einen echten DDR-Menschen gesehen. Wir hatten zwar entfernte Verwandte in Güstrow, Onkel Bruno, der Cousin eines Onkels oder so, und seine Frau, die von meinen Eltern Tante Mieze genannt wurde. Aber die hatten wir nie besucht, und Onkel Bruno und Tante Mieze waren auch noch nie in Kiel gewesen, „weil die da nicht rausgelassen werden“, wie mein Vater sagte. Wir schickten jedes Jahr zu Weihnachten ein Paket rüber, mit Jacobs-Kaffee und Verpoorten-Eierlikör und Sprengel-Schokolade, und im Gegenzug kam ein Paket mit Schnitzereien aus dem Erzgebirge und Rotkäppchen-Sekt und Halloren-Kugeln, und für mich war immer eine Platte von den Puhdys dabei, mit einem Kärtchen dran, „Für den Musikfreund“. Die Platten hörte ich selten, aber sie füllten die Lücken in meinem Regal auf.

„Aus Rostock?“, fragte mein Vater. „Aber ... wie sind sie denn hier rübergekommen?“

„Mit dem Auto“, sagte Sophia.

„Mit dem Auto!“, rief mein Vater. „Versteckt im Kofferraum, nicht wahr?“ Er drehte sich um und sah meine Mutter an. „Siehst du, Martha? Man kann da rauskommen! Da braucht man auch keinen Luftballon zu basteln und kein U-Boot! Einfach mit dem Auto! Ist ja toll! Die Vopos werden nachlässig! Das liegt an der Motivation!“ Er wandte sich wieder Sophia zu, legte seinen Arm auf ihre Schulter und sah ihr in die Augen. „Und Ihre Verwandten ... sind die noch drüben?“

„Ja“, sagte Sophia, „meine Eltern wohnen in Rostock.“

„Mein Gott, wie tragisch!“, sagte mein Vater. „Und der Kontakt ist natürlich jetzt nicht mehr möglich.“ Sein Arm lag immer noch auf Sophias Schulter, und er begann langsam mit dem Kopf zu wackeln. „Armes Deutschland, armes Deutschland ...“

„Na ja, ich versuche natürlich, mich ab und zu mal zu melden“, sagte Sophia. „Aber wir haben ja so viele Klausuren.“

„Ein echter Zonenflüchtling, hier in unserer Wohnung!“, sagte mein Vater und schüttelte wieder den Kopf. „Unglaublich!“

„Ja, wenn das so ist ...“, sagte meine Mutter, „dann können Sie natürlich heute Nacht hierbleiben. Dann essen Sie auch gleich mit uns mit. Es gibt Karbonade!“

Sophia schaute mich an.

„Schweinekotelett", sagte ich.

„Ich bin Vegetarierin", sagte Sophia.

Meine Eltern waren verwirrt.

„Das bedeutet, ich esse kein Fleisch", sagte Sophia.

„Kein Fleisch!", rief mein Vater. Seine Erstarrung löste sich, und seine Stimme hatte nun einen triumphalen Unterton. „Ich hab's doch immer gesagt, Martha! Die Versorgungslage drüben ist eine Katastrophe! Nicht mal Fleisch haben sie mehr! Pass mal auf, das kann da ganz schnell den Bach runtergehen! In Polen fängt das ja schon an!"

„Nein", sagte Sophia, „ich esse aus Gesundheitsgründen kein Fleisch."

„Und Mangelerkrankungen gibt es auch noch!", rief mein Vater, und seine Stimme überschlug sich fast. „So was steht natürlich nicht in der Zeitung, aber hier erfährt man das mal aus erster Hand!"

„Tja, wenn Sie kein Fleisch mögen", sagte meine Mutter, „dann bekommen Sie eben Würstchen. Ich hab' noch ein Glas in der Speisekammer."

Sophia wollte etwas sagen, aber ich war schneller.

„Wir gehen dann erstmal in mein Zimmer!"

Ich ging an meinen Eltern vorbei zu meiner Zimmertür, und Sophia folgte mir.

„Bitteschön", sagte ich und bot ihr den Stuhl am Schreibtisch an. Dann machte ich die Tür zu und setzte mich auf mein Bett. Mehr Sitzgelegenheiten gab es nicht.

Sophia schlug die Beine übereinander und versuchte, sich mit dem Ellenbogen auf meinem Schreibtisch abzustützen. Der Tisch war voller Krempel, zum Schreiben benutzte ich ihn kaum noch, seit ich mit der Schule aufgehört hatte. Jetzt stand dort ein Schuhkarton mit Unterlagen von der Arbeit, mein Ausbildungsvertrag, Lohnabrechnungen, die Einladung zum Betriebsausflug. Daneben lagen Cassetten und Singles, und außerdem stand ein Stapel mit Kartenspielen auf dem Schreibtisch, hauptsächlich Quartett, Straßenflitzer und Supertanker und Düsenjäger. Die hatte ich vor einiger Zeit wieder hervorgeholt, als wir angefangen hatten, Sauf-Quartett zu spielen: Jeder zieht eine Karte, und wer am wenigsten PS oder Bruttoregistertonnen oder Stundenkilometer hat, der muss einen Schnaps trinken.

Sophia schaute sich um und guckte sich das Poster mit dem sterbenden Soldaten und dem großen „WHY?" an, und danach das von Debby Harry in ihrem kurzen Glitzerkleid.

„Wer ist das denn?", fragte sie und zeigte auf Debby Harry.

„Ach, das ist so eine Sängerin", sagte ich.

„Sängerin", sagte sie. „So so." Dann sah sie meine Gitarre, die an der Wand neben der Tür lehnte. „Spielst du?", fragte sie und nickte in Richtung der Gitarre.

„Ja", sagte ich, „ich hab' vor ein paar Monaten angefangen."

Sie griff sich die Gitarre und hielt sie mir hin.

„Spiel mal was!"

„Du lieber Himmel!", sagte ich. „Echt?"

„Klar!", sagte sie. „Der kleine Rebell mit seiner Gitarre. Das will ich hören!"

„Na gut", sagte ich, obwohl ich keine Lust hatte, mich zu blamieren, aber ich wollte auch nicht feige sein. „Das ist eins von meinen eigenen Liedern."

Es war mein einziges eigenes Lied. Ich hatte es vor ein paar Wochen geschrieben, abends bei Kerzenschein, wie es sich gehört, und ich dachte, es wäre besser, ihr etwas Unbekanntes zu präsentieren, als mit etwas Bekanntem wie „Lady in Black" oder „Let it Be" oder „Blowing in the Wind" durchzufallen. Da wüsste sie ja, wie es tatsächlich klingen sollte.

Ich strich mit dem Daumen über die Saiten. Die Gitarre war noch einigermaßen gestimmt. Dann atmete ich durch, und dann fing ich an.

Das Stück war simpel, logischerweise, entsprechend meiner Fähigkeiten. In der Strophe waren es immer nur D und C, jeweils zwei Takte. Das Tempo war langsam, Dylan-artig. Nach zweimal D und C fing ich an zu singen. Ich presste die Stimme am Kehlkopf vorbei, damit es rauchiger und authentischer klang.

„Oh Lady Heartbreak, you broke away my soul,
and then you threw the thing away!"

Da war ganz schön viel Tie-Äitsch drin, aber ich brachte es sauber über die Rampe.

„Once you were warm, but now you are so cold,
like a cold December day!"

Es begann, im Hals zu kratzen, aber jetzt musste ich die Sache durchziehen.

„We made mad love, we made shadow love,
but it's all over now!"

Auf diese Zeilen war ich besonders stolz, denn da steckten jede Menge Anspielungen drin. Das mit „mad love" und „shadow love" kam von Warren Zevon, von seiner neuen Platte. Ich hatte keine Ahnung, was er damit meinte, aber ich schickte damit einen Gruß über den großen Teich, von Songwriter zu Songwriter. Und „It's all over now" war natürlich von den Stones, und Bob Dylan hatte das auch mal verarbeitet. Anspielungen waren künstlerisch wertvoll, und wer sie machte und wer sie erkannte, der war ein Kenner, der gehörte dazu.

„Once it was nice, but now it is tough,
and now I feel like a stupid cow!"

Ich war mir nicht sicher, ob es schlau war, „now" auf „cow" zu reimen, aber mir war nichts anderes eingefallen. Und wenn mir nichts anderes einfiel, dann gab es wahrscheinlich auch nichts Besseres, denn ich hatte ja schließlich immer eine Zwei in Englisch.

Jetzt kam der Refrain. Dafür ging es hoch auf F und dann runter auf E-Moll. Das mit E-Moll war ein Problem, denn E-Moll galt als Primitivakkord. Dafür brauchte man nur zwei Finger der linken Hand, und jeder konnte ihn spielen, und deswegen war er unter Fachleuten verpönt. Das hatte zumindest der Kritiker im „Musik Express" behauptet, als er kürzlich die erste Platte einer neuen irischen New-Wave-Band namens U2 durch den Wolf gedreht hatte. Falls überhaupt mal ein U2-Song mehr als einen Akkord habe, schrieb er, dann sei einer davon immer der Volksakkord E-Moll. Das war natürlich vernichtend. Aus dieser Band würde nie etwas werden. Aber angesichts meiner beschränkten Fähigkeiten kam ich an E-Moll nicht vorbei. Mit der Stimme musste ich jetzt auch hoch, und das tat noch mehr weh.

„Yellow Pain!
Now I'm standing in the rain!"

Das war wieder eine Anspielung, wenn auch eine ziemlich weit hergeholte. Mein „Yellow Pain" war gewissermaßen das Gegenstück zum lustigen U-Boot in „Yellow Submarine" oder zum fröhlichen „Yellow Taxi" von Joni Mitchell. Ein allumfassendes Schmerzgefühl.

„Yellow Pain!
You wracked me a dirty stain!"

Ich wusste nicht, ob es das Wort „wracked" wirklich gab, aber es klang so, als müsste es das geben. Es würde sowieso keiner merken, und wenn ich mal im Ausland berühmt werden sollte, dann könnte ich es ja ändern.

„Yellow Pain!
Please don't do it to me again!
Yellow Pain!
It's a shame!"

Eine zweite Strophe hatte ich noch nicht, also sang ich den Refrain nochmal. Langsam fing die Sache an, Spaß zu machen. Das war ja gewissermaßen mein erster öffentlicher Auftritt.

„Yellow Pain!
Now I'm standing in the rain!
Yellow Pain!
You wracked me a dirty stain!
Yellow Pain!
Please don't do it to me again!"

Zum krönenden Abschluss baute ich eine inhaltliche Steigerung ein, mit einem Wort, das wohl das schlimmste Wort überhaupt in der englischen Sprache ist, das stand zumindest mal im „Stern".

„Yellow Pain!
It's a fucking shame!"

Dann riss ich zum letzten Mal E-Moll an, ganz langsam von der obersten bis zur untersten Saite. Ich ließ den Akkord ausklingen und sank über der Gitarre zusammen, als ob ich gerade eine gewaltige Anstrengung hinter mich gebracht hatte. So blieb ich einen Augenblick sitzen. Dann richtete ich mich auf und sah Sophia an. Ich dachte, dass sie vielleicht nicht den Tränen nahe, aber doch ergriffen sein müsste – angesichts der Tiefe meiner Gefühle in meinem Text und meiner Musik und meiner Stimme.

Sie schaute mich an, so wie man einen kleinen Jungen anschaut, der gerade in die Hose gemacht hat, mit einer Mischung aus Erschrecken und Mitleid.

„Yellow Pain?“, fragte sie. „Ernsthaft?“

„Ja, natürlich!“, sagte ich. „Warum denn nicht?“

„Warum singst du denn auf Englisch?“

„Warum singe ich auf Englisch!“, rief ich.

Das war schon wieder so eine komische Frage. Auf Deutsch sangen nur die Schlager-Fuzzis. Natürlich gab es Udo Lindenberg und Nina Hagen, aber die waren ziemlich einmalig, so was machte sonst keiner. Wenn Reinhard Mey im Radio lief, vormittags bei der Arbeit, dann gefiel mir das, aber das würde ich natürlich nie zugeben. Und kürzlich lief abends im „Club“, der Jugendsendung auf NDR 2, ein Lied von einer Berliner Band, wo es um Berlin ging und wo sie zum Schluss alle ganz schnell „Berlin Berlin Berlin Berlin“ machten. Das klang ziemlich cool.

Aber sonst?

Wer Rockmusik spielte, der sang auf Englisch.

„Jeder singt auf Englisch!“, sagte ich. „Das ist die Sprache der Rockmusik!“

Sophia wollte antworten, aber in diesem Moment klopfte es an der Tür.

„Martin, kommst du bitte mal?“, rief meine Mutter.

„Ach du Scheiße“, sagte ich. Ich lehnte die Gitarre an die Wand, ging raus auf den Flur und schloss die Tür hinter mir.

Couch

Meine Mutter stand mit gesenktem Kopf da und hatte die Hände vor ihrer Schürze gefaltet.

„Martin, es geht mich ja nichts an", sagte sie. „Du bist ja alt genug. Und die jungen Leute sind heute ja auch anders als wir früher. Aber einfach so abends jemanden in der Kneipe treffen und dann die ganze Nacht wegbleiben …"

„Es ist nicht so, wie du denkst", sagte ich, und das war ein richtig blöder Spruch. Solche Sätze sagen Leute in schlechten Filmen, wenn sie mit der Geliebten im Bett liegen, und die Ehefrau steht in der Tür.

„Was ist denn jetzt mit Sabine? Du gehst doch eigentlich mit Sabine."

„Mit Sabine ist alles in Ordnung", sagte ich.

„Na ja, das sagst du jetzt so einfach, aber morgen ist Sonnabend, und da muss ich zu Bäcker Danielsen, Brötchen holen, und da steht dann Frau Krahl hinterm Tresen, und die könnte ja schließlich eines Tages deine Schwiegermutter sein. Wie stehe ich denn jetzt da?"

„Genauso wie immer", sagte ich.

„Aber damit eins mal klar ist", sagte meine Mutter. „Bild' dir ja nicht ein, dass du hier mit deiner jungen Dame rumpoussieren kannst! Sie kann ja in deinem Bett schlafen, aber du schläfst auf der Couch im Wohnzimmer!"

„Ja, Mama."

„Wir machen uns ja strafbar!", sagte meine Mutter. „Zwei junge Leute ohne Trauschein einfach so bei sich übernachten zu lassen, das ist Kuppelei!"

„Mama, das ist nicht mehr strafbar", sagte ich. „Schon seit Jahren nicht mehr!" Das wusste ich ziemlich genau, denn das hatte Tatjana gesagt, Sabines ältere Schwester, bevor Sabine und ich unseren Abend in ihrer WG verbracht hatten. „Das ist alles voll legal, du!", hatte Tatjana gesagt.

„Dann soll er aber auf jeden Fall das Bett frisch beziehen!", rief mein Vater aus dem Wohnzimmer. „Wer weiß, was er da drin alles angestellt hat!"

„Heinrich!", rief meine Mutter. „Also wirklich!"

„Ja, ja", sagte ich.

„Also, das machst du auf jeden Fall heute noch!“, sagte meine Mutter. „Und morgen hat sie dann ja hoffentlich ihren Schlüssel wiedergefunden. Und jetzt gibt es erstmal Mittagessen. Bring den Stuhl aus deinem Zimmer mit, damit die junge Dame sich hinsetzen kann!“

Wir saßen zu viert um den Küchentisch.

Ich hatte befürchtet, dass das Mittagessen eine einzige Peinlichkeit in eisigem Schweigen sein würde, eingeklemmt zwischen dem Unwillen meiner Mutter und dem zweiten Spruch des Liam. Aber mein Vater nahm die Sache in die Hand. Er plapperte drauflos. Er erzählte Anekdoten von seiner Arbeit, die meine Mutter und ich schon dutzendmal gehört hatten, und ich wusste nicht, ob er sich vor Sophia aufspielen wollte oder ob er spürte, dass hier eine Menge Stirnrunzeln in der Luft lag, wie Jerry Lewis mal gesagt hatte, und dass Entspannung nötig war.

„Ich bin ja vor einiger Zeit befördert worden, wissen Sie“, sagte er.

Sophia nickte.

„Früher, da war ich ja nur einfacher Schlosser, aber jetzt bin ich auch für die Disposition im Materiallager zuständig. Vom Schrauber zum Schreiber, sage ich immer!“

„Zum Kugel-Schreiber!“, sagte ich, weil er inzwischen einen kleinen Bauch bekommen hatte.

Meine Mutter lachte, aber mein Vater schien mich nicht gehört zu haben. Er beugte sich zu mir rüber und legte die Hand auf meine Schulter.

„Das mit dem Zählen, das liegt mir“, sagte er, „und der Junge kann das ja auch gut. Seine Zwei in Rechnen, die kommt von mir! Nicht wahr, Martin?“ Er lächelte und war stolz auf seinen Sohn, der jetzt gesellschaftlich aufgestiegen war, der sich jetzt mit Studenten traf und, was noch viel besser war, mit Studentinnen.

„Klar, Papa“, sagte ich.

Und dann erzählte mein Vater die Geschichte vom Pförtner am Haupteingang, der immer die „Praline“ liest, die billige Illustrierte mit den Nacktfotos, und wenn einer vorbeikommt, dann legt er schnell was drüber, aber trotzdem weiß jeder Bescheid. Danach erzählte er von dem Koch in der Kantine, der mit einem Tablett Suppenschüsseln gestolpert war, und alles landete beim Geschäftsführer auf dem Schoß. „Die Schüsseln waren zwar leer, aber immerhin!“ Und schließlich gab es noch den dramatisch ausgeschmückten Bericht über das Gasleck am Montagmorgen.

„Wir kamen rein zur Frühschicht“, sagte mein Vater, „und ich denke, was riecht das denn hier so? Ist hier Gas ausgetreten? Müssen wir das Werk evakuieren? Fliegt gleich die ganze Stadt in die Luft? Wir gehen dann ganz vorsichtig durch die Halle, immer der Nase nach …“ Er spitzte Mund und Nase und reckte den Kopf vor, um zu zeigen, wie das damals ausgesehen hatte. „… und hinten in der Ecke am großen Fenster riecht das immer strenger, und da steht der Mülleimer, und plötzlich geht mir ein Licht auf, und ich sag’ zu meinem Kollegen: ‚Wolfgang‘, sag’ ich, ‚ich weiß, was das ist.‘ Können Sie sich vorstellen, was das war?“

Er wandte sich an Sophia, die gerade dabei war, ihre Würstchen möglichst unauffällig zu mir rüberzuschieben. Sophia zuckte mit den Schultern.

„Keine Idee“, sagte sie.

„Alkohol!“, rief mein Vater. „Der ganze Ascheimer war voll mit leeren Flaschen! Sekt, Wein, Korn, Bier! Die hatten am Freitag irgendwo in der Verwaltung gefeiert und die Flaschen dann da reingeschmissen, einige noch halbvoll. Und übers Wochenende stand da die Sonne drauf, das war so’n Plastikeimer, und das hat wohl angefangen zu gären, und am Montagmorgen stank die ganze Bude nach Sprit! Ich bin dann hoch in die Verwaltung und hab’ gesagt: Aber nächstes Mal, da ladet ihr mich ein!“ Er lachte und ließ sich in seinen Stuhl zurückfallen, und wir lachten mit, und das Eis war ein wenig gebrochen.

„Die Kartoffeln sind sehr lecker, Frau Hansen", sagte Sophia.

„Meinen Sie? Das sind ganz normale Salzkartoffeln. Linda, festkochend. Die nehm' ich immer."

„Mit Salz und Petersilie", sagte Sophia.

„Ja, und ein bisschen gute Butter."

„So was ist inzwischen ja selten geworden", sagte Sophia, „solche einfachen Salzkartoffeln. Ich meine, bei den jungen Leuten."

„So?", fragte meine Mutter. „Wie macht man denn so seine Kartoffeln bei den Studenten?"

„Haben Sie schon mal Rosmarinkartoffeln probiert?", fragte Sophia.

„Nein", sagte meine Mutter.

„Das geht ganz einfach. Sie müssen die Kartoffeln nicht schälen und nicht kochen. Einfach abspülen, in dünne Streifen schneiden und dann in einer Schüssel mit Olivenöl, Rosmarin, Salz, Pfeffer und Knoblauch vermischen. Das Ganze kommt dann in den Ofen, 20 Minuten oder eine halbe Stunde, je nach dem. Sehr lecker!"

„Also, der Knoblauch ist natürlich nicht für jeden was", sagte meine Mutter.

„Den können Sie auch weglassen", sagte Sophia.

„Ja, mit den Gewürzen ist das so eine Sache", sagte meine Mutter. „Es gibt ja so viele davon, aber man benutzt sie alle nicht. Bei mir gibt es Pfeffer und Salz und Paprika für Gulasch, und an die Frikadellen mach' ich immer Majoran, und an die Nudelsoße kommt Oregami."

„Oregano", sagte Sophia.

„Viel mehr benutze ich gar nicht", sagte meine Mutter. „Da könnte man schon etwas vielseitiger werden. Aber meine Männer sind auch immer zufrieden gewesen."

Mein Vater nickte.

„Aber wenn Sie da frische Ideen haben“, sagte meine Mutter, „warum nicht? Man muss ja mit der Zeit gehen.“

„Es gibt da nämlich ganz viele Möglichkeiten“, sagte Sophia.

Und dann präsentierte sie noch mehr Rezepte, für eingelegte Bohnen und für Grünkohl, und das Mittagessen ging harmonisch zu Ende.

Bettlaken

Danach nahmen wir den Schreibtischstuhl wieder mit und gingen in mein Zimmer. Sophia saß wieder auf dem Stuhl, mit übereinandergeschlagenen Beinen, und sie bemühte sich offenbar, mit ihren Händen und ihren Ellenbogen möglichst nicht in Kontakt mit dem Tisch oder mit irgendetwas anderem in meinem Zimmer zu geraten.

Ich saß wieder auf dem Bett.

„Ich fasse mal zusammen“, sagte Sophia. „Ich bin hier in einer Welt gelandet, wo es offenbar das Allergrößte ist, tote Tiere zu futtern, und wo ich für einen DDR-Flüchtling gehalten werde. An den Laternen hängen Plakate von Figuren aus dem Geschichtsunterricht. Alles stinkt, und alles ist dreckig, und das gilt leider auch für dieses Zimmer. Und ich habe keine Ahnung, wie ich wieder nach Hause komme.“ Sie zuckte mit den Schultern und sah mich an. „Also, was machen wir jetzt?“

„Moment!“, sagte ich.

Ich ging ins Schlafzimmer meiner Eltern und holte aus dem rechten Teil des großen Kleiderschrankes ein Bettlaken, einen Bettbezug und einen Kissenbezug. Das Bettzeug war blütenweiß und bretthart, weil meine Mutter das Bügeln und das Stärken der Bettwäsche sehr genau nahm. Als ich mit der Wäsche am Wohnzimmer vorbeikam, grinste mein Vater in seinem Sessel und nickte.

In meinem Zimmer zog ich die alte Wäsche ab, und Sophia wiederholte ihre Frage.

„Was machen wir jetzt?"

„Wir gehen erstmal zum Bierautomaten", sagte ich. „Da hat ja alles angefangen."

Die Decke und das Kissen zu beziehen, ging schnell, darin hatte ich Übung. Aber ich hatte immer Schwierigkeiten, das Laken so aufzuziehen, dass das eine Ende nicht wieder heraussprang, während ich das andere Ende in den Bettkasten stopfte. Auf der Klassenfahrt mit der vierten Klasse in eine Jugendherberge in Glücksburg gab es von der Lehrerin, Frau Stammer, einen Bonbon, wenn man das gut hinbekam. Sie warf einen Groschen auf das Bett, und wenn die Münze hochsprang, dann gab es den Bonbon. Wir waren eine Woche da, und ich bekam nie einen.

Ich versuchte, das Fußende mit meinem Bein zu beschweren und gleichzeitig das Kopfende anzuheben, um das Laken dahinter zu falten.

„Habt ihr keine Spannlaken?", fragte Sophia.

„Was für Dinger?"

Sie stand von ihrem Stuhl auf.

„Moment", sagte sie, „ich helfe dir. Das kann doch nicht so kompliziert sein. Mein Gott, ich fühle mich wie eine Missionarin, die den Eingeborenen das Feuer bringt."

Sie zog die Schuhe aus und beugte sich über das Fußende. Sie hielt beide Ecken mit den Händen fest und legte das rechte Knie auf die Matratze. Ich setzte mein linkes Knie daneben und stopfte weiter am Kopfende rum. Wir hockten nebeneinander auf dem Bett, und unsere Hinterteile ragten in die Luft, und ich hoffte, dass jetzt niemand zur Tür reinkam.

In der Spalte zwischen Bett und Wand waren pelzige, graue Fäden und Knäuel aus Staub und Dreck.

Ich ging noch einmal ins Schlafzimmer und holte den Staubsauger, der unter dem Regal mit der Bettwäsche im

Kleiderschrank stand. Als ich mit dem schweren, dunkelgrünen Gerät und dem Metallrohr mit der breiten Bürste am Wohnzimmer vorbeikam, den langen, grauen Schlauch um den Hals gewickelt, lachte mein Vater.

„Martha!", rief er: „Jetzt dreht er endgültig durch!"

Ich schaltete den Staubsauger an, und der Lärm war ohrenbetäubend. Ich begann, mit dem Metallrohr die Ecken und Winkel meines Zimmers zu bearbeiten. Es war unmöglich, den Dreck von mehreren Jahren auf einen Schlag zu beseitigen, aber die Geste ist fast so viel wert wie die Tat, wie mein alter Deutschlehrer, Herr Offenburg, gerne sagte. Anschließend riss ich das Fenster auf.

„Wir gehen zu A&O", sagte ich.

„Dann mal los", sagte Sophia. „Alles ist besser als hier rumzuhängen."

Im Flur schaute ich, ob meine Eltern uns beobachteten, und dann griff ich mir das Marmeladenglas mit dem Kleingeld aus der Anrichte neben der Wohnungstür. Das Geld sammelte meine Mutter für die Waschmaschine in der Waschküche im Keller. Die gehörte der Hausgemeinschaft, und jeder Waschgang kostete 30 Pfennig.

„Tschüss!", rief ich, und wir verließen die Wohnung.

Planungen

Wir standen vor der Automatenfront an der Hauswand des A&O-Markts.

„Ist ja irre", sagte Sophia, „Habt ihr denn keine Tankstellen?"

„Klar", sagte ich. „Gleich um die Ecke. Aber was hat eine Tankstelle mit Bier und Süßigkeiten zu tun?"

„Ich ignoriere mal den zweiten Spruch des Liam", sagte Sophia. „Das hat eine Menge miteinander zu tun."

Eigentlich wusste ich nicht viel über Tankstellen, wir hatten ja kein Auto. Ich war mir nicht mal sicher, ob ich jemals eine von innen gesehen hatte.

„Hier gibt's jedenfalls diese Automaten“, sagte ich und zeigte auf die Fächer ganz rechts. „Zwei Reihen mit Holsten Edel, 20 Klappen.“ Ich schaute mir die Fächer an. „Sieben sind leer. Wenn wir die anderen dreizehn allesamt öffnen wollen, dann brauchen wir bei einem Preis von eins zwanzig also 15 Mark sechzig.“ Ich schaute in mein Portemonnaie und ins Marmeladenglas meiner Mutter. „Könnte knapp werden.“

„Ich fang einfach mal an“, sagte Sophia.

Sie nahm mir das Glas aus der Hand und schraubte den Deckel auf und schaute sich die Münzen an. Es waren hauptsächlich Groschen und Fünfer, dazwischen waren auch ein paar silberne Fünfzig-Pfennig-Stücke.

„Nimm die Silbernen“, sagte ich, „die sind am meisten wert.“

Sie zählte sich eine Mark zwanzig in die Hand.

„Bei welcher Klappe soll ich anfangen?“

„Unten rechts“, sagte ich.

Sophia begann, die Münzen in den Schlitz oben am Automaten einzuwerfen. Nach zwei Münzen hielt sie inne und drehte sich zu mir um.

„Falls ich gleich weg bin …“, sagte sie. Sie umarmte mich. „Alles Gute, Martin Hansen!“

„Ja, ebenfalls“, sagte ich.

Die Münzen klapperten runter in die Tiefe des Automaten. Sophia bückte sich, zog das Fach unten rechts auf und griff nach der Flasche.

Nichts passierte.

„Hier, für dich!“, sagte sie und gab mir die Bierflasche. „Trink einen auf mich!“

Sie zählte sich wieder eine Mark zwanzig aus dem Glas raus und warf das Geld in den Schlitz und probierte das Fach über dem ersten.

Wieder nichts.

So ging es noch weitere fünf Male. Ich stand auf dem Bürgersteig, um mich herum eine wachsende Zahl von Bierflaschen. Sophia, wurde hektischer, je öfter ihre Rückreise scheiterte.

„Mann!“, rief sie. „Mist!“

„Ihr wisst, dass der Laden aufhat?“

Neben uns, im Eingang zum A&O-Markt, stand Frau Fischer, die korpulente Verkäuferin, mit ihrem weißen Kittel, ihrer blonden Dauerwelle und ihren knallrot bemalten Lippen.

„Mir kann es ja egal sein“, sagte sie, „aber hier drinnen kriegt ihr die Flaschen für die Hälfte!“

„Ja, ich weiß“, sagte ich. „Aber meine, äh, Freundin hier hat noch nie so einen Automaten gesehen, und sie wollte das mal ausprobieren. Sie kauft ihr Bier sonst immer an der Tankstelle!“

„Ja!“, sagte Sophia.

„So was habe ich ja noch nie gehört“, sagte Frau Fischer. Dann schaute sie nach links Richtung Olshausenstraße. „Oh nein, nicht schon wieder!“, sagte sie.

Ein paar Meter entfernt standen zwei Jungen, zwölf oder dreizehn Jahre alt. Sie zeigten auf Frau Fischer und begannen, auf der Stelle zu hüpfen und zu rufen.

„Gööörtrud, Gööörtrud, Gööörtrud das Mammut!“ Und noch einmal: „Gööörtrud, Gööörtrud, Gööörtrud das Mammut!“ Dann lachten sie und rannten weg. Frau Fischer seufzte. Stefan Greves Spruch hatte sich offenbar verbreitet.

„Also“, sagte Frau Fischer, „wollt ihr euer Bier nicht drinnen kaufen?“

„Nein, danke“, sagte ich. „Wir müssen erstmal unsere Planungen überdenken. Aber hätten Sie vielleicht eine Plastiktüte für die Flaschen?“

Sie starrte mich an.

„Ihr jungen Leute seid doch beknackt“, sagte sie. „Alle!“

Frau Fischer reichte uns eine Tüte raus, wir taten die Flaschen rein und überquerten die Olshausenstraße.

Wir setzten uns auf das Rasenstück, das quer gegenüber vom A&O-Markt lag. Meine Mutter nannte die kleine Wiese einen „Park", und wenn wir Kinder uns früher mal gelangweilt hatten, dann kam von ihr immer der Vorschlag: „Geht doch zum Spielen in den Park!" Dabei war die Rasenfläche höchstens zehn Meter breit und zehn Meter lang, und mittendrauf stand ein großer Baum. Zum Spielen war der „Park" kaum geeignet. Aber man konnte dort gemütlich sitzen und Bier trinken. Ich öffnete zwei Flaschen mit dem Feuerzeug.

„Prost!", sagte ich.

„Prost!", sagte Sophia.

Wir stießen an, und ich zündete mir eine Zigarette an.

„Und, was nun?", sagte Sophia.

„Wir bräuchten einen Liam", sagte ich.

„Nie ist einer da, wenn man einen braucht!", sagte sie. „Mein Gott, was rede ich!"

Wir saßen auf dem Rasen und tranken Bier. Passanten kamen vorbei und glotzten uns an. Im dritten Stock über dem A&O-Markt stand die keifende Oma vom Vorabend am Fenster und guckte runter. Ich winkte ihr mit beiden Armen zu. Sie blieb regungslos stehen.

Und dann stand plötzlich Sabine da.

Ach du Scheiße.

Sie war wohl auf dem Heimweg von ihrer Arbeit im Kindergarten. Sie stand an der Rasenkante, breitbeinig, mit engen Jeans und Cowboystiefeln, die Arme vor der Brust verschränkt, und ihre blonde Dauerwelle wehte im Wind. Das sah ziemlich beeindruckend aus, wie ein großer, blonder Racheengel. Sabine war fast so groß wie ich, und sie war athletisch, und sie brauchte nicht viel zu tun oder zu sagen, um überzeugend zu wirken, und das war eine sehr hilfreiche Eigenschaft, wenn wir uns am Freitagabend von der Clique absonderten und zu zweit loszogen, oder besser gesagt, wenn sie mich an die Hand nahm und mit mir wegging. Bei Sabine musste ich keine Entscheidungen treffen. Das machte sie schon. Sie sah mich an, und ich wusste nicht, was ich sagen sollte.

„Aha!“, sagte Sabine nach ein paar Sekunden. Sie sah mir in die Augen, und in ihrem Blick war Wut.

Das hatte ich noch nie bei ihr gesehen. Sie war groß und stark und manchmal auch ein wenig einschüchternd, und sie bekam meist, was sie wollte, zumindest von mir. Sie brauchte nie wütend zu werden. Aber jetzt war sie es.

Dann ging sie weiter.

„Wer war das denn?“, fragte Sophia.

„Das war diejenige, die eigentlich nicht auf mich wartet“, sagte ich.

„Ach herrje!“, sagte Sophia. „Das ist jetzt aber dumm!“ Sie stand auf. „Ich red’ mal mit ihr!“

„Nein, um Himmels willen!“, sagte ich. Das wäre nur wieder ein peinliches Gespräch geworden nach dem Motto, es ist nicht so, wie du denkst. Und das geht grundsätzlich schief, das wusste ich inzwischen.

Sabine überquerte die Olshausenstraße und ging den Knooper Weg runter Richtung Brauerei. Sie ging schnell und schaute sich nicht um.

„Das krieg’ ich schon wieder eingerenkt“, sagte ich. „Schließlich habe ich doch nichts Verbotenes gemacht, oder?“

„Na dann, Prost!“, sagte Sophia. „Auf deine Freundin!“

Wir stießen wieder an und nahmen einen Schluck.

„Kennst du denn keinen Liam?“, fragte Sophia. „Oder irgendjemanden, der so ähnlich drauf ist?“

Mir fiel etwas ein.

„Natürlich!“, rief ich. „Wir fragen den Professor!“

Professor Kalübbe wohnte bei uns im Haus, im Erdgeschoss. Er unterrichtete Physik an der Universität, oder zumindest hatte er das mal getan. Inzwischen war er in Frührente oder sie hatten ihn rausgeschmissen, weil er ständig betrunken in der Uni aufgetaucht war, oder er war so reich, dass er nicht mehr arbeiten musste. Alle diese Gerüchte gingen um. Wenn wir uns im Treppenhaus trafen, grüßten wir uns freundlich, und manchmal fragte er mich, wie es bei der Arbeit lief, „wie ist denn so die Knechtschaft im Reiche der Autobusse?“, oder welche weiteren Pläne ich so hatte, „was willst du denn anfangen mit den vielen Tagen, die dir verbleiben auf diesem Planeten?“ Oder er bestellte schöne Grüße an meine Eltern: „Ich wünsche auch deinen Erzeugern einen guten Tag!“ Er lächelte viel, und wenn er einem in die Augen sah, dann schien er gleichzeitig ganz nah und sehr weit weg zu sein. „Das kommt vom Alkohol“, sagte meine Mutter.

„Du kennst einen Professor?“, fragte Sophia.

„Klar!“, sagte ich. „Da gehen wir jetzt hin.“

Aber zunächst gingen wir mit unserer Tüte in den A&O-Markt.

„Ist ja irre“, sagte Sophia und schaute sich in dem Laden um, in dem sie einmal als Kellnerin arbeiten würde und wo jetzt Fanta-Kisten standen und Ariel-Trommeln und Packungen mit dem Zauberriegel Caramac, und wo die „Quick“ und die „Pardon“ im Zeitschriftenständer steckten. „Wenn Farid das sehen könnte!“

„Einmal Pfand abgeben“, sagte ich zu Frau Fischer.

„Aber die meisten Flaschen sind doch noch voll!“, sagte sie.

„Ja, aber die brauchen wir jetzt nicht mehr“, sagte ich.

Sie schüttelte den Kopf und drückte mir das Pfandgeld in die Hand und murmelte vor sich hin.

„Beknackt! Die ganze Bagage!“

Nordstern 1

Kurz darauf standen wir vor der Wohnungstür von Professor Kalübbe im Erdgeschoss unseres Hauses, und ich drückte auf den Klingelknopf. Es schellte schrill, danach blieb es ruhig. Ich drückte noch einmal, wieder kam das schrille Geräusch, dann klapperten Schritte über einen Holzboden und eine Zimmertür wurde zugeknallt.

Die Geräusche kamen aus der Nachbarwohnung. Dort ging die Tür auf und Frau Köhnke stand vor uns, die Schreckschraube mit der eingebauten Hausordnung. Ihre wirren, schwarzen Haare mit den grauen Strähnen steckten unter einem Kopftuch, und sie trug einen blassrosa Kittel.

„Der alte Suffkopp ist nicht da!“, sagte sie.

„Woher wissen Sie das?“, fragte ich.

„Weil ich gesehen hab’, wie er abgehauen ist!“

„Haben Sie eine Idee, wo der Herr Professor sein könnte?“, fragte Sophia.

„Der feine Herr Professor hängt wahrscheinlich wieder am Tresen!“, sagte sie. „Im ‚Nordstern‘!“

„Danke und Tschüss!“, rief ich, und wir gingen die halbe Treppe runter zur Haustür.

Frau Köhnke knallte hinter uns ihre Wohnungstür zu.

Wenig später standen wir in der Wrangelstraße vorm „Nordstern“.

Gespräche, Lachen, Gläserklirren und Musik waren schon drei Häuser entfernt zu hören. Es war jetzt halb sechs an einem Freitagabend, und der Laden schien voll zu sein mit Leuten, die das Wochenende mit Bier und Schnaps begießen wollten. Der „Nordstern“ machte am Freitag, am Sonnabend und am Sonntag schon um elf Uhr auf, und einige Gäste waren wohl schon länger dabei.

Wir stiegen die kleine Treppe hoch zur Tür, die an der Ecke der Wrangelstraße und der Gerhardstraße lag. Ich drückte die Klinke runter und zog die schwere Holztür auf. Die Geräusche wurden lauter, und zwischen den Gesprächen und dem Lachen tönte Udo Jürgens aus den Lautsprechern, „Griechischer Wein". Ein Schwall Zigarettenqualm kam uns entgegen.

„Du meine Güte!", rief Sophia und zog den Kragen ihrer Lederjacke vor den Mund.

Der „Nordstern" war klein. Im unteren Teil gab es nur vier Tische und eine Sitzecke mit Barhockern, aber die Tische waren groß, und man konnte mit zehn Leuten daran sitzen, wenn man sich quetschte. Alle Tische waren belegt. Ich guckte mich um und suchte den Professor.

„Öi Hansen, du Spasti!"

Ach du Scheiße.

Stefan Greve saß mit fünf seiner Arbeitskollegen am Tisch hinten links. Er war Bautischler. Alle hatten noch ihre Arbeitsklamotten an, Blaumänner oder Latzhosen, und sie waren offenbar direkt nach Feierabend hergekommen und saßen wohl schon seit Stunden hier. Der Tisch war voll mit leeren Bier- und Korngläsern, grünen und braunen Flaschen und vollgestopften Aschenbechern.

Einer seiner Kollegen, ein kleiner, dicker Typ mit blauer Latzhose, den alle Schmidtchen nannten, war eingeschlafen. Er lehnte mit halb offenem Mund an der Schulter seines Nebenmannes.

„Hallo, Stefan!", sagte ich.

Stefan Greve zeigte auf Sophia.

„Hast du 'ne neue Schnalle am Start?", rief er. „Lass das bloß nicht Sabine sehen! Die beißt dir die Eier ab!"

„Ho ho ho!", machten die Kollegen.

„Das ist Sophia", sagte ich.

„Und ich bin Bukarest!", rief Stefan Greve.

„Ho ho ho!", machten die Kollegen.

Sophia gab mir einen Klaps auf den Arm.

„Du sollst doch meinen Namen richtig aussprechen!"

„Setzt euch hin!", rief Stefan Greve und zeigte auf die andere Seite des Tisches, wo ein Stuhl am Boden lag. „Heute ist Lohntütenball!"

„Danke", sagte ich, „aber wir haben was anderes vor."

„Alles klar!", rief Stefan Greve. „Erst einen zwitschern und dann schööön Knick-Knack! Hau rein, Hansen!"

Wir gingen an den Tischen vorbei die kleine Treppe hoch, die zum oberen Teil der Kneipe führte. Dort war es noch enger. Barhocker standen vor einem hölzernen Tresen, und zwischen den Hockern und der Wand war nur ein schmaler Durchgang. Hinter den Zapfhähnen stand der Wirt, ein dicker Mann mit Halbglatze und einem dunkelroten, pickligen Gesicht, und spülte Biergläser ab. Hinter ihm war eine Schrankwand aus dunklem Holz mit Gläsern und Schnapsflaschen, und daneben war eine Tür, die zur Küche führte. Es gab Bockwurst mit Kartoffelsalat und Schmalzbrot und Gulaschsuppe.

Vorne am Tresen, am Durchgang zur Küche, hockten drei Männer und starrten schweigend auf die halbvollen Biergläser, die vor ihnen standen. Und am hinteren Ende des Tresens, direkt am Fenster, saß Professor Kalübbe.

Er passte hier nicht hin, fand ich, neben die Biertrinker mit ihren trüben Gesichtern und ihren speckigen Lederjacken. Der Professur trug einen grünen Lodenmantel, darunter ein grünes Jackett mit gelben Streifen und darunter ein weißes Hemd und einen rotbraunen Schlips. Seine wenigen Haare hatte er über die Glatze gekämmt. Er lächelte und winkte, als er mich sah.

„Martin!", rief er. „Bist du auch auf der Suche nach ein wenig zerebraler Entspannung am Ende einer harten Arbeitswoche?"

Ich drängte mich an den freudlosen Biertrinkern vorbei, und Sophia folgte mir.

„Guten Abend, Herr Professor", sagte ich. „Schön, Sie zu sehen."

Er bemerkte Sophia und richtete sich auf seinem Barhocker auf.

„Ich sehe, du bist in charmanter Begleitung, Martin!", sagte er. „Ein vernünftiger Entschluss an einem Freitagabend! Geistige Getränke und weibliche Gesellschaft sind eine exzellente Mischung!"

„Das ist Sophia", sagte ich.

„Sophia!", rief er. „Welch ein herrlicher und zugleich seltener Name! Das bedeutet: die Weise! Nur kluge Männer suchen sich weise Frauen, Martin! Das spricht für dich!" Er griff sich Sophias Hand und deutete einen Handkuss an. „Nichts läge mir ferner, als in eure Abendgestaltung einzugreifen", sagte er, „aber macht mir doch die Freude und stoßt mit mir an!"

Vor ihm standen ein halbvolles Bierglas und ein leeres Schnapsglas. Das Bierglas stand auf einem runden Bierdeckel, auf den der Wirt Striche für jedes Getränk gemalt hatte. Der Rand war ungefähr ein Drittel voll. Ich setzte mich neben ihn, und Sophia nahm den Hocker an der hinteren Ecke des Tresens und setzte sich auf die andere Seite von Professor Kalübbe.

„Zu welchem Getränk darf ich euch einladen?", fragte er. „Ich darf hinzufügen: Der Wirt hier ist ein Meister seines Fachs, was das Zapfen anbelangt."

„Dann nehme ich gerne ein Bier", sagte ich.

„Ich auch", sagte Sophia.

Professor Kalübbe beugte sich vor, formte ein V mit den Fingern seiner rechten Hand und schwenkte sie einmal in meine und einmal in Sophias Richtung. Der Wirt nickte.

„Also, werte Sophia", sagte Professor Kalübbe und legte eine Hand auf ihren Arm. „Wie sind Sie denn auf unseren lieben Martin hier aufmerksam geworden?" Er legte die andere Hand auf meinen Arm.

„Er ist mir quasi vor die Füße gefallen“, sagte Sophia.

„Martin, du bist ja ein Kavalier ganz alter Schule!“, sagte der Professor. Dann wandte er sich wieder Sophia zu. „Aber, teure Sophia, Sie müssen eines bedenken: Sie dürfen ritterliche Höflichkeit nicht mit Unterwürfigkeit verwechseln. Nur starke Männer erlauben sich schwache Momente!“ Er trank mit einem großen Schluck sein Glas leer.

„Ich werde dran denken“, sagte Sophia.

Der Wirt warf zwei Bierdeckel vor mir und vor Sophia auf den Tresen und stellte schäumende Gläser darauf ab. Dann räumte er das leere Bierglas und das leere Kornglas von Professor Kalübbe ab. Der Professor reckte den Zeigefinger in die Luft und drehte ihn kurz im Kreis. Der Wirt nickte.

„Eigentlich ist Sophias Anwesenheit der Grund, warum wir Ihren Rat brauchen“, sagte ich zum Professor. „Ich stelle jetzt mal eine ganz komische Frage und hoffe, Sie nehmen mir das nicht krumm: Können Sie sich vorstellen, dass Sophia aus der Zukunft kommt?“

Er schaute sie wieder an.

„Na ja, zumindest Ihr Coiffeur scheint einer gewissen Avantgarde zu entstammen“, sagte er. „Verstehen Sie mich bitte nicht falsch, liebe Sophia, Ihre Frisur ist ein wahres Kunstwerk. In einer Welt der Dauerwellen und der Fassonschnitte erleuchtet Ihr Stern das gesamte Firmament!“

„Danke schön“, sagte Sophia.

„Es ist nämlich Folgendes …“, sagte ich.

Und dann erzählte ich, was seit dem vorigen Abend passiert war, vom Bierautomaten zum „Lakritzzz“ zu den Sprüchen des Liam zu Herbert Rademann und wieder zum Bierautomaten am A&O-Markt, wo wir am Nachmittag nichts erreicht hatten, außer Bierflaschen zu ziehen.

Professor Kalübbe schaute an uns und am Wirt vorbei an die hintere Wand der Kneipe und hörte zu. Der Wirt stellte ein Bierglas und ein Kornglas vor dem Professor ab, und Professor Kalübbe stürzte den Korn runter. Im Hintergrund lief Roberto Blanco, „Ein bisschen Spaß muss sein“ und „Der Puppenspieler von Mexiko“, und der Professor summte mit und nahm hin und wieder einen Schluck aus seinem Bierglas.

„… und deswegen sitzen wir jetzt hier und hoffen, dass Sie uns weiterhelfen können“, sagte ich.

Professor Kalübbe strich sich den Schlips zurecht und wischte über den Ärmel seines Mantels, als wollte er eine Fliege vertreiben.

„Martin, ich kenne dich seit vielen Jahren“, sagte er. „Du bist ein offener, ehrlicher Mensch, und das warst du schon als kleiner Junge. In dir ist keine Arglist, das spürt man. Das hast du deinen Eltern zu verdanken, diesen ehrlichen und hart arbeitenden Menschen, wenn du mir die Bemerkung gestattest.“ Er klopfte mir auf die Schulter. „Ich bin geneigt, diese Geschichte für eine Narretei zu halten, so wie es wohl jeder Mensch tun würde, dem man eine solche Robinsonade auftischt. Aber ich gestehe dir zu, dass du es ernst meinst, und ich spiele dieses Spielchen einmal mit, denn es ist eine angenehme Zerstreuung für einen Freitagabend, auch wenn das Umfeld hier alles andere als akademisch ist.“

Er nahm einen kräftigen Schluck Bier und machte wieder die Geste mit dem Zeigefinger in Richtung des Wirtes. Der Wirt nickte.

„Martin“, sagte er dann, „ihr bringt mich zurück in Zeiten und in Welten, die ich schon lange hinter mir wähnte. Ist euch bewusst, dass ich bei Kurt Gödel studiert habe?“

„Bei wem?“, fragte ich.

„Oh, Kurti war ein schlauer Mensch, der schlaueste, dem ich je begegnet bin. Möglicherweise der schlaueste, der jemals über diesen Planeten gewandelt ist. Kurti hat mit der Allgemeinen Relativitätstheorie den Boden aufgewischt, wenn ihr diese derbe Metapher bitte entschuldigen mögt. Albert war darüber gar nicht erbaut.“

„Sie meinen Albert Einstein“, sagte Sophia.

„Ja, aber ‚Herr Einstein', diese Anrede mochte er nicht. ‚Sie können mich gerne Albert nennen', sagte er. Das war wohl der amerikanische Einfluss, dort sind die Umgangsformen ja bekanntermaßen weniger formal."

„Sind Sie etwa Einstein begegnet?", fragte Sophia. Sie drehte sich auf ihrem Barhocker zum Professor hin und sah ihn an.

„Aber ja, reizende Sophia", sagte Professor Kalübbe. „Bei einem Symposium in Zürich, im Frühjahr 1939. Kurz bevor der Schlamassel losgegangen ist. Abends gab es einen Empfang mit Sekt und Büfett, und wir jungen Bettelstudenten standen hilflos rum, mit unseren zerschlissenen Anzügen und unseren mangelhaften Manieren, aber Albert kam zu uns und hat jedem von uns die Hand geschüttelt, und er hat mit jedem ein paar freundliche Worte gewechselt. Ein Mann von Welt, ganz der Nobelpreisträger!"

Sophia saß mit offenem Mund da. Der Professor drehte sich zu ihr hin und lächelte sie an.

„Sehen Sie, schöne Sophia? Nun habe ich Ihnen eine Geschichte aufgetischt, die Sie nicht glauben können oder wollen. Es steht gewissermaßen unentschieden. Das ist der beste Ausgang, den es gibt für ein Spiel in dieser Welt, glauben Sie mir. Das sollten wir würdig begehen."

Er machte wieder die Geste mit dem V-Zeichen und schwenkte den Arm hin und her über den Tresen. Der Wirt nickte.

Sophia saß da und lächelte nun auch ihn an, und das nervte mich. Ich kam nicht gegen die Typen an, die mit ihrer Betroffenheit hausieren gingen, und ich kam offenbar auch nicht gegen den altertümlichen Charme eines halb betrunkenen Universitätsprofessors an. Nicht, dass ich eifersüchtig gewesen wäre oder dass ich etwas von Sophia gewollt hätte, obwohl alles so schnell gegangen war in den letzten Stunden, dass ich mir noch gar keine Gedanken gemacht hatte, ob ich etwas von ihr wollte. Die Unterhaltung lief jedenfalls in die falsche Richtung, fand ich, zumindest lief sie von mir weg, und deswegen schritt ich ein.

„Wie war das denn nun mit diesem Karl Göbel oder wie der hieß?“, fragte ich, lauter als es notwendig war.

„Aber natürlich“, sagte der Professor. „Wir schweifen ab, das liegt an Ihren schönen Augen, wunderbare Sophia!“

Der Professor wuchtete sich wieder in eine gerade Position mit Blick zum Tresen, und das fiel ihm inzwischen schwer. Die Striche auf seinem Bierdeckel bedeckten jetzt mehr als die Hälfte des Randes. Der Wirt stellte drei Biergläser und drei Korngläser vor uns ab und malte wortlos weitere Striche dazu. Die Musikanlage spielte Katja Ebstein, „Wunder gibt es immer wieder“, und der Professor summte eine Weile mit.

„Also“, sagte er nach einiger Zeit. „Kurt Gödel geht davon aus“, er fasste sich an die Nase, „ging davon aus, muss ich leider sagen, denn der liebe Kurti ist leider vor zwei Jahren verstorben. Er ging davon aus, dass unser Universum gekrümmt ist und dass es rotiert und dass Wellenlinien diese Krümmungen durchziehen. Er sprach sogar von ‚Zeitlinien‘ und hielt Zeitreisen für möglich, allerdings nur in die Vergangenheit. Er nannte das Beispiel eines Raumschiffes, das losfliegt, Lichtgeschwindigkeit erreicht und dann vor dem eigenen Start wieder zurückkehrt.“ Der Professor prostete Sophia und mir mit dem Kornglas zu. „Auf Kurt Gödel!“, sagte er. „Auf den lieben Kurti, der eine Revuetänzerin geheiratet hat und der nie das Haus verließ – vor lauter Angst, er könnte vergiftet werden! Am Ende ist er verhungert, weil seine Frau in der Klinik war und weil er von niemand anderem Essen annehmen wollte. Auf Kurt Gödel!“

Er stürzte den Inhalt des Glases runter, und wir nippten an unserem Korn.

„Kurti hat ein geniales Konstrukt geschaffen“, sagte der Professor, „das jedoch einen kleinen logischen Pferdefuß hat. Damit das alles funktionieren kann, muss nämlich die kosmologische Konstante atemberaubend hoch sein."

„Und was bedeutet das jetzt für mich?", fragte Sophia.

„Das bedeutet, gnädige Sophia, dass wir manchmal mit Wissenschaft nicht weiterkommen. Das hat übrigens der liebe Kurti selbst auch schon postuliert. Mehr noch, er hat mathematisch nachgewiesen, dass sich in diesem unseren Universum nicht alles wissenschaftlich belegen lässt. Dafür haben sie ihn damals in Wien als Juden beschimpft, obwohl er Protestant war, und sie haben ihn von der Universität geworfen, wegen ‚verjudeter Mathematik'. Das muss man sich auf der Zunge zergehen lassen, ‚verjudete Mathematik'. Ein Begriff, so absurd, dass es einem friert." Er nahm einen großen Schluck Bier. „Jedenfalls: Wenn uns die Physik nicht weiterhilft, dann müssen wir über den Rand dieser Welt hinausschauen in das noch weitgehend unerforschte Reich der Metaphysik."

Er drehte sich zu mir.

„Und da, mein lieber Martin, kommt dein argloses Gemüt ins Spiel. Was hast du gespürt, als du an der Klappe des Automaten gerissen und als du die Flaschen im Getränkemarkt untersucht hast?"

„Durst!", sagte ich.

„So ist es!", rief der Professor. „So leid es mir tut. Wir beide, du und ich, haben einen Hang zum profanen Gerstensaft." Er nahm einen großen Schluck Bier. „Und du hast offenbar daraus eine so enorme Kraft geschöpft, dass du die Grenzen von Raum und Zeit durchdrungen hast. Quod erat demonstrandum!"

Er wuchtete sich wieder auf seinem Barhocker herum und wandte sich Sophia zu.

„Und nun, holde Sophia, müssen wir nur etwas finden, das bei Ihnen ein ähnlich kindliches Verlangen auslöst. Was mag das wohl sein?"

Sophia legte einen Finger an ihre Nase und richtete die Augen zur Decke. So saß sie einige Sekunden da.

„Petzi-Bücher!“, rief sie dann.

„Ha!“, rief ich.

„Oh, verehrungswürdige Sophia“, sagte der Professor und schaute sie mit einem entrückten Lächeln an. „Ich habe schon Martins reines, kindliches Gemüt beschrieben, aber bei Ihnen erreicht die Reinheit ein geradezu biblisches Ausmaß. Wir beiden“, er zeigte auf mich und dann auf sich, „erklären uns die Welt durch den Blick ins Bierglas, aber Sie gehen dazu auf Schiffsreise mit einem Bären, einem Pinguin und einem Pelikan.“

Er nahm einen Schluck Bier.

„Als ich klein war“, sagte Sophia, „da haben mir meine Eltern jeden Abend ein Petzi-Buch vorgelesen. Wir haben eine ganze Menge davon, zwanzig Stück ungefähr. Die werden bei uns in der Familie gehütet wie ein Schatz, denn die gab es ja gar nicht in der DDR, ich meine, die gibt es ja gar nicht bei uns in Rostock.“

„Und wie seid ihr da denn rangekommen?“, fragte ich.

„Meine Mutter hat einen Onkel in Hannover. Und der ist jedes Jahr im Sommer zu Besuch gekommen, mit seinem großen Mercedes, und er hat alle möglichen Sachen rübergeschmuggelt, die es in der DDR nicht gab … oder gibt. Er hat Hohlräume in die Polster gestochen und einen doppelten Boden in den Kofferraum gebaut, und da drin hat er dann eine Bohrmaschine versteckt oder einen Videorekorder oder ein Tapedeck fürs Auto oder eine Mikrowelle. Und für meine Mutter war immer ein Petzi-Buch dabei, und die habe ich dann später bekommen. Das war lebensgefährlich, das mit dem Schmuggeln“, sagte Sophia. „Ich meine, wenn sie den erwischt hätten …“

„Heureka!“, rief Professor Kalübbe und wischte wieder mit seiner Hand durch die Luft. Der Wirt nickte.

„Und wo finden wir diese Bücher?“, fragte ich.

„Wenn ich mich nicht ganz täusche“, sagte der Professor, „dann bestand der Reiz dieser Literatur nicht nur in ihrem simplen, niedlichen Inhalt, sondern auch darin, dass sie über Jahrzehnte im Familienbesitz geblieben ist, gut behütet und versteckt vor der Außenwelt."

„Ja, genau", sagte Sophia.

„Wenn man das Ganze fortdenkt, dann helfen euch also keine fabrikneuen Bücher weiter. Ihr müsstet in einem Antiquariat auf die Suche gehen. Ich würde das Kellergeschäft von Herrn Hauptmann empfehlen, in der Holtenauer Straße, kurz vor der Klagemauer. Eine Rumpelkammer, wie sie im Buche steht. Und erschreckt euch bitte nicht, wenn ihr Herrn Hauptmann begegnet. Der Name ist Programm."

„Danke", sagte Sophia.

„Vielen Dank, Herr Professor, da haben wir jetzt doch eine heiße Spur", sagte ich.

Der Wirt stellte drei Biergläser und drei Korngläser vor uns ab und malte wieder seine Striche auf den Bierdeckel. Der Kreis war jetzt fast komplett. Im Hintergrund lief nun Freddy Quinn, „Junge komm bald wieder" und „Die Gitarre und das Meer", und der Professor schunkelte auf seinem Barhocker hin und her und summte mit. Zwischendurch prostete er uns mit dem Kornglas zu und stürzte den Schnaps runter.

Und dann spielte eine Trommel einen Marschrhythmus, und Freddy Quinn sang:

„Hundert Mann und ein Befehl,
und ein Weg, den keiner will,
tagein tagaus, wer weiß wohin,
verbranntes Land, was ist der Sinn?"

Professor Kalübbe hörte mit dem Schunkeln und dem Summen auf. Er richtete sich auf und saß reglos da und starrte vor sich hin. Dann legte er seine Hand auf meinem Arm und drückte so kräftig zu, dass es wehtat.

„Weißt du was, Martin“, sagte er, und zum ersten Mal an diesem Abend sprach er wie ein Betrunkener, abgehackt und atemlos und undeutlich. „Gestern Abend hab’ ich ’nen Film geseh’n. Im Fernseh’n. ’nen Kriegsfilm. Da haben sie Leute erschossen. Kugel in ’n Kopf. Und weißt du was, Martin? Die sind alle nach hinten umgekippt. Aber, Martin, so läuft das nich’! Die kippen nie nach hinten um, wenn sie ’ne Kugel in ’n Kopf kriegen! Die kippen immer nach vorne um!“

„Woher wissen Sie das?“, fragte ich.

„Frag nich’, Martin! Frag nich’!“

Und dann sang Freddy Quinn:

„Wahllos schlägt das Schicksal zu,
heute ich und morgen du.
Ich hör’ von Fern’ die Krähen schrei’n,
im Morgenrot, warum muss das sein?“

Professor Kalübbe stand schwankend von seinem Barhocker auf und hielt sich mit beiden Händen am Tresen fest und fing mit lauter, zittriger Stimme an zu singen, lauter als Freddy Quinn und lauter als die Gespräche und das Lachen in der Kneipe.

„Hier in dieser öden Heide
ist das Lager aufgebaut,
wo wir ferne jeder Freude
hinter Stacheldraht verstaut!“

Dann reckte er die linke Faust in die Luft.

„Wir sind die Moorsoldaten
und ziehen mit dem Spaten
ins Moor!“

Die Leute in der Kneipe johlten und lachten, und einer rief, „er nu wieder“, und jemand anders rief, „halt die Klappe, Opa!“

Der Professor fiel auf den Barhocker zurück und nahm einen großen Schluck Bier. Sophia schaute mich an, betreten und erschrocken, und ich zeigte auf mein linkes Handgelenk, obwohl ich keine Uhr umhatte, und Sophia nickte.

Dann schlugen von hinten zwei Hände auf meine Schultern.

„Öi, Hansen, du Schlumpf!“

Ich drehte mich um.

„Hallo, Stefan.“

„Was läuft denn hier für ’n Film? Bernard und Bianca treffen Doktor Schluckspecht?“

„Nein“, sagte ich. „Natürlich nicht.“

„Wir wollen noch in den Puff, Hansen!“, sagte Stefan Greve. „Im Taxi ist noch ein Platz frei! Schmidtchen ist fertig, den lassen wir hier! Bist du dabei?“ Er zeigte auf Sophia. „Mit deiner Schnitte bist du ja noch keinen Meter vorangekommen!“

„Nein, danke“, sagte ich.

„Alles klar, Hansen!“, sagte Stefan Greve. „Hast du morgen schon was vor?“

„Keine Ahnung, was ist denn los?“

„Saufen bei Kowalski!“, rief Stefan Greve. „Den kennst du doch! Der Typ aus der Lornsenstraße!“

„Mal sehen“, sagte ich.

Unten rief jemand „Taxi!“, und dann quietschten Stühle über den Boden, Schritte trampelten, Stimmen und Gelächter erschallten, und Gläser gingen zu Bruch.

„Ah, der Kutscher!“, rief Stefan Greve. „Ich geh’ jetzt erst mal schööön aufn Entsafter! Tschüss, Hansen!“ Er rannte zurück in den unteren Teil der Kneipe. Das Trampeln, Quietschen und Lachen entfernte sich, die Kneipentür wurde zugeknallt, und draußen wurde der Motor eines Autos gestartet.

„Tja, Herr Professor", sagte ich zu Professor Kalübbe, der zusammengesackt auf seinem Hocker saß und vor sich hin starrte. „Es ist schon spät. Ganz herzlichen Dank für Ihre Hilfe."

Er blickte über seine Schulter Sophia an.

„Wenn Sie der Zukunft begegnen, geschätzte Sophia, dann bestellen Sie einen Gruß von mir. Sie sehen, ich habe keine Zukunft. Ich habe nicht mal eine Gegenwart. Ich habe nur jede Menge Vergangenheit, und ich würde mir wünschen, dass vieles davon nicht passiert wäre." Er griff noch einmal nach ihrer Hand, aber Sophia war schon aufgestanden und hinter ihm vorbeigegangen Richtung Ausgang.

„Auf Wiedersehen und alles Gute!", sagte sie.

Der Professor wandte sich wieder zum Tresen und drehte seinen Zeigefinger langsam im Kreis. Der Wirt nickte.

Wir gingen die Treppe runter und vorbei an dem Tisch, wo Stefan Greve mit seinen Kollegen gesessen hatte. Auf dem Tisch standen oder lagen ein Dutzend Bier- und Korngläser, dazu kleine, grüne Schnapsflaschen und große, braune Bierflaschen, und in der Mitte war eine Lache verschüttetes Bier, in die jemand einen Aschenbecher ausgekippt hatte. Zigarettenkippen schwammen in der Bierpfütze und machten schwarze Flecken in die gelbliche Flüssigkeit. Im Hintergrund sang jetzt Peter Alexander, „die kleine Kneipe in unserer Straße, da wo das Leben noch lebenswert ist".

Hinter dem Tisch saß Schmidtchen, allein, in sich zusammengesunken und schnarchte.

Witze

Wir verließen das „Nordstern“, stiegen die kleine Treppe runter und blieben auf dem Bürgersteig stehen. Es war inzwischen dunkel, und die Abendluft war kühl und klar, zumindest im Vergleich zu der Luft in der Kneipe. Wir atmeten gleichzeitig tief durch.

„Meine Güte, das war ja was“, sagte Sophia. „Der arme Mann!“ Sie fasste sich an die Stirn. „Ich glaube, ich bin ein bisschen betrunken“, sagte sie. Sie machte einen Schritt, schwankte leicht und blieb dann stehen. „Ich bin sogar ziemlich betrunken.“ Sie hakte sich mit ihrem linken Arm unter meinen rechten Arm. „So, Martin Hansen. Dann bring die betrunkene Sophia mal sicher nach Hause!“

Und dann wackelten wir langsam mit untergehakten Armen die Wrangelstraße hoch Richtung Holtenauer Straße.

„Also, eins musst du mir jetzt aber mal erklären“, sagte ich, nachdem wir ein paar Meter geschafft hatten. „Wie ist das denn jetzt nun mit Rostock und deiner Flucht aus der DDR?“

„Nanananananana!“, sagte Sophia. Sie schwenke den Zeigefinger ihrer rechten Hand hin und her, und wir gerieten ins Schlingern. „Dazu darf ich gar nichts sagen. Zweiter Spruch des Liam. Aber es ist alles ganz anders, als du denkst.“

„Okay“, sagte ich.

„Aber eins musst *du* mir jetzt mal erklären, Martin Hansen“, sagte Sophia. „Vorhin an der Straßenbahn, da hast du was von Django erzählt und von seiner Monatskarte. Das hab ich nicht begriffen.“

„Das war ein Witz“, sagte ich. „Das war so ein Sketch, neulich im Fernsehen. Das war irre komisch.“

„Erzähl mal!“

„Also", sagte ich. „Da steht dieser Cowboy an der Bushaltestelle, ein ganz gefährlicher Typ, so mit Revolver und Patronengurt. Der Bus hält an, und der Cowboy-Typ steigt ein, und der Busfahrer zittert vor Angst, und der Typ sagt mit rauchiger Stimme: Django zahlt heute nicht! Und das Gleiche passiert am nächsten Tag und am übernächsten Tag. Immer: Django zahlt heute nicht! Aber irgendwann traut sich der Busfahrer zu fragen: Warum zahlt Django denn nicht? Und der Typ sagt: Django hat Monatskarte!"

Sophia blieb stehen, zog ihren Arm unter meinem Arm raus und stellte sich vor mich.

„Weißt du was, Martin Hansen?", sagte sie. „Das ist der schlechteste Witz, den ich je gehört habe!"

Dann hakte sie sich wieder unter, und wir wankten weiter in Richtung unserer Wohnung.

Ich dachte darüber nach, warum sie den Witz so schlecht fand, denn ich fand ihn wirklich lustig. Und dann überlegte ich, ob ich noch mehr schlechte Witze erzählen sollte, denn ich kannte ja genügend, von Herrn Kahlke, dem Hausboten beim BVN. Aber so ein schweinischer Witz von Herrn Kahlke hätte jetzt irgendwie die Atmosphäre zerstört, unser harmonisches, betrunkenes Herumschwanken. Ich überlegte auch, ob ich sie bitten sollte, selbst mal einen Witz zu erzählen, nachdem ihr mein Witz genauso wenig gefallen hatte wie das Lied, das ich ihr vorgesungen hatte. Aber es kommt nie was Gutes dabei raus, wenn man jemanden dazu auffordert, jetzt doch nun bitte endlich mal einen guten Witz zu erzählen. Und so schwankten wir schweigend über die Holtenauer Straße und den Knooper Weg in die Bremerstraße, und dann standen wir vor unserem Haus.

Wir lösten uns voneinander, ich schloss die Haustür auf, und wir stiegen die Treppe hoch in den zweiten Stock. Ich öffnete unsere Wohnungstür und sah, dass meine Eltern vor dem Schlafengehen Vorbereitungen getroffen hatten. Die Stehlampe im Wohnzimmer war angeschaltet, und auf der Couch lagen ein kleines, weißes Kissen und eine dicke, braune Wolldecke.

„Tja dann, gute Nacht“, sagte ich zu Sophia.

Sie lächelte und legte ihre rechte Hand auf meine Schulter und gab mir dann einen kleinen Klaps auf den Oberarm.

„Weißt du was, Martin Hansen?“, sagte sie: „Du bist süß!“

Dann drehte sie sich um und ging in mein Zimmer und schloss die Tür.

Ich legte mich auf die Couch im Wohnzimmer und deckte mich zu. Ich machte das Licht aus und dachte über diesen Satz nach, du bist süß, und ich fand, das war ein schöner Satz. Denn sie fand mich süß, obwohl ich schlechte Witze erzählte und obwohl ich keine Sprüche klopfen und keine Komplimente machen konnte so wie der Professor und obwohl sie mein Lied blöd fand. Das war vielleicht die wichtigste Erkenntnis an diesem Tag, wichtiger als die Weisheiten des Liam und wichtiger als Albert Einstein und Kurt Gödel und die Theorien über Zeitreisen. Nämlich, dass ich mich nicht verstellen musste, dass ich nicht angeben musste, dass ich einfach nur ich selbst sein musste. Und trotzdem, oder gerade deswegen, war ich süß.

Und dann schlief ich ein.

20. September

Nuss

Ich wachte auf, als mein Vater gegen die Wohnzimmertür hämmerte.

„Reise, Reise!", rief er. „Aufstehen!" Er riss die Tür auf, kam ins Zimmer und klatschte in die Hände. „Raus aus den Federn! Es ist schon halb zehn!" Dann verzog er das Gesicht. „Mein Gott, was stinkt das hier! Bist du das?" Er griff sich mein Hemd, das auf dem Sessel lag, und schnüffelte daran. „Habt ihr euch gestern Abend in 'nem Aschenbecher gesuhlt?"

Es folgte die Geschichte, wie er damals mit dem Rauchen aufgehört hatte. Er erzählte sie jedes Mal, wenn er Spuren von Zigaretten an mir entdeckte.

„Weißt du was?", sagte er: „Als deine Mutter damals schwanger war, da hab ich sofort mit dem Rauchen aufgehört. Sofort! Von einem Tag auf den anderen! Und das ist mir gar nicht schwergefallen, denn ich habe einen starken Willen!"

„Im ‚Nordstern' stinkt das nun mal nach Qualm", sagte ich.

„Eine Schachtel pro Tag hab' ich damals geraucht! Immer ohne Filter! Camel oder Roth Händle! Aber als du unterwegs warst, da war mir sofort klar: Nun ist Schluss!"

„Ich geh' mich mal anziehen", sagte ich und stand auf.

„Die Kollegen haben mich damals dafür bewundert!", sagte mein Vater. „Das ist nämlich gar nicht selbstverständlich, so von einem Tag auf den anderen! Aber ich habe nun mal einen starken Willen!"

„Ist Sophia schon aufgestanden?", fragte ich, als ich im Flur vor meiner Zimmertür stand.

„Deine neue Freundin sitzt in der Küche!“, sagte mein Vater. „Die ist nicht so verpennt und verkatert wie du! Das sollte dir zu denken gaben! Das macht keinen guten Eindruck bei den Studenten! Sie hat sich übrigens deine Zahnbürste ausgeliehen. Ihr seid ja schon richtig eng miteinander!“

„Ja, ja“, sagte ich.

Ich ging in mein Zimmer und holte eine neue Jeans und ein neues Hemd aus dem Schrank. Ich nahm das lindgrüne Hemd mit den roten Karos, das fand ich am schicksten von all meinen Hemden, und dazu die schwarze Jeans, die ich kürzlich bei Karstadt gekauft hatte und mit der ich bei der Arbeit für Aufsehen gesorgt hatte, denn eine schwarze Jeans hatte noch niemand gesehen. Schwarz passt besser zu Grün als Blau, dachte ich, denn Grün und Blau trägt die Sau, wie man sagt.

Dann ging ich in die Küche. Sophia saß am Tisch und hatte einen Schreibblock vor sich und einen Kugelschreiber in der Hand. Links von ihr saß meine Mutter und rechts mein Vater, und der redete auf sie ein.

„Von einem Tag auf den anderen! Weil ich nämlich so einen starken Willen habe!“

„Sehr löblich!“, sagte Sophia.

Dann verstummte das Gespräch, und die drei sahen mich an.

„Du musst schon deinen Stuhl mitbringen, Martin“, sagte meine Mutter. „Wir sind ja jetzt einer mehr.“

Als ich mit dem Stuhl zurückkam, kritzelte Sophia in den Schreibblock und murmelte Zutaten.

„Weiße Bohnen … Zwiebeln … Petersilie … Zitrone … Essig … Olivenöl … Zucker.“ Dann riss sie den Zettel aus dem Block und gab ihn meiner Mutter. „Das ist ein türkisches Rezept.“

„Ohauerha!“, sagte meine Mutter.

„Das Rosenkohlrezept ist auch ein bisschen exotisch, aber es wird Ihnen gefallen, Frau Hansen“, sagte Sophia. Sie begann, den nächsten Zettel vollzuschreiben. „Schalotten … Chili-Pulver … Honig … Parmesan …“

„Du meine Güte!“, sagte meine Mutter.

Ich holte mir ein Frühstücksbrett, ein Messer und die Margarine, und dann griff ich mir die Brötchentüte, die neben dem Herd lag.

„Das war ganz peinlich heute Morgen bei Bäcker Danielsen“, sagte meine Mutter. „Frau Krahl war ganz anders als sonst.“

„Das bildest du dir nur ein“, sagte ich.

„Ich weiß, was ich weiß, Martin“, sagte meine Mutter. „Ich merke so was.“

Ich griff in den Küchenschrank über der Spüle.

„Ah, Käpt'n Nuss sticht in See!“, sagte mein Vater, und er grinste, als ich das Glas mit dem Piraten und dem gelben Deckel und der dunkelbraunen Masse auf den Tisch stellte. Dann sang er wieder das Käpt'n-Nuss-Lied. Das tat er immer, wenn er mich mit dem Glas in der Hand sah, und diesmal sang er mit besonderer Inbrunst und schwenkte dazu den Zeigefinger im Takt.

„Potz Blitz, wie gut schmeckt Käpt'n Nuss! Die Nougatcreme fürs Brot! Ahoi!“ Dann wandte er sich an Sophia. „Dieses Schokoladenzeugs ist ja eigentlich eher was für Kinder, finden Sie nicht?“

„Ich mag das auch sehr gerne“, sagte Sophia.

„Siehst du!“, sagte ich.

„Ich hab' sogar ein eigenes Rezept dafür“, sagte Sophia und schlug den nächsten Zettel auf. „Datteln … Cashewnüsse … Kakao …“

„Ach du grüne Neune!“, sagte meine Mutter.

Ich schraubte den Deckel vom Käpt'n-Nuss-Glas auf, und meiner Mutter fiel etwas ein.

„Sag mal, Martin, hast du mein Marmeladenglas mit dem Wäschegeld gesehen? Das war weg heute Morgen. Wir kriegen doch heute den Schlüssel für die Waschküche.“

„Ja“, sagte ich, „das haben wir gestern mitgenommen. Wir brauchten ein bisschen Kleingeld für ein Experiment.“

„Ja!“, sagte Sophia.

„Was denn für ein Experiment?“, frage meine Mutter.

„Es hat nicht geklappt“, sagte ich. „Aber ich hab’ sogar das Pfandgeld von Frau Fischer wieder ins Glas getan. Alles in Ordnung!“

„Eigentlich verdienst du ja jetzt dein eigenes Geld, Martin“, sagte meine Mutter. Dann stand sie auf. „Ich mach’ dann mal den Wäschekorb fertig.“

„Ich lass euch zwei Turteltäubchen jetzt mal alleine“, sagte mein Vater und stand ebenfalls auf und ging raus.

„Was machen wir jetzt?“, fragte Sophia, und sie flüsterte, obwohl wir jetzt zu zweit in der Küche saßen.

„Wir müssen irgendwie an Kleingeld kommen“, sagte ich.

Sophia schüttelte den Kopf.

„Du weißt, was ich meine!“

„Na, und dann gehen wir zum Antiquitätenladen und probieren den Petzi-Trick. Die müssten normalerweise um zehn Uhr aufmachen.“

„Und wenn’s klappt, dann gibt es Gulasch und Pfannkuchen für die Mannschaft“, sagte Sophia.

„Hä?“

„Insider-Witz“, sagte Sophia. „So wie bei Django.“

Puff

Wir zogen unsere Schuhe an und griffen unsere Jacken, und ich holte das Marmeladenglas aus der Seitentasche und stellte es auf die Anrichte im Flur. Es war noch ungefähr zu einem Drittel gefüllt. Genug für einen Schongang und einen Kochwaschgang. Ich öffnete die Wohnungstür.

„Tschüss!“, rief ich.

Sophia hielt mich an der Schulter.

„Moment mal!“, sagte sie. Dann ging sie ins Wohnzimmer zu meinen Eltern und schüttelte beiden die Hand. „Tschüss, Frau Hansen! Tschüss, Herr Hansen!“

„Na, wir werden uns ja nun wohl häufiger sehen“, sagte meine Mutter.

„Alles Gute, junge Dame!“, sagte mein Vater und versuchte, beim Händeschütteln aufzustehen, aber auf halbem Weg verlor er das Gleichgewicht und plumpste in den Sessel zurück.

Dann gingen wir wieder in den A&O-Markt. Frau Fischer stand hinter ihrer Kasse.

„Können Sie mir fünf Mark in Kleingeld umtauschen?“, fragte ich und legte einen Heiermann auf den Tisch.

„Wollt ihr wieder am Bierautomaten Münzen-Versenken spielen?“

„Nein“, sagte ich. „Heute wollen wir Wäsche waschen.“

Sie griff sich eine Handvoll Münzen aus der Kasse, Markstücke, Fünfziger und Groschen, und gab sie mir.

„Mann, Mann, Mann“, murmelte sie. „Beknackt!“

Als wir den A&O-Markt verließen, standen ein halbes Dutzend Jungs vor der Tür. Sie tuschelten und kicherten und bereiteten offenbar die nächste Görtrud-das-Mammut-Attacke auf Frau Fischer vor.

„Sag mal, dein Kumpel da gestern Abend“, sagte Sophia, als wir von der Beselerallee in die Holtenauer Straße einbogen. „Der ist doch nicht ernsthaft noch in den Puff gegangen?“

„Doch“, sagte ich. „Das macht er manchmal.“

„Du lieber Himmel“, sagte Sophia. „Aber du gehst da doch nicht mit, oder?“

„Nein“, sagte ich. „Oder besser gesagt: ganz selten, und nur zum Gucken.“

Ich war ein einziges Mal mit Stefan Greve und einer Horde Betrunkener in dem großen neuen Bordell in der Flämischen Straße gewesen. Wir liefen einmal hoch bis in den vierten Stock und dann wieder runter, durch lange, abgedunkelte Korridore mit kahlen Wänden, in denen Disco-Musik dröhnte und wo es nach Parfüm und Desinfektionsmittel stank. Links und rechts waren Zimmertüren, einige standen offen, andere waren zu. In den offenen Türen standen Stühle und darauf saßen Frauen in Unterwäsche. Es war stickig heiß.

Stefan Greve hatte schon den Türsteher gegrüßt, und jetzt wollte er zeigen, wie gut er sich auskannte, und er stellte uns einige der Frauen vor. Das heißt, er stellte sie uns nicht persönlich vor. Er blieb einige Meter entfernt stehen und zeigte auf sie und sagte: „Das ist Susi Sunshine! Heißes Gerät!“ oder „Das da ist Rita la Grange! Mehr so was für Geschäftsleute!“ oder „Da hinten ist Gabi Schlank! Holla, die Waldfee!“

Die Frauen ignorierten uns und guckten an die Decke oder zupften ihre Unterwäsche zurecht.

Nachdem wir einmal rauf und wieder runter gelaufen waren, sagte Stefan Greve: „Wir sind hier natürlich in Kiel! Einige von den Schnallen hier sind echt Catweazle! Kein Vergleich zu Hamburg!“ Und dann sagte er: „Gabi ist frei! Ich geh’ noch mal hoch!“, und verschwand wieder in den dunklen Gängen.

Sophia blieb stehen und stemmte die Hände in die Hüften. „Du gehst in den Puff, um Frauen anzugucken?“ Das Wort „Puff“ spuckte sie mehr, als dass sie es aussprach.

„Nur ein einziges Mal“, sagte ich. „Und es ist überhaupt nichts Schlimmes passiert.“

„Das ist doch unter deinem Niveau, Martin Hansen!“

„Hör mal!“, sagte ich. „Ich hätte auch sagen können, dass ich noch nie da war. Dann wärst du jetzt nicht sauer. Aber es wäre gelogen gewesen.“

„Du bist ja so ein ehrlicher Kerl, Martin Hansen", sagte sie. „Aber nun mal im Ernst: Du brauchst doch nicht zu einer Prostituierten zu gehen, nur um mal eine Frau zu treffen. Du bist doch ein knackiges Kerlchen, Martin Hansen!" Sie grinste mich an. „Auf so einen wie dich warten doch bestimmt auch viele normale Mädels, oder?"

„Kann sein", sagte ich, und wir gingen weiter, und ich freute mich, denn das war jetzt irgendwie schon wieder ein Kompliment gewesen.

Floristen

Neben dem Kloppenburg-Laden in der Holtenauer Straße stand ein Tapeziertisch. Obendrauf standen Pappkartons, und daneben waren Hefte und Bücher gestapelt. Vorne hing ein rotes Banner mit schwarzen Buchstaben: „Frieden schaffen OHNE Waffen!" Dahinter standen drei Leute, und hinter ihnen lehnte eine Gitarre an der Hauswand.

Ach du Scheiße!

Eine der drei war Tatjana, Sabines Schwester. Sie trug einen weiten Pullover aus filziger, grauer Wolle, darüber eine speckige Wildlederjacke mit Buttons, die Friedenstaube und das Friedenssymbol, das aussah wie der Mercedesstern, und die rote Sonne auf gelbem Grund, aber anstelle von „Atomkraft? Nein danke!" stand da irgendwas in einer anderen Sprache, vermutlich das gleiche auf Spanisch oder Italienisch. Ihre langen, blonden Locken hatte sie mit einem türkisfarbenen Stirnband gebändigt. Neben ihr standen zwei langhaarige, bärtige Typen mit schwarzen Lederjacken und Palästinensertüchern um den Hals und sahen grimmig aus.

„Hey Martin, du", sagte Tatjana, als wir an dem Tapeziertisch vorbeikamen.

„Hallo Tatjana", sagte ich.

„Du hör mal, Martin, du“, sagte sie und winkte mich ran. „Sabine hat mir erzählt, dass eure Beziehung irgendwo in einer total schwierigen Phase ist, du!“

„Hat sie das?“

„Ja, meine Mutter rief gestern Abend bei mir an, du. Sabine ist gestern Nachmittag wohl von der Arbeit gekommen und hat ganz doll geweint, du. Und sie hat in der Küche eine Schüssel kaputt geschmissen, du!“

„Du liebes Lieschen“, sagte ich. Ich hätte gestern wohl doch hinter ihr herlaufen sollen. Und meine Mutter hatte offenbar den richtigen Eindruck von Frau Krahl gehabt, heute Morgen bei Bäcker Danielsen. Ich hatte mich ganz offensichtlich verkalkuliert, als ich zu Sophia sagte, dass Sabine eigentlich nicht auf mich warten würde. Und Sophia hatte recht, als sie meinte, eigentlich nicht ist eigentlich doch. Und Sabine war wirklich richtig wütend gewesen. Ganz blöd gelaufen.

„Ich habe kurz mit ihr gesprochen, du“, sagte Tatjana. „Ich hab versucht, ihr heilende Energie zu vermitteln, aber über das Telefon ist das natürlich schwierig, du.“

„Natürlich“, sagte ich.

„Hör mal, Martin, du“, sagte sie, „du sollst wissen, dass ich dich nicht verurteile, du!“ Sie streckte einen Arm in Sophias Richtung aus. „Und dich verurteile ich auch nicht, du!“

„Wie beruhigend“, sagte Sophia.

Ich wollte nicht mit Tatjana über meine Beziehung zu ihrer Schwester sprechen, also wechselte ich das Thema.

„Was mach ihr denn hier?“, fragte ich und zeigte auf den Tapeziertisch.

„Wir setzen uns für den Frieden ein, denn der ist nämlich voll gefährdet, du!“

Einer der grimmigen Typen kam dazu. Er redete schnell, beinahe atemlos.

„Der NATO-Nachrüstungsbeschluss beschwört die reale Gefahr eines Dritten Weltkriegs herauf! Es ist das letzte verzweifelte Aufbäumen der kapitalistischen Machthaber gegen den Siegeszug der fortschrittlichen Kräfte!"

„Harald weiß das natürlich alles viel besser, nicht wahr, Harald, du?", sagte Tatjana und legte den Kopf an die Schulter des grimmigen Typen.

„Im November ist in den USA Präsidentschaftswahl. Und wenn der Kriegstreiber Ronald Reagan gewinnt, dann wird er gemeinsam mit seiner Marionette Helmut Schmidt die friedliebenden sozialistischen Länder in den Atomkrieg treiben! Und wenn Strauß Kanzler wird, dann gute Nacht, Marie! Die Lage ist also sehr ernst, auch wenn die Medien des Monopolkapitals versuchen, diese Tatsache zu verschleiern!"

Der zweite grimmige Typ seufzte und setzte sich auf den Bürgersteig, den Rücken an die Hauswand gelehnt. Er griff sich die Gitarre und begann, lustlos ein paar Akkorde zu schrammeln. Sein Gezupfe auf der grotesk verstimmten Gitarre untermalte Haralds Stakkato-Ansprache.

„Mit diesem Info-Stand bauen wir eine Brücke zu den werktätigen Massen! Wir vertreten ein breites Bündnis! Der KBW, die KPDML, die DKP und die SDAJ sind alle mit dabei! Sogar eine Reihe von ökologischen Basisgruppen aus dem Anti-AKW-Kontext hat sich angeschlossen!" Er zeigte auf den Typen mit der Gitarre. „Dolly hier vertritt dieses neue Segment der Bewegung!"

Dolly reckte den rechten Arm in die Luft und machte mit den Fingern das Victory-Zeichen.

„Du schluckst zu viele komische Sachen, mein Junge", sagte er. „Komm mal runter, ey!" Dann klampfte er weiter.

„Bist du Schüler, Student oder Azubi?", fragte Harald.

„Ich mache eine Ausbildung", sagte ich. „Reiseverkehrskaufmann im dritten Lehrjahr."

„Dann wird dich das interessieren!", sagte Harald. Er nahm ein Heft vom Tapeziertisch, mit verwaschener Schrift auf grauem Umweltpapier, und gab es mir. „Das sind Ratschläge, wie ihr Azubis euch besser organisieren und solidarisieren könnt! Welche Rechte ihr habt und wie ihr euch in innerbetriebliche Entscheidungsprozesse einbringen könnt! Und wie ihr unter den Kollegen agitiert, damit wir noch mehr werden!"

„Danke", sagte ich.

„Das hier ist auch wichtig für dich!", sagte Harald und gab mir ein zweites graues Umweltpapierheft. „Das ist die ‚Betonblume', unser Informationsorgan über die revolutionären Aktivitäten in Kiel, Rendsburg, Neumünster und Plön!"

„Was machst du denn eigentlich so, du?", sagte Tatjana zu Sophia und löste sich von Haralds Schulter.

„Ich studiere Ökotrophologie", sagte Sophia. „Also … Ernährungswissenschaft."

„Das ist ja total spannend, du", sagte Tatjana. „Komm, ich zeig dir mal was, du!"

Die beiden gingen ein paar Schritte zur Seite und begannen, in einem der Pappkartons zu kramen.

„Wenn du dich für den breiteren Zusammenhang der politischen Arbeit interessierst, dann solltest du das hier gelesen haben!", sagte Harald und drückte mir ein Taschenbuch in die Hand. Auf der Titelseite war ein Schwarzer mit Sonnenbrille und Militärmütze. „Das sind originale Aufzeichnungen von Rassismusopfern aus den USA! Teilweise wurden diese Berichte aus dem Gefängnis rausgeschmuggelt! Aus dem Todestrakt! Das Buch veranschaulicht schonungslos die Mechanismen des Rassistenregimes in Amerika! Kannst du Englisch? Das Buch ist nämlich auf Englisch."

„Das ist schon okay", sagte ich.

„Martin, probier' mal!", sagte Sophia und winkte mich zu sich rüber. Sie hielt mir etwas Dunkelbraunes hin, das aussah wie Lebkuchen.

„Das sind unsere neuen Öko-Brötchen, du!", sagte Tatjana. „Nur natürliche Zutaten und ganz ohne Chemie, du!"

Ich nahm das braune Stück aus Sophias Hand und steckte es in den Mund. Es schmeckte wie Eierpappe. Nicht, dass ich mal Eierpappe gegessen hätte, aber das war mein erster Eindruck: wie Eierpappe. Und es war zäh und schwer zu kauen. Das Brötchen saugte den Speichel aus meinem Mund, aber es löste sich nicht auf, sondern wurde zu einer knetgummiartigen Masse, die ich mit großer Kraft zerbeißen musste, bevor ich sie runterschlucken konnte.

„Faszinierend, nicht wahr?", sagte Sophia.

„Mmmm", sagte ich.

„Ist da keine Hefe drin?", fragte Sophia.

„Nur ein ganz kleines bisschen, du", sagte Tatjana.

Die Pappkartons waren voll mit schwarzbraunen Brötchen. Sie sahen anders aus als die Brötchen mit den komischen Namen bei der blauhaarigen Frau am Tag davor. Diese Brötchen hier waren klein und sahen angebrannt aus, und manche waren wie eine Kartoffel geformt, andere wie eine Pyramide und andere waren kreisrund.

„Wir wollen einen eigenen Laden aufmachen, nur mit biologisch und ökologisch hergestellten Lebensmitteln, du", sagte Tatjana.

„Viel Glück!", sagte Sophia.

In diesem Moment kam ein Polizeiwagen die Holtenauer Straße hochgefahren. Der Fahrer bremste ab und der Wagen rollte mit Schrittgeschwindigkeit an uns und dem Tapeziertisch vorbei. Der Polizist auf dem Beifahrersitz hatte die Scheibe runtergekurbelt und schaute zu uns rüber.

Harald reckte die linke Faust in die Luft und begann zu brüllen.

„Deutsche Polizisten! Gärtner und Floristen!"

Tatjana hüpfte auf der Stelle und wedelte mit beiden Armen in der Luft und begann ebenfalls, mit schriller Stimme zu brüllen.

„Wir sind die Demonstranten! Wir grüßen die Beamten! Huhuu!"

Dolly spielte einen abgehackten Marschrhythmus auf seiner Gitarre.

Der Polizeiwagen rollte noch ein paar Meter weiter, dann gab der Fahrer Gas, und der Wagen brauste die Holtenauer Straße hoch.

„Was sollte das denn mit den Floristen?“, fragte Sophia.

„Wenn wir das rufen, dann kann uns keiner was!“, sagte Harald. „Eigentlich lautet die Parole natürlich ‚Mörder und Faschisten‘, aber das darf man nicht mehr rufen, laut einem Urteil der Klassenjustiz. Deswegen variieren wir das, aber jeder weiß natürlich, was gemeint ist. Aber es ist eben nicht strafbewährt. Man muss immer einen Schritt voraus sein! Habe Mut zu kämpfen, habe Mut zu siegen, sagt Mao!“

„Harald hat mal Jura studiert, du“, sagte Tatjana.

„Hier, das ist auch noch wichtig für dich!“, sagte Harald und drückte mir noch ein Heft in die Hand, mit knallrotem Einband und einem zertrümmerten Paragrafenzeichen vorne drauf. „Das ist eine Bilanz der BRD-Skandaljustiz! Der Mord an Andreas Baader wird lückenlos nachgewiesen!“

„Danke“, sagte ich.

Ein Punker kam die Straße hoch, ein schmaler und bleicher Typ, vielleicht sechzehn oder siebzehn Jahre alt. Er hatte schwarze Stacheln auf dem Kopf. Seine nietenbeschlagene Lederjacke war mindestens drei Nummern zu groß, er trug sie wie einen Panzer. Er hatte die Hände in die Hosentaschen gestopft und die Schultern hochgezogen.

„Stalingrad! Stalingrad! Deutschland Katastrophenstaat!“, rief er, als er an uns vorbeiging. Dabei sah er uns nicht an, sondern blickte nach unten und brüllte den Bürgersteig an.

„Solidarische Grüße, Genosse!“, rief Harald und reckte wieder die linke Faust in die Luft.

Der Punker reagierte nicht und stapfte weiter.

„Der wird wiederkommen!“, sagte Harald. „Siehst du“, sagte er zu Tatjana, „wir werden immer mehr!“

„Das ist so schön, Harald, du“, sagte Tatjana und lehnte sich wieder an seine Schulter.

„Tja, ich glaube wir müssen dann mal“, sagte ich.

„Ich zähl' auf dich!“, sagte Harald und hielt mir seinen Zeigefinger unter die Nase.

„Ich wünsch' euch beiden alles Liebe, du“, sagte Tatjana.

Ich steckte Haralds Hefte in meine Jacke, und dann liefen wir die Holtenauer Straße runter. Dollys schräge Akkorde wurden langsam leiser. Sophia blieb vor einer Hauswand stehen. Jemand hatte mit schwarzer Farbe einen Schriftzug an die Wand gepinselt. „NO FUTURE!!“

„Na, das ist ja nun wirklich Schwachsinn!“, sagte Sophia.

Granatsplitter

Wir gingen ein paar hundert Meter weiter und blieben vor einem Schild an der Hauswand stehen, einem Blechschild mit schwarzer Frakturschrift auf weißem Grund „Bücher & Antiquitäten“. Unter dem Schild führte eine Treppe runter in den Laden, der sich im Tiefparterre befand. Das untere Ende der Fenster lag auf Höhe des Bürgersteigs.

„Na, dann mal los“, sagte ich, und ging die Treppe runter.

Sophia atmete durch und folgte mir. Als ich die Tür öffnete, erklang eine Glocke, drei langgezogene, elektronische Töne. Wir betraten den Laden, der viel größer war, als ich es vermutet hatte. Vorne standen Vitrinen und Tische, auf denen Schuhkartons und Holzkisten aufgereiht waren. Dahinter begannen die Bücherregale. Sie reichten bis hoch an die Decke und erstreckten sich meterweit in die Tiefe des Kellers. Vorne links war ein Verkaufstresen mit einem Ständer für Postkarten und einer grauen Registrierkasse. Dahinter stand ein kleiner Mann, vielleicht so alt wie mein Vater, mit einem blonden Seitenscheitel, einer grauen Weste und einer Brille auf der Nasenspitze.

„Guten Morgen, die Dame, guten Morgen, der Herr!", sagte der Mann.

Er hatte eine erstaunlich volle Stimme für so einen kleinen Mann, der wahrscheinlich einen großen Teil seiner Zeit in einem Keller verbrachte. Er klang wie ein Schauspieler aus einem alten Schwarzweißfilm, so wie Johannes Heesters oder Gustav Knuth oder O. W. Fischer. Die Filme liefen am Sonntagnachmittag im Zweiten, Geschichten über Kavaliere mit Schnurrbart, im schwarzen Frack oder in Offiziersuniform, und über junge Frauen mit langen, weißen Röcken. Meine Eltern saßen dann immer vorm Fernseher, schweigend und hochkonzentriert.

„Das Jungvolk verirrt sich selten zu mir!", sagte der Mann. „Bitte sehr, sehen Sie sich um!" Er schwenkte den rechten Arm in Richtung der Bücherregale.

„Sind Sie Herr Hauptmann?", fragte Sophia.

„Der bin ich in der Tat, junge Dame", sagte er. „Was bringt Sie zu mir, wenn ich fragen darf?"

„Nichts Spezielles", sagte ich. „Sie wurden uns empfohlen."

„Das freut einen zu hören", sagte Herr Hauptmann.

In einer Holzkiste gegenüber der Kasse waren kleine, rostige Metallteile, braun und grün angelaufen. Jedes sah anders aus und alle waren bizarr geformt, mit scharfen Zacken und Kanten. Sophia griff in die Kiste und nahm eines der Teile in die Hand.

„Sie wissen wahrscheinlich nicht, was das ist, junge Dame", sagte Herr Hauptmann.

„Stimmt", sagte Sophia.

„Das sind Granatsplitter. Die haben wir als Kinder gesammelt. Jedes Mal, wenn die Tommys uns die Bomben auf den Kopf geschmissen haben, sind wir hinterher raus aus dem Bunker und haben die Dinger eingesammelt. Das waren begehrte Tauschobjekte, damals! Falls Sie interessiert sind: fünfzig Pfennig das Stück!“

„Und was ist das hier?“, fragte ich. In der Kiste neben den Granatsplittern waren Anstecknadeln, zwei oder drei Zentimeter im Durchmesser. Ich holte ein paar davon aus der Kiste und sah sie mir an. Auf einigen waren Verkehrsschilder drauf, auf anderen Frauen in Bauerntracht oder Wappen von deutschen Städten oder nordische Runen oder Hakenkreuze.

„Das sind WHW-Abzeichen, junger Mann“, sagte Herr Hauptmann. „Damit können Sie heutzutage wahrscheinlich auch wenig anfangen. Die Dinger haben wir verkauft, damals bei der Hitlerjugend. Oder besser gesagt: Wir haben Spenden gesammelt für das Winterhilfswerk. Und wer brav gespendet hatte, der bekam so eine Nadel. Und wenn einer nicht spenden wollte, tja, dem haben wir dann die Hölle heiß gemacht!“ Er lachte laut auf. „Da sind wir dann abends mit der ganzen Schar bei dem vors Fenster gezogen und haben Radau gemacht!“ Er ballte die Hand zur Faust und schwenkte sie im Takt. „Mein Hut, mein Stock, mein Schirm! Himmel, Arsch und Zwirn! Mein Hut, mein Stock, mein Schirm! Himmel, Arsch und Zwirn! Stundenlang! Beim nächsten Mal hat der aber bezahlt, das können Sie mir glauben! Die einfachen Teile gibt’s für eine Mark, die bunten kosten mehr!“

Ich hatte meinen Vater mal gefragt, ob er auch bei der Hitlerjugend war, letztes Jahr, als der Film von der „Blechtrommel“ im Kino lief.

„Ja, da musste jeder hin“, sagte er.

„Und wie war das so?“

Normalerweise redete er gerne und viel, aber jetzt saß er ein paar Sekunden stumm da.

„Wie soll das gewesen sein?“, sagte er schließlich. „Scheiße war das! Da sollten wir schwimmen lernen. Da sind wir mit einem Boot raus auf die Förde gefahren, und sie haben uns ins Wasser geschmissen. Und wenn man sich mit der Hand am Boot festhalten wollte, damit man nicht absäuft, haben sie dir einen mit dem Paddel auf die Flossen gehauen. So hab' ich schwimmen gelernt. Seitdem hab' ich nie wieder in der Ostsee gebadet." Er machte eine Pause. „Warum willst du das eigentlich wissen? Die Scheiße ist vorbei, Gott sei Dank."

Ich schmiss die Abzeichen wieder in die Kiste. Die elektronische Klingel ertönte wieder, und ein alter Mann mit Glatze kam in den Laden.

„Guten Morgen, wie man heutzutage ja sagen muss!", sagte er.

Ich erkannte die Stimme. Es war der Opa mit dem Kasernenhoforgan aus dem ersten Stock in der Von-der-Horst-Straße, der mich vor zwei Tagen durch den Schornstein jagen wollte.

„Ich suche den Flottenkalender von 1937!", sagte er zu Herrn Hauptmann.

„Ich glaube, Sie haben Glück", sagte Herr Hauptmann und ging in Richtung des linken Regals.

„Ich hab' schon seit Jahrzehnten kein Glück mehr!", sagte der Glatzkopf.

Wir folgten den beiden zu den Regalen. Das linke Regal und das daneben waren voll mit alten Büchern. Die braunen und grünen und grauen Buchrücken reichten vom Boden bis zur Decke. Hier gab es keine Kinderbücher über Bären, die zur See fahren, das war auf den ersten Blick klar. Im dritten Regal lagen dünne Hefte übereinander gestapelt, in A5-Größe, mit Zeichnungen von Soldaten drauf. „Der Landser" stand auf dem orange gefärbten Einband. Ich griff einen der Stapel und blätterte die Hefte durch: „Bomber über dem Mittelmeer" stand auf dem ersten Titel. Dann kamen „Schlacht um Orjol" und „Frontkämpfer in vorderster Linie“ und „Wir waren in Leningrad“.

„Du meine Güte“, sagte Sophia.

Ich ging ein paar Meter den Gang runter und griff mir wieder einen Stapel. Die Hefte waren hier marineblau. Auf der Titelseite stand „SOS – Schicksale Deutscher Schiffe“, und die Titel hießen „Schleichfahrt nach Ostafrika“ und „Minen vor Australiens Häfen“ und „Bravo, kleiner Kreuzer!“.

„Der hat ja Abertausende von diesen Schwachsinnsteilen!“, sagte Sophia und zeigte zur Decke.

„Mal gucken, ob wir ihm die Kundschaft vergraulen können“, sagte ich. Ich holte Haralds revolutionäre Schriften aus der Jackentasche. „Wo passen die am besten hin? Ah, da vorne ist noch Platz frei.“

Ich ging zum Ende des Regals und legte die Anleitungen zur kommunistischen Revolution auf das Heft über den „Feldzug gegen die Hereros“.

„Moment mal, was ist das?“, sagte ich.

Ganz hinten auf dem untersten Regalbrett stand ein Karton, aus dem ein großes, weißes Buch herausragte, mit einem grinsenden, blauen Pferd drauf.

„Das guck ich mir mal an“, sagte Sophia. Sie schob mich zur Seite und hockte sich vor den Karton und hob das weiße Buch hoch. „Das große Kinder-ABC“ stand da drauf. „Hier könnte ich richtig sein“, sagte sie.

Sie sah die Bücher im Karton durch, eines nach dem anderen. „‚Donald Duck macht Ferien‘ … ‚Der lustige Ritter Potteratz‘ … ‚Pondus, der Pinguin‘ … ‚Karius und Baktus‘ …“

„Ja!“, rief sie plötzlich. „‚Petzi auf der Schildkröteninsel‘! Das hab ich aber schon!“ Sophia sah die Bücher durch, und sie atmete schwer, und ihre Stimme überschlug sich.

Ich trat einen Schritt zurück, zur Sicherheit.

„‚Petzi am Nordpol‘ – hab’ ich!“, rief sie. „‚Petzi als Bauer‘ – hab’ ich! … ‚Die kleine Maria zieht in ein neues Haus‘ –

braucht kein Mensch! … ‚Petzi und Paffhans' – hab' ich!" Und dann schrie sie auf. „Oh ja! ‚Petzi im Doggerland'!" Sie griff nach dem Buch, und dann leuchtete es wieder giftig grün, und das hydraulische Brummen ertönte und wurde lauter und schriller.

UUUUUUUUIIIIIIIIIIIIIIIIIIIIISCHSCHSCH!

Und dann war Sophia verschwunden.

27. September

Glühbirne

Eine Woche war vergangen, seit Sophia verschwunden war, und ich hatte die meiste Zeit auf dem Bett gelegen.

Nachdem sie sich vor der Kiste mit den Kinderbüchern in Luft aufgelöst hatte, starrte ich noch eine Weile auf die Stelle, wo sie eben noch gehockt hatte. Dann schlich ich mich aus dem Laden raus, vorbei an Herrn Hauptmann und dem Glatzkopf, die so vertieft waren in ihre Bücher aus dem Tausendjährigen Reich, dass sie von allem nichts mitbekommen hatten. Ich ging nach Hause und legte mich hin, und so verbrachte ich den Rest des Wochenendes.

Am Montagmorgen stand ich auf und ging zur Arbeit, und als ich am Nachmittag wieder zu Hause war, legte ich mich wieder aufs Bett. Am Dienstag war es genauso, und an allen anderen Tagen auch. Bei der Arbeit war es langweilig, bis auf die Baustelle in Fleckeby, aber die sah ich inzwischen nicht mehr als spannende Herausforderung, sondern als Belanglosigkeit, als Zeitverschwendung, als Ärgernis.

Am Mittwochmorgen kam Herr Kahlke, der Hausbote, wieder mit seinen Schnapsflaschen und seinen schweinischen Witzen zu unserer Frühstücksrunde dazu. Er hatte einen neuen Witz am Start. Es war eine Quizfrage. „Wie viele Frauen braucht man, um eine Glühbirne reinzudrehen?" Die Antwort lautete „fünf", aber die Begründung, warum es fünf waren, ging im Gekreische unter, und ich fragte auch nicht nach.

Am Mittwochabend rief Stefan Greve an, „Öi Hansen, du Knallfrosch!", und gab die Pläne fürs Wochenende durch.

„Am Freitag ist Dosenbierparty bei Schlacker! Den kennst du doch! Der Gerüstbauer! Er schmeißt ein paar Paletten Hansaplast! Wenn du Hartgas willst, dann musst du das selber mitbringen!“

„Danke“, sagte ich. „Mal sehen.“

In der Nacht zum Donnerstag wurde es schlagartig kalt, der Spätsommer war nun endgültig vorbei. Am Morgen fing es an zu regnen, und es hörte zwei Tage lang nicht auf. Die übliche Kieler Mischung aus Herbst und Winter hatte begonnen, und so würde es bleiben für die nächsten sechs oder sieben Monate, kalt und nass und windig und neblig. Und bald würde es dunkel sein, wenn ich morgens aus dem Haus ging, und wieder dunkel, wenn ich abends nach Hause kam.

Normalerweise rief Sabine am Donnerstagabend an, um zu fragen, ob ich am Wochenende mit dabei war. Aber das Telefon blieb stumm.

Während ich auf dem Bett lag, hörte ich Musik, meist trauriges und langsames Zeug. Zum Beispiel die Stones, „You can't always get what you want“. Man kriegt eben nicht immer, was man will. Oder Van Morrison, „It ain't why, why, why. It just is“. Frag nicht warum, es ist eben so. Oder Jack Bruce, „Sometimes they found it, sometimes they kept it, often lost it on the way“. Auch wenn man etwas findet, heißt das noch lange nicht, dass man es auch behalten kann. Meistens verliert man es wieder. Ich holte sogar die Platte vom Mahavishnu Orchestra wieder raus, die mit der quietschenden Geige, und sie gefiel mir sogar. Kein gutes Zeichen.

Manchmal spielte ich Gitarre. Ich brachte mir den G-Akkord bei. C und D konnte ich ja schon, und mit dem G zusammen konnte ich jetzt einen Blues spielen. Und so saß ich abends mit meiner Gitarre auf dem Bett und schrammelte den langsamen Blues. Ich grübelte darüber nach, warum ich so lustlos war und warum ich mir selbst leidtat. Hatte ich mich in Sophia verknallt? Eigentlich nicht. Aber ich vermisste sie. Sie war voller Energie, sie war witzig, sie war spontan. Und sie mochte mich, trotz meiner komischen Lieder und meines komischen Jobs und meiner überhaupt nicht komischen Witze.

Bei Stefan Greve und bei Jens Riester und selbst bei Sabine wusste ich nicht, ob sie mich mochten. Oder ob ich sie mochte. Wahrscheinlich ja, auf irgendeine Weise, aber keiner wäre auf die Idee gekommen, darüber groß nachzudenken, geschweige denn darüber zu sprechen oder es dem anderen zu sagen. Man war aneinander gewöhnt, und man kam miteinander klar. Und das war schon eine ganze Menge, aber mehr war es eben auch nicht.

Mit Sophia war das anders. Es brachte Spaß, die Zeit mir ihr zu verbringen. Es brachte natürlich auch Spaß, mit Stefan Greve und der Clique loszuziehen, und mit Sabine hatte ich häufig sogar sehr viel Spaß. Selbst mit Jens Riester Musik zu hören war irgendwie spaßig. Aber Sophia zu treffen war ein Blick in eine andere Welt. Nicht in die Zukunft, die fand ich verstörend. Aber in Sophias Welt, und die war bevölkert von Plänen und Ideen und Optimismus. Sophia war offen und klug in ihrem Blick auf die Welt, fand ich, und sie war offen und klug in ihrem Blick auf andere Menschen.

Wenn ich auf meine eigene Welt schaute, dann waren da keine Pläne und keine Ideen und auch keine Menschen, die an mir besonders interessiert waren oder an denen ich besonders interessiert war. Da waren nur eine öde Gegenwart und die Aussicht, dass alles im Wesentlichen immer so bleiben würde.

Ich überlegte, ob ich noch einmal zu ihr reisen sollte, ob ich den Trick mit dem Zeitsprung am Bierautomaten noch einmal probieren sollte. Aber was wäre dann gewesen? Ich hätte bei ihr vor der Tür gestanden, ohne erklären zu können, was ich eigentlich wollte. Und sie wäre freundlich gewesen, aber auch peinlich berührt, und wir hätten nicht gewusst, was wir miteinander anfangen sollten. Abgesehen davon konnte ich mir nicht sicher sein, dass ich wieder am gleichen Ort und zur gleichen Zeit rauskommen würde. Ich wusste ja nicht einmal, ob Sophia heil zurückgekehrt war. Der erste Spruch des Liam.

Das Einzige, was mir geblieben war von Sophia und meinem Besuch bei ihr und ihrem Besuch bei mir, das waren die komischen, bunten Geldscheine und die Münzen aus der Zukunft. Die hatte ich in einen Umschlag getan und in meine obere Schreibtischschublade gelegt. Es waren genau 85 Euro und 38 Euro-Pfennige, oder wie auch immer das hieß. Die hundert Euro von Farid minus das Geld für die Brötchen und minus das Geld für das Taxi zu Getränke-Rademann.

Meine Eltern ließen mich zunächst in Ruhe, aber es war klar, dass irgendwann die Fragerei losgehen würde.

Am Dienstag beim Abendessen war es so weit.

„Wann kommt denn deine Studentin mal wieder vorbei?", fragte meine Mutter. Sie hatte eine Methode gefunden, das Wort „Studentin" noch verächtlicher auszusprechen.

„Keine Ahnung", sagte ich.

„Na, da hast du ja schön Lehrgeld bezahlt", sagte mein Vater.

„Was soll das denn heißen?", fragte ich.

„Sie war ja durchaus nett, deine Sofia, aber nun mal ehrlich: Die fand das eben mal für ein paar Tage ganz interessant, sich mit dir abzugeben. Aber so auf die Dauer war das nichts, das hab ich gleich gespürt. Da kehrt sie dann lieber zurück zu ihresgleichen, nachdem sie mal so einen Jungen aus dem Volk ausprobiert hat."

„Heinrich!", sagte meine Mutter. „Also bitte!"

„Sie heißt Sophia", sagte ich. „Und du warst ganz begeistert von ihr."

„Natürlich nimmt einen das mit, wenn so ein junger Mensch aus der DDR flüchtet", sagte mein Vater. „Aber ihre Herkunft aus der Zone ist ja offensichtlich ein Teil des Problems. Deine Sofia ist ja im Kommunismus groß geworden, und da gilt nun mal der Grundsatz: Jedem gehört alles. Und dann greift man eben zu, wenn sich die Gelegenheit bietet."

„So ein Quatsch!", sagte ich.

Dann herrschte Stille. Tagelang saßen wir beim Frühstück und beim Abendbrot schweigend zusammen.

Die Dosenbierparty am Freitag schenkte ich mir.

Dann kam der Sonnabend. Beim Mittagessen, Nudeln und Tomatensoße mit ganz wenigen Gewürzen drin, war meine Mutter wieder etwas gnädiger gestimmt. Das Mitleid überkam sie wohl.

„Martin, du grübelst so viel", sagte sie. „Du solltest nicht so viel grübeln."

Und dann war wieder Stille.

Danach legte ich mich wieder auf mein Bett und hörte Musik, Bob Dylan, „Don't think twice, it's alright". Denk nicht zu viel nach, es ist schon in Ordnung so.

Und dann klingelte es an der Tür. Es war ein schrilles Sturmklingeln, einmal lang, bestimmt fünf Sekunden, und danach drei kurze Stöße. Die Klingelanlage im Haus war vor einiger Zeit modernisiert worden, und statt der gemütlichen Glocke, die wir vorher hatten, klang sie jetzt wie eine Luftschutzsirene. Ich stand auf und ging zur Tür und drückte den Summer für die Haustür. Ich hörte, wie zwei Stockwerke tiefer die Tür aufgerissen wurde. Dann trommelten schnelle, hastige Schritte durch das Treppenhaus.

Und dann kam Sophia die Treppe hochgestürmt und fiel mir um den Hals.

„Martin!", rief sie. „Was bin ich froh dich zu sehen! Die Polizei ist hinter mir her!"

Pfeife

„Wie bitte?“, sagte ich. „Die Polizei?“

„Ja!“, sagte sie. Sie schaute sich noch einmal um, zog mich dann am Ärmel hinter sich her in unsere Wohnung und knallte die Tür zu.

Meine Mutter stand mit offenem Mund in der Küchentür. Sophia zerrte mich den Flur entlang zu meiner Zimmertür. „Guten Tag, Frau Hansen!“, sagte sie im Vorbeigehen. Dann zog sie mich ins Zimmer und drückte die Tür hinter uns zu. Sie hatte einen Rucksack dabei. Den ließ sie auf den Boden fallen und beugte sich dann über den Schreibtisch zum Fenster. Sie sondierte den Innenhof der Brauerei. „Keine Schergen zu sehen!“, sagte sie. „Ein Glück!“

Dann ließ sie sich auf den Stuhl fallen.

„Puuh! Das war ja was!“

Auf dem Plattenspieler rotierte immer noch die Bob-Dylan-Platte.

„Das ist ja grässliche Musik!“, sagte Sophia. „Kannst du das mal ausmachen, bitte?“

Ich hob die Nadel von der Platte und setzte mich aufs Bett.

„Wieso, ich meine … Was machst du hier?“, fragte ich. „Und warum ist die Polizei hinter dir her?“

„Na, weil ich bei diesen Leuten im Wohnzimmer war! Und die halten mich jetzt für eine Einbrecherin!“

„Du warst bei fremden Leuten im Wohnzimmer?“

„Ja!“, sagte sie. „Also: Ich wollte probieren, ob das mit dem Petzi-Trick auch in die umgekehrte Richtung funktioniert. Und stell dir vor: Es hat geklappt!“

„Ach was“, sagte ich.

„Ich war bei diesem Trödler in der Möllingstraße“, sagte sie, „und ob du es glaubst oder nicht, die hatten da ‚Petzi in Pingonesien‘! Und dann ging das wieder los mit dem grünen Licht und dem Stromschlag, und plötzlich war ich nicht mehr in dem Trödlerladen, sondern ich saß auf dem Teppich bei diesen Leuten! Ich hätte mir natürlich denken können, dass das früher mal nicht so eine Grabbelkiste war, sondern eine ganz normale Wohnung. Hinterher ist man immer schlauer. Bei meiner Rückkehr vor einer Woche war noch alles glatt gegangen. Da bin ich in einem Fahrradkeller gelandet!"

„Du meine Güte!", sagte ich.

„Das waren piekfeine Leute, irgendwie, da in der Möllingstraße", sagte sie. „Ein Mann und eine Frau, so um die fünfzig. Sie saß auf der Couch und las ein Buch, und sie hatte so eine Brille mit einer goldenen Kette um den Hals. Und er saß an einem Schreibtisch und rauchte Pfeife!. Und im Hintergrund lief klassische Musik! Und als ich da plötzlich auf dem Boden saß, schrie die Frau: ‚Da ist eine Einbrecherin! Friedhelm, da ist eine Einbrecherin!' Und der Kerl stand auf und kam auf mich zu und rief: ‚Was tun Sie hier?' Und da bin ich schnell raus aus dem Zimmer in den Flur, und zum Glück hab' ich gleich die Wohnungstür gefunden, und dann bin ich raus ins Treppenhaus und dann auf die Straße, und der Kerl brüllte mir noch hinterher: ‚Ich ruf' die Polizei!'"

„Ach du Scheiße!", sagte ich.

„Ja, und dann bin ich gerannt, den ganzen Weg bis hierher! Ich bin sogar zickzack gelaufen, die eine Straße hoch und dann in die Querstraße und wieder zurück! Damit sie mich nicht so einfach verfolgen können!"

„Hast du Durst?", fragte ich. „Soll ich dir ein Glas Wasser holen?"

„Ich hab' selber was mit", sagte Sophia. Sie griff nach ihrem Rucksack und holte eine Plastikflasche mit Mineralwasser raus.

„Guck mal", sagte sie und hob den Rucksack hoch, „ich bin diesmal gut vorbereitet! Wechselklamotten und Zahnbürste! Danke nochmal, dass ich deine benutzen durfte!" Sie nahm einen Schluck aus der Seltersflasche.

„Da nicht für", sagte ich. „Aber warum hast du die Nummer denn nochmal durchgezogen? Das ist doch gefährlich! Denk' mal daran, was Liam uns alles erzählt hat!"

„Der hat mich hergeschickt!", sagte Sophia.

„Der hat dich hergeschickt?"

„Ja! Er war ganz begeistert, als ich ihm von meinem Besuch bei dir berichtet habe. Und dann wollte er das selber auch mal ausprobieren. Ich hab ihm von der Theorie des Professors erzählt, das mit der Metaphysik und dem Wünschen und so. Er war dann in so einem Fantasy-Laden und hat stundenlang an irgendwelchen Ritterfiguren rumgefummelt. Aber es hat nicht funktioniert. Am Ende haben sie ihn rausgeworfen."

„Der arme Kerl", sagte ich.

„Ja", sagte Sophia. „Er war sehr enttäuscht."

„Und dann hat er dich wieder hierhergeschickt?"

„Er sah seinen dritten Spruch bestätigt. Dass es eventuell ganz viele Zeitreisende gibt, die alles durcheinanderbringen. Er ist so ein kleiner Verschwörungstheoretiker. Jedenfalls sollen wir die Portale, wie er es nannte, im Blick behalten und gucken, ob noch andere Leute sie benutzen."

„Und dann hast du einfach so auf Liam gehört und dich in Lebensgefahr begeben, nur um ein bisschen Geheimagent zu spielen?"

„Wenn du es so ausdrückst", sagte sie, „dann klingt es wirklich ziemlich schräg. Aber: Ja! Ich bin einer von ganz wenigen Menschen, die so etwas erleben durften. Einmal Steinzeit und zurück! Keine Ahnung wieso, aber so ist es doch. Das verpflichtet einen ja irgendwie, der Menschheit weiterzuhelfen und die Geheimnisse des Universums aufzudecken. Und ich bin nun mal ein hilfsbereiter Mensch."

„Na ja, ich habe gerade nicht so richtig viel um die Ohren", sagte ich. „Warum nicht?"

Sie zog ihre Jacke aus und befühlte den Ärmel ihrer Bluse.

„Ich bin total durchgeschwitzt von der Rennerei. Mach mal die Augen zu!“ Sie zog ihre Bluse und ihr T-Shirt aus und holte eine frische Bluse und ein frisches T-Shirt aus ihrem Rucksack und zog die Sachen an, und ich bemühte mich, die Augen zu schließen. Sophias neue Bluse war gelb mit weißen Punkten.

„Trägst du eigentlich immer diese karierten Hemden?“, fragte sie.

Ich hatte ein weißes Baumwollhemd mit großen schwarzen Karos an.

„Schon recht häufig“, sagte ich.

„Ist das zurzeit modern?“

Ich hatte keine Ahnung, was zurzeit modern war. Oder besser gesagt, es war mir nicht wichtig. Das mit den Karohemden hatte ich von Rory Gallagher. Er hatte bei seinem Auftritt im Rockpalast vor ein paar Jahren so ein Hemd getragen. Wir hatten die Sendung im Fernsehen geguckt, die ganze Nacht lang. Es war Stefan Greves Einweihungsparty. Er war in die Dachkammer in der Gneisenaustraße gezogen, wo er immer noch wohnte. Die Party war lustig und chaotisch. So gegen Mitternacht war Stefan Greve mit einer Schnapsflasche von Tür zu Tür gezogen, um sich den Nachbarn vorzustellen und um mit ihnen anzustoßen. Die Nachbarn waren überwiegend nicht begeistert, aber sie hatten gleich den richtigen Eindruck von ihrem neuen Mitbewohner. Und dazu ließen wir Rory Gallagher laufen, so laut wie es ging, und seitdem trug ich Karohemden.

„Nein, modern ist das nicht“, sagte ich und zupfte an meinem Hemd. „Aber mir gefällt’s.“

Sophia legte den Kopf zur Seite und sah mich an.

„Steht dir!“, sagte sie. Sie drehte sich um und schaute noch einmal aus dem Fenster. „Ziemlich räudiges Wetter“, sagte sie und zog einen Pullover und eine schwarze Wollmütze aus ihrem Rucksack. „Wollen wir los?“

„Wohin?“, fragte ich.

„Na, zu unserer Beobachtermission. Ich würde sagen, wir legen uns vor deinem Bierautomaten auf die Lauer."

„Von mir aus", sagte ich. „Wenn es sein muss."

Ich hatte zwar keine große Lust, bei diesem miesen Wetter Bierautomaten zu belauern, aber irgendwie steckte ich auch mit drin in dieser Geheimmission. Und ich hatte Sophia vermisst, und nun war sie zurückgekommen. An dieser Sache mit dem Wünschen ist wirklich etwas dran, dachte ich.

Wir zogen uns an. Ich holte meinen Parka mit dem Fellfutter und der Kapuze aus dem Schrank und dazu den bunten Schal. Die Zeit der Windjacken war vorbei. Wir wollten gerade die Wohnung verlassen, als mir etwas einfiel.

„Komm mal mit!", sagte ich und öffnete die Tür zum Wohnzimmer.

Meine Mutter saß auf der Couch, mit einem Kreuzworträtselheft in der Hand, und mein Vater saß auf seinem Sessel und guckte Richtung Fernseher, aber der Fernseher war aus.

„So!", sagte ich. „Jetzt guckt mal, wer wieder da ist!" Ich holte mit den Armen Schwung und schwenkte beide Zeigefinger in Sophias Richtung, so wie ein Magier, der das Kaninchen präsentiert, das er gerade aus dem Nichts hervorgezaubert hat. „Tä-dää!", machte ich, um den Moment noch ein bisschen auszukosten.

Sophia ging auf meinen Vater zu.

„Guten Tag, Herr Hansen! Schön, Sie wiederzusehen!"

„Guten Tag, junge Dame", sagte mein Vater und grinste. „Sie kommen ja gerade noch rechtzeitig! Unser Martin war ja tagelang nur am Grübeln und am Jammern, weil Sie so lange weg waren und sich nicht mehr gemeldet haben!"

„Echt?", fragte Sophia und schaute mich an.

„Ach wo", sagte ich. „Völliger Blödsinn!"

Badewanne

In der Von-der Horst-Straße, gegenüber vom A&O-Markt, war ein kleiner Parkplatz. Dort hatten zwei Autos Platz, wenn die Fahrer es schafften, ihre Wagen über den Kantstein und an dem Verkehrsschild vorbei dorthin zu bugsieren. Auf dem vorderen Parkplatz stand ein großer, dunkelgrüner Citroën. Dahinter bezogen wir Stellung und beobachteten die Wand des Supermarktes mit den Automaten.

„Ist der Laden etwa schon zu?“, fragte Sophia.

„Ja, natürlich“, sagte ich. „Am Sonnabend machen sie mittags um eins alles dicht.“

„Das ist ja gruselig!“, sagte sie. „Hier müssen ja schon dutzende Leute verhungert sein!“

Es war kühl und windig, und ab und zu wehte ein Schwall Regen um die Ecke. Sophia hatte ihre Wollmütze auf dem Kopf und ich meine Kapuze, und wir hatten beide unsere Hände in die Jackentaschen gestopft.

Nach ungefähr einer Viertelstunde kamen zwei Jungs mit dreckigen Sportklamotten die Olshausenstraße runter. Einer trug einen Fußball unter dem Arm. Sie gingen an uns vorbei zum Automaten. Dort blieben sie stehen, und sie kramten in den Taschen ihrer Trainingshosen und Trainingsjacken. Der Junge ohne Ball warf dann Münzen in den Schlitz und zog zuerst eine Fanta und dann eine Cola. Dann gingen die beiden weiter die Straße runter.

Weitere zehn Minuten später kam eine Gruppe Mädchen vorbei, vierzehn oder fünfzehn Jahre alt. Sie redeten laut durcheinander und kicherten. Sie gingen zu dem Automaten mit den Damenstrümpfen und guckten nacheinander in die kleinen Fächer. Das Kichern wurde zu einem Kreischen, und dann gingen auch sie weiter.

Dann überquerte ein alter Mann mit einem braunen Hut und einem weißen Mantel die Olshausenstraße. Er hatte eine Plastiktüte in der einen Hand und offenbar abgezählte Münzen in der anderen. Die steckte er in den rechten Bierautomaten. Dort, wo auch ich mein Geld reingetan hatte, letzte Woche.

„Jetzt wird's spannend!", sagte Sophia.

Vier Mal rasselte das Geld in den Automaten, vier Mal zog er an einem der Fächer, und jedes Mal holte er eine Flasche Holsten Edel raus, die er dann in seine Tüte steckte. Dann ging er zurück auf die andere Straßenseite und wieder den Bürgersteig entlang.

„Kein Zeitreisender", sagte ich.

„Nein", sagte Sophia. „Oder er war noch nicht durstig genug."

Dann standen wir wieder hinter dem Citroën, eine Viertelstunde lang, und nichts passierte. Alle paar Minuten liefen Menschen vorbei, aber keiner näherte sich den Automaten.

Dann kam ein dunkelblauer VW Passat vorbei.

„Achtung! Polizei!", rief Sophia. Sie hockte sich hin und ging hinter dem Citroën in Deckung.

„Polizeiautos sind doch grün!", sagte ich. „Oder etwa nicht?"

„Ja, natürlich", sagte sie und stand wieder auf.

An Wochentagen war die Gegend belebt, zumindest tagsüber, wenn die Studenten auf dem Weg zur Uni waren. Aber am Wochenende versank das ganze Viertel in Friedhofsruhe. Früher gefiel mir das. Die Ruhe hatte etwas Behagliches. Als ich klein war, saß ich manchmal stundenlang an unserem Wohnzimmerfenster und hörte Radio und schaute dabei zu, wie draußen nichts passierte. Aber jetzt nervte mich diese Ereignislosigkeit.

„Guck mal, da!", sagte Sophia, nachdem wir minutenlang schweigend dagestanden hatten. Sie zeigte auf die andere Straßenseite Richtung Bremerstraße. „Ist das nicht deine Freundin?"

Ach du Scheiße.

Es war tatsächlich Sabine, und sie war nicht allein. Sie hatte einen blonden Mann im Arm, der einen halben Kopf kleiner war als sie, dafür aber deutlich breiter. Normalerweise, wenn man eng umschlungen durch die Gegend läuft, legt der Mann seine Hand auf die Schulter der Frau, und die Frau fasst um die Hüfte des Mannes oder steckt ihre Hand in seine Hosentasche oder seine Gürtelschlaufen. Aber hier war es andersrum. Sabine hatte ihren Arm auf die Schulter des blonden Typen gelegt und zog ihn fest an sich, und seine Hand lag auf ihrer Hüfte. Als sie näher kamen, erkannte ich ihn. Es war der Kollege von Stefan Greve, der kürzlich in der Kneipe mit offenem Mund seinen Rausch ausgeschlafen hatte.

Sabine ging jetzt mit Schmidtchen.

Sie sah Sophia und mich hinter dem Citroën stehen und schaute mich einen Moment lang an, und ich dachte, wie dämlich stehen wir eigentlich hier rum, hinter dem Auto, so wie Kinder beim Versteckspielen, und ich auch noch mit der bescheuerten Kapuze auf dem Kopf. Wir sahen uns wieder für einen Moment in die Augen, und diesmal war keine Wut in ihrem Blick, sondern Entschlossenheit und Überlegenheit. Sie war diejenige mit dem neuen Freund, und ich war der Typ, der dämlich hinter einem Auto rumstand wie ein Ochse hinterm Zaun. Dann fuhr sie mit der freien Hand durch ihre Haare und legte den Kopf in den Nacken und zog Schmidtchen noch fester an sich. Die beiden gingen an den Automaten vorbei, bogen in die Olshausenstraße ein und verschwanden aus unserem Blickfeld, eine große, blonde Frau und ein kleiner, runder Mann, eng umschlungen.

„Wer ist denn die Qualle, die sie da durch die Gegend schiebt?“, fragte Sophia.

„Na, der Typ aus der Kneipe kürzlich“, sagte ich. „Der zu besoffen war, um noch in den Puff mitzukommen.“

„Das gibt's doch nicht!“, rief Sophia. „Die lässt dich sausen für so ein alkoholkrankes Fettauge?“

„Offenbar ja", sagte ich.

Sie legte ihre Hand auf meine Schulter.

„Das tut mir so leid, Martin", sagte sie. „Ich bring' dein Leben ganz schön durcheinander, nicht wahr?"

„Na ja", sagte ich. „Du machst das ja nicht mit Absicht."

„Das nicht", sagte sie. „Aber ich hab' irgendwie Talent für so was. Meinen eigenen ehemaligen Zukünftigen bin ich ja auch souverän losgeworden."

„Der Typ mit den schwarzen Haaren und dem Bart?", fragte ich.

„Stimmt!", sagte sie. „Marcel. Du hast ihn ja gesehen."

„Ja", sagte ich. „Das war da drüben!" Ich zeigte zur anderen Seite der Olshausenstraße, wo wir Marcel eine Woche vorher begegnet waren, auf unserem Weg zum „Lakritzzz" und zum Schaumkaffee und zu Getränke-Rademann.

„Tatsächlich!", sagte Sophia. „Das war da drüben. Beziehungsweise, das wird da drüben sein. Abgefahren!"

„Und er hat mich natürlich auch gesehen", sagte ich. „Und ähnliche Schlüsse gezogen wie Sabine."

„Richtig", sagte Sophia. „Es steht also eins zu eins."

„Ist das etwa ein Wettbewerb?", fragte ich.

„Klar!", sagte Sophia: „Liebhaber austauschen für Fortgeschrittene. Das wird demnächst olympisch!"

Wir lachten, und dann hatte ich Tränen in den Augen, weil der Spruch komisch war, aber auch wegen Sabine. Dass sie mich so schnell abserviert hatte und durch jemand anders ersetzt, das tat jetzt weh. Und dass derjenige ausgerechnet Schmidtchen war, der kleine Dicke, der nie was sagte und der in der Kneipe einschlief, das tat auch weh. Ich tat mir wieder selbst leid bei dem Gedanken, dass jetzt Schmidtchen die Freitagabende mit Sabine verbringen würde.

„Heulst du etwa?", fragte Sophia.

„Nein", sagte ich und ich wischte mir die Tränen aus den Augen.

„Ach, Martin!", sagte sie und umarmte mich, und unsere Wangen berührten sich.

„Nun wisch dir erst mal das Gesicht ab!", sagte Sophia. „Deine Tränen tropfen in mein Ohr."

„Wie war das denn nun mit deinem Marcel?", fragte ich, als ich wieder einigermaßen bei mir war, und ich dachte, noch so ein komischer Name: Marcel.

„Ach, das war total dämlich", sagte Sophia. „Wir waren ja auch erst ein paar Monate zusammen. Jedenfalls wohnt er in dieser WG zusammen mit zwei Frauen, und eine davon ist Manuela, die Schlampe."

„Oha", sagte ich.

„Vor zwei Wochen stehe ich da vor der Tür, und ich musste echt heftig klingeln, weil niemand geöffnet hat. Dabei war klar, dass jemand zu Hause war. Da waren Geräusche zu hören aus der Wohnung. Musik und Lachen. Und dann öffnet Marcel die Tür, und er hat nichts an außer einem Handtuch um den Bauch. Und ich frage, ‚was ist denn hier los?', und ich schiebe ihn zur Seite und gehe in die Wohnung, und da steht die Tür zum Badezimmer offen, und Manuela, die Schlampe, sitzt in der Badewanne!"

„Die beiden haben zusammen gebadet?", fragte ich.

„Das wollten sie zumindest. So hatte es den Anschein. Marcel war ja noch trocken."

„Und dann?"

„Dann frage ich ihn, was hier los ist, und er sagt, gar nichts, ich ziehe mich nur gerade um. Und ich sage, was soll denn das hier?, und ich zeige auf die offene Badezimmertür und auf Manuela, die Schlampe, und er sagt, das ist alles ganz normal, wir sind hier eben alle ziemlich open. Er hat ‚open' gesagt, auf Englisch! Stell dir das mal vor! Und ich sage, aha, dann lässt du also auch die Tür sperrangelweit *open*, wenn du auf dem Scheißeimer sitzt?"

Das war jetzt wieder komisch, aber ich versuchte, nicht zu lachen.

„Und dann steht Manuela, die Schlampe, plötzlich da, und sie hat nicht mal ein Handtuch an, und sagt, das Wasser ist noch total warm, soll ich das drinlassen für euch beide? Und dann bin ich rausgerannt."

„Und das war's?", fragte ich.

„Dieser Schisser hat sich nicht mal getraut, mich anzurufen!", sagte Sophia. „Aber er hat mir am nächsten Tag geschrieben. Ich zeig's dir mal!"

Sie kramte in ihrer Jackentasche und zog wieder den kleinen, schwarzen Kasten raus. Dann hob sie den Zeigefinger und steckte den Kasten wieder weg.

„Besser nicht. Zweiter Spruch des Liam. Funktioniert hier sowieso nicht. Ich kann's inzwischen auswendig, so oft hab ich das gelesen und mich totgeärgert. Weißt du, was er geschrieben hat?"

„Nein", sagte ich, obwohl ich fand, dass die Antwort überflüssig war.

„Don't panic!", zitierte Sophia mit affektierter Stimme. „Du kennst doch Manu, sie ist immer a little over the top. Aber es ist nix gelaufen, swear to god!"

„Das ist aber ein kurzer Brief", sagte ich.

„Es ist nix gelaufen", wiederholte sie, wieder mit der affektierten Stimme. „Natürlich ist nix gelaufen! Weil ich den beiden in die Quere gekommen bin! Und überhaupt: Er war gerade dabei, sich umzuziehen! Wer soll das denn glauben? Hängst du dir etwa erst ein Handtuch vor den Bauch, bevor du dich umziehst?"

„Meistens nicht", sagte ich.

„Siehst du!", rief Sophia. „Die waren nämlich gerade mitten in Flagranti! So sieht's aus!"

„Ja, scheint so", sagte ich, und ich wunderte mich über die erstaunliche Welt der Studenten, wo Frauen nackt durch die Wohnung laufen.

„Aber andererseits", sagte Sophia, „vielleicht hat er ja auch recht, und es war wirklich nix."

„Na ja, die Indizien sind doch sehr deutlich“, sagte ich. Das Wort „Indizien“ hatte Hansjörg Felmy kürzlich im „Tatort“ verwendet.

„Stimmt. Aber vielleicht hat er sich auch wirklich gerade umgezogen, zum Joggen.“

„Wohin?“

„Zum Laufen!“, sagte Sophia. „Er ist einer von den Typen, die stundenlang durch die Gegend laufen und die danach rumjammern, dass ihnen alles wehtut.“

Die Welt der Studenten wurde immer bizarrer. Jetzt liefen sie auch noch einfach so durch die Gegend.

„Und vielleicht wollte Manuela, die Schlampe, ihn verführen mit ihrer Badewannenshow, und er wollte gerade weglaufen. Kann doch auch sein.“ Sie warf die Arme in die Luft und seufzte. „Ist inzwischen sowieso egal. Er denkt ja, ich hab einen anderen.“

Sie haute mir auf den Rücken, und ich fiel nach vorne und stützte mich auf dem Dach des Citroëns ab.

„Materialwissenschaft!“, rief Sophia.

„Wie bitte?“, sagte ich und rang nach Luft. Sie hatte sehr kräftig gehauen.

„Marcel studiert Materialwissenschaft! Nun mal ehrlich: Ist so was etwa akademisch?“ Sie sprach jetzt wieder mit der affektierten Stimme. „Herr Professor, ich weiß was! Die Plastiktüte ist aus Plastik! Krieg’ ich jetzt ’ne Eins?“

„Du steigerst dich da ziemlich rein“, sagte ich.

„Stimmt“, sagte sie. „Es ist vorbei. Punkt. Aus. Zurück zu unserer Agententätigkeit!“

Dann schauten wir wieder rüber zu den Automaten, und es passierte wieder lange Zeit gar nichts. Nach einer Weile ließ ich den Blick über die Häuserfassade schweifen.

„Oh nein, nicht schon wieder!“ Oben im dritten Stock stand wieder die keifende Oma von neulich am Fenster, mit verschränkten Armen, und sie guckte zu uns runter. „Wir werden beobachtet“, sagte ich und zeigte hoch in den dritten Stock. „Die alte Schachtel hat übrigens zugesehen, als ich den ersten Zeitsprung gemacht habe!“

„Ach je“, sagte Sophia, „wir sind aufgeflogen.“

„Ja“, sagte ich, „ein Geheimagent ist kein Geheimagent mehr, wenn er nicht mehr geheim ist.“

„Wir sollten den Standort wechseln“, sagte Sophia. „Wie wäre es da drüben?“ Sie zeigte auf die Häuserreihe auf der gegenüberliegenden Seite der Olshausenstraße. „Von den Fenstern an der Straßenseite hat man bestimmt einen super Überblick. Wir müssen nur irgendwie in eine der Wohnungen reinkommen.“

„Da bist du ja Experte“, sagte ich, „was das Eindringen in fremde Wohnungen angeht!“

„Eben“, sagte sie. „Also: Wie kommen wir da rein? Kennst du vielleicht jemanden, der da wohnt?

„Ja“, sagte ich. „Wenn ich mir das so überlege, kenne ich tatsächlich jemanden. Aber nur flüchtig.“

„Dann mal los!“, sagte Sophia.

Eierbriketts

„Wie heißt denn dein Freund hier?“, fragte Sophia, als wir vor dem Haus Olshausenstraße 3 standen.

Fünf Stufen führten hoch zu einer Holztür mit kleinen Glasscheiben und Jugendstil-Ornamenten.

„Es ist kein Freund von mir. Es ist ein netter, älterer Herr, der jeden hier auf der Ecke kennt. Und jeder kennt ihn, und er ist immer freundlich und lustig, und deswegen mögen ihn alle.“

Ich zeigte auf das Klingelbrett, Parterre links. Dort stand: Lüttjohann.

Herr Lüttjohann war eine kleine Berühmtheit, und das lag an seinem Hobby: Butterfahrten. Er war Stammgast auf den Ausflugsdampfern, die von Kiel nach Langeland fuhren und wo man außerhalb der Dreimeilenzone zollfrei Schnaps und Zigaretten kaufen konnte. Und natürlich Butter, deswegen hieß das Ganze so, aber niemand kaufte Butter. Es konnte lästig werden, im Sommer mit einem Pfund dänischer Butter in der Tasche rumzulaufen.

Wir waren mit der Clique auch ein paar Mal mitgefahren, auf der „Fair Lady“. Die Hinfahrt war noch einigermaßen gesittet, es wurde geklönt und Skat gespielt. Aber auf der Rückfahrt, wenn der Alleinunterhalter mit seiner Orgel anfing und seine Schunkellieder spielte, „Wo de Nordseewellen trecken an den Strand“ und „La Paloma“ und den Schneewalzer, da kamen die Leute in Wallung, und wir feierten mit. An Bord waren hauptsächlich ältere Pärchen, die sich herausgeputzt hatten, sie mit Kleid und er mit Schlips, und die erstaunlich gut tanzen konnten, auf einem schaukelnden Schiff mit hohem Bier- und Schnapsverbrauch. Herr Lüttjohann war immer mittendrin. Er schunkelte, forderte charmant die Damen zum Tanz auf und wechselte von einem Tisch zum anderen, und überall wurde er mit großem Hallo empfangen.

Seine Berühmtheit erreichte ihren Höhepunkt, als ein Reporter der „Kieler Nachrichten“ einen langen Artikel über ihn und sein Hobby schrieb. Anlass war die tausendste Butterfahrt, die Herr Lüttjohann angeblich mitgemacht hatte. Mein Vater hatte große Zweifel, ob die Zahl stimmte und ob irgendjemand tatsächlich mitgezählt hatte. Der Artikel hatte die Überschrift „Er ist tausend Mal nach Langeland gefahren – und war noch nie in Dänemark“, und darunter war ein Bild von Herrn Lüttjohann an seinem Wohnzimmertisch, mit Seemannsmütze auf dem Kopf und Dutzenden Fahrkarten in den Händen. Meine Mutter schlug vor, ihm eine Glückwunschkarte zu schicken, wegen des runden Jubiläums, aber mein Vater meinte, das wäre übertrieben.

Wir waren mit der Clique seit letztem Sommer nicht mehr auf Butterfahrt gegangen. Wir hatten alle Bordverbot auf der „Fair Lady“, weil Stefan Greve den Teller mit dem Kleingeld aus der Toilette geklaut hatte und damit in den Duty-Free-Shop gewankt war, um Wodka zu kaufen. Wir waren alle grölend hinterhermarschiert. Die Besatzung war stinksauer. „Am liebsten würde ich euch Sackgesichter über Bord schmeißen“, hatte der Matrose gesagt.

„Dann klingel' doch!“, sagte Sophia und zeigte auf das Klingelbrett.

„Und was soll ich ihm sagen?“, fragte ich. „Dass wir uns in seiner Wohnung einquartieren wollen, um Zeitsprünge zu beobachten?“

„Die Wahrheit ist immer am überzeugendsten“, sagte Sophia.

„In diesem Fall wohl nicht“, sagte ich.

Ich hatte mit Herrn Lüttjohann vor einigen Jahren im A&O-Markt ein paar Worte gewechselt. „Na Jung, allens klor?“, hatte er gefragt, und ich sagte, „ja, klar“, und er sagte: „Streng di an op de School! Dat is wichtig!“ Das war die Zeit, als ich gerade am Fachgymnasium abschmierte. Wahrscheinlich hatten meine Eltern ihm ihr Leid geklagt über meine schlechten Noten. Herr Lüttjohann schien also jemand zu sein, dem die berufliche Zukunft junger Menschen am Herzen lag. Er selbst hatte vor der Rente bei der Hafenverwaltung gearbeitet. Auch in seinem Job war er eine Berühmtheit gewesen.

Es ging die Anekdote rum, dass er sich jahrzehntelang geweigert hatte, am Telefon seinen Namen zu nennen. Wenn es klingelte, hob er den Hörer ab und sagte: „Hier bün ik!“

„Ich frag' ihn, ob er mir vielleicht einen Job am Hafen vermitteln kann“, sagte ich. „Und dann müssen wir irgendwie ins Gespräch kommen.“

„Das krieg' ich hin!", sagte Sophia.

Ich stieg die Stufen hoch und klingelte bei Herrn Lüttjohann. Nach ein paar Sekunden schnarrte der Türsummer. Ich zog die Holztür auf, und wir kamen in einen schmalen Korridor, der zum Treppenhaus führte. Links ging es zur Wohnung von Herrn Lüttjohann, aber die Tür war zu. Stattdessen stand die rechte Wohnungstür offen, und eine kleine, alte Frau schaute um die Ecke. Sie hatte ein Haarnetz auf dem Kopf und trug eine graue Strickjacke und einen langen, schwarzen Rock.

„Wat lungert ji denn hier vor de Döör rüm?", fragte sie.

„Wir wollten zu Herrn Lüttjohann", sagte ich.

„De is nich dor! De is wohrschienlich wedder op sien Damper ünnerwegs. Aber ik kann Hölp bruken!" Sie winkte uns ran. „Ik heb ji dor rümstahn sehn, un dor heb ik mi dacht, de twee hebbt nix to dohn, un dat geiht nich. Dor!", sagte sie und zeigte auf einen Zinkeimer, der vor ihrer Tür stand.

„Wie bitte?", fragte ich.

„De Emmer!", sagte sie.

„Ja?"

„De is leddig!"

„Ja und?"

„Du büst doch een krägeligen Kerl", sagte sie. „Loop mol rünner na'n Keller un mook mi de Emmer vull!"

„Womit?"

„Na, mit Kohlen!"

Ich griff den Eimer und schaute sie fragend an.

„Dor geihst du rünner", sagte sie und zeigte auf die Kellertreppe, „un jüst ünner de Trapp liggt dor een Hupen Eierbriketts. Un dormit mokst du mi de Emmer vull."

Ich ging die Treppe runter.

„He is ja een schmucken Kerl", sagte die alte Frau zu Sophia, „aber ok so'n beten bräsig."

„Ja, das stimmt", sagte Sophia und lachte.

Unter der Treppe lagen die Briketts, und an der Wand hing eine Eisenschaufel. Ich füllte den Eimer und schleppte ihn wieder die Treppe hoch. Er wog mindestens zehn Kilo. Kein Wunder, dachte ich, dass die alte Frau andere Leute einspannte, um Kohlen in ihre Wohnung zu bringen. Als ich wieder im Erdgeschoss war, waren Sophia und die alte Frau nicht mehr da. Die Wohnungstür stand immer noch offen, und aus der Wohnung hörte ich Stimmen. Ich ging mit dem Eimer in die Wohnung und schloss die Tür hinter mir. Auf dem Türschild stand „Schölermann". Hinter der Tür war ein Flur, und dort war es dunkel und kalt, und es roch nach Weißkohl und Bohnerwachs und Mottenkugeln. Hinten rechts ging es in ein beleuchtetes Zimmer. Von dort kamen die Stimmen.

„Du kannst glieks de Oven anmoken", sagte Frau Schölermann, als ich mit dem Eimer das Zimmer betrat.

Es war ein Wohnzimmer mit einem alten Sofa, einem runden Tisch mit Stühlen und einem großen Wandschrank mit Glastüren. Über dem Sofa hing ein Gemälde von einem Segelschiff, und hinten links war ein Kachelofen. Die verzierten, weißen Kacheln reichten bis zur Decke. Auf einem kleinen Tisch daneben lagen eine Schaufel, ein Feuerzeug, ein Paar Handschuhe und eine Packung mit Kohlenanzünder, und darunter waren alte Zeitungen gestapelt. Am Fenster zur Straße stand ein Sessel, und darüber hing das gerahmte Schwarzweißfoto eines Mannes mit Seitenscheitel und ernstem Blick. Frau Schölermann und Sophia standen davor.

„Ja, dat weer mien Karl", sagte Frau Schölermann und zeigte auf das Foto. „De is vör twee Johren dood bleven."

„Das tut mir leid", sagte Sophia.

„Dor hett he jümmers seten", sagte Frau Schölermann und zeigte auf den Sessel. „In de letzten poor Johren hett he nix anners mehr mokt as dor rümtositten und na buten to kieken."

Ich schaufelte ein paar Briketts in den Ofen, baute sie im Kreis auf und legte den Anzünder dazwischen. Dann zündete ich die kleinen, weißen Klötze an und legte zerknülltes Zeitungspapier oben drauf. Wir hatten früher auch so einen Ofen gehabt, bis vor ungefähr zehn Jahren die Zentralheizung eingebaut wurde.

„So plietsch büst du dann doch, dat du Füer moken kannst", sagte Frau Schölermann. Dann zeigte sie wieder auf das Foto an der Wand. „Sien Leven lang is he Seemann west. He is sogar mol in Australien west, twee Johr lang. Aber dor hett he as Gärtner arbeid't. Dat weer so 'ne Schnapsidee!" Sie zeigte aus dem Fenster. „Hier gifft dat ja nix, wat gröön is, aber he mutt Gärtner warrn."

„Wie lange waren sie denn verheiratet?", fragte Sophia.

„Föfftig Johr!", sagte Frau Schölermann. „Wi hebbt noch unse guldene Hochtied fiert, un dree Monate dorna weer he dann dood."

„Ach, wie traurig", sagte Sophia.

„Wi hebbt uns al as Kinners kennenlehrt", sagte Frau Schölermann. „Wi sünd Döör an Döör opwussen, in de Teichstroot. Aber denn is he an Bord gohn und weer eenfach weg. Un plötzlich, as he ut Australien torüch weer, stunn he bi uns vör de Döör. Un denn hebbt wi heirod't."

„Das ist ja romantisch", sagte Sophia, und ich wunderte mich, dass sie dieses Wort benutzte, romantisch – als Frau mit Punker-Frisur, die auf Geheimmission ist.

„Ik haar hem bienah nich weddererkannt, as he dor vör de Döör stunn", sagte Frau Schölermann. „In Australien gifft dat wohl nix to freten. Jedenfalls weer he so dünn un klapperig as'n Gespenst. He is op so'n Schwedendamper mitfohren, bis na Antwerpen, und von dor hett he sick dann na Kiel dörchbettelt. Dorna is he bloots noch op de Ostsee ünnerwegs west", sagte sie und lachte.

Ich zog mir einen Handschuh über und öffnete die Ofentür. Die Zeitungen waren runtergebrannt und die Eierbriketts glühten. Ich schaufelte mehr Briketts oben auf die glühenden Kohlen. Im Zimmer wurde es langsam warm.

„Nu schallst du ok wat kreegen för dine Arbeit", sagte Frau Schölermann.

„Aber das ist doch nicht nötig", sagte ich. Ich dachte, sie wollte mir Geld geben.

„Ji hebbt doch bestimmt Döss!", sagte sie.

„Klar", sagte ich.

„Ein Schluck Wasser wäre nett", sagte Sophia.

„Ich glaube nicht, dass sie Wasser meint", flüsterte ich.

Frau Schölermann öffnete eine Glastür des Wandschranks und holte drei Cognacschwenker und eine Flasche Scharlachberg Meisterbrand raus.

„Sett jo man dol", sagte sie und zeigte auf die Stühle am Wohnzimmertisch.

Wir nahmen Platz, und sie schenkte ein, großzügig, die Schwenker waren fast halb voll.

„Na denn, Prost!", sagte Frau Schölermann.

„Prost!", sagte ich.

„Prost!", sagte Sophia.

Wir nahmen einen Schluck Weinbrand. Von meinem Platz am Wohnzimmertisch hatte ich freie Sicht auf die Automaten gegenüber. Nur die alten, schweren Gardinen waren im Weg. Sie hatten eine gelbbraune Farbe und waren wohl seit Jahren nicht mehr gewaschen worden. Ich sah, dass der alte Mann mit dem Hut und dem weißen Mantel und der Plastiktüte wieder die Straße überquerte.

„Nu kiek di dat mol an!", sagte Frau Schölermann und zeigte zum Fenster. „Dor kümmt de Ool'n al wedder! De is vörhin al dor west und hett sick al veer Beer holt!" Sie stand auf, setzte sich in den Sessel am Fenster und schob die Gardine zur Seite. Sophia und ich gingen zum anderen Fenster und schauten zu, wie der alte Mann wieder seine abgezählten Münzen in den Bierautomaten warf. Frau Schölermann zählte mit.

„Een … twee … dree … veer … al wedder veer Buddeln! De is nur an't Supen, de Oole!“

Mehr passierte nicht, und der alte Mann überquerte wieder mit seiner gefüllten Plastiktüte die Straße.

„Sie haben hier ja einen guten Überblick“, sagte ich.

„Ik kenn miene Pappenheimers hier ut de Stroot“, sagte Frau Schölermann. „Dat gifft wölke, de kümmt dree mol an een Dag. An'n Sünnoband un an'n Sündag is dat manichmol so as bi de Döpen!“ Sie wedelte mit dem Arm. „Rin un rut un hin un her!“

„Und sehen Sie da schon mal was Ungewöhnliches?“, fragte Sophia.

„Nö“, sagte Frau Schölermann.

„Ist da zum Beispiel mal jemand so einfach verschwunden?“, fragte ich.

„Nö, de kümmt all jümmers wedder torüch!“ Dann setzte sie sich wieder an den Wohnzimmertisch zu den Cognacschwenkern und winkte uns ran. „Nu kümmt dor mal weg vun dat Finster! Dat sieht ja meist so ut, als ob wi neeschierig sünd!“

Wir setzten uns hin, und sie sagte wieder „Prost!“, und wir nahmen alle einen Schluck Weinbrand.

„So, mien Deern“, sagte sie dann zu Sophia, „för di heb ik ok wat to doon!“ Sie verließ das Wohnzimmer und kam kurze Zeit später mit einem Staubwedel und einem Putztuch zurück. Beides drückte sie Sophia in die Hand. „Dor boben op de Schapp“, sagte sie und zeigte auf ihren Glasschrank, „dor komm ik alleen nich mehr hin. Ik kann ja nich mehr op de Ledder klattern. Aber du büst ja een groten Deern!“

Sophia war erst irritiert, dann stand auf, ging zum Schrank und stellte sich auf die Zehenspitzen.

„Du meine Güte!“, sagte sie. Sie pustete einmal kräftig, und eine Wolke von Staub stieg auf. Dann zog sie die Jacke aus, krempelte die Ärmel hoch und räumte die gerahmten

Fotos ab, die auf dem Schrank standen. „Hier Martin, nimm mal!"

Eines war ein Schwarzweißfoto eines jungen Mannes in Marineuniform. Ein anderes, ebenfalls schwarzweiß, zeigte einen anderen jungen Mann mit Anzug und Schlips. Die beiden anderen waren Farbfotos von Familien mit Kindern.

„Sind das Ihre Söhne?", fragte ich.

„Jo", sagte sie und zeigte auf den Mann im Anzug. „Dat is mien Willem!" Dann zeigte sie auf den Mann in der Uniform. „Un dat is mien Adolf!"

„Adolf?", riefen Sophia und ich gleichzeitig.

„He hett an'n twintigsten April Geboortsdag. Dat weer ‚Führergeburtstag'. Dat weer gang un geev, dat de Jungs Adolf heten, wenn se an düssen Dag boren warrn."

„Hat er denn keinen zweiten Vornamen?", fragte Sophia.

„Nö", sagte sie, „dor harr wi keen Geld för!" Sie zeigte auf Sophia und mich. „Wenn ji twee mol Kinners hebbt, dann söcht bloots nich den Namen vun den Macker ut, de jüst op'n Throon sitten deit. Sowat is gau ut de Mood." Sie seufzte und nahm einen Schluck Weinbrand. „Dat is hüüttodags ja ok nich anners. Hüüt hebbt wie ja Helmut Schmidt. Aber wenn de mol weg vun't Finster is, dann ward dat erstmol keen Helmut meer geven."

„Ääh", sagte Sophia. Sie hörte mit dem Putzen auf und schaute uns an. „Und was ist mit Kohl?"

Frau Schölermann und ich lachten laut auf.

„Nie im Leben!", rief ich.

„Dat glöövst du doch sölbens nich, dat düsse Dösbaddel mol Bundeskanzler warrt!", sagte Frau Schölermann.

„Dazu sage ich jetzt mal Prost!", sagte Sophia und nahm einen Schuck Weinbrand.

„He is bi de Marine in Flensborg, mien Adolf, un dor hett he mit sien Noom keene Probleme. Aber mien Karl, den hebbt se froogt, wat dat schall mit düssen Noom. Mien Karl is erst 1948 ut Kriegsgefangenschaft torüchkomen. He weer bi de Jugoslawen, und dat weer allens andere as kommodig. Dor hebbt se hem dree Johr dorbeholen, to'n Minensöken. Un as he torüch weer, hebbt se hem froogt, ob he en Nazi is, wiel dat sien Söhn ja Adolf heet. He hett den Kerl bi düsse Kommission vör de Fööt speit." Sie nahm einen letzten, großen Schluck aus ihrem Glas und griff nach der Flasche mit dem Scharlachberg Meisterbrand. „So, nu drink mol ut!", sagte sie zu Sophia. „Dat hòört sick nich, so lang an een Glas rümtonuckeln!"

Sophia ließ den Staubwedel und das Tuch auf dem Schrank liegen und setzte sich mit an den Tisch. Sie klatschte in die Hände, und wieder stieg eine Staubwolke auf.

„Grins nicht so komisch, Martin Hansen!", sagte sie.

„Ich grins doch gar nicht", sagte ich.

„Tust du wohl!", sagte sie.

Frau Schölermann hatte inzwischen die Cognacschwenker aufgefüllt, wieder sehr großzügig.

„So, nu holt man op mit dat Strieden!", sagte sie. „Dat künnt ji allens naholen, wenn ji erstmol dörtig Johr verheirod't sünd!" Sie hob ihr Glas. „Prost!"

Sophia und ich stießen an.

„Prost, Martin Hansen!", sagte sie.

„Prost, Sophia!", sagte ich.

„Is dat nu allens schier dor boben?", fragte Frau Schölermann und zeigte auf den Schrank.

„Noch nicht ganz", sagte Sophia. Sie stand auf und machte weiter mit dem Staubwischen. Sie stand auf Zehenspitzen vor dem Schrank, und ihre Arme lagen oben auf der Platte.

„Dien Fru hett ja een schmucken Moors in de Büx!", sagte Frau Schölermann und zeigte auf Sophia.

„Ja, klar", sagte ich.

„Ich kann euch hören!", rief Sophia.

„So wat heb ik fröher ok hatt", sagte Frau Schölermann. „Dor hebbt mi de Jungs jümmers nakeken. Hütt wüllt se mi över de Stroot hölpen. So is dat nu mol. Schönheit vergeiht."

„Aber Frau Schölermann“, sagte ich, „Sie haben sich doch sehr gut gehalten. Sie sind doch noch gut in Schuss!“

„Dor hesst du di ja een lütten Charmeur angelt“, sagte Frau Schölermann zu Sophia, die mit dem inzwischen grau gefärbten Staubtuch vor dem Schrank stand.

„Davon hab ich aber noch nicht viel gemerkt“, sagte Sophia. Sie ging zum Fenster, machte es auf und wedelte am langen Arm mit dem Staubtuch. Staub rieselte auf die Straße wie Schneeflocken. Dann setzte sie sich auf den Stuhl neben mir und lehnte ihren Ellbogen auf meine Schulter. „Mach mir doch auch mal ein Kompliment, Martin Hansen!“

„Äh“, sagte ich, „du bist … du bist …“

„Bin ich auch noch gut in Schuss?“, fragte sie.

„Dien Moors hett he doch al bewundert“, sagte Frau Schölermann.

„Ja, genau“, sagte ich. „Stimmt!“

„Das ist das Erste, was dir einfällt?“, fragte Sophia. Sie lehnte sich in ihrem Stuhl zurück und legte die Stirn in Falten. „Mein Hintern?“

„Nu musst du sölbens tosehen, dat du dor wedder rutkümmst“, sagte Frau Schölermann.

„Natürlich nicht“, sagte ich. „Du bist insgesamt super.“

„Na, das nehme ich mal so zur Kenntnis“, sagte Sophia. „Prost!“

Wir nahmen alle drei einen Schluck Weinbrand.

„Und Sie wohnen hier jetzt ganz allein?“, fragte ich.

„Jo, so is dat nu mal“, sagte Frau Schölermann. „Doran bün ik gewöhnt. Mien Karl is fröher ja ok jümmers ünnerwegs west. Un ik weer alleen tohuus mit de Kinners. Aber scheun is dat nich. Dat gifft nich veel to doon. De meeste Tied sitt ik dor“, sie zeigte auf den Sessel in der Ecke, „un kiek ut dat Finster.“

„Aber haben Sie denn niemanden, der Ihnen hilft?“, fragte Sophia. „Oder eine Sozialstation, wo Sie hingehen können?“

„Doch", sagte Frau Schölermann. „So wat gifft dat. Bi de Ansgar-Kark in de Holtenauer Stroot, dor hebbt se so'n Seniorentreff. Aber ik bün mien Leven lang nich na de Kark gohn. Worüm schall ik nu dormit anfangen?"

„Dann müssen Sie ja ziemlich einsam sein", sagte ich.

„Na ja, nu", sagte Frau Schölermann. „Ik heb mien Sessel, un ik heb mien Radio. Un mien Willem secht, dat he mi so'n Fernseher in de Stuuv stellen will. So'n Ding heb ik mien Leven lang nich brukt." Sie zeigte zur anderen Fensterecke, gegenüber vom Sessel. „Dor passt dat Ding goot hin, secht he. Bi dat Finster is de Empfang beter. Aber he leevt ja nu in Hamborg, mien Willem, un ik weet nich, wann he dat nächste Mal vörbiekümmt."

Dann war es eine Zeit lang still.

„Prost!", sagte ich nach einer Weile und nahm einen letzten Schluck aus dem Cognacglas.

„Prost!", sagte Frau Schölermann, und Sophia sagte auch „Prost!", und beide tranken ihr Glas leer.

„Een'n schallt wi noch hebben!", sagte Frau Schölermann und füllte die Gläser wieder großzügig auf. Die Flasche war fast leer. „Eegentlich is dat wohr", sagte sie. „Alleen sien, dat is nix. Dor mööt ji twee oppassen, dat ji tosammenbleevt, so lang as dat möglich is. Dat kann gau vörbie sien, un dann is de annere weg und kümmt ok nich wedder torüch."

Ich nickte.

„Sie haben ja so recht, Frau Schölermann!", sagte Sophia.

„Prost!", sagte ich, und wir nahmen den nächsten Schluck Weinbrand.

„Dat is scheun, junge Lüüd hier bi mi to hebben", sagte Frau Schölermann. „Ji sünd so'n scheunes Poor!"

„Eigentlich sind wir gar kein richtiges Paar", sagte ich leise, und Sophia schüttelte den Kopf und legte ihre Hand auf meine Hand.

„Nun mach doch nicht die Stimmung kaputt, Martin!", flüsterte sie.

„Figelinsch warrt dat, wenn erstmol Kinners dor sünd", sagte Frau Schölermann. „Bi uns weer dat goot, dat mien Karl de meeste Tied weg op See weer. Dor geev dat keen'n Knatsch. Un as de Kinners groot weern, hett he dann op'n Schlepper in'n Hafen anmustert, un dann weer he jeden Abend tohuus. Wat hesst do denn vör'n Berop?", fragte sie mich.

„Ich mache eine Ausbildung zum Reiseverkehrskaufmann", sagte ich.

„Reise", sagte Frau Schölermann, „dat is ideol. Dann büst do ünnerwegs, un dien Frau hett tohuus ehre Ruhe un kann sick üm de Kinners kümmern. Aber mook bloots keen Schiet, wenn do op diene Reisen büst", sagte sie und wackelte mit dem Zeigefinger.

„Nein", sagte ich, „Natürlich nicht. Ich bin ein treuer Mensch."

„Erzähl das mal deiner Sabine!", sagte Sophia und grinste.

„Tru ist dat Wichtigste", sagte Frau Schölermann. „Tru un Ihrlichkeit. Bloots nich katholsch warrn! Un natürlich een Kerl, de sick üm di kümmert, aber de di nich jümmers ünner de Fööt rümlöppt. Denn blievt man sien Leven lang tosamen."

Sie hob wieder ihr Glas.

„Prost!", sagte sie, und wir sagten auch „Prost!" und tranken den nächsten Schluck.

„Ich habe übrigens auch einen Beruf", sagte Sophia, aber Frau Schölermann war mit ihren Gedanken in einer anderen Zeit und hörte sie nicht.

Ich legte meine Hand auf Sophias Hand.

„Nun mach uns nicht die schöne Stimmung kaputt!", sagte ich und grinste.

Sophia streckte mir die Zunge raus.

Frau Schölermann saß eine Weile still da, und dann klopfte sie mit der Hand auf den Tisch.

„Prost!", sagte sie noch einmal und nahm einen kräftigen Schluck und leerte ihr Glas. „Ik glööv, dat warrt nu Tied för mien Abendbrot!"

„Dann sagen wir vielen Dank für ihre Gastfreundschaft", sagte ich.

„Ach wat", sagte Frau Schölermann, „ik heb to danken vör joon Hölp un joon Tied! Aber nu wüllt ji doch seker noch lostrecken un Dansen gohn. Hüüt is Sünnobend!"

„Das ist eine schöne Idee, Frau Schölermann", sagte Sophia. „Komm, Martin Hansen, wir gehen up'n Swutsch!"

„Auf Wiedersehen, Frau Schölermann", sagte ich und schüttelte ihre Hand.

„Auf Wiedersehen!", sagte Sophia.

Frau Schölermann blieb auf ihrem Stuhl an ihrem Tisch sitzen und schaute wieder verträumt vor sich hin.

Wir verließen die Wohnung und zogen die Tür hinter uns zu. Dann waren wir im Hausflur, und ich wollte die Haustür aufdrücken, aber sie kam mir entgegengeflogen und knallte gegen die Wand. Ein alter Mann mit Seemannsmütze stolperte rein und rannte mich beinahe um. Er hatte eine Flasche Hansen-Rum in der Hand und eine Stange Marlboro-Zigaretten unter den Arm geklemmt, und an einem Knopf seiner Jacke hing ein gelber Luftballon.

„Guten Abend, Herr Lüttjohann", sagte ich.

Herr Lüttjohann wankte an mir vorbei den Flur entlang und sang mit schleppender Stimme ein Hans-Albers-Lied.

„Komm auf die Schaukel, Luiiiiiise, dat is dat grötste Pläsir …"

„Ohauerha", sagte Sophia.

„Eine erfolgreiche Butterfahrt", sagte ich.

Westernhagen

Die Abenddämmerung hatte begonnen. In den Straßen zwischen den hohen Häuserreihen wurde es schummerig, und der Wind und die Regentropfen wehten uns wieder um die Nase.

„Ach du Scheiße", sagte ich und zeigte rüber auf die andere Straßenseite zu den Automaten. „Das haben wir ja ganz vergessen!"

„Weißt du was, Martin Hansen?", sagte Sophia und klopfte mir auf die Schulter: „Wir beiden sind die miesesten Geheimagenten der Welt!"

Wir schlängelten uns an den parkenden Autos vorbei auf die Olshausenstraße, und Sophia hakte sich bei mir unter.

„Nun bring die Sophia mit ihrem Schwips mal heil über die Straße, du alter Charmeur!"

„Zu Befehl!", sagte ich.

Dann standen wir wieder vor den Automaten.

„Weißt du was?", sagte Sophia, „wir besuchen Farid. Das ‚Lakritzzz' ist ja quasi direkt vor unserer Nase. Der wird Augen machen."

„Und wie soll das gehen?"

„Na, du ziehst wieder die Nummer mit deiner Bierklappe durch, und ich halte mich an dir fest. Hat letztes Mal ja auch funktioniert. Die Startvoraussetzungen sind ideal. Es ist Abend, und du hast einen im Tee!"

„Tja, ich weiß nicht …", sagte ich.

„Ein schönes, frisch gezapftes Hasentaler!", sagte Sophia. „Ich geb' einen aus!"

„Tja", sagte ich.

„Hast du etwa Schiss?", fragte sie und pikste mir mit dem Zeigefinger in die Seite.

„Ehrlich gesagt: ja."

„Das ist verständlich", sagte Sophia. „Einerseits."

„Und andererseits?“

„Andererseits bin auch ein bisschen enttäuscht.“

„Schade“, sagte ich.

„Schwamm drüber“, sagte sie. „Aber ich hab’ einen richtig staubigen Hals nach all dem Fusel. Wir machen Folgendes: Du ziehst uns ein Bier. Und wir gucken mal, was passiert.“

„Na gut“, sagte ich.

Ich holte mein Portemonnaie raus, zählte die Münzen ab, eine Mark zwanzig, und warf sie in den Schlitz. Sophia stellte sich hinter mich und hielt sich mit beiden Händen an meinen Schultern fest. Ich zog an der Klappe. Sie ging sofort auf.

Und weiter passierte nichts.

„Ein kühles Bier“, sagte ich und reckte die Flasche in die Luft.

„Zieh jetzt auch noch eins für dich!“, sagte Sophia.

„Es ist schön, dass du auch an mich denkst“, sagte ich.

Sie klopfte mir mit der Faust auf den Hintern. Dann warf ich wieder Geld in den Automaten und zog die nächste Klappe auf, und wieder kam eine gekühlte Flasche Holsten Edel zum Vorschein, und sonst passierte wieder nichts.

„Du bist wohl noch nicht blau genug, Martin Hansen“, sagte Sophia. „Oder du hast es dir nicht doll genug gewünscht.“

„Entschuldigung“, sagte ich.

Ich hatte es mir tatsächlich nicht besonders stark gewünscht, denn ich fand es eigentlich recht schön, jetzt und hier.

„Und, was machen wir nun mit dem angebrochenen Abend?“, fragte sie schließlich.

„Wie wär’s mit Kino?“, sagte ich.

„Eine schöne Idee“, sagte Sophia. „Was läuft denn für ein Film?“

„Keine Ahnung. Wir gehen einfach zum ‚Metro‘ und gucken mal.“

„Exzellenter Plan!“, sagte sie. „Und auf dem Weg dahin erzählst du mir, was dein Lieblingsfilm ist. Ich würde dir ja gerne meinen verraten, aber das darf ich ja nicht. Zweiter Spruch des Liam.“

Ich machte mit dem Feuerzeug die Bierflaschen auf, und sie hakte sich wieder bei mir unter, und wir liefen den Knooper Weg runter und dann die Holtenauer Straße hoch. Und ich überlegte, was mein Lieblingsfilm war. Spontan hätte ich gesagt, „Die tollkühnen Männer in den fliegenden Kisten“ mit Gert Fröbe als preußischer Offizier und mit ganz viel Klamauk, aber das wäre irgendwie schon wieder blöd gewesen oder zumindest ein bisschen kindisch, jedenfalls nicht die Antwort, die eine Frau erwarten würde, an einem schummrigen Abend nach drei großen Gläsern Weinbrand. „2001 – Odyssee im Weltraum“ war auch ein Klassefilm, aber den hatte ich mal mit Sabine zusammen geguckt, und sie war am Ende ziemlich genervt. „Erst prügeln sich diese Höhlenmenschen um diesen dämlichen, schwarzen Karton, dann fliegen sie plötzlich mit dem Raumschiff, und am Ende sind sie im Drogenrausch“, sagte sie. „So ein Blödsinn!“

„‚Cincinnati Kid!‘“, sagte ich, als wir an der Ampel Ecke Düppelstraße standen.

„Wie bitte?“

„Mein Lieblingsfilm! Da spielt Steve McQueen einen Pokerspieler, der den alten Meister besiegen will. Und er setzt alles auf die letzte Karte und hat schon fast gewonnen, und dann hat der Alte doch noch den Karo-Buben, und damit gewinnt er, und Cincinnati Kid verliert.“

„Kein Happy End?“, fragte Sophia.

„Nicht so richtig“, sagte ich.

„Bääh!“, sagte sie.

„Na ja, am Ende vergibt ihm seine Freundin, und die beiden fallen sich in die Arme.“

„Na, immerhin.“

„Und er kann von sich behaupten, dass er alles probiert hat. Dass er alles auf eine Karte gesetzt hat. Bloß dann ist es eben schiefgegangen. Dann hatte er eben Pech."

Sophia blieb stehen und sah mich an.

„Und deswegen setzt du nie irgendwas auf eine Karte?", fragte sie. „Weil es schiefgehen könnte? Deswegen bleibst du in deiner gemütlichen Müllhalde bei deinen Eltern wohnen und kümmerst dich um Baustellen in Fleckeby?"

„Das ist jetzt gemein", sagte ich.

„Ja", sagte sie. „Aber nur ein bisschen."

Dann hakte sie sich wieder unter, und wir gingen die Holtenauer Straße hoch zum „Metro".

Über dem Eingang mit den beiden großen Glastüren hing die Leuchtreklame, und darauf stand: „20.00: Theo gegen den Rest der Welt". Und darunter, in kleineren Buchstaben: „Mit Marius Müller-Westernhagen". Wir stellten uns vor das Schaufenster und guckten uns die Fotos von dem Film an. Darauf war Marius Müller-Westernhagen mit offenem Hemd vor einem Lastwagen zu sehen und mit einer Platzwunde am Kopf und mit einer hübschen Frau mit blonden Locken.

„Westernhagen!", rief Sophia. „Würg!"

„Magst du den nicht?", fragte ich.

„Ich find' den grässlich", sagte sie. „Magst du den etwa?"

Ich wusste nicht viel über Marius Müller-Westernhagen. Er hatte eine Platte rausgebracht, die Stefan Greve irrsinnig gut fand und aus der er ständig Sprüche zitierte. „Ich will zurück auf die Straße, will wieder singen, nicht schön, sondern geil und laut" oder „Johnny Walker, ich zahl' dich gleich in bar". Das klang zwar ziemlich cool, aber ich fand den Namen abschreckend, Marius Müller-Westernhagen. So hieß normalerweise der Direktor von der Staatsoper. Aber Rock 'n' Roll war das irgendwie nicht. Und die Platte hieß irgendwas mit „Pfefferminz", und das war auch nicht Rock 'n' Roll, und deswegen kaufte ich mir die Platte auch nicht. Sonst hätte Marius Müller-Westernhagen das vielleicht als Bestätigung aufgefasst, und die nächste Platte hätte dann „Erdbeereis“ oder „Zuckerwatte“ geheißen.

„Nee, so toll find' ich den auch nicht“, sagte ich.

„Und nun?“

„Dann gehen wir eben ins ‚Regina‘ und gucken, was da läuft“, sagte ich.

„Was ist das denn?“

„Ein Programmkino. Da laufen oft ganz schräge Filme. Liegt nur ein paar Schritte die Straße runter.“

„Kenn' ich nicht“, sagte Sophia.

„Dann wird's aber Zeit“, sagte ich.

Wir liefen wieder zurück, die Holtenauer Straße entlang, und dann standen wir wieder untergehakt an der Ampel Ecke Düppelstraße, mit unseren Bierflaschen in der freien Hand.

„Worum geht es denn so in deinem Lieblingsfilm?“, fragte ich. „Ich meine, so ganz grob. Ohne die Sprüche des Liam zu missachten.“

„Also gut“, sagte Sophia, „was soll schon passieren, wenn du das weißt?“

Die Ampel wurde grün, und wir überquerten die Straße.

„Sorry, Liam!“, rief Sophia und schwenkte ihre Flasche in die ungefähre Richtung der Hansastraße, wo ihre Wohnung einmal sein würde. „Da geht es um eine wunderschöne Frau und um einen Kerl, der anfangs völlig dämlich und hässlich und eklig ist“, sagte sie. „Ähnlichkeiten mit anwesenden Personen wären rein zufällig.“

„Sehr lustig“, sagte ich.

„Und der Kerl ist deswegen so hässlich, weil er verzaubert ist, und er ist deswegen so eklig, weil er schon alle Hoffnung aufgegeben hat, jemals von seinem Fluch erlöst zu werden.“

Sie blieb stehen. „Weißt du was, Martin Hansen? So langsam wird das unheimlich mit den Ähnlichkeiten. Außer, dass du nicht eklig bist. Und auch nicht hässlich."

„Vielen Dank", sagte ich.

„Und es kommt natürlich so, wie es kommen muss: Am Ende wird er zum Helden und stirbt fast beim Kampf gegen den bösen Vollpfosten, und schließlich wird er erlöst durch den Kuss der wunderschönen Frau."

Sie stand immer noch vor mir und sah mir in die Augen, so als würde sie auf irgendetwas warten.

„Und das ist dein Lieblingsfilm?", fragte ich. Ich war ein bisschen enttäuscht. Von einer so klugen Frau, die an der Universität studiert, hätte ich etwas anderes erwartet. Einen deutschen Problemfilm von Fassbinder oder irgendwas Französisches in Schwarzweiß.

„Ja, warum denn nicht!", sagte sie.

Sie nahm noch einen Schluck aus der Holstenflasche und zuckte mit den Schultern und hakte sich wieder unter, und wir gingen weiter die Straße runter.

„Es ist ein Zeichentrickfilm von Walt Disney, den ich als Kind geliebt habe", sagte Sophia nach ein paar Schritten. „Er heißt ‚Die Schöne und das Biest'. Und weißt du was? Das mit den Ähnlichkeiten, das nimmt langsam überhand, Martin Hansen!"

Dachpappe

Wir kamen zum „Regina". Oben auf der Leuchtreklame stand: „20.30: Sean Connery als James Bond 007 in: Diamantenfieber".

„Den kenn' ich!", sagte ich. „Der ist super!"

„Genau der richtige Film für die beiden miesesten Geheimagenten der Welt!", sagte Sophia.

Wir gingen die Treppe hoch ins Foyer. Drinnen war eine Schlange. Vor der Kasse Stau, weil fünf Typen in Lederjacken mit der Kassiererin verhandeln wollten.

„Aber Fräulein", sagte einer, „ich bin doch erst drölf! Krieg' ich jetzt 'ne Kinderkarte?"

„Ho ho ho!", machten die anderen.

Wir stellten uns ans Ende der Schlange.

Ach du Scheiße.

Direkt vor uns stand Jens Riester. Er hatte uns noch nicht gesehen, und ich wusste nicht, ob ich ihn antippen sollte. Sophia zeigte auf ein Werbeplakat für Schokoriegel, das an der Wand hing.

„Guck mal, Martin!", sagte sie. „Twix heißt jetzt Raider!"

„Wie denn sonst?", sagte ich.

Jens Riester drehte sich um.

„Die Stimme kenn' ich doch", sagte er. „Hallo Martin!"

„Hallo Jens", sagte ich, und Jens Riester lächelte mich an, aber sein Lächeln wurde zu einem dumpfen Starren, als er Sophia sah. „Das ist Sophia", sagte ich.

Jens Riester sagte nichts und glotzte sie an.

„Was machst du denn so ganz allein im Kino?", fragte ich.

Er erwachte wieder zum Leben.

„Bei mir zu Hause ist dicke Luft!", sagte er. „Meine Eltern sind sauer, weil mein Meister sich beschwert hat über mich!"

„Was hast du denn angestellt?", fragte ich.

„Ach, das war ganz blöd", sagte er. „Wir waren in Altenholz, der Meister und ich, und wir sollten Dachpappe verlegen auf einem von diesen Reihenbungalows. Die liegen so direkt nebeneinander, ohne was dazwischen. Jedenfalls war der Meister noch mit dem Hausherrn am Schnacken, und ich bin schon mal hoch aufs Dach, weil der Meister ja auch gesagt hatte, ich soll dem Hausherren nicht zu nahe kommen, wegen meiner Fahne. Ich hatte so'n büschen Bier und Korn am Abend vorher."

„Oh Gott, oh Gott", sagte ich.

„Und dann dachte ich mir, ich fang' schon mal an. Und ich geh' mit der Flex und dem Stemmeisen ran und reiße die alte Pappe ab, und echt, das ging zack-zack. Aber dann kommt der Meister die Leiter hoch und fängt an zu schreien: Bis du wahnsinnig, du Hornochse! Das ist das falsche Dach!"

„Ach, du grüne Neune", sagte ich.

„Es wird ja noch schlimmer", sagte Jens Riester. „Der Typ, dem das andere Dach gehört, sagte, das kann so nicht bleiben, das müsst ihr neu machen. Und der Meister sagt, gut, dann legen wir da neue Pappe, wo der Trottel das Loch gerissen hat. Also, der Trottel, damit meinte er mich."

„Dachte ich mir", sagte ich.

„Aber der Typ meinte, nee, ihr müsst dann schon das ganze Dach neu machen, das sieht sonst ja voll Scheiße aus. Und der Meister sagt, ist doch egal, das sieht doch sowieso keiner, das ist doch ein Flachdach. Aber der Typ meinte, die Leute aus dem Mietshaus auf der anderen Straßenseite, die würden das ja sehen, wenn sie aus dem Fenster gucken, und das geht nicht."

„Und?", fragte ich.

„Am Ende haben wir beide Dächer gemacht. Das, wofür wir gekommen waren, und das andere noch dazu, für lau. Der Meister war stinksauer. Er hat dann bei meinen Eltern angerufen und gesagt, wenn ich noch mal mit 'ner Fahne zur Arbeit komm', dann kann ich gleich abhauen und brauch' auch nicht wiederkommen. Und deswegen ist bei uns zu Hause jetzt dicke Luft, und deswegen bin ich hierher geflüchtet."

„Ach, Jens", sagte ich und versuchte, tröstende Worte zu finden, aber mir fiel nichts ein angesichts dieser geballten Dämlichkeit.

„Aber weißt du was?", sagte Jens Riester. „Der Typ, dem das andere Haus gehört, der hat sich beölt vor Lachen, als wir sein Dach neu gemacht haben, für nix und wieder nix. Und am Ende hat er mir einen Zwanni in die Hand gedrückt!" Jens Riester holte sein Portemonnaie raus und hielt stolz den Geldschein in die Luft.

Inzwischen standen wir an der Kasse, und Jens Riester kaufte sich eine Karte. Er wedelte noch einmal voller Stolz mit seinem Zwanzigmarkschein rum, bevor er ihn auf den Tresen legte. Dann zog er mit seiner Eintrittskarte weiter.

„Ist das etwa ein Freund von dir?", fragte Sophia.

„Ja", sagte ich, „schon so ein bisschen."

„Warum das denn?"

„Jens ist auch Musikliebhaber", sagte ich. „Wir reden meistens über Musik."

„Aha."

Ich kaufte zwei Karten, und wir gingen weiter zu der kleinen Bar, wo eine Frau in einem weißen Pullover Getränke und Süßigkeiten verkaufte. Auch hier war Stau, weil die fünf Typen in Lederjacken wieder versuchten zu feilschen.

„Tante, ich hab 'nen Schülerausweis!", sagte einer. „Krieg' ich das Bier jetzt billiger?"

„Ho ho ho!", machten die anderen.

Wieder stand Jens Riester vor uns in der Schlange.

„Du, Martin", sagte er, „du musst unbedingt mal wieder vorbeikommen! Die neue Platte von Judas Priest ist draußen! Ein Meisterwerk! Das Ding heißt ‚British Steel'!" Er reckte die Faust in die Luft.

„Stahl, Alter!"

„Klar, Jens", sagte ich. „Können wir gerne machen."

„Aber Martin, sag mal", sagte Jens Riester, „du bist doch selbst Musiker!"

„Ja, so ein bisschen", sagte ich.

Sophia gluckste.

„Dann bis du ja Experte", sagte Jens Riester. „Auf der neuen Scheibe von Priest, da ist ein Lied drauf, das heißt ‚Steeler' und ein anderes heißt ‚Grinder'!"

„Ja und?“, fragte ich.

„Na, die hatten doch vorher schon ‚Deceiver‘ und ‚Ripper‘ und ‚Starbreaker‘ und ‚Sinner‘ und ‚Invader‘ und ‚Exciter‘!“ Er beugte sich nach hinten, streckte wieder die Faust in die Luft und begann, mit lauter, quietschender Stimme zu singen. „Stand back for Exciiiteeer!“

Ich blickte mich um, ob jemand zu uns rüberschaute.

„Na, und jetzt eben ‚Steeler‘ und ‚Grinder‘“, sagte Jens Riester, wieder mit normaler Stimme, „immer mit E und R am Ende. Jetzt du so als Musiker: Da steckt doch bestimmt ein Konzept dahinter, oder nicht?“

„Na ja“, sagte ich, „kann schon sein.“

„Siehste!“, rief Jens Riester. „Hab ich mir doch gedacht! Alle sagen immer, dass die Meddel-Typen total dämlich sind, aber das stimmt gar nicht. Die haben nämlich voll die Konzepte!“

Er war jetzt bei der Frau im weißen Pullover angekommen und kaufte zwei Flaschen Bier und zwei Flachmänner Oldesloer Korn, und diesmal wedelte er fröhlich mit einem Zehnmarkschein in der Luft, bevor er ihn der Frau gab. Dann ging er langsam weiter.

„Ich glaub’, ich nehm’ mal so einen Raider“, sagte Sophia, als wir vor der Frau mit dem weißen Pullover standen. „Man soll ja die örtlichen Produkte probieren, wenn man verreist. Und dazu hätte ich gerne eine Cola.“ Sie drehte sich zu mir, legte den Kopf auf die Seite und klimperte mit den Augen. „Martin, krieg’ ich auch noch einen Piccolo? Bitteeee!“

„Na gut“, sagte ich. „Weil Wochenende ist.“

Ich bezahlte Sophias Raider und ihre Cola und ihren Piccolo, und ich nahm noch eine Flasche Bier, und dann gingen wir durch einen schmalen Gang zum Kinosaal. Am Eingang zum Saal stand Jens Riester. Und als wir an ihm vorbeigingen, um uns Plätze zu suchen, folgte er uns. Sophia bog in eine der Stuhlreihen ein und ging durch bis zum Ende, direkt an der Wand. Da setzte sie sich hin, und ich setzte mich neben sie, und Jens Riester setzte sich neben mich.

„Da ist mir nämlich noch was aufgefallen auf der neuen Priest-Scheibe“, sagte er. „Das wird dich auch interessieren, so als Musiker.“

„Ach ja?“, sagte ich.

„Auf jeden Fall!“, sagte er. „Da ist nämlich ein Stück drauf, das heißt ‚Breaking the Law‘. Er reckte wieder die Faust in die Luft und begann zu quietschen.

„Breaking the Laaaaw!“

Ich schaute mich wieder um, ob jemand zu uns rüber guckte.

„Und außerdem gibt es noch so ein Lied, das heißt ‚Living after Midnight‘“. Und weißt du was? Auf der Platte davor, da hatten sie ‚Delivering the Goods‘ und ‚Running Wild‘ und ‚Evening Star‘ und ‚Killing Machine‘! Verstehst du? Immer mit ING am Ende! Das ist doch bestimmt wieder so ein Konzept, oder?“

„Tja, Jens“, sagte ich, aber bevor ich mir eine halbwegs sinnvolle Antwort auf diese bescheuerte Frage ausdenken konnte, beugte sich Sophia vor und schaute Jens Riester in die Augen.

„Geh weg!“, sagte sie mit lauter Stimme. „Weit weg!“

Jens Riester starrte mich einen Moment lang an.

„Alles klar“, sagte er. „Ich merke schon, dass ich unerwünscht bin!“ Er stand auf und sammelte seine Flaschen ein. „Büroschwuchtel!“, murmelte er. Dann setzte er sich ein paar Plätze weiter wieder hin.

„Ist doch wahr!“, sagte Sophia und verschränkte die Arme vor der Brust.

Idiot

Das Licht ging aus und der Vorhang vor der Leinwand öffnete sich, und die Werbung begann. Es ging um Zigaretten und Whisky und Bier und um eine neue Jugendzeitschrift namens ‚Rocky' und um Haargel.

„Das wäre doch was für dich", sagte Sophia. Sie drehte sich zu mir und begann mit den Händen in meinen Haaren herumzuwühlen. „Du hast so schöne Haare", sagte sie. „Aber du machst so wenig daraus!" Sie strich mir die Haare hinter die Ohren und den Pony aus dem Gesicht. „Du könntest noch viel hübscher sein, Martin Hansen!"

„Ich werde daran denken, wenn ich morgen früh vorm Spiegel stehe", sagte ich.

Dann war Pause mit der Werbung, und der Vorfilm begann.

Wie immer war er künstlerisch wertvoll und ein wenig anstrengend. Diesmal war es ein Zeichentrickfilm. Darin ging es um krakelige Wesen, die aussahen wie Eier, aber mit einem riesigen Schnabel und mit zwei kurzen Beinen. Die Wesen verließen morgens im Gleichschritt ihre Häuser und stiegen in Busse und Züge und strömten dann in eine Fabrik. Dazu ertönte schräge Klaviermusik. In der Fabrik arbeiteten die Wesen im Akkord, bis sie selbst auf dem Fließband landeten und in Kartons verpackt wurden. Die Kartons wurden auf Lastwagen gestapelt, die zurück zu den Häusern fuhren. Und dort stiegen die Wesen aus den Kartons und legten sich ins Bett. Und am nächsten Morgen ging das Ganze wieder von vorne los. Und dann nochmal. Und danach nochmal. Das war natürlich eine schonungslose Kritik an der kapitalistischen Ausbeutung, so viel hatte ich begriffen. Harald wäre begeistert gewesen.

„Ist ja irre!", sagte Sophia. „Abgefahren!"

Die Typen in den Lederjacken hatten sich in der letzten Reihe breitgemacht und ihre Beine auf die Sitze der vorderen Reihe gelegt.

„Was für eine Scheiße!“, rief einer.

„Das ist Kacke!“, rief ein anderer.

Dann war der Vorfilm vorbei, und die Eiswerbung fing an, und als die vorbei war, kam die Frau im weißen Pullover mit einem Bauchladen rein.

„Will jemand Eis?“, fragte sie.

„Hau ab!“, rief einer der Lederjackentypen.

„Alte Zimtzicke!“, rief ein anderer.

Wie immer wollte zuerst niemand Eis, aber gerade als die Pulloverfrau wieder rausgehen wollte, stand der Erste auf und kaufte sich eine Packung Eiskonfekt. Und dann standen immer mehr Leute auf, und es bildete sich eine Schlange. Die Typen in den Lederjacken pfiffen und grölten.

„Ihr Penner!“, rief einer.

„Ihr Schwachköppe!“, rief ein anderer.

„Warum regen die sich denn so auf?“, fragte Sophia.

„Weil es jetzt länger dauert, bis der Film anfängt“, sagte ich.

„Ach so.“

Dann wurde es noch einen Tick dunkler, und der Film ging los. James Bond erschien auf der Leinwand. Er sagte: „Mein Name ist Bond. James Bond.“ Und dann riss er einer jungen Frau im Bikini das Oberteil ab und würgte sie damit.

„Ho ho ho!“, machten die Typen in der letzten Reihe.

„Na, das fängt ja gut an“, sagte Sophia.

Dann war James Bond in einer Wohnung, und eine hübsche Frau in einer durchsichtigen, schwarzen Bluse kam rein, und James Bond sagte: „Das ist ja ein hübsches kleines Nichts, was Sie da beinahe anhaben.“

„Ho ho ho!“, machten die Typen.

Die hübsche Frau sagte: „Ich zieh’ mich um“, und James Bond sagte: „Oh bitte, nicht meinetwegen.“

„Ho ho ho!", dröhnte es hinten.

„Da bist du aber charmanter, Martin", sagte Sophia und rückte ein Stück zu mir rüber und lehnte ihren Kopf an meine Schulter.

James Bond kämpfte dann in einem Fahrstuhl mit einem feindlichen Agenten und stürzte ihn übers Treppengeländer in die Tiefe, und die hübsche Frau kam dazu und fragte: „Ist er tot?", und James Bond sagte: „Na, das wollen wir doch hoffen!"

„Ho ho ho!"

„Warum bringt der Kerl denn ständig Leute um?", fragte Sophia. „Ich hab' noch nie einen Bond-Film gesehen. Der Typ, der in meiner Zeit die Rolle spielt, ist fürchterlich."

„Er hat doch die Lizenz zum Töten", sagte ich. „Darum."

„Und warum hat er die Lizenz zum Töten?"

„Na, wegen der Doppel-Null", sagte ich. „Er ist ja schließlich Null-Null-Sieben."

„Ach so", sagte sie. „So was würde dein Sacramento Kid aber nicht machen, oder?"

„Er heißt Cincinnati Kid", sagte ich.

„Weiß ich doch", sagte sie. „Kann ich aber nicht mehr unfallfrei aussprechen." Sie hielt mir ihren Piccolo vor die Nase. „Prost, Martin Hansen!"

Wir stießen an, und sie rückte noch ein Stück weiter zu mir rüber.

Auf der Leinwand trat eine Frau mit einem sehr offenen Dekolleté auf. Sie sagte: „Ich heiße Penny", und James Bond sagte: „Die Auslage ist mehr wert!" Hinten hämmerte einer der Lederjackentypen vor Freude gegen die Wand.

„Ho ho ho!"

Meine Hand lag auf der Lehne zwischen unseren Sitzen, und Sophia legte ihre Hand auf meine.

Dann schmissen zwei Gangster eine nackte Frau aus dem fünften Stock eines Hotels, und sie landete im Pool, und James Bond sagte: „Eine hübsche Wasserbombe", und der

Gangster sagte: „Ich konnte ja nicht ahnen, dass da unten Wasser ist!“

In der letzten Reihe trommelten sie auf die Sitzpolster.

„Ho ho ho!“

Sophia seufzte und strich mit dem Finger langsam über meine Hand.

Im Film war die Cassette, womit der große Computer den Satelliten steuerte, auf dem sich die Laserkanone befand, die die Erde bedrohte, im Bikinihöschen der hübschen Frau gelandet, und der Oberbösewicht sagte: „Du hast ja so ein eckiges Döschen in deinem Höschen!“

„Döschen, Alter!“, rief einer der Lederjackentypen. „Geil!“

„Ho ho ho!“, machten die anderen.

Sophia rückte noch ein Stück näher an mich ran und stützte ihr Kinn auf meiner Schulter ab. Ihre warme Nase rieb sich an meinem Ohr.

Dann sagte der Bösewicht: „So ein hübscher Po, leider im Kopf nur Stroh!“

Die Freude in der letzten Reihe kannte keine Grenzen mehr.

„Ho ho ho!“

„Du, Martin“, sagte Sophia, „du merkst schon, was hier gerade passiert?“

„Ja“, sagte ich.

„Ich versuche, nett zu dir zu sein.“

„Ja.“

„Ich mach’ dir schöne Augen, falls dir das noch nicht aufgefallen ist.“

„Ja.“

Sophia sprang auf.

„Es reicht!“, rief sie. Sie griff sich ihre Jacke und lief raus.

Doch nicht jetzt schon, wollte ich sagen, gleich kommt doch die beste Stelle, wo sie mit ihren Hubschraubern die Bohrinsel angreifen. Aber dann stand ich auch auf und griff meinen Parka und folgte ihr, vorbei an Jens Riester, der sich keinen Zentimeter rührte, um mich durchzulassen.

Sophia stand draußen auf der Treppe vor dem Kino.

„Du bist so ein Idiot!“, rief sie. „Du bist ein toller Typ, Martin Hansen, aber du peilst gar nichts! Du wohnst noch bei deinen Eltern, und deine beiden besten Freunde sind dieser Alkoholiker neulich, der in den Puff gehen muss, weil sich sonst keine Frau für ihn interessiert, und dieser andere Alkoholiker heute, der zu doof ist zum Scheißeschaufeln, und dabei kannst du viel mehr sein und viel mehr machen und viel mehr erleben, aber du merkst es ja nicht mal, wenn ich dich anbaggere!“

Sie drehte sich weg.

„Du bist so ein Idiot“, sagte sie. „So ein Idiot!“

Und das war irgendwie das schönste Kompliment, das ich je bekommen hatte, und ich nahm Sophia in die Arme und gab ihr einen Kuss in den Nacken. Und dann drehte sie sich um, und wir küssten uns. Wir standen auf der Treppe, eng umschlungen, und dann war im Kino der Film zu Ende, und die Leute kamen raus und liefen an uns vorbei.

„Guck mal, hier wird ordentlich geknirpselt!“, sagte einer von den Lederjackentypen.

„Ho ho ho!“, machten die anderen.

Und dann waren die Leute weg, und das Licht vom Kino ging aus, und wir standen immer noch da, eng umschlungen, und küssten uns.

Nordstern 2

Wir gingen Hand in Hand durch den Wind und den Regen zu mir nach Hause, in mein Zimmer. Dort standen wir und küssten uns, und dann zogen wir uns aus.

„Hast du schon mal was von Aids gehört?“, fragte Sophia.

„Nein“, sagte ich. „Was soll das sein?“

„Alles klar“, sagte sie. „Du bist ein reines Wesen, Martin Hansen. Und ich nehm’ die Pille.“

Wir legten uns in mein kleines, quietschendes Bett.

Und ich sah jetzt auch, wo ihre Tätowierung war; „da, wo man es nicht sofort sieht“, wie sie gesagt hatte. Es war ein kleiner, blauer Schmetterling, links unterhalb ihres Bauchnabels, wenn man von oben draufschaute. Ich dachte: Wie soll das bloß aussehen, wenn bei ihr mal der Blinddarm raus muss? Aber es wäre blöd gewesen, das zu sagen, jetzt, in diesem Moment.

Dann lagen wir eine Zeitlang schweigend nebeneinander.

Und dann legte ich eine Platte auf, von Carole King, und ich legte mich wieder zu Sophia ins Bett. Ich hatte nicht viele Platten von Frauen, aber ich dachte, das wäre jetzt die passende Musik, und es würde ihr gefallen, obwohl da „You’ve got a Friend“ drauf war, der Riesenhit, den ich reichlich kitschig fand.

Und dann sang Carole King:

„If the sky above you
Grows dark and full of clouds
And that old north wind begins to blow
Keep your head together
And call my name out loud
Soon you’ll hear me knocking at your door“

Wenn es dir mies geht, dann denk an mich, und dann stehe ich bei dir vor der Tür. Komisch, dachte ich, genauso war es ja heute Mittag, als Sophia plötzlich wieder da war.

„Das ist ja ein schönes Lied“, sagte sie. „Wollen wir nochmal knutschen?“

Wir umarmten und küssten uns. Und dann sang Carole King:

„If I could only work this life out my way,
I'd rather spend it being close to you,
but you're so far away."

Ich würde gerne mein Leben lang nah bei dir sein, aber du bist so weit weg. Und genauso war es eben auch. Sie war zwar jetzt ganz nah bei mir, aber eigentlich gehörte sie in eine andere Welt und war ganz weit weg. Ich sollte jetzt diesen Augenblick genießen, dachte ich. Ich drückte sie fester an mich.

„Na endlich", sagte Sophia und drückte mich auch.

„Wann hast du denn eigentlich beschlossen, dass du mich, na ja, etwas näher kennenlernen willst?", fragte ich nach ein paar Minuten.

„Wenn du absolut widerwärtig gewesen wärst, dann wäre ich natürlich gar nicht erst zurückgekommen", sagte sie. „Heute Nachmittag kam noch die Sache mit Marcel wieder hoch, und da war ich sauer auf die ganze Welt. Und dann warst du total süß, als du der alten Frau den Ofen angemacht hast und als du so freundlich zu ihr warst. Und ich hatte natürlich einen halben Liter Schnaps im Bauch."

„Und einen Piccolo", sagte ich.

„Ja, und einen Piccolo." Sie zwickte mich in den Arm. „Aber du bist echt eine harte Nuss, Martin Hansen!"

„Ja", sagte ich, „der Groschen fällt bei mir immer pfennigweise."

„Ich habe ja nun wirklich alles probiert", sagte sie. „Außer mich schon im Kino nackt auszuziehen."

„Das hätte sogar ich begriffen."

„Viel hat nicht gefehlt. Du hast ja so was von dämlich dagesessen und auf die Leinwand geglotzt."

„Der Film war nun mal spannend", sagte ich.

„Der Film war Schrott!", sagte sie.

„Und außerdem", sagte ich, „wusste ich nicht, ob das was bringt mit uns beiden, weil du ja sowieso bald wieder weg bist."

Sie stützte sich auf den Ellenbogen und sah mich an.

„Ob das was bringt? Nach den Geräuschen zu urteilen, die du gerade eben gemacht hast, hat das eine ganze Menge gebracht, das mit uns beiden!“

„Stimmt auch wieder“, sagte ich. Ich glitt mit dem Finger über ihren Bauch. „Warum hast du denn diese Tätowierung?“, fragte ich.

„Als ich siebzehn war, hatte ich einen Freund, der war von oben bis unten voll damit“, sagte sie. „Und da dachte ich, dass ich auch so ein Ding haben sollte.“

„Und warum der Schmetterling?“

„Das war in dem ganzen Tattoo-Laden das einzige Motiv, das nicht potthässlich oder pathetisch oder völlig lächerlich war“, sagte sie. „Der Schmetterling steht für Weiblichkeit und Wiedergeburt. Hat der Stecher gesagt.“

„Darf man das denn überhaupt, so mit siebzehn?“, fragte ich.

Sie klopfte mir auf den Hintern.

„Das ist eine typische Martin-Hansen-Frage!“

„Und was sagen deine Eltern dazu?“

„Meine Eltern gucken mir inzwischen nur noch relativ selten auf den nackten Bauch!“

Dann war die Platte zu Ende, und wir lagen eine Zeitlang schweigend nebeneinander. Und dann ging mir dieses Lied durch den Kopf, das irgendwie von Romantik und von Vergänglichkeit handelte, und ich legte den Finger auf ihre Lippen und begann zu singen.

„Beweg' dich nicht,
wo ist dein Mund?
Schließ noch nicht die Augen,
sieh' in den Himmel und
dann merk dir ganz genau,
wo der Nordstern steht,
eh' der Große Bär ihn frisst …“

„Du hast ja eine richtig schöne Stimme!“, sagte Sophia. „Wenn du mal nicht so rumgrölst wie bei deinem komischen selbstgeschriebenen Lied. Da hast du nämlich geklungen wie ein Monster aus der Sesamstraße. Sing weiter!“

Und das war wieder ein schönes Kompliment, und ich sang noch ein paar Zeilen aus dem Lied von Franz Josef Degenhardt.

„Schließ' jetzt deine Augen,
Hochzeit halten wir.“

„Also bitte!“, sagte Sophia.

„Ich kann nichts dafür“, sagte ich. „So geht nun mal der Text.“

„Na gut.“

„Schnuppen fallen vom Himmel,
noch schläft der Große Bär.

Wünsch' uns in ein Mondschiff,
das seinen Kurs nicht hält,
und weiter fliegt,
bis an den Rand der Welt.“

„Total schön“, sagte Sophia.

Und dann redeten wir nicht mehr, und wir schliefen bald ein.

28. September

Gebrüll

Als ich aufwachte, saß Sophia angezogen und mit übereinandergeschlagenen Beinen an meinem Schreibtisch. Sie hatte das Rollo hochgezogen und die Leselampe angeschaltet, und sie las in einem *Lustigen Taschenbuch*, das sie sich aus meinem Regal genommen hatte, Band Nummer 19, „Pech für die Panzerknacker". Neben den Lustigen standen dort noch ein paar ernsthafte Taschenbücher, ein Haufen Yps-Hefte, ein Atlas und ein Lexikon.

„Guten Morgen, du Schnarchnase!", sagte sie.

„Morgen", sagte ich. „Bis du schon lange auf?"

„Schon seit Stunden!"

„Hast du etwa schlecht geschlafen?", fragte ich.

„Sagen wir mal so: Wenn zwei Leute in einem engen Bett liegen, dann ist derjenige im Vorteil, der den Platz an der Wand hat. Der kann nicht rausgeschmissen werden."

„Hab ich dich etwa rausgeschmissen heute Nacht?"

„Du bist ein ziemlich lauter und unruhiger Schläfer, Martin", sagte sie. „Das lässt auf unverarbeitete Probleme schließen."

„Wie spät ist es?", fragte ich.

„Gleich zehn." Sie hielt das Taschenbuch hoch. „Sag mal, warum ist hier drin eigentlich jede zweite Seite in Schwarzweiß?"

„Keine Ahnung", sagte ich. „Ist immer so bei diesen Taschenbüchern. Hab' nie verstanden, wieso." Ich stand auf und suchte auf dem Boden meine Klamotten zusammen. Sophia legte das Buch zur Seite.

„Schluss mit der Fachliteratur." Dann sah sie mich an. „Du Martin, darf ich dir was sagen?"

„Ja, klar."

„Sei mir bitte nicht böse. Aber kauf' dir doch mal neue Unterhosen! Das da geht gar nicht!"

„Echt?"

„Echt!" Sie sah sich in meinem Zimmer um. „Das wäre mein Tipp Nummer eins für dich. Und glaub' mir, es ist der wichtigste, wenn du nicht alleine sterben willst."

Ich holte mir eine frische Unterhose und ein neues Hemd aus dem Schrank, und zur Abwechslung nahm ich kein Karohemd, sondern das mit den schwarzen und blauen Längsstreifen.

„Und weiter?", fragte ich.

„Ach Martin, es gäbe ganz viel zu sagen, was Kleidung, Einrichtung und Hygiene angeht. Die Liste ist lang. Ich hab' heute Morgen ja genug Zeit dafür gehabt."

„Aha?"

„Ja, zum Beispiel dieses Hemd!", sagte sie. „Du siehst ja aus wie ein Bleistift!"

Ich hängte das Hemd mit den Längsstreifen zurück in den Schrank und suchte den Boden nach meinem Karohemd von gestern ab.

„Ich erspare dir jetzt weitere kluge Ratschläge", sagte Sophia. „Ich bin ja nicht deine Freundin!"

Ich zog mich an, und ich musste dringend aufs Klo, aber als ich die Türklinke runterdrücken wollte, um raus in den Flur zu gehen, hielt ich inne, denn ich ahnte, dass hinter meiner Zimmertür gefährliches Territorium begann.

„Ich war heute Morgen schon im Bad", sagte Sophia, „und ich bin deinen Eltern begegnet. Sie sind, wie soll ich es ausdrücken, in einer unterkühlten Stimmung."

„Was haben sie denn gesagt?", fragte ich.

„Guten Morgen."

„Mehr nicht?"

„Nein."

Ich ging in den Flur. Die Tür zum Wohnzimmer war geschlossen. Durch die Milchglasscheibe sah ich, dass meine Mutter und mein Vater auf ihren angestammten Plätzen saßen, meine Mutter auf der Couch und mein Vater auf dem Sessel. Als ich nach ein paar Minuten aus dem Badezimmer kam, überlegte ich, ob ich reingehen und Hallo sagen sollte. Aber dann wäre ich in eine peinliche Befragung geraten und hätte mir mahnende Worte und kluge Empfehlungen anhören müssen. Aber ich fand, dass ich mich für nichts entschuldigen oder rechtfertigen musste. Ich ging stattdessen in die Küche und setzte die Kaffeemaschine in Gang und steckte zwei Scheiben Toastbrot in den Toaster. Heute war Sonntag, und da gab es immer Toast und Korinthenbrot. Dann ging ich zurück in mein Zimmer.

„Wollen wir frühstücken?", fragte ich Sophia.

„Ja, und zwar dringend", sagte sie. „Ich hab' einen Bärenhunger!"

Wir setzten uns an den Küchentisch, und ich deckte süße Sachen auf, Marmelade und Honig und Käpt'n Nuss und Kaba fit mit Erdbeergeschmack.

„Kannst du mir bitte ein Rührei machen?", fragte Sophia.

„Darfst du das denn?", fragte ich. „Weil du doch Veteranin bist."

„Heute ist das okay", sagte sie. „Und das Wort heißt Veterinärin … Oder so ähnlich. Mein Kopf ist gerade etwas aufgeweicht."

Ich holte drei Eier aus dem Kühlschrank und schlug sie auf.

„Gehen auch vier?", fragte Sophia.

Ich holte noch ein Ei. Dann kippte ich Milch dazu und etwas Salz und Pfeffer, und ich gab die Masse in eine Pfanne und rührte sie durch. Als das Rührei fertig war, schaute ich Sophia ins Gesicht. Sie war blass und hatte glasige Augen mit Ringen darunter. Die Nacht war offenbar hart für sie gewesen. Sie sagte „danke“, als ich den Teller auf den Tisch stellte, und dann beugte sie sich über den Teller und machte sich über das Rührei her.

„Hast du schon mit deinen Eltern gesprochen?“, fragte sie und zeigte mit der Gabel zur Küchentür.

„Nein.“

„Bring das doch einfach hinter dich. Entkommen kannst du ja sowieso nicht. Irgendwann musst du.“

„Stimmt auch wieder.“

Ich ging in den Flur und öffnete die Tür zum Wohnzimmer.

„Guten Morgen!“, sagte ich.

„Martin!“, sagte meine Mutter auf ihrer Couch, „guck mal da!“ Sie zeigte auf das andere Ende der Couch. „Ich hatte dir extra wieder die Wolldecke und das Kissen hingelegt. Ihr müsst doch nicht zu zweit in deinem kleinen Bett liegen!“

„Ihr habt ja einen Höllenkrach veranstaltet, heute Nacht!“, sagte mein Vater in seinem Sessel. „Trampeln im Treppenhaus, dann knallt ihr die Wohnungstür zu, dann wieder Trampeln im Flur, dann knallt ihr die Zimmertür zu, dann wackelt und quietscht es, dann macht ihr laute Musik an, dann wird auch noch gesungen …“

„Ihr habt euch nicht einmal die Schuhe abgetreten“, sagte meine Mutter. „Das sah aus, heute Morgen …“

„Und dann dieses Gebrüll!“, sagte mein Vater.

„Welches Gebrüll?“, fragte ich. Das war jetzt der Punkt, wo es endgültig peinlich werden konnte.

„Na ja, zum Beispiel das Gebrüll von deiner Sofia“, sagte mein Vater, „als sie heute Nacht aus dem Bett geplumpst ist. Sie ist ja nicht gerade ein Federgewicht. Das hat ordentlich Rums gemacht! Das ganze Haus hat gewackelt!“

„Woher weißt du denn, dass sie das war?“, fragte ich.

„Na, weil sie hinterher ganz laut ‚Scheiße‘ gerufen hat und ‚Oh Mann, Martin‘! Sie ist ja nicht dick, deine Sofia, aber sie ist ziemlich groß für eine Frau. Und das hat dann ordentlich Rums gemacht."

„Davon habe ich nichts mitbekommen", sagte ich. „Und ich war ja nun am dichtesten dran!"

„Wahrscheinlich hast du wieder getrunken!", sagte meine Mutter. „Wer seinen Rausch ausschläft, den wecken keine zehn Pferde auf."

„Und was war eigentlich davor los, als du so laut gebrüllt hast?", fragte mein Vater.

„Äääh ..."

„Dein Vater hat doch nächste Woche wieder Frühschicht", sagte meine Mutter. „Da braucht er seinen Schlaf!"

„Das war ja wohl eine zünftige Wiedersehensfeier", sagte mein Vater. „Versteh' mich nicht falsch, das kann man ja auch nachvollziehen. Ich war ja auch mal jung. Ich weiß noch, einmal, damals gab das deine Mutter noch gar nicht, also, ich kannte sie noch nicht, da habe ich ..."

„Heinrich!", rief meine Mutter.

„Jedenfalls ist das ja so 'ne Sache", sagte mein Vater: „Wenn du immerzu fremde Frauen anschleppst. Allein schon wegen der alten Köhnke im Erdgeschoss. Die zerreißt sich doch das Maul und tratscht in der ganzen Nachbarschaft!"

„Ich schleppe nicht immerzu fremde Frauen an!", sagte ich.

„Das müssen wir ja auch nicht jetzt besprechen", sagte meine Mutter. „Ist die junge Dame denn schon los?"

„Nein", sagte ich.

Mir fiel ein, dass es noch etwas zu klären gab, denn es war Sonntag, und der Antiquitätenladen mit den Petzi-Büchern war heute geschlossen. Sophia konnte erst am nächsten Vormittag in ihre Welt zurückreisen.

„Leider ist ihr Schlüssel immer noch weg", sagte ich, „und sie kann immer noch nicht in ihre Wohnung. Deswegen muss sie heute Nacht noch einmal hier schlafen."

„Der ist immer noch weg?", fragte meine Mutter. „Und wo war sie in der ganzen Zeit dazwischen? Also, seit sie letzte Woche schon mal hier war? Hat sie sich dazu mal geäußert?"

„Pass auf, dass du nicht wieder Lehrgeld bezahlen musst!", sagte mein Vater. „Sie ist ja ein nettes Mädchen und eine schlaue Studentin, deine Sofia. Und wir nehmen natürlich Rücksicht, wenn so ein Zonenflüchtling keine Bleibe hat. Aber erinnere dich doch mal: Du hast die ganze Woche Trübsal geblasen, wegen deiner Sofia. Gestern Morgen warst du noch das lebende Elend. Da solltest du auch mal dran denken!"

„Tu ich!", rief ich. „Und danke für den Tipp! Ich werd' jetzt erstmal ganz kräftig daran denken!"

Ich machte einen schnellen Schritt durch die Wohnzimmertür zurück in den Flur, und bevor ich die Tür zumachte, hörte ich noch, wie mein Vater sagte: „Das hat nämlich ordentlich Rums gemacht!" Ich ging in mein Zimmer, und da lag Sophia in meinem Bett und schlief. Sie lag auf der Seite, hatte die Knie angezogen und schnarchte leise.

Potenz

Ich saß auf dem Stuhl am Schreibtisch und schaute Sophia an, wie sie da lag und schlief und leise schnarchte. Sie sah schön aus, mit ihrer langen, spitzen Nase und ihrem rosa Mund und ihrem Kinn und ihrer zarten Haut und den Grübchen auf ihren Wangen, die größer wurden, wenn sie lächelte oder lachte; und das tat sie ja häufig, lächeln oder lachen. Ich hätte mich zu meinen Eltern ins Wohnzimmer setzen können, aber das hätte wieder zu peinlichen Gesprächen geführt, oder ich hätte mich alleine in die Küche setzen und Radio hören können, die Internationale Hitparade mit Wolf-Dieter Stubel, aber das wollte ich auch nicht. Ich wollte jetzt hier sein, bei Sophia, die in meinem Bett lag und schlief und leise schnarchte.

Und dann dachte ich tatsächlich daran, was mein Vater gesagt hatte – das mit dem Lehrgeldbezahlen und dem Trübsalblasen und dem lebenden Elend –, und ich befolgte zum ersten Mal seit Jahren wieder einen Ratschlag meines Vaters und beschloss, mich nicht in Sophia zu verlieben. Und das war nicht einfach, weil wir viel zusammen erlebt hatten in dieser kurzen Zeit und weil sie wirklich schön war, wie sie so dalag und schlief und leise schnarchte, und weil ich sie mochte, obwohl sie so schlecht drauf war an diesem Morgen. Aber das konnte man ja verstehen, mit ihrem Kater wegen dem halben Liter Schnaps im Bauch. Und dann schmeiß' ich sie auch noch aus dem Bett raus …

Ich brauchte Ablenkung. Ich nahm das Lustige Taschenbuch, das sie auf den Schreibtisch gelegt hatte, Band Nummer 19, „Pech für die Panzerknacker", und blätterte es durch und prüfte, ob wirklich jede zweite Seite oder, besser gesagt, jede zweite Doppelseite in Schwarzweiß war. Und so war es wirklich. 256 Lustige Taschenbuchseiten, die Hälfte in bunt und die andere Hälfte in Schwarzweiß. Die Hälfte von 256 ist 128, und 128 ist die siebte Potenz von 2. Das machte also wirklich Sinn mit den Lustigen Taschenbüchern, dachte ich. Die Quersumme von 256 ist 13, und wenn man aus der 2 und der 5 und der 6 einen dreidimensionalen Körper baut, sagen wir, einen Quader mit 2 mal 5 mal 6 Meter Kantenlänge, dann ergäbe das ein Volumen von 60 Kubikmetern, und das Ganze hätte eine Grundfläche von 30 Quadratmetern. Das wäre ein richtig großes Zimmer.

Und während ich über Zahlen nachdachte, wachte Sophia auf. Sie streckte sich, gähnte, setzte sich auf den Rand des Bettes, rülpste, hielt sich die Hand vor den Mund und gähnte noch einmal.

„Martin", sagte sie mit leiser Stimme, „ich glaub', ich hab von deinem Rührei geträumt." Dann streckte sie sich nochmal. „Mensch, das war echt nötig!", sagte sie. „Das hat gut getan. Wie spät ist es?"

„Kurz nach zwölf", sagte ich.

„Der Laden mit den Nazi-Heften hat heute wahrscheinlich zu", sagte sie.

„Davon geh' ich aus", sagte ich. „Am Sonntag hat die ganze Stadt zu."

Sie beugte sich vor, legte den Kopf auf die Seite und sah mir in die Augen.

„Darf ich dir dann noch etwas länger auf den Wecker gehen?"

„Das geht schon klar", sagte ich. „Meine Eltern wissen auch schon Bescheid."

„Danke", sagte sie und griff nach meiner Hand und drückte sie.

„Was willst du denn unternehmen heute?", fragte ich. „Sollen wir wieder Geheimagent spielen?"

„Definitiv nicht!", sagte sie. „Agenten haben sonntags frei. Außerdem sind wir beide in diesem Beruf ganz offensichtlich ein Griff ins Klo." Sie zwickte mir ins Knie und grinste. „Stattdessen haben wir ja andere Dinge entdeckt."

„Dann könnten wir ja nochmal ins Kino gehen!", sagte ich. „Am Sonntag laufen im ‚Metro' immer lustige, alte Filme!"

„Wir hatten gestern schon einen lustigen, alten Film, falls du dich erinnerst." Sie stand auf, beugte sich über den Schreibtisch und schaute aus dem Fenster. Draußen war es immer noch grau und windig, und es regnete.

„Wollen wir an den Strand?", fragte Sophia.

„An den Strand!", rief ich und lachte.

„Am Strand ist es immer schön", sagte Sophia. „Wir lassen uns den Wind um die Nase wehen. Das macht den Kopf frei." Sie klopfte mir auf die Schulter. „Auf geht's, Martin Hansen!" Dann griff sie sich ihre Jacke und ihren Rucksack.

Ich fand meinen Parka zwischen Schreibtisch und Kleiderschrank.

„Vielleicht sollten wir noch etwas Proviant mitnehmen“, sagte Sophia.

„Wie wär’s mit Sonnenmilch?“

„Sehr lustig.“

„Ich guck’ mal, was wir haben“, sagte ich und ging in die Küche. Dort holte ich eine Packung Zitronenwaffeln aus der Speisekammer, die eigentlich gar keine Kammer war, sondern nur ein Vorratsschrank, der in die Wand eingelassen war, aber wir sagten dazu Speisekammer. Die Waffeln hatten dort seit Weihnachten im letzten Jahr gelegen, aber sie waren haltbar bis Ende Oktober, und meine Eltern würden nicht meckern, wenn ich sie mitnahm.

Sophia warf einen Blick auf die Packung.

„Von mir aus“, sagte sie und steckte die Waffeln in ihrem Rucksack.

Dann zogen wir unsere Jacken an und gingen raus auf den Flur.

„Wir gehen noch mal raus!“, rief ich ins Wohnzimmer

„Ihr seid doch bescheuert!“, rief mein Vater.

Ente

„Fährt die Straßenbahn hier eigentlich auch zum Strand?“, fragte Sophia, als wir unter dem kleinen Dach in unserem Hauseingang standen, weil gerade ein Schauer runterkam.

„Nein“, sagte ich, „die Straßenbahn fährt in die Wik, und da müssen wir in den Bus umsteigen, wenn wir über den Kanal rüber wollen. Aber genau weiß ich das auch nicht. Ich fahr’ selten so weit raus. Außerdem ist der Fahrplan am Sonntag ziemlich ausgedünnt.“

„Habt ihr denn keine Fahrräder?“, fragte Sophia.

„Nein“, sagte ich. Ich hatte als Kind mal ein rostiges, altes Klapprad gehabt, das mein Vater irgendwo aufgetrieben hatte, in Knallrot. Aber das Rad wurde gestohlen, als ich es nachts mal draußen gelassen hatte, und danach wurde kein Fahrrad mehr angeschafft. „Ich weiß was!“, sagte ich: „Wir trampen!“

„Und das bedeutet was?“

„Kennst du das nicht?“, fragte ich. „Wir stellen uns an die Straße und halten den Daumen raus. Irgendjemand hält immer an. Vor allem, wenn eine Frau mit dabei ist.“

Wir waren in den letzten paar Monaten zweimal nachts von einer Party zurückgetrampt, einmal aus Suchsdorf und einmal sogar aus Meimersdorf. Der nächste Bus wäre erst am Morgen um 8 Uhr gefahren, und ein Taxi konnten wir uns nicht leisten. Also stellten wir uns an die Hauptstraße und versuchten unser Glück. Und nachdem ein paar Autos hupend vorbeigefahren waren, kamen wir darauf, dass wir Sabine nach vorne stellen mussten. Stefan Greve, sein Kumpel und ich versteckten uns hinter einem Stromkasten, und als nach ein paar Minuten ein Wagen anhielt, stürmten wir hinter dem Stromkasten hervor und besetzten die Rückbank. „Was soll denn die Scheiße!“, rief der Fahrer, ein Geschäftsmanntyp mit Jackett und Schlips, und Sabine sagte: „Wir wohnen alle in der Nähe von der Holsten-Brauerei“, und der Fahrer sagte: „Ihr Kapeiken!“, und dann lieferte er uns vor der Haustür ab.

Sophia und ich liefen zum Westring, gegenüber von der Universität, und stellten uns an den Straßenrand. Sophia streckte den Arm auf Schulterhöhe aus und bog den Daumen nach oben und nahm eine stramme Haltung ein, wie ein Wachsoldat.

„Nicht so steif und nicht so hoch!“, sagte ich.

„Wie bitte?“

„Du darfst den Arm nicht so hoch halten! Das wirkt anfängerhaft. Oder verzweifelt.“

Ich trampte selbst zwar nur selten, aber ich hatte die Typen und die Frauen, die am Straßenrand auf eine Mitfahrgelegenheit warteten, schon als Kind fasziniert beobachtet. Am coolsten waren diejenigen, die locker und elegant und teilnahmslos dastanden, mit hängenden Schultern, und die dazu möglichst noch Kaugummi kauten oder Zigarette rauchten, so als wäre es ihnen scheißegal, ob jemand sie mitnimmt oder nicht. Die standen meist nicht lange da.

„Ernsthaft?", fragte Sophia.

„Ja", sagte ich, „guck mal, so geht das!" Ich ließ die Schultern hängen und schwang meine Arme locker neben dem Körper. Dann spreizte ich den rechten Arm leicht am Ellenbogen ab und hob den Daumen um ein paar Zentimeter. „So machen das die Profis!"

„Ach ja?"

„Ja", sagte ich, „und außerdem ist das nicht so anstrengend, wenn's länger dauert."

Sophia stellte sich in lockerer Pose an den Rand des Bürgersteigs. Es war Mittagszeit an einem grauen Sonntag, und es waren nur wenige Autos unterwegs.

Zuerst kam ein großer Mercedes vorbei. Der Fahrer bog rüber auf den linken Fahrstreifen und stierte geradeaus, als er an uns vorbeiraste. Dann kam ein VW Golf. Der Fahrer machte mit den Händen eine entschuldigende Geste. Neben ihm saß eine Frau und auf der Rückbank saßen drei Kinder. Wir winkten zurück. Dann kam ein kleiner Lastwagen mit einer leeren Ladefläche vorbei und hielt an. Vorne saßen zwei Männer. Der Beifahrer kurbelte die Scheibe runter.

„Wo wollt ihr hin?", fragte er.

„Nach Schilksee oder nach Strande oder so", sagte ich.

„Wir fahren nur bis runter zum Nordhafen!", sagte er. „Dann noch viel Glück!" Der Fahrer gab Gas.

Dann kam eine blaue Ente den Westring hoch, mit Werbeaufdrucken für Drum-Tabak auf der Motorhaube und an der Seite. Die Ente hielt neben uns an. Vorne saßen zwei Typen mit langen Haaren und gestreiften Latzhosen, und hinten saßen zwei Mädchen, vielleicht 17 oder 18 Jahre alt, mit braunen Wildlederjacken. Die hintere Tür ging auf.

„Wir wollen an den Strand!“, rief Sophia.

Keine Antwort.

„Wir sollten einfach einsteigen“, sagte ich.

Sophia zwängte sich durch die enge Tür auf die Rückbank. Ich wollte ihr folgen, aber mehr als mein linker Fuß und meine linke Pobacke passten nicht rein.

„Du, Biggie-Maus, ich glaube, du musst dich querlegen!“, sagte der Fahrer. Er sprach langsam und mit einem komischen Singsang in der Stimme.

„Oh Mann, ey! Nicht schon wieder!“, sagte das kleinere der Mädchen. Dann schwang sie ihren Hintern auf Sophias Schoß und ließ sich mit dem Oberkörper in Richtung der anderen Tür fallen, so dass ihre Beine hochklappten. Sie zog die Knie an und stellte ihre Füße auf meinen Oberschenkeln ab.

Sophia rückte weiter in den Wagen rein, und nun passte auch ich in die Ente. Ich zog die Tür zu, und der Wagen fuhr los.

„Wo soll's denn hingehen, ihr Schnuckis?“, fragte der Fahrer.

„Nach Schilksee!“, sagte ich.

„Chico!“, sagte der Fahrer.

Die Ente rollte dröhnend im Zeitlupentempo den Westring runter und dann auf die Stadtautobahn. Wenn der Wagen nach links steuerte, ertönte ein lautes Kratzen.

„Der Auspuff küsst mal wieder den Asphalt!“, rief der Fahrer.

Wenn die Ente durch ein Schlagloch fuhr, machten wir alle einen Satz in die Luft, und Biggie machte „Wu-huuu!“, und wir mussten sie festhalten. Die Straße führte bergauf zur Hochbrücke, und die Ente kam fast zum Stillstand, während der Motor heulte wie ein Düsenjet.

„Keine Sorge“, rief der Fahrer. „Ich hab' den Tiger im Tank!“

Hinter der Hochbrücke ging es bergab. Die Ente wurde schneller, und der Regen prasselte gegen die Windschutzscheibe. Die beiden kleinen Scheibenwischer kämpften verzweifelt gegen die Tropfen. Wir stürzten wackelnd auf eine Kurve zu, und dahinter war ein Betonpfeiler, und der Fahrer riss im letzten Moment das Lenkrad rum, so dass der Auspuff wieder über die Fahrbahn kratzte. Es klang wie ein Zahnarztbohrer.

Biggie machte: „Wu-huuu!"

„Na, ihr Astronauten!", rief der Fahrer. „Da zischen wir jetzt aber mit Vollgas in den Hyperraum!"

Dann bog die Ente auf die Fördestraße ein, die zu den Badeorten an der Küste führte. Wir schlingerten auf eine rote Ampel zu, der Fahrer trat auf die Bremse, wir machten alle einen Satz nach vorne, ich versuchte mich am Fensterrahmen abzustützen, und Biggie prallte gegen die Rückenlehnen des Fahrers und des Beifahrers.

„Oh Mann, ey!", rief sie.

Die Ente kam mitten auf der Kreuzung zum Stehen.

„Sorry, Biggie-Maus", sagte der Fahrer, „aber du bist jetzt voll meine Elli Pirelli!"

Wir kamen schließlich nach Schilksee, und die Ente hielt neben einer modernen Kirche mit einem Glockenturm, der aussah wie eine umgedrehte Schultüte.

„Da wären wir, ihr Freunde der Sonne!", sagte der Fahrer.

„Danke", sagte ich.

„Vielen Dank", sagte Sophia.

Wir schälten uns aus der Ente.

„Ich darf wieder sitzen!", rief Biggie. „Wu-huuu!"

Dann knallte die Tür zu, und die Ente wackelte weiter. Als der Wagen in die nächste Straße einbog, schabte der Auspuff über die Straße, und es schlug gelbe Funken. Sophia verzog das Gesicht und rieb sich die Oberschenkel.

„Diese Biggie hatte vielleicht einen knochigen Arsch!"

Algen

„Das waren ja lustige Menschen", sagte Sophia, als wir durch den Nieselregen an Bäumen vorbei Richtung Strand gingen.

„Die Hippies sind immer hilfsbereit", sagte ich. „Das gehört irgendwie dazu, sonst ist man kein Hippie."

„Das Auto hat ja fürchterlich geschaukelt", sagte sie. „Und wir hatten hinten nicht mal Sicherheitsgurte!"

„Sicherheitsgurte für hinten im Auto?", sagte ich. „Was für eine komische Idee!"

Wir kamen an einem Parkplatz vorbei, und zwischen zwei Hecken führte ein schmaler Weg zur Steilküste. Vor uns lag die Ostsee mit ihren dunkelblauen Wellen, die sich am Horizont mit dem diesigen Grau des Himmels vermischten. In dem Schleier aus Regen und Wolken und Nebel kämpfte ein Frachter gegen den Sturm. Der hohe Turm des Laboer Ehrenmals auf der anderen Seite der Förde war kaum zu erkennen. Etwa 20 Meter unter uns war der menschenleere Strand, und zwischen dem Strand und dem offenen Meer war eine Steinmole, an der sich die Wellen brachen. Es krachte und donnerte zu uns rauf. Der Wind wehte uns den Regen ins Gesicht, und es roch nach Salz und nach Seetang.

Das Ganze war majestätisch, das war das erste Wort, das mir in den Sinn kam, *majestätisch*. Ich lebte in einem engen Zimmer in einer engen Wohnung direkt neben einer stinkenden Brauerei. Mein Leben verbrachte ich zwischen grauen Häusern und dem Qualm der Autos und quietschenden Straßenbahnen und einem miefigen Büro. Und jetzt dieser Blick von der Steilküste in die Weite mit den Geräuschen und den Gerüchen des Meeres, das *war* majestätisch. Ich fragte mich, warum ich nicht öfter aus der Stadt rausfuhr, an den Strand oder in den Wald oder auf die Kornfelder, all das war ja nur wenige Kilometer entfernt. Aber wir hatten unser Revier in der Stadt, und da blieben wir.

Und unser Revier war nicht einmal die ganze Stadt. Wir waren mal mit der Clique die Hansastraße runter bis in den Schrevenpark gelaufen, und da hatten wir uns auf die große Wiese gelegt mit unseren Bierdosen. Aber dann kamen zwei Typen vorbei und sagten, das sei nicht unser Gebiet. „Wenn ihr in einer halben Stunde noch da seid, dann trommeln wir die Jungs zusammen, und dann gibt das Malesche!“ Also hauten wir ab, und danach gingen wir nicht mehr in den Schrevenpark. Wir blieben, wo wir waren, außer freitagabends, wenn wir die fünf Haltestellen mit der Straßenbahn zu den Discos in der Bergstraße fuhren.

Meine Eltern gingen manchmal spazieren, aber auch sie stießen an Grenzen.

„Auf der anderen Seite von der Feldstraße, da fängt Düsternbrook an“, sagte mein Vater. „Da wohnen die Schnösel. Da gehen wir nicht hin!“

„Martin“, sagte Sophia, „ist alles klar? Du bist ja ganz weggetreten!“

„Schön hier“, sagte ich.

„Sag’ ich doch“, sagte sie. „So, und jetzt ab an die Copacabana!“

Wir stiegen eine steile Treppe runter, die an Büschen und Sträuchern vorbei zum Strand führte. Der Sand war feucht und tief, und ich sank mit den Hacken meiner Stiefeletten ein. Ich machte einen Ausfallschritt und ruderte mit den Armen, um mich aufrecht zu halten.

„Deine Pumps sind wohl gerade beim Schuster“, sagte Sophia.

„Und jetzt?“, fragte ich. „Sonnenbaden?“

„Ich hab’ leider meinen Bikini vergessen.“

Wir stapften runter zum Ufer, wo die Wellen auf den Sand liefen. Der Boden war hier härter, und er war bedeckt mit Kieselsteinen. Hier konnte ich besser laufen, wenn ich ein wenig balancierte und das Gewicht auf die Zehen verlagerte.

Im Wasser schwammen Algen und Quallen, und obendrauf war ein schlieriger Ölfilm. Wir standen eine Weile da und schauten zu, wie die Wellen kamen und gingen und wie die grünen und braunen Algen sich im Wasser bewegten und wie ein weggeworfener Joghurtbecher auf und ab tanzte. Das war jetzt nicht mehr majestätisch, so wie der Blick von oben in die Ferne, aber es war faszinierend zuzuschauen, wie gleichzeitig gar nichts und ganz viel passierte.

„Lass uns mal unsere Situation analysieren", sagte Sophia dann. „Wir sitzen hier fest am Arsch der Welt bei einem absoluten Schweinewetter."

„Du wolltest doch hierhin!", sagte ich.

„Es ist ja auch schön hier", sagte sie. „So im Rahmen des Möglichen. Aber langfristig müssen wir uns was überlegen."

„Stimmt", sagte ich.

„Dann gehen wir mal die Optionen durch", sagte Sophia. „Die Busse fahren nicht, wie du sagst, und auf noch so einen Höllentrip in einer Blechkiste mit fahruntüchtigen Halbirren habe ich keine Lust."

„Also?", fragte ich.

„Wir gehen zu Fuß!", sagte sie. „Immer am Wasser entlang. Da können wir uns nicht verlaufen, und irgendwo da hinten ist ja die Stadt!" Sie zeigte den Strand entlang und auf das andere Ufer der Förde, das allmählich auf unser Ufer zulief. „Wenn die andere Seite da drüben auf unsere Seite prallt, dann sind wir da. Ganz einfach."

Und dann liefen wir den Strand entlang, links das Wasser, rechts die Steilküste und unter uns Sand und Steine und Pfützen. Und obwohl mir bald die Füße wehtaten, wegen meiner Stiefeletten, und obwohl ich alle paar Meter ins Stolpern kam, machte mir das riesigen Spaß. Es war toll, die frische Luft einzuatmen, und es war toll zu spüren, wie mir wärmer wurde in meinem Parka, trotz des Sauwetters, und es war toll, in die Ferne zu gucken.

Nach ein paar Kilometern flachte sich die Steilküste ab. Rechts war jetzt ein Wald, und als ein Schauer runterkam, stellten wir uns da unter. Wir standen unter einem großen Baum auf dem weichen Waldboden, der mit Blättern und Kiefernnadeln und Tannenzapfen bedeckt war und wo es nach nassem Holz und nach Harz und nach den Nadeln der Bäume roch.

Als der Schauer vorbei war, liefen wir weiter durch den Wald. Der Trampelpfad ging über in einen asphaltierten Weg. Hin und wieder kamen uns Spaziergänger entgegen. Der Weg führte am Strand entlang, und rechts davon lagen eine Eisbude und eine Minigolfbahn und ein Imbiss. Alles war geschlossen. Der Asphaltweg ging dann über in eine Straße. Zwischen dem Strand und der Straße war ein Deich, und oben auf dem Deich stand eine Bank.

„Biwak!", sagte Sophia.

Schere

Wir saßen auf der Bank auf dem Deich und schauten runter auf die Dünen und den Strand und die Förde. Links war ein langer Steg mit einem Fähranleger, und rechts lag eine kleine Insel mit einem kleinen und einem großen Leuchtturm. Der Regen hatte aufgehört, und der Himmel klarte auf, und einzelne Sonnenstrahlen durchbrachen die grauen Wolken und färbten den Sand gelb und das Wasser hellblau. Das war jetzt wieder majestätisch.

„Eine nette Ecke ist das hier", sagte Sophia.

„Warst du noch nie hier?", fragte ich.

„Nein", sagte sie. „Wenn wir an den Strand wollen, dann fahren wir weiter raus. Da, wo man nackig rumlaufen kann, ohne dass die Touris glotzen."

„Ich bin auch noch nie hier gewesen", sagte ich.

„Das kann ja eigentlich nicht angehen, Martin Hansen", sagte Sophia und sah mich an. „Ich komme ja von außerhalb, ich muss hier nicht alles kennen. Aber du solltest doch die wenigen schönen Ecken deiner Heimatstadt mal besucht haben!"

„Der Gedanke ist mir auch schon gekommen", sagte ich.

Sophia kramte in ihrem Rucksack und holte eine Plastikflasche mit Selters und die Packung mit den Zitronenwaffeln raus. Sie riss die Packung auf und hielt sie mir hin, und ich nahm eine Waffel. Sie schmeckte schal und staubig, und sie war so säuerlich und so süß, dass die Lippen schmerzten und die Zunge taub wurde. Sophia hielt sich die Packung dicht vor die Augen und las das Kleingedruckte. Dabei zählte sie laut.

„Drei … vier … fünf … sechs …"

„Was zählst du da?", fragte ich.

„Ich zähle die E's", sagte sie. „Zusatzstoffe werden mit einem E gekennzeichnet. Farbstoffe, Konservierungsmittel, Geschmacksverstärker, Süßungsmittel. Und dieses Zeug hier enthält ungefähr ein Dutzend davon." Sie legte die Packung auf die Bank. „Das E steht für essbar", sagte sie. „Das heißt, man kann diese Dinger zwar verdauen, aber es ist keine Nahrung im engeren Sinne. Warum kauft ihr so was?" Sie nahm einen großen Schluck aus der Wasserflasche und reichte die Selters zu mir rüber.

„So, Martin Hansen", sagte sie, „jetzt nimm doch mal diese total sexy Kapuze ab!" Sie kramte wieder in ihrem Rucksack und holte ein Handtuch und ihren Kulturbeutel raus. „Ich werde jetzt etwas machen, was schon lange überfällig ist", sagte sie, „aber du kannst natürlich jederzeit Nein sagen!" Sie holte eine Schere und einen Kamm aus dem Kulturbeutel. „Ich werde dir jetzt die Haare schneiden!"

„Ich bin eigentlich sehr zufrieden mit meinen Haaren", sagte ich.

„Nein, bis du nicht!“, sagte sie. „Du kennst bloß nichts anderes.“

An meine Haare hatte ich nie besondere Gedanken verschwendet. Als Kind waren sie kurz. Alle anderen Kinder hatten das auch so, und meine Eltern sagten, das sei praktisch, da findet man die Flöhe und die Läuse leichter, falls ich mir beim Spielen im Dreck mal irgendwas einfangen sollte. „Nach dem Krieg haben alle Kinder kurze Haare gehabt“, sagte mein Vater. „Das macht vieles einfacher.“ Als ich älter wurde, waren dann plötzlich lange Haare angesagt, und die Matten wuchsen in alle Richtungen. Lockenköpfe hatten jetzt einen gewaltigen Mopp obendrauf, unter dem sie im Sommer fürchterlich schwitzten. Rothaarige sahen aus wie benutzte Klobürsten, und Jungs mit glatten Haaren wurden für Mädchen gehalten. Bei mir wuchsen die Haare im weiten Bogen nach unten, und meine Mutter schnitt mir gelegentlich die Augen frei, wenn der Pony an der Nasenspitze angekommen war.

Als ich zwölf oder dreizehn war, meinte meine Mutter, ich sei jetzt reif für einen richtigen Friseur. Ich ging alle paar Monate in den Salon in der Olshausenstraße an der Ecke zum Knooper Weg. Ich bekam es meistens mit derselben Friseuse zu tun, und unsere Unterhaltung verlief immer gleich. Sie fragte, was für einen Haarschnitt ich wollte, und ich sagte: „Ganz normal.“ Dann fragte sie, ob die Ohren frei oder bedeckt sein sollten, und weil ich nicht wusste, was der Vorteil oder der Nachteil von freien oder unfreien Ohren war, sagte ich immer: „So halb bedeckt.“ Und dann saß ich schweigend da, bis sie fertig war. So machten es alle Jungs, die ich kannte.

„Was hast du denn an meiner Frisur auszusetzen?“, fragte ich.

„Eine Frisur sollte den Typ unterstreichen“, sagte Sophia und fuhr mit der Hand durch ihren hellblonden Schopf. „Ich halte mich für ein klein wenig ausgeflippt, gleichzeitig aber auch für praktisch veranlagt. Deswegen trage ich die Haare kurz, aber, na ja, auch ein bisschen künstlerisch und individuell."

„Aha."

„Früher hatte ich lange Haare", sagte Sophia. „So richtig typisch Mädchen. Aber das war ich halt irgendwann nicht mehr, verstehst du? Und du bist eben auch kein kleiner Junge mehr." Sie beugte sich zu mir rüber und sah mir in die Augen. „Du bist jetzt ein Mann!", sagte sie mit tiefer Stimme.

„Ist das so?", fragte ich.

„Definitiv!", sagte Sophia. „Du hast dich gestern Abend sehr männlich verhalten. Erst saufen, dann Sex, dann schnarchen. Wie ein alter Hase!"

„Hast du so was denn schon mal gemacht?", fragte ich. „Ich meine, Haare schneiden?"

„Klar!", sagte sie. „Und bisher waren alle glücklich mit dem Ergebnis."

„Na, dann verpass mir mal die richtige Frisur zum Saufen und zum Schnarchen", sagte ich und lehnte mich zurück.

„Mach' ich", sagte Sophia. „Und wenn es gut wird, dann klappt es auch mit dem Sex dazwischen."

Sie hängte mir das Handtuch um den Hals, stellte sich hinter die Bank und begann, die langen Haare in meinem Nacken abzuschneiden. Der Wind wehte dunkelblonde Büschel über den Deich. Dann legte sie mit dem Kamm meine Ohren frei und schnitt dort weiter. Schließlich kämmte sie den Mittelscheitel raus und legte die Haare rüber auf die linke Seite, so dass mein Pony verschwand und eine Tolle neben meinem linken Auge auf und ab wippte.

Zwischendurch kamen ein Mann und eine Frau mit einem großen, braunen Hund den Deich entlang. Sie blieben kurz stehen und schüttelten den Kopf und lachten und gingen weiter.

Sophia holte eine Tube mit Haargel aus ihrem Kulturbeutel. Sie drückte sich einen Klacks auf ihren Finger und massierte das Gel in die Tolle ein. Dann kam sie wieder um die Bank herum, setzte sich auf meinen Schoß und zupfte und wischte an den Spitzen meiner Haare herum.

„Fertig!"

Sie setzte sich auf, ging ein paar Schritte zurück und schaute mich an.

„Man soll sich ja nicht selber loben", sagte sie, „aber du siehst göttlich aus! Die Frauen werden dich lieben, und die anderen Männer werden dich als ihr Alphatier betrachten!"

„Hast du einen Spiegel?", fragte ich.

Sie holte einen kleinen, runden Taschenspiegel aus ihrem Kulturbeutel und gab ihn mir. Ich hielt ihn mir vor die Augen und drehte ihn in verschiedene Richtungen, aber ich sah nur kleine Ausschnitte von meinem Kopf.

„Die Tolle irritiert mich ein bisschen", sagte ich. „Ich sehe ja aus wie ein Popper!"

„Wie was?", fragte sie.

„Wie ein Popper", sagte ich. „Wie ein Schönling im Kaschmirpullover, der freiwillig in die Tanzschule geht!"

„Glaub' mir, Martin", sagte sie, „dich wird niemand für einen Schönling halten. Dafür bist du viel zu, wie soll ich sagen, ursprünglich."

„Na dann", sagte ich.

Sie holte ihren kleinen, schwarzen Kasten aus der Jackentasche, wischte darauf herum und setzte sich neben mich auf die Bank. Dann legte sie den linken Arm auf meine Schultern, drückte ihre Wange gegen meine und hielt den Kasten in die Luft.

„Lächeln!", sagte sie. „Omelette!

Der Kasten machte ein Geräusch wie ein Fotoapparat.

„Was kann dieser Kasten eigentlich alles?", fragte ich.

„Liam wird mich in den Boden stampfen", sagte sie, „aber egal. Der zweite Spruch wird überbewertet. Also: Das ist natürlich eine Kamera, aber nicht nur." Sie wischte wieder auf der Oberfläche rum, und nach ein paar Sekunden erschien das Bild. Sophia lächelte fröhlich, und ich machte ein irritiertes und leicht gequältes Gesicht. „Das kannst du besser, Martin!", sagte sie. „Setz' dich mal gerade hin und guck' Richtung Horizont!"

Ich schlug die Beine übereinander und legte einen Arm auf die Rückenlehne der Bank, und dann schaute ich konzentriert auf das andere Ufer der Förde. Sophia lief mit ihrem Kasten vor der Nase um mich rum, ging in die Knie und reckte sich nach oben und machte Fotos von mir.

„Hast du deine Zigaretten dabei?", fragte sie.

„Klar", sagte ich und klopfte auf die Brusttasche des Parkas.

„Dann zünde dir mal eine an, Cowboy!"

Ich machte mir eine Zigarette an und rauchte sie, und Sophia machte noch mehr Fotos. Dann setzte sie sich auf die Bank und wischte wieder auf dem Kasten rum.

„Guck mal!"

Die Fotos zeigten mich mit Kippe zwischen den Zähnen und mit Rauch vorm Gesicht und im Gegenlicht mit Schatten über den Augen und im Profil mit verschmitztem Lächeln. Es sah cool aus. Ich hatte nie gedacht, dass ich cool aussehen könnte, aber auf diesen Fotos sah ich tatsächlich cool aus, und die neue Frisur passte irgendwie dazu – zu der Peter Stuyvesant zwischen den Lippen und der Sonne und den Wolken im Hintergrund und meinem Blick an allem vorbei Richtung Horizont.

„Scharf!", sagte Sophia.

„Erstaunlich", sagte ich.

„Ich bin eben eine Fotokünstlerin", sagte Sophia. „Das hast du ja in meinem Zimmer gesehen."

„Kannst du mir davon ein paar Abzüge machen?", fragte ich.

„Was meinst du damit?"

„Na ja, Fotos auf Papier, zum Einkleben ins Album“, sagte ich.

„Martin, das Ding hier ist auch ein Fotoalbum.“ Sie wackelte mit dem Kasten.

„Echt?“

„Ja! Und ein Telefon. Und ein Anrufbeantworter. Und eine Schreibmaschine. Und eine Musikanlage. Und ein Fernseher. Und ein Spielautomat. Und eine Zeitung. Und ein Lexikon.“

„Das ist alles da drin?“, fragte ich.

„Ja“, sagte sie. „Und die Musikanlage hat tausend Mal mehr Lieder als deine Plattensammlung. Und das Lexikon hat Millionen Mal mehr Informationen als der kleine Brockhaus, den du in deinem ziemlich übersichtlichen Bücherschrank stehen hast.“

Sie steckte den Kasten weg. Dann sammelte sie den Kamm und die Schere und das Haargel ein und griff ihren Rucksack.

„Ich rede viel zu viel“, sagte sie.

„Soll ich dir das Ding mal abnehmen?“, fragte ich.

„Dem Charmeur ist nichts zu schwör“, sagte Sophia und gab mir den Rucksack. „Los jetzt, wir haben noch einen langen Weg vor uns!“

Judo

Wir liefen weiter den Deich entlang. Nach ein paar hundert Metern versperrte uns ein Zaun den Weg. Er war mehr als zwei Meter hoch und hatte Stacheldraht obendrauf, und er verlief quer über den Strand, über die Dünen, über den Deich und über die Straße. An dem Zaun hing ein Schild: „Militärischer Sperrbezirk! Betreten verboten! Achtung! Schusswaffengebrauch!“

„Wie unhöflich!“, sagte Sophia.

„Ich glaub’, hier ist irgendwas von der Bundesmarine“, sagte ich.

„Dann folgen wir einfach dem Zaun und laufen außen rum.“

Wir gingen an der Straße zurück, immer den Zaun entlang. Hinter dem Zaun waren jetzt Werkshallen mit einem großen Schriftzug drauf: „MaK“. Hier wurden Panzer und Lokomotiven gebaut, so viel wusste ich, aber ich hatte keine Ahnung, was die Abkürzung bedeutete. In der Stadt gingen Witze um, „MaK“ heißt „Mist aus Kiel“ oder „Meistens arbeitet keiner“.

Nach einer Weile wendeten sich der Zaun und die Straße weg vom Strand und liefen ins Landesinnere. Die Straße wurde zu einer Allee mit verwitterten Ahornbäumen an beiden Seiten. Die Allee führte ein paar Mal um die Kurve und dann einen Hügel rauf und wieder runter. Dann standen Häuser links und rechts, und wir kamen an eine Kreuzung. Die holprige Allee traf auf eine breite Straße mit Geschäften. Menschen waren nicht zu sehen.

„Das müsste Friedrichsort sein“, sagte ich.

„Wir scheinen uns der Zivilisation zu nähern“, sagte Sophia und zeigte auf eine Bushaltestelle, ein paar Meter die Geschäftsstraße runter. Wir liefen hin und studierten den Fahrplan.

„Wie spät ist es?“, fragte ich.

„Gleich vier“, sagte Sophia.

„Dann ist der Bus gerade weg. Und der nächste fährt in zwei Stunden.“

„Dann weiter!“, sagte Sophia.

Die Geschäftsstraße überquerte einen Bahnübergang, machte dann eine Kurve und führte wieder einen Hügel hoch. Hinter dem Hügel kamen wir zurück zum Wasser. Statt der Bundeswehr waren hier Werften, eine große Werft mit dem Schriftzug „Lindenau“ über dem Eingangstor und dem grauen Rumpf eines großen Schiffes dahinter, und dann mehrere kleine Werften mit aufgebockten Jachten und Fischkuttern und Schnellbooten von der Marine.

Wir redeten nicht viel beim Laufen, und die Monotonie der Schritte war hypnotisch. Ideen und Gedanken und Gesprächsfetzen und Musik schossen mir durch den Kopf. Ich dachte an Sophias Kasten mit dem superschlauen Lexikon. Der wäre damals praktisch gewesen, in der Grundschule, als der kleine Nils Buttgereit mit Judo angefangen hatte. Er behauptete, er könne jetzt den Oschi, das sei der absolute Todesschlag beim Judo, und wir glaubten ihm das natürlich, und zwei oder drei Wochen lang war der kleine Nils Buttgereit der absolute King auf dem Schulhof, und alle hatten Respekt vor ihm und vor dem Oschi. Aber dann meinte jemand, beim Judo gibt es doch gar keinen Todesschlag und er soll den Oschi doch mal vorführen. Erst zierte sich der kleine Nils Buttgereit, aber wir ließen nicht locker, und dann machte er ein paar hilflose Verrenkungen, und damit war er überführt. Wir nannten ihn „Pflaume" und „Flasche", und er bekam eine Ohrfeige.

Mit dem superschlauen Lexikon in dem kleinen, schwarzen Kasten hätte das alles nicht so lange gedauert.

Dann dachte ich über den Satz von Sophia nach: „Du bist jetzt ein Mann!"

Natürlich war ich ein Mann. Ich war zwanzig, ich machte eine Ausbildung, ich war größer als die meisten anderen, und ich hatte Haare an all den Stellen, wo sie sein sollten. Ich rasierte mich, meine Stimme war tief, ich rauchte, und ich konnte Bier und Schnaps vertragen, bis zu einer gewissen Menge. Also war ich ein Mann. Einerseits.

Aber andererseits hatte sich mein Leben nicht wesentlich verändert, seit ich dreizehn oder vierzehn war. Damals hatten wir Bier und Zigaretten entdeckt, und wir hatten den Getränkemarkt von Ronny Rademann aufgespürt, wo wir uns nach der Schule damit eindecken konnten. Wir zogen durch die Gegend, machten Klingelstreiche und erschreckten Omas und knickten Autoantennen ab.

Heute war es im Grunde genauso, außer dass wir nicht mehr zu Ronny Rademann pilgern mussten und dass wir keine Omas mehr erschreckten. Wir trafen uns nicht mehr nach der Schule, sondern nach der Arbeit. Dann gingen wir in Kneipen oder in Discos oder zu irgendjemandem, der schon eine eigene Wohnung hatte. Wir konnten jetzt so lange unterwegs sein, wie wir wollten, und wir mussten nicht mehr zu Hause sein, wenn die Laternen angingen. Aber wir liefen immer noch zusammen durch die Straßen, auf der Suche nach Spaß. Wir waren immer noch sorglos, und was wir machten, war immer noch einigermaßen zweckfrei. Daran hatte sich nichts Wesentliches geändert in den letzten sechs oder sieben Jahren. War ich ein Mann? Irgendwie auch nicht.

„Wollen wir ein Spiel spielen?“, fragte Sophia.

„Klar“, sagte ich.

„Ich sehe was, was du nicht siehst. Du fängst an! Denk dir was aus! Irgendwas! Es muss nichts sein, was du hier siehst!“ Sie zeigte auf die Straße mit den Werften auf der einen Seite und Häusern auf der anderen. „Hier ist ja nicht viel!“

Ich dachte lange nach, und dann sagte ich: „Ich sehe was, was du nicht siehst, und das ist braun!“

„Ist es größer als ein Haus?“, fragte Sophia.

„Nein.“

„Ist es größer als eine Waschmaschine?“

„Nein.“

„Ist es größer als ein Tennisball?“

„Ja.“

Sie blieb stehen. „Martin, erzähl mir bitte nicht, dass es eine Bierflasche ist!“

„Doch“, sagte ich.

„Männer!“, rief sie. „Ihr seid doch alle Primaten!“

Hinter den Werften kamen wir wieder über einen Bahnübergang, und dann waren links und rechts grüne Wiesen mit Schafen drauf. Jetzt war ich mit Raten dran.

„Ich sehe was, was du nicht siehst, und das ist, na ja, so metallicfarben“, sagte Sophia.

„Ist es eine Mülltonne?“, fragte ich.

„Martin, du musst dich schon anstrengen!“

Ich stellte dutzende Fragen, aber ich kam nicht drauf. Es war eine kleine Spieluhr, die „Happy Birthday“ spielte, und die bei Sophia im Regal stand.

Wir kamen am Flugplatz vorbei und gingen durch einen Tunnel auf einen schmalen Asphaltweg. Rechts war die Stadtautobahn und links war wieder ein Stacheldrahtzaun mit Schildern, auf denen „Betreten verboten!“ und „Schusswaffengebrauch!“ stand. Hinter dem Zaun standen zwei lustlose Soldaten mit Gewehren, die sie über die Schulter gehängt hatten.

Sophia reckte die Faust in die Luft und fing an zu singen.

„Gute Freunde, gute Freunde,
gute Freunde in der Volksarmee!
Schützen unsere Heimat,
zu Land, zu Luft und auf der See!
Juchhe!“

„Was ist denn das für ein Lied?“, fragte ich.

„Keine Ahnung. Aber meine Eltern singen das immer, wenn sie einen Soldaten sehen. Und dann lachen sie sich tot.“

Nach ein paar hundert Metern hörte der Stacheldrahtzaun auf. Links von uns lag eine Schrebergartensiedlung, und danach kam eine stillgelegte Tankstelle, wo Unkraut aus den Ritzen quoll. Dahinter war ein Garagenhof. Die Sonne stand jetzt tief über der Kuhweide auf der anderen Seite der Stadtautobahn. Es lagen wieder Häuser links und rechts von der Straße, und lange Schatten tauchten den Gehweg ins Dunkel. In der Ferne tutete ein Schiff.

„Wir sind wohl bald am Kanal“, sagte ich.

„Und dann?“, fragte Sophia.

„Dann schwimmen wir.“

„Django, du sollst doch keine Witze mehr machen!“, sagte Sophia.

„Wir sind wohl in Holtenau, also nehmen wir die Fähre“, sagte ich.

„Siehst du“, sagte sie. „Geht doch.“

Ab jetzt führten die Wege und die Straßen nur noch bergab, und wir kamen schließlich ans Ufer des Nord-Ostsee-Kanals. Eine Böschung mit Gras und Sträuchern fiel zehn Meter in die Tiefe, dann folgten ein schmaler Wanderweg und dann das dunkle, breite Wasser. Am anderen Ufer ragten große Gastanks empor, und die Sonnenstrahlen fielen auf das Gaswerk mit den zwei langen Schloten, wo einer meiner Uropas mal gearbeitet hatte, wie mein Vater sagte. Links, in ein paar hundert Meter Entfernung, lag die Schleuse, die den Kanal mit der Förde verband. Vor den großen Schleusentoren kreuzte ein kleines Fährschiff.

Wir gingen runter zum Anleger. Ein Steg führte ein paar Meter raus auf den Kanal. Daneben stand eine Holzhütte mit einer Kneipe, dem „Fährstübchen“. Das Licht war aus, und die Tür war verschlossen. Wir setzten uns auf eine Bank und schauten zum anderen Ufer, wo das kleine Fährschiff an der Kaimauer festgemacht hatte. Ich holte die Wasserflasche und die Zitronenwaffeln aus dem Rucksack. Wir zerkauten die letzten Waffeln und spülten den giftigen Geschmack mit dem letzten Wasser runter.

„Hunger ist der beste Koch“, sagte Sophia.

„Wie viele Kilometer sind wir eigentlich gelaufen?“, fragte ich.

„Keine Ahnung“, sagte sie. „Drei Milliarden Lichtjahre.“

Ein Frachtschiff kam unter der Metallkonstruktion der Hochbrücke hervor, ein paar hundert Meter rechts von uns. Das Schiff lief auf die Schleuse zu. Das andere Ufer und die Fähre verschwanden hinter dem Frachter, der langsam an uns vorbeifuhr und die Schleusentore ansteuerte.

„Weißt du was?", sagte Sophia: „Ich bin hundemüde."

Sie lehnte ihren Kopf an meine Schulter.

Im Schraubenwasser des Frachters kam die Fähre schlingernd auf unser Ufer zugefahren. Sie prallte gegen den Steg, und der Festmacher, ein kräftiger Mann mit einer grauen Latzhose, warf ein dickes Tau über den Poller. Das kleine Schiff kam ruckartig zum Stillstand, und der Festmacher stieß scheppernd die Gangway runter. Niemand stieg aus, und wir waren die einzigen Fahrgäste, die einstiegen.

„Moin!", sagte ich, als wir auf die Fähre gingen.

„Moin!", sagte der Festmacher.

„Moin!", sagte Sophia.

„Moin!", sagte der Festmacher.

Wir gingen die Treppe runter in die Kabine mit den gepolsterten Sitzen und den Tischen dazwischen. Die Heizung bollerte, die plötzliche Hitze brannte im Gesicht, und es roch nach Zigarettenqualm und Staub und Diesel. An einem der Tische saß ein Mann mit einem grauen Pullunder und einer großen Brille. Er beachtete uns nicht. Er las in einem Groschenroman, und auf dem Tisch vor ihm waren Hefte verteilt, „Lassiter" und „Perry Rhodan" und „John Sinclair, der Geisterjäger". Er saß wahrscheinlich schon seit Stunden hier und fuhr zwischen Holtenau und Kiel-Wik hin und her, fünf Minuten Fahrt, dann zehn Minuten am Kai, dann wieder fünf Minuten Fahrt und wieder zehn Minuten am Kai, und las seine Romane.

Wir setzten uns auf eine der Polsterbänke.

„Fühl' mal, wie kalt ich bin!", sagte Sophia und steckte ihre Hände in die Ärmel meines Parkas.

Ihre Finger waren eisig.

„Du bist schön warm!", sagte sie. „Typisch Mann. Das liegt an eurem Stoffwechsel!" Sie stopfte ihre Hände noch ein Stück weiter in meine Ärmel.

„Ein Hoch auf uns Männer und unseren Stoffwechsel!", sagte ich.

„Na toll", sagte Sophia und rieb ihre kalte Nase an meiner Wange.

Der Festmacher zog die Gangway hoch, der Motor der Fähre heulte auf, und wir wackelten langsam über den Kanal zurück nach Kiel.

„Das war ein gutes Zeichen", sagte ich.

„Was?"

„Dass der Festmacher ‚Moin' gesagt hat", sagte ich. „Das bringt Glück. Und es bringt noch mehr Glück, wenn er auch noch ‚Tschüss' sagt."

„Ist das der Aberglauben der Eingeborenen?", fragte Sophia.

„Genau", sagte ich.

Als wir am anderen Ufer ankamen, zog Sophia ihre Hände aus meiner Jacke. Wir standen auf und gingen an Deck, vorbei an dem Mann im Pullunder und seinen Heften. Der Festmacher wuchtete die Gangway auf den Kai.

„Tschüss!", sagte ich, als ich an Land ging.

„Tschüss!", sagte der Festmacher.

„Tschüss!", sagte Sophia.

„Tschüss!", sagte der Festmacher.

„Wir sind ja echte Glückspilze, Martin Hansen!", sagte Sophia und haute mir auf den Rücken, als wir die Treppe hoch vom Kai zur Straße gingen.

„Scheint so", sagte ich.

Die Straße war breit, und sie bestand aus Kopfsteinpflaster und Schlaglöchern. Links stand ein großes Fabrikgebäude aus Backstein, und davor hielt eine Straßenbahn. Hier war die Endstation der Linie 4. Die Bahnschienen liefen in einem weiten Bogen rüber zur anderen Straßenseite, und dort stand ebenfalls eine Straßenbahn.

„Wenn das da die Endstation ist“, sagte ich und zeigte auf die linke Straßenbahn, „dann ist das da“, ich zeigte nach rechts, „die … na ja, eben das Gegenteil von Endstation.“ Eigentlich müsste ich das Wort kennen, dachte ich, als angehender Reiseverkehrskaufmann.

„Du meinst, die Bahn fährt gleich los?“, fragte Sophia.

„Vielleicht sollten wir uns beeilen“, sagte ich.

Wir liefen über die Straße zur Haltestelle, und ich drückte auf den Türknopf des hinteren Waggons. Wir stiegen ein und setzten uns auf die Holzbank in der letzten Reihe. Wir waren auch hier die einzigen Gäste.

Nach ein paar Minuten klingelte die Bahn. Der Waggon ruckelte hin und her, als der Fahrer die Bremsen löste, und dann rollte die Bahn los. Es ging leicht bergan, und nach ein paar hundert Metern kam die erste Haltestelle am Auberg. Hier waren die Endstation und das Gegenteil von Endstation von mehreren Buslinien. Die Busse standen auf einem großen, runden Parkplatz, und zwischen dem Parkplatz und den Straßenbahnschienen lag eine Wartehalle mit einem Imbiss, der „Gummikiste“.

Die „Gummikiste“ hieß so, weil es hier Gummibärchen und Lakritze und Bonbons und andere Sachen für Kinder zu kaufen gab, außerdem Getränke und Pommes und Bratwurst. Aber Kinder trauten sich ohne Begleitung nicht in die Nähe der „Gummikiste“. Der Tresen der „Gummikiste“ lag in der Wartehalle, und die war von morgens bis abends gefüllt mit Gewohnheitstrinkern mit einem distanzierten Verhältnis zur Körperhygiene, die hier Dosenbier tranken und in einer Tour fluchten und auf den Boden spuckten. Die Wartehalle und die ganze umliegende Gegend waren erfüllt vom Geruch der „Gummikiste“, einer Mischung aus wochenaltem Bratfett, schalem Bier, Aschenbecher, Klostein und Schweiß.

Auf den Bierdosen, die es hier zu kaufen gab, war ein Schmierfilm.

Wir waren vor einiger Zeit mal hier gewesen, auf dem Weg zu einer Party in der Wik, und ich hatte mir die Leute angeguckt, die hier rumstanden. Und obwohl ich nicht genau wusste, was ich anfangen wollte mit meinem Leben, war mir klar, was ich nicht werden wollte, nämlich ein Stammgast in der „Gummikiste".

Die Bahn hielt neben der „Gummikiste", und der ranzige Geruch drang durch die kleinen Klappfenster in den Waggon.

„Du meine Güte!", sagte Sophia und hielt sich die Hand vor den Mund. „Das ist ja unglaublich!"

„Ja", sagte ich, „der Laden hat was."

„Dieser Geruch ist irre", sagte sie. „So was habe ich noch nie erlebt. Und ich hab' mal einen Rucksackurlaub in Vietnam gemacht!"

Niemand stieg ein, die Bahn klingelte und rollte weiter. Nach ein paar Metern verdrängte der übliche Straßengeruch von Benzin und Diesel die Dämpfe der „Gummikiste".

„Das mag komisch klingen", sagte Sophia. „Aber ich hab' jetzt richtig Hunger! Hier muss es doch irgendwelche Läden geben, die kein Altöl in die Fritteuse tun!"

Die Bahn wackelte die Holtenauer Straße entlang, und wir hielten links und rechts nach Lokalen Ausschau. Ich ging so gut wie nie zum Essen in ein Restaurant, weder mit meinen Eltern noch mit der Clique, und deswegen hatte ich keine Ahnung, welche Läden gut waren und welche nicht. Es schien in Kiel zwei Sorten Restaurants zu geben, nämlich die, wo es Pizza gab, und die, wo es keine Pizza gab, aber dafür irgendetwas, das auf Metallschildern im Fenster als „gutbürgerlich" beschrieben wurde.

Die Pizza-Restaurants gaben sich flippig und hießen „Bazille" oder „Pupille" oder „Kamelle", und auf den Scheiben stand dazu noch „Pizzeria", damit man auch wirklich Bescheid wusste. Die gutbürgerlichen Restaurants hatten offiziell klingende Namen, „Wiker Post“ oder „Christinenhöhe“ oder „Deutsches Haus“, und vor den Türen standen Klapptafeln mit einem feisten, grinsenden Koch oder mit einem fröhlich lachenden Schwein, das ein Messer in der Hand hielt. Darauf standen die Tagesgerichte.

„Pizza mag ich nicht“, sagte Sophia. „Außerdem ist da immer viel zu viel Weizenmehl drin.“

„Und wie steht's mit der gutbürgerlichen Küche?“, fragte ich.

„Auch Weizenmehl“, sagte sie. „Gutbürgerlich bedeutet, die machen zentnerschwere Soßen mit tonnenweise Mehlschwitze.“

Wir kamen am „Metro“-Kino vorbei, wo auch heute der Film mit Marius Müller-Westernhagen lief. Direkt gegenüber, Ecke Steinstraße, war ein Restaurant, dessen Vorgarten mit einem Bambuszaun vom Bürgersteig getrennt war. Hinter dem Zaun standen Holzpfähle mit Drachenköpfen. „Restaurant Polynesien“ stand in krakeligen Buchstaben über der Tür.

„Was ist das denn?“, fragte Sophia.

„Ach ja, der Polynesier“, sagte ich. „Da bin ich noch nie gewesen.“

„Da gehen wir hin!“, sagte sie.

Ich drückte auf den Halteknopf, die Bahn stoppte am Schauspielhaus, und wir stiegen aus.

„Wieso gibt es hier eigentlich ein polynesisches Restaurant?“, fragte Sophia, als wir am Tor der Brauerei vorbei die Holtenauer Straße entlanggingen.

„Ich glaub', das gehört einem Seemann, der mal ein paar Jahre in der Südsee war“, sagte ich. „Der ist da jetzt auch Koch.“

„Und du warst noch nie da?“, fragte sie.

„Ja, das ist schon komisch“, sagte ich.

An dem Bambuszaun vor dem Restaurant hing ein Glaskasten mit einer Speisekarte. Die Gerichte hatten Bezeichnungen wie „Mahi-Mahi mit Taro“ oder „Fafa mit Uru“. Darunter stand kleingedruckt auf Deutsch, was sich dahinter verbarg.

„Super!“, rief Sophia.

„Ohauerha!“, sagte ich.

„Lass uns das mal ausprobieren“, sagte Sophia. Sie legte ihren Kopf auf die Seite, sah mich an und klimperte mit den Augen. „Bitteeee!“

Ich holte mein Portemonnaie aus der Tasche und schaute rein. Ich hatte noch einen Zehnmarkschein und etwas Kleingeld.

„Wir sollten nicht unbedingt das Allerteuerste nehmen“, sagte ich.

„Danke!“, sagte Sophia und gab mir einen Kuss auf die Wange.

Wir betraten das Restaurant. Es war auch innen voller Bambus und Drachenköpfe. Am Boden lagen bunte Teppiche, und in den Ecken standen Tontöpfe mit Palmen. An den Wänden hingen Bilder aus der Südsee und Holzmasken mit verzerrten Gesichtern und Souvenirs aus der Seefahrt wie Flaggen von Reedereien und Kapitänsmützen. Die meisten Tische waren frei. Wir setzten uns ans Fenster mit dem Blick raus zum „Metro“.

„Na, ihr beiden?“, sagte die Kellnerin, eine kräftige Frau mit kurzen, blonden Haaren. Sie lächelte und legte Speisekarten vor uns auf den Tisch.

„Wir nehmen einfach das billigste“, sagte Sophia, als die Kellnerin weggegangen war.

„Gute Idee“, sagte ich.

Das billigste Gericht war die Nummer 28, „der kleine Ahima'a“. Laut der deutschen Übersetzung sollte das Schweinefleisch mit Weißkohl und Rosinen sein, und dazu gab es Reis. Schweinefleisch und Weißkohl kamen mir nicht unbedingt polynesisch vor, sondern sehr schleswig-holsteinisch, aber man konnte es den Schweinen und dem Weißkohl ja nicht verbieten, dass sie auch am anderen Ende der Welt wuchsen. „Der kleine Ahima'a" kostete vier Mark fünfzig.

„Habt ihr euch entschieden?", fragte die Kellnerin.

„Wir nehmen zweimal die 28", sagte Sophia. „Aber einmal bitte ohne Fleisch und dafür mit etwas mehr Gemüse!"

Die Kellnerin guckte sie irritiert an.

„Ihr wollt die 28 ohne Fleisch?", fragte sie.

„Ja", sagte Sophia. „Ein Mal!"

„Ihr wollt das Schweinefleisch ohne Schweinefleisch?"

„Genau."

„Na dann", sagte die Kellnerin und schüttelte den Kopf.

„Und zu trinken bitte zwei Glas Mineralwasser", sagte ich.

„Das Monatsende rückt näher", sagte die Kellnerin und versuchte zu lächeln. „Da wird die Kohle knapp." Sie sammelte die Speisekarten ein und ging am Bambustresen vorbei in die Küche.

„Das Wasser kostet eins vierzig", sagte ich. „Dann haben wir noch 20 oder 30 Pfennig für das Trinkgeld."

Sophia sah mich an.

„Ich schmeiß' dein Geld ganz schön aus dem Fenster, nicht wahr?" Sie griff mit ihren Händen nach meiner Hand. Ihre Hände waren immer noch eiskalt. „Das tut mir leid, wirklich! Weißt du was? Ich hätte Farid die Scheine abkaufen sollen, die du ihm damals gegeben hast. Dann wäre ich jetzt nicht so pleite."

„Nächstes Mal vielleicht", sagte ich.

„Ach, Martin", sagte Sophia. Sie sah mir in die Augen und griff wieder mit beiden Händen nach meiner Hand und drückte kräftig zu.

„So, ihr Turteltäubchen", sagte die Kellnerin. Sie stellte zwei Gläser mit Wasser auf den Tisch und ging wieder weg.

Sophia ließ meine Hand los. Wir nahmen beide unser Glas und sagten „Prost!" und nahmen einen Schluck. Dann saßen wir uns eine Zeitlang schweigend gegenüber.

„Wann macht der Nazi-Laden denn morgen auf?“, fragte Sophia nach einer Weile.

„Um zehn, glaub’ ich“, sagte ich.

„Dann heißt es Abschied nehmen“, sagte Sophia.

„Ich bring dich noch längs“, sagte ich.

„Das ist lieb“, sagte sie.

Die Kellnerin kam mit zwei großen, dampfenden Tellern an den Tisch. „Einmal die 28 normal?“, sagte sie und schaute uns beide an. Ich hob den Zeigefinger, und sie stellte den Teller vor mir ab. „Und einmal das Schweinefleisch ohne Schweinefleisch.“ Sie stellte den zweiten Teller vor Sophia auf den Tisch. „Tama’a Maitai!“

„Wie bitte?“, fragte ich.

„Guten Appetit!“

„Danke.“

Auf meinem Teller war ein großer Berg gedünsteter Kohl mit Streifen von Schweinefleisch und mit Rosinen dazwischen. Daneben dampfte ein Haufen blütenweißer Reis.

„Wenn das der kleine Ahima’a ist“, sagte Sophia, „dann muss der große Ahima’a ja ein richtiges Monstergerät sein.“

„Keine Ahnung“, sagte ich. „Ich habe nur eine sehr begrenzte Erfahrung mit Ahima’as.“

„Ich auch“, sagte sie. „Mein letzter Ahima’a ist weggelaufen, als ich acht war.“

Der Ahima’a schmeckte erstaunlich gut, er war sogar richtig lecker. Das Fleisch und das Gemüse waren scharf und ein bisschen sauer gewürzt, und die süßen Rosinen passten prima dazu, und der Reis hatte ein schönes Aroma, ganz anders als bei uns zu Hause. Meine Mutter kaufte zwar den Reis aus der Fernsehreklame, Onkel Ben’s Reis aus den USA mit der Parboiled-Garantie, was immer das auch war. Aber der Reis sah bei uns nie so weiß aus wie in der Werbung, und er rieselte auch nie so locker auf den Teller, und er schmeckte immer etwas pampig. Ich fragte mich jetzt auch, warum ich noch nie vorher hier beim Polynesier gewesen war.

„Weißt du was?“, sagte Sophia. „Heute Nacht sollten wir das Fenster auf Kipp lassen.“

„Wieso?“

„Wir hauen uns beide gerade eine riesige Masse Kohl in den Wanst“, sagte sie. „Die Gasbildung wird enorm sein, und dein Zimmer ist sehr klein!“

„Tahiti Mai Tai!“, sagte ich.

„Wie bitte?“

„Guten Appetit!“

„Nun sei nicht so empfindlich!“, sagte Sophia. „Aber hey! Eines ist ja wohl klar!“

„Nämlich?“

„Heute Nacht krieg’ ich den Platz an der Wand!“

Die Kellnerin kam wieder vorbei.

„Schmeckt’s?“, fragte sie.

Ich hatte den Mund voll und nickte und machte „mmmh“.

„Sehr lecker“, sagte Sophia. „Vielleicht ein bisschen viel Kurkuma.“

Die Kellnerin schüttelte den Kopf und ging weiter.

„Ganz schön scharf, so auf die Dauer“, sagte ich und nahm den letzten Schluck Wasser.

„Stimmt“, sagte Sophia. „Da muss Chili drin sein.“ Auch ihr Wasserglas war inzwischen leer.

„Warte mal“, sagte ich. Ich nahm unsere beiden Gläser, ging auf die Toilette und füllte sie am Waschbecken wieder voll. Als ich zurückkam, stand die Kellnerin im Gang und zupfte an einer der Palmen.

„Ich glaub’, ich bring euch mal die Rechnung“, sagte sie, als sie mich mit den Gläsern sah. „Bevor ihr noch die Farbe von der Wand leckt.“

Die beiden kleinen Ahima’as und die Gläser mit Selters kosteten elf Mark achtzig. Ich überlegte, ob ich noch verhandeln sollte, weil Sophia ja kein Fleisch hatte, aber das wäre ziemlich aussichtslos gewesen, bei dieser Kellnerin. Ich holte das Portemonnaie aus der Hosentasche, legte den

Zehnmarkschein auf den Tisch und schüttete die Münzen daneben. Es waren genau zwölf Mark achtzehn.

„Der Rest ist für Sie!“, sagte ich.

„Ha!“, rief die Kellnerin. „Ist es denn wahr!“

Wir tranken unser Wasser aus, zogen uns an, und Sophia griff sich ihren Rucksack.

„Tschüss!“, rief ich.

Es kam keine Antwort.

Nordstern 3

Wir gingen zurück zu mir nach Hause. Die Luft war jetzt kalt und klar, und der Sternenhimmel leuchtete über dem dunklen Gelände der Brauerei.

„Da oben!“, sagte Sophia.

„Ja?“, sagte ich.

„Da ist dein Nordstern, den du gestern Abend so feierlich besungen hast!“ Sie legte ihren Arm auf meine Schulter und zeigte in den Himmel. „Siehst du das Hinterteil des Großen Bären? Wenn du die Linie dieser beiden Sterne verlängerst, dann landest du an der Deichsel des Kleinen Bären.“

„Ein Bär hat keine Deichsel“, sagte ich.

„Dieser schon“, sagte sie. „Das ist eben ein Bär mit Superkräften.“

„So wie der Hustinetten-Bär?“, fragte ich.

„Wer ist der Hustinetten-Bär?“

„Der ist grün und läuft durch die Gegend und verteilt Hustenbonbons an die Kinder.“

„Martin!“, sagte Sophia und zwickte mich in die Schulter. „Reicht es dir nicht aus, dass du toll aussiehst mit deiner neuen Frisur? Willst du jetzt etwa auch noch witzig werden?“

„Entschuldigung“, sagte ich. „Es wird auch nie wieder vorkommen.“

„Das können wir nur hoffen", sagte Sophia. „Jedenfalls: Der Stern am Ende der Deichsel des Kleinen Superbären, das ist der Nordstern. Alpha Ursae Minoris."

„Gesundheit!", sagte ich.

„Django! Zügele deine Witzigkeit!"

Wir standen eine Weile da und schauten in den Himmel.

„Der Nordstern heißt so, weil er immer fest am Nordpol des Himmels steht", sagte Sophia. „Das ganze Jahr über. Deswegen können sich Seeleute daran orientieren und ihren Kurs ausrichten."

Das ist praktisch, dachte ich, so ein Stern, der einem den Weg zeigt.

„Du kennst dich ja aus am Himmel", sagte ich.

„Ich war in der Schule in der Astronomie-AG", sagte sie. „Bitte nicht lachen. Ich war jung und brauchte die Noten."

„Ich lach' doch gar nicht", sagte ich.

„Und weißt du, wie weit der Nordstern von der Erde entfernt ist?", fragte sie.

„Nein."

„400 Lichtjahre!", sagte Sophia. „Das ist noch viel weiter weg als deine Baustelle in Fleckeby!"

„Witzigkeit!", sagte ich.

„Entschuldigung", sagte sie.

So was braucht man im Leben, dachte ich, einen festen Punkt, an dem man sich orientieren kann, damit man sein Ziel nicht aus den Augen verliert. Wenn man denn so was hat, ein Ziel. Und auch wenn der Stern 400 Lichtjahre entfernt ist, heißt das ja nicht, dass man deswegen hocken bleiben muss, wo man gerade ist, nur weil man den Stern sowieso nicht erreicht. Wenn man einen festen Punkt zur Orientierung hat, dann muss man einfach loslaufen.

Wir standen noch eine Weile da und schauten in den Himmel, und dann wurde uns kalt, und wir gingen den Knooper Weg hoch und dann die Bremerstraße runter nach Hause.

Hansi

Ich schloss die Wohnungstür auf, und Sophia drängelte sich an mir vorbei in den Flur.

„Kohl wirkt auch entwässernd!“, sagte sie und ging mit schnellen Schritten zum Klo.

Ich schaute ins Wohnzimmer, wo meine Mutter immer noch oder schon wieder auf ihrem Platz auf der Couch saß, mit ihrem Häkelzeug in den Händen. Mein Vater saß immer noch oder schon wieder auf seinem Sessel und guckte Richtung Fernseher. Quietschende Reifen und aufgeregte Stimmen waren zu hören, es lief wohl der „Tatort“.

„Hallo, wir sind wieder da!“, sagte ich.

„Martin, wie siehst du denn aus?“, rief meine Mutter und ließ ihr Häkelzeug in den Schoß fallen.

„Sophia hat mir die Haare geschnitten“, sagte ich.

„Ist das die Komsomolzen-Sturmfrisur?“, fragte mein Vater und lachte.

„Das sieht sehr fesch aus!“, sagte meine Mutter. „Das wird im Betrieb sicher gut ankommen, wenn du jetzt auch mal ein bisschen ordentlich aussiehst. Schließlich ist es ja noch gar nicht sicher, ob du übernommen wirst nach der Lehre.“

„Sie hat ja viele Talente, deine Sofia“, sagte mein Vater und grinste.

„Heinrich, also bitte!“, sagte meine Mutter.

„Ja dann“, sagte ich, „dann legen wir uns mal hin.“ Ich schloss die Wohnzimmertür.

„Halt, Martin!“, rief meine Mutter: „Du musst dich noch bei deinem Vater bedanken!“

Ich öffnete die Tür wieder einen Spaltbreit.

„Wieso das?“, fragte ich und schaute meinen Vater an, der auf den Bildschirm starrte.

„Ich war vorhin noch bei Hansi Hetendorf!“, sagte mein Vater, ohne seine Augen vom Fernseher abzuwenden.

„Ja und?“, fragte ich.

„Das ist ein Arbeitskollege von mir.“

„Aha.“

„Ja, und der fährt im Sommer immer mit seiner Familie raus zum Zelten. Und deswegen habe ich ihn gefragt, ob er so eine Luftmatratze hat, damit du einen Platz zum Schlafen hast, wenn deine Sofia hier übernachtet. Damit sie nicht wieder aus dem Bett fällt. Das hat nämlich ordentlich Rums gemacht, letzte Nacht!“ Er zeigte auf eine große Hertie-Plastiktüte, die am Wohnzimmerschrank lehnte. „Da ist das Ding drin. Das habe ich vorhin abgeholt. Aus der Kleiststraße!“

„Den ganzen Weg aus der Kleiststraße!“, sagte meine Mutter.

„Das müsst ihr aufpusten“, sagte mein Vater, „und dann kann man darauf schlafen. Sagt Hansi.“

„Du kannst dich ruhig bei deinem Vater bedanken!“, sagte meine Mutter.

„Normal gehört da noch eine Pumpe mit dazu“, sagte mein Vater, „aber Hansi sagt, wenn man jung und gesund ist, dann kann man das auch alleine aufpusten.“

„Jetzt rächt sich das mit deiner Raucherei!“, sagte meine Mutter.

„Danke“, sagte ich und nahm die Plastiktüte.

„Nimm doch noch die Wolldecke und das Kissen mit!“, sagte meine Mutter und zeigte zum anderen Ende der Couch.

Mit der Tüte und der Decke und dem Kissen unterm Arm ging ich in mein Zimmer. Sophia lag ausgestreckt auf dem Bett, die Arme neben dem Körper, und schaute an die Decke.

„Ich glaube, ich bin seit Jahren nicht mehr so kaputt gewesen“, sagte sie. „Wollen wir uns ganz schnell schlafen legen?“

„Guck mal hier!“, sagte ich.

Ich warf die Decke über den Stuhl und zog die Luftmatratze aus der Tüte. Sie war auf der einen Seite blau und auf der anderen Seite rot. Sie fühlte sich an wie die Gummibälle, mit denen wir als Kinder gespielt hatten und die höllisch brannten, wenn man am Arm oder am Oberschenkel getroffen wurde, und sie roch nach Chemiefabrik.

„Das ist ja super!“, sagte Sophia. „Die legen wir direkt vors Bett. Dann fällst du weich, wenn ich dich heute Nacht rausschmeiße.“

„Echt?“, fragte ich.

„Oder du legst dich von vornherein da drauf, Django!“

Ich setzte mich auf den Stuhl, faltete die Luftmatratze auseinander, suchte das Ventil und begann reinzupusten. Mein Mund und das Ventil produzierten schnarrende und quietschende Geräusche wie ein Baby-Elefant, und nach ein paar Atemzügen wurde mir schwindlig und es flirrte vor den Augen, und die Oberfläche der Matratze war voller Spucke. Ich verlangsamte mein Puste-Tempo, und schließlich wurde das Gummi prall, und ich stopfte den Stöpsel ins Loch, bevor die meiste Luft entwichen war.

„Das war das Kissen“, sagte Sophia. „Jetzt kommt noch der Hauptteil.“

Nach einer gefühlten Ewigkeit war die gesamte Luftmatratze aufgeblasen. Sie war sperrig, und als ich wieder bei Atem war und das Kreiseln in meinem Kopf aufgehört hatte, lehnte ich sie gegen die Tür. Ich legte die Gitarre auf den Schrank, damit wir uns im Zimmer bewegen konnten.

Sophia zog sich aus und holte ein weißes Nachthemd aus ihrem Rucksack, mit einem großen, bunten Stern vorne drauf. Ich nahm meinen Lieblingsschlafanzug aus dem Schrank, den blauen aus Frottee, und zog ihn an. Sophia saß auf der Bettkante und sah mich an.

„Du, Martin?“

„Ja?“

„Dieser Schlafanzug …“

„Was ist damit?“, fragte ich.

„Nichts“, sagte sie. „Gar nichts.“ Sie klopfte neben sich auf die Matratze. „Setz dich bitte mal zu mir.“

Ich setzte mich neben sie.

„Martin, ich möchte mich entschuldigen“, sagte sie.

„Wofür das denn?“, fragte ich.

„Dafür, dass ich dein ganzes Leben auf den Kopf gestellt habe. Dass deine Freundin abgehauen ist. Dass du jetzt Stress mit deinen Eltern hast. Dass ich dir deine besten Freunde madig gemacht habe. Dass ich dich ständig rumkommandiert habe. Dass ich dein Geld aus dem Fenster geworfen habe. Dass ich heute Morgen so eklig war. Dass ich an deinem Aussehen rumgenörgelt habe. Dass ich so blöd auf dein Lied reagiert habe. Dass ich mich über deinen Job lustig gemacht habe. Und wahrscheinlich noch viel, viel mehr.“

Wir saßen eine Weile schweigend nebeneinander.

„Weißt du was?“, sagte ich dann. „Ich glaube, diese letzten beiden Tage, das waren bisher die schönsten Tage in meinem Leben.“

„Echt?“

„Echt!“

Sie klopfte mir aufs Knie.

„Dann will ich jetzt noch einen Gute-Nacht-Kuss haben!“, sagte sie.

Wir wendeten uns einander zu und umarmten uns, und es wurde ein sehr langer und sehr schöner Gute-Nacht-Kuss. Dann haute sie mir auf den Hintern.

„So! Jetzt ist aber Heia-Zeit!“

Sophia legte sich ins Bett und deckte sich zu, und ich machte das Licht aus und legte die Luftmatratze auf den Boden, ganz dicht an den Schreibtisch, damit der Weg zur Tür frei blieb. Ich streckte mich darauf aus. Die Matratze war schmal, das Kissen war hart, und mein Becken drückte durch bis zum Boden. Ich fragte mich, warum Hansi Hetendorf und seine Familie sich das freiwillig antaten.

„Du, Martin“, sagte Sophia, „magst du zum Einschlafen noch mal die Platte von gestern anmachen?“

Die Platte lag noch auf dem Plattenteller. Ich legte die Nadel auf. Und dann sang Carole King:

„You've got to get up every morning
with a smile in your face,
and show the world all the love in your heart,
then people gonna treat you better.“

Wenn du morgens mit einem Lächeln aufwachst, dann werden die Menschen auch nett zu dir sein. – Das klang nach einer guten Idee, dachte ich, das könnte von Sophia stammen.

Und dann schlief ich ein, unter meiner Wolldecke auf der Luftmatratze.

29. September

Strudel

Ich wachte auf, als meine Mutter gegen die Tür klopfte.

„Martin, wach auf!", rief sie. „Es ist schon nach acht!"

Ich brauchte ein paar Sekunden, um zu mir zu kommen. Das Klopfen hatte mich aus einem tiefen Schlaf gerissen.

„Martin, bis du wach?", rief meine Mutter.

Ich hatte von Wellen geträumt, und vom Strand, und auf dem Strand fuhren Autos im Zickzack hin und her, und ich versuchte, durch die Autos hindurch zu einem Boot zu kommen, das am Ufer lag. Das Boot wollte gerade ablegen, und es war noch ein Platz frei, und in dem Boot saßen schon John Lennon und die blonde Fernsehansagerin aus dem Zweiten und Petzi und ein schwarzer Mann mit einer riesigen Turmfrisur. Träume sind immer noch frisch, wenn man gerade aufgewacht ist. Vielleicht sollte man so was einfach mal aufschreiben, dachte ich. Kein Tagebuch, sondern ein Nachtbuch.

„Musst du heute nicht zur Arbeit?", rief meine Mutter.

In den Wochen, in denen mein Vater Frühschicht hatte, stand ich meistens auch früh auf, wegen des Lärms, den er machte. Er trampelte über den Flur, knallte mit den Türen, sang und pfiff und schaltete das Radio an. Ich hatte das Gefühl, dass da Absicht hinter steckte. Aber heute Morgen hatte ich so fest geschlafen wie schon lange nicht mehr, und ich hatte nichts von dem Krach gehört, den er wahrscheinlich ab fünf Uhr veranstaltet hatte.

„Ich geh' heute später hin!", rief ich.

Normalerweise hatte ich immer Haare quer überm Gesicht oder in der Nase oder in den Ohren, wenn ich morgens aufwachte, aber heute nicht. Ich befühlte meinen Kopf und bekam einen Schreck, aber dann fiel mir ein, dass ein Großteil meiner Matte gestern auf dem Deich bei den beiden Leuchttürmen geblieben war.

„Wissen die denn Bescheid in der Firma?“, rief meine Mutter.

Ich richtete mich auf der Luftmatratze auf. Meine Beine fühlten sich an, als ob zwei Säcke mit Zement drin wären, und meine Wirbelsäule war steif wie ein Besenstiel. So einen heftigen Muskelkater hatte ich nicht mehr, seit wir im Sportunterricht mal fünf Kilometer auf der Aschenbahn rund um den Professor-Peters-Platz rennen mussten, und danach im Laufschritt zurück zu unserer Schule in der Hansastraße. Und so ein Gefühl im Rücken hatte ich noch nie. Wenn ich Hansi Hetendorf mal treffen sollte, dachte ich, dann würde ich ihn fragen, wie er das jeden Sommer aushält.

„Ich ruf' gleich mal an!“, rief ich.

Ich schaute hoch zum Bett. Sophia war auch wach. Sie lag auf dem Rücken, hatte die Knie angezogen und rieb sich die Augen.

Im Zimmer war es halbdunkel, fahles Tageslicht drang am Rollo vorbei, und die Luft war warm und stickig. Wir hatten gestern Abend dann doch vergessen, das Fenster auf Kipp zu öffnen, aber die Gasbildung von dem polynesischen Weißkohl war ausgeblieben.

„Na, wenn du meinst, dass das in Ordnung geht …“, rief meine Mutter.

Ich stand auf, und streckte mich, so wie die Leute bei der Seniorengymnastik im Dritten Programm, wo ich mal eine ganze Woche lang jeden Morgen zugeguckt hatte, als ich krank war und nicht zur Arbeit konnte.

„Ja, klar!“, rief ich und hob die Arme Richtung Decke.

„Martin!“, sagte Sophia und grinste: „Ich wünsche dir und deinem besten Freund einen guten Morgen!“

Ach du Scheiße.

Erst jetzt fiel mir die Beule in meiner Schlafanzughose auf.

„Ich geh mal auf Klo“, sagte ich.

„Viel Spaß!“, sagte sie.

Nachdem ich auf Klo war, ging ich ins Wohnzimmer, wo unser Telefon stand, ein grauer Apparat auf einem kleinen Tisch neben der Couch. Ich wählte die Nummer von Eduard Strudel. Er saß im Büro zwei Schreibtische neben mir. Eduard Strudel stand kurz vor der Rente und sein Spitzname war „die Wanderdüne“, weil er gemütlich war bis zur Schwerfälligkeit, sowohl körperlich als auch geistig. Alle riefen bei ihm an, wenn sie mal später kamen oder sich krank meldeten, denn Eduard Strudel stellte nie unangenehme Fragen.

„Hier ist Martin Hansen“, sagte ich, „ich komm heute ein bisschen später.“

„Lass dir Zeit!“, sagte Eduard Strudel. „Man muss ja nicht gleich am Montagmorgen hektisch werden.“

„Dann bis später!“, sagte ich.

„Ja, ja“, sagte Eduard Strudel.

Ich ging in mein Zimmer zurück. Sophia hatte sich inzwischen angezogen, und sie packte ihren Rucksack.

„Na, war es schön?“, fragte sie.

„Witzigkeit!“, sagte ich.

„Nun sei doch nicht so steif!“

„Ich bin locker in allen Gliedern.“

„Django reitet wieder!“, sagte sie.

Ich holte das blau-rote Karohemd aus dem Schrank, das ich am ersten Tag getragen hatte, als ich am Bierautomaten in die Zukunft gereist war und Sophia getroffen hatte. Das war angemessen, dachte ich, am Tag unseres Abschieds. Dann zog ich die Stöpsel aus der Luftmatratze und schmiss die Wolldecke auf mein Bett.

„Frühstück?“, sagte ich.

„Au ja“, sagte Sophia. „Heute habe ich richtig Lust auf den süßen Kram.“

Und dann saßen wir uns am Küchentisch gegenüber und tranken Kaffee und aßen Toastbrot und Korinthenbrot mit Käpt'n Nuss und Honig und Marmelade.

„Ich werde nicht wiederkommen", sagte Sophia nach einer Weile.

„Ich weiß", sagte ich.

Aktentasche

Nach dem Frühstück saßen wir in meinem Zimmer, ich auf dem Bett und Sophia auf dem Schreibtischstuhl. Sie hatte die Hände gefaltet und die Augen geschlossen.

„Woran denkst du?", fragte ich, und ich wunderte mich, dass ich diese Frage stelle, die ich ja eigentlich hasste wie die Pest, weil mir darauf nie eine schlaue Antwort eingefallen war.

„An ‚Petzi bei den Pyramiden'!", sagte Sophia. „Und an ‚Petzi auf der Robinson-Insel'. Ich sammle meine Wünsche!"

Ich hatte meine Aktentasche auf dem Schoß und kramte darin rum. Mein Vater hatte mir die Aktentasche geschenkt, als ich mit der Lehre angefangen hatte. Sie war aus dunkelbraunem Leder, und sie hatte innen drei Fächer und außen ein glänzendes Messingschloss. Mein Vater hatte die Tasche früher selbst jeden Tag zur Arbeit mitgenommen, aber zuletzt hatte sie jahrelang unbenutzt auf der Hutablage im Kleiderschrank gelegen.

Anfangs hatte ich die Aktentasche immer vollgepackt, so wie einen Schulranzen, mit einem Papierblock und ein paar Stiften und einer Brotdose und einer Thermoskanne. Aber mit der Zeit hatte ich festgestellt, dass das allermeiste davon überflüssig war. Essen gab es in der Kantine, Kaffee brachte immer irgendjemand mit, und wer nahm schon sein eigenes Papier und seine eigenen Stifte mit ins Büro? In einem der

Fächer hatte sich im Laufe der Zeit mehr oder weniger praktischer Kleinkram angesammelt, Einwegfeuerzeuge und Taschentücher und ein Flaschenöffner und ein Schraubenzieher, auf den man verschiedene Schraubaufsätze stecken konnte. Damit hatte ich mal einer alten Dame geholfen, deren Fahrkarte in der Straßenbahn in die Ritze zwischen den Holzplanken auf dem Boden gefallen war. Im zweiten Fach hatte ich immer einen eingeklappten Regenschirm dabei. Und das dritte Fach war für Schallplatten. Manchmal ging ich nach der Arbeit zu einem der Plattenläden in der Innenstadt, zu Ziemann oder zu Montanus oder zum Musikladen oder zu Kihr-Goebel oder zu Membran, oder zu allen nacheinander. Die Platten, die ich dort kaufte, passten gut in die Aktentasche, bloß dass man die Tasche dann nicht mehr zuschließen konnte.

„Na, bereitest du dich auf den Alltag vor?", fragte Sophia, als sie die Augen wieder geöffnet hatte.

Ich hatte eine ganze Weile ziemlich sinnentleert in der Aktentasche rumgesucht.

„Was bleibt mir sonst übrig?", sagte ich.

„Ach, Martin", sagte sie.

Ich fühlte mich jetzt wieder so, wie ich mich gefühlt hatte, bevor Sophia am Sonnabend plötzlich vor der Tür gestanden hatte. Ich tat mir selbst leid. Und dieses Herumkramen in der Aktentasche war der untaugliche Versuch, dieses Selbstmitleid zu verdrängen durch sinnlose Aktivität. Eine Übersprunghandlung hatte das unser Bio-Lehrer in der Realschule genannt, der lustigerweise Herr Schlange hieß. So wie Hähne, die auf dem Hof rumrennen und so tun, als würden sie Futter picken, aber tatsächlich nur mit dem Kopf hin und her wackeln. Genauso planlos kramte ich in meiner Aktentasche rum.

Um viertel vor zehn gingen wir los. Ich nahm noch den Umschlag aus der oberen Schreibtischschublade und tat ihn in die Aktentasche. Da war das Geld aus der Zukunft drin, 85 Euro und 38 Kopeken, oder wie auch immer das hieß.

Sophia zog sich an und ging dann ins Wohnzimmer, wo meine Mutter wieder auf ihrem Platz auf der Couch saß, mit dem Kreuzworträtselheft in der Hand.

„Ich möchte mich verabschieden, Frau Hansen!“, sagte sie.

„Haben Sie denn den Schlüssel für Ihre Wohnung wiedergefunden?“, fragte meine Mutter.

„Ich glaube ja“, sagte Sophia

„Na dann viel Glück“, sagte meine Mutter.

„Danke“, sagte Sophia.

Dann verließen wir die Wohnung.

Das Wetter war schlimm, richtig schlimm. Es regnete, und ein eiskalter Wind wehte durch die Straßen, und der Himmel war so grau und hing so tief, dass es immer noch düster war, obwohl es schon kurz vor zehn war. Wir gingen die Beselerallee runter und dann die Holtenauer Straße entlang. Ich hielt meine Kapuze fest, damit sie mir nicht vom Kopf wehte, und Sophia zog ihre Mütze, so tief es ging, über die Ohren. An der Ampel, die zur Apotheke in der Holtenauer Straße rüberführte, spannte ich den Regenschirm auf. Der Wind riss ihn mir beinahe aus der Hand und stülpte den Schirm um zu einem Trichter.

Schließlich standen wir vor dem Kellergeschäft mit der schwarzen Frakturschrift über der Tür, „Bücher & Antiquitäten“.

„Da wären wir“, sagte ich.

„Kommst du noch mit rein?“, fragte Sophia.

„Ach nein“, sagte ich. Ich holte den Umschlag aus meiner Aktentasche. „Hier!“, sagte ich. „Damit kann ich ja nun nichts mehr anfangen!“

„Was ist das?“, fragte sie.

„Das sind 85 Euros und 38. Mein Restgeld aus zwanzigzwanzig.“

Sie nahm den Umschlag und steckte ihn in ihre Jackentasche.

Mir kamen wieder die Tränen.

„Komm mal her!“, sagte Sophia und nahm mich in die Arme.

Ich legte meine Hände auf ihren Rücken, und so standen wir eine Zeitlang da. Dann lösten wir uns, und Sophia gab mir einen Kuss auf den Mund und drückte mich dann noch einmal kräftig.

„Ich wünsch dir alles Gute, Martin!“, sagte Sophia.

„Tschüss“, sagte ich. „Und gute Reise!“

Sie ging zur Treppe, die runter in den Laden führte. Sie blieb auf der obersten Stufe stehen und drehte sich noch einmal um und sah mich an.

„Das Geld kriegst du wieder!“, sagte sie. „Wir sehen uns!“

Dann stieg sie die Treppe runter und öffnete die Tür. Die Glocke mit den drei langgezogenen, elektronischen Tönen erklang, und ich hörte noch, wie Herr Hauptmann sagte, „na, junge Dame, womit kann ich Ihnen denn behilflich sein?“, bevor die Tür ins Schloss fiel.

Ich blieb vor dem Laden stehen. Es dauerte etwa eine halbe Minute, dann begann der Boden zu vibrieren, und dann schoss ein grelles, grünes Licht aus dem Fenster raus auf den Bürgersteig, nur für den Bruchteil einer Sekunde, und das hydraulische Geräusch war gedämpft zu hören.

Uuuuuuuuuiiiiiiiiiiiiiiiiiiiiiiiiischschsch.

„Alarm! Alarm!“, rief Herr Hauptmann. „Attentat! Ihr Kommunistenschweine!“

Und dann ging ich zur nächsten Straßenbahnhaltestelle und fuhr zur Arbeit.

30. September

Wippe

Ich saß in der Straßenbahn und fuhr zurück nach Hause.

Der Tag beim BVN war hektisch gewesen, und das lag mal wieder an der Baustelle in Fleckeby. Wegen der Kanalisationsarbeiten auf der Bundesstraße 76 wurde der Verkehr durch ein Neubaugebiet umgeleitet. Das war schon seit Monaten so, aber der Fahrer, der den Bus von Kiel nach Flensburg steuerte, Abfahrt 10:28 Uhr, war offenbar neu auf der Strecke. Er bog im Neubaugebiet in die falsche Straße ein. Diese Straße war dummerweise eine Sackgasse, und er fuhr mit seinem Gelenkbus so weit rein, dass er nicht mehr vor und nicht mehr zurück kam. Es entstand ein Verkehrschaos in Fleckeby, und der Busfahrplan geriet aus den Fugen.

Wir bekamen davon zunächst nichts mit, denn die Polizei hatte bei Eduard Strudel angerufen. Eduard Strudel hatte den Hörer aufgelegt und war dann in die Kantine gegangen, und erst eine knappe Stunde später stand er mitten im Büro, gleichzeitig hilflos und desinteressiert.

„Ich glaube, da könnte so ein kleines bisschen was schiefgegangen sein …“, sagte er.

Dann riefen wir „Mist!“ und „Scheiße!“, und Herr Lotz, der Abteilungsleiter, brüllte Befehle in alle Richtungen. Er wirbelte mit den Armen wie der Dirigent beim Neujahrskonzert. Ich bekam die Aufgabe, eine Verbindung zur Polizei herzustellen. Ich sammelte sämtliche Telefonbücher ein, die im Büro rumlagen, und rief bei allen Polizeiwachen in der Gegend an, und schließlich erreichte ich in Eckernförde einen Beamten, der wusste, was in Fleckeby los war, und der Funkkontakt hatte zu den „Einsatzkräften vor Ort“, wie er sagte.

„Endlich meldet ihr euch mal!“, rief er. „Euer dämlicher Busfahrer ist 200 Meter weit in die Sackgasse reingebrettert! Dann hat er nicht mehr rechtzeitig gebremst und ist auf einem Spielplatz gelandet! Er hat die Wippe plattgemacht! Jetzt heulen die Kinder! Immer dieselbe Scheiße mit dem BVN!“

„Alles klar!“, sagte ich. „Wir bleiben in Verbindung.“

Und so geschah es, und ich wurde alle halbe Stunde von dem Polizisten aus Eckernförde beschimpft.

„Ihr sitzt da in Kiel auf euren breiten Ärschen!“, rief er. „Habt ihr denn alle den Führerschein bei Neckermann bestellt? BVN, das heißt doch bestimmt: Beschissener fährt niemand, oder?“

„Fahren schreibt man nicht mit V“, sagte ich.

„Ihr Sesselpuper!“, rief er. „Ihr Büroklammern!“

Die Polizei hatte in Fleckeby die Hauptstraße und die Umleitung durchs Neubaugebiet gesperrt, damit der Gelenkbus zentimeterweise im Rückwärtsgang aus der Sackgasse zurück auf die Fahrtroute gelotst werden konnte. Wenn ein Gelenkbus rückwärts fährt, dann schert das Hinterteil bei jeder Drehung des Lenkrades in die entgegengesetzte Richtung aus, und der Bus legt sich quer. Deswegen dauerte das Ganze mehrere Stunden.

Die Polizei richtete eine Umleitung zur Umleitung ein, und das führte dazu, dass die nachfolgenden Busse ein halbes Dutzend Haltestellen nicht mehr anfahren konnten. Ein Kollege rief die Bürgermeister der betroffenen Dörfer an und bat sie, an den Haltestellen Hinweisschilder anzubringen. Die Bereitschaft war gering. Jemand anders schickte einen Reservebus für die steckengebliebenen Fahrgäste los, denn der Gelenkbus war für den Personenverkehr laut den Allgemeinen Bestimmungen zur Fahrgastbeförderung nicht mehr einsetzbar, weil er beschädigt war. Der Kühlergrill war eingedellt, wegen der Kollision mit der Wippe.

Eduard Strudel bekam den Auftrag, die Verbindung zum Busdepot zu halten. Das war überflüssig, denn dort lief alles normal, nachdem der Reservebus losgefahren war, aber Eduard Strudel saß den ganzen Nachmittag mit entschlossener Miene an seinem Schreibtisch und starrte auf sein Telefon.

Gegen vier Uhr hatte sich die Lage beruhigt.

„Vielen Dank für die tolle Zusammenarbeit!“, sagte ich zu dem Polizisten am Telefon.

Er schnaubte und schmiss den Hörer weg, so klang es jedenfalls, und dann war die Leitung tot.

Um kurz nach fünf konnte ich endlich nach Hause, und so saß ich in der Straßenbahn, im hinteren Teil des Triebwagens, und ärgerte mich über die Baustelle in Fleckeby und über den dämlichen Busfahrer und über den schimpfenden Polizisten.

Die Bahn hielt am Dreiecksplatz, und Jens Riester stieg ein und setzte sich ein paar Reihen vor mir hin. Ich stand auf und ging zu ihm rüber.

„Hallo, Jens“, sagte ich, „alles klar?“

Jens Riester zog die Schultern hoch und schaute aus dem Fenster.

„Wollen wir nicht mal wieder zusammen Musik hören?“, fragte ich.

Jens Riester stützte das Kinn auf die Hand und drehte die Schulter noch ein Stück weiter Richtung Fenster.

„Dann eben nicht!“, sagte ich und setzte mich wieder auf meinen Platz.

An der Ansgarkirche stieg Jens Riester wieder aus, eine Haltestelle zu früh. Normalerweise fuhr er, wie ich, bis zum Schauspielhaus. Aber heute sprang er von seinem Sitz auf, als die Bahn neben der Ansgarkirche zum Stillstand kam, drückte hektisch auf den Knopf zum Türöffnen und hetzte dann die Treppenstufen runter. Ich lächelte und winkte ihm durch das Fenster zu, als die Bahn wieder losfuhr, aber er guckte angestrengt auf den Boden, um mich nicht sehen zu müssen.

Fratzengeballer

Nachdem ich am Schauspielhaus ausgestiegen war, stand ich auf dem Bürgersteig am Knooper Weg und wartete auf eine Lücke zwischen den vorbeifahrenden Autos, um die Straße zu überqueren. Ich stand hier jeden Tag, manchmal für mehrere Minuten, guckte nach links und dann nach rechts und dann wieder nach links, und jeden Tag kam ich zu dem Schluss, dass hier der ideale Platz für eine Fußgängerampel oder wenigstens für einen Zebrastreifen wäre.

„Öi Hansen, du Popper!"

Stefan Greve stand neben mir. Ich hatte ihn nicht kommen sehen, weil ich auf die Autos geguckt hatte, und ich hätte ihn auch beinahe nicht wiedererkannt. Er hatte ein schwarz und oliv angelaufenes blaues Auge und Schürfwunden im ganzen Gesicht und eine geschwollene Lippe. Auf seiner Stirn klebte ein Pflaster, die Nase war krumm und doppelt so breit wie sonst und ebenfalls blau angelaufen, und in seinem Mund war ein Schneidezahn abgebrochen.

„Wie siehst du denn aus?", fragte ich.

„Das sagt der Richtige!", sagte Stefan Greve mit einem Lispeln. „Guck mal auf deinen Kopf! Ist deine Friseuse gedopt oder was!"

„Na, du weißt ja, auf welche Ideen die Frauen manchmal kommen", sagte ich und fuhr mit der Hand über meine Haare. Diesen Satz und diese Geste hatte ich gestern und heute ungefähr ein Dutzend Mal verwendet, als ich bei der Arbeit auf meine neue Frisur angesprochen wurde. Die Tippsen in der Buchhaltung waren begeistert und fanden mich jetzt noch fescher. „Aber was ist dir denn passiert?“, fragte ich und zeigte auf sein Gesicht.

„Das war letzten Sonnabend in Gaarden!“, sagte Stefan Greve.

„Was hast du denn in Gaarden gemacht?“, fragte ich. Wir gingen so gut wie nie rüber aufs Ostufer.

„Ich war da auf Kneipentour mit Bratvogel!“, sagte Stefan Greve. „Den kennst du doch! Der Typ aus der Hähnchenbraterei in der Wik!“

Ich hatte keine Ahnung, wen er meinte.

„Wir hatten schon ordentlich getankt“, sagte Stefan Greve. „Und dann waren wir in diesem Laden, der hieß ‚Zum gemütlichen Eck‘! Zieh dir das mal rein! Was für ein Scheißname!“ Seine geschwollene Lippe fing an zu bluten, weil er mit dem abgebrochenen Zahn draufgebissen hatte, aber er redete weiter. „Das fing schon schlecht an in diesem Schuppen! Ich hab’ zwei Edel bestellt, und der Wirt guckt mich an und sagt: Seid ihr Bauern oder was? Auf dem Ostufer trinkt man nämlich Export! Wusstest du das?“

„Nein“, sagte ich.

„Und dann sitzt da diese Alte am Tresen, so was hast du noch nicht gesehen! Fett wie sonst was und mit zwei Tonnen Schminke im Gesicht! Die trug so ein enges Lederteil, und da hat das an allen Seiten rausgeschwabbelt! Und dann zeigt Bratvogel auf die Alte und sagt: Wer fickt denn so was?“

„Ach du Scheiße“, sagte ich.

„Und der Typ neben der Alten steht auf und sagt: Ich! Das war so einer von der Werft, zwei Meter groß und genauso breit! Und der hatte noch ein paar Kumpels mit dabei!“

„Oh nein“, sagte ich.

„Und dann ging alles ganz schnell!“, sagte Stefan Greve. „Der Wirt hat die Tür abgeschlossen, und dann gab’s Fratzengeballer! Aber frag’ nicht nach Sonnenschein! Die haben mich gleich mit verkloppt, obwohl ich gar nichts gesagt hab’ zu der Alten!“

„Und dann?", fragte ich.

„Ich bin in der Notaufnahme wieder aufgewacht!", sagte Stefan Greve. „Die haben uns auf dem Bürgersteig vor diesem Scheißladen aufgesammelt! Die Polizei war wohl noch drin und hat nach Zeugen gesucht! Aber die wussten natürlich von nix!"

„Und du bist jetzt schon wieder raus aus dem Krankenhaus?", fragte ich.

„Klar!", sagte er. „Wenn ich schon wieder krankfeiere wegen Prügelei, dann schmeißt mein Meister mich doch raus! Weißt du, was die Ärzte gesagt haben? Ich soll ein halbes Jahr lang nicht rauchen und keinen Alkohol trinken! Wegen der Gehirnerschütterung! Die haben doch den Arsch offen!"

„Ach, Stefan", sagte ich.

„Bratvogel ist noch in der Klinik, glaub' ich!", sagte Stefan Greve. „Der hat 'nen Schädelbruch oder so!" Er zog ein Papiertaschentuch aus der Hosentasche und wischte sich das Blut vom Kinn. „Hast du schon was vor am Freitag?", fragte er.

„Nein", sagte ich, „was ist denn los?"

„Schnapsflaschen vernichten bei Dietmar Lehmann! Den kennst du doch! Der Bruder von Jürgen Lehmann! Der hat jahrelang diese kleinen Flaschen mit Schnaps und Likör gesammelt! So wie Briefmarken! Er hat einen ganzen Korb voll davon! Und jetzt hat er keinen Bock mehr auf die Sammelei, und die Flaschen sollen weg! Das wird lustig!"

„Mal sehen", sagte ich.

„Alles klar, Hansen!", sagte Stefan Greve. „Ich muss noch zur Apotheke! Schmerztabletten! Die Dinger hauen richtig geil rein!"

Er grüßte mit der Hand und ging weiter, und nach weiteren zwei Minuten gab es eine Lücke im Verkehr, und ich überquerte die Straße.

Auslaufrille

Nach dem Abendbrot lag ich auf dem Bett, starrte an die Decke und hörte die Platte von The Who mit dem großen Quader auf dem Cover, so wie bei „2001 – Odyssee im Weltraum", außer dass dieser Quader nicht glänzend schwarz war, sondern aus grauem Beton. Und er stand nicht in der Wüste, sondern auf einer Müllkippe, und die vier Typen von The Who hatten dagegengepinkelt und machten sich gerade ihre Hosenschlitze zu. „2001 – Odyssee im Weltraum" war einer meiner Lieblingsfilme, aber er zählte offenbar nicht zu den Lieblingsfilmen von The Who.

„The song is over, it's all behind me", sang Pete Townshend. „They're all ahead now, can't hope to find me." Das Lied ist vorbei, alles liegt hinter mir, und alle anderen sind ganz weit entfernt.

Genauso sieht es aus, dachte ich.

Nach dem Lied war die Platte zu Ende, und die Nadel verhakte sich in der Auslaufrille, und es knackte alle paar Sekunden, aber ich blieb liegen und starrte weiter an die Decke.

Sophia war weg, und sie würde nicht wiederkommen. „Wir sehen uns!" waren zwar ihre letzten Worte gewesen, aber ich ahnte, was sie damit meinte. Wir würden uns wiedersehen, aber das würde lange dauern. Sehr, sehr lange.

Inzwischen hasste ich meinen Job beim BVN. Das, was mir lange Zeit gefallen hatte, die absolute Ereignislosigkeit, wirkte jetzt bedrohlich. Und wenn mal was los war, so wie heute, dann wurde es hektisch und aggressiv und nervig. Falls der BVN mich nach der Lehre übernehmen sollte, dann würde ich da festhängen und irgendwann so werden wie Eduard Strudel.

Ich würde nie wieder mit Jens Riester Musik hören. Für ihn war ich gestorben, weil ich lieber mit einer Frau ins Kino ging, als mit ihm über die Konzepte von Judas Priest zu diskutieren.

Sabine ging jetzt mit Schmidtchen.

Stefan Greve würde sein Leben so weiterleben wie bisher, trotz gebrochener Nase und Gehirnerschütterung und ausgeschlagenem Schneidezahn. Sein Leben würde immer gleich ablaufen: erst saufen und Sprüche klopfen, dann wahlweise Puff oder Prügelei und danach Mund abwischen und wieder von vorne anfangen. Stefan Greve würde irgendwann ein fröhlicher Alkoholiker sein, mit einem Leberschaden und einem künstlichen Gebiss und irgendeiner Geschlechtskrankheit. Wenn ich wollte, dann konnte ich mich da einklinken. Aber das wollte ich nicht.

Meine Eltern hatten noch nicht gefragt, wann Sophia denn nun wiederkommt, aber spätestens morgen würden sie schlaue Bemerkungen machen. Das war ihr gutes Recht, denn es war ja ihre Wohnung. Und in dieser Wohnung lebte ich ja auch immer noch, in meinem engen, verdreckten Zimmer mit Kindermöbeln. Wenn ich tagsüber Freundinnen mitbrachte, dann nahmen meine Eltern sie unter die Lupe. Und wenn ich nachts Freundinnen mitbringen wollte, dann musste ich sie reinschmuggeln. Das war der Preis dafür, dass meine Mutter meine Wäsche wusch und in meinem Zimmer Staub saugte und für mich kochte. Die guten Ratschläge meines Vaters gab es kostenlos obendrauf. Und so würde es bleiben, solange ich hier wohnte.

Irgendetwas musste anders werden, dachte ich.

Nein.

Alles musste anders werden.

Zweiter Teil
Jetzt und früher.

Inhalt Teil 2

1. Oktober

Gedankenstütze
(2020)

Es klingelt um kurz nach drei, und ich weiß: Das ist sie. Das Klingeln ist schriller und lauter und länger als bei einem Paketboten oder bei Barbara von nebenan, die sich mal wieder Werkzeug leihen will. Da drückt jemand kräftig auf den Klingelknopf. Und sie gehört zu den Menschen, die kräftig auf den Knopf drücken, wenn etwas dringend ist. Sie muss vorgestern zurückgekommen sein, am Vormittag, nach unserem Abschied vor dem Antiquitätenladen von Herrn Hauptmann, wo heute ein Fahrradkeller ist.

Ich bin leicht zu finden, ich habe Spuren gelegt. Im Telefonbuch stehe ich mit vollem Namen und Adresse. Auf der Telekom-Seite im Internet erscheinen meine Adresse und meine Telefonnummer ganz oben, wenn man meinen Namen eingibt und „Kiel" hinzufügt, obwohl es erstaunlich viele Menschen mit meinem Namen gibt. Auf der Website der Werkstatt ist ein großes Bild von mir, im blauroten Karohemd, so wie damals. Ich habe auf Facebook ein Foto hochgeladen, auf dem ich zwanzig bin, noch mit langen Haaren. 17 Personen gefiel das, und es gab Kommentare wie „Nein, wie süüüüüüüüüüüß" mit zwei Herzen und „Hey, scharfer Junge!" mit vier Smileys.

Wer mich finden will, der findet mich.

Ich stehe auf von meinem Bürostuhl und durchquere die Küche. Auf dem Küchentisch liegen noch die Glückwünsche und Geschenke von meinem Geburtstag vor einem Monat. Ich habe sie liegen lassen, als Gedankenstütze, denn ich werde gleich viel erzählen müssen, und ich möchte nichts Wichtiges vergessen.

Tina hat eine Karte geschickt, eng beschrieben mit ihrer kleinen, präzisen Schrift. Sie schreibt hauptsächlich über sich selbst, über ihre „Aufgabe" und über das „gesellschaftliche Klima", das immer schwieriger wird. Gegen Ende steht: „Du hast ja so einiges zustande gebracht in Deinem Leben. Darauf kannst Du stolz sein, und ich bin auch ein bisschen stolz auf Dich. Aber denke daran, dass Du auch noch ein paar offene Baustellen hast!"

Von Joanna kam ein langer Brief, vier handgeschriebene Seiten. Ihre Schrift ist genauso klar wie die ihrer Mutter, aber ihre Buchstaben sind größer, raumgreifender. „Lieber Martin", fängt der Brief an. Sie hat aufgehört, mich „Papa" zu nennen, als sie 14 oder 15 war. „Ich wäre so gerne gekommen, aber Du weißt ja, wie es in meinem Job aussieht, und München ist so weit weg von Deiner Hütte an der Ostsee." Sie dankt mir „für die langen Spaziergänge, für Deine Geduld, für Dein offenes Ohr, für Deinen Trost". Auch sie hat einen Ratschlag für mich: „Werde immer älter und bleibe immer jung!" Sie unterschreibt mit „Dein Nordsternchen Joanna". So habe ich sie damals im Kindergarten genannt, und es ist irgendwie hängengeblieben. Der Brief steckte in einem Paket, fünf Zentimeter dick und länger und breiter als DIN A4. Es war ein großer, schwerer Katalog drin von einer Kunstgewerbeausstellung in München, mit festem Einband und mit ganzseitigen Fotos von Holz- und Metallobjekten. „Zum Anschauen, zum Träumen, zur Inspiration."

Christoph und Katja wohnen immer noch auf dem alten Bauernhof. Sie schickten ein Buch, „77 goldene Tipps für den Hobbygärtner", mit einem Lesezeichen. Darauf steht: „Hey Troubadix! Es ist nie zu spät, etwas dazuzulernen! Guck mal wieder rein!" Christoph arbeitet immer noch als Gärtner. Er war damals sehr stolz auf seinen Beruf, und er versuchte, mich auf die Schippe zu nehmen wegen meiner Berufe.

Harvey, der jahrelang Schlagzeug in unserer Band gespielt hatte, hat eine große, bunte Karte geschickt mit der

Karikatur eines Hippies. Der Hippie hockt im Schneidersitz in einer Wüste, mit Sonnenbrille und Vollbart und Poncho und mit einer Zigarette im Mund, die rechte Hand zum Peace-Zeichen hochgestreckt. „Fetzige Grüße!", steht drauf, und wenn man die Karte aufklappt, spielt sie das Gitarrenriff von „Sweet Home Alabama". Das Stück hatten wir damals im Programm. Auf der Innenseite der Karte ist auch eine Wüstenlandschaft. Harvey hat sie mit Sprüchen wie „It's better to burn out than to fade away!" und „Never Surrender!" und „Keep on Rocking!" vollgeschrieben. Außerdem liegt eine selbstgebrannte CD im Umschlag, mit alten Aufnahmen aus unserem Proberaum. Das Schlagzeug böllert, die Gitarren scheppern, und der Gesang ist verzerrt. Wir spielen „Jumpin' Jack Flash" und „All along the Watchtower" und „Message in a Bottle". Wir spielen sogar „New Year's Day" von U2. Aus denen ist dann ja doch noch was geworden. Und es sind ein paar Eigenkompositionen drauf, zum Beispiel unser großer Hit „Flash Beer", eine Hymne auf das Flaschenbier. Das Wortspiel fanden wir damals irre komisch. Es ist sogar „Yellow Pain" drauf, in einer endlos ausgewalzten, Neil-Young-artigen Bombastversion. Wir haben das Stück irgendwann aus dem Programm geschmissen, oder besser gesagt, die anderen haben sich geweigert, es weiterhin zu spielen.

„Aber das ist mein allererstes Lied!", hatte ich gesagt.

„That's the problem!", sagte Harvey.

Am Ende der CD sind ein paar von meinen Kinderliedern drauf. Das ist eine Überraschung, denn ich wusste nicht, dass diese Aufnahmen noch existieren, die ich damals in der Scheune gemacht hatte.

Einige Geschäftspartner haben sich gemeldet, ein Baustoffhändler, eine Computerfirma, ein Öko-Bauernhof, mit Karten, wo das Firmenlogo drauf ist und wo irgendjemand eine unleserliche Unterschrift draufgeschrieben und dann den Firmenstempel daneben gesetzt hat.

Familie Meierling, bei denen ich vor ein paar Jahren den Gartenzaun, die Gitter vor den Kellerfenstern und die Grillecke auf der Terrasse neu gemacht habe, hat ein Foto von ihrem Sohn geschickt, der mir damals fasziniert bei der Arbeit zugeschaut hatte. Er geht jetzt zur Schule, und auf dem Bild steht er mit seiner Schultüte vor dem Gartentor, das ich auf Wunsch von Frau Meierling mit einem Engel und einem Steuerrad verziert hatte. Der Junge schaut mit ängstlichem Blick und zugekniffenem Mund in die Kamera.

Die Kollegen in der Schule haben mir eine Karte in mein Fach im Lehrerzimmer gelegt. Vorne drauf ist ein Blumenstrauß, und auf der Rückseite steht: „60 Jahre und kein bisschen leise – das ist der Hammer!" Darunter sind viele Unterschriften. Die meisten kenne ich nicht. Ich bin inzwischen nur noch an einem Tag in der Woche in der Schule.

Silkes Weinflasche habe ich aus dem Kühlschrank geholt und auf den Tisch gestellt, es ist noch ein Rest drin. Sie hatte morgens eine WhatsApp geschickt: „Moin Knuffi, komm gut rein in deinen Jubeltag, ich klingel nachher nochmal durch!" Nachmittags rief sie an, und wir haben lange geredet.

Mit Silke zu telefonieren macht immer Spaß, sie erzählt viel, und sie lacht viel. Nach ungefähr einer Stunde sagte sie dann: „Oder soll ich einfach nochmal längskommen?" Sie brachte den Weißwein mit, wir machten ihn auf, und als die Flasche fast leer war, hatten wir Hunger, und wir brieten uns Rindersteak, das bekomme ich frisch von Bauer Ingwersen, wo ich die Pferde beschlage, und dazu machte ich Bratkartoffeln mit Rosmarin, das findet Silke immer lecker, und dazu tranken wir noch eine Flasche Rotwein. Es war ein sehr schöner Abend, und Silke blieb dann über Nacht.

Wiebke hat eine E-Mail geschrieben, und die habe ich ausgedruckt: „Hallo Papa, zu deinem heutigen Geburtstag wünschen wir dir alles Gute. Wiebke und Björn mit Torben." Ich bin traurig über diesen dürren Satz und gleichzeitig froh, dass sie sich überhaupt gemeldet hat. Torben geht es gut, erzählt Silke. Er ist jetzt vier, ein hübscher, blonder Junge, der viel lacht und der so schnell auf den Beinen ist, dass seine Eltern kaum hinterherkommen. Torben ist mein Enkelkind, und ich habe ihn erst zweimal in meinem Leben gesehen, obwohl Wiebke und ihre Familie in Preetz wohnen, keine zwanzig Kilometer entfernt.

Meine Mutter hat nichts geschickt, aber wir haben kurz telefoniert. Ich habe einen großen Wandkalender in ihrem Zimmer aufgehängt, mit Geburtstagen, Sterbedaten und anderen wichtigen Terminen, und für den 1. September habe ich groß „Martin wird 60!“ eingetragen und mit rotem Filzstift umkringelt. Die Pfleger haben das wohl gesehen, und Schwester Carmen, die Stationsleitung, rief bei mir an und gab dann meiner Mutter den Hörer in die Hand, und wir haben kurz gesprochen. Wobei „gesprochen“ ist nicht das richtige Wort, denn meine Mutter kann keine Gespräche mehr führen. Ihre Stimme ist schwach und monoton, und ihre Sätze sind kurz und zusammenhanglos. Ich kann nicht sagen, wie viel von dem, was ich ihr erzähle, tatsächlich ankommt. Sie taucht immer tiefer ab in ihre eigene, kleine, verschlossene Welt.

Seit meine Mutter nicht mehr in der Bremerstraße wohnt, bin ich nicht mehr in der Gegend gewesen. Ich kenne dort niemanden mehr, oder besser gesagt, ich stehe mit niemandem mehr in Kontakt.

Und ich hatte Angst, dass meine Anwesenheit in der Bremerstraße oder der Olshausenstraße oder der Beseler Allee alles durcheinanderbringen könnte. Die Sorge wurde größer, je näher meine Ankunft aus der Vergangenheit rückte. Der dritte Spruch des Liam. Es könnte schon ausreichen, dachte ich, wenn ich einfach nur irgendwo rumstehe. Dann würde irgendjemand um mich rumlaufen müssen, und er würde deswegen nicht mehr über die Ampel kommen, und deswegen würde er jemand anders auf der anderen Straßenseite nicht treffen, und in letzter Konsequenz würde ich ihr nie begegnen beziehungsweise wäre ihr nie begegnet. Wegen meiner Einflussnahme, wie minimal sie auch sein mag, wäre dann eine neue Zeitlinie entstanden. Der Schmetterlingseffekt, verbunden mit der Paradoxie von Zeitreisen und der Theorie von einem multidimensionalen Universum. Das kann einen reichlich verwirren.

In den letzten zwei Wochen habe ich fast nur zu Hause gesessen, so wie im Corona-Lockdown, nur diesmal freiwillig. Der vierte Spruch des Liam. Ich wollte mir nicht selbst begegnen, weil das unabsehbare Folgen haben könnte.

Die Versuchung, auf all die Theorien zu pfeifen und meiner Neugier zu folgen, war groß. Ich spielte mit dem Gedanken, mich einfach ins „Lakritzzz" zu setzen, um nachzusehen, ob sie dort arbeitet, und um herauszufinden, wie sie auf mich wirkt, nach all den Jahren. Und vor zwei Wochen, an dem Abend, als ich auf der Terrasse vorm „Lakritzzz" gelandet bin, habe ich überlegt, ob ich nicht hinfahren könnte, um zuzugucken, wie ich aus dem Nichts auftauche und vor ihr auf dem Boden hocke. Aber ich blieb zu Hause.

Vor ungefähr fünf Jahren habe ich angefangen, nach ihr zu googeln. Ich wollte sehen, ob sie tatsächlich von Rostock nach Kiel kommt, um hier Ökotrophologie zu studieren. Ihr Name tauchte zum ersten Mal in der Onlineausgabe der „Ostsee-Zeitung" auf, der Artikel ist immer noch im Netz. „A-Juniorinnen der SG Empor holen Landesmeisterschaft im Volleyball" lautet die Schlagzeile. Darunter ist ein Bild der Spielerinnen, die ausgerechnet in einem Handballtor ein Knäuel bilden, die Arme hochreißen und in die Kamera jubeln. Ihre Haare sind schulterlang und nicht so hellblond wie später, aber an ihrem Lachen und ihrer Nase ist sie gut zu erkennen, obwohl der Journalist ihr in der Bildunterschrift den Namen einer anderen Spielerin zugeordnet hat.

Vor zwei Jahren war sie in den „Kieler Nachrichten". Sie hatte sich am Projekt „LEGO" beteiligt. „LEGO" bedeutet „Lecker essen mit Gemüse und Obst". Eigentlich müsste das „Lemgo" heißen, dachte ich. Bei „LEGO" machen Leute mit, die sich mit Ernährung auskennen, Köche und Lebensmittelhändler und Ökotrophologie-Studenten, und sie besuchen Grundschulen in Problemstadtteilen und bringen den Kindern bei, wie man frisches Essen zubereitet. „Die gut gelaunte Erstsemesterin aus Rostock (Mecklenburg-Vorpommern) steckte die Kinder an der Ernst-Möller-Schule mit ihrem Enthusiasmus an", steht in dem Artikel. Auf dem Foto hat sie kurze Haare, und sie ist umringt von Kindern, und alle recken irgendeine Frucht in Richtung Kamera.

Seit zwei Jahren hat sie einen Instagram-Account. Zunächst waren dort nur die Fotos zu sehen, die auch in ihrem Zimmer hängen, die Zahnpastatube und die Schrauben und die Grashalme. Ihr Profilbild ist Lucy von den Peanuts.

Vor ein paar Monaten kam ein Foto mit Menschen dazu. Im Hintergrund wird getanzt, und sie steht vorne neben einem bärtigen, dunkelhaarigen Mann. Sie legt einen Arm auf seine Schultern. Den anderen Arm streckt sie in die Luft, und in der Hand hält sie eine Sektflasche. Er lächelt sie an, und sie schaut in die Kamera. Ihre Augen und ihr Mund sind weit aufgerissen, und sie hat Schweiß auf der Stirn. „Moi et Marcel!!!!!!!!" steht unter dem Bild, mit fünf Herzen dahinter. „Grooooooooße Liebe!!!!! Heiße Nacht!!!!!!! Geburtstagsfeiern bei Evi sind die besten!!!!!!!!"

Es klingelt nochmal. Der Weg vom Büro zur Haustür ist lang. Normalerweise brauche ich ihn nicht zu gehen, denn die Leute kommen immer durch die Werkstatt ins Büro und in die Küche. Ich schließe die Haustür von innen auf. Die Tür hat auch auf der Außenseite eine Klinke, so dass man sie abschließen muss. Ich wohne schon seit mehr als sieben Jahren hier, seit ich wegen meiner Mutter nach Kiel zurückgezogen bin, und seitdem nehme ich mir vor, die Klinke auszubauen und durch einen Knauf zu ersetzen, aber es kommt immer was dazwischen.

Ich öffne die Tür, und da steht sie.

Sie ist nicht so groß wie in meiner Erinnerung, und sie ist schlanker. Wenn man einen Menschen so lange nicht sieht, dann verwischt die Wirklichkeit. Ich habe mich im Lauf der Jahre immer wieder geärgert, dass ich damals kein Foto von ihr gemacht habe. Ich hatte eine Kodak Instamatic in der Schublade meines Schreibtisches, aber ich hatte keinen Film, und es war damals alles so schnell gegangen, dass es keine Gelegenheit gab, einen zu kaufen.

Sie trägt ihre schwarze Lederjacke und ihren Rucksack. Ihr Kopf ist ein wenig zur Seite gelegt, und sie lächelt. Das habe ich vergessen, dass sie immer den Kopf zur Seite legt, wenn sie lächelt. Mir fällt wieder ein, wie hübsch ich das fand.

„Martin?“, sagt sie. „Martin, bist du das?“

„Hallo Sophia“, sage ich.

Sie fällt mir um den Hals.

„Martin, oh mein Gott“, ruft sie. „Irre! Abgefahren!“

Ich lächle und fahre mit der Hand über ihren Rücken. Ich bin überwältigt, und ich habe Tränen in den Augen, das hatte ich lange nicht mehr, aber ich scheue mich, eine so junge Frau fest an mich zu drücken.

Sie zwickt mich in die Seite.

„Du hast dich aber gut gehalten!“, sagt sie. „Du hast ja nur ein ganz kleines Bäuchlein! Das hattest du am letzten Sonnabend noch nicht, als wir … Na ja, du weißt schon!“

„Natürlich“, sage ich. „Ich kann mich noch erinnern. Das war eine sehr schöne Nacht.“

„Sagen wir mal: ein sehr schöner Abend. In der Nacht hast du mich dann aus dem Bett geschmissen!“

„Stimmt“, sage ich. „Ich habe mich wahrscheinlich damals schon entschuldigt, aber ich tue es hiermit zur Sicherheit noch einmal.“

„Alles gut!“, sagt sie. „Vor ein paar Tagen warst du ja noch so jung und unbeholfen. Das war total niedlich, irgendwie. Und jetzt …“ Sie geht einen Schritt zurück und schaut mich an. „Ja, doch“, sagt sie. „Ein bisschen grau auf dem Kopf und ein paar Falten im Gesicht. Aber sonst …“

„Bin ich wiederzuerkennen?“, frage ich.

„Ja, das bist du“, sagt sie. „Echt irre! Abgefahren!“ Sie klatscht in die Hände. „Ich hab's dir doch gesagt: Wir sehen uns wieder! Hab' ich das nicht gesagt? Vorgestern hab' ich dir das gesagt!“

„Doch“, sage ich. „Das hast du gesagt, damals. Ich kann mich noch erinnern.“

Sie umarmt mich noch einmal.

„Irre! Einfach irre!“

„Na, dann komm mal rein!“, sage ich, und wir gehen durch den Flur in die Küche.

„Weißt du was?“, sagt sie. „Das Wiedersehen mit einem One-Night-Stand ist ja immer so ein bisschen peinlich. Aber das hier jetzt, das ist irgendwie superkomisch. Ich weiß ja, dass ich Männer fertigmachen kann. Aber dass sie dann innerhalb von ein paar Tagen um Jahrzehnte altern …“

„Tja“, sage ich, „du hast die Reise ins Jahr 2020 besser weggesteckt als ich. Du hast ja die Abkürzung genommen. Bei mir hat es etwas länger gedauert, und es hat ein paar Spuren hinterlassen.“

„Das musst du mir erzählen“, sagt sie. „Jedes schmutzige Detail!“

Sie schaut sich um, und ihr Blick fällt auf die kleinen Bilderrahmen, die über der Sitzbank hängen. Die Rahmen habe ich selbst gebaut und mit Landschaftsfotos gefüllt, die ich damals rund um den Bauernhof gemacht habe.

„Sieht ja fast so aus wie bei Fritjof!“, sagt Sophia. „Das Zimmer hat wohl einen nachhaltigen Eindruck auf dich gemacht, als du kürzlich da übernachtet hast!“

„Setz dich doch!“, sage ich. „Kann ich dir einen Kaffee anbieten?“ Ich zeige auf meine Kaffeemaschine, einen großen, silbernen Kasten.

„Kann das Ding auch Cappuccino?“, fragt sie.

„Klar!“, sage ich und programmiere die Maschine, und mir fällt ein, dass ich meinen allerersten Cappuccino damals, vor vielen Jahren, mit ihr zusammen in dem Straßencafé in der Beseler Allee getrunken hatte. „Das war vor ungefähr zwei Wochen, als wir in diesem Café waren, nicht wahr?“, frage ich.

„Ja, genau“, sagt sie.

„Abgefahren!“, sage ich.

„Das Schild da draußen …“, sagt sie und zeigt Richtung Fenster.

In der Auffahrt zur Werkstatt steht das Firmenschild, „Kaiser & Hansen. Hufschmiede. Kunstschmiede“, mit silberner Schrift auf dunkelblauem Grund.

„Du bist jetzt Schmied?“, fragt sie. „Wie kommt denn das? Ich dachte, du warst Reiseverkehrsmensch mit dem Schwerpunkt auf Baustellen in der Walachei!“

„Im Grunde war das Zufall“, sage ich. „Ich hätte auch Krabbenfischer oder Friedhofsgärtner werden können.“

Station
(1980)

Zwei Tage, nachdem ich beschlossen hatte, dass alles anders werden musste, lag ich auf meinem Bett und blätterte im „Station to Station“, dem neuen Veranstaltungsmagazin, das jetzt jeder las, weil hinten auf der vorletzten Seite immer ein Comic mit Werner drin war, dem Typen mit der langen Nase. Überall hörte man jetzt Werner-Sprüche wie „Der Werwolf hatte auf der Hand fünf Asse – jetzt trinkt er aus der Schnabeltasse“ oder „Der Leichtmatrose Erwin Dose hat was Schweres in der Hose“ oder „Der Führer war ein armes Schwein – er hatte keinen Führerschein“.

Während ich auf dem Bett lag, hörte ich die neue Platte von Elvis Costello, die „Get Happy!!“ hieß, werde glücklich, mit zwei Ausrufezeichen. Gute Idee, dachte ich. Und dann sang Elvis Costello: „Opportunity, opportunity, this is your big opportunity.“ Das ist deine große Chance.

Ein paar Seiten vor dem Werner-Comic fand ich unter der Rubrik „Dies & Das“ eine Kleinanzeige:

Lust auf Leben und Arbeiten auf dem Land?
Schmiede auf alternativem Bauernhof sucht Azubi!
Tel. 0 49 76 12 / 318
Nach Rolf fragen!

Das klang spannend, und es klang nach etwas komplett anderem als mein bisheriges Leben. Ich stand auf und ging zum Telefon im Wohnzimmer und rief die Nummer an.

Es klingelte lange, dann nahm eine Frau den Hörer ab, ich fragte nach Rolf, sie sagte „Augenblick“, und dann passierte eine Zeitlang nichts. Dann war ein Mann dran und sagte, „du wolltest Rolf sprechen, nicht?“, und dann passierte wieder lange nichts. Im Hintergrund hörte ich klappernde Türen und Gelächter und Vogelgezwitscher. Dann kamen Schritte näher, und dann sagte jemand: „Ja?“

„Guten Tag, mein Name ist Martin Hansen“, sagte ich. „Ich rufe an wegen Ihrer Anzeige im ‚Station to Station‘.“

„Ja“, sagte die Stimme.

„Sind Sie Rolf?“, fragte ich.

„Ja.“

„Ich bin nämlich durchaus interessiert, aber ich weiß nicht, ob ich geeignet bin, weil, ich hab ja keine Erfahrung als Schmied.“

„Okay.“

Und dann erzählte ich von meiner Schulzeit und meiner Ausbildung, und ich sagte, dass ich Lust hätte, „mal was ganz anderes zu machen“, und Rolf sagte gelegentlich „ja“ und „okay“.

Irgendwann fiel mir nichts mehr ein, was ich noch erzählen könnte.

„Du kannst am Sonnabend anfangen“, sagte Rolf. „Wir räumen ein Zimmer für dich frei.“

Es lag eine Viertelstunde zwischen dem Moment, als ich die Anzeige entdeckte, und dem Ende meines Telefongesprächs mit Rolf. Als ich in mein Zimmer zurückkam, lief immer noch die Platte von Elvis Costello. Ich hatte plötzlich die Aussicht auf eine neue Wohnung und einen neuen Job. Und ich sah keinen Grund, das Angebot abzulehnen.

Henker
(2020)

Das „Station to Station“-Heft habe ich aufbewahrt. Es steht ganz vorne im Regal mit den Aktenordnern in meinem Büro, sozusagen als Startpunkt für alles, was danach passiert ist.

„Warte mal!“, sage ich zu Sophia. Ich hole das Heft und zeige ihr die Anzeige.

„Und da hast du angerufen?“, fragt sie. „Wo ist das denn überhaupt?“

„In der Nähe von Schnaddelby!“

Sie grinst.

„Wo zum Henker liegt denn Schnaddelby?“

„Schnaddelby liegt ungefähr auf halber Strecke zwischen Achterlütjebüll und Klötenbötel“, sage ich. „Es ist eine eher ländliche Gegend.“

Wahnsinn
(1980)

Nach meinem Anruf bei Rolf saß ich mit meinen Eltern am Abendbrottisch.

„Ach übrigens", sagte ich, „ich hab einen neuen Job. Ich werde Schmied in Schnaddelby."

Meine Eltern befassten sich weiter mit dem Mischbrot und der Butter und der Wurst und taten so, als ob ich nichts gesagt hätte oder als ob sie mich nicht gehört hätten.

„Kann ich mal das Salz haben?", fragte mein Vater. Er hatte sein Mettwurstbrot mit Gurkenscheiben belegt.

Meine Mutter schob das Salzfass rüber.

„Habt ihr mich gehört?", fragte ich.

„Ja, natürlich", sagte meine Mutter.

„Und?"

„Du willst uns doch auf den Arm nehmen", sagte mein Vater.

„Nein, ich meine es ernst", sagte ich. „Ich hab da eben angerufen, und ich kann sofort anfangen. Das liegt irgendwo hinter Eckernförde. Am Sonnabend ziehe ich um."

Das Messer meiner Mutter fiel mit einem Scheppern auf den Tisch. Sie stand auf und verließ die Küche.

„Musst du sie so erschrecken?", fragte mein Vater.

Ich stand auch auf und folgte meiner Mutter. Sie saß auf der Couch im Wohnzimmer und hielt sich mit einer Hand an der Lehne fest.

„Alles klar?", fragte ich.

„Wie lange weißt du das schon?", fragte sie.

„Seit ungefähr einer halben Stunde."

„Nein, ich meine, wie lange willst du schon alles hinschmeißen?"

„Schon länger", sagte ich.

Ich setzte mich neben sie und nahm sie in den Arm. Das hatte ich nicht mehr gemacht, seit ich in der Grundschule war. Sie schüttelte den Kopf, und sie hatte Tränen in den Augen.

„Das ist doch Wahnsinn!“, sagte sie. „Der reine Wahnsinn!“

„Ich hab’ da richtig Lust drauf!“, sagte ich.

„Martin, es geht doch nicht immer nur darum, worauf man Lust hat!“, sagte meine Mutter. „Du bist doch fast fertig mit deiner Ausbildung! Mach das doch erst zu Ende, und dann kannst du ja immer noch was Neues anfangen!“

„Das würde aber noch fast ein ganzes Jahr dauern“, sagte ich.

„Du schmeißt alles weg, was du dir aufgebaut hast!“, sagte meine Mutter. „Hat deine neue Freundin dir diesen Floh ins Ohr gesetzt? Diese Studentin? Wo ist die überhaupt? Ist die einfach so verschwunden?“

„Die hat nichts damit zu tun“, sagte ich.

Mein Vater kam ins Wohnzimmer.

„Das ist doch Wahnsinn!“, sagte er.

„Das habe ich ihm auch schon gesagt!“, sagte meine Mutter.

„Wer ist das denn, bei dem du da arbeiten willst?“, fragte mein Vater.

„Er heißt Rolf“, sagte ich. „Ich kenne ihn aber nur vom Telefon.“

„Und was verdienst du da so?“, fragte er.

„Weiß ich nicht“, sagte ich. „Darüber haben wir noch nicht gesprochen.“

„Und wo willst du wohnen?“, fragte meine Mutter.

„Da ist ein Zimmer für mich frei“, sagte ich.

Das Kopfschütteln meiner Mutter wurde heftiger.

„Das ist doch der helle Wahnsinn!“, sagte mein Vater.

Und so ging es noch eine ganze Zeit weiter. Wir saßen im Wohnzimmer, ich erklärte, was ich vorhatte, und ich wurde für wahnsinnig gehalten.

„Dann ist ja wohl alles gesagt“, sagte ich schließlich. „Ich werde schon mal anfangen zu packen.“

Ich ging in mein Zimmer und legte mich auf mein Bett. Ich lag stocksteif da, schockiert von dem, was ich gerade gemacht hatte.

Zuckerwürfel
(1980)

Am nächsten Morgen ging ich ins Büro von Herrn Lotz, meinem Abteilungsleiter beim BVN. Er saß hinter einem großen Schreibtisch, und ich saß auf einem kleinen, wackligen Stuhl davor.

„Herr Hansen!“, sagte er. „Das war ja was, am Dienstag mit Fleckeby. Aber Sie haben sich ja wacker geschlagen, Sie und die gesamte Abteilung.“

„Danke“, sagte ich.

Er nahm seine Brille ab.

„Also“, sagte er und lächelte. „Was führt Sie zu mir?“

„Tja“, sagte ich, „ich habe festgestellt, dass das Reiseverkehrsgeschäft insgesamt dann doch nicht so meinen Interessen entspricht. Ich habe die Möglichkeit, woanders tätig zu werden, und ich möchte deswegen meine Ausbildung beenden.“

Er fiel in seinem Stuhl zurück.

„Herr Hansen, was soll ich denn jetzt davon halten?“, fragte er. „Sie haben bisher einen ausgezeichneten Eindruck hier im Hause hinterlassen. Ich sehe gute Chancen, dass Sie übernommen werden, wenn Sie Ihre Ausbildung mit guten Leistungen abschließen. Ich will Ihnen ja keine Zuckerwürfel hinhalten, aber bei Ihrem Talent für das Organisatorische und Ihren Fähigkeiten im Rechnungswesen sehe ich Sie durchaus als künftigen Disponenten oder als Archivar in der

Buchhaltung. Und wenn Sie ein paar Jahre die Außenstellen durchlaufen, Flensburg, Husum, dann könnten Sie vielleicht sogar …" Er beugte sich vor, schaute nach links und nach rechts, obwohl sonst niemand im Raum war, und sprach dann im Flüsterton weiter. „… dann könnten Sie vielleicht eines Tages sogar Assistent des Fahrdienstleiters werden!"

„Das ist sehr nett, was Sie da sagen", sagte ich. „Aber mein Entschluss steht fest."

Herr Lotz haute mit beiden Händen auf die Tischkante.

„Da kann man nichts machen!", sagte er. „Sie haben vier Wochen Kündigungsfrist, aber ich lege keinen Wert darauf, dass Sie noch einmal hier auftauchen. Sie stecken mir sonst noch die anderen Auszubildenden an. Sie haben eine Stunde, um Ihren Schreibtisch zu räumen. Die Papiere werden Ihnen zugeschickt." Dann nahm er sich eine Akte von dem Stapel auf seinem Tisch, setzte seine Brille wieder auf und schaute auf das Papier.

„Auf Wiedersehen", sagte ich und stand auf und verließ das Büro.

In den Schubladen meines Schreibtischs fand ich zwei angebrochene Tüten Hustenbonbons, eine Packung Taschentücher, eine alte „Sounds"-Ausgabe und den Olympiadackel Waldi, das Maskottchen der Olympiade 1972, als Plastikfigur. Ich steckte die Sachen in meine Aktentasche, und dann ging ich von Tisch zu Tisch und verabschiedete mich.

Die Reaktionen meiner Kollegen reichten von „Du bist doch beknackt!" über „Du bist doch bekloppt" bis zu „Du bist doch bescheuert!". Nur Eduard Strudel sah das anders.

„Du machst das richtig", sagte er.

Als ich auf dem Bürgersteig vor dem BVN-Gebäude stand, zündete ich mir eine Zigarette an. Ich brauchte mehrere Versuche, so sehr zitterten meine Hände.

Buchstaben
(2020)

Ich erschrecke heute noch, wenn ich daran denke, wie ich damals mein Leben umgekrempelt habe, innerhalb weniger Minuten und ohne groß nachzudenken. Und es verblüfft mich immer noch, welche Zufälle dabei herrschten. Was wäre gewesen, wenn ich nicht das „Station to Station"-Heft in irgendeinem Plattenladen mitgenommen hätte? Wenn ich es nicht durchgeblättert hätte, während ich auf dem Bett lag? Wenn ich nicht sofort aufgesprungen wäre und angerufen hätte, nachdem ich Rolfs Anzeige gelesen hatte, sondern noch eine Nacht drüber geschlafen hätte, so wie es jeder vernünftige Mensch getan hätte? Wenn ich nicht Elvis Costello gehört hätte, der von der großen Chance sang, sondern zum Beispiel Jackson Browne, „Stay just a little bit longer", bleib doch noch ein bisschen, wo du bist? Wäre ich dann heute noch beim BVN? Wäre ich Friedhofsgärtner oder Krabbenfischer geworden? Multimillionär oder Bettler?

Man trifft ständig Entscheidungen. Kaffee oder Tee? „Stern" oder „Spiegel"? „Tatort" oder „Traumschiff"? Die meisten sind belanglos. Aber es gibt Entscheidungen, die gravierende Folgen haben können, nämlich dann, wenn es darum geht, etwas zu tun oder zu lassen. Zum Bahnhof rennen oder auf den nächsten Zug warten? Jemanden ein Arschloch nennen oder die Klappe halten? Bei Rolf anrufen oder nicht? Das Gehirn, oder welcher Körperteil auch immer, beschließt in Bruchteilen von Sekunden, was passiert. Und mit den Konsequenzen lebt man dann ein Leben lang.

Das Cover der Elvis-Costello-Platte mit der Anregung „Get Happy!!", mit zwei Ausrufezeichen, hängt heute in einem selbstgebauten Rahmen an der Wand meines Wohnzimmers. Es markiert den Punkt in meinem Leben, an dem ich eine Entscheidung traf und an dem alles anders wurde. Und das

Cover sieht natürlich cool aus, mit dem kreischenden Orange und dem giftigen Grün und den großen, blauen Buchstaben.

„Ist ja irre!“, sagt Sophia. „Dass du einfach so alles aufgegeben hast und abgehauen bist! Das hätte ich dir nicht zugetraut! Du konntest dich kürzlich ja nicht mal entscheiden, ob du mich küssen willst oder nicht!“

„Einfach war das bestimmt nicht“, sage ich und stelle zwei Tassen Cappuccino auf den Tisch.

Hinterhöfe (1980)

Am Freitagnachmittag holte ich mir den alten Koffer mit grün-blauem Schottenmuster, der jahrelang unbenutzt auf dem Kleiderschrank im Schlafzimmer meiner Eltern gelegen hatte. Da wir nie in Urlaub fuhren, wussten selbst meine Eltern nicht, wann er zum letzten Mal im Gebrauch gewesen war, und ich durfte ihn mir nehmen. In den Koffer passte erstaunlicherweise das meiste rein, was in meinem Kleiderschrank lag oder hing. Neben der Unterwäsche und den Socken packte ich eine Turnhose, zwei Jeans, eine Cordhose, ein halbes Dutzend Hemden, einen Wollpullover, meinen blauen Lieblingsschlafanzug, die Windjacke und eine Trainingsjacke ein. Auch mein Kulturbeutel, die Pantoffeln, die Turnschuhe und die Halbschuhe, die im Schuhschrank im Flur standen, passten rein. Den Parka und die Stiefeletten wollte ich anziehen.

Im Keller lag ein Rucksack, den meine Mutter zuletzt benutzt hatte, als sie mit ihrer Konfirmandengruppe im Harz war. Das musste mehr als 25 Jahre her gewesen sein. Ich packte ein paar Unterlagen von der Arbeit und meine Zeugnisse ein, meinen Wecker, mein Kofferradio, meinen alten Cassettenrecorder und ein paar Cassetten, auf denen ich

Platten aufgenommen hatte, die ich mir ausgeliehen hatte, trotz des Aufklebers „Home Taping is Killing Music". Außerdem nahm ich die Kodak-Kamera und ein paar Lustige Taschenbücher mit. Die Plattensammlung und den Plattenspieler wollte ich später nachholen. Ich steckte auch das Quartett mit den Supertankern in den Rucksack. Ich stellte mir vor, dass ich meinen neuen Mitbewohnern vielleicht bei einer Partie Sauf-Quartett näherkommen könnte. Die Gitarre steckte ich in die braune Tasche und stellte sie neben den Koffer und den Rucksack.

Die Aktentasche, mit der ich jeden Morgen zum BVN gelaufen war, ließ ich liegen. Ein Schmied braucht keine Aktentasche.

Dann kamen die letzten Male.

Das letzte gemeinsame Abendbrot.

„Hast du schon gepackt?", fragte mein Vater.

„Ja."

„Hast du auch an alles gedacht?", fragte meine Mutter.

„Ja."

Das letzte Mal Schlafen im eigenen Bett. Anfangs unruhig, später sehr tief.

Das letzte gemeinsame Frühstück.

„Hast du denn auch wirklich an alles gedacht?", fragte meine Mutter.

„Ja."

Und dann stand ich mit dem Koffer in der einen Hand, dem Rucksack auf dem Rücken und der Gitarre in der anderen Hand im Flur. Meine Eltern standen mit ein paar Metern Abstand daneben.

„Na, dann erstmal Tschüss!", sagte ich.

„Ach, Martin!", sagte meine Mutter. Sie fiel mir um den Hals, und ihr kamen die Tränen.

„Alles Gute, mein Junge! Alles Gute!", sagte mein Vater. Er klopfte mir auf die Schulter, dann stockte ihm die Stimme, und er drehte sich weg.

Dann öffnete ich die Wohnungstür. Dafür musste ich den Koffer absetzen. Als die Tür offen war, nahm ich den Koffer wieder in die Hand, aber mit dem Koffer, der Gitarre und dem Rucksack passte ich nicht geradeaus durch die Tür. Ich drehte mich um und schwenkte die Gitarre als Erstes durch die Tür. Während ich die Tür mit dem Rücken und dem Hintern offen hielt, ging ich leicht vorgebeugt mit seitlichen Trippelschritten langsam ins Treppenhaus, stieß dabei mit dem Rucksack gegen den Türrahmen und manövrierte als Letztes den Koffer aus der Wohnung.

Meine Eltern sahen mir mit ernsten Mienen zu.

Die Haustür bewältigte ich mit der gleichen Technik, und die ganzen anderen Türen auch, die ich an diesem Tag durchqueren musste. Es waren erstaunlich viele.

Ich zwängte mich am Schauspielhaus in die Straßenbahn und am Hauptbahnhof wieder raus. Im Bahnhof schob ich mich durch die Schwingtür zum Fahrkartenschalter durch und kaufte für drei Mark sechzig eine Einwegfahrkarte nach Eckernförde. Der Mann mit der blauen Mütze hinter dem Schalter gab mir einen kleinen, gelben Pappkarton. Dann schob ich mich wieder durch die Schwingtür in die Bahnhofshalle. Von da ging ich zum Bahnsteig, Gleis 6. Die Eisengittertreppe des grünen Waggons hochzusteigen und durch die enge Klapptür ins Innere zu kommen, war besonders kompliziert. Ich quetschte mich durch den Gang des Waggons zu einer Sitzbank, die gegenüber einer anderen Sitzbank lag, und legte mein Gepäck auf die Plätze, weil das Gepäcknetz zu klein war. Dann setzte ich mich auf das rote Kunstleder mit Blick in die Fahrtrichtung. Ich blockierte vier Plätze, aber es waren kaum andere Fahrgäste an Bord.

Und dann heulte der Motor der Diesellok auf, und der Zug setzte sich mit einem Ruck in Bewegung. Er fuhr unter der Gablenzbrücke durch, und dahinter bogen die Schienen scharf nach rechts ab, und ich rollte durch die Hinterhöfe von Kiel. Die Stadt ist ja schon von vorne nicht besonders schön, dachte ich, aber von hinten ist sie eine Katastrophe. Graue Fassaden und übergelaufene Mülltonnen und verwilderte Gärten zogen am Fenster vorbei.

Ein guter Abschied, dachte ich. Das würde mir für die erste Zeit das Heimweh ersparen.

Kurz vor der Levensauer Hochbrücke über den Nord-Ostsee-Kanal kam der Schaffner. Er schaute auf meinen Gepäckstapel, sagte aber nichts, und während er meinen kleinen, gelben Pappkarton begutachtete und ein Loch reinknipste, schaute ich runter auf den Kanal, den ich am vergangenen Sonntag mit Sophia in umgekehrter Richtung überquert hatte, auf der kleinen Fähre, wo der Festmacher „Moin!“ und „Tschüss!“ gesagt hatte. Das sollte ja Glück bringen.

In Eckernförde stieg ich aus, Gitarre voraus, kurze Drehung, seitwärts die Eisentreppe runter, dann den Koffer nachziehen. Direkt hinter dem Bahnhof lagen ein halbes Dutzend Haltestellen, wo die Busse in die umliegenden Dörfer abfuhren. Die meisten waren BVN-Linien, auch der Bus in Richtung Schnaddelby. Das passt doch, dachte ich, dass ich in einem BVN-Bus vor dem BVN flüchte.

Ich setzte mich auf die Bank an der Haltestelle. Nach einer Viertelstunde kam der Bus. Er hielt vor mir an, und mit einem Zischen öffnete sich die Tür.

„Ach nee!“, rief der Busfahrer.

Ich kannte ihn vom Sehen. Wir waren uns in meinem ersten Lehrjahr ein paar Mal begegnet, als ich drei Monate lang im Busdepot gearbeitet hatte.

„Du bist doch der Lehrling, der den langen Schuh gemacht hat!“, rief er.

Ich stand auf und kletterte in den Bus. Gitarre, Drehung, vorbeugen, Koffer.

„Einmal nach Schnaddelby“, sagte ich.

„Nach Schnaddelby?“, rief er. „Da fährt ja sonst nie einer hin! Gibt das da so schöne Mädchen?“ Er lachte und schüttelte den Kopf, während er die Drehscheiben an seinem Fahrkartenapparat einstellte und dann an der Kurbel riss. Ein weißer Zettel mit blauem Aufdruck kam oben raus. „Das macht dann vier Mark vierzig für deine Reise nach Schnaddelby!“, rief er. „Ohne Rückfahrkarte!“

Ich bezahlte, steckte den weißen Zettel in die Hosentasche und zwängte mich durch den engen Gang zur hinteren Tür, wo etwas Platz war, um mein Gepäck abzustellen. Nach mir stiegen noch ein kleiner Junge und eine alte Frau mit Hund ein. Dann fuhr der Bus los.

Der Junge und die Frau mit Hund stiegen in einem Vorort von Eckernförde aus, danach war ich der einzige Passagier. Der Bus wackelte um enge Kurven und durch schmale Landstraßen von Dorf zu Dorf. Niemand stieg ein, und überhaupt waren nur wenige Menschen zu sehen, die in ihrem Garten den Rasen mähten oder vor ihrer Garage das Auto wuschen.

Nach einer Dreiviertelstunde schepperte die Stimme des Busfahrers durch die Lautsprecher.

„Pass auf, gleich kommt dein Schnaddelby!“

Die Felder links und rechts verschwanden, und entlang der Straße standen Bäume. Dann kam ein großes Schild, „Willkommen in Schnaddelby, der Gemeinde mit Herz!“, und dahinter folgten ein kleines, blaues Schild, „Dorfstraße“, und Häuser aus Backstein mit Hecken und Vorgärten.

Der Bus hielt vor einem Gasthof, der „Zur Linde“ hieß und vor dem zwei große Eichen standen. Ich stieg aus, Gitarre, Drehung, bücken, Koffer, und dann fuhr der Bus weiter, und um mich herum war Vogelgezwitscher.

Rolf hatte mir die Adresse gegeben, Behrendshof 1, aber ich wusste nicht, wo das war. Von der Dorfstraße waren nur die Schulstraße und die Kirchstraße abgegangen. Ich sah mich um, aber ich entdeckte niemanden, den ich fragen konnte. Also zwängte ich mich mit meinem Gepäck in den Gasthof.

Ich kam in einen großen Raum mit Holzboden und Tischen und Stühlen und mit einem langen Tresen an der hinteren Wand. Hinter dem Tresen stand ein Mann mit blonden Haaren und einem mächtigen Schnurrbart. Er hatte ein weißes Tuch in der Hand und putzte Biergläser.

„Warme Küche nur bis 14 Uhr!", rief der Mann.

„Guten Tag", sagte ich. „Können Sie mir sagen, wie ich zu dieser Adresse komme? Behrendshof 1?"

„Zum Behrendshof?", sagte er. „Gehörst du etwa auch zu dieser Chaoten-Kommune?"

„Ja", sagte ich, „beziehungsweise, das weiß ich nicht so genau. Ich will da Schmied lernen."

„Ach, du bist der neue Lehrling von Rolf!", rief er. Er stellte das Glas ab und lächelte mich an. „Na dann, herzlich willkommen!"

„Wissen Sie, wie ich da hinkomme?", fragte ich.

„Bist du zu Fuß unterwegs?"

„Ja", sagte ich.

„Respekt!"

Er kam hinter dem Tresen hervor, ging an mir vorbei auf die Straße und hielt mir die Tür auf.

„Das kann ich dir zeigen!", sagte er.

Ich schwang die Gitarre knapp an seiner Nase vorbei, machte meine halbe Drehung und folgte ihm.

„Hoppla!", sagte er und zeigte dann die Straße entlang.

„Also, da hinten, wo der grüne Trecker steht, dahinter geht das rechts rein, in die Mühlenstraße. Die läufst du längs, bis du aus dem Dorf wieder draußen bist. Dann biegst du kurz nach links ab und dann wieder nach rechts."

„Und dann?", fragte ich.

„Dann läufst du drei Kilometer geradeaus!", sagte er und lachte. „Viel Spaß!"

„Eine Frage hätte ich noch", sagte ich.

„Ja?"

„Wenn das hier der Gasthof ‚Zur Linde' ist", sagte ich, „warum stehen dann zwei Eichen vor der Tür?"

„Bist du sicher, dass du Schmied werden willst?", fragte er. Er lachte noch einmal, und dann ging er in seinen Gasthof zurück.

Bis hierhin war ich gefahren worden, ab jetzt musste ich laufen und schleppen. Der Koffer wog bestimmt fünfzehn oder zwanzig Kilo. Ich trug ihn ein paar hundert Meter mit der rechten Hand, setzte ihn ab, verschnaufte, schüttelte den Arm aus und wechselte dann für die nächsten paar hundert Meter zur linken Hand. So ging es im Schneckentempo eine schmale Straße entlang, vorbei an Feldern und Wiesen, durch einen Wald und dann wieder vorbei an Feldern und Wiesen.

Dann bog die Straße nach links ab, und nach rechts führte ein Feldweg mit zwei tief eingefrästen Spuren von Autoreifen. Auf einem abgeblätterten Straßenschild stand „Behrendshof", und darunter hing eine Holztafel mit schwarzen, handgemalten Buchstaben, „Rolf's Schmiede", und einem Pfeil darunter. Der Pfeil zeigte den Weg entlang zu einem Bauernhaus mit Reetdach und einer Scheune, die in zweihundert Meter Entfernung lagen. Ich schüttelte nochmal meine Arme durch, nahm den Koffer in die rechte Hand und lief den Feldweg entlang.

Der Weg führte um das Bauernhaus rum auf einen Innenhof, der teilweise mit Kopfsteinpflaster belegt war. Hinten endete das Pflaster vor einem großen, grünen Scheunentor. Davor standen ein weißer Transporter, Marke Bedford Blitz, ein schwarzer Renault R4 und ein alter, gelber Paketwagen von der Post. Die Posthörner an der Seite waren verblichen, und die Motorhaube war wohl mal ersetzt worden. Sie war himmelblau. Links stand ein kleines Wohnhaus mit roten Dachziegeln, und rechts führte eine Treppe hoch zur grünen Holztür des Bauernhauses. Das Fenster neben der

Tür stand auf Kipp, und ich hörte Stimmen. Ich klingelte an der Haustür, eine schrille Glocke ertönte, und die Stimmen verstummten.

„Es hat geklingelt!“, sagte nach ein paar Sekunden eine Frauenstimme.

„Hab’ ich gehört!“, sagte eine Männerstimme.

„Du sitzt doch direkt an der Tür!“, sagte die Frau.

„Das ist doch bestimmt nur wieder für euch!“, sagte der Mann.

„Oh Mann!“, sagte die Frau.

Dann knallte eine Tür, Schritte kamen näher, und die Haustür ging auf. Vor mir stand eine große, schlanke Frau mit langen, schwarzen Haaren und braunen Augen. Sie trug ein schwarzes Kleid und bunte Stricksocken.

„Ja?“, sagte sie.

„Hallo“, sagte ich, „mein Name ist Martin Hansen. Ist Rolf zu sprechen?“

„Du bist der neue Azubi!“, sagte die Frau und lächelte mich an. „Schön! Komm rein! Wir haben gerade Große Runde! Da kannst du sozusagen gleich alle kennenlernen!“

Ich schwang die Gitarre durch die Tür, drehte mich und schleppte gebückt meinen Koffer in den Hausflur.

„Spielst du Gitarre?“, fragte die Frau.

Das war wieder so eine Frage, die man eigentlich nicht beantworten brauchte, aber ich war ja neu hier.

„Ja“, sagte ich.

„Toll!“, sagte sie.

Selbstauslöser
(2020)

„Und was waren das so für Leute, mit denen du da zusammengewohnt hast?“, fragt Sophia. „Da muss die Mischung stimmen, das weiß ich aus eigener Erfahrung. Ich wohne ja mit dem schnieken Fritjof und dem durchgeknallten Liam zusammen." Sie seufzt und schüttelt den Kopf. „Es läuft blendend, manchmal!"

„Ich zeig' dir mal meine Mitbewohner", sage ich und gehe ins Wohnzimmer. Dort hängt ein Bild an der Wand, auf dem wir alle auf der Treppe vor der Tür stehen oder sitzen. Es ist ein paar Wochen nach meiner Ankunft aufgenommen worden.

Sophia nimmt den Bilderrahmen und dreht ihn in die Sonne.

„Also, das bist du", sagt sie. „Da hast du ja noch die scharfe Frisur, die ich dir letzten Sonntag verpasst habe. Und wer ist der Typ neben dir?"

„Das ist Christoph", sage ich.

„Der ist aber breit!", sagt Sophia.

Christoph hatte damals das Foto gemacht, mit Selbstauslöser. Er hatte die Kamera auf einen Stuhl gestellt und war dann zur Treppe zurückgelaufen und hatte sich neben mich gequetscht. Er lacht, seine roten Haare leuchten, und sein gelbes T-Shirt spannt, so dass der Smiley auf seiner Brust sich zu einem Oval verformt.

„Christoph war damals mein bester Freund", sage ich. „Und er ist auch heute noch ein guter Freund."

Christoph ist Gärtner, und damals arbeitete er in einem Landhandel in Schnaddelby.

„Und die kleine Frau daneben?", fragt Sophia.

„Das ist Katja. Christophs Freundin."

Katja hat die Arme um die Knie geschlungen und den Kopf gesenkt. Die blonden Haare fallen ihr ins Gesicht. Sie wirkt auf dem Foto noch kleiner, als sie ohnehin ist. Katja war damals Kindergärtnerin in Klötenbötel.

„Oha", sagt Sophia. „So eine zierliche Person war zusammen mit so einem Riesenkerl?"

„Die beiden sind sogar immer noch zusammen", sage ich.

„Na, die ist aber hart im Nehmen! Du weißt, was ich meine."

„Ihr Zimmer lag jahrelang gegenüber von meinem", sage ich. „Ich habe nie irgendwelche Klagen gehört. Und auch keine Schmerzensschreie."

„Und der alte Mann da?", fragt Sophia.

„Das ist Hermann. Wir haben ihn Opa Hermann genannt, aber nur, wenn er nicht dabei war."

Hermann war ein pensionierter Pastor, der in seinem Zimmer auf dem Dachboden an einem Buch über die schleswig-holsteinische Kirchengeschichte seit der Reformation schrieb, oder so was Ähnliches. Der Dachboden war voll mit Büchern und Akten und Zeitschriften. Seit er in Rente war und aus dem Pfarrhaus ausziehen musste, saß Hermann auf seinem Dachboden. Hier konnte er in die Ferne schauen, und hier war er „weit weg von den ganzen Lügnern und Arschlöchern", wie er sagte. Auf dem Bild lehnt er links am Treppengeländer. Er trägt ein dunkelblaues Jackett, und die Sonne spiegelt sich in seinen dicken Brillengläsern.

„Die beiden sehen ziemlich humorlos aus", sagt Sophia und zeigt auf Ingo und Irene.

„Oh ja", sage ich. „Das waren Lehrer. Erkennbar an den Ellenbogenschonern am Ärmel."

Ingo und Irene waren damals Mitte dreißig, und sie wohnten in dem kleinen Haus gegenüber vom großen Bauernhaus. Sie hatten einen eigenen Mietvertrag und gehörten deswegen eigentlich nicht zu unserer WG, aber bei der Großen Runde waren sie trotzdem immer dabei und gaben kluge Ratschläge.

„Ist das Rübezahl?", fragt Sophia und zeigt auf den Mann neben Ingo und Irene.

„Nein", sage ich, „das ist Rolf. Mein Lehrmeister."

Rolf steht mit verschränkten Armen da, untersetzt und breit in den Schultern, und seine Frisur erinnert an ein Playmobil-Männchen. Sein Gesicht ist von einem dichten, schwarzen Bart bedeckt, aus dem nur die Augen und die Nase herausgucken. Unterhalb der Nase ragt eine Pfeife hervor. Rolf hat wenig geredet, aber er hat mir viel beigebracht, übers Schmieden und übers Leben.

„Das ist ja eine schöne Frau!“, sagt Sophia und zeigt auf die rechte Seite des Fotos.

„Das ist Tina“, sage ich.

Tina trägt ihr schwarzes Kleid. Mit einer Hand hält sie ihr wehendes Haar fest, und sie lächelt in die Kamera. Sie war die Chefin auf dem Hof, obwohl sie diese Bezeichnung empört zurückgewiesen hätte. Sie kümmerte sich um die Rechnungen und um die Miete, und sie hatte die Vorräte im Blick. Und sie kannte sich mit dem Behördenkram aus. Sie war damals Sachbearbeiterin im Sozialamt in Rendsburg.

„Tina ist die Mutter meiner älteren Tochter“, sage ich.

„Wie ist das denn passiert?“, fragt Sophia.

„Schwangerschaft hat eigentlich immer dieselbe Ursache.“

„Witzigkeit, Django!“

Pflaumenmarmelade (1980)

Nachdem ich mein Gepäck im Hausflur abgestellt hatte, ging ich durch eine Tür in eine große Stube. Am Fenster war eine Sitzecke mit einem Sofa und fünf Sesseln, alle alt und ausgebeult und in unterschiedlichen Farben. An den Wänden standen Bücherregale, und mitten im Raum war ein Holztisch, um den sechs Leute herumsaßen und mich anschauten.

„Das ist Martin, unser neuer Mitbewohner!“, sagte die Frau im schwarzen Kleid und zeigte auf mich. Dann zeigte sie auf sich und auf die Leute am Tisch. „Also, ich bin Tina, und das sind Rolf, ihr werdet euch ja noch näher kennenlernen, Christoph, Katja, Hermann, Ingo und Irene!“

Ich lächelte und nickte jedem zu, und alle sagten „Hallo!“ oder „Moin!“ oder „Willkommen!“.

„Setz dich!“, sagte Tina. „Wir sind fast fertig.“

Ich setzte mich auf den Stuhl neben Irene. Tina saß an der Frontseite des Tisches. Vor ihr lagen zwei Aktenordner, ein eng beschriebener Notizblock und ein Stapel mit Werbezetteln aus Supermärkten.

„Also, wer ist nächste Woche mit Einkaufen dran?“, fragte Tina.

Christoph meldete sich. Tina schob den Stapel Werbezettel zu ihm rüber.

„Bei Spar ist Schweinebauch im Angebot“, sagte sie. „Und, ach ja, kauf bitte keine Pflaumenmarmelade mehr! Im Schrank stehen schon drei Gläser, und keiner rührt sie an. Wer hat bloß diese ganze Pflaumenmarmelade gekauft?“

Sie schaute in die Runde. Niemand sagte etwas.

„Und wir brauchen Putzmittel“, sagte Tina. „Aber bitte kein Domestos. Davon kriege ich Ausschlag! Guck mal!“ Sie spreizte die Finger und reckte ihre Hand in Christophs Richtung.

„Das Öko-Zeug schafft aber nichts weg!“, sagte Christoph.

„Dann musst du eben gründlicher schrubben!“, sagte Tina.

„Und diese Schwämme aus Stahlwolle“, sagte Katja, „die sind auch ganz schlimm!“

„Genau!“, sagte Tina. „Also: kein Domestos!“

Christoph wollte etwas sagen, aber Tina war schneller.

„Wir müssen Martin noch in den Einkaufsplan aufnehmen“, sagte sie. Sie wandte sich mir zu. „Jeder ist im Wechsel mit dem Einkaufen dran“, sagte sie. „Einmal pro Woche, am Dienstag oder am Donnerstag. Mittwochs haben die Läden am Nachmittag zu. Christoph und Katja fahren immer zusammen, also sozusagen einmal für Christoph und einmal für Katja. Ich würde sagen, wir setzen dich dazwischen, dann haben die beiden eine Woche Pause. Hast du einen Führerschein?"

„Nein", sagte ich.

„Dann must du einen finden, der mit dir fährt, also entweder Christoph oder Rolf oder mich." Sie zeigte Richtung Fenster. „Der Postwagen da draußen ist das Gemeinschaftsauto. Ingo und Irene sind beim gemeinsamen Einkaufen außen vor. Die beiden wohnen ja im Nebenhaus."

„Aha", sagte ich.

„Ach ja", sagte Tina, „Hermann muss nicht Einkaufen fahren, wegen der körperlichen Belastung. Wenn Hermann seinen Einkaufstermin hat, dann springen Rolf oder Christoph und Katja oder ich ein. Christoph und Katja zählen hier sozusagen als eine Person."

„Ach so", sagte ich.

„Aber ich würde sagen, da lassen wir dich erstmal raus."

„Ich habe das immer schon gesagt", sagte Ingo, „dass ihr Hermann ganz einfach aus der Einkaufsliste streichen solltet. Dann gäbe es nicht diese Verwirrung."

„Ingo!", sagte Tina. Sie drückte den Rücken durch und schaute ihn an. „Das haben wir doch schon so oft besprochen!" Dann schaute sie in die Runde. „Hat noch jemand eine Frage?"

„Ja", sagte ich. „Das ist hier ja die Große Runde. Gibt es denn auch eine Kleine Runde?"

Alle lachten und klopften auf den Tisch und standen auf, als ob meine Frage die Schlusspointe gewesen wäre, die die Veranstaltung offiziell beendet.

Nur Tina blieb sitzen.

„Keine Sorge", sagte sie und lächelte mich an. „Die gibt es nicht."

Abzüge
(2020)

Sophia zeigt auf das Foto und auf mich, wie ich neben Christoph auf der Treppe hocke. Dann legt sie den Bilderrahmen auf den Tisch.

„Wo ich dich da so sehe mit deiner trendigen Frisur", sagt sie. „Ich hab' dir was mitgebracht!" Sie greift in ihren Rucksack, der neben ihr auf der Sitzbank steht, und holt einen weißen Umschlag raus. „Hier, guck mal!"

In dem Umschlag sind Abzüge der Fotos, die sie damals auf dem Deich bei den Falckensteiner Leuchttürmen von mir gemacht hat, nachdem sie mir meine langen Haare abgeschnitten hatte. Den Haarschnitt, den sie mir damals verpasst hat, habe sich seitdem beibehalten, mit ein paar Variationen, je nach Mode. Lange Haare hatte ich seitdem nicht mehr.

„Hab' ich zu Hause ausgedruckt", sagt sie. „Ist nicht die beste Qualität, aber ich dachte, die solltest du haben, nach so langer Zeit." Sie grinst. „Fast drei Tage!"

Es sind ungefähr zehn Abzüge in einem großen Format, dreizehn mal achtzehn Zentimeter. Einige hat sie in Schwarzweiß umgewandelt. Auf einem der Bilder sind wir beide drauf, Wange an Wange, Sophia strahlt, und ich gucke irritiert in die Gegend. Auf den anderen sitze ich auf der Bank und schaue in die Ferne, immer geradeaus. Die Bilder zeigen mich aus verschiedenen Perspektiven. Ich habe eine Zigarette im Mund, und ich wirke verwegen und cool, aber ich erinnere mich, dass ich mich damals überhaupt nicht verwegen und cool gefühlt habe.

„Wow", sage ich. „Danke!"

„Rauchst du eigentlich noch?", fragt sie.

„Nein, schon lange nicht mehr."

Sie nimmt wieder den Bilderrahmen mit dem Gruppenfoto von unserer WG in die Hand.

„Du hast dich also gleich an die schöne Chefin rangeschmissen“, sagt sie. „Erzähl mal!“

„Ich bin eigentlich nicht derjenige, der sich ranschmeißt“, sage ich. „Das weißt du doch: Ich muss immer erst vor einem Kino als Idiot beschimpft werden, bevor ich etwas kapiere. Und ‚gleich‘ ist auch nichts gelaufen.“

Flaschen
(1980)

Nach der Großen Runde zeigte Tina mir mein Zimmer. Es lag im ersten Stock an einem langen Flur, und es war groß und ziemlich leer. In einer Ecke stand ein Kleiderschrank, in der anderen ein Bett, in der dritten stand ein Schreibtisch mit Stuhl davor, und in der vierten hing ein Waschbecken an einer gekachelten Wand. Der Boden war aus Holzbohlen, und aus dem Fenster hatte man einen weiten Blick über die Felder.

„Das sieht doch gemütlich aus“, sagte ich.

„Dann komm erstmal an“, sagte Tina. „Um sieben ist Abendbrot.“ Sie lächelte und ging raus.

Ich hängte meine Hemden und Jacken in den Schrank, legte die anderen Sachen in die Schubladen und breitete den Inhalt des Rucksacks auf dem Schreibtisch aus. Ich steckte das Radio in die einzige Steckdose im Zimmer, suchte die Frequenz von NDR 2, legte mich aufs Bett und hörte mir die Fußballkonferenz an. HSV – Dortmund 2:1, Kaiserslautern – Köln 5:1, Duisburg – Mönchengladbach 4:0. Keine Überraschungen also.

Um kurz vor sieben ging ich runter zum Abendessen. Und damit klinkte ich mich ins gesellschaftliche Leben auf dem Behrendshof ein.

Zum Abendessen trafen sich alle in der Küche, jeden Abend um sieben. Das Essen kam aus einem riesigen Kochtopf, dem Miraculix-Topf, wie Christoph sagte. Derjenige, der für das Einkaufen zuständig war, kochte auch das Essen, das dann, so war es gedacht, für eine Woche reichen sollte. Es reichte so gut wie nie, und deswegen wurde nachgebessert und improvisiert. Aus einem Risotto wurde dann eine Bohnensuppe oder ein Chili con Carne, oder es wurde massenhaft Käse draufgelegt, und das Ganze landete im Ofen.

So lernte ich auch die Begriffe Risotto und Chili con Carne kennen.

Nach dem Essen ging es dann rüber ins Wohnzimmer, zur Sitzecke am Fenster. Rotweinflaschen wurden geöffnet, es wurde geredet, und im Hintergrund lief Musik.

„Gibt es hier keinen Fernseher?“, fragte ich.

„Fernsehen ist sozusagen Volksverdummung“, sagte Tina.

Die Hoheit über den Plattenspieler ging reihum. Wenn Tina dran war, dann gab es Liedermacher, Knut Kiesewetter oder Hannes Wader oder Wolf Biermann. Rolf legte karibische und mexikanische Musik auf, Harry Belafonte oder Trini Lopez oder Tito Puente. Hermann spielte klassische Musik, Beethoven oder Tschaikowsky oder Debussy, immer Orchestermusik ohne Gesang. „Ich war 40 Jahre lang Pastor“, sagte er, „und ich habe so viel schräges Gesinge gehört, das reicht für den Rest meines Lebens.“ Christoph stand auf Jazz, etwa Miles Davis oder Weather Report oder Chick Corea. Katja war es egal, welche Musik gespielt wurde.

Die leeren Rotweinflaschen landeten in einem Nebenraum der Scheune und stapelten sich dort zu enormer Höhe und Breite. In der Großen Runde war mal beschlossen worden, dass es praktisch sein könnte, ein paar leere Flaschen auf Lager zu haben, denn man weiß ja nie.

„Das sind ja Hunderte!“, sagte ich zu Rolf, als ich das Flaschenlager entdeckte. „Ist das wirklich nötig?“

„Pssst!“, sagte er. „Erzähl das bloß nicht Tina. Die kommt sonst wieder auf Ideen.“

Mit Rolf traf ich mich morgens um halb sieben zum Frühstück. Wir waren immer die Ersten, alle anderen standen später auf. Danach gingen wir in die Schmiede. Rolf zeigte mir, wie man die Esse anfeuert, und erklärte mir, wie man den Stahl staucht und streckt und biegt und dreht. Er hatte einen Großauftrag, die Fenstergitter der Schnaddelbyer Kirche instand zu setzen, und damit waren wir monatelang beschäftigt. Es war eine schöne Arbeit. Wir fertigten die einzelnen Stäbe an, mit Drehungen und Biegungen, und dann lochten wir sie und setzten sie zusammen. Rolf hämmerte und erklärte, und ich hatte nebenbei ein paar Flachstäbe zum Üben.

„Ein Naturtalent bis du nicht", sagte er. „Aber du gibst dir Mühe."

Ungefähr um halb elf kam jeden Tag Erich, der Postbote, mit seinem gelben Kleinbus auf den Hof. Rolf stellte mich ihm vor.

„Den Postbüdel muss man kennen", sagte Rolf. „Der ist wichtig."

Mittags setzten wir uns dann wieder in die Küche und aßen Schwarzbrot.

„Ein norddeutscher Schmied isst Schwarzbrot", sagte Rolf. „Das gehört sich so."

Alle paar Tage fuhren wir mit dem Bedford Blitz zu einem Bauernhof in der Gegend und beschlugen Pferde. Ich hielt die Beine, und Rolf nagelte die Hufeisen fest, und dabei pfiff er „Das Wandern ist des Müllers Lust".

„Das beruhigt", sagte er.

„Dich oder das Pferd?", fragte ich.

„Genau", sagte er.

Zwischen drei und vier Uhr war Feierabend.

Der Behrendshof lag kilometerweit von den nächsten Häusern entfernt, aber die Freizeit wurde nie langweilig. Ich ging spazieren, die Straßen und Feldwege entlang und durch die Wälder runter zur Jammer, dem Fluss, der an Schnaddelby vorbei Richtung Nordsee fließt. Die Felder waren gelb und grün, und sie waren weit und wellig. Die Blätter an den Bäumen begannen, sich zu verfärben. Die Luft war kalt und klar, und es war wieder majestätisch, sich das anzuschauen, so wie ein paar Wochen davor an der Steilküste.

Auf meiner ersten Einkaufstour besorgte ich mir einen Film für meine Kodac Instamatic, und auf meinen Spaziergängen machte ich Bilder von der Landschaft.

Und ich entdeckte die Bücherregale in der Stube. Außer den Lustigen Taschenbüchern hatte ich bisher nur Musikzeitschriften und das Rock-Lexikon gelesen, aber hier gab es eine riesige Auswahl, und ich suchte mir Bücher aus, deren Titel interessant klangen oder deren Titelseiten spannend aussahen. Ich nahm mir den „Steppenwolf" von Hermann Hesse und die „Atomstation" von Halldor Laxness und den „Herrn der Ringe" von J. R. R. Tolkien.

Am Freitag, am Ende meiner ersten Woche, gingen wir nach dem Abendessen, Linsensuppe mit Würstchen und Speck, wieder zur Sitzecke in der Stube. Hermann legte Orgelmusik von Bach auf, „weil heute Freitag ist", und als die Platte zu Ende war, verließ Tina das Zimmer und kam mit einer Gitarre zurück. Sie begann zu spielen und zu singen, und das machte sie unglaublich gut. Ihre Finger flogen über die Saiten, und ihre Stimme war kraftvoll, und sie traf jeden Ton. Sie spielte „Sind so kleine Hände" von Bettina Wegner und „What have they done to my song" von Melanie und „Diamonds and Rust" von Joan Baez.

Am Ende des ersten Liedes wollte ich applaudieren, aber die anderen saßen einfach nur da. Christoph und Katja saßen auf dem Sofa, und er hatte seinen Arm um sie gelegt, und Katja hatte die Augen geschlossen. Hermann hatte ein Buch auf dem Schoß, und Rolf dampfte mit seiner Pfeife. Sie kannten Tinas Lieder schon, denn Tina spielte jeden Freitag, und es war inzwischen nicht mehr nötig zu applaudieren, und Tina war auch kein Mensch, der auf Applaus angewiesen war.

Dann spielte sie noch „Am Tag, als Conny Kramer starb" von Juliane Werding, und dann sagte sie, „wir haben ja sozusagen einen neuen Künstler unter uns." Sie reichte mir die Gitarre. „Martin, spiel doch auch mal was!"

Ich holte tief Luft, und ich dachte an Sophia, und wie sie mich angesehen hatte, nachdem ich ihr mein Lied vorgespielt hatte – wie einen kleinen Jungen, der sich in die Hose gemacht hat.

„Na gut", sagte ich. „Das Stück habe ich selbst geschrieben."

Und dann spielte ich wieder „Yellow Pain", und ich hoffte, dass die Leute auf dem Behrendshof gnädiger sein würden, als Sophia es gewesen war.

Tinas Gitarre fühlte sich viel besser an als meine eigene. Die Saiten waren neu, und das Holz war gepflegt. Der Ton war voll und melodiös, und die Gitarre war gestimmt. Ich spielte meine Akkorde, D und C und E-Moll und F, und sie klangen gut, und ich sang leise und versuchte, die Töne zu treffen, so wie in der Nacht, als ich mit Sophia im Kino gewesen war und als wir zusammen im Bett gelegen hatten und als ich den Nordstern besungen hatte.

Als ich mein Lied wieder mit dem zweiten Refrain beendete, „Yellow Pain, it's a fucking shame", riss Christoph den Arm in die Luft und rief: „Hey hey hey!", und Hermann lächelte, und Rolf nickte und klopfte auf die Lehne seines Sessels.

„Du hast ja Energie!", sagte Tina zu mir. „Richtig Energie!"

„Na ja", sagte ich, „du kannst das natürlich tausend Mal besser als ich. Könntest du mir vielleicht ein paar Tipps geben?"

„Ich soll dir sozusagen Unterricht geben?", fragte sie.

„Ja", sagte ich, „wenn es nicht zu viele Umstände macht."

„Überhaupt nicht", sagte sie und lächelte. „Das mach' ich gerne."

„Was hörst du denn so für Musik?", fragte Christoph.

„Ach, alles Mögliche", sagte ich. „Von Abba bis Zappa. Eine Jazz-Platte hab ich auch."

„Jatz", sagte Christoph. „Das wird ‚Jatz' ausgesprochen."

„Vom Mahavishnu Orchestra. Die mit dem Weltraum auf dem Cover."

„Echt, die hast du?", rief Christoph. „Die such' ich schon seit Jahren! Wir müssen dein Geraffel mal aus Kiel rüber holen!"

Entspannung
(2020)

„Und wie war das erste Wiedersehen mit deinen Eltern?", fragt Sophia.

„Nett", sage ich. „Ich bin mit Christoph nach Kiel gefahren, mit unserem Postauto, und ich habe meine Platten und den Plattenspieler abgeholt und noch ein bisschen Kleinkram. Meine Eltern waren locker, keine besorgten Fragen und keine Vorwürfe. Es beruhigte sie wohl, dass Christoph mit dabei war. Ein netter, junger Mann mit einem ordentlichen Beruf. Danach war ich eine ganze Zeit nicht mehr in Kiel. Magst du einen Schluck Wein?"

Ich zeige auf die Weißweinflasche, die Silke an meinem Geburtstag mitgebracht hat.

„Gerne", sagt sie, und ich hole zwei Gläser und schenke ein.

„Leben deine Eltern denn noch?"

„Mein Vater ist 1997 gestorben. Kurz vor der Rente. Der Arzt wollte ihm was Gutes tun und hat ihm eine Kur verschrieben, in Bad Pyrmont. Um sich an die Entspannung zu gewöhnen. Am zweiten Tag hatte er einen Herzinfarkt und ist gestorben."

„Wie schrecklich!", sagt Sophia.

„In seinen 40 Jahren bei den Stadtwerken war er insgesamt vielleicht zwei Wochen krank", sage ich. „Aber die Entspannung hat ihn dann umgebracht."

„Auf deinen Vater!", sagt Sophia. „Es war so lustig, als er mich für einen DDR-Flüchtling gehalten hat."

Wir stoßen an.

„Wie hat deine Mutter das verkraftet?"

„Erstaunlich gut. Sie hat sich einen Freundeskreis aufgebaut und war mit ihrem Damenkränzchen ein paar Mal im Urlaub, im Odenwald und in Österreich."

„Und heute?"

„Mit der Zeit hat sie abgebaut", sage ich. „Sie wohnt seit fünf Jahren im Heim. Damals war ein heißer Sommer. Es ging ihr schon länger nicht gut, und ich schaute regelmäßig vorbei. Eines Tages nahm sie das Telefon nicht mehr ab, und als ich dann in die Wohnung kam, lag sie auf der Couch und war kaum ansprechbar. Sie hatte seit Tagen das Trinken vergessen. Wir fuhren mit Blaulicht ins Städtische Krankenhaus, und von da ist sie direkt ins Heim nach Dietrichsdorf gekommen. Sie hat die Wohnung, in der sie 55 Jahre lang gelebt hat, nie wieder betreten."

„Das ist traurig", sagt Sophia.

Wir stoßen noch einmal an.

„Meine Eltern gehen stramm auf die 50 zu", sagt Sophia. „Und da fängt es langsam auch an mit dem Verfallsprozess. Burnout, Knieschmerzen, Vorsorgeuntersuchungen, Haarausfall. Wenn man erstmal über den Berg ist, geht es rasant abwärts. Und deine Freunde? Was ist aus denen geworden?"

„Jens Riester habe ich nie wieder gesehen", sage ich. „Ich glaube, er ist dann doch irgendwann von zu Hause ausgezogen, und er wohnt jetzt in Russee. Allein."

„Kein Wunder. Einen Kerl, der andauernd Fachgespräche über Brüllmusik führen will – das tut sich keine Frau an. Und dieser Säufer, der immer in den Puff wollte?"

„Stefan Greve? Der ist mir immer mal wieder über den Weg gelaufen. Zum Beispiel auf der Hochzeitsfeier von Sabine und Schmidtchen."

„Die beiden haben geheiratet?", ruft Sophia und lacht, und Wein aus ihrem Glas spritzt auf den Tisch. „Das gibt's doch nicht!"

„Oh ja", sage ich. „Die beiden haben geheiratet. Und wie! Die Feier war eine Rückkehr in ein Leben, das eigentlich schon hinter mir lag."

Talent
(1980/81)

In den ersten Monaten nach meinem Umzug blieb ich auf dem Behrendshof und in der Gegend drum rum. Andere Menschen sah ich nur, wenn ich mit Rolf zu einem Bauern fuhr oder wenn ich mit dem Einkaufen dran war. Ich arbeitete in der Schmiede, und danach lief ich über die Felder, auch im Herbst und im Winter, oder ich las Bücher und hörte Musik oder ich spielte Gitarre oder ich saß in der Küche und redete mit Christoph. Abends, wenn ich im Bett lag, war es still und stockdunkel.

Am Sonntagnachmittag gab Tina mir Gitarrenunterricht. Sie war eine gute Lehrerin, engagiert und geduldig, und ich lernte schnell, und das freute sie.

„Du hast Talent." Diesen Satz sagte sie häufig, und dabei lächelte sie.

Und so ging es Tag für Tag, Woche für Woche, Monat für Monat. Es war ein schönes Leben. „Get Happy!!" mit zwei Ausrufezeichen. Es hatte hingehauen.

Ich blieb auch über Weihnachten, zur Enttäuschung meiner Mutter. Am Heiligabend briet Tina eine Gans im Ofen, und dazu aßen wir Klöße und Rotkohl. Dann zogen wir in die Stube um und tranken Glühwein, und Tina sang ihre Lieder, und Hermann hielt eine kurze Predigt.

„In der dunkelsten Nacht ist ein Licht gekommen, denn der Erlöser ist geboren. Also freut euch, und schnackt kein dumm Tüch, und baut keine Scheiße! Amen."

Rolf und ich hatten Kerzenständer geschmiedet, als Geschenke für die anderen. Tina schenkte mir einen Satz Gitarrensaiten mit einer roten Schleife drum rum.

An Silvester spielten Tina und ich zusammen Gitarre. Wir sangen „Nehmt Abschied, Brüder, ungewiss ist alle Wiederkehr". Um Mitternacht gingen wir mit unseren Sektgläsern vor die Tür und guckten uns das Feuerwerk an, das in der Nähe von Schnaddelby in den Nachthimmel aufstieg.

Alle paar Wochen telefonierte ich mit meinen Eltern, meistens mit meiner Mutter. Mein Vater ging nicht gerne ans Telefon. Ich war immer derjenige, der anrief, von dem Apparat im Hausflur. Meine Mutter hatte ein paar Mal versucht, mich auf dem Behrendshof zu erreichen, aber es war nie jemand rangegangen. Das Haus war groß, und das Gelände war weitläufig, und bei fünf Leuten im Haus betrug die Wahrscheinlichkeit zwanzig Prozent, dass der Anruf für einen selbst war. Also ließen wir das Telefon meistens klingeln und kümmerten uns nicht weiter darum.

„Ich habe schon ein Dutzend Mal versucht, dich zu erreichen!", sagte meine Mutter, als ich mich mal wieder bei ihr meldete, im Frühjahr nach meinem Auszug.

„Wir gehen oft nicht ran", sagte ich. „Das weißt du doch."

„Hier ist ein Brief für dich gekommen", sagte sie.

„Dann mach ihn doch mal auf!"

„Hab' ich schon", sagte meine Mutter.

„Und, was steht drin?"

„Es ist eine Einladung", sagte meine Mutter. „Zur Polterhochzeit von Sabine Krahl und Hans-Günter Schmidtchen."

„Das ist ja eine Überraschung", sagte ich.

„Eben!", sagte meine Mutter. „Das hättest auch du jetzt sein können, wenn du bei Sabine geblieben wärst!"

„Nein", sagte ich, „das meine ich nicht. Es ist eine Überraschung, dass der Kerl wirklich Schmidtchen heißt. Ich dachte immer, das sei ein Spitzname."

„Martin, du wirst langsam ein bisschen komisch", sagte meine Mutter.

„Wann ist das?", fragte ich.

„Am Tag nach Himmelfahrt."

„Ich glaube, da gehe ich hin. Kann ich bei euch übernachten?"

„Natürlich", sagte meine Mutter. „Falls du den Weg noch findest."

Hubert
(1981)

Und so fuhr ich Ende Mai das erste Mal wieder nach Monaten nach Kiel. Ich fuhr mit Rolfs Fahrrad zur „Linde" in Schnaddelby, von da mit dem leeren Bus nach Eckernförde und dann mit dem Zug nach Kiel und mit der Straßenbahn zu meinen Eltern.

„Du bist ja so schmal geworden!", sagte meine Mutter. „Gibt es bei euch denn nichts zu essen?"

„Der Junge muss jetzt eben mal richtig arbeiten!", sagte mein Vater.

Die Polterhochzeit war im Vereinsheim des FC Harmonia am Westring. Als ich ankam, war der Parkplatz schon übersät mit zerschmissenen Tellern und Tassen und den Überresten eines zertrümmerten Klobeckens. Ich schmiss die Porzellanschüssel dazu, die meine Mutter mir mitgegeben hatte.

Im Heim führte rechts eine Treppe runter in den Keller. Dort lagen Fußbälle und Eckfahnen am Boden. Links ging eine Treppe nach oben, und von dort kamen laute Gespräche und Gläserklirren und Lachen. Über einer Tür hing ein Schild, „Bitte Fußballschuhe ausziehen!". Die Tür führte in eine Gaststätte mit Tischen, einem Tresen und einer Tanzfläche in der Mitte. Am Rand der Tanzfläche stand eine Heimorgel. Dahinter saß ein Mann mit Schnurrbart und einem roten Jackett und einem riesigen, bunten Schlips. An der Orgel lehnte ein Holzschild mit der Aufschrift „Der lustige Hubert". Die Tische waren besetzt mit Männern in Anzügen und Frauen in bunten Kleidern.

„Öi Hansen, du Mainzelmännchen!"

Stefan Greve und seine Arbeitskollegen saßen an einem Tisch hinten rechts in der Ecke. Sie trugen Anzüge, die offenbar von ihrer Konfirmation übrig geblieben waren und aus denen sie in alle Richtungen rausgewachsen waren, entweder weil sie noch einen Schuss in die Länge gemacht hatten oder weil der Bauch inzwischen angeschwollen war. Die Hälse hatten sie sich mit Krawatten zugeschnürt. Stefan Greve winkte mich rüber an den Tisch. Sein abgebrochener Schneidezahn riss immer noch eine Lücke in sein Grinsen.

„Wie siehst du denn aus?", rief er. „Lumpenball in Leningrad, oder was!"

Ich hatte mir von Rolf ein beiges Cord-Jackett geliehen, und darunter trug ich eine schwarze Weste, die Hermann mir gegeben hatte, und mein schwarz-weißes Karohemd, und dazu meine schwarze Jeans. „Künstlerisch wertvoll", hatte Christoph gesagt, als ich die Sachen auf dem Behrendshof anprobiert hatte. Tina fand mich „irgendwie verwegen für eine Hochzeit".

„Das trägt man so auf dem Dorf", sagte ich.

„Macht ja nichts!", sagte Stefan Greve. „Willst du ein Bier?" Er griff unter seine Sitzbank. Dort hatte er einen Kasten Holsten Edel abgestellt. „Ich hab' mir gleich vom Wirt 'ne ganze Kiste besorgt!", sagte er. „Zahlt ja alles das Brautpaar! Die Kellnerinnen hier haben echt Schnecko getankt!"

Ich setzte mich neben ihn, und wir stießen an.

Dann ertönte ein lauter Akkord von der Heimorgel, und die Leute machten „Aaah!", und das Essen wurde serviert. Zuerst gab es eine dünne und geschmacksarme Hochzeitssuppe mit Buchstabennudeln drin.

„Wer zuerst das Wort ‚Brechreiz' zusammenhat, kriegt ein Bier!", sagte Stefan Greve.

Ich schaute mich um. Sabine saß mit einem weißen Rüschenkleid am anderen Ende des Saals, direkt am Fenster. Sie redete und lachte. Über dem Fenster war ein Regal mit Pokalen. Neben ihr saß Schmidtchen. Sein schwarzes Jackett war so eng, dass er sich kaum bewegen konnte. Er hatte eine knallrote Fliege um den Hals, und sein Gesicht hatte die Farbe der Fliege angenommen. Neben Sabine sah ich ihre Mutter, die Bäckereiverkäuferin, und ihren strengen Vater. Ich suchte Tatjana, Sabines Hippie-Schwester, aber sie war nicht da.

Neben Schmidtchen saßen ein Mann und eine Frau und zwei Mädchen, alle ebenfalls dick und mit blonden Locken und roten Gesichtern.

„Das ist wohl sein Anhang", sagte ich zu Stefan Greve und zeigte zum hinteren Ende des Saals.

„Blitzmerker!", sagte Stefan Greve.

„Ich wusste gar nicht, dass er Hans-Günter mit Vornamen heißt", sagte ich.

„Ich auch nicht!", sagte Stefan Greve.

„Ich dachte, ihr arbeitet in derselben Firma", sagte ich.

„Bin ich etwa im Personalbüro?"

Dann wurde der Hauptgang serviert, Schweinebraten mit Kartoffeln und Leipziger Allerlei und einer dicken, braunen Soße, die nach Hustensaft schmeckte.

„So was kriegen bei euch die Schweine zu fressen, was?“, sagte Stefan Greve.

„Wir geben den Schweinen kein Schweinefleisch“, sagte ich. „Das wäre Verschwendung.“

„Und wie ist das Leben so auf dem Land?“, fragte er.

„Schön“, sagte ich.

„Alle sind miteinander verwandt, und wenn die Schwester besetzt ist, dann sind die Schafe dran, was?“

„Ja, genau“, sagte ich, während ich auf einer holzigen Kartoffel rumkaute. „Warum feiern die beiden eigentlich ausgerechnet hier?“

„Weil Schmidtchen hier Fußball spielt!“, sagte Stefan Greve

„Schmidtchen spielt Fußball?“, fragte ich.

„Aber hallo!“, rief Stefan Greve. „Ich glaube, die nehmen ihn als Ball!“

„Dann sind seine Mitspieler auch hier?“, fragte ich.

„Ja!“, sagte Stefan Greve. „Da vorne!“

Zwei Tische weiter saßen ein Dutzend Männer um einen Tisch rum. Sie hatten Flaschen mit Bacardi und Wodka auf dem Tisch und bewarfen sich gegenseitig mit dem Essen.

„Das wird noch spaßig!“, sagte Stefan Greve. Er prostete einem pickligen, hageren Typen mit langen, schwarzen Haaren und Schnurrbart zu. „Das ist Bernd Koweleiczak!“, sagte er. „Den kennst du doch! Der Autoknacker! Den haben sie mal für zwei Jahre eingebuchtet! Jetzt spielen alle seine Kumpels in der Mannschaft! Da sitzen fünfzig Jahre Knast am Tisch! Bernd ist der Mannschaftskapitän!“

„Ach du Scheiße“, sagte ich.

Die Wände im Vereinsheim waren weiß, oder sie waren mal weiß gewesen, vor langer Zeit, und an den Wänden hingen gelbe Holzplatten, und um den Tresen rum standen gelb-weiße Fahnen in gelben oder weißen Blumenvasen.

„Sind das die Vereinsfarben?“, fragte ich. „Gelb und Weiß? Komische Kombination! Wie Senf mit Sahne.“

„Logisch!“, sagte Stefan Greve. „Urinweiß und gelb wie der Schnee!“

Es ertönte wieder ein Akkord von der Orgel, und dann kam der lustig Hubert mit einem Mikrofon auf die Tanzfläche.

„Verehrtes Brautpaar, meine Damen, meine Herren, Lachen ist die beste Medizin“, sagte er, „und deswegen habe ich jetzt einen recht netten Witz für Sie! Also: Da trifft doch der Kaludrigkeit den Sausmikat …“ Es folgte eine lange und umständliche Erzählung in ostpreußischem Dialekt, die darauf hinauslief, dass der eine was mit der Frau des anderen hatte. Die Pointe lautete: „Oh, du Lorbas!“ Eine alte Dame lachte hysterisch.

Der lustige Hubert erzählte noch mehr ostpreußische Witze, während der Nachtisch serviert wurde, Eistorte mit Sahne und Schokostreusel.

Dann stand Sabines Vater auf, und der lustige Hubert gab ihm das Mikrofon.

„Hans-Günter!“, sagte Sabines Vater. „Du hast ja nun das ganz große Los gezogen mit meiner lieben Sabine! Also pass gefälligst gut auf sie auf! Und Sabine, mein lieber Schatz, du musst ja nicht immer Rouladen und Eisbein auf den Tisch bringen! Sonst passt dein Mann irgendwann gar nicht mehr durch die Tür!“

Alle lachten. Bernd Koweleiczak stand auf und schnappte sich das Mikrofon.

„Schmidtchen!“, rief er: „Du bist ja unser Maskottchen! Weil, spielen tust du ja nur selten! Und deswegen haben wir dir ein Lied mitgebracht!“

Er drehte sich zu den anderen Gästen um, reckte einen Arm in die Luft und grölte ins Mikrofon. Es knackte und pfiff in den Lautsprechern.

„Harmooonia! Harmooonia! Eff-zeh Harmoooniaaaah!“

Die Leute am Fußballertisch stimmten ein.

„Harmooonia! Harmooonia! E-heff zeh Harmoooni-aaaaaaaah!“

Einer der Fußballspieler versuchte, Bernd Koweleiczak das Mikrofon aus der Hand zu reißen. Bernd Koweleiczak rammte ihm den Ellenbogen in die Rippen, der Fußballspieler taumelte, und das Mikro fiel mit einem Krachen auf den Boden. Ein Typ mit hellblonden Stoppelhaaren griff sich das Mikrofon.

„Wir wollen heute Abend natürlich noch einen Gruß an die Arschlöcher vom FC Nordmark schicken!“, rief er, und dann grölte er ins Mikro:

„Auf der Förde schwimmt ein Fußball,
und der Fußball schwimmt ins Meer,
und der Fußball, der geht unter,
und Scheiß-Nordmark hinterher!“

Die Leute am Fußballertisch standen auf und reckten die Fäuste.

„Hollahiiiiii! Hollahooooooo!“

Der lustige Hubert schmetterte ein paar dröhnende Akkorde auf seiner Orgel, und das Gegröle brach ab. Bernd Koweleiczak riss dem hellblonden Typen das Mikrofon aus der Hand und sagte, „alles klar!“, und gab es dem lustigen Hubert zurück. Der lustige Hubert winkte dem Wirt zu, und der Wirt stellte ein Dutzend Schnapsgläser auf den Tresen und füllte sie mit Korn.

„Der Bräutigam gibt einen aus!“, rief der lustige Hubert, und der Wirt machte zwölf Striche auf einem Zettel, der hinter dem Tresen an der Wand hing. Die Fußballspieler sprangen auf und liefen zum Tresen und schnappten sich die Korngläser. Schmidtchen kam zögerlich dazu, und jemand drückte ihm ein Glas in die Hand.

„Prost, ihr Säcke!“, rief Bernd Koweleiczak.

„Prost, du Sack!“, riefen die anderen im Chor.

Dann schmissen sie die Köpfe nach hinten und stürzten den Korn runter.

„Es ist Zeit für Stimmung und gute Laune!“, rief der lustige Hubert, der sich inzwischen mit seinem Mikrofon hinter die Orgel gesetzt hatte. Er drückte ein paar Knöpfe, und ein hektischer Polka-Rhythmus dröhnte aus den Boxen. Der lustige Hubert griff in die Tasten und begann zu singen.

„Bier her! Bier her! Oder ich fall um, juchhe!
Bier her! Bier her! Oder ich fall um!

Wenn ich nicht gleich Bier bekumm’,
schmeiß’ ich die ganze Kneipe um!

Bier her! Bier her! Oder ich fall um!“

Sabine sprang auf und lief zur Tanzfläche und schnappte sich Schmidtchen, und die beiden drehten sich wild im Kreis. Erst kam ein Paar dazu und dann zwei und dann immer mehr.

„Die Braut gibt einen aus!“, rief der lustige Hubert, als das Lied vorbei war, und der Wirt stellte wieder ein Dutzend Schnapsgläser auf den Tresen und füllte sie mit Korn und machte wieder zwölf Striche auf seinem Zettel. Die Leute sprangen auf und liefen auf die Tanzfläche und griffen sich die Korngläser.

Dann sang der lustige Hubert „Alle Möpse beißen, nur der kleine Rollmops nicht“ und danach „Schwarzbraun ist die Haselnuss“ und dann „Ein Prosit, ein Pro-hosit der Gemütlichkeit“, und dann winkte er wieder dem Wirt zu. Der Wirt stellte Schnapsgläser auf den Tresen und goss Korn ein und rief: „Der Bräutigam gibt einen aus!“, und machte Striche auf seinem Zettel. Schmidtchen prostete mit einer

Hand den Gästen zu und hielt sich mit der anderen Hand am Tresen fest.

„Das wird teuer“, sagte ich zu Stefan Greve.

„Klar doch!“, sagte Stefan Greve. „Der Komiker ist der Schwager vom Wirt! Die teilen sich hinterher die Beute auf!“

Stefan Greve stemmte seine Bierkiste auf den Tisch, und die Leute vom Nachbartisch sprangen auf und griffen zu. Die Kellnerinnen guckten genervt.

Dann sang der lustige Hubert „Bolle reiste jüngst zu Pfingsten“ und „Mein Hut, der hat drei Ecken“ und „Hoch soll’n sie leben, drei Mal hoch!“, und danach rief er: „Die Braut gibt einen aus!“, und Sabine rannte zum Tresen und riss dem Wirt die Schnapsflasche aus der Hand. Sie nahm einen Schluck, wischte sich den Mund ab, und dann ging sie von Tisch zu Tisch und schenkte den Schnaps aus. Einige Gäste brachten ihre Sektgläser in Sicherheit. Der lustige Hubert stellte einen Plattenspieler auf seine Orgel.

„Jetzt ist es Zeit für Musik für die jungen Leute!“, rief er. Dann legte er eine Single auf, „Tanze Samba mit mir“ von Tony Holiday.

Die Fußballspieler strömten auf die Tanzfläche und hakten sich unter und hüpften auf und ab und drängten die Pärchen zurück auf ihre Stühle. Schmidtchen kam an unseren Tisch gewankt und setzte sich gegenüber von mir hin.

„Da treffen sich ja die beiden Richtigen!“, rief Stefan Greve.

„Wieso das denn?“, fragte ich.

„Na, ihr habt doch beide eure Nudel in dieselbe Furche reingehängt!“, rief Stefan Greve. „Das verbindet doch!“

„Ho ho ho!“, machten die Kollegen am Tisch.

„Wie ist es denn so als verheirateter Mann?“, fragte ich Schmidtchen.

Schmidtchen legte den Kopf nach links und dann nach rechts, und dann spitzte er die Lippen und machte „pfffff“.

Hinter ihm wankten Sabine und Bernd Koweleiczak eng umschlungen über die Tanzfläche. Es lief „Tränen lügen nicht“ von Michael Holm. Die Fußballer standen mit geschlossenen Augen und entrückten Gesichtern auf Stühlen und Tischen und sangen mit.

„Nananana – nanananana ...“

„Der Bräutigam gibt einen aus!“, jubelte der lustige Hubert, als das Lied vorbei war.

Der Wirt stellte wieder Korngläser auf den Tresen und machte seine Striche. Bernd Koweleiczak löste sich von Sabine und haute Schmidtchen von hinten auf die Schultern.

„Komm mit, Dickerchen! Feuerwasser!“

Der lustige Hubert hatte „Polonaise Blankenese“ aufgelegt. Die Leute fassten sich an den Schultern und tanzten durch den Saal und sangen: „Hier fliegen gleich die Löcher aus dem Käse!“

Schmidtchen rappelte sich hoch und wankte zum Tresen. Sabine setzte sich auf seinen Platz.

„Na du?“, sagte sie zu mir.

„Ist deine Schwester gar nicht hier?“, fragte ich.

„Tatjana ist in Indien“, sagte Sabine.

„Was macht sie denn in Indien?“, fragte ich.

„Ist doch egal!“, sagte Sabine. Sie stand auf und griff meine Hand und zog mich hoch. „Komm, wir tanzen!“

Der lustige Hubert legte „Fiesta Mexicana“ von Rex Gildo auf. Die Fußballer stießen ihre Fäuste in die Luft. „Hossa! Hossa! Hossa! Hossa!“

„Ich möchte diese grässliche Musik nicht dadurch aufwerten, dass ich dazu tanze“, sagte ich.

„Du bist ein komischer Kauz“, sagte Sabine und zerrte mich auf die Tanzfläche.

Sie packte meine Schultern, und wir taumelten wie eine Flipperkugel umher. Beim letzten „Hossa!“ stießen wir gegen den Tresen. Dort saß Schmidtchen zusammengesunken auf einem Barhocker, den Kopf auf die Arme gestützt, und schlief.

Sabine schob mich aus der Gaststätte raus, die Treppe runter zum Eingang und dann die andere Treppe runter in den Keller zu den Bällen und den Eckfahnen. Sie drückte mich gegen die Wand und nahm meinen Kopf in beide Hände. Ihr Kleid war nass vom Schweiß. Sie presste ihre Lippen gegen meinen Mund, und ihre Küsse waren gierig und schmeckten nach Schnaps. Ich spürte die Wand im Rücken und Sabines Zunge in meinem Mund, und ich fühlte mich deplatziert.

„Ich glaube, ich gehe jetzt besser", sagte ich, als ich Luft holen konnte. Ich schob sie von mir weg, und ich versuchte zu lächeln.

Sie starrte mich an und ließ mich los, und ich ging die Treppe hoch zur Tür und dann raus ins Dunkel auf den Parkplatz. Dort lagen immer noch die Scherben des Geschirrs und der Kloschüssel. Ich drehte mich um. Sabine stand in der Tür, breitbeinig, verschwitzt und mit wirren Haaren, und sie stemmte die Hände in die Hüfte. Im Hintergrund lief Tony Marshall, „Heute hau'n wir auf die Pauke, ja wir machen durch bis morgen früh!".

„Tschüss!", sagte ich und winkte ihr zu.

Sie drehte sich um und ging die Treppe hoch, zurück in die Gaststätte.

Bernd Koweleiczak und einer seiner Kumpels liefen auf dem Parkplatz rum und traten die Außenspiegel der Autos ab.

„Was guckst du!", rief Bernd Koweleiczak.

„Nichts", sagte ich.

„Ist auch besser so!", sagte Bernd Koweleiczak und trampelte auf einen VW Käfer ein.

Dann ging ich nach Hause. Wenn Schmidtchen rechtzeitig wach wird, dachte ich unterwegs, und wenn Sabine so lange durchhält, dann haben die beiden bestimmt eine irrsinnige Hochzeitsnacht.

„War es denn eine schöne Feier?", fragte meine Mutter, als ich am nächsten Morgen mit pochendem Schädel am Frühstückstisch saß.

„Tja“, sagte ich. „Ereignisreich.“

Der Abend war so gelaufen, wie Freitagabende früher immer gelaufen waren. Saufen, Blödsinn bauen und irgendwann mit Sabine in einer dunklen Ecke verschwinden. Das hatte mir immer Spaß gemacht. Aber jetzt, mit dem Abstand von einem halben Jahr auf einem stillen Bauernhof, wirkte das alles befremdlich auf mich, das Hemmungslose, das Unkontrollierte, das Aggressive.

Dann sagte ich „Tschüss!“, und meine Mutter sagte: „Ach, Martin“, und mein Vater sagte: „Guck mal wieder vorbei, wenn du in der Gegend bist!“, und dann saß ich wieder im Zug, und ich fühlte mich erleichtert. Und als ich mit dem Fahrrad durch die Felder fuhr und als der Behrendshof am Horizont auftauchte, war ich froh.

„Na, wie war's in der Heimat?“, fragte Christoph.

„Ach ja, Heimat“, sagte ich. „Wo liegt das eigentlich?“

Profis
(2020)

„War es denn eine glückliche Ehe?“, fragt Sophia.

„Ich weiß nicht, ob sie glücklich ist“, sage ich. „Aber sie hält bis heute, glaube ich. Und sie war kinderreich.“

„Na, dann gab es ja doch etwas, was dieser Schmidtchen richtig gut konnte.“

„Ich habe Sabine ein paar Jahre später getroffen, als ich mal bei meinen Eltern in Kiel war“, sage ich. „Sie war mit ihren vier Kindern unterwegs. Zwillinge im Kinderwagen, ein Mädchen an der Hand und ein Junge, der ständig ausbüxen wollte. Später kam noch ein fünftes dazu. Sie war blass und hatte Ringe unter den Augen und Falten im Gesicht, aber sie war nett zu den Kindern und hatte alles einigermaßen im Griff. Sie ist eine starke Frau. Aber eines hat mich irritiert.“

„Und was?“

„Die Kinder sahen alle aus wie Schmidtchen.“

„Oh Gott, die Ärmsten!“, sagt Sophia.

„Ja“, sage ich. „Alle hatten blonde Locken und waren kräftig, wie man so bei Kindern sagt, und alle hatten dieses Schmidtchen-Gesicht: Augen, Mund und Nase ganz eng beieinander und drum herum ganz viel leere Fläche. Ich glaube, die beiden haben inzwischen ungefähr ein Dutzend Enkelkinder, und die meisten sehen auch so aus.“

„Na dann, Prost!“, sagt Sophia.

Wir stoßen an.

„Schmidtchen habe ich auch noch mal getroffen“, sage ich. „Da war ich in Kiel, zu irgendeinem runden Geburtstag meiner Mutter. Alle möglichen Verwandten und Nachbarn waren da, auf dem Wohnzimmertisch standen drei Sahnetorten, und mein Vater erzählte wieder seine gesammelten Anekdoten aus den Stadtwerken. Da bin ich geflüchtet.“

„In den ‚Nordstern‘ …“

„Ja, genau. Ich war nicht mehr da gewesen, seit dem Abend mit dem Professor, und ich wollte mir das alles noch einmal anschauen.“

„Ich muss da auch noch mal hin“, sagt Sophia. „Liegt ja gleich um die Ecke. Heute ist da angeblich eine ganz coole Kneipe, mit viel besserer Musik als damals. Der Laden heißt jetzt ‚Polente‘ oder so. Bloß am Tresen hängen wohl immer noch die alten Säcke rum.“

„Da saß Schmidtchen damals auch“, sage ich. „Er saß nicht mehr unten am Tisch, sondern oben bei den frustrierten Figuren. Er war ein erwachsener Mann geworden, und er trank jetzt bei den Profis, und er hatte wieder seinen roten Kopf, und er starrte in ein halbleeres Bierglas.“

„Apropos“, sagt Sophia. „Was ist eigentlich aus dem Professor geworden?“

„Der ist ein paar Jahre, nachdem du da warst, gestorben. Er lag tot in seiner Wohnung. Seine Putzfrau hat ihn gefunden. Die Wohnung war wohl in einem saumäßigen Zustand."

„Ich denke, er hatte eine Putzfrau!"

„Ja", sage ich. „Aber die war auch Alkoholikerin. Die hat wohl nie geputzt, sondern immer nur mit dem Professor gesoffen."

„Das ist traurig", sagt Sophia.

„Viele Menschen, die du kennengelernt hast, leben nicht mehr", sage ich. „Das liegt in der Natur der Sache. Frau Schölermann und Herr Lüttjohann sind auch ein paar Jahre später gestorben, glaube ich. Zumindest wohnten sie nicht mehr da, als ich mal an dem Haus vorbeikam und mir die Türschilder angeguckt habe."

„Erzähl mal was Schönes!", sagt Sophia. „Wie war das denn nun mit deiner Tina?"

„Sie war niemals ‚meine' Tina", sage ich.

Kunststoffe
(1981)

An einem Sonnabend im Sommer saßen wir wieder in der Großen Runde in der Stube zusammen, und es ging wieder ums Essen.

„Dieses Müsli, das du immer kaufst", sagte Tina zu Christoph, „das ist ein ganz fürchterliches Zeug. Das ist der pure Zucker!"

„Mir schmeckt's!", sagte Christoph.

„Du musst mal gucken, was da am Boden der Schale übrig bleibt, wenn du dein Müsli ausgelöffelt hast!", sagte Tina. „Tonnenweise Zucker!"

„Dieses Öko-Zeug schmeckt doch wie Sägespäne!", sagte Christoph.

„Dann nimm doch Honig dazu!", sagte Tina.

„Ich bin doch nicht Willi die Drohne!"

„Christoph, gesundes Essen ist sozusagen für uns alle wichtig!", sagte Tina. „Auch für dich!"

„Man ist, was man isst!", sagte Ingo, und Irene nickte.

„Ach, papperlapapp!", sagte Christoph. „Du musst mal gucken, was da auf der Packung steht: ‚Der gesunde Start in den Tag'!"

Tina ließ den Kopf und die Schultern hängen.

„Du musst aber auch auf das Kleingedruckte achten!", sagte ich. Es war erst das zweite oder dritte Mal, das ich überhaupt in der Großen Runde etwas gesagt hatte.

„Welches Kleingedruckte?", fragte Christoph.

„Na, die ganzen E's", sagte ich. „Das E steht zwar für essbar, aber in Wirklichkeit sind das Kunststoffe und Chemiebestandteile und so!"

Tina richtete sich wieder auf und sah mich an.

„Ja, genau!", rief sie. „Die E's!"

„Da sind keine E's drin!", sagte Christoph.

Er stand auf und ging in die Küche. Wir hörten, wie die Schranktür auf- und zugeklappt wurde. Dann kam er zurück und setzte sich wieder hin.

„Na, wie viele E's sind da drin?", fragte ich.

„Ach, halt den Schnabel!", sagte Christoph.

Nach der Großen Runde setzte sich Tina neben mich.

„Woher wusstest du das denn?", fragte sie. „Das mit den E's?"

„Ich kannte mal eine Studentin, die Ernährungswissenschaften studiert hat", sagte ich.

Tina setzte ihren Ellenbogen auf den Tisch und stützte ihr Kinn mit der Hand und sah mich an.

„Und?", fragte sie. „Läuft da noch was zwischen dir und dieser Studentin?"

„Nein", sagte ich. „Die ist inzwischen ganz weit weg. Warum?"

„Nur so."

Wasserrosen
(1981)

Am nächsten Tag, am Sonntag, saßen Tina und ich nachmittags wieder mit unseren Gitarren zusammen, in der Sitzecke in der Stube, bei offenem Fenster. Draußen schien die Sonne, und es war heiß, aber in der Stube war es kühl. Tina trug ein weißes Kleid, und sie hatte ihre Haare hochgesteckt. Sie saß auf dem Sofa, und ich hatte mich in den Sessel gegenüber gesetzt. Wir probten „A Horse with no Name" von America, ein Lied mit ganz viel E-Moll und einem komischen Text. Warum hat das Pferd keinen Namen, dachte ich, und warum reite ich durch die Wüste, und warum kann ich mich ausgerechnet in der Wüste an meinen eigenen Namen erinnern? Aber das Lied hatte eine tolle Melodie, und unsere Stimmen klangen schön, als wir zusammen sangen.

„Wollen wir noch einen Spaziergang machen?", fragte Tina, nachdem wir das Lied ein paarmal unfallfrei gespielt hatten.

Wir gingen durch die Hitze den steinigen, ausgetretenen Feldweg entlang, der hinter dem Behrendshof durch die Weizenfelder führte, und dann bogen wir in den Wald ein, wo es feucht und kühl war. Tina stellte viele Fragen, nach meinen Eltern und meiner Kindheit und meinen Freunden. Und dann standen wir am Ufer der Jammer. Blätter von Wasserrosen bedeckten den Fluss, und Libellen flogen um uns rum.

„Du, Martin", sagte Tina. „Ich hab' da mal eine Frage an dich."

„Noch eine?"

„Martin, ich bin jetzt sechsundzwanzig", sagte sie, „und ich will ein Kind haben. Und alle Männer, die dafür in Frage kämen, haben sich als Idioten herausgestellt, oder sie haben

Nein gesagt. Vor diesen Typen bin ich ja sozusagen hierher geflüchtet."

Sie hob einen Stock auf und warf ihn in den Fluss und schaute zu, wie er sich langsam von uns entfernte.

„Könntest du dir vorstellen, der Vater zu sein?"

Meine Schultern zuckten hoch, und mein Herzschlag wurde schneller, und aus meinem Mund kam so etwas wie „huuu". Ich sah sie an, aber Tina schaute immer noch dem Stock hinterher, der auf dem Wasser schwamm.

„Du verpflichtest dich zu nichts", sagte sie. „Ich erwarte nicht, dass du dich um das Kind kümmerst, und ich erwarte auch nicht, dass du Geld bezahlst. Ich verdiene ja sowieso drei Mal so viel wie du."

„Tja", sagte ich.

„Oder vier Mal so viel. Ist nicht wichtig."

„Nein", sagte ich, „natürlich nicht."

„Weil", sagte sie, „heute wäre nämlich sozusagen ein guter Tag dafür!" Sie drehte sich zu mir um und lächelte mich an, und dann nahm sie die Spange aus ihren Haaren und schüttelte ihre dunklen Locken. Dann streckte sie die Hand zu mir aus. „Gehen wir?", fragte sie.

Und dann gingen wir Hand in Hand zurück zum Behrendshof und dann hoch auf ihr Zimmer.

Und am nächsten Tag war auch „ein guter Tag dafür", und am Tag danach auch.

Ungefähr sechs Wochen später kam Tina mit zwei gefüllten Sektgläsern in mein Zimmer.

„Es hat sozusagen geklappt!", sagte sie und lächelte und schwenkte die Gläser. Der Sekt schwappte über. „Oh, Mist", sagte sie und gab mir ein Glas.

„Glückwunsch!", sagte ich. „Aber solltest du jetzt nicht auf Alkohol verzichten?"

„Stimmt", sagte sie. „Ab morgen!"

Dann stießen wir an.

In dieser Nacht schlief ich kaum. Ich werde Vater, dachte ich. Aber ich werde nichts davon mitbekommen. Ich fühlte mich, als ob ich um etwas betrogen worden wäre, obwohl ich allem zugestimmt hatte, was passiert war.

Am nächsten Tag sprach ich mit Christoph.

„Sei doch froh“, sagte er, „dass das nichts Festes ist mit euch beiden! Gegen Tina hättest du sowieso keine Chance!“

Und ich sprach mit Rolf.

„Hast du eigentlich Kinder?“, fragte ich ihn.

„Ja“, sagte er. „Kinder sind überhaupt das Schönste auf der Welt.“

Sinneswandel
(2020)

Sophia legt die Stirn in Falten. „Warum hast du dich überhaupt darauf eingelassen?“, fragt sie. „Ich meine, abgesehen vom unmittelbaren Lustgewinn?“

„Gute Frage“, sage ich. „Ich habe nicht groß nachgedacht.“

„Du hattest wohl nicht genug Blut im Gehirn! Das hat sich woanders gestaut!“

„Ich war damals zwanzig“, sage ich. „Ich hatte keine Vorstellung davon, was es bedeutet, ein Kind zu bekommen. Und es klang ja alles ganz einfach, so wie Tina es beschrieben hatte. Dass ich nur als Samenspender gebraucht werde, und dass danach die Sache für mich erledigt sei. Aber dann ist es ja ganz anders gekommen.“

Ich suche Joannas Brief aus dem Stapel heraus, der auf dem Küchentisch liegt, und zeige Sophia den großen Kunstkatalog, den Joanna mir aus München zu meinem Geburtstag geschickt hat.

„Meine ältere Tochter ist wahrscheinlich der Mensch auf dieser Welt, der mir am meisten bedeutet“, sage ich.

„Und, wie kam es zu dem Sinneswandel?"

„Übelkeit, Schlaflosigkeit, Schwindelgefühle. Es war für Tina eine heftige Schwangerschaft. Es ging ihr die ganze Zeit richtig schlecht. Sie hätte von sich aus nie um Hilfe gebeten, aber ich fühlte mich in der Verantwortung. Also habe ich Tee gekocht und ihr das Essen ans Bett gebracht, und ihr die Treppe rauf und runter geholfen, wenn ihr schwindlig war, und sie getröstet, wenn sie mal wieder die halbe Nacht in die Kloschüssel gespuckt hatte."

„Ja, du bist ein Charmeur", sagt Sophia. „Du hast es drauf, wenn es um ältere Frauen geht. So wie letztes Wochenende, als du in der Olshausenstraße den Ofen angemacht hast."

„Sie war dankbar dafür, dass jemand bei ihr war", sage ich. „Obwohl sie das niemals zugegeben hätte. Und so erlebte ich die Schwangerschaft mit, und ich wuchs irgendwie in die Vaterrolle rein, obwohl das gar nicht so geplant war."

„Die Suche nach dem richtigen Mit-Erzeuger steht mir auch noch bevor", sagt Sophia. „Ich will auch mal Kinder haben, irgendwann. Vielleicht läuft mir ja wieder so ein niedlicher Kerl aus der Vergangenheit über den Weg!" Sie lächelt mich an. „Ich glaube, nächstes Mal nehme ich einen aus dem Mittelalter. So einen tapferen Ritter mit einem riesigen Schwert!"

„Vorsicht", sage ich. „Damals gab es noch kein Duschgel und keine Zahncreme."

„Da spricht Martin, der Hygiene-Experte", sagt Sophia. „Finde ich toll, dass du jetzt auf so was achtest. Dein Kinderzimmer war ja eher eine Müllkippe. Und? Warst du bei der Geburt dabei?"

„Nein", sage ich, „das war damals nicht üblich. Außerdem war ich zu dieser Zeit, im April, zum Blockunterricht in der Berufsschule in Hinterende. Irgendwo an der Westküste."

Pony
(1982)

Ich saß im Kurs „Metallbau, Schwerpunkt Metallgestaltung“. Es war ein Mittwoch, und es war in der dritten Stunde. Wir hatten Technisches Zeichnen bei Herrn Mahler. Ich war am Sonntagnachmittag vom Behrendshof losgefahren, mit dem Fahrrad zur Bushaltestelle, und ich hatte die Telefonnummer der Berufsschule dagelassen, „für alle Fälle“. Es war noch mehr als eine Woche bis zum Stichtag.

„Du kannst ja mal durchrufen, wenn du Zeit hast“, hatte Tina gesagt, und das hatte ich auch versucht, aber im Wohnheim der Berufsschule gab es nur ein einziges Münztelefon, und das war ständig belegt von jungen Männern, die Sehnsucht nach ihren Freundinnen hatten und die mit Haufen von Fünfmarkstücken in der Hand die Telefonzelle belagerten. Ich überlegte, ob ich die zwei Kilometer ins nächste Dorf laufen sollte, aber das Wetter war lausig, und so dringend schien es ja noch nicht zu sein.

„Auszubildender Martin Hansen, bitte kommen Sie ins Sekretariat!“, sagte eine Frauenstimme aus dem Lautsprecher im Klassenzimmer. Ein Raunen ging durch den Raum, und die Leute machten „Oh!“ und fragten: „Was hast du denn ausgefressen?“

Herr Mahler guckte genervt und zeigte Richtung Tür.

„Beeilen Sie sich!“

Im Sekretariat saß die Schulsekretärin hinter ihrem Schreibtisch, eine mittelalte Frau mit einem blonden Dutt und einer großen, randlosen Brille. Sie hatte den Telefonhörer am Ohr.

„Moment!“, sagte sie, „da kommt er, ich reiche mal weiter!“ Sie lächelte und gab mir den Hörer.

„Ja, hallo?“, sagte ich.

„Es ist ein Mädchen!“

„Wie bitte?"

„Es ist ein Mädchen, Martin! Ein bildhübsches, kerngesundes Mädchen!"

Tinas Stimme war kaum wiederzuerkennen. Sie hatte eigentlich eine tiefe Stimme, und sie sprach immer langsam und kontrolliert. Selbst wenn sie Gitarre spielte und dazu sang, tat sie das mit Bedacht, und sie achtete darauf, dass jeder Ton saß. Aber jetzt, am Telefon, klang sie wie ein kleines Mädchen, das gerade ein Pony geschenkt bekommen hatte. Sie redete schnell und aufgeregt, und sie kicherte, und ihre Stimme war eine Oktave höher als normal. Ich habe sie nie vorher und nie nachher so erlebt.

„Martin, bist du noch da? Mein Gott, sag doch mal was! Ist das nicht supertoll?"

„Du meine Güte!", sagte ich, und mir schossen die Tränen in die Augen.

Die Sekretärin brachte einen Stuhl und stellte ihn neben das Telefon. „Nehmen Sie doch erstmal Platz!", sagte sie. „Bevor Sie mir hier noch umkippen!"

Ich setzte mich auf den Stuhl und schnappte nach Luft.

„Heute Nacht um zwei!", sagte Tina. „Es ging alles ganz schnell! Um halb zwölf kamen plötzlich die Wehen, und Rolf hat mich nach Rendsburg in die Klinik gefahren, und dann kam ich in den Kreißsaal, und dann war es auch schon vorbei! Das habe ich mir sozusagen auch verdient, nach all der Kotzerei, findest du nicht?"

„Klar", sagte ich. „Natürlich."

„Die Kleine schläft jetzt neben mir in der Wiege! Du Martin, sie ist so süß! Und mir geht's auch richtig gut! Ich soll noch nicht aufstehen, aber ich würde am liebsten einmal um die Stadt rum rennen!"

Die Sekretärin stellte mir ein Glas Wasser hin und legte kurz die Hand auf meine Schulter.

„Du musst unbedingt ganz schnell vorbeikommen!", sagte Tina.

„Na, Sie waren ja lange unterwegs“, sagte Herr Mahler, als ich in die Klasse zurückkam. „Konnten Sie die Sache klären?“

Mir schossen wieder die Tränen in die Augen.

„Ich bin Vater geworden!“, sagte ich.

Alle riefen „Whooo!“ und „Hey!“ und standen auf und applaudierten.

„Das lass ich mal als Entschuldigung gelten“, sagte Herr Mahler.

Spucke
(1982)

Am Abend musste ich viel Geld in die Getränkeautomaten im Wohnheim werfen und eine Runde nach der anderen ausgeben. Am Freitag durfte ich vor der Mittagspause los. Ich fuhr in einem langsamen Bus und einem wackligen Zug nach Rendsburg. Vom Bahnhof fragte ich mich zur Klinik durch, und vom Pförtner der Klinik zur Geburtsstation, und dort zum Zimmer 12.

Ich klopfte an und trat ein.

Tina saß im Bett mit dem Baby im Arm. Das Baby schrie, und Tina hantierte mit einem Schnuller. Im Bett neben ihr lag eine junge, blonde Frau mit genervtem Gesicht. Tina sah mich und winkte mich ran.

„Martin, versuch du's mal!“, sagte sie. „Sie schreit schon seit Stunden! Dabei ist sie sozusagen randvoll mit Milch!“

„Hallo“, sagte ich.

„Hallo!“, sagte Tina. „Hier!“ Sie hielt mir das Baby hin, und ich nahm es vorsichtig auf den Arm. „Du musst den Kopf stützen!“, sagte Tina. „Das ist wichtig!“

Ich hielt das Baby im rechten Arm und stützte mit der linken Hand den Kopf und setzte mich auf die Bettkante. Das Baby hörte auf zu schreien und sah mich mit großen, blauen Augen an, während Spucke aus seinem Mund auf meinen Ärmel tropfte.

„Hey, du", sagte ich leise. „Ich bin dein Papa!"

Ich legte den Kopf des Babys in den linken Ellenbogen, und mit der linken Hand hielt ich eine Hand des Babys mit den winzig kleinen Fingern. Die Gesichtsfarbe des Babys wechselte von Knallrot zu Blassrosig. Die großen, blauen Augen sahen mich noch einige Sekunden lang an, und dann schlief das Baby ein.

„Na, da haben sich ja zwei gefunden!", sagte Tina.

Ich legte das Baby vorsichtig zurück in Tinas Arme.

„Sie ist eben ein Widder", sagte Tina. „Selbstbewusst und unabhängig. Damit werden wir noch unsere Freude haben!"

„Glaubst du an so was?", fragte ich.

„Inzwischen ja." Sie wischte vorsichtig die Spucke aus dem Gesicht des Babys. „Was hältst du von Joan?"

„Wer ist Joan?", fragte ich.

„Na, als Namen!", sagte Tina. „Wie Joan Baez oder Joan Armatrading!"

„Tja", sagte ich.

„Na, was meinst du?"

„Ist das nicht ein bisschen zu anspruchsvoll?", sagte ich. „Ich meine, einige Leute werden ja nicht wissen, wie sie das aussprechen sollen, wenn sie das lesen. Und dann hat sie in der Schule irgendeinen komischen Spitznamen weg."

„Stimmt auch wieder", sagte Tina.

„Warum nicht Johanna?", fragte ich. „Das ist Joan auf Deutsch."

„Ja, aber dann ohne das H!"

„Okay."

Ähnlichkeit
(2020)

„Joanna Hansen?“, fragt Sophia. „Ist das nicht ein bisschen doppelt gemoppelt?“

„Nein“, sage ich, „sie ist keine Hansen. Tina und ich haben ja nie geheiratet. Joanna ist eine Tependecker, wie ihre Mutter. Sie ist ihrer Mutter auch sonst sehr ähnlich.“

„Moment mal“, sagt Sophia. Sie holt ihr Smartphone aus der Jackentasche. „Das interessiert mich jetzt.“ Sie gibt den Namen bei Google ein, und es erscheint Joannas Bild von der Website ihrer Firma, mit professionellem Lächeln und langen, goldblonden Haaren und einer weißen Bluse unter einem schwarzen Business-Jackett. Sophia hält das Smartphone neben das Gruppenfoto von der WG, wo Tina ganz rechts steht und sich die Haare aus der Stirn streicht. „Ist ja irre!“, sagt Sophia. „Diese Ähnlichkeit!“

„Ja“, sage ich. „Vom Aussehen her auf jeden Fall, und die beiden haben auch ähnliche Persönlichkeiten. Deswegen haben sie wahrscheinlich immer mal so ihre Schwierigkeiten miteinander.“

„Du hast eine Tochter, die sechzehn Jahre älter ist als ich!“, sagt Sophia. „Und am letzten Wochenende warst du noch ein kleiner Junge. Also geistig, nicht körperlich!“

„Vielen Dank“, sage ich.

„Abgefahren!“, sagt Sophia. „Ich weiß, ich wiederhole mich. Und wie war das Leben mit Kind?“

„Tja“, sage ich. „Es wurde jetzt vieles anders auf dem Behrendshof.“

Senfgläser
(1982)

Ich blieb noch eine Weile auf der Bettkante sitzen, und wir schauten das Baby an und flüsterten miteinander. Dann kam eine Schwester und legte das Baby in die Wiege, und Tina fielen die Augen zu.

Auf dem Weg zurück zum Bahnhof kaufte ich zwei Flaschen Sekt. Vom Bahnhofsvorplatz fuhren die Busse los, und ich holperte wieder über schmale Landstraßen nach Schnaddelby. An der „Linde" stieg ich aufs Rad und legte mir meine Tasche über die Schulter und fuhr zum Behrendshof. Als ich auf den Feldweg einbog, drückte ich ein paar Mal auf die Fahrradklingel. Ich schmiss das Rad auf das Kopfsteinpflaster im Innenhof und rannte ins Haus. Im Hausflur holte ich die beiden Sektflaschen aus der Tasche und stieß die Küchentür auf. Die Tür knallte gegen die Wand. In der Küche saßen sich Christoph und Katja am Tisch gegenüber. Ich hielt die Sektflaschen in die Luft wie Pokale und tanzte auf die beiden zu, und dabei sang ich die Tagesschau-Melodie.

„Dä-däääää! Dä-dä-dä-dääääää!"

Christoph lächelte mich müde an, und Katja schaute runter auf den Tisch und schüttelte den Kopf.

„Alles klar mit euch beiden?", fragte ich.

„Opa Hermann ist tot", sagte Christoph.

Katja schluchzte.

„Ach du Scheiße", sagte ich und ließ die Sektflaschen sinken.

„Katja hat ihn gefunden", sagte Christoph.

„Er war gestern nicht beim Abendbrot", schluchzte Katja. „Aber das ist ja nicht ungewöhnlich. Er bleibt ja manchmal für sich … Blieb. Und heute Morgen habe ich ihn auch nicht gesehen, und heute Mittag, als ich von der Arbeit kam, freitags ist immer früh Schluss bei uns im Kindergarten, da war alles still, und dann bin ich hochgegangen in sein Zimmer …" Ihre Stimme stockte, und Christoph legte seine Hand auf ihren Arm. Katja holte ein Taschentuch aus dem Ärmel ihres Pullovers und wischte sich die Tränen ab und schniefte rein. „Und da saß er an seinem Schreibtisch", sagte Katja. „In sich zusammengesunken, und die Brille hing quer überm Gesicht. Ich habe ihn an der Schulter angefasst, und dann habe ich gemerkt, dass er tot ist." Sie begann wieder zu schluchzen.

„Die Polizei war hier", sagte Christoph. „Und der Notarzt und der Leichenwagen. Es war wohl ein Herzinfarkt. Er hatte keine Schmerzen, sagt der Arzt."

Ich stellte die Flaschen auf den Tisch und setzte mich auf den Stuhl neben Katja.

„Das Leben geht, und das Leben kommt", sagte Christoph. „Glückwunsch euch beiden!"

„Tja", sagte ich.

„Doch, doch!", sagte Christoph. „Mitten im Leben ist Tod, und mitten im Tod ist Leben! Du hast was zu feiern, also sollten wir feiern!" Er nahm eine Sektflasche und montierte den Draht ab und zog am Korken, bis der Sekt in einer Fontäne durch die Küche spritzte.

Katja schüttelte den Kopf.

„Methusalix ist tot, aber Troubadix und Gutemiene haben ein Baby!", sagte er. Er nahm einen Schluck Sekt, und der Schaum quoll ihm übers Gesicht.

Katja guckte an die Decke.

„Hier!", sagte er und hielt uns die Sektflasche hin.

„Na gut", sagte ich und nahm die Flasche. „Auf Hermann! Und auf Joanna!" Ich reckte die Flasche in die Luft und trank dann einen Schluck.

„Joanna?", fragte Christoph.

„Ein schöner Name", sagte Katja.

„Also, auf Joanna!", sagte Christoph. Er griff sich die Flasche und nahm wieder einen großen Schluck. Der Sekt lief ihm in die Nase, und er verzog das Gesicht und schniefte und hustete.

„Mein Gott, muss das denn sein?", rief Katja. „Ihr wollt doch jetzt kein Gelage veranstalten?"

„Warum denn nicht?", sagte Christoph. „Ich habe heute zum ersten Mal im Leben einen Toten gesehen. Wenn das kein Grund ist!"

„Und ich hab' einen Toten angefasst!", sagte Katja. „Aber alles, was ich jetzt noch möchte, ist eine Kopfschmerztablette!" Sie stand auf und ging zum Küchenschrank und holte zwei Gläser raus. „Da!" Sie stellte die Gläser auf den Tisch.

„Das sind Senfgläser und keine Sektgläser!", sagte Christoph.

„Eben!", sagte Katja. „Da macht es nichts, wenn ihr sie zerdeppert bei eurem Gelage!" Sie gab Christoph einen Kuss auf die Stirn und sagte „Gute Nacht!" und verließ die Küche.

Christoph goss Sekt in die Gläser. Der Sekt schäumte über und landete auf der Tischplatte. Ich stand auf und holte ein Geschirrhandtuch von der Spüle und wischte die Pfütze auf.

„Jetzt wird vieles anders werden", sagte Christoph. „Hermann war wichtig."

„Wieso?", fragte ich.

„Zum einen finanziell", sagte Christoph. „Er hat doch einen großen Teil seiner Rente in die Gemeinschaftskasse getan. Das Geld wird fehlen. Da werden wir uns alle strecken müssen."

„Das wusste ich gar nicht", sagte ich.

„Und auch menschlich. Er war eine Autorität, und das hat für Disziplin gesorgt. Es hat sich keiner getraut, über die Stränge zu schlagen, solange Hermann in der Nähe war."

„So wie du jetzt?", fragte ich.

„Genau!", sagte Christoph. „Siehst du? Es fängt schon an!" Er nahm einen Schluck aus seinem Glas, und der Sekt tropfte ihm übers Kinn auf die Brust.

„Dafür wird bald Joanna hier sein“, sagte ich. „Und das könnte doch den gleichen Effekt haben. Wer sich benimmt, wenn ein alter Pastor da ist, der benimmt sich auch, wenn ein kleines Kind da ist.“

„Stimmt!“, sagte Christoph. „Und heute Abend sind wir quasi zwischen den beiden Zeitaltern. Das sollten wir ausnutzen!“ Er nahm die zweite Sektflasche und zerrte am Korken und goss dann den Sekt in die Gläser, diesmal vorsichtiger. Die kleine Pfütze wischte er selbst weg. „Du kennst mein kleines Geheimnis ja noch gar nicht“, sagte Christoph. „Ich musste das so ein bisschen unter der Decke halten, weil Hermann davon, na ja, nicht begeistert gewesen wäre.“

„Oha, was kommt jetzt?“, fragte ich.

„Komm mal mit!“

Wir gingen raus auf den Innenhof und rüber zur Scheune, und in der Scheune stiegen wir eine schmale Treppe hoch auf den Speicher. Hier war ich noch nie gewesen, obwohl die Treppe nur ein paar Meter hinter der Schmiede lag. Christoph schloss eine Tür auf.

„Hier, guck mal!“, sagte er.

Ich warf einen Blick in den Raum hinter der Tür. In der Dachschräge war eine breite Fensterfront, und auf dem Boden standen zwei Dutzend Blumentöpfe mit grünen Pflanzen drin. Die Pflanzen hatten spitze, zackige Blätter, und der Geruch war schwer und süßlich.

„Was ist das denn?“, fragte ich.

„Dope!“, sagte Christoph. „Wofür bin ich Gärtner? Mit Hammer und Amboss kriegst du das nicht hin!“

„Ohauerha“, sagte ich. Ich hatte außer Alkohol und Zigaretten und Kaffee noch keine Drogen probiert, und ich kannte auch niemanden, der etwas mit Hasch oder Heroin oder Kokain zu tun hatte, oder wie das ganze Zeug hieß.

„Ich bau’ uns mal ’nen Dorsch!“, sagte Christoph. Er nahm eine bunte Metallkiste von einem Stuhl neben der Tür, mit Bildern von Königen und edlen Damen und Zuckerbäckern drauf. „Nürnberger Lebkuchen!“, sagte Christoph. „Lecker!“ Er machte die Kiste auf. Darin waren grüne Klumpen und ein Beutel „Bison“-Tabak und ein Feuerzeug und ein paar kleine, gelbe Heftchen mit Zigarettenpapier. „Damit setzen wir uns jetzt in die Küche!“, sagte Christoph. „Heute dürfen wir das mal!“

Christoph schloss die Tür ab, wir stiegen die Treppe wieder runter und gingen zurück zum Haus. In der Küche öffnete Christoph die Kiste und holte eines der gelben Heftchen raus und klebte ein halbes Dutzend Blättchen zusammen. Darauf legte er eine Schicht Tabak und eine Reihe grüner Klumpen.

„Weißt du, das war gut, dass du hier eingezogen bist“, sagte er.

„Echt?“

„Ja“, sagte er, „ich hab’ mich vorher nicht so richtig wohlgefühlt. Ich mein’, mit Katja läuft alles super. Aber dein Vorgänger, das war eine ziemliche Nulpe. Rolf hat ihn rausgeschmissen, weil er ständig abgehauen ist. Der war manchmal tagelang weg.“

„Mann, Mann“, sagte ich.

„Rolf ist ja auch ein bisschen bizarr, finde ich. Und vor Hermann hatte ich immer Schiss. Der hat mich zu sehr an meinen eigenen Opa erinnert. Und Tina und ich, na ja, du weißt ja. Wir sind öfters mal unterschiedlicher Meinung. Aber seit du da bist, ist die ganze Stimmung besser geworden.“

„Warum bist du denn überhaupt hierhergezogen?“, fragte ich.

„Versuch’ mal, eine Wohnung zu finden als unverheiratetes Paar!“, sagte Christoph. „Da kannst du gleich sagen: Wir haben Lepra!“ Er hatte inzwischen einen gewaltigen weißen Schornstein gebastelt. Dann nahm er das Feuerzeug und zündete ihn an. Die Glut leuchtete rötlich und hell, als er hinten dran zog. „Oha!“, sagte Christoph und hustete.

„Würzig!" Er nahm noch einen kräftigen Zug und dann reichte er den Schornstein zu mir rüber. Ich zog vorsichtig. Es schmeckte scharf und aromatisch, und es kratzte im Hals, und in meinem Mund sammelte sich der Speichel.

„Puuuh", sagte ich und spülte den Geschmack mit Sekt runter.

„Das ist wie heißes Badewasser!", sagte Christoph. „Am Anfang tut's noch weh, aber am Ende will man gar nicht mehr raus!" Er schaltete das Radio an. Eine kreischende Trompete ertönte, begleitet von schrägen Klavierakkorden und einem Schlagzeug, das klang, als ob jemand einen Haufen Kartoffeln in einen Blecheimer kippt. „Am Freitagabend gibt's immer Jatz!", sagte Christoph. „Herrlich, nicht?"

Wir hörten der Musik zu und reichten den Schornstein hin und her.

„Kosmisch!", sagte Christoph. „Galaktisch!"

Er hatte recht. Nach ein paar Zügen aus dem Schornstein klangen die Geräusche aus dem Radio wirklich kosmisch und galaktisch.

Dann kamen die Nachrichten.

„Mainz", sagte der Nachrichtensprecher. „Erzbischof Herbert Kardinal Volkmann hat die Bedeutung des Zölibats für die katholische Kirche betont …"

Christoph begann zu kichern.

„Hast du gehört, was er gesagt hat?", fragte er.

„Nein", sagte ich. Ich kicherte jetzt auch.

„Er hat ‚Erdbeer-Schorsch' gesagt!", sagte Christoph und prustete vor Lachen.

„Nein", sagte ich, „er hat ‚Erzbischof' gesagt." Ich fing jetzt auch an zu lachen.

„Aber ich als Gärtner höre natürlich ‚Erdbeer'!", rief Christoph. „Und du als Schmied hörst ‚Erz'!" Sein Gesicht verfärbte sich rot, und ihm kullerten Tränen aus den Augen.

„Mainz!", rief ich. Und jetzt konnten wir uns beide nicht mehr halten und wieherten vor Lachen. „Der Bischof von

Kiel, der hat viel", rief ich. „Aber der Bischof von Mainz, der hat keins!"

Wir wieherten und schüttelten uns und wackelten auf unseren Stühlen hin und her.

„Mainz oder deins, das ist hier die Frage!", rief Christoph.

Wir grölten und schnappten nach Luft.

„Mainz ist ein Drecksloch!", rief ich.

„Ja, meins auch!", rief Christoph.

Wir röhrten wie Tiere und hämmerten mit den Fäusten auf den Tisch.

„Jungs, was ist denn mit euch los?" Katja stand im Nachthemd in der Tür. Sie schnupperte und verzog das Gesicht. „Du sollst dein Kraut doch nicht hier drinnen rauchen!", sagte sie. Sie nahm Christoph den Schornstein aus der Hand und schmiss ihn in die Spüle und drehte den Wasserhahn auf. Dann warf sie den Tabak und die Blättchen in die Lebkuchendose. Sie gab Christoph einen Kuss auf die Stirn und verließ mit der Dose die Küche. Die Tür knallte.

„Klassefrau!", sagte Christoph und schaute ihr hinterher.

„Kennst du Sauf-Quartett?", fragte ich ihn.

„Nö."

Ich holte die Flasche Fürst-Bismarck-Korn aus dem Kühlschrank, die seit Weihnachten im Eisfach lag, und ging dann hoch in mein Zimmer. Das „Supertanker"-Quartett lag in der Schreibtischschublade.

Als ich zurück in die Küche kam, hatte Christoph Schwarzbrot und Butter und Mettwurst auf den Tisch gestellt.

„Ich hab' plötzlich einen Wahnsinnshunger!", sagte er. Er nahm sich eine Scheibe Brot und bestrich sie dick mit Butter und legte vier Scheiben Wurst drauf.

„Jetzt hab' ich auch Hunger!", sagte ich.

Wir schlangen beide drei Scheiben Schwarzbrot mit Mettwurst runter.

„Also", sagte ich, als wir keinen akuten Hunger mehr hatten, „die Regeln sind ganz einfach. Wir ziehen jeder eine

Karte, und wer den niedrigeren Wert hat, muss trinken." Ich kippte Korn in eines der Senfgläser.

„Na gut", sagte Christoph.

Ich mischte die Karten und legte sie umgedreht auf den Tisch.

„Länge über alles!", sagte ich, und wir zogen beide eine Karte.

„234 Meter!", sagte Christoph. „Die ‚Columbus Express'."

„268!", rief ich. „Die ‚Nippon Maru'!"

Christoph stürzte den Korn runter, und ich füllte nach. Dann zogen wir die nächsten Karten.

„184 Meter!", sagte ich. „Kackdampfer!"

„315!", rief Christoph. „Spitzentrumpf!"

Ich trank, und dann goss Christoph Korn ins Glas, und wir nahmen jeder eine Karte.

„245,5!", sagte ich. „Und guck' mal, wie schön hellblau der ist!"

„237!", sagte Christoph. „Und ganz viel Rost an den Ankerklüsen! Was für ein Seelenverkäufer!" Er nahm sich das Senfglas.

„Prost, Troubadix!"

Er trank den Schnaps.

„Prost, Obelix!", rief ich, und das tat mir im selben Moment leid, denn kein Mensch möchte Obelix genannt werden, obwohl Christoph durchaus Ähnlichkeit mit Obelix hatte, wegen seiner Statur und seiner roten Haare.

„Richtig!", rief Christoph. „Ich bin Obelix! Und weißt du was? Das bin ich gerne! Lieber Obelix als so ein Arschloch wie Asterix!"

„Aha?"

„Obelix, der hat ein Leben!", sagte Christoph. „Er hat einen Job, Hinkelsteine hauen und ausliefern, und er hat Hobbys, Römer verprügeln und Wildschweine jagen. Er verliebt sich, er frisst, er besäuft sich. Ein ausgefülltes Leben. Aber Asterix, dieser Spießer? Der ist einfach nur klein und listig. Da scheiß' ich drauf!" Er griff sich die Kornflasche und nahm einen großen Schluck.

Wir spielten noch zwei Runden Sauf-Quartett.

„Weißt du was?", sagte Christoph dann. „Nächste Woche kommt Tina mit dem Baby zurück. Dann beginnt hier das neue Zeitalter. Für dich ist das heute der letzte Abend in Freiheit für die nächsten achtzehn Jahre!"

„Du meine Güte", sagte ich.

„Keine Angst! Dir wird schon nicht der Himmel auf den Kopf fallen!"

Ritual
(2020)

„Und, wie war das Leben mit Kind?", fragt Sophia.

„Was soll ich sagen?", sage ich. „Ich dachte bis dahin, dass die Zeitreise und die Begegnung mit dir das bedeutendste Ereignis in meinem Leben war und für immer sein würde. Aber Vater zu sein und ein Kind großzuziehen, das war wieder eine ganz neue Welt. Rolf und ich holten Tina mit dem Auto aus der Klinik ab. Und ich hatte mal wieder Tränen in den Augen, als wir mit dem Baby auf den Hof kamen und dann Joanna herumtrugen, um die Scheune und dann ins Haus und in jedes einzelne Zimmer, damit sie ihr Zuhause kennenlernt."

„Also wart ihr dann doch eine Familie?"

„Ja, so eine Art Familie. Joannas Wiege stand bei Tina im Zimmer, und ich übernachtete dort häufig und kümmerte mich um Joanna, wenn sie nachts wach war, damit Tina schlafen konnte. Und morgens war ich auch meistens dran, mit Wickeln und Waschen und so. Ich hatte ein besseres Händchen beim Haarewaschen und Nägelschneiden."

„Als Schmied, da ist man feinfühlig“, sagt Sophia. „Und tagsüber? Kinderbetreuung ist ja heute noch ein ziemliches Problem, aber in den 80er-Jahren bei den Wessis, da gab es doch bestimmt gar nichts, oder?

„Es war kompliziert. Es gab keine Krippen oder Tagesmütter. Tina nahm sie mit zur Arbeit, aber auf ihrem Amt waren sie nicht begeistert, so nach dem Motto: Erst lässt sie sich ein Kind machen, und dann weiß sie nicht, wohin damit. Die Leute in ihrem Büro wollten auch nicht mit dem Rauchen aufhören, bloß weil ein Kleinkind im Raum war. Nicht jeder, der im Sozialamt arbeitet, ist auch sozial eingestellt. Am Ende bekam sie ein eigenes, kleines Büro, und an zwei Tagen in der Woche konnte sie Joanna bei einer Tante abgeben. Aber es blieb schwierig. Teilzeitarbeit gab es nicht, und das hätten wir uns ohnehin nicht leisten können.“

„Und du?“

„Na, ich konnte sie ja nicht mit in die Schmiede nehmen, bei dem Qualm und dem Lärm. Aber ich übernahm sie nachmittags, wenn Tina von der Arbeit kam, und bin mit ihr über die Feldwege gewandert, mit der wackligen Karre. Da war sie an der frischen Luft, nach dem Tag im Büro, und sie konnte im Gras liegen und im Matsch wühlen, oder wir gingen runter zur Jammer und fütterten die Enten. Diese Spaziergänge über die Felder runter zum Fluss wurden so eine Art Ritual für Joanna und mich.“

„Erstaunlich“, sagt Sophia. „Nachdem du dich jahrelang nicht aus deiner grauen Straße rausgetraut hast!“

„Das stimmt“, sage ich. „Unser Spaziergang am Strand damals hat mich offenbar nachhaltig verändert. Diesen Blick von der Steilküste in die Ferne, den habe ich heute noch vor Augen. Und genau so eine Weite hatte ich auch um mich, wenn ich durch die Felder gegangen bin.“

„Das klingt doch nach Harmonie pur“, sagt Sophia.

„Ja, als meine Eltern zum Besuch da waren, das erste und einzige Mal, und als sie Joanna im Arm hielten, da war ich stolz und glücklich. Aber es war auch anstrengend. Das Schöne am menschlichen Gehirn ist, dass es die unangenehmen Erinnerungen im Lauf der Zeit löscht oder verdrängt. Tina und ich hatten so gut wie keine Freizeit und auch keine Zeit füreinander, aber das war vielleicht besser so. Da mussten wir auch nicht nachdenken, was das eigentlich war mit uns beiden. Ob wir nun ein Paar waren oder nicht."

„Kenn' ich", sagt Sophia. „Ich dachte ja auch, Marcel und ich seien ein Paar. Aber er und Manuela, die Schlampe, waren anderer Meinung."

„Und außerdem war das Geld permanent knapp. Opa Hermanns Zimmer auf dem Dachboden blieb jahrelang leer. Keiner wollte da einziehen. Also fehlte dieser Teil der Miete, und Hermanns Beitrag in der Gemeinschaftskasse fehlte sowieso. Hermann hatte uns ein Sparbuch mit fünftausend Mark vererbt, davon hoben wir etwas ab, wenn es eng wurde. Rolf und ich haben außerdem im Akkord Kerzenständer und Flaschenöffner und Hufeisen als Glücksbringer geschmiedet, und damit sind wir über die Flohmärkte getingelt. Und dann hatte Tina mal wieder eine Idee."

Ortsverein (1983)

Es war Sonnabend, und wir saßen in der Großen Runde. Tina saß am Kopf des Tisches mit ihren Werbezetteln und ihren Aktenordnern, und ich saß daneben mit Joanna auf dem Schoß. Tina präsentierte den Kontostand, mit einem dicken Minus vor einer ziemlich hohen Zahl, und die offenen Rechnungen.

„So sieht's aus, Leute", sagte sie.

Die Reaktionen waren „oh nein!" und „ach du Scheiße!".

Dann ging es um den Einkauf der kommenden Woche.

„In Achterlütjebüll gibt es jetzt einen Aldi!", sagte Christoph. „Da ist alles viel billiger als bei Spar. Da fahren wir mal hin!"

„Hast du die zusätzlichen Benzinkosten gegengerechnet?", fragte Ingo.

Christoph rollte mit den Augen und schüttelte den Kopf.

„Und außerdem brauchen wir endlich mal eine vernünftige Kinderbetreuung", sagte Tina, „und zwar hier in Schnaddelby!" Sie kratzte sich an der Nase und schaute Richtung Fenster. „Deswegen will ich in den Gemeinderat! Ich kandidiere bei der nächsten Wahl!"

„Was?", rief ich.

„Du meine Güte!", sagte Christoph.

Joanna schmiss ihre Rassel auf den Boden.

Ingo legte seine Hand auf Irenes Schulter.

„Unsere Stimmen hast du!", sagte er feierlich, und Irene nickte.

Ich hob die Rassel auf.

„Eine Kollegin von mir ist bei den Grünen", sagte Tina, „und sie sagt, die würden das unterstützen. Ich wäre dann sozusagen der Ortsverein."

„Du wärst ein Ortsverein ...", sagte Christoph und schmunzelte.

„Ortfein! Ortfein!", rief Joanna und schmiss die Rassel wieder weg.

„Ich hab' das mal durchgerechnet", sagte Tina und klappte einen Aktenordner auf. „In Schnaddelby wohnen 2.341 Menschen. Davon sind 1.755 Wahlberechtigte. Bei der letzten Wahl zum Gemeinderat lag die Wahlbeteiligung bei 54,7 Prozent. Das heißt, 960 Menschen haben tatsächlich gewählt. Im Gemeinderat gibt es 13 Sitze. Das bedeutet, man braucht 74 Stimmen, um einen dieser Sitze zu gewinnen. Wenn wir alle hier mich wählen", sie ließ den Zeigefinger durch den Raum schweifen, „dann fehlen nur noch 67!" Sie klappte den Aktenordner zu und schaute auf. „Das ist doch ein Klacks!"

„Kacks! Kacks!", rief Joanna.

„Wann ist denn diese Wahl?", fragte ich.

„Im September!", sagte Tina. „Noch fünf Monate!"

„Das Problem ist", sagte Christoph, „dass die Leute uns für Chaoten und Bombenleger halten. Mich kennen sie ja aus dem Landhandel im Dorf. Aber wenn du als unverheiratete, junge Mutter mitreden willst, und das auch noch für die Grünen, da werden einige sofort losrennen und Holz für den Scheiterhaufen sammeln!"

„Was willst du denn eigentlich genau erreichen?", fragte Katja.

„Wir brauchen hier einen eigenen Kindergarten!", sagte Tina. „Am besten einen mit einer Krippe für Kleinkinder!"

„Bedarf dafür gibt es auf jeden Fall", sagte Katja. „Mein Kindergarten in Klötenbötel platzt aus allen Nähten. Und die Warteliste ist ellenlang."

„Siehst du!", sagte Tina.

„Das reicht aber nicht", sagte Christoph. „Wir brauchen noch mehr Punkte für das Wahlprogramm."

„Pokamm! Pokamm!", rief Joanna.

Alle dachten nach.

„Die Jugendfeuerwehr braucht einen neuen Tresen", sagte Christoph nach einer Weile.

„Was für einen Tresen?", fragte Tina.

„Einmal im Monat ist doch die Jugenddisco im Feuerwehrhaus. Die berühmte Schweinedisco!"

„Warum Schweinedisco?", fragte ich.

„Weil Peter Koch da den Plattenaufleger macht. Der Sohn vom Mastbetrieb Koch. Er tritt immer mit so einer Schweinenase aus Plastik auf, und dazu trägt er ein rosa Jackett."

„Ach du Scheiße", sagte ich.

„Jedenfalls ist da letztes Mal ein Pulk von besoffenen Tänzern auf den Tisch gestürzt, wo sie die Getränke verkaufen und wo der Plattenspieler drauf steht. Und jetzt will Peter Koch da einen vernünftigen Tresen haben und keinen wackligen Tisch mehr."

„Also, das ist Punkt zwei", sagte Tina und schrieb eine Notiz in ihren Aktenordner. „Ein Kindergarten und ein Tresen für die Säufer in der Schweinedisco."

„Mir ist aufgefallen", sagte ich, „dass die Kantsteine in Schnaddelby ganz schön hoch sind, als ich da mal mit Joanna durchgeschoben bin. Das ist für Kinderwagen ein Problem und für Radfahrer ja auch."

„Und für den alten Klatt!", sagte Christoph. „Der sitzt doch im Rollstuhl!"

„Super, das ist Punkt drei", sagte Tina und schrieb wieder in ihren Ordner. „Ein Kindergarten, ein Tresen und flache Bordsteine. Damit haben wir auch gleich unsere Zielgruppen definiert: junge Eltern, jugendliche Trinker, Radfahrer, Peter Koch und der alte Klatt!"

„Katt! Katt!", rief Joanna.

Ich hob die Rassel wieder auf und gab sie ihr in die Hand.

„Das macht zusammen bestimmt mehr als 67!", sagte Tina.

„Ich hätte auch noch einen Vorschlag", sagte Ingo. „Auf dem Ortseingangsschild, wenn man von Westen her kommt, da steht nicht ‚Zollgrenzbezirk' drauf, sondern ‚Zollgrinsbezirk'."

„Ja und?", fragte Tina.

„Da ist was abgeblättert. Und in der Klaus-Groth-Straße, da fehlen auf dem Straßenschild die Bindestriche!" Er malte Bindestriche in die Luft.

„Ich würde sagen, das ist was für die zweite Phase", sagte Tina. „Wenn wir die Eltern und die Alkoholiker und die Radfahrer und Peter Koch und den alten Klatt auf unserer Seite haben, dann kümmern wir uns sozusagen um das Schnaddelbyer Bildungsbürgertum."

„Orthografie ist wichtig!", sagte Ingo, und Irene nickte.

„Wie kommen wir jetzt an unsere Leute ran?", fragte Tina.

„Bei der Schweinedisco ist jetzt wohl erstmal Pause", sagte Christoph. „Aber sonnabends ist immer Highlife und Konfetti in der ‚Linde'! Da kommen die Bauern hin und die Fußballer. Und die Landfrauen! Die treffen sich vorher bei Mathilde Petersen zum Klöppeln, und irgendwann ist da der Likör alle, und dann laufen sie rüber."

„Super!", sagte Tina. „Da müsst ihr hin!" Sie zeigte auf Christoph und mich. „Da könnt ihr beweisen, dass wir keine LSD-Kommune sind, und ihr könnt die Einheimischen bezirzen. Am besten fangt ihr schon nächste Woche damit an! Wenn ihr erst kurz vor der Wahl da auftaucht, wäre das zu auffällig!"

„Von mir aus", sagte Christoph und guckte mich an. „Kannst du Skat?"

„Nö", sagte ich.

„Dann haben wir eine Woche Zeit, um dir Skat beizubringen! Das brauchst du in der ‚Linde'!"

„Ist das schwer?", fragte ich.

„Ach was!", sagte Christoph. „Du bist doch ein Schlaumeier!"

„Auweier! Auweier!", rief Joanna und hämmerte mit der Rassel auf den Tisch.

Wasserball
(1983)

Wir hatten jeden Abend in der Woche Skat geübt. Am späten Sonnabendnachmittag saßen Christoph und ich in der Küche und wollten in die „Linde" aufbrechen. Christoph fasste noch mal das Wesentliche zusammen.

„Im Grunde ist alles ganz simpel. Du musst immer die Farbe bedienen, die angespielt wird."

„Klar!", sagte ich.

„Und beim Reizen hältst du die Klappe, außer du hast mindestens drei Bauern auf der Hand oder eine Flöte von hier bis nach Hamburg. Dann kann dir nichts Schlimmes passieren."

„Logisch!", sagte ich.

„Kennst du die Zahlen noch?"

„Achtzehn, zwanzig, zwo, null, vier, sieben, dreißig, drei, fünf, sechs …"

„Schon gut", sagte Christoph. „Wichtiger als die Regeln sind sowieso die Sprüche. Die musst du drauf haben. Skat ist ein Gesellschaftsspiel!"

„Versteht sich!", sagte ich.

„Also, was sagst du, wenn jemand ein Oma-Blatt hat?"

„Mann, hast du ein Oma-Blatt!"

„Genau! Und was sagst du, wenn du selbst ein Oma-Blatt hast?"

„Bei Grand spielt man Ässe oder man hält die Fresse!"

„Richtig!", sagte Christoph. „Und was sagst du, wenn du Herz anspielst?"

„Ein Herz hat ein jeder!"

„So ist es! Und was sagst du, wenn Pik gespielt wird?"

„Picus Picus, der gemeine Waldspecht!", sagte ich. „Aber was soll das? Das ist doch bescheuert!"

„Nein!", sagte Christoph. „Das ist lustig! Und was sagst du, wenn einer Null spielt?"

„He weet nich, wat he wull – he speelt Null!"

„Jawohl! Und was machst du, wenn dein Gegner genau sechzig Punkte hat?"

„Dann klopfe ich auf den Tisch und rufe: Spaltarsch!"

„Exakt. Und was sagst du, wenn einer ewig fürs Mischen braucht?"

„Es hat sich schon mal einer totgemischt!"

„Eben! Und was sagst du, wenn einer vorbeikommt und fragt: Was spielt ihr denn da?"

„Wasserball!“

„Perfekt! – Damit bist du auf alles vorbereitet, falls wir auf unserem Propagandafeldzug in ein Skatspiel geraten!“

Otto
(1983)

Wir fuhren mit dem Rad zur „Linde“. Im großen Schankraum stand der Wirt mit dem mächtigen Schnurrbart hinter seinem Tresen und guckte auf einen Fernseher, der auf einem Schrank an der gegenüberliegenden Wand stand. Im Fernseher lief die Sportschau. Vor dem Fernseher stand ein langer Tisch, und daran saßen ungefähr zehn Jungs, 14 oder 15 Jahre alt, mit blauen Blouson-Jacken, auf denen „TSV Schnaddelby – Jugendfußball“ stand. Auf dem Boden lagen Sporttaschen, und auf dem Tisch standen Gläser mit gelber Brause.

„Moin, Dieter!“, sagte Christoph.

„Moin!“, sagte der Wirt mit dem Schnurrbart. „Wen schleppst du denn da an?“ Er spitzte die Lippen und musterte mich. „Ach, du bist doch der Lehrling von Rolf! Na, haben die Kommunisten dir schon das Gehirn gewaschen?“

„Hör auf damit, Dieter!“, sagte Christoph.

„Zwei Bier?“, fragte Dieter, der Wirt.

„Klaro!“, sagte Christoph.

Wir setzten uns an den kleinen Tisch neben dem langen Tisch, wo die Fußballjungs saßen.

„Na, alles klar bei euch?“, fragte Christoph.

„Nee!“, sagte ein blonder Junge. „Wir haben verloren!“

„Wie hoch denn?“, fragte Christoph.

„Acht zu null!“, sagte der blonde Junge. „Gegen Graupenfelde!“

„Stimmt ja gar nicht!“, sagte ein Junge mit einer riesigen Hornbrille. „Wir haben nur sieben zu null verloren!“

„Du kannst nicht mal zählen!", sagte der Junge neben dem blonden Jungen und haute ihn mit dem Ellenbogen.

„Dafür lässt du jeden Ball durch!", sagte der blonde Junge und haute zurück.

„He!", rief Dieter, der Wirt. „Nu ist aber mal gut hier!"

Im Fernsehen spielte gerade Werder Bremen gegen Eintracht Braunschweig. Werder schoss ein Tor nach dem anderen. Ich erinnerte mich an das Werder-Bremen-Poster in dem Zimmer in Sophias Wohnung, wo ich die Nacht im Jahr zwanzigzwanzig verbracht hatte. Damals waren sie gerade aus der Bundesliga abgestiegen, aber jetzt waren sie wieder da und spielten oben mit. Wenn zwanzigzwanzig so ein Poster an der Wand hängt, dann ist Werder Bremen die Zukunft, dachte ich.

„Wer ist denn euer Lieblingsverein?", fragte ich.

„HSV!", sagte der blonde Junge.

„HSV!", sagte der Junge neben ihm.

„HSV natürlich!", sagte der Nächste.

„Ich bin Bayern-Fan", sagte der Junge mit der Hornbrille, und der Junge neben ihm gab ihm einen Schlag gegen die Schulter.

„He!", rief Dieter, der Wirt.

„Guckt doch mal, wer da gewinnt!", sagte ich und zeigte zum Bildschirm. „Werder Bremen! Sechs zu null!"

„Ja, gegen Braunschweig!", sagte der blonde Junge. „Das kann doch jeder!"

„Die sind genauso schlecht wie wir!", sagte der Junge neben ihm.

„Wie hat denn euer HSV gespielt?", fragte ich.

„Die haben nur eins zu eins gespielt", sagte der Bayern-Fan mit der Hornbrille. „Gegen Gladbach!" Er bekam wieder einen Schlag gegen die Schulter.

„Seht ihr?", sagte ich. „Werder ist der Bringer. Und wisst ihr auch warum?" Einige Jungs guckten mich an. „Weil die grün sind!", sagte ich. „Die Grünen sind die Zukunft!"

Christoph gluckste und schüttelte den Kopf. Dieter, der Wirt, stellte die Biere vor uns ab.

„Was soll das denn jetzt werden?", fragte er.

„Denkt mal darüber nach, Jungs!", sagte ich. „Grün ist die Farbe der Zukunft!"

„Die dürfen doch noch gar nicht wählen", sagte Christoph und grinste.

„HSV ist trotzdem immer noch Tabellenführer!", sagte der blonde Junge.

„Keine Politik!", sagte Dieter, der Wirt, und guckte uns streng an. Dann ging er zurück hinter seinen Tresen.

„Geht ihr eigentlich in die Schweinedisco?", fragte Christoph.

„Nee, da lassen meine Eltern mich nicht hin", sagte der blonde Junge. „Erst wenn ich sechzehn bin."

„Ist bei mir auch so", sagte sein Nachbar.

„Bei mir auch", sagte der Junge mit der Hornbrille.

Die Tür der „Linde" wurde aufgestoßen, und ein Dutzend Frauen kamen rein. Sie redeten und lachten und übertönten den Fernseher. Dieter, der Wirt, setzte ein Lächeln auf und drückte den Rücken durch.

„Na, miene Söten, wat kann ich denn für euch Gutes tun?"

„Das sind die Landfrauen", flüsterte Christoph. „Die sind schon ziemlich angeschickert. Bei denen können wir ja mal unser Glück versuchen. Die freuen sich, wenn sie es mit so knackigen Kerlen wie uns zu tun bekommen!"

Die Landfrauen bestellten Wein und Sekt und Likör. Dieter, der Wirt, ging zum Schrank und schaltete den Fernseher aus.

„Oooch!", machten die Fußballjungs.

Dieter, der Wirt, klatschte in die Hände.

„Feierabend, Jungs!", rief er. „Abendbrotzeit!"

Die Jungs grummelten und stürzten den Rest ihrer gelben Brause runter. Dann standen sie auf und griffen ihre Sporttaschen und verließen die „Linde".

„Dann viel Erfolg nächste Woche!“, rief Christoph ihnen hinterher. „Das Runde muss ins Eckige!“

Dieter, der Wirt, stellte die Brausegläser auf ein Tablett und wischte ein paarmal mit einem Handtuch über den langen Tisch.

„So bitteschön, die Damen!“, sagte er zu den Landfrauen.

Die Landfrauen hängten ihre Jacken an die Garderobe und schoben Stühle hin und her und setzten sich mit Getöse an den Tisch.

„Ich will neben Tilly sitzen!“, sagte eine kräftige Frau mit kurzen, grauen Haaren.

„Ich nicht!“, sagte eine Frau mit dunklen Locken und einer rauchigen Stimme.

Alle lachten.

Dieter, der Wirt, stellte ein Tablett mit Sekt, Wein und Likör auf den Tisch.

„Ihr kriegt das doch verteilt, ohne euch zu zanken?“, sagte er.

„Nein, Dieter, ohne dich sind wir hilflos!“, sagte die Frau mit der rauchigen Stimme.

Wieder lachten alle.

„Und nehmt euch bloß vor den beiden da in Acht!“, sagte Dieter, der Wirt, und zeigte auf Christoph und mich.

„Wieso das denn?“, fragte die Frau mit den grauen Haaren.

„Die sehen doch nett aus!“, sagte eine alte Dame, die offenbar ihr Gebiss zu Hause gelassen hatte.

Wieder lachten alle.

„Die sind gefährlich!“, sagte Dieter, der Wirt. „Das da ist Christoph vom Landhandel Clausen, und das ist sein Freund … Otto!“

Das Lachen wurde lauter.

„Welcher ist denn Otto?“, fragte die Frau mit der Rauchstimme.

Christoph zeigte auf mich und grinste.

„Der hier!", rief er. „Der hier ist Otto!"

„Wieso bin ich denn Otto?", fragte ich Dieter, den Wirt.

„Na, weil du Werder Bremen so toll findest", sagte Dieter, der Wirt. „Genau wie Otto Rehhagel! Und außerdem bist du ein Komiker!"

Die Landfrauen lachten und winkten zu uns rüber.

„Huhu! Otto! Jodel mal für uns!"

„Ihr dürft Otto nicht verarschen!", rief Christoph. „Der ist nämlich klug! Und wisst ihr auch warum?"

„Weil er bei Harry Hirsch in der Schule war?", rief die Frau mit der Rauchstimme.

Das Lachen schwoll weiter an.

„Nein!", rief Christoph. „Weil er im Kindergarten war!"

„Bei uns gibt's doch gar keinen Kindergarten!", sagte die Frau mit den grauen Locken.

„Eben!", rief Christoph. „Und es wird allerhöchste Zeit, dass sich das ändert!" Dann guckte er mich an und grinste. „Siehst du? So wird das gemacht!"

„Ich war gar nicht im Kindergarten", sagte ich.

„Ich habe drei Kinder großgezogen", sagte die Frau, die neben der Frau mit den grauen Locken saß und die wahrscheinlich Tilly hieß. „Ganz alleine! Ohne Kindergarten!"

„Und?", rief Christoph. „Sind die alle so klug wie Otto?" Er haute mir auf den Rücken, und ich fiel beinahe vom Stuhl. Das Lachen wurde wieder lauter.

„Dein Thomas ist ja nicht gerade die hellste Kerze aufm Christbaum!", sagte die Frau mit der Rauchstimme.

Ein Schwall Gelächter dröhnte durch die „Linde".

„Außerdem", sagte ich, „sind hier die Kantsteine viel zu hoch!"

„Ja, das ist mal richtig!", rief die Frau ohne Gebiss. „Ecke Rendsburger Straße und Gartenstraße, da brauchst du ja eine Seilbahn, um da hochzukommen!"

„Ich wäre da fast mal mit dem Fahrrad hingefallen!", sagte Tilly.

Die Frau mit der Rauchstimme zeigte auf mich.

„Guck mal, Tilly", sagte sie. „Otto schiebt da ab jetzt Wache und hievt dich hoch, wenn du vorbeikommst!"

Das Lachen der Landfrauen dröhnte durch die „Linde".

Der Schankraum hatte sich inzwischen gefüllt mit Männern, die fast alle dunkelgrüne Pullover und Cordhosen trugen, die sie in ihre Gummistiefel gesteckt hatten. Die Männer standen im Halbkreis und mit ein paar Metern Sicherheitsabstand um uns und die Landfrauen herum.

„Eigentlich ist ja alles gut und schön hier in Schnaddelby", sagte Christoph. „Aber wenn man mal genau hinguckt, dann gibt es ja doch so einiges, was besser werden könnte."

„Und das willst du jetzt in die Hand nehmen, oder was!", sagte einer der Männer mit den grünen Pullovern.

„Nein, natürlich nicht ich!", sagte Christoph. „Sondern Ottos Frau!" Er haute mir wieder auf den Rücken, und ich fiel wieder fast vom Stuhl.

Die Landfrauen hatten Tränen in den Augen vor Lachen.

„War die auch im Kindergarten?", fragte die Frau mit der Rauchstimme.

„Klar!", rief Christoph. „Und jetzt ist sie bei den Grünen!"

Einer der Pullovermänner ging zu Dieter, dem Wirt, und ließ sich das Telefon geben. Er drehte uns den Rücken zu und hantierte an der Wählscheibe und deckte den Hörer mit der Hand ab.

„Ohauerha!", rief Tilly. „Die Grünen!"

„Das ist nicht alles verkehrt, was die sagen!", sagte die Frau mit den grauen Locken und wackelte mit dem Zeigefinger.

„Heroin und Rudelbumsen, oder was!", sagte der eine Pullovertyp, der inzwischen dicht neben uns stand und mit gespitzten Lippen auf uns runterguckte.

„Nun sei mal nicht so ordinär, Günter!", sagte die Frau ohne Gebiss.

„Ja!", sagte die Frau mit den grauen Locken. „Das mit der Umwelt und der Atomkraft und den ganzen Raketen und so! Das muss doch mal gesagt werden!"

Die Tür ging auf, und ein stämmiger Mann mit grünem Lodenmantel und braunem Hut kam rein. Die Gespräche verstummten, und die Pullovermänner nahmen Haltung an.

„Das ist Paul Köpke", flüsterte Christoph. „Der Bürgermeister!"

Paul Köpke kam langsam auf uns zu. Die Pullovermänner standen Spalier und grüßten ihn ehrfürchtig.

„Moin, Paul!", sagte der Erste.

„Moin!", sagte Paul Köpke.

„Moin, Paul!", sagte der Zweite.

„Moin!"

„Moin, Paul", sagte der Dritte.

„Dien Lütter is gestern al wedder duhn west!"

„Ja, dat weet ik, Paul! Deit mi leed, Paul!"

„Moin, Paul!", sagte der Vierte.

„Danke för dien Anrop!"

„Dor nich för, Paul!"

Dann stand Paul Köpke vor uns.

„Mokt ji hier jetzt Propaganda, oder wat?", sagte er.

„Wir reden nur darüber, wie schön das hier ist in Schnaddelby", sagte Christoph. „Und was vielleicht noch schöner werden könnte."

„Paul, lass die Jungs zufrieden!", sagte die Frau mit den grauen Locken.

„Ja genau!", sagte die Frau mit der Rauchstimme. „Das da ist nämlich Otto!"

Schrilles Lachen ertönte. Paul Köpke klemmte die Hände unter den Gürtel seiner Hose und stellte sich breitbeinig hin.

„In mien Dörp is dat so scheun, scheuner geiht dat gor nich!", sagte er. Er stand noch eine Weile da und guckte uns an, und dann setzte er sich mit zwei Pullovermännern an den Tisch neben uns.

„Kommt doch mal rüber!“, sagte die Frau mit der Rauchstimme und winkte uns an den langen Tisch ran. „Bevor Paul euch noch die Ohren langzieht!“

Wir rückten mit unseren Stühlen rüber, und die Landfrauen machten Platz für uns.

„Dieter, mach uns mal eine Runde Eierlikör!“, sagte die Frau mit den grauen Locken.

„Otto, sprich doch mal das Wort zum Sonntag!“, sagte die Frau mit der Rauchstimme.

„Liebe Brüder und Schwestern …“, fing ich an, und ich versuchte, mich an den Text zu erinnern, der jeden zweiten Tag auf NDR 2 gelaufen war, als ich noch beim BVN im Büro gesessen hatte, von „Theo, wir fahren nach Lodz“ über „Theologie“ und „Theodorant“ bis zu „Tee oder Kaffee“. Es klappte erstaunlich gut, und die Landfrauen brüllten vor Lachen. Die Runde Eierlikör kam auf den Tisch, und ich versuchte mich an „English for Runaways“, Englisch für Fortgeschrittene, mit Heinrich Böll als „Henry Wau-Wau“ und Roy Black als „König der Neger“, obwohl man „Neger“ nicht sagen sollte, das hatten mir Tatjana und Sophia ja erklärt. Christoph malte währenddessen erstaunlich echt aussehende Ottifanten auf die Rückseiten der Bierdeckel.

„Kunst und Literatur!“, rief Christoph und warf jeder Landfrau einen Bierdeckel mit einem Ottifanten zu. „All das lernt man schon im Kindergarten! Und deswegen brauchen wir einen Kindergarten in Schnaddelby!“

„Und niedrige Kantsteine!“, sagte ich, nachdem ich am Eierlikör genippt hatte.

„Genau!“, sagte Christoph.

„Darauf einen Dujardin!“, sagte die Frau ohne Gebiss und winkte Richtung Tresen.

Es wurde wieder laut gelacht, und Dieter, der Wirt, stellte ein Tablett mit Cognac auf den Tisch, und die Frau mit der Rauchstimme begann zu singen.

„In einen Harung jung und stramm, zwo drei vier …“

Die anderen Landfrauen stimmten ein. „Ssst tata, tiralala!“

„… der auf dem Meeresgrunde schwamm, zwo drei vier,
ssst tata, tiralala,
verliebte sich, oh Wunder,
’ne olle Flunder, ’ne olle Flunder …“

Der Geschmack von Sprit waberte in meinem Mund und meiner Nase, und mein Gesicht glühte. Ich ging zum Klo. Nachdem ich an der Rinne fertig war, beugte ich mich übers Waschbecken und ließ kaltes Wasser über meine Hände und mein Gesicht laufen. Als ich mich wieder aufrichtete, schaute ich in den Spiegel. Hinter mir stand Paul Köpke.

„Kannst du Skat?“, fragte er.

„Ja, klar!“, sagte ich.

„Denn kumm mol mit!“ Er griff meinen Arm und schob mich raus aus dem Klo und quer durch den Schankraum zu seinem Tisch. Die beiden grünen Pullovermänner guckten uns mit gespitzten Lippen an. Warum spitzen hier alle immer die Lippen?, fragte ich mich. Einer hatte ein Skatblatt in der Hand und einen Schreibblock vor sich liegen. „Dat is Otto!“, sagte Paul Köpke. „De warrt nu mol eene Runde mitspelen un uns so’n beten wat vertellen!“

„Wer gibt?“, fragte der Pullovermann mit den Spielkarten.

„Immer der, der so dumm fragt!“, sagte der andere.

„Es hat sich schon mal einer totgemischt!“, sagte ich.

Die beiden guckten mich an und spitzten wieder die Lippen.

„Nu vertell mol!“, sagte Paul Köpke. „Wat is dat nu mit dien Fru un mit de Grönen?“

„Sie ist nicht meine Frau“, sagte ich, „also streng genommen. Wir haben zwar ein Kind zusammen, aber …“

„Dat geiht mi nix an“, sagte Paul Köpke, „wat ji dor op joon Hoff drieven deit.“

„Ich sag doch: Rudelbumsen!“, sagte der Mann mit den Spielkarten.

„Hol dien Muhl un deel ut!“, sagte Paul Köpke.

„Wir finden eben“, sagte ich, „dass das mit der Kinderbetreuung hier in Schnaddelby ein Problem ist. Da muss was getan werden.“

Der Pullovermann hatte inzwischen die Karten ausgeteilt. Ich hatte alle vier Bauern und das Ass, die Zehn und den König von Herz und dazu das Pik-Ass und zwei schwarze Achten.

„Zufriedenheit, du wohnst auf dem Lande“, sangen die Landfrauen am langen Tisch.

„Weest du egentlich, wat dat kosten deit, so'n Kinnergoorn?“

„Achtzehn!“, sagte der andere Pullovermann.

„Klar!“, sagte ich.

„Ich bin weg!“, sagte der Pullovermann.

„Ik ok!“, sagte Paul Köpke. „Dat haut mi den ganzen Haushalt to Klump! Wi hebbt keene Schulden! Un so lang ik Börgermeester bün, blifft dat ok so!“

„Richtig, Paul!“, sagte der eine Pullovermann.

„Genau so ist das!“, sagte der andere.

Ich nahm den Skat auf. Darin lagen das Kreuz-Ass und die Herz-Dame. Ich drückte die beiden Achten weg.

„Bei Grand spielt man Ässe, oder man hält die Fresse!“, rief ich und legte das Herz-Ass auf den Tisch. „Ein Herz hat ein jeder!“

Paul Köpke und der Pullovermann murrten, und beide warfen mit abfälliger Geste eine Karte dazu. Ich sammelte die Karten ein. Dann spielte ich wahllos meine Karten aus, und jedes Mal gab es ein Murren und ein kurzes Zucken des Handgelenks, und die Karten von Paul Köpke und dem Pullovermann fielen auf den Tisch, und ich sammelte sie ein. Am Ende hatte ich alle 32 Karten auf meinem Stapel.

„Wat giffst du hem denn för'n Oma-Blatt!“, sagte Paul Köpke zu dem Pullovermann, der gemischt hatte.

„Mit vier, Spiel fünf, Schneider sechs, Schwarz sieben, mal vierundzwanzig, macht hundertachtundsechzig!", sagte ich. „Picus Picus!"

Der Pullovermann mit dem Schreibblock guckte mich an, schüttelte den Kopf und schrieb das Ergebnis auf. „Du hattest wohl 'ne Zwei im Rechnen", sagte er.

„Klar!", sagte ich. „Und ich war im Kindergarten! Da lernt man so was!"

„Wat denn?", fragte Paul Köpke. „Karten spelen un dumm Tüch schnacken?"

Jetzt war ich mit Mischen dran.

„Und außerdem ist das mit den hohen Kantsteinen ein Problem!", sagte ich, während ich die Karten austeilte. „Für Kinderwagen, für Radfahrer und für Menschen im Rollstuhl."

„Dat is doch Spiejökenkram!", sagte Paul Köpke. „De enzige hier mit'n Rollstohl is Adalbert Klatt! Un de is fiefunachtig!"

„Wenn die Kantsteine fertig sind", sagte der Pullovermann mit dem Schreibblock, „dann ist der alte Klatt doch längst übern Jordan!"

„So is dat!", sagte Paul Köpke.

Dann konzentrierten sich die drei auf ihre Karten. Das Reizen ging bis 44, und Paul Köpke gewann. Er nahm den Skat auf und legte zwei andere Karten weg.

„Krüz!", sagte Paul Köpke.

Kontra!", sagte der linke Pullovermann.

„Dat glöövst du doch sölbens nich!", sagte Paul Köpke. „Re!"

„Ohauerha!", sagte der rechte Pullovermann.

Dann fingen sie an zu spielen, und anders als eben taten sie das mit großer Sorgfalt. Sie sortierten die Karten in ihrer Hand um und verzogen die Gesichter und ließen sich viel Zeit, bevor sie ihre Karten in die Mitte des Tisches legten. Am Ende lagen zwei beinahe gleichgroße Stapel auf dem Tisch. Der linke Pullovermann zählte seinen Stapel durch.

„Ich komm' auf sechzig, Paul", sagte er und bemühte sich, Bedauern in seine Stimme zu legen.

„Spaltarsch!", rief ich und klopfte ein paar Mal mit der Hand auf den Tisch.

Paul Köpke sah mich mit rotem Gesicht und zusammengekniffenen Augenbrauen und gespitzten Lippen an.

„Mit drei, Spiel vier", sagte ich, „verloren acht, Kontra sechzehn, Re zweiunddreißig, mal zwölf, das macht dreihundertvierundachtzig Miese!"

Paul Köpke haute mit der Faust auf den Tisch.

„Dammich nochmol!"

„Und außerdem", sagte ich, „setzen wir uns, also die Grünen, obwohl ich ja eigentlich gar nicht dazugehöre, jedenfalls geht das um den Tresen von der Schweinedisco!"

Paul Köpke stand auf und griff sich seinen Hut und seinen Lodenmantel. Dann reckte er seinen Zeigefinger in meine Richtung.

„Du büss een ...", sagte er, „du büss een Briet!" Er setzte sich seinen Hut auf. „Ach, klei mi an'n Mors!" Dann drehte er sich um und stürmte aus der „Linde" raus.

„Paul schreibt heute an!", rief einer der Pullovermänner zu Dieter, dem Wirt.

„Geht klar!", rief Dieter, der Wirt.

„Dann danke ich für das schöne Spiel!", sagte ich zu den Pullovermännern und ging zurück zum langen Tisch.

Christoph malte inzwischen weibliche Ottifanten mit riesigen Brüsten auf die Bierdeckel. Die Landfrauen quietschten vor Lachen.

„Hier warten noch ein Jägermeister und ein Underberg auf dich!", sagte er.

„Eins ist mir noch nicht klar", sagte ich, nachdem ich den Jägermeister und den Underberg getrunken hatte. „Warum ist das hier eigentlich die ‚Linde'? Da stehen doch zwei Eichen vor der Tür!"

Die Landfrauen, Christoph und Dieter, der Wirt, streckten gleichzeitig die Arme aus und zeigten zur hinteren Wand des Schankraums.

„Die Linde steht hinten im Garten!“, riefen alle gleichzeitig und lachten.

„Ach so“, sagte ich.

Gegen ein Uhr nachts klatschte Dieter, der Wirt, ein paar Mal in die Hände.

„Letzte Runde!“, rief er.

„Ooooch!“, riefen die Landfrauen. „Doch nicht jetzt schon!“

Wir tranken noch eine Runde Eierlikör, und dann verabschiedeten wir uns von den Landfrauen. Wir wurden umarmt, und unsere Wangen wurden getätschelt. Dann fuhren Christoph und ich mit dem Rad zum Behrendshof zurück, zunächst in Schlangenlinien, bis die Nachtluft unsere Köpfe aufklarte. Im Wald fuhren wir im Schritttempo, denn es war stockdunkel, und unsere Dynamos waren kaputt.

„Übrigens“, sagte Christoph, „der Typ, der da rumgemault hat, von wegen Rudelbumsen und so, das war Günter Behrends.“

„Ja und?“

„Das ist unser Vermieter!“

„Ach du Scheiße!“

„Er hat den Hof und die Felder geerbt“, sagte Christoph, „aber er hat wohl keine Lust auf Landwirtschaft. Deswegen hat er alles verpachtet und vermietet. Er ist Schlosser, glaube ich. Ein übellauniger Mensch. Aber so lange wir die Kohle pünktlich überweisen, ist alles gut.“

„Na, dann“, sagte ich.

Am nächsten Tag um die Mittagszeit saßen wir in der Küche und tranken schwarzen Kaffee aus großen Bechern. Tina kam rein.

„Na, wie war’s?“, fragte sie.

„Großartig!“, sagte Christoph. „Wir haben viele neue Freunde! Vor allem Freundinnen!“

„Und wir haben einen neuen Feind“, sagte ich. „Leider ist das der Bürgermeister!“

„Ach ja“, sagte Christoph zu Tina, „und dein Herzallerliebster hat einen neuen Spitznamen!“

Riesenhit *(2020)*

„Otto?“, sagt Sophia. „Dein Spitzname ist Otto?“ Sie lacht und schüttelt den Kopf.

„Ja“, sage ich. „In der Gegend heiße ich heute noch so. Das war ein paar Jahre später übrigens ein Riesenvorteil.“

„Wieso?“

„Na, wegen des Martin-Lieds von Diether Krebs. Kennst du das nicht?“

Sie schüttelt ihren Kopf und tippt auf ihrem Smartphone. Und dann ertönt Diether Krebs, „Ich bin der Martin, ne?“, und dazu singt ein Frauenchor „Martin, my Love“, und Diether Krebs sagt: „Kenn ich gar nicht, my Love, ich kenn nur Olaf.“

„Was ist denn das für ein Schwachsinn?“, fragt Sophia. „Es gibt nur eins, was schlimmer ist als die Comedians von heute, und das sind die Comedians von früher! Nicht wahr, Django?“

„Das war mal ein Riesenhit“, sage ich. „Und ein Riesenfluch für alle, die Martin heißen. Aber ich war ja zum Glück Otto.“

„War euer Wahlkampf denn wenigstens erfolgreich?“

„Oh ja“, sage ich. „Tina bekam dreiundachtzig Stimmen, und das reichte gerade so eben, dass sie in den Gemeinderat kam.“

„Und habt ihr euren Kindergarten bekommen?", fragt Sophia. „Und die flachen Kantsteine? Und den Tresen?"

„Das mit dem Tresen für das Feuerwehrhaus ging erstaunlich schnell. Paul Köpke hatte wohl Angst, dass ihm die jungen Leute von der Fahne gehen. Und es wurde sogar hier und da an den Bordsteinen gebastelt. Aber das mit dem Kindergarten – da liefen wir gegen die Wand. Bis Tina schon wieder eine Idee hatte."

Teppich
(1984)

„Ich habe zwei Neuigkeiten für euch", sagte Tina in der Großen Runde. Neben ihr saß Joanna in ihrem Hochstuhl, mit einer Schale mit Apfelstücken vor sich. „Eine schlechte und zwei gute!"

„Das macht drei!", sagte Christoph.

„Die schlechte Nachricht ist: Das mit dem Kindergarten im Dorf, das wird nichts. Ich kriege da sozusagen nur Gegenwind. Die verlegen ihre Gemeinderatssitzungen, ohne mir Bescheid zu geben, oder sie übersehen es, wenn ich was sagen will, oder ich kriege die Unterlagen nicht, die alle anderen kriegen. Dieser Paul Köpke hat einen richtigen Hass auf mich!"

„Da hat Otto ganze Arbeit geleistet!", sagte Christoph und grinste mich an.

„Ich hab' nur deine Tipps befolgt", sagte ich, „wie man sich beim Skatspielen benimmt!"

„Deswegen machen wir jetzt unseren eigenen Kindergarten auf", sagte Tina. „Hier auf dem Hof!"

„Äääh", sagte ich.

Christoph lachte laut auf.

„Junge, Junge", sagte Rolf, und das war ein Gefühlsausbruch, für seine Verhältnisse.

„Ich hab das mal durchgerechnet“, sagte Tina. „Wenn wir die AWO als Träger gewinnen und Geld vom Kreis bekommen und einen Elternverein gründen, mit Beiträgen, dann müsste das hinhauen, so mit zwölf bis fünfzehn Kindern.“

„Und wo sollen die hin?“, fragte Ingo. „Die zwölf bis fünfzehn Kinder? Wir sind natürlich solidarisch, aber laut Mietvertrag steht uns die Hälfte des Innenhofs zu, und die Lärmbelästigung wäre natürlich gegebenenfalls auch ein juristischer Gesichtspunkt.“ Irene nickte.

„Die Kinder sind nur vormittags hier“, sagte Tina. „Da seid ihr doch in der Schule.“

„Ja, aber was ist in den Ferien?“, fragte Ingo. „Ich meine, in der unterrichtsfreien Zeit?“

„Außerdem geht es gar nicht um den Innenhof“, sagte Tina. „Wir bauen den leeren Stall neben der Scheune um, und zum Essen gehen wir einfach hierher.“

„In unser Wohnzimmer?“, fragte Katja.

Christoph klatschte sich mit der flachen Hand gegen die Stirn. Joanna lachte.

„Klar!“, sagte Tina.

„Dann müssen hier aber alle möglichen scharfen und spitzen Gegenstände und die wackligen Regale entfernt werden“, sagte Katja. „Und wir brauchen einen stolperfesten Teppich.“

„Super!“, sagte Tina und machte sich Notizen in ihren Aktenordner. „Katja kümmert sich um die Einrichtung. Für dich wäre das ja sozusagen auch die Chance auf einen neuen Job, direkt vor der Haustür!“

„Stimmt!“, rief Katja und wuschelte Christoph durch die Locken. „Wäre das nicht toll?“

„Hmmpf“, machte Christoph.

„Und du hast dann bald ganz viele Freunde hier auf dem Hof“, sagte ich zu Joanna und strich ihr über die Wange. Joanna grinste und steckte sich ein Apfelstück in den Mund.

„Na toll“, sagte Christoph. „Und was ist deine zweite gute Nachricht?“

„Wir haben endlich einen neuen Mitbewohner!“, sagte Tina. „Jemand, der in Opa Hermanns altes Zimmer einziehen will. Ein Bekannter aus Kiel hat mir den Tipp gegeben. Der Mann, der hier einziehen möchte, war wohl lange Zeit politisch sehr aktiv, aber zuletzt ist er durch eine schwere Phase gegangen, weil seine Freundin nach Indien abgehauen ist. Sein Name ist Harald.“

„Ach du Scheiße“, sagte ich.

„Kennst du den etwas?“, fragte Christoph.

„Ich fürchte, ja.“

Optimist
(2020)

„Oh nein!“, sagt Sophia. „Das war doch der Typ von diesem Info-Stand in der Holtenauer Straße letzte Woche! Der dich so vollgelabert hat! Der dir seine revolutionären Kampfschriften in die Hand gedrückt hat!“

„Genau der“, sage ich. „Damals war er ja noch mit Tatjana zusammen.“

„Das war lustig“, sagt Sophia. „Diese Hippie-Braut, die diese grässlichen Brötchen-Fossilien in ihrem Öko-Laden verkaufen wollte!“

„Stimmt“, sage ich, „die Brötchen mit dem Kleistergeschmack. Die hatte ich ganz vergessen.“

„Echt? Bei mir haben sie einen bleibenden Eindruck hinterlassen!“

„Wir sprechen uns in vierzig Jahren!“, sage ich.

„Du bist ein unverbesserlicher Optimist!“, sagt Sophia und hebt ihr Weinglas. „Auf die nächsten vierzig Jahre!“

Wir stoßen an.

„Also“, sagt Sophia, „das Che-Guevara-Imitat ist euch auf die Pelle gerückt auf eurem idyllischen Bauernhof …“

„In der Tat“, sage ich. „Es fing schwierig an, und es wurde immer schlimmer.“

Schweden (1984)

Es war Sonnabend, so gegen Mittag, und ich saß auf der Treppe des Bauernhauses und spielte mit Joanna das Landkartenspiel. Wir taten so, als sei der Innenhof eine große Europa-Karte, und ich schickte Joanna auf Reisen in ferne Länder. Ganz hinten links, wo der Feldweg zum Wald losging, lag Island. Hinten rechts, beim Nebenhaus von Ingo und Irene, war die UdSSR. Vorne links, an der Ecke des Bauernhauses, war Spanien. Ich saß ungefähr in Italien und rechts neben mir, wo die Scheune stand, lag die Türkei. In der Nacht hatte es geregnet, und die Pfützen auf dem Hof bildeten die Meere, Seen und Flüsse. Joanna stand in Frankreich.

„Jetzt lauf nach Schweden!“, rief ich. Joanna sah mich fragend an. „Geradeaus vor mir, ganz hinten!“, rief ich und zeigte in die Richtung.

Joanna rannte quer über den Hof, sprang mit beiden Beinen in eine Pfütze, die die Ostsee darstellte, lief noch ein paar Meter und tippte dann mit der Hand auf den Boden und sprang in die Luft.

„Ha!“, rief sie.

„Super!“, sagte ich. „Jetzt bist du in Schweden!“

„Und was machen die in Schweden?“, fragte Joanna.

„Da gibt das Elche!“, sagte ich.

„Warum?“, fragte sie.

„Die leben da!“

„Und wie machen die?“

Ich hatte keine Ahnung, welche Geräusche Elche machten. Ich bildete mit den Händen einen Trichter vor dem Mund und presste Luft aus der Lunge.

„Uuuuuaaah!"

Joanna lachte.

„Und jetzt nach Holland!"

Sie sah mich wieder fragend an.

„Da musst du wieder durch die Pfütze durch!"

Joanna hüpfte auf der Stelle und riss die Arme in die Luft, und dann sprang sie mit den Füßen voraus in die Ostsee-Pfütze. Sie kippte um, fiel auf den Hintern, blieb sitzen, patschte mit den Händen im Wasser und quiekte vor Freude.

In diesem Moment kam Tinas Auto langsam durch die Schlaglöcher um die Ecke gerollt. Sie war am Morgen losgefahren, um Harald aus Kiel abzuholen, aus irgendeiner Klinik.

„Muss das denn sein?", fragte sie, als sie ausgestiegen war, und zeigte auf Joanna, die in ihrer Pfütze hockte und lachte.

„Erdkunde ist wichtig!", sagte ich.

„Die Klamotten kannst du selber waschen!", sagte Tina. „Und zieh' ihr frische Sachen an! Falls du in ihrem Chaos was findest!"

Joanna hatte seit einiger Zeit ihr eigenes Zimmer, eine Kammer im Erdgeschoss neben der Küche, die zu klein war, um sie zu vermieten.

Die Beifahrertür ging auf, und ein Mann stieg aus, und es war tatsächlich Harald vom Info-Stand. Seine Haare waren kürzer als damals, und sein Bart war länger, und er hatte kräftig zugenommen. Er trug eine schwarze Lederjacke, ein schwarzes T-Shirt, eine schwarze Hose und schwarze Stiefel.

„Also, das ist Harald!", sagte Tina und nickte mit einem Lächeln in seine Richtung, „sozusagen unser neuer Mitbewohner!" Dann zeigte sie auf mich. „Und das ist Martin, der es offenbar darauf anlegt, meine Tochter in ein Wühlschwein zu verwandeln!"

„Hallo!“, sagte ich zu Harald, „Wir sind uns mal begegnet, in Kiel, vor ein paar Jahren!“

Er sah mich mit glasigem Blick an.

„Weiß ich nicht mehr“, sagte er. Damals am Info-Stand war sein Blick stechend, und seine Augen waren weit aufgerissen, und er sprach laut und schnell. Jetzt redete er leise und langsam, und er guckte durch mich durch.

„Da hattest du einen Info-Stand gemacht, in der Holtenauer Straße“, sagte ich.

„Kann sein“, sagte er.

„Du warst damals ja mit Tatjana befreundet“, sagte ich, „und ich war mal mit Sabine zusammen, mit Tatjanas Schwester, und deswegen haben wir uns ein bisschen unterhalten.“

„Tatjana ist eine alte Zicke“, sagte Harald.

„Das müssen wir ja nicht unbedingt jetzt besprechen“, sagte Tina, die inzwischen Joanna aus ihrer Pfütze gescheucht hatte. „Lass Harald doch erstmal ankommen!“ Sie zeigte auf das Auto. „Du kannst ihm helfen, sein Gepäck hochzutragen!“

Ich schaute ins Auto. Darin lagen zwei alte Sporttaschen, aus denen Kleidungsstücke raushingen, und zwei Umzugskartons mit Büchern. Im Kofferraum waren zwei weitere Bücherkisten. Ich griff mir eine der Kisten. Sie war schwer und unhandlich.

„Lauf jetzt mal nach England!“, rief ich Joanna zu. „Da musst du durch die Nordsee schwimmen!“

Joanna stürzte sich johlend in die nächste Pfütze.

„Na toll“, sagte Tina.

Am Nachmittag, in der Großen Runde, stellte Harald sich vor.

„Hallo“, sagte er. „Ich bin Harald aus Kiel, und ich bringe viel Erfahrung mit, was das solidarische Miteinander in gemeinsamen Wohnprojekten angeht, und diese Erfahrung möchte ich hier einbringen.“

„Hallo!“ und „Moin!“ sagten die anderen.

„Was machst du denn so?", fragte Christoph. „Ich meine, hast du einen Job oder so?"

„Ich habe viel Zeit mit politischer Arbeit verbracht", sagte Harald, „und das hat mich am Ende irgendwo total geschlaucht, denn die politische Entwicklung ist natürlich insgesamt nicht gerade positiv. Kohl ist Kanzler, und die Amis stationieren in der BRD ihre Raketen, und die rechtsnationalen Kräfte haben zurzeit Oberwasser. Und dann hatte ich auch noch eine sehr komplizierte Beziehungskiste."

„Äh ja", sagte Christoph, „und was hast du jetzt so vor, hier auf dem Hof?"

„Auf dem Land sind die Strukturen ja noch nicht so entwickelt wie in der Stadt", sagte Harald, „und die Opfer des Sozialabbaus stehen alleine da. Deswegen will ich hier Basisarbeit leisten. Erstes Ziel ist der Aufbau einer Erwerbsloseninitiative."

Christoph lachte und schüttelte den Kopf. „Hier in Schnaddelby?", fragte er.

„Das müssen wir ja nicht alles heute klären", sagte Tina. „Kommen wir zum nächsten Einkauf. Ich würde mich freuen, wenn wir zukünftig wieder den trockenen Rotwein kaufen könnten. Von dem süßen Zeugs kriege ich sozusagen Kopfschmerzen."

Nach der Großen Runde blieben Christoph und ich am Tisch sitzen.

„Gibt es hier eigentlich Arbeitslose?", fragte ich.

„In Schnaddelby gibt's ein paar Tagelöhner", sagte er. „Ungefähr ein halbes Dutzend. Die arbeiten gelegentlich bei den Bauern, und ansonsten leben sie von der Stütze und hocken am Dorfteich und saufen Korn."

„Und die warten bestimmt auf so einen wie Harald", sagte ich.

„Die jagen ihn mit der Mistforke aus dem Dorf!", sagte Christoph.

Maschinengewehr *(2020)*

„Das klingt doch alles noch ganz harmlos", sagt Sophia.

„Es war nervig", sage ich. „Er hatte kaum Geld, und er zahlte seine Beiträge zur Miete und zur Gemeinschaftskasse nie pünktlich, falls er überhaupt zahlte. Unsere dezenten Hinweise, sich mal einen Job zu suchen, ignorierte er. Stattdessen gab es permanent dieses Politgelaber. Und dann war er irgendwann wieder voll auf Droge."

„Du meine Güte!"

„In der Klinik hatten sie ihn wohl ruhiggestellt. Er war ja völlig verlangsamt, als er ankam. Aber irgendwann war er wieder so hektisch wie damals in der Holtenauer Straße, und er redete wie ein Maschinengewehr. Später haben wir rausgefunden, dass er die Beruhigungspillen, die er auf Rezept kriegte, bei irgendwelchen Gestalten in Rendsburg gegen Aufputschtabletten eingetauscht hatte."

„Herrje!"

„Wir hätten viel früher reagieren müssen", sage ich. „Aber Tina würgte die Diskussion ab, weil es ja ihre Idee gewesen war, dass Harald bei uns einzieht. Sie sagte immer, wir müssten Verständnis haben und wir dürften ihn nicht unter Druck setzen, bei all seinen Problemen, und das wird schon werden. Außerdem hatten wir alle genug mit uns selbst zu tun. Ich hatte zum Beispiel meine Ausbildung beendet, Theorie: sehr gut, praktischer Teil: gut ..."

„Brav!", sagt Sophia.

„... und Rolf suchte sich einen neuen Azubi, einen leicht unterbelichteten Jungen aus dem Dorf namens Lutz. Aber Tina hatte eine Idee, wie ich trotzdem weiter auf dem Hof arbeiten konnte."

„Und wie?"

„Als Zivildienstleistender in dem Kindergarten, den wir gründen wollten. Aber dafür musste ich endlich mal meine Musterung hinter mich bringen. Die hatte ich schon zwei Mal verschoben, weil ich ja zwei Ausbildungen angefangen hatte."

„Klingt nach Spaß!", sagt Sophia.

„Es war absurd", sage ich. „Die Bundeswehr und ich, wir waren nicht füreinander geschaffen."

Lametta
(1985)

„Wollen Sie den Wehrdienst mit der Waffe verweigern?", fragte der Mann mit der eckigen Brille auf seinem eckigen Kopf. Er saß hinter einem Schreibtisch im Kreiswehrersatzamt in Schleswig, und ich saß davor.

„Äh, ja", sagte ich.

„Dann müssen Sie einen Antrag stellen!" Er reichte mir einen Zettel rüber. Darauf stand: „Hiermit verweigere ich den Kriegsdienst mit der Waffe aus Gewissensgründen unter Berufung auf das Grundrecht der Kriegsdienstverweigerung im Sinne des Artikels 4 Absatz 3 Satz 1 des Grundgesetzes."

Ich setzte meine Unterschrift darunter.

„Mann, sind Sie wahnsinnig?", rief der eckige Mann. „Sie müssen das abschreiben!" Er reichte mir einen leeren Zettel, und ich schrieb den Text ab und unterschrieb ihn und gab den Zettel zurück. „Sie müssen natürlich Ihren Namen in Klarschrift und Ihre Adresse vermerken!", sagte er.

Ich schrieb meinen Namen in Druckbuchstaben und meine Adresse auf den Zettel und reichte ihn wieder rüber.

„Sie haben das Datum vergessen!"

Ich schrieb das Datum dazu.

Als Nächstes lag ich in einem Behandlungszimmer auf einer Liege. Ich war nackt bis auf die Unterhose. Eine Ärztin, so Anfang dreißig, stand neben mir und zog sich ein Paar Gummihandschuhe an.

„Ziehen Sie bitte einmal die Hose runter!“, sagte sie.

Ich zog die Hose runter. Sie griff mir mit der rechten Hand in den Schritt und prüfte, ob alles da war, wo es hingehörte.

„Machen Sie das jeden Tag?“, fragte ich. Das interessierte mich wirklich. Ich wunderte mich, dass ausgerechnet eine Frau diesen Teil der Musterung übernahm. Und ich fragte mich, ob sie jeden Tag Dutzenden jungen Männern in den Schritt griff, oder ob sie das nur an einzelnen Tagen tat und ansonsten mit Papierkram beschäftigt war oder ob sie auch mal die anderen Untersuchungen machte, das Pulsmessen oder die Urinprobe oder das Lunge-Abhören oder den Spreizfuß-Test.

„Kümmern Sie sich um Ihre eigenen Probleme!“, sagte die Ärztin.

Dann war ich beim Hörtest. Ein alter Arzt setzte mir einen Kopfhörer auf. Ein zweiter alter Arzt saß an einem Tisch. Er hatte einen schwarzen Kasten vor sich, mit Knöpfen und Reglern.

„Sagen Sie Bescheid, wenn es brummt!“, sagte der Arzt an den Reglern. Er drehte an seinem Gerät herum, und ein Piepen ertönte im Kopfhörer, erst leise und dann immer lauter. Nach einer Weile war die Lautstärke beinahe unerträglich. Der erste alte Arzt riss mir den Kopfhörer runter.

„Mann, sind Sie taub?“, brüllte er.

„Nein“, sagte ich und massierte meine Ohren. „Sie sagten ja, ich soll Bescheid geben, wenn es brummt. Aber es hat immer nur gepiept!“

„Mann, wollen Sie uns verarschen?“, brüllte der Arzt an den Reglern.

Dann stand ich vor einem langen Tisch. Dahinter saßen vier Männer, drei in Uniform und einer mit einem karierten Jackett.

„Sie sind T2, Herr Hansen“, sagte ein Mann in einer grauen Uniform mit reichlich Lametta an den Schultern und auf der Brust. „Sie sind fast uneingeschränkt tauglich, außer für den Protokollarischen Dienst, für Sturmpanzer und für die U-Boot-Waffe. Aber Sie wollen ja nicht. Auf Wiedersehen.“

„Wohl eher nicht“, sagte ich.

Ivan (1985)

„Wie war denn eigentlich deine Musterung?“, fragte ich Christoph, als ich wieder in der Küche auf dem Behrendshof saß.

„Großartig!“, sagte er. „Ich bin durchgefallen!“

„Und wie hast du das angestellt?“

„Ich hab’ mich in den letzten zwei Wochen vor dem Termin nur noch von Kaffee und Zigaretten ernährt“, sagte Christoph. „Nach dem Abhorchen war die Sache klar. Die konnten mich gar nicht schnell genug loswerden. Das hätte ich dir auch empfohlen, aber du willst ja tauglich sein, damit du deinen Zivildienst machen kannst.“

„Ich muss jetzt nur noch meine schriftliche Verweigerung einreichen“, sagte ich. „Das geht ja schnell: Ich kann keine Menschen umbringen. Hochachtungsvoll, Martin Hansen.“

„Moment!“, sagte Christoph. „So einfach ist das nicht! Da musst du gut argumentieren!“

„Vielleicht sollte ich Harald fragen“, sagte ich. „Der kennt sich doch bestimmt damit aus.“

„Mann, bist du wahnsinnig?“, rief Christoph, und er klang wie der Arzt im Kreiswehrersatzamt. „Das schaffen wir auch alleine. Also, als Erstes: Natürlich kannst du Menschen umbringen!“

„Wieso das?“

„Na, stell dir mal vor, du sitzt bei euch zu Hause im Wohnzimmer, und plötzlich kommt ein ausländischer Soldat rein. Sagen wir mal, er heißt Ivan. Er könnte auch Sergej oder Wladimir heißen. Und der will deine Mutter vergewaltigen, und du hast zufällig ein Gewehr dabei. Was machst du?“

„Das ist doch Blödsinn!“, sagte ich. „Niemand hat zufällig ein Gewehr in der Wohnung.“

„Mag sein“, sagte Christoph. „Aber dann kannst du deine Mutter ja mit dem Brotmesser verteidigen.“

„Das ist immer noch Blödsinn!“, sagte ich. „Bis Ivan bei uns in Kiel im zweiten Stock in der Bremerstraße auftaucht, muss vorher schon eine ganze Menge schiefgelaufen sein.“

„Ja natürlich ist da was schiefgelaufen!“, sagte Christoph. „Alle jungen Männer in Westdeutschland haben den Wehrdienst verweigert. Oder sie haben sich mit Koffein und Nikotin die Gesundheit ruiniert, um untauglich gemustert zu werden. Und Ivan hatte freie Fahrt von Moskau bis nach Kiel!“

„Aber so ist es ja nicht!“, sagte ich. „Wenn ich zur Bundeswehr gehen würde und es wäre Krieg, dann würde ich Ivan ja gar nicht persönlich treffen! Dann würde ich in meinem Schützengraben liegen und er in seinem, und wir würden aufeinander ballern, obwohl wir persönlich wahrscheinlich gut miteinander klarkommen würden!“

„Jetzt bist du auf der richtigen Spur!“, sagte Christoph. „Schreib das auf!“

Ich riss einen Zettel von dem Einkaufsblock ab, der neben der Spüle lag, und holte einen Bleistift aus der Besteckschublade. „Normal würde Ivan einfach nur sein Leben leben, als Traktorist auf irgendeiner Kolchose oder so, und ich wäre hier auf dem Hof, und wir wüssten gar nichts voneinander.

Nur, wenn man uns zum Wehrdienst zwingt, schafft man doch die Voraussetzung dafür, dass Ivan in Kiel auftaucht, um Hausfrauen zu vergewaltigen!"

„Genial!", sagte Christoph. „Großartige Gedankenführung!"

„Das Problem ist natürlich, dass Ivan nicht die Möglichkeit hat, den Dienst in der Roten Armee zu verweigern", sagte ich. „Glaub' ich jedenfalls."

„Mag sein", sagte Christoph. „Aber wenn du darauf jetzt auch noch eine Antwort findest, dann hättest du den gesamten Ost-West-Konflikt gelöst. Und niemand würde es mitbekommen, außer irgendeinem Sachbearbeiter im Bundesamt für Zivildienst, der deine Verweigerung lesen muss. Und dem wäre das egal."

„Prima", sagte ich. „Dann sind wir ja fertig."

„Ich würde noch ein bisschen auf die Tränendrüse drücken", sagte Christoph. „Gab es irgendwelche Todesfälle in eurer Familie?"

„Meine eine Oma ist gestorben, als ich zwölf war", sagte ich.

„Super!", rief Christoph. „Das muss da rein!"

„Und meine Eltern wurden im Krieg ausgebombt", sagte ich.

„Das wird ja immer besser!", rief Christoph und klatschte in die Hände. „Jetzt brauchst du nur noch ein Gedicht!"

„Was für ein Gedicht?"

„Moment Mal!", sagte Christoph und verließ die Küche. Kurz darauf kam er mit einem dunkelroten Buch zurück. „Das ist mein altes Deutsch-Buch", sagte er. „Das muss ich irgendwann noch mal in der Schule vorbeibringen. Da ist bestimmt was drin!" Er blätterte in dem Buch. „Hier!", rief er. „Georg Trakl! ‚Verfall'!"

„Ohauerha", sagte ich.

Christoph räusperte sich und las mit feierlichem Ton aus dem Buch vor.

„Da macht ein Hauch mich von Verfall erzittern.
Die Amsel klagt in den entlaubten Zweigen.
Es schwankt der rote Wein an rostigen Gittern.
Indes wie blasser Kinder Todesreigen
Um dunkle Brunnenränder, die verwittern,
Im Wind sich fröstelnd blaue Astern neigen."

Christoph legte das Buch auf den Tisch und blickte vergeistigt Richtung Fenster.

„Du liebes Lieschen", sagte ich. „Und was soll das bedeuten?"

„Ist doch egal!", sagte er. „Hauptsache, es klingt tiefgründig! Verfall, Rost, Tod, Verwitterung! Wer da noch deine Aufrichtigkeit und deine Friedenssehnsucht in Frage stellt, der ist ein gefühlloses Arschloch!"

Als ich alles aufgeschrieben hatte, war meine Verweigerung knapp drei Seiten lang, inklusive des Verfall-Gedichts. Ich klang wie einer dieser Typen, die mit ihrer „Betroffenheit" hausieren gingen, um bei den Mädchen zu landen. Diese Typen hatte ich immer gehasst.

„Du schreibst das ja nicht für dich", sagte Christoph. „Du schreibst das für irgendeinen Sachbearbeiter."

Ein paar Wochen später kam der Brief vom Zivildienstamt aus Köln.

„Meine Verweigerung ist durch!", rief ich quer durchs Haus.

„Das ist ja total schön!", rief Tina.

„Ha!", rief Christoph. „Diese manipulierbaren Trottel!"

Nordstern 4
(1985)

Dann war es so weit.

„Ich glaube, wir können starten!“, sagte Tina in der Großen Runde. „Alle Genehmigungen für den Kindergarten sind da, der Stall ist aufgeräumt, wir haben ein paar Möbel, und morgen kommt noch ein Bekannter von der AWO vorbei und bringt uns Stühle, einen Schrank und einen Kasten mit Bauklötzen.“ Sie sah Katja an. „Wie laufen die Vorbereitungen hier im Wohnzimmer?“

„Ich bin im Prinzip fertig“, sagte Katja und zeigte auf den Boden. „Die Auslegware ist verlegt und verklebt ...“

„Gab's denn keine andere Farbe?“, fragte Christoph.

Die Auslegware war lindgrün mit einem Stich ins Gelbe.

„Doch“, sagte Katja, „aber das wäre teuer geworden. Die hier gab's für den halben Preis, weil sie jahrelang im Lager gelegen hatte.“

„Kein Wunder!“, sagte Christoph.

„Die Bücherregale sind fest an der Wand verschraubt“, sagte Katja, „und die Bücher mit den, na ja, romantischen Bildern habe ich nach oben sortiert. Die durchgescheuerten Sprungfedern in den Sesseln habe ich zurückgestopft. Das Besteck, das Nähzeug und die Kakteen habe ich erstmal in der Küche deponiert.“

„Prima!“, sagte Tina. „Und wir haben sogar schon die ersten vier Anmeldungen! Der Zeitungsartikel hat sich wirklich gelohnt!“

In der vergangenen Woche war eine Reporterin von der „Schleswig-Holsteinischen Landeszeitung“ da gewesen. Sie hatte Tina und Katja vor dem Stall fotografiert. Tina stand auf dem Bild einen halben Schritt weiter vorne, und sie lachte und breitete die Arme aus. Katjas Gesicht war von Tinas Hand halb verdeckt, und sie hatte die Arme vor der Brust verschränkt. „Ein Bauernhof wird zum Kindergarten", war der Artikel überschrieben. Die ersten Sätze lauteten: „Tina Tependecker, 30-jährige Mutter und Grünen-Politikerin, kämpft seit Jahren für die Kinder in der Region Schnaddelby. Jetzt will sie einen Meilenstein setzen."

„Nur eines fehlt uns sozusagen noch zu unserem Glück", sagte Tina: „Wir brauchen einen Namen."

„Kaderschmiede!", sagte Harald. „Die Kinder sollen hier natürlich nicht in den bürgerlichen Kategorien ihrer Elternhäuser erzogen werden. Der Name drückt aus, dass hier der Grundstein für ein fortschrittliches Bewusstsein gelegt wird, das die Kinder auf ein Leben im Geiste der Solidarität und des Internationalismus vorbereitet. Und außerdem wäre es natürlich auch eine Referenz an die hier ansässige Schmiede!"

„Ich weiß ja nicht …", sagte Katja.

„Das schreckt doch die Leute hier ab!", sagte Christoph. „Dann kannst du den Laden auch gleich ‚Hotel Honecker' nennen!"

„Nordstern!", sagte ich.

„Das gefällt mir!", sagte Katja.

„Nordstern find' ich gut!", sagte Joanna, die neben mir am Tisch saß und mit ihren Buntstiften ein Bussi-Bär-Heft ausmalte.

„Das ist total faschistoid!", sagte Harald. „Der Norden beinhaltet einen Bezug zur sogenannten arischen Rasse, und der Stern evoziert eine geradezu militaristische Bilderwelt!"

„Also, ‚Südstern' wäre ja nun Blödsinn", sagte Katja. „Viel weiter nördlich als hier geht es in Deutschland nun mal nicht."

„Also bleibt es bei ‚Nordstern'!", sagte Tina und klopfte mit dem Kugelschreiber auf einen ihrer Aktendeckel.

„Und du bist dann mein kleines Nordsternchen!", sagte ich zu Joanna.

Joanna lachte und malte einen großen, roten Stern in ihr Heft, quer über eine Bildergeschichte mit Bello, dem blauen Hund.

Am nächsten Tag suchte ich mir aus dem Gerümpel in der Scheune zwei Sperrholzplatten raus und schrieb mit weißer und blauer Farbe „Kindergarten NORDSTERN“ drauf. Das O malte ich als Kompassrose, so wie auf dem Schild von der Kneipe in Kiel, wo ich mit Sophia und Professor Kalübbe den Geheimnissen der Metaphysik nachgespürt hatte. Das eine Schild hängte ich über den Eingang zum Stall und das andere an die Ecke zur Landstraße.

Express
(2020)

„Prima Idee“, sagt Sophia, „einen Kindergarten nach einer Kneipe zu nennen! Ein Leuchtschild für Flensburger Pilsener hast du nicht aufgehängt?“

„Nein“, sage ich, „wir haben Astra ausgeschenkt!“

„Und du hast also mal wieder umgesattelt“, sagt Sophia. „Vom Reiseverkehrsbürokraten zum Schmied zum Kindergärtner. Klingt spannend.“

„Das war es auch“, sage ich. „Es war eine schöne Zeit, meine 20 Monate Zivildienst. Der Kindergarten war bald ausgebucht mit zwölf Kindern. Die Mütter aus den Dörfern fanden uns zuerst ein bisschen komisch, aber sie vertrauten uns, als sie sahen, dass sich die Kinder bei uns wohlfühlten. Der Hof war perfekt geeignet, mit all den Wiesen und Feldern und Wäldern drum rum, und dazu bauten wir noch einen Spielplatz mit Wippe und Schaukel und so.“

„Und was war dein Job?“

„Ich war der Pausenclown. Ich habe mit den Kindern rumgetobt, und ich habe Gitarre gespielt und Lieder gesungen. ‚Fuchs, du hast die Gans gestohlen‘ und ‚Hänschen Klein‘ und ‚Alle Vögel sind schon da‘. Und ich habe auch selbst Lieder geschrieben. Joanna sagte: Mach doch mal ein

Lied für mich, und als ich sie fragte, worüber das Lied denn sein soll, sagte sie: über Schokolade. Das wurde dann mein großer Hit." Mir fällt Harveys CD ein. „Das kannst du dir mal anhören", sage ich. „Lass uns mal nach nebenan ins Wohnzimmer gehen."

Mein Wohnzimmer ist eigentlich eine Rumpelkammer, in der ich Erinnerungsstücke an mein Leben sammle. An der einen Wand hängen Bilder von Menschen, die mir etwas bedeuten. Mein Bücherschrank steht hier und meine Platten. Ich habe mehr als 1000 Stück, weil mir viele Leute ihre Vinylscheiben geschenkt haben, als es CDs gab. In den letzten Jahren ist noch mal ein großer Schwung dazugekommen. Die Leute streamen heutzutage und legen keine Platten mehr auf. Neben den Platten steht der Plattenspieler und daneben ein CD-Spieler und ein Fernseher. An der anderen Wand hängen meine Gitarren, eine akustische und zwei elektrische, ein Les-Paul-Imitat und ein Telecaster-Imitat. Ich spiele sie nur noch selten. Unter den Gitarren stehen zwei alte Kofferverstärker und ein Mikrofonständer. Zwischen all die Erinnerungen habe ich eine kleine Couch und einen Sessel gequetscht. Für andere Menschen ist es hier nicht sehr gemütlich, das glaube ich zumindest, und deswegen sitze ich mit meinen Gästen meistens in der Küche und nicht hier.

„Das sieht hier ja aus wie in deinem Kinderzimmer!", sagt Sophia. „Bis auf das Poster von dieser Blondie und die Donald-Duck-Taschenbücher."

„Klapp mal den Bücherschrank auf!", sage ich.

„Martin, du hast dich wirklich nicht verändert!", sagt Sophia. „Falls du einen Staubsauger besitzt, würde ich den mal benutzen!"

Ich lege Harveys CD mit den alten Aufnahmen aus der Scheune in den CD-Spieler. Ein Klappern ist zu hören, jemand hustet, und dann spiele ich ein paar Akkorde und fange an zu singen.

„Es gibt sie zum Geburtstag,
es gibt sie bei Frau Plöhn,
und sie ist schwarz und lecker."

Frau Plöhn war die Verkäuferin im Spar-Markt in Schnaddelby, eine herzliche, alte Frau. Die Kinder liebten sie.

„Da ist ganz viel Kakao drin,
und riechen tut sie schön,
es gibt sie auch beim Bäcker."

„Du bist ein Lyriker!", sagt Sophia.

„Achtung", sage ich, „jetzt kommt der Refrain!"

„Der Schokoladen-Schleck-Express
rollt in den Bahnhof rein,
und alle Kinder schrei'n:
Huuraaaaah!
Der Schleck-Express ist da!"

„Ein echter Ohrwurm!", sagt Sophia und grinst und wackelt im Takt mit dem Kopf.

„Sie ist im Überraschungs-Ei,
und auch in Marzipan,
und auch in den Pralinen."

„In Marzipan ist doch gar keine Schokolade!", sagt Sophia.

„Vor einer *Ökologie*-Studentin kann man nichts verbergen", sage ich.

„Es gibt sie mit viel Nüssen drin,
und unsere leckere Bahn
rollt wieder auf den Schienen!

Der Schokoladen-Schleck-Express
rollt in den Bahnhof rein,
und alle Kinder schrei'n:
Huuraaaaah!
Der Schleck-Express ist da!"

„Heute wärst du damit ein YouTube-Star!", sagt Sophia.

„Das nächste Lied ist bei den Kindern auch gut angekommen", sage ich. „Es geht um eine Ente, die immer auf dem Hof gelandet ist. Joanna wollte wissen, wie die Ente heißt, und ich habe ihr gesagt, die Ente heißt Elke. Obwohl es ein Erpel war, mit grünem Kopf und grauem Gefieder."

„Du flunkerst kleine Kinder an?", sagt Sophia. „Schäm dich!"

Es ertönen wieder meine Akkorde von der CD, und Sophia schunkelt wieder mit. Das Lied ist im Dreivierteltakt.

„*Sie quakt und fliegt,*
sie spielt und siegt,
sie frisst und trinkt,
sie lacht und singt.

Elke, die Ente,
die immer pennte,
und niemals flennte,
bis hin zur Rente …"

„Martin, die Meise, die singt nur Sch…", singt Sophia.

„Also bitte!"

„Ganz ehrlich", sagt sie, „das ist ein Riesenfortschritt gegenüber deinem Gekrächze vor zwei Wochen, als du mir dein selbstgebasteltes englisches Lied vorgestöhnt hast. Du musst ja bei den Kindern richtig beliebt gewesen sein!"

„Bei den Kindern schon", sage ich, „aber leider nicht bei allen Erwachsenen."

Äpfel
(1986)

Ich saß mit Tina und Joanna am Wohnzimmertisch. Joanna malte ein Bild, und Tina machte die Monatsabrechnung für den Kindergarten. Sie war Vorsitzende des Trägervereins und kümmerte sich nach Feierabend um die Kontoauszüge und die Post. Einige Eltern überwiesen ihre Beiträge immer erst nach der zweiten Mahnung. Tina war genervt.

Am Vormittag hatte ich wieder den „Schokoladen-Schleck-Express" gesungen. Ich stand mit meiner Gitarre auf dem Hof, und die Kinder fassten sich an den Schultern und bildeten einen Zug und liefen im Kreis um mich rum. „Ich bin die Lokomotive!", rief Joanna. „Das ist ja mein Lied!" Ich spielte den Refrain ungefähr zehn Mal, und jedes Mal, wenn das „Huuraaaaah!" kam, rissen die Kinder die Arme in die Luft und sangen mit. Wir hatten einen Riesenspaß.

„Dein Schokoladen-Lied ist ja wirklich schön", sagte Tina. „Aber, na ja, wir wollen die Kinder sozusagen zu gesunder Ernährung ermuntern. Könntest du nicht auch ein Lied über Äpfel schreiben?"

„Das ist jetzt nicht dein Ernst, oder?", sagte ich.

„Hört auf mit dem Streiten!", sagte Joanna.

Am nächsten Sonnabend waren wir schon fast fertig mit der Großen Runde, aber Harald wollte noch etwas sagen.

„Dieses Lied, das du den Kindern immer vorsingst", sagte er zu mir, „das über die Ente …"

„Ja, was ist damit?", fragte ich.

„Dir ist schon bewusst, dass die Vermenschlichung von Tieren ein typisches Merkmal der kapitalistischen Verblödungsmaschine à la Hollywood ist? Stichwort Micky Maus?"

„Hat dir jemand ins Gehirn geschissen?", fragte ich.

„Wie wäre es“, sagte Christoph, „wenn du mal nicht beim Kindergarten rumlungerst, sondern arbeiten gehst!“

Ratte
(1986)

Wir saßen in der Küche beim Abendbrot, Spaghetti mit Tomatensoße und kleingeschnittenem Leberkäse, als Harald reinkam. Er war am Vormittag mit dem Postauto weggefahren.

„Hallo!“, sagte er. „Ich habe eine Ankündigung zu machen.“ Er lugte zurück durch die halboffene Küchentür und winkte dorthin, Richtung Flur. „Na los, kommt rein!“

Zwei Jungen kamen in die Küche, vielleicht 16 oder 17 Jahre alt. Sie blieben verlegen an der Tür stehen. Beide waren klein und dürr und bleich. Ihre Köpfe waren kahl geschoren, und ihre Kleidung stammte offenbar aus der Altkleidersammlung. Der eine hatte eine beige Stoffhose an mit einem enormen Schlag und dazu einen verfilzten, grünen Pullover. Der andere trug einen viel zu großen dunkelblauen Puma-Trainingsanzug.

„Das sind René und Marko!“, sagte Harald. „Die beiden sind Opfer des sozialen Elends in Hamburg. Ich bin vom Jugendamt angesprochen worden, ob ich ihre gesellschaftliche Reintegration leiten kann. Die beiden wohnen ab jetzt bei mir oben!“ Dann drängte er René und Marko wieder raus auf den Flur und knallte die Küchentür hinter sich zu.

„Hat der ’nen Knall?“, fragte Christoph.

„Also, die Aufsicht über Jugendliche mit problematischen Lebensläufen ist natürlich eine sehr verantwortungsvolle Aufgabe“, sagte Tina, „und zwar für uns alle. Und Harald hat doch sozusagen jetzt die berufliche Herausforderung, die ihr immer von ihm verlangt habt!“

„Wusstest du etwa davon?“, fragte ich Tina.

„Gibst du mir mal bitte den Parmesan?“, fragte sie Katja.

Am Abend waren im Dachgeschoss aus Haralds Zimmer Schreie und Getrampel zu hören. Ich schloss meine Zimmertür von innen ab.

Unsere Gemeinschaftskasse war in einer großen, blauen Tasse im Vorratsschrank in der Küche. Am nächsten Morgen fehlten 100 Mark. René und Marko wussten von nichts.

„Geld ist eine Illusion“, sagte Harald. „Der Schweinestaat druckt bunte Scheine und schreibt eine imaginäre Zahl drauf. Vom reinen Materialwert her ist dein Hundertmarkschein vielleicht zehn Pfennig wert.“

Am Nachmittag brannte es auf dem Innenhof. René und Marko hatten eine tote Taube mit Benzin übergossen und angezündet.

„Na, haben Ratte und Mongo wieder Scheiße gebaut?“, fragte Christoph.

Dann wurde nachts ein riesiger Pimmel mit Filzstift an die Kühlschranktür gemalt.

René und Marko kicherten.

„Was ist das?“, fragte Joanna.

„Das ist ein Kirchturm“, sagte ich. „Mit zwei großen Glocken.“

„Das sind Kriminelle!“, sagte Christoph. „Irgendwann stehen hier die Bullen vor der Tür und machen eine Razzia! Und weißt du was? Dann entdecken die meine Plantage auf dem Speicher!“

Am Sonnabendmorgen lag auf der Treppe zum Haus ein Scheißhaufen, und in den Wohnzimmertisch hatte jemand „HSV“ geritzt. Das S war eine Rune wie bei der SS.

„Das kann man doch bestimmt abschleifen, oder?“, fragte Tina.

„Ist das ernsthaft dein Lösungsvorschlag?“, fragte ich.

Am Nachmittag, zur Großen Runde, saßen René und Marko in der Sitzecke im Wohnzimmer und flüsterten miteinander und kicherten.

„Also", sagte Harald, „ich habe mitbekommen, dass hier unbewiesene Anschuldigungen kursieren in Bezug auf René und Mario …"

„Der Bengel heißt Marko!", sagte Christoph. „So hast du ihn zumindest vorgestellt!"

„Ich finde es jedenfalls unerträglich", sagte Harald, „dass hier so eine Pogromstimmung geschürt wird gegen zwei Menschen, die es ohnehin nicht leicht haben in dieser Gesellschaft!"

In diesem Moment hatte ich genug. Ich hämmerte mit beiden Fäusten auf den Tisch und sprang auf und brüllte Harald an.

„Sag mal, merkst du überhaupt noch irgendwas?", brüllte ich. „Seit du hier eingezogen bist, laberst du nur Scheiße und gehst wirklich jedem auf den Sack und beteiligst dich null Komma null am Kochen und am Einkaufen und am Putzen! Du kannst ja nicht mal deine Miete bezahlen, und jetzt schleppst du uns auch noch diese beiden Landplagen ins Haus!" Ich zeigte auf René und Marko, die jetzt stumm dasaßen. „Weißt du was, Harald? Du bist das Letzte! Wir bieten dir hier ein Dach über dem Kopf, und du benimmst dich wie das allerletzte Arschloch!" Ich spürte, wie das Adrenalin in mir hochschoss und wie mein Gesicht rot wurde. Mein Brüllen wurde noch lauter und schriller. „Verpiss dich! Verpiss dich einfach und nimm die beiden Idioten gleich mit! Wir haben alle so dermaßen die Schnauze voll von dir, das kannst du dir gar nicht vorstellen!"

Ich sah mich um und blickte in fassungslose Gesichter. Tina saß mit offenem Mund da, Joanna hielt sich die Hände vor die Augen, Rolf suchte in seinen Taschen, bis er seine Pfeife gefunden hatte, und Katja schaute auf die Tischplatte. Ingo und Irene hielten Händchen und starrten geradeaus.

Christoph klatschte ein paar Mal in die Hände.

„Ich denke, das können wir alle so unterschreiben!", sagte er.

Harald stand auf, und für einen Moment standen wir uns gegenüber, ungefähr einen Meter voneinander entfernt. Er stank aus dem Mund. Er war genauso groß wie ich, aber viel kräftiger und außerdem auf Droge. Ich rechnete damit, dass er mich im nächsten Moment schlagen oder würgen oder treten würde. Aber er verließ wortlos das Wohnzimmer. René und Marko folgten ihm.

Ich sank in meinen Stuhl zurück.

„Na, ob das jetzt zieführend war ...", sagte Tina.

„Das waren genau die richtigen Worte!", sagte Christoph. „Erstaunlich, dass ausgerechnet unser lieber, netter Troubadix derjenige ist, der hier mal Klartext redet!" Er klopfte mir auf die Schulter.

Danach ging ich in mein Zimmer und schloss mich ein. Ich lag den ganzen Abend und die ganze Nacht regungslos auf dem Bett. Ich war schockiert von dem, was ich gesagt hatte, denn solche Worte hatte ich noch nie zu einem anderen Menschen gesagt. Auf jeden Fall nicht mehr seit der Grundschule. Gleichzeitig war ich stolz, dass ich den Mut gefunden hatte, das zu sagen, was gesagt werden musste, und dass ich es zu Harald gesagt hatte, der mich bei unserer ersten Begegnung in der Holtenauer Straße noch an die Wand gelabert hatte. Und ich schämte mich, dass ich die Kontrolle über mich verloren hatte.

In der Nacht gab es wieder Geschrei und Getrampel im Dachgeschoss und auf der Treppe.

Am nächsten Morgen waren Harald und René und Marko verschwunden, und das Postauto war weg.

Luftmatratzen
(2020)

„Junge, Junge“, sagt Sophia. „Das Tier im Manne!“

„Ich schäme mich bis heute dafür“, sage ich. „Denn eigentlich war Harald ja eine arme Sau, mit seinem oberschlauen Polit-Gefasel und seiner Drogensucht.“

„Was ist aus ihm geworden?“

„Keine Ahnung“, sage ich. „Wir haben nie wieder was von ihm gehört. Das Auto stand in Schnaddelby an der Bushaltestelle, mit offener Tür und steckendem Schlüssel. Erich, der Postbote, rief uns am Vormittag an und sagte Bescheid. Von da sind sie wohl mit dem Bus weitergefahren.“

„Was war das denn eigentlich für eine komische Aktion?“, fragt Sophia. „Das mit diesen beiden Jungs aus Hamburg?“

„Das haben wir auch erst nach und nach begriffen. Die Polizei war tatsächlich ein paar Mal auf dem Hof, allerdings haben sie Christophs Hasch-Plantage nicht entdeckt. Offenbar hatte Harald einen Bekannten bei einem Jugendamt in Hamburg, und mit dem hat er so einen schrägen Deal gemacht. Harald kümmert sich pro Forma um die Resozialisierung von straffälligen Jugendlichen und schafft sie aus der Stadt, und beide teilen sich dann das Geld, das normalerweise das Jugendheim gekriegt hätte.“

„Du lieber Himmel!“

„Die beiden Jungs waren zwar komplett weggeschossen, aber eben auch arme Schweine. Harald hatte sie oben auf dem Flur neben der Treppe einquartiert, auf Luftmatratzen. Das fanden sie wohl nicht so toll. Deswegen das Getrampel und das Geschrei. Und Haralds Zimmer war eine Müllhalde. Der Boden war bedeckt mit Abfall und Klamotten und Büchern. Das haben wir aber auch erst gesehen, als er weg war. Vorher war keiner von uns da oben gewesen.“

„Ja, die Auswahl von Mitbewohnern ist immer spannend“, sagt Sophia. „Fritjof und ich mussten auch mal so ein Casting durchziehen, vor ein paar Monaten. Wir haben uns dann für Liam entschieden, und das war ja wohl ein Volltreffer, oder?“

„Auf jeden Fall!“, sage ich. „Ohne ihn und seine Sprüche hätten wir beiden inzwischen wahrscheinlich das Universum gesprengt.“

„Er war von allen Bewerbern der normalste“, sagt Sophia.

„Echt? Was waren die anderen denn für Gestalten?“

„Frag’ nicht“, sagt Sophia. „Und? Habt ihr auch einen halbwegs normalen Menschen gefunden, der bei euch einziehen wollte?“

„Oh ja“, sage ich, „und zwar recht schnell. Außer, dass er nicht ‚halbwegs normal‘ war.“

Villa (1986)

„Ich kenne jemanden, der hier einziehen könnte“, sagte Christoph beim Abendessen. „Mein alter Kumpel Hartmut! Der wohnt jetzt in einer Einliegerwohnung auf einem Bauernhof bei Klötenbötel, aber da will er weg, weil er kein Schlagzeug mehr spielen darf.“

„Warum das denn nicht?“, fragte ich.

„Der Altbauer ist gestorben“, sagte Christoph, „und deswegen haben sie auf dem Hof ein Trauerjahr ausgerufen, und da hat jetzt Ruhe zu herrschen.“

„Hartmut?“, sagte ich. „Schon wieder einer mit H. Erst Hermann, dann Harald, jetzt Hartmut.“

„Keine Angst!“, sagte Christoph. „Kein Mensch sagt Hartmut zu ihm!“

„So?“, sagte ich: „Wie wird er denn genannt?“

„Harvey!"
„Das ändert natürlich alles", sagte ich.
„Wenn er dir nicht gefällt, dann kannst du ihn ja wieder wegbeißen!", sagte Christoph.

Harvey kam am nächsten Wochenende vorbei. Er war riesengroß, bestimmt zwei Meter, und schlaksig, und er hatte lange, blonde Haare und einen Schnurrbart. Er trug eine verwaschene Jeansjacke und eine rote Hose, und auf seinem T-Shirt stand „Bachmann Turner Overdrive". Tina, Christoph und ich zeigten ihm das Haus.

„Das wäre dann dein Zimmer!", sagte Tina, als wir im Dachgeschoss standen.

„Cool!", sagte Harvey.

„Die Einkäufe machen wir gemeinsam", sagte Tina.

„Easy!", sagte Harvey.

„Und das Abendessen ist immer um sieben, und da treffen wir uns alle, und danach setzen wir uns immer zusammen ins Wohnzimmer, auch wenn das in letzter Zeit etwas seltener geworden ist, denn wir haben ja eine kleine Tochter, und wir hatten sozusagen auch ein paar Scherereien mit dem Vormieter."

„Cookie!", sagte Harvey.

Dann standen wir auf den Hof.

„Nette Villa!", sagte Harvey. Er zeigte auf die Scheune. „Und was ist da drin?"

„Nicht viel", sagte ich. „Eine Schmiede, Gerümpel, ein wenig geheime Botanik …"

„Funky!", sagte Harvey. „Sweet Leaf!"

Er grinste und tat so, als würde er an einer Zigarette ziehen, und dann zeigte er mit dem Finger auf Christoph, und Christoph grinste zurück und zeigte in Harveys Richtung. Tina sah den beiden irritiert zu.

„Da wäre doch bestimmt noch Platz für meine Drums, oder?", sagte Harvey.

„Das müsste hinzukriegen sein“, sagte Tina.
„Groovy!“, sagte Harvey. „Wo soll ich unterschreiben?“

„Das ist aber ein sehr einfacher Mensch“, sagte Tina, als Harvey gegangen war.
„Ja!“, sagte Christoph. „Herrlich, nicht?“

Action (1986)

„Hier könnte man einen geilen Proberaum draus machen!“, sagte Harvey. „Fantastic!“
Er hatte sein Schlagzeug in einem Nebenraum der Scheune aufgestellt, gegenüber der Schmiede. Hier hatten nur ein paar alte Fahrräder gestanden und Joannas kaputtes Dreirad, an dem sie nicht mehr interessiert war, und ein alter Kotflügel von einem Trecker. Die Sachen lagen jetzt hinten in der Scheune, und Harveys Schlagzeug stand mitten im Raum auf einem alten Teppich.
„Müsste bloß ein bisschen Isolation an die Wand!“ Er sprach „Isolation“ englisch aus, so wie „Temptation“ oder „Train Station“. „Hört euch das mal an!“, sagte er zu Christoph und mir, und dann drosch er auf seine Trommeln und Becken ein. Er spielte den Beat von „When the Levee Breaks“ von Led Zeppelin. Der Krach wurde von den kahlen Wänden zurückgeworfen und erreichte Düsenjäger-Lautstärke.
Christoph und ich hielten uns die Ohren zu.
„Null Isolation, das ist das Problem!“ Harvey sprach auch „Problem“ englisch aus. „Massig Teppiche auf den Boden und Schaumstoff und Matratzen an die Wand!“, sagte Harvey. „Und irgendwas an die Decke! Dann hat euer Baby drüben im Haus wonderful Dreams, und hier drin geht die Lucy ab! Und ein paar Kabeltrommeln, von wegen High

Voltage!“ Er drosch wieder auf sein Schlagzeug ein, diesmal „We will rock you“.

„Christoph sagt, du bist ein Guitar-Man?“, sagte Harvey zu mir.

„Ja“, sagte ich, „aber ich hab’ nur eine akustische!“

„Er ist auch ein wunderbarer Sänger!“, sagte Christoph. „Wenn er loslegt, dann schmilzt das Publikum dahin! Vor allem die Unter-Fünfjährigen!“

„Cool!“, sagte Harvey. „Ich trommel’ ein paar Leute zusammen, und wir machen ’ne Combo auf! Was sagst du?“

„Tja“, sagte ich. „Warum nicht?“

„Siehst du!“, sagte Harvey. „Das ist der Spirit!“

Ein paar Wochen später standen wir zu viert im Proberaum, dessen Wände und Decken inzwischen mit allen möglichen Dämmstoffen behängt waren. Harvey hatte „Doctor Telephone“ gespielt, wie er sagte, und ein junger Kerl mit glatten, langen Haaren und ein mittelalter Typ mit Brille und Seitenscheitel hatten „Yes, Sir“ gesagt, wie er sich ausdrückte. Die beiden hatten Gitarrenkoffer und Verstärker dabei und guckten sich interessiert in der Scheune um.

„Also, mich kennt ihr ja alle!“, sagte Harvey. „Das Tier aus der Muppet-Show an den Drums!“ Dann zeigte er auf mich. „Das ist Martin! Guitar and Vocals! Er wohnt auch hier und ist Schmied von Beruf, so voll Steamhammer-mäßig!“

Die anderen beiden grüßten mich freundlich.

Dann zeigte Harvey auf den langhaarigen Jungen.

„Das ist Ole! Die große weiße Hoffnung an der Lead-Gitarre! Sexy and Seventeen!“

Ich sagte: „Moin!“, und der Typ mit dem Scheitel sagte: „Moin!“, und Ole sagte: „Moin!“

„Und das ist the world famous Eberhard!“, sagte Harvey und zeigte auf den Typen mit dem Scheitel. „Doktor Eberhard Reinemüller persönlich, Ladies and Gentlemen! Er ist

Lehrer an so 'nem Gymnasium in Rendsburg und Organist in der Church, aber bei uns bedient er den Bass!"

Alle sagten: „Hallo!"

„Also", sagte Harvey, „Time is Money! Lasst uns mal eingrooven!"

Harvey setzte sich hinter seine Trommeln, und Ole und Eberhard stöpselten ihre Verstärker ein und holten ihre Gitarren raus und stimmten sie. Ich stand etwas hilflos in der Gegend rum.

„Martin ist noch als Bob Dylan unterwegs!", sagte Harvey. „Die elektrische Axt kommt erst später! Aber du kannst ja mitklampfen, und den Gesang lassen wir über den Gitarren-Amp laufen!" Er zeigte auf den Mikroständer, der neben Oles Verstärker stand. „Ist nicht ideal, so ganz ohne Gesangsanlage, aber du bist ja ein Shouter, oder?"

„Tja", sagte ich, „mal sehen."

„Womit fangen wir an?", fragte Ole.

Eberhard hob den Zeigefinger.

„Der traditionelle Urschrei einer Rockband ist ‚Johnny B. Goode'!", sagte er. „Zwölftaktiges Bluesschema, Grundton A, gerader Vierviertеltakt, nichts Besonderes also, bis auf die Breaks, aber die kannst du uns ja anzeigen!" Er zeigte auf Ole.

„Okay!", sagte Ole.

„Kennst du den Text?", fragte Eberhard mich.

„Tja", sagte ich, „ich hab die Platte. Es wird schon irgendwie klappen."

„Hervorragend!", sagte Eberhard und guckte dann zu Harvey rüber. „Dann zähl' uns mal ein, Meister Schlagwerker! Bitte mit flottem Tempo!"

„One –two – three – four!", zählte Harvey, und wir legten los.

Und es klang tatsächlich wie Musik. Harvey trommelte präzise, Eberhard spielte einen groovigen Tonleiter-rauf-Tonleiter-runter-Bass, Ole hatte die ganzen Rock 'n' Roll-Gitarrenfiguren drauf, und ich kam mit, obwohl ich mich selbst kaum hörte.

Dann war es Zeit für mich zu singen, und plötzlich hörte ich meine eigene Stimme aus dem Lautsprecher, und auch das klang erstaunlich gut, wie ich fand, auch wenn ich meine Schwierigkeiten mit dem Text hatte.

„Nanananananana New Orleans!
Black is the wood and the evergreen!
Was an old cabbage where the earth is good!
It's a country boy and Johnny be good!
Who never ever ever ever ever well!
Playing guitar and ringing the bell …"

Dann kam der Refrain, aber der war simpel, immer nur „Go Johnny go", und dann kamen die zweite Strophe und dann ein Gitarrensolo von Ole und dann die dritte Strophe. Ich sang in der zweiten und der dritten Strophe einfach das Gleiche wie in der ersten. Und dann ruderte Ole heftig in der Luft rum, und das Lied brach mit einem langen Geschrammel in sich zusammen, bis Harvey mit einem Trommelschlag dem Ganzen ein Ende setzte.

„Geilo Meilo!", rief Harvey. „Großartiger Noise!"

„Na, das war doch ein vielversprechender Auftakt", sagte Eberhard.

Wir spielten das Lied noch ein paar Mal, bis die Breaks hinhauten und das Ende besser klappte.

„Okay", sagte Harvey, „was steht sonst noch auf der Setlist?"

„Vielleicht ‚Knockin' on Heaven's Door'", sagte Eberhard. „Das ist zwar so abgegriffen, dass man es eigentlich nicht mehr anfassen sollte, aber die Leute mögen es, und es ist erschreckend einfach zu spielen. G-D-A-Moll, G-D-C, und so weiter. Ad Nauseam."

„Wat für'n Astronaut?"

„Bis zum kalten Erbrechen!“ Eberhard sah mich an. „Text?“

„Krieg’ ich hin!“, sagte ich.

Und damit hatten wir am ersten Abend schon zwei Stücke eingeübt. Anschließend saßen wir am Wohnzimmertisch zusammen, denn eine wichtige Frage war noch zu klären.

„Mega Rock Noise!“, sagte Harvey. „Da bleiben keine Questions offen!“

„Ist das nicht ein bisschen zu dick aufgetragen?“, fragte ich.

„Fireball!“, sagte Eberhard. „Wie dieser Song von Deep Purple. Den könnten wir auch spielen, der ist ganz simpel, erst H und dann D und dann wieder H …“

„Klingt so’n bisschen discomäßig“, sagte Ole. „Ich meine, der Name.“

„Northern Guitar Crash!“, sagte Harvey.

„Hmmm“, machten alle gleichzeitig.

„Peter Pickel und die Mitesser!“, sagte Ole. „Ich bin freiwillig Peter Pickel!“

„Das klingt ja mehr so nach Punk“, sagte Eberhard, „und wir sind ja keine Punkband.“ Er sah uns fragend an. „Wir sind doch keine Punkband?“

„Irgendwas mit ‚The‘“, sagte ich. „So wie The Beatles oder The Doors oder The Kinks.“

„The Scheunenrockers!“, sagte Harvey. „Was heißt Scheune auf Englisch?“

„Das ‚The‘ ist natürlich ein Relikt aus den 60er-Jahren“, sagte Eberhard.

„Na ja“, sagte ich, „heute gibt’s The Pretenders und The Stranglers und The Cars!“

„Ja“, sagte Eberhard, „aber das sind alles Reminiszenzen.“

„Action Satisfaction!“, sagte Ole.

„Find’ ich freaky!“, sagte Harvey.

„Was soll das denn sein?“, fragte Eberhard.

„Es gibt da so’n Lied von so ’ner amerikanischen Metalband“, sagte Ole. „W.A.S.P. Das ist die Abkürzung für

‚We are sexual Perverts'. Erbärmliche Poser, aber der Song geht ab. ‚I'm looking for Jack Action to get my Satisfaction'."

„Jack Action!", sagte Harvey. „Das ist doch der Bringer!" Das Wort „Bringer" sprach er Englisch aus.

„Klingt ziemlich abgehackt", sagte ich. „Da würde ich noch ein Y einbauen."

„Jacky Action?", sagte Harvey.

„Besser wird's heute nicht!", sagte Eberhard.

Anzug
(2020)

„Und jetzt auch noch Rockstar!", sagt Sophia. „Langsam wird's unheimlich!"

„Wir waren keine Stars", sage ich, „aber wir haben häufig live gespielt, auf Geburtstagsfeiern oder auf Scheunenfesten oder in Gasthöfen. Und weil wir hauptsächlich bekannte Lieder gespielt haben, haben die Leute immer fröhlich mitgewippt. Jacky Action war eine angesagte Partyband, und wir hatten Auftritte bis hoch zur dänischen Grenze. Ich hasse das Wort, aber man kann sagen, wir waren Kult, zumindest eine Zeitlang."

„Und du warst der Blickfang in der Mitte?"

„Ich glaube, wir waren alle optisch ganz ansprechend. Ole mit seinen langen Haaren, Harvey als Schlagzeugmonster und ich als Bryan-Adams-Verschnitt. Aber der Star war eigentlich Eberhard. Er ist immer im grauen Anzug aufgetreten, mit Hemd und Schlips. Und er stand stocksteif da, während wir auf wildes Tier gemacht haben. Bei der Vorstellung der Bandmitglieder bekam er immer den meisten Applaus: ‚Und am Bass: Alle anderen sind sau-weich, aber er ist Eber-haaaaart!'"

„Du hast es irgendwie mit den Vornamen anderer Leute, nicht wahr? Mich hast du ja auch mal zur osteuropäischen Hauptstadt gemacht."

„Ich kann dir mal vorspielen, wie das damals geklungen hat", sage ich. Ich mache Harveys CD wieder an, diesmal die schepperige Aufnahme von „Jumpin' Jack Flash".

Sophia beißt sich auf die Unterlippe.

„Martin, du stöhnst schon wieder! Du sollst doch nicht stöhnen!"

„Das lässt sich nun mal nicht verhindern in einer lauten Rockband", sage ich. „Magst du etwa keine Rockmusik?"

„Doch, natürlich!", sagt Sophia. „Schwitzende Männer mit verzerrten Gesichtern, die in Mikrofone grunzen – was könnte es Schöneres geben?"

„Ich glaube, ich mach die CD mal wieder aus", sage ich.

„Du bist und bleibst ein Frauenversteher!"

„Auf jeden Fall lief alles wunderbar in dieser Zeit. Mit Harvey herrschte wieder gute Stimmung auf dem Hof, wir hatten Spaß mit der Band, und ich verbrachte viel Zeit mit Joanna, auch weil Tina jetzt ständig unterwegs war. Nach dem Erfolg mit dem Kindergarten wollte sie die ganze Welt umkrempeln, und sie war jeden zweiten Abend bei irgendwelchen Treffen. Frauen gegen Atomkraft oder Dorfbewohner gegen die Schnellstraße oder Vegetarier gegen den Ku-Klux-Klan, was weiß ich."

„Gibt's den Vegetarier-Verein noch?", fragt Sophia. „Da müsste ich ja eigentlich eintreten, so als junger, engagierter Mensch! Ich bin schließlich auch mal bei Fridays for Future mitmarschiert! Skolstrejk för Klimatet, oder wie das heißt! We want you to panic!"

„Keine Ahnung, ob die wirklich so hießen. Wenn Joanna mich fragte, wo Mama wieder hingeht, dann sagte ich immer: Sie geht zu ‚Alle gegen alles'. Als Tina das hörte, war sie nicht sehr angetan."

„Also hat sich das zwischen euch wieder abgekühlt?"

„So richtig heiß war es ja nie", sage ich.

„Aber Hauptsache, du warst glücklich!"

„Ja, das war ich! Nach meinem Zivildienst habe ich wieder angefangen, in der Schmiede zu arbeiten. Rolf hatte den unterbelichteten Lutz entlassen, weil der nichts auf die Reihe kriegte und einmal fast die Scheune abgefackelt hätte. Also wurde ich wieder Schmied. Bis Rolf mal wieder den Nagel auf den Kopf traf."

„Ich dachte, ihr wart Schmiede und keine Tischler!"

„Bildlich gesprochen."

Geselle
(1988)

„Was machst du eigentlich noch hier?", fragte Rolf.

Wir waren gerade von einem Bauernhof bei Schleswig zurückgekommen, wo wir ein neues Gatter für die Kuhweide angebracht hatten, und wir luden den Bedford Blitz aus.

„Wie meinst du das?", fragte ich.

„Du versauerst hier doch", sagte Rolf. „Viel mehr als ein Lehrlingsgehalt kann ich dir nicht zahlen. Du bist jetzt 28 …"

„Ich werde 28", sagte ich. „Im September."

„Wenn du nicht bald auf eigenen Füßen stehst, dann ist es zu spät. Dann bist du ein alter Geselle, der den Arsch nicht hochkriegt."

„Meinst du, ich soll meinen Meister machen?", fragte ich. Der Gedanke war mir auch schon gekommen, aber eher als Utopie und nicht als konkreter Plan.

„Entweder das", sagte Rolf. „Oder du studierst. Das müsste doch gehen. Du hast doch Mittlere Reife und Gesellenbrief. Mach dich mal schlau."

„Studieren? Ich?"

„Handwerk hat keinen goldenen Boden mehr", sagte Rolf. Wir hatten den Transporter ausgeladen, und Rolf schloss ihn ab. „Eines solltest du auf jeden Fall machen", sagte er.

„Und was?"

„Den Führerschein. Ein Schmied braucht Führerschein."

Spiegelei
(1988)

„Am besten machst du deinen Lappen bei Fahrschule Jensen", sagte Christoph. „Die machen die Prüfung in Eckernförde. Da gibt das ein einziges Stopp-Schild und drei Ampeln. Das ist ein Selbstgänger."

Wir saßen im Postauto. Ich saß am Steuer, und Christoph saß neben mir. Er rauchte einen selbstgebauten Schornstein und futterte eine Tüte Treets, und er erklärte mir, wie man Auto fährt. Wir hatten auf dem Innenhof das Starten und das Anfahren geübt, und jetzt fuhren wir auf Schleichwegen um Schnaddelby rum.

„KGB!", sagte Christoph. „Wenn du das drauf hast, geht der Rest von ganz alleine!"

„Was soll das heißen?", fragte ich.

„Kuppeln, Gang einlegen, beschleunigen! Darauf kommt es beim Autofahren an. Und wenn du das schaffst, dann musst du dich entscheiden, was für eine Art Autofahrer du werden willst. Es gibt zwei Typen."

„Aha?"

„Die einen benutzen die Bremse, und die anderen benutzen die Hupe!"

„Ich glaub', ich fang erstmal mit der Bremse an", sagte ich, während ich im Schritttempo um eine Kurve bog.

„Weise Entscheidung!", sagte Christoph und nahm einen Zug aus seinem Schornstein. „Ich würde dir ja gerne was abgeben, aber man darf den Fahrer nicht ablenken!" Er nahm noch einen Zug und schüttete sich eine Handvoll Treets in den Mund.

„Ist das nicht gefährlich, was wir hier machen?", fragte ich. „Wenn Hoffmann uns erwischt, und ich sitze ohne Führerschein am Steuer ..."

Hoffmann war der Dorfpolizist in Schnaddelby, ein umständlicher Mensch mit Klavierzähnen.

„Ach was!", sagte Christoph. „Heute ist Sonntag. Da sitzt Hoffmann immer in der ‚Linde' beim verlängerten Frühschoppen."

Wir kamen an eine Kreuzung.

„Wenn das dreieckige Schild nach unten zeigt, dann musst du die anderen vorlassen", sagte Christoph. „Und wenn das Schild wie ein Spiegelei aussieht, dann darfst du durchbrettern. Die anderen Schilder erklären sich eigentlich von selbst."

Ich bog nach links ab.

„Linksabbiegen ist schwieriger als Rechtsabbiegen", sagte Christoph. „Da muss man die anderen durchlassen. Kannst du dir das alles merken?"

„Noch geht's" sagte ich.

„Super!", sagte Christoph und aß die letzten Treets.

Wir fuhren zurück.

„Sobald du richtig gut fahren kannst, meldest du dich bei der Fahrschule an", sagte Christoph. „Die Landstraßen kennst du jetzt ja. Als Nächstes fahren wir mal in die Stadt!"

Wir rumpelten über den Feldweg zum Behrendshof, und ich stellte den Wagen auf dem Innenhof ab.

„Kurbel mal dein Fenster runter", sagte Christoph. „Damit der Qualm sich verzieht. Tina ist in dieser Woche mit Einkaufen dran. Die soll das nicht riechen."

Ein paar Tage später rollten wir langsam und vorsichtig durch Eckernförde. Ich saß wieder am Steuer, und Christoph saß wieder neben mir. Er hatte wieder einen großen

Schornstein in der einen Hand. In der anderen hatte er eine Rolle Smarties.

„Geile Sache!“, sagte Christoph und schüttete sich den Mund voll Smarties.

„Was?“, fragte ich.

„Bobent!“, sagte er. Er zerkaute die Smarties und schluckte sie mit einem lauten Stöhnen runter.

„Wie bitte?“

„Moment!“ Er nahm einen Zug aus seinem Schornstein, und das Auto füllte sich mit Dampf. „Na, das ist schon eine geile Sache!“, sagte Christoph: „Sich so gemütlich durch die Gegend fahren zu lassen! Spitzen-Unterhaltung! Besser als fernsehen! In meinem nächsten Leben werde ich Fahrlehrer! Guck mal, der Typ da!“

Er streckte seinen Arm aus, quer durchs Auto und direkt vor meine Augen, und zeigte auf einen Mann mit einer neongelben Jacke.

„Irre, diese Farbe!“

„Das mit deinem nächsten Leben“, sagte ich, „das könnte schneller kommen, als du denkst, wenn du mir weiter deine Hand vors Gesicht hältst und die Kabine vollqualmst!“

„Aye aye, Captain!“

Hinter uns wurde gehupt.

„Wie unentspannt!“, sagte Christoph. Er kurbelte das Fenster runter und winkte einer jungen Frau zu.

Wir waren einmal durch die Stadt gefahren, am Strand entlang und durch die Altstadt und am Bahnhof vorbei und rund ums Hafenbecken. Dann bogen wir links ab und kamen zum Arbeitsamt, und ich hatte eine Idee.

„Warte mal!“, sagte ich und trat auf die Bremse. Christoph klappte nach vorne, und seine Smarties prasselten gegen die Windschutzscheibe.

„Was ist denn nun los?“, fragte er.

Ich stieg aus und überquerte die Straße und ging ins Arbeitsamt. Am Eingang war ein Ständer mit Broschüren, „Berufswahl – gewusst wie!“ und „Umschulung – aber richtig!“ und Studium – ja bitte!“. Ich nahm von jedem Stapel ein Heft mit, auch „Rente – aber sicher!“, zur Sicherheit. Als ich zum Auto zurückkam, war Christoph immer noch dabei, seine Smarties aufzusammeln.

„Hey, Evil Kniewel“, sagte er. „Das Bremsen müssen wir aber noch üben!“

„Vielleicht solltest du dich anschnallen!“, sagte ich.

„Mein Gott!“, sagte Christoph: „Seit wann herrscht in diesem Auto ein faschistisches Regime?“

„Halt mal!“, sagte ich und warf die Broschüren in seinen Schoß. Christoph guckte den Stapel durch.

„Was willst du denn damit?“, fragte er. „Willst du dir schon wieder einen neuen Beruf suchen?“

„Mal sehen“, sagte ich.

„Gärtner!“, sagte Christoph. „Das ist das Schönste, was es gibt! Da kriegst du ganz viel frische Luft!“ Er nahm einen Zug aus seinem Schornstein, und das Auto füllte sich wieder mit Qualm. Dann hielt er sich die Rolle vor den Mund, wie ein Mikrofon, und begann zu singen.

„Viele, viele bunte Smarties …! Toll voll Schokolade …!“

Kugelschreiber
(1989)

„Na, dann fahren Sie mal los, Herr Martinsen!“, sagte der Prüfer.

Ich saß am Steuer des Fahrschulwagens, eines orangen Golf Diesel, und Herr Jensen, der Fahrlehrer, saß neben mir. Der Prüfer saß auf der Rückbank, quer hinter mir. Er war klein und mager, und seine Haare waren speckig und standen zu Berge. Er hatte eine getönte Brille und einen fusseligen Bart. Auf seinem Schoß lag ein Klemmbrett mit einem weißen Zettel. In der rechten Hand hielt er eine Zigarette und in der linken einen Kugelschreiber.

Als ich losfuhr, sah ich im Rückspiegel, wie er sich den Kugelschreiber in den Mund steckte und mit der Zigarette zu schreiben versuchte. Nach ein paar Sekunden bemerkte er den Irrtum. Wenn ich es bei diesem Typen nicht schaffe, dachte ich, dann schaffe ich es nie.

„Biegen Sie bitte rechts ab!"

Nachdem ich ungefähr zwanzig Mal mit Christoph durch die Gegend gefahren war, hatte ich mich bei Fahrschule Jensen angemeldet, und nach zehn Fahrstunden war ich bereit für die Prüfung. Eigentlich schon nach acht, aber nach nur acht Fahrstunden wird heute niemand mehr für die Prüfung angemeldet, wie Herr Jensen sagte. Wir waren meistens durch Eckernförde gefahren, ein paar Mal über die Dörfer und einmal auf der Autobahn, von Schuby nach Tarp und wieder zurück.

„An der Ampel bitte links!"

Die theoretische Prüfung war auch gut gelaufen. Ich hatte nur einen einzigen Fehler, eine falsche Reihenfolge bei der Vorfahrt auf einer Zeichnung, wo ein Auto links abbiegen wollte, während ein Lastwagen von rechts kam und eine Straßenbahn von vorne. Ausgerechnet die Aufgabe mit der Straßenbahn, dachte ich, wo ich früher jeden Tag damit unterwegs war.

Die anderen Fahrschüler erzählten im Flur vor dem Prüfungsraum bedrohliche Geschichten, die sie über die Fahrprüfer gehört hatten. Die berüchtigtsten waren offenbar ein Mann namens „Spiegel-Arthur", der besonders darauf achtete, dass man ständig in die Rückspiegel schaute, und ein anderer namens „Schulterblick-Schulze", dem der Schulterblick besonders wichtig war. Bei diesen Typen hatte man angeblich keine Chance.

„Und jetzt die nächste Möglichkeit links!"

Aber der kleine Mann mit dem Fusselbart und der Zigarette, der hinter mir saß, war ganz offensichtlich keiner von den bedrohlichen Typen. Er machte sich gelegentlich eine Notiz auf seinem Zettel, und ansonsten schaute er teilnahmslos aus dem Fenster.

Das mit der „nächsten Möglichkeit" war natürlich ein Trick, denn in den nächsten beiden Straßen war die Einfahrt verboten. Ich bog vorsichtig in die dritte Straße ein. Hinter uns wurde gehupt.

„Jetzt bitte rechts!"

Wir kamen zum Stopp-Schild. Es gab tatsächlich nur eines davon in Eckernförde, und ich war ungefähr ein Dutzend Mal hier längsgefahren, um alle Aspekte des Hindernisses in den Griff zu bekommen. Ich hielt an, guckte demonstrativ sekundenlang nach links und bog dann ab.

„Na, dann fahren Sie mal rechts ran!"

Ich hielt am Straßenrand.

„Sie haben bestanden, Herr Martinsen", sagte der Prüfer. „Gerade mal so eben, aber ich will mal nachsichtig sein."

Ich haute mit der flachen Hand auf das Lenkrad und drehte mich um.

„Wieso denn ‚gerade mal so eben'?", rief ich. „Das war doch eine blitzsaubere Fahrleistung!"

„Halt' die Klappe!", raunte Herr Jensen und gab mir einen Klaps auf den Oberschenkel.

„Sie fahren sehr langsam", sagte der Prüfer. „Das wirkt unsicher."

„Ich bin eben ein vorsichtiger Autofahrer!", sagte ich. „Es gibt eben die einen, die die Hupe benutzen, und die anderen, die benutzen die Bremse! Und ich bin eben ein Bremsen-Typ!"

„Halt' endlich die Klappe!", sagte Herr Jensen.

Der Prüfer griff in seine Jackentasche und holte einen grauen Führerschein raus. Er legte ihn auf sein Klemmbrett, klappte ihn auf und unterschrieb unten links.

„Herzlichen Glückwunsch, Herr Martinsen", sagte er und reichte mir den Führerschein und den Kugelschreiber rüber. „Sie müssen nur noch unterschreiben."

„Aber nur unter Protest!“, sagte ich und setzte meine Unterschrift unter das Passfoto, das ich im Automaten am Bahnhof in Eckernförde gemacht hatte.

Herr Jensen zwickte mich in den Oberschenkel und schnitt eine Grimasse. Dann drehte er sich zum Prüfer um und lächelte ihn an.

„Und, zu Hause alles klar?“

„Nein“, sagte der Prüfer. „Meine Frau ist stiften gegangen.“

„Kein Wunder!“, sagte ich. „Bei dem Genörgel!“

„Halt' endlich deine verdammte Klappe!“, brüllte Herr Jensen.

Kochbuch (2020)

„Also“, sagt Sophia, „damit hattest du ja schon mal die Qualifikation, um Taxifahrer zu werden.“

„Nicht unbedingt“, sage ich. „Ich war ein langsamer Fahrer, und das bin ich immer noch. In einem Taxi wäre ich fehl am Platz gewesen.“

Ich schaue auf die Uhr. Es ist zwanzig vor sieben. „Hast du Hunger?“, frage ich.

„Au ja!“, sagt Sophia. „Koch' mal was für mich! Damit ich schlaue Kommentare abgeben kann!“

„Na, dann komm' mal mit!“, sage ich.

Wir gehen wieder in die Küche, und ich öffne ein kleines, rechteckiges Fach am Küchenschrank. Darin sind ein paar alte, vergilbte Zettel.

„Such' dir was aus!“, sage ich und gebe Sophia die Zettel.

Es sind die Rezepte, die sie damals für meine Mutter geschrieben hat, als sie das erste Mal bei uns war. Als wir am Abend vorher im „Nordstern“ gewesen waren und mit dem Professor Bier und Korn getrunken hatten, und als sie sich auf dem Rückweg über den Django-Witz mokiert hatte, und als ich mit der Wolldecke auf der Couch im Wohnzimmer geschlafen hatte, und als sie morgens mit meinen Eltern in der Küche saß, während ich noch in den Seilen hing.

„Ist ja irre!“, ruft Sophia. „Meine Rezepte von neulich! Schokocreme und Rosenkohl! Die hast du noch!“

„Meine Mutter hat sie aufbewahrt“, sage ich. „Ich hab’ sie gefunden, als sie ins Heim gekommen ist und ich den Haushalt aufgelöst habe. Sie hatte sie fein säuberlich zusammengefaltet und in ein Kochbuch gelegt.“

„Und?“, fragt Sophia. „Hat sie irgendwas davon jemals gekocht?“

„Ich glaube, sie hat das mit den Rosmarinkartoffeln mal probiert. Aber es hat nicht geklappt. Sie hat die Kartoffeln wohl roh in den Backofen getan und mit Öl und Salz bestreut, so wie du es geschrieben hast. Aber am Ende war alles steinhart und verkohlt. Mein Vater hat noch jahrelang Witze darüber gemacht, so nach dem Motto: Jesus verwandelt Wasser in Wein, und deine Mutter verwandelt Kartoffeln in Steinkohle.“

„Wie gemein!“, sagt Sophia.

„Jedenfalls wurde danach nicht mehr experimentiert.“

Ich schaue in meinen Kühlschrank. Darin liegen ein paar Kartoffeln, ein halber Salatkopf, eine Packung Salami, ein paar Wurzeln, Zwiebeln und Eier. Im Türfach stehen ein halbvolles Glas Erbsen und eine Flasche französischer Weißwein, und im Eisschrank liegen Steaks von Bauer Ingwersen, wo ich die Pferde beschlage.

Sophia schaut in den Kühlschrank und schüttelt den Kopf. „Kein Wunder, dass du so schmal geblieben bist! Liams Fach in unserem Kühlschrank ist ja meistens so belegt wie ein Hotel in der Nebensaison, aber dein Kühlschrank ist im Grunde überflüssig. Der verbraucht nur Energie und belastet das Klima!“

Sie gibt mir die Weinflasche.

„Du machst die Flasche auf, und dann erzählst du weiter, und ich bastele uns aus diesen Trümmern ein Abendbrot."

Sie nimmt sich ein Messer, ein Brett und eine Schüssel aus der Spüle und setzt sich an den Tisch.

„Also", sagt sie. „Karrieresprung!"

„Genau", sage ich. „Ich habe diese Broschüren aus dem Arbeitsamt durchgearbeitet, und ich war bei der Berufsberatung. Da war eine sehr nette Frau, die sich viel Zeit genommen hat, und am Ende sagte sie, mit meiner Ausbildung und meinem pädagogischen Geschick, so als Zivi im Kindergarten, da könnte ich doch Berufsschullehrer werden. Da sei immer Bedarf, vor allem an Handwerkern. Und wegen meinem Jahr am Beruflichen Gymnasium hatte ich auch meine Fachhochschulreife, trotz der miesen Zensuren, und plötzlich hatte ich einen Studienplatz in Flensburg. Lehramt für Mathe, Englisch und Metalltechnik."

„Schick!", sagt Sophia.

„Ich musste nur noch drei Gespräche führen", sage ich. „Ein schwieriges, ein sehr schwieriges und ein richtig schwieriges."

Würfel
(1989)

„War ja klar!", sagte Tina.

„Wieso war das klar?", fragte ich.

Wir saßen im Wohnzimmer in den alten Sesseln. Tina hatte einen von diesen bunten Würfeln in der Hand, wo man die richtigen Farben auf die richtigen Seiten drehen muss.

„Irgendwie war das klar, dass du irgendwann wieder abhaust", sagte sie.

„Wenn das so klar war, dann hättest du es mir ja vorher sagen können!“, sagte ich. „Dann hätte ich schon Bescheid gewusst, und ich wäre selbst nicht so überrascht gewesen!“

„Martin, jetzt wirst du sozusagen spitzfindig.“ Sie drehte an ihrem Würfel.

„Ich bin ja wahrscheinlich auch nur wochentags weg“, sagte ich. „An den Wochenenden bin ich wohl meistens hier.“

„Das bringt mich auf eine Idee“, sagte Tina.

„Hurra!“, sagte ich. „Endlich!“

„Wenn dein Zimmer sowieso leer steht“, sagte sie, „dann kann Joanna da ja einziehen. Sie wird älter, und sie braucht mehr Platz. Und du nimmst dann ihre Kammer hier im Erdgeschoss.“

„Hast du keine Angst, dass dir mal die Ideen ausgehen?“, fragte ich.

„Nö, wieso?“ Sie drehte wieder an ihrem Würfel und lächelte mich an. „Guck mal! Schon zwei Seiten fertig!“

Wetter
(1989)

„Martin, du musst selber wissen, was du tust“, sagte meine Mutter am Telefon.

Ich stand im Flur auf dem Behrendshof, mit dem Hörer am Ohr.

„Ich wollte euch eben Bescheid geben“, sagte ich, „dass ich demnächst eben in Flensburg bin. In dem Wohnheim ist ein Telefon auf der Etage, glaube ich. Ich sag’ euch die Nummer durch, sobald ich sie weiß!“

„Du musst selber wissen, was du tust. Du bist ja alt genug.“

„Nächste Woche geht’s los“, sagte ich. „Und dann bin ich wochentags eben in Flensburg, aber am Wochenende bin ich immer noch hier.“

„Das musst du alles selber wissen", sagte meine Mutter.

Es entstand eine Pause, weil ich nicht wusste, was ich noch sagen sollte. Im Hintergrund hörte ich meinen Vater.

„Lass ihn doch, Martha!", rief er. „Er ist doch alt genug! Das muss er alles selber wissen!"

„Das ist jetzt auch ganz was anderes als damals mit dem BVN!", sagte ich. „Ich werde jetzt eben studieren."

„Erst warst du Kaufmann, dann warst du Schmied", sagte meine Mutter. „Und dann warst du Kindergärtner und dann wieder Schmied. Und jetzt wirst du Student. Aber das musst du natürlich alles selber wissen." Sie spuckte das Wort „Student" aus wie ein Insekt, das einem beim Fahrradfahren in den Mund fliegt.

„Und?", fragte ich. „Wie ist das Wetter so bei euch?"

Vogelgezwitscher *(1989)*

Wir saßen am Ufer der Jammer.

Joanna und ich waren wieder unseren Weg durch die Felder gegangen, und wir hatten das Märchenspiel gespielt. Ich nahm einen Stock und warf ihn so weit, wie ich konnte. Da, wo er gelandet war, stellten wir uns hin, und Joanna ritzte mit dem Stock einen Kreis um uns rum in den Boden. Dieser Kreis war unser Königreich, und ich dachte mir Märchen aus, was wohl in diesem Königreich los war. Entweder lebte hier ein Drache, oder es war ein Schatz versteckt, oder eine Prinzessin war gefangen. Wenn uns nichts mehr einfiel zu diesem Königreich, warf ich wieder den Stock weg, und wir liefen zum nächsten Märchen. So waren wir bis zum Wald gekommen, und dort waren wir eingebogen, und jetzt hockten wir am Flussufer und schauten den Insekten zu, die auf dem Wasser rumschwirrten.

„Du, Sternchen", sagte ich. „Ich geh' weg von hier. Ich will Lehrer werden."

Joanna sah mich mit zugekniffenem Mund an.

„Keine Angst", sagte ich. „Ich bin nur von Montag bis Freitag weg. Am Wochenende bin ich hier. Und am Mittwochabend. Da proben wir ja mit der Band."

Joannas Mund war schmal, und ihre Augen waren groß.

„Du bist ja jetzt vormittags in der Schule", sagte ich. „Da sehen wir uns ja sowieso nicht mehr, weil du ja eben in der Schule bist, bei deinen Freunden. Es macht also gar keinen so großen Unterschied, ob ich nun hier bin, oder?"

„Ja", sagte sie. Sie wollte ausatmen, aber ihr Mund war zugekniffen, und deshalb plusterten sich ihre Wangen auf.

„Und außerdem", sagte ich, „kannst du mein Zimmer bekommen. Das große Zimmer oben! Das ist doch viel besser als dein kleines Kabuff!"

„Ja", sagte Joanna und pustete Luft aus, und ihre Wangen wurden wieder glatt.

„Ach Sternchen, komm mal her!" Ich nahm sie in den Arm und drückte sie an mich. „Bist du jetzt sauer auf mich?", fragte ich.

Es gab eine lange Pause. Die Vögel zwitscherten.

„Nein", sagte Joanna dann.

„Aber du bist enttäuscht."

Wieder Vogelgezwitscher.

„Ja", sagte sie. „Ein bisschen."

„Ach, Sternchen."

Ich drückte sie wieder an mich.

Vogelgezwitscher.

„Können wir jetzt nach Hause gehen?", fragte sie.

„Ja, klar", sagte ich.

Und dann gingen wir schweigend nach Hause.

Salatstreifen (2020)

„Du Rabenvater!“, sagt Sophia.

„Mach du mir nicht auch noch die Hölle heiß!“, sage ich. „Joanna war monatelang eingeschnappt. Und ich mache mir bis heute Vorwürfe.“

„Weswegen das?“, fragt Sophia. „Du hast eine Entscheidung getroffen. Das ist dein Recht.“ Sie stellt zwei Teller auf den Tisch, mit gedünsteten Kartoffeln und geschmorten Gemüse und Salatstreifen obendrauf. „Guten Appetit!“, sagt sie.

„Mit Joanna habe ich mich irgendwann auch wieder richtig gut verstanden“, sage ich. „Genauso wie vorher. Aber trotzdem.“ Ich probiere das Essen. „Lecker!“

„Danke!“

„Joanna hat keine Kinder“, sage ich. „Sie hat alle zwei oder drei Jahre einen neuen Freund, immer irgendein Businesstyp mit komischer Frisur. Und wenn ihr der eine zu langweilig wird, dann kommt der nächste.“

„Wenn sie ein Mann wäre“, sagt Sophia, „dann würden alle sagen: toller Hecht!“

„Darum geht es nicht“, sage ich. „Sie hat Angst vor Bindungen, glaube ich, weil sie Angst hat, dass sie verlassen wird. Und das liegt daran, dass ich damals ausgezogen bin. Möglicherweise.“

„Hast du sie mal darauf angesprochen?“

„Ja. Sie konnte sich an unser Gespräch damals am Fluss nicht erinnern. Sagt sie jedenfalls.“

Wir essen unser Gemüse, und Sophia gießt Weißwein in die Gläser.

„Und du bist dann also ins schöne Flensburg gezogen“, sagt sie. „Da, wo die ganzen Punkte rumliegen.“

„Genau“, sage ich. „Und zwar an einem Vormittag, als Joanna in der Schule war. Damit es kein Drama gibt. Ich hatte da ein Zimmer in einem Wohnheim, zehn Quadratmeter mit Bett und Schrank und Schreibtisch, genau wie mein Kinderzimmer in Kiel. Aber mit hellen Möbeln aus Kiefer und Spanplatten. Und mit deutlich weniger Staub. Zumindest am Anfang. An die Wand habe ich ein großes Poster von R.E.M. gehängt, die fand ich damals richtig toll. Keine Ahnung, wieso."

„Keine halbnackten, blondierten Frauen mehr? Das nennt man Fortschritt!"

„Dann ging es mit der Uni los, und ich saß wieder auf der Schulbank, und das fühlte sich ziemlich merkwürdig an. Und dann kam plötzlich jemand in mein Leben geknallt."

Landsmann
(1989)

Ich saß im Kurs „Lineare Algebra I". Es war meine allererste Stunde an der Uni, und der Lehrer war noch nicht da, wobei, Lehrer sagte man hier nicht, das hatte ich inzwischen mitbekommen, das hieß jetzt Dozent. Mit mir waren ungefähr zwanzig Leute in dem Klassenzimmer, das auch kein Klassenzimmer war, sondern ein Kursraum. Ich war mit Abstand der Älteste mit meinen 29 Jahren. Alle anderen waren Teenager oder sahen zumindest so aus. Die Mädchen hatten Zahnspangen und trugen Bundfaltenhosen, und die Jungs hatten Pickel und Pullover, wo vorne „Benetton" draufstand. Einige Mädchen tuschelten miteinander, und die Jungs mit den Pickeln saßen auf ihren Stühlen und guckten in ihre Lehrbücher.

Vor mir auf dem Tisch stand ein Kulturbeutel. Der Beutel hatte grüne und rote Streifen. Ich hatte ihn in der Scheune auf dem Behrendshof gefunden, und dann hatte ich ihn in die Waschmaschine gesteckt, und jetzt war der Kulturbeutel meine Federtasche. Aber das konnte natürlich keiner wissen, hier im Kursraum, dass das meine Federtasche war, und ich dachte, das sieht irgendwie komisch aus, so als wollte ich mir gleich die Zähne putzen, und deswegen nahm ich den Kulturbeutel und holte einen Bleistift und einen Kugelschreiber raus, sehr langsam, damit jeder es sehen konnte, und dann legte ich die Stifte vor mir auf den Tisch, ganz ordentlich nebeneinander.

Dann ging die Tür auf, und ein Mann mit grauen Locken und einer Wildlederjacke und einer schwarzen Aktentasche kam rein. Das Tuscheln hörte auf, und alle setzten sich hin und schauten ihn an. Der Mann stellte sich hinter sein Pult, faltete die Hände vor dem Bauch und lächelte in die Runde.

„Hallo, ihr Neulinge!", sagte er.

Die Mädchen kicherten.

„Mein Name ist Klaus Petermann und ich unterrichte die bööööse Mathematik!" Er hob die Hände über den Kopf und wackelte mit den Fingern, als er „bööööse" sagte, wie ein Gespenst in einem Kinderfilm.

Die Mädchen kicherten.

„Aber jetzt wollen wir uns erstmal kennenlernen", sagte Klaus Petermann. „Fangen Sie doch bitte an und stellen sich einmal vor!"

Er nickte einem Jungen mit einer blonden Tolle zu, der ganz vorne saß, direkt neben dem Pult. Die Tische waren in einem Rechteck aufgestellt, so dass jeder in der ersten Reihe saß, nicht wie in der Schule, wo man sich hinten verstecken konnte.

„Danke, das mache ich natürlich sehr gerne", sagte der Junge mit der blonden Tolle. „Also, ich bin Thoralf, und ich komme aus Flensburg, also ist das hier quasi ein Heimspiel für mich."

Einige Mädchen kicherten.

„Eigentlich gibt es über mich gar nicht so viel zu sagen", sagte Thoralf aus Flensburg. „Ich leite bei uns im Segelverein das Jugendtraining, und im Urlaub fahre ich immer gerne nach Spanien, damit ich meine Sprachkenntnisse aufbessern kann, und ich helfe manchmal im Kirchenchor aus. Ach ja, und ich lese gerne historische Romane."

Dann war das Mädchen dran, das neben ihm saß. Sie hatte lange, schwarze Haare und eine große Brille.

„Also, ich bin Klara, und ich komme aus Göttingen, also quasi das Gegenteil von Heimspiel." Sie nickte in Thoralfs Richtung.

Einige Mädchen kicherten.

„Aber ich habe mich für diese Hochschule entschieden, weil sie einen exzellenten Ruf genießt und weil ich hier meine Traum-Fächerkombination studieren kann, und auch natürlich, weil der Campus hier eine sehr schöne Atmosphäre ausstrahlt."

Dann war ich dran.

„Sag' bloß nicht, dass du aus Kiel kommst!", hatte Christoph mir eingeschärft. „Die Leute in Flensburg mögen die Leute aus Kiel nicht. Von wegen Hauptstadt und Provinz und so."

Ich setzte mich gerade auf meinen Stuhl hin und rückte meinen Kulturbeutel ein Stück zur Seite.

„Ja, Hallo", sagte ich, „Ich heiße Martin, und ich komme aus Schnaddelby."

„Hey, Landsmann!", rief eine kleine Frau mit glatten, blonden Haaren, die mir quer gegenüber saß. Sie winkte mir zu. „Ich komm' nämlich aus Knallerup!", rief sie.

Knallerup liegt ungefähr zehn Kilometer von Schnaddelby entfernt, und die Leute aus Schnaddelby mochten die Leute aus Knallerup nicht. Dieter, der Wirt, hatte mir mal erklärt, warum das so war, als ich mit Christoph bei ihm in der „Linde" am Tresen saß.

„Die Leute aus Knallerup halten sich nämlich für die Größten", sagte Dieter, der Wirt.

„Stimmt!", sagte Christoph.

„Und weißt du, warum das so ist?“, fragte Dieter, der Wirt.
„Keine Ahnung“, sagte ich.
„Weil bei denen nämlich das große Getreidesilo von der Raiffeisen-Genossenschaft steht. Das ist für die ein Heiligtum, so was wie der Kölner Dom. Und deswegen sind die arrogant!“
„Stimmt!“, sagte Christoph.
Ich winkte der kleinen, blonden Frau zu.
„Ja“, sagte ich und schaute in die Runde, „ich bin ja wohl der Älteste hier.“
Die Mädchen kicherten.
„Ich habe Schmied gelernt, ja, und jetzt will ich Lehrer werden.“
Dann rückte ich meinen Kulturbeutel wieder in die Mitte des Tisches, und der picklige Junge neben mir, Harro aus Husum, machte weiter mit der Vorstellungsrunde.
Nach ungefähr fünfzehn weiteren Leuten war die kleine, blonde Frau dran.
„Moin Moin!“, sagte sie. „Ich bin Silke, und ich komme aus Knallerup, das sagte ich ja schon, und das liegt ungefähr da!“
Sie zeigte zu einem der Fenster. Die Mädchen kicherten.
„Also, ein bisschen weiter weg, natürlich. Und ich spiele so ein bisschen Handball, und ich bin total gespannt auf das, was hier so auf mich zukommt, und ich hoffe, dass wir alle am Ende dieses Semesters genauso fröhlich sind wie jetzt!“
Dann ging die Vorstellungsrunde weiter, bis zu Gabi aus Neumünster, die kurze, rote Haare hatte und die sich noch gar nicht so sicher war, ob ein Studium das Richtige für sie war, und die das alles „auch als Testballon“ ansah, und dann gab Klaus Petermann noch ein paar Hinweise zum Lehrbuch und zum Übungsheft und zur richtigen Sorte Taschenrechner, und dann war die Stunde vorbei.
Ich packte meine Stifte in den Kulturbeutel und dann den Kulturbeutel in den Rucksack, und dann ging ich raus auf

den Gang und guckte mich um, in welcher Richtung mein nächster Kurs lag, „Englische Phonetik und Linguistik“.

„Hey Landsmann, warte mal!“

Silke aus Knallerup kam aus dem Kursraum und winkte mir zu, und dann kam sie mit ein paar schnellen Schritten zu mir rübergelaufen. „Renn’ doch nicht gleich weg!“, sagte sie. „Wenn du aus Schnaddelby kommst, dann kennst du doch bestimmt ganz viele Leute. Du kennst doch bestimmt Imke Schröder, oder?“ Sie formte mit den Händen zwei Halbkreise vor ihrer Brust. „Die mit den dicken Ömmeln?“

„Tja“, sagte ich, „eigentlich nicht.“

„Oder Volker Jansen? Volker-die-Freiwillige-Feuerwehr-bin-ich Jansen?“

„Ich glaube nicht.“

„Oder Thorsten Radomsky? Toddel?“

„Hör mal“, sagte ich, „ich bin ja schon ein paar Jahre älter, und außerdem komme ich auch nicht direkt aus Schnaddelby, sondern ich hab’ meine Lehre auf einem Hof in der Nähe gemacht, so ein bisschen außerhalb …“

„Du bist Otto!“, rief Silke. „Stimmt doch, oder? Der Typ, der mit sechzehn die Oberdruidin von der Drogen-WG geschwängert hat! Mann, du bist eine Legende!“ Sie strahlte mich an.

„Also eigentlich war ich schon zwanzig“, sagte ich.

„Das muss ich meinen Leuten in Knallerup erzählen!“, rief Silke. „Dass ich hier mit dem leibhaftigen Otto aus Schnaddelby zusammen studiere! Die werden Bauklötze staunen!“

„Ursprünglich komme ich auch gar nicht aus Schnaddelby“, sagte ich, „sondern aus Kiel.“

Sie spitzte die Lippen und kniff ein Auge zu.

„Aus Kiel?“, sagte sie. „Na ja, das sind ja auch Menschen.“ Sie gab mir einen Klaps auf den Oberarm. „Ja dann, bis zum nächsten Mal!“, sagte Silke und drehte sich um und lief mit schnellen Schritten den Gang runter. Nach ein paar Metern blieb sie stehen. „Wie heißt du noch mal in echt?“, fragte sie.

„Martin“, sagte ich. „Martin Hansen.“ Und das war jetzt wieder doof, dachte ich, das mit dem Nachnamen, genau wie damals bei Sophia.

„Du bist der Martin, ne?“, sagte Silke und grinste.

„Genau“, sagte ich.

„Dann tschüss, Martin!“

„Tschüss!“

Sitzordnung (1989)

Ich sah Silke schon ein paar Stunden später wieder, nach der Mittagspause, im Kurs „Analytische Geometrie“. Ich saß auf meinem Stuhl, mit meinem Kulturbeutel vor mir auf dem Tisch. Sie kam rein und winkte mir zu.

„Hallo, Landsmann! Ich meine: Otto! Ich meine: Martin!“ Sie setzte sich neben mich. „Hast du auch dieses komische blaue Ding für diesen Kurs?“, fragte sie. Sie holte ein abgegriffenes Buch aus ihrem Rucksack. „Das habe ich aus dem Second-Hand-Bücherladen hier um die Ecke. Ich hoffe, das ist noch nicht veraltet.“

Ich holte mein eigenes blaues Buch raus.

„Ich hab’ das gleiche“, sagte ich.

„Das beruhigt mich jetzt“, sagte Silke. „Und sonst so?“ Sie schaute mich an.

„Tja“, sagte ich, und ich wollte etwas über das Essen in der Kantine sagen, die hier Mensa hieß, über die Roulade, die fettig und kalt gewesen war, aber dann kam der Dozent rein, ein junger Mann im Jackett.

„Wir reden später weiter!“, sagte Silke.

Silke studierte auch Mathe und Englisch, und wir hatten ein halbes Dutzend Kurse zusammen.

Wenn ich schon im Raum war, dann setzte sie sich neben mich, und wenn sie vor mir da war, dann setzte ich mich neben sie. Und dann redeten wir über den Kurs und über die Hausaufgaben und über die Dozenten, und wenn die Stunde vorbei war, verabschiedeten wir uns, und dann trafen wir uns oft schon ein paar Minuten später wieder, weil wir auch den nächsten Kurs zusammen hatten, und dann setzten wir uns wieder zusammen.

So ging es Tag für Tag und Woche für Woche.

Und dann kam ich wieder in den Kurs von Klaus Petermann, „Lineare Algebra I", und ich schaute mich um, wo Silke saß. Sie saß neben Thoralf und redete mit ihm, und beide lachten. Ich setzte mich neben Gabi aus Neumünster, und dann kam Klaus Petermann rein, und der Unterricht ging los. Aber die Mathematik lief an mir vorbei. Ich schaute die ganze Stunde lang rüber zu Silke, wie sie neben Thoralf saß, und ich war gekränkt, obwohl sie sich natürlich hinsetzen konnte, wo sie wollte, und es gab ja auch keine feste Sitzordnung wie in der Schule. Ich schaute Silke zu, wie sie dasaß und in ihr Heft schrieb und wie sie sich die Haare aus der Stirn strich und wie sie nach oben an die Decke schaute, wenn sie nachdachte, und ich fand die Grübchen in ihren Wangen toll.

Ach du Scheiße.

Ich hatte mich in Silke verliebt.

Druckabbau
(2020)

„Wie schön!", sagt Sophia. „Das ist doch ein herrliches Gefühl!"

„Es war das allererste Mal, dass ich so richtig verknallt war", sage ich. „Und das mit Ende 20. Schon komisch. Aber mit Sabine war das ja eigentlich keine so richtige Liebesbeziehung und mit Tina auch nicht. Wir haben zwar immer mal wieder miteinander geschlafen, aber das war mehr so zum Druckabbau."

„Entspannungssex!", sagt Sophia. „Nie verkehrt! Ich kannte mal so 'nen Typen, mit dem hab' ich … Ach, egal. Red' weiter!"

„Ich war damals ja kurz davor, mich in dich zu verlieben", sage ich.

„Sehr schmeichelhaft!"

„Ich habe es aber irgendwie vermeiden können, und dann warst du ja weg. Aber damals, im Algebra-Kurs, da hat es mich voll erwischt. Schmetterlinge im Bauch, Herzrasen und Eifersucht auf den blöden Thoralf."

„Kenn' ich!", sagt Sophia. „Ich hatte ja auch mein spezielles Erlebnis mit Marcel und Manuela, der Schlampe." Sie hebt ihr Weinglas. „Auf die Liebe!"

Wir stoßen an.

„Und hast du deiner Angebeteten deine Gefühle gestanden?"

„Nein", sage ich. „In der nächsten Stunde saß sie wieder neben mir, und es ging weiter wie vorher. Wir redeten über belanglose Dinge, und ich himmelte sie heimlich an."

„Na ja, so ein richtiger Draufgänger warst du jetzt am Sonnabend ja auch nicht. Ich musste ja wirklich alle Register ziehen, um dich rumzukriegen, bis hin zur beleidigten Leberwurst. Im Kino, bei diesem James-Bond-Schwachsinn!"

„Das ging monatelang so", sage ich. „Um diese Zeit rum wurde mir übrigens klar, wie du so einfach mit dem Auto von Rostock nach Kiel fahren konntest!"

„Der Mauerfall!", sagt Sophia. „Ich habe überlegt, ob ich dir einen Tipp geben sollte. Ihr wart so herrlich verwirrt, du und deine Eltern, als ich euch erzählt habe, dass ich aus Rostock komme. Aber dann hab ich's gelassen. Der zweite Spruch des Liam."

„Außerdem", sage ich, „hätte das niemand geglaubt. Am 9. November 1989 fällt die Berliner Mauer? Science-Fiction, sogar noch eine Woche vorher!"

Wir stoßen wieder an.

„Ich habe die Nachricht abends im Radio gehört“, sage ich, „und am nächsten Tag, an der Uni, strahlten sich alle gegenseitig an und sagten, ist das nicht toll? Und ich sagte, ja, jetzt kann Sophia rüberkommen! Und alle dachten, ich hätte eine Tante in der DDR.“

„Eine Tante?“

„Ja“, sage ich, „Sophia war damals ein Tanten-Name.“

„Neun Jahre später offenbar nicht mehr“, sagt Sophia. „Aber ich muss trotzdem mal mit meinen Eltern sprechen.“

„Die Weltpolitik war für mich damals sowieso nicht das Wichtigste. Ich himmelte immer noch Silke an. Ich hätte sie ja einfach mal einladen können, zu einem Kaffee in der Cafeteria oder so, aber das kriegte ich nicht hin, weil ich mich nicht getraut habe und weil das Studium anstrengend war. Ich musste sehr viel lernen und nacharbeiten, und dann bin ich mittwochs immer noch mit dem Zug nach Rendsburg gefahren, und Eberhard hat mich am Bahnhof abgeholt, zur Probe. Und mitten in der Nacht dann wieder mit dem Zug zurück. An den Wochenenden war ich meistens auch auf dem Behrendshof, damit Joanna nicht noch mehr enttäuscht wird von ihrem Vater. Oder Jacky Action hatte einen Auftritt, und wir waren am Freitag oder am Sonnabend unterwegs.“

„Aber dann bist du doch noch mit deiner Silke zusammengekommen …“

„Ja“, sage ich. „Und das hatte mit einem Ort zu tun, den du auch mal kennengelernt hast.“

Nordstern 5
(1990)

Wir saßen im Kurs „Englische Grammatik II“. Die Dozentin, Frau Laubenberger, war noch nicht da.

„Du kommst doch aus Kiel“, sagte Silke.

„Ja", sagte ich.

„Das ist doch praktisch!", sagte sie. Sie griff in ihren Rucksack und holte einen roten DIN-A5-Zettel raus. „Demo gegen den Bildungsabbau" stand auf dem Zettel, und daneben war ein Foto von einer jungen Frau, die eine Fahne schwenkte und die Faust in die Luft reckte. „Nächste Woche ist diese Demonstration in Kiel!", sagte Silke. „Da müssen wir hin! Thoralf und Gabi kommen auch mit. Und noch so ein Freund von Thoralf."

„Und wogegen wird da demonstriert?", fragte ich.

„Na, gegen die Landesregierung!", sagte sie. „Und gegen den Bildungsabbau! Ist doch logisch!"

„Du hast keine Ahnung, oder?"

„Darum geht's ja auch nicht", sagte Silke. „Wir fahren da hin, mit der Bahn, und wir laufen ein bisschen durch die Stadt, und du kannst uns dann ja mal die schönen Ecken von Kiel zeigen. Falls es die gibt. Wir machen eben mal einen kleinen Ausflug!"

„Tja", sagte ich. „Warum nicht?"

„Zu irgendwas muss es doch gut sein, wenn jemand aus Kiel kommt!"

Dann kam Frau Laubenberger rein.

„Now let's stop the chattering!", rief sie. „And let's concentrate on the subtleties of English grammar!"

Am nächsten Donnerstag trafen wir uns am Bahnhof.

Wir waren zu fünft, Silke, Gabi, Thoralf, sein Freund, der Matthias oder Matthes oder so hieß und der auch eine blonde Tolle hatte und der auch ein Blödmann zu sein schien, und ich. Ich wollte wieder neben Silke sitzen. Oder vielleicht wäre es im Zug auch besser, dachte ich, wenn man sich gegenüber sitzt. Auf jeden Fall wollte ich nicht der überzählige Fünfte sein, der nicht in die Sitzgruppe passt und der sich woanders einen Platz suchen muss. Über die Frage, wer in der Bahn wo sitzen könnte, hatte ich die halbe Nacht gegrübelt.

Wir stiegen in den Zug. Silke lief den Gang runter und besetzte eine Sitzecke mit Tisch und vier Plätzen. Sie setzte sich ans Fenster.

„Mein linker, linker, Platz ist frei!", rief sie und klopfte mit der Hand auf das Polster und winkte mir zu.

Ich setzte mich neben sie, und Gabi setzte sich gegenüber von uns hin, und Thoralf und sein Freund nahmen die Sitze auf der anderen Seite vom Gang. Besser hätte es nicht laufen können, dachte ich.

„Die Fahrt dauert eine Stunde und fünfzehn Minuten", sagte Silke und klopfte mir auf den Oberschenkel. „Martin, erzähl doch mal einen Schwank aus deinem Leben!"

Die Türen knallten zu, und der Zug fuhr los.

Für einen Moment überlegte ich, ob ich von meiner Zeitreise erzählen sollte und von der Zukunft, die ziemlich merkwürdig war. Dass es da diese schwarzen Cassetten gab, wo eine Kamera drin war und eine Plattensammlung und ein Lexikon. Dass man eine Maske tragen musste, wenn man zum Bäcker wollte. Dass alles irgendwie anders war, außer bei Getränke-Rademann, da war alles wie immer, und dass ausgerechnet da ein Zeitportal war, oder wie immer das hieß. Aber das wäre wohl unpassend gewesen, dachte ich, morgens um zehn in einem Regionalzug von Flensburg nach Kiel, mit vier Leuten, die ich kaum kannte. Und Silke hätte mich komisch gefunden, von wegen Otto aus der Drogen-WG.

„Weißt du eigentlich, wie ich zu dem Spitznamen Otto gekommen bin?", fragte ich.

Und dann erzählte ich die Geschichte von unserem Wahlkampf in der „Linde" und von den Landfrauen und von Ottos Wort zum Sonntag und von Dieter, dem Wirt, und von Paul Köpke und dem Skatspiel mit dem Oma-Blatt. Silke und Gabi lachten, und Gabi stellte eine Dose mit Rosinen und Nüssen auf den Tisch.

Thoralf und sein Freund guckten gelangweilt aus dem Fenster.

Dann zog Silke über die Dozenten her, das waren alles „Bagaluten“ und „Spacken“ und „Flitzpiepen“, und wir lachten, und ich himmelte sie an. Als wir über die Levensauer Hochbrücke fuhren, machte ich Klaus Petermann nach, wie er mit einem Lächeln und gefalteten Händen hinter seinem Pult stand und wie er „bööööse“ sagte und mit den Fingern wackelte. Silke und Gabi lachten.

„Wir gehen mal ins Raucherabteil“, sagte Thoralf, und er stand auf, und sein Freund folgte ihm.

Dann fuhren wir durch die Hinterhöfe von Kiel, mit den grauen Fassaden und den verwilderten Gärten. Hier sah alles noch genauso aus wie vor zehn Jahren, als ich nach Schnaddelby gezogen war. Außer, dass es mehr Schmierereien an den Wänden gab und dass einige dieser Schmierereien jetzt bunt waren.

„Igitt!“, sagte Silke. „So viel Grau auf einem Haufen habe ich ja noch nie gesehen! Und ich hab’ früher ‚Flipper‘ in Schwarzweiß geguckt!“

„Ich könnte jetzt was über Neumünster sagen“, sagte Gabi.

„Bist du denn so richtig auf dem Dorf aufgewachsen?“, fragte ich Silke.

„Von wegen Dorf!“, sagte Silke. „Unser Hof liegt so weit draußen, da sind sich Fuchs und Hase noch nicht mal begegnet! Wenn mein Vater nach Knallerup fährt, dann sagt er: Ich fahr’ in die Stadt!“

„War das nicht langweilig, so weit draußen?“

„Ich bin die jüngste von vier Geschwistern“, sagte Silke. „Ich durfte alles! Es war bestimmt nicht langweilig!“

Der Zug rollte in den Kieler Hauptbahnhof, der jetzt eine riesige Baustelle war, mit Gerüsten bis unters Dach der Bahnhofshalle und Bauzäunen und dem Lärm von Presslufthämmern. Überall waren Sand und Staub. Wir gingen zur Bushaltestelle am Sophienblatt. Thoralf und sein Freund schlurften hinter uns her. Die Straßenbahn war vor ein paar

Jahren stillgelegt worden, und auch die meisten Schienen waren inzwischen verschwunden. Auf der Straße lag neuer Asphalt. Gegenüber vom Bahnhof, wo damals die besetzten Häuser gewesen waren, war jetzt auch eine Baustelle. Hier wurde dann doch das riesige Einkaufszentrum gebaut, gegen das es damals so viele Proteste gegeben hatte.

„Kiel, die freundliche Baugrube an der Ostsee!“, sagte ich und schwenkte meinen Arm.

„Genau!“, sagte Silke. „Mach uns den Reiseführer!“

Wir stiegen in den Bus Richtung Norden, der aus irgendwelchen Gründen nicht mehr die Linie 44 war, sondern die Linie 901, und wir saßen wieder genauso wie im Zug, ich neben Silke, Gabi gegenüber, und Thoralf und sein Freund irgendwo anders. Unterwegs zeigte ich ihnen den Kleinen Kiel und den Rathausturm dahinter.

„Das sieht ja tatsächlich mal ganz nett aus“, sagte Silke.

Dann zeigte ich ihnen die Discos in der Bergstraße, wo wir früher unsere Wochenenden verbracht hatten.

„Deine Liebe zu Schnaps und Krawall konntest du ja auch in Schnaddelby ausleben“, sagte Silke. „Da gibt’s ja schließlich die Schweinedisco!“

Wir stiegen an der Ansgarkirche aus und gingen die Olshausenstraße hoch zur Uni.

„Da hinten um die Ecke“, sagte ich, als wir am Supermarkt vorbeikamen, der jetzt „Ihre Kette“ hieß und nicht mehr A&O, „da wohnen meine Eltern.“

„Wollen wir nicht mal kurz Hallo sagen?“, fragte Silke.

„Lieber nicht!“, sagte ich. „Wenn ich mit unbekannten Frauen in der Tür stehe, dann sorgt das für Irritation. Ich hatte da mal ein ziemlich komisches Erlebnis.“

„Kenn’ ich!“, sagte Silke. „Die meisten von den Typen, die ich zu Hause angeschleppt habe, kamen bei meinen Eltern auch nicht besonders gut an.“

„Die meisten?“, fragte ich.

„Na ja, einige schon.“

„Wie viele waren das denn?“, fragte ich.

„Ich bin auf dem Land aufgewachsen!“, sagte Silke. „Ohne Kino und Disco und Einkaufszentrum! Irgendwie mussten wir uns ja die Zeit vertreiben!“

Dann standen wir in einer Menschenmenge auf dem Platz vor der Uni, neben dem Audimax, und ich wusste inzwischen auch, was das bedeutete. Das war noch so ein hochtrabendes Wort für etwas ganz Normales, so wie Mensa oder Dozent. Thoralf und sein Freund saßen in ein paar Metern Entfernung auf dem Boden und rauchten. Eine junge Frau stand auf einer Holzbühne, die mit Spruchbändern behängt war, und sie redete in ein Mikrofon, aber die Anlage war zu schwach, und das Gemurmel der Menge war zu laut, und ich schnappte nur einzelne Wörter auf, „solidarisch“ und „Hochschulplanung“ und „Schweinerei“. Gabi klatschte begeistert, wenn die Frau auf der Bühne eine Pause machte, und sie rief „Whoo!“ und schwenkte ein kleines Pappplakat. Auf dem Plakat stand „Bildungsabbau ist Zukunftraub“.

„Fehlt da nicht ein S?“, fragte ich. „Bei Zukunftraub?“

„Nein!“, sagte Gabi. „Das ist Absicht! So wirkt das doch viel stärker, verstehst du, Zukunft und Raub! Ohne Schnickschnack!“

Silke machte mit der Hand den Scheibenwischer vor ihrem Gesicht.

Dann zeigte die Frau auf der Bühne in Richtung der Olshausenstraße, und ein paar Typen mit Trommeln und Trillerpfeifen liefen in die Richtung, in die die Frau gezeigt hatte, und die Menschenmenge lief hinterher. Wir zogen durch die Stadt, und die Leute auf dem Bürgersteig blieben stehen und guckten, und an einigen Fenstern standen Leute und winkten uns zu.

Gabi schwenkte ihr Plakat und rief „Whoo!“, wenn irgendwo eine Trillerpfeife zu hören war. Thoralf und sein Freund trotteten hinter uns her. Ich spielte wieder den Reiseführer für Silke.

„Der Eisladen da vorne!“, sagte ich, als wir den Knooper Weg runter Richtung Innenstadt liefen. „Da gibt’s das beste Eis von Kiel!“

„Ist schon Wahnsinn, was so eine Metropole alles zu bieten hat!“, sagte Silke.

Ich wollte mit Silke allein sein, und ich wollte Thoralf und seinen Freund loswerden, die immer noch hinter uns her gingen, und ich wollte auch Gabi loswerden, die ich eigentlich ganz sympathisch fand, aber inzwischen auch reichlich komisch.

„Warte mal!“, sagte ich zu Silke. Ich kniete mich hin und band mir umständlich den Schnürsenkel auf und wieder zu. Dann zupfte ich mein Hosenbein zurecht, und als ich wieder aufstand, waren die anderen einige Meter weitergelaufen, und Gabi schwenkte immer noch ihr Plakat. Sie guckte sich einmal kurz um, und dann sagte sie etwas zu Thoralf, und dann liefen die anderen weiter.

„Ein Glück!“, sagte Silke. „Die sind wir los! Die Ziege hat doch einen Knall!“

„Genau!“, sagte ich.

„Und Thoralf, dieser Schnösel!“, sagte Silke. „Kotz!“ Sie griff mit beiden Händen an ihren Hals und verzog das Gesicht.

„Ihr habt euch doch so nett unterhalten“, sagte ich, „neulich bei Klaus Petermann im Kurs!“

„Ich bin eben zu jedem Menschen nett!“, sagt Silke. „Das gehört sich so!“

„Außer, dieser Mensch ist gerade außer Hörweite.“

„Genau!“, sagte Silke. „Dann lästere ich ab. Also bleib’ besser in meiner Nähe!“

Die Demonstration bog in den Lehmberg ein, runter zum Dreiecksplatz und dann in die Brunswiker Straße bis zum Oslokai. Ich ging neben Silke, und ich war verknallt.

„Ich kann mir gar nicht vorstellen“, sagte sie, „wie es ist, in so einer großen Stadt aufzuwachsen. Mit all dem Lärm, dicht an dicht und ohne Grün!“

„Damals war das normal“, sagte ich. „Aber inzwischen lebe ich ja seit zehn Jahren auf dem Land, und ich bin froh, dass meine Tochter auf einem Bauernhof aufwächst. Und nicht so wie ich neben einer stinkenden Brauerei.“

„Wie alt ist deine Tochter eigentlich?“, fragte Silke.

„Neun“, sagte ich.

„Und warum bist du damals überhaupt nach Schnaddelby gezogen?“

„Das war Zufall“, sagte ich, und dann erzählte ich von der Anzeige im „Station to Station“ und wie ich meine Ausbildung beim BVN Hals über Kopf abgebrochen habe, um aufs Land zu ziehen und Schmied zu werden.

„Du hast ja echt schon so einiges erlebt!“, sagte Silke. „Wie alt bist du eigentlich?“

„Bald dreißig“, sagte ich.

„Holla!“, sagte Silke.

Wir waren inzwischen den Düsternbrooker Weg langgezogen, an der Kunsthalle vorbei bis vor den Landtag. Dort endete die Demonstration, und die Menschenmenge staute sich wieder vor einer Bühne auf der Ladefläche eines Lastwagens. Der Lastwagen war mit Spruchbändern behängt, und oben drauf stand eine scheppernde Lautsprecheranlage. Diesmal hielt ein Mann mit Sonnenbrille eine Rede, die nicht zu verstehen war, nur in Fetzen, „akademischer Mittelbau“ und „Fachschaftsvertreter“ und „Politikversagen“, und jedes Mal, wenn er eine Pause machte, ertönten Jubel und Trommelschläge und Trillerpfeifen.

„Da hinten ist es grün!“, sagte Silke und zeigte auf die Bäume auf der anderen Straßenseite und auf die Krusenkoppel, wo ich als Kind während der Kieler Woche immer hingelaufen war, weil es dort Puppentheater gab. „Wollen wir da mal hin?“

Wir gingen durch die Menschenmenge auf die Bäume zu.

„Oh Gott, da sind die anderen!“, rief Silke.

Thoralf stand ein paar Meter vor uns, und neben ihm stand sein Freund, der sich mit Gabi unterhielt. Sie trug ihr Plakat zusammengefaltet unter dem Arm, und sie lächelte Matthias oder Matthes an.

„Deckung!", rief Silke. Sie zog mich am Ärmel, und wir gingen gebückt an den anderen vorbei, was nicht so schlau war, wie ich fand, denn so waren wir viel auffälliger.

„Und jetzt schnell!"

Als wir die Menschenmenge hinter uns gelassen hatten, sprintete Silke los. Sie lief quer über die Kreuzung auf einen Feldweg zu, der hoch zur Krusenkoppel führte, und versteckte sich hinter einem Baum. Ich hatte noch nie einen Menschen gesehen, der so schnell laufen konnte, nicht mal Kai Dölling, und der war der schnellste in unserer Schulklasse gewesen. Und dann gingen wir den Feldweg hoch, an der Freilichtbühne vorbei, wo während der Kieler Woche das Puppentheater war, und dann über eine steile Wiese auf einen Wald zu. Am Rande des Waldes war eine verwitterte Steinmauer, und da setzten wir uns drauf.

„Ist ja doch ganz schön hier!", sagte Silke.

Wir schauten von der Steinmauer runter auf die Wiese und auf die Förde, wo ein paar Segelboote unterwegs waren, und wir hörten aus der Ferne die Trommeln und die Trillerpfeifen von der Demo. Es roch nach Wald, die Vögel zwitscherten, und der Anblick war wieder majestätisch, so wie damals, als ich mit Sophia an der Steilküste gestanden hatte.

Wir saßen eine Weile schweigend nebeneinander, und ich war immer noch verknallt, und ich dachte, das wäre jetzt die richtige Gelegenheit. Wenn ich etwas von Silke wollte, dann müsste ich jetzt mal damit anfangen.

„Wir kennen uns jetzt ja schon eine ganze Weile", sagte ich.

„Na ja, so lange nun auch wieder nicht", sagte Silke.

Ich legte den Arm um ihre Schultern.

„Aber, jedenfalls", sagte ich, „was ich meine ist, wir verstehen uns gut … Also, das ist mein Eindruck … Und vielleicht findest du das ja auch, zumindest ein bisschen, denn du setzt dich ja auch immer neben mich … Also nicht immer, aber doch ziemlich häufig, also auffallend häufig … und deswegen wollte ich fragen, ob wir zwei … ich meine, ob du und ich …"

„Okay!", sagte Silke.

„Okay?"

„Ja, warum nicht? Ich bin gerade solo, mein letzter Freund war eine Pappnase, und ich dachte, an der Uni, da laufen vielleicht ein paar interessante Menschen rum. Aber Pustekuchen! Selbst die Dozenten sind doch geistige Kleinkinder!" Sie hob die Arme und wackelte mit den Fingern, so wie Klaus Petermann. „Bööööse! So einen Kinderkram bringt der Kerl ernsthaft! Und der Typ ist 78 oder so. Auf jeden Fall geht er bald in Rente! So was geht doch gar nicht!" Sie stand auf und stellte sich vor mich und legte ihre Hände auf meine Schultern. „Du bist echt der erwachsenste Mensch, der da rumläuft", sagte Silke, „mit all deinen Jobs, die du so hattest, und deiner Tochter und so. Trotz diesem komischen Kulturbeutel. Was soll das eigentlich? Egal! Du bist jedenfalls einer, der hart arbeitet für die Uni, das merkt man. Das wird mir gut tun. Normal nerve und trieze ich meine Kerle immer so lange, bis sie tun, was ich will. Und wenn ich sie so weit habe, dann finde ich sie langweilig, und dann serviere ich sie ab, oder sie gehen von selbst. Aber bei dir könnte das anders laufen."

Ich stand auch auf, um sie zu umarmen. Sie lächelte mich an.

„Also", sagte Silke. „Wir gehen jetzt einen trinken, und dann machst du mir Komplimente. Und heute Abend machen wir es uns gemütlich. So gehört sich das auf dem Dorf. Einverstanden?"

„Natürlich", sagte ich.

„Prima!", sagte Silke. „Küsschen?"

Und dann küssten wir uns, und ich schloss die Augen und spürte Silkes Lippen und hörte den Gesang der Vögel und die Trillerpfeifen von der Demo unten auf der Straße.

„Wo kriegen wir denn jetzt einen Sekt?“, fragte Silke nach einer Weile.

„Ich kenn’ da eine Kneipe“, sagte ich. „Ist gar nicht weit!“

Wir gingen Hand in Hand raus aus dem Wald und die Straße hoch und dann einen Fußweg entlang mit Bäumen links und rechts, der „Weserfahrt“ hieß, und das sah ich jetzt zum ersten Mal. Komischer Name, dachte ich. Wir überquerten die Feldstraße, kamen am Adolfplatz vorbei, und dann standen wir vorm „Nordstern“.

Es war kurz vor sechs an einem Dienstag. Die Tür stand offen, und wir stiegen die Treppenstufen hoch. Niemand war zu sehen. Auf den Tischen lagen kleine, karierte Tischdecken, auf denen Vasen mit Plastikblumen standen, und es roch nach Putzmittel. Aus den Lautsprechern kam „Verdammt, ich lieb’ dich“. Silke summte mit. Wir gingen hoch zum Tresen. Drei Männer saßen auf Barhockern, vor ihnen standen Biergläser, und der Wirt stand hinterm Tresen und fegte Aschenbecher mit einer Bürste aus. Es war derselbe, der damals dem Professor die Striche auf den Bierdeckel gemalt hatte.

„Öi Hansen, du Ossi!“

Ach du Scheiße.

Der mittlere der drei Biertrinker war Stefan Greve. Auch er saß jetzt oben bei den Profis. Unter seinem T-Shirt quoll der Bauch hervor. Sein Gesicht war dunkelrot, und er hatte ein Doppelkinn. Sein Schneidezahn war immer noch abgebrochen.

„Hallo Stefan“, sagte ich.

„Hast du dich verlaufen, oder was?“, rief er.

„Und?“, fragte ich: „Alles klar?“

„Läuft!“, rief Stefan Greve und hob sein Glas. Die beiden anderen Biertrinker lachten.

„Bist du immer noch Tischler?“, fragte ich.

„Klar!“, rief er. „Firma Tööv und Hoffmann!“

Die anderen Biertrinker lachten. Stefan Greve zeigte auf Silke.

„Schon wieder 'ne neue Tusse? Du hast ja mehr Weiber als so'n Ölscheich!"

Die Biertrinker lachten.

„Könnten wir zwei Gläser Sekt bekommen?", fragte ich den Wirt.

„Hab' ich nicht!", sagte der Wirt. „Wir sind hier nicht im Hotel Maritim!"

„Dann nehmen wir zweimal Cola-Korn!", sagte Silke.

„Das muss ich aber einzeln abrechnen!", sagte der Wirt. „Zwei Cola und zwei Korn. Zusammenkippen müsst ihr das selber!"

„Ich will nachher noch rüber zu Gerd Habermann!", sagte Stefan Greve. „Den kennst du doch! Der mit dem Horrorfilm-Tick! ‚Gesichter des Todes', zweiter Teil! Auf Video! Mal gucken, wie lange deine Schickse das durchhält!" Er lachte, und sein Gebiss war zu sehen. Es fehlte mehr als nur ein halber Schneidezahn. Die anderen Biertrinker lachten mit.

„Ich glaube, das ist nichts für mich", sagte ich.

Der Wirt stellte zwei Gläser mit Cola und zwei gefüllte Korngläser auf den Tresen.

„Wohlsein!", sagte er.

„Dann eben nicht!", sagte Stefan Greve. „Guck mal wieder rein, Hansen!" Er drehte sich zum Tresen und trank einen Schluck Bier.

Wir nahmen unsere Gläser und gingen die Treppe runter zu den Tischen. Silke setzte sich auf eine der Bänke und ich setzte mich gegenüber auf den Stuhl.

„Nein!", rief Silke. „Das geht ja gar nicht! Du setzt dich gefälligst neben mich!" Sie klopfte auf die Bank. „Wie sollen wir beiden denn sonst in Tuchfühlung kommen?"

Sie rückte weiter in die Bank rein, und ich setzte mich neben sie.

„Darüber habe ich mir auch schon Gedanken gemacht“, sagte ich, „was der bessere Platz ist: neben der Frau, wegen der körperlichen Nähe, oder gegenüber, wegen dem Augenkontakt.“

„Eindeutig neben!“, sagte Silke.

„Ich habe die halbe Nacht hin- und herüberlegt, ob ich im Zug lieber gegenüber oder neben dir sitzen sollte!“

„Echt? Das ist ja süß!“ Sie gab mir einen Kuss, und dann imitierte sie Frau Laubenberger. „You are truly a gentleman, Mister Hanson!“

Wir nippten einen Schluck von unserer Cola und kippten dann den Korn ins Glas.

„Prost!“

„Prost!“

Wir tranken Cola-Korn. Es schmeckte grausig. Silke legte einen Arm auf meine Schulter und ein Knie auf die Bank, und sie setzte sich so hin, dass sie mich anschauen konnte.

„Also“, sagte sie, „du hast ein Auge auf mich geworfen. Wieso das?“

„Tja“, sagte ich, „wie soll ich sagen …“

„Komplimente!“, rief Silke. „Ich will Komplimente hören!“ Sie haute mit der flachen Hand auf den Tisch.

„Das fing in der Mathe-Stunde an“, sagte ich, „als du dich neben Thoralf gesetzt hast.“

„Dieser Klappspaten!“, rief Silke und äffte Thoralf nach. „Ich lese gerne historische Romane!“ Sie verzog das Gesicht. „So eine Knalltüte!“

„Jedenfalls habe ich dich die ganze Zeit angehimmelt“, sagte ich.

„Warum genau? Ich will Komplimente!“

„Tja, wegen deiner Augen und deiner Grübchen und deinem Lächeln und deinen Haaren …“

„Echt?“, rief Silke und strahlte mich an. „Danke! Wie lieb von dir! Knutschen?“ Sie kniete sich auf die Bank, und ich legte den Arm um sie, und wir küssten uns.

„Öi Hansen, du Fraggle!“

Stefan Greve stand neben unserem Tisch. „Ich lauf’ jetzt rüber zu Habermann! ‚Gesichter des Todes‘! Willst du mit?“

„Du hast wohl ’ne Meise!“, rief Silke.

„Alles klar, Hansen!“, rief er. „Dann noch fröhliches Entsaften mit deiner Domina!“ Er griff sich in den Schritt und ließ sein Becken kreisen, und dann lachte er und ging raus auf die Straße.

„Was war das denn für eine Figur?“, fragte Silke. „Ich würde ja sagen, das ist ein Höhlenmensch, aber dann wären die anderen Höhlenmenschen beleidigt!“

„Ein Jugendfreund“, sagte ich.

„Na, zum Glück bist du kein Jugendlicher mehr!“

Wir küssten uns wieder, und dann tranken wir Cola-Korn, und so ging es den ganzen Abend: küssen und Cola-Korn trinken. Die Kneipe füllte sich langsam mit Männern, die rauchten und Bier tranken, und die einen großen Bogen um unseren Tisch machten. Wir saßen dazwischen und redeten wenig und knutschten viel, und ich hörte die Musik, die im Hintergrund lief, Bon Jovi und ein paar Mal Madonna und erschreckend viel Herbert Grönemeyer, und ganz viele Lieder, die ich nicht kannte, und das war mir noch nie passiert, dass ich die aktuellen Hits nicht kannte. Ich fand die Musik doof, aber das störte mich nicht, denn ich war selig, dass ich hier mit Silke rumknutschte, und ich war benebelt von Cola-Korn.

Hier in diesem Laden gibt es Antworten, dachte ich. Damals hat der Professor uns erzählt, wie man Zeitportale findet. Und jetzt war es hier so schön, dass ich mir wünschte, die Zeit würde stillstehen.

„Eine Rutsche noch!“, sagte Silke irgendwann. „Und dann müssen wir gucken, dass wir nach Hause kommen! Wir wollen es uns ja schließlich noch gemütlich machen!“

Es folgte noch eine Runde Cola-Korn mit Knutschen. Dann zahlten wir und gingen zum Taxistand quer gegenüber vom „Nordstern“. Wir setzten uns auf die Rückbank und knutschten, während wir zum Bahnhof fuhren. Im Zug nahmen wir uns ein Abteil und machten die Vorhänge zu und schalteten das Licht aus, und wir knutschten bis Flensburg, und dann gingen wir ins Wohnheim, in Silkes Zimmer, und das sah genauso aus wie mein eigenes Wohnheimzimmer, nur spiegelverkehrt, der Schreibtisch links und das Bett rechts.

Und dann machten wir es uns gemütlich.

„Das war doch mal ein schöner Ausflug!“, sagte Silke hinterher.

Wäscheständer
(2020)

„Der Charmeur der alten Schule!“, sagt Sophia. „Wo die Komplimente noch von Herzen kommen! Diese Superkraft des Martin Hansen habe ich ja auch erleben dürfen.“

„Es war ein merkwürdiger Start für eine Beziehung“, sage ich. „Ich war in Silke verknallt und himmelte sie an, und sie hielt mich für einen passenden Partner, aus ganz nüchternen Gründen. Da war sie die pragmatische Bauerntochter.“

„Aber es hat doch eine Zeitlang funktioniert, oder?

„Auf jeden Fall!“, sage ich. „Nach ein paar Monaten zog Silke in das Zimmer gegenüber von meinem. Wir wohnten vis à vis am Ende des Ganges, und das war fast wie eine eigene Wohnung. Wir ließen die Türen offenstehen und stellten Wäscheständer in den Flur, zwei Stück übereinander und mit Wolldecken behängt, als Sichtschutz, und damit hatten wir so etwas wie eine Zweizimmerwohnung.“

„Traute Zweisamkeit“, sagt Sophia, und wir stoßen an.

„Ja“, sage ich, „es war schön. Wir passten gut zusammen, so im Alltag. Kochen, Wäsche waschen, einkaufen. Händchen halten, zuhören, trösten. Unsere Noten wurden besser, nachdem wir zusammengezogen waren, weil wir gemeinsam lernten. Und wir lernten Stück für Stück das Leben des anderen kennen, und bei Silke war das vor allem der Sport. Sie hatte ja in der Vorstellungsrunde bei Klaus Petermann gesagt, sie spiele so ein bisschen Handball, und das war eine leichte Untertreibung. Komm' mal mit!"

Wir gehen zurück in mein Wohnzimmer, und ich zeige auf die Wand mit den Fotos. Dort hängt ein Plakat von Silkes Verein, der HSG Knallerup/Wadenhagen. Darauf ist ein großes Foto von Silke, im Sprung, mit dem Ball in der Hand und mit wehenden Haaren. Sie fletscht die Zähne. Neben ihr steht eine gegnerische Spielerin mit weit aufgerissenen Augen, und im Hintergrund sind vollbesetzte Zuschauerränge.

„Silke war ein Star", sage ich, „das bekam ich erst so langsam mit. Sie war die Spielmacherin, und ihre Mannschaft spielte in der Landesliga. Die Handballdamen waren der Stolz von Knallerup und von Wadenhagen, und Silke war die wichtigste Spielerin, und deswegen hatte der Bäcker von Knallerup, das war einer der Hauptsponsoren, ihr ein Auto zur Verfügung gestellt, einen neuen, dunkelgrünen VW Golf, damit sie von Flensburg abends zum Training fahren konnte. Die Mannschaft trainierte drei Mal in der Woche."

„Tapfer", sagt Sophia. „Aber dieses Trikot! Das geht ja gar nicht! Unsere Volleyballtrikots damals, die waren ja schon gewöhnungsbedürftig, mit so einem riesigen Werbespruch vorne drauf. Aber das da …"

Auf dem Plakat trägt Silke die Farben der HSG, neongelbes Hemd mit roten Streifen und dazu eine pastellgrüne Hose.

„Ja", sage ich, „das tut in den Augen weh. Aber das war notwendig, damit sowohl die Knalleruper als auch die Wadenhagener glücklich waren, weil die jeweiligen Dorffarben vertreten waren. Und es sollte wohl die Gegnerinnen blenden."

„Und dann wurdest du zum Handballfan", sagte Sophia.

„Na ja, zumindest saß ich am Spielfeldrand."

Spitze
(1991)

„Wir spielen heute gegen Lübeck!“, sagte Silke. „Die sind Vorletzter! Die müssen wir wegschießen, wenn wir oben dran bleiben wollen!“

Sie trug einen neongelben Trainingsanzug mit roten Punkten, die aussahen, als ob sie mit Ketchup gekleckert hätte, und mit grünen Streifen am Ärmel und an der Seite der Hose, und sie packte ihre Sporttasche. Silke war immer voller Energie, sie rannte häufig, anstatt zu gehen, und sie redete schnell, und sie wurde leicht ungeduldig, aber an einem Spieltag, da war sie wie ein Vulkanausbruch. Sie sprang im Zimmer rum und machte Gymnastik und sprintete über den Flur zum Treppenhaus und wieder zurück, und sie redete in einer Tour.

„Svenja ist vielleicht verletzt, die hat sich beim letzten Training irgendwas gezerrt, und dann spielt stattdessen diese Siebzehnjährige auf Linksaußen, und die kennt die ganzen Abläufe nicht! Ich habe schon immer gesagt, wir brauchen einen vernünftigen zweiten Linksaußen, und jetzt haben wir den Salat!“ Sie saß im Schneidersitz auf dem Teppich in ihrem Zimmer, und ihre Nase berührte den Boden, während ihre Arme hinter ihrem Rücken in die Luft ragten, und ich dachte, wie kriegt sie das hin? – obwohl ich inzwischen ja wusste, dass Silke gelenkig war. Dann sprang sie auf und klatschte in die Hände. „So! Los jetzt!“

„Soll ich fahren?“, fragte ich.

„Ist vielleicht besser“, sagte Silke. „So nervös war ich lange nicht mehr. Und dabei spielen wir nur gegen die Gurken aus Lübeck!“

„Vielleicht bist du so aufgeregt, weil ich das erste Mal mit dabei bin!“

Sie sah mich mit zusammengekniffenen Augen an.

„Bild’ dir bloß nichts ein!“

Ich steuerte Silkes nagelneuen Golf, und sie saß neben mir und trommelte mit den Händen gegen das Armaturenbrett.

„Geht das nicht schneller?", rief sie.

„Ich bin eben ein langsamer Fahrer", sagte ich.

Ich parkte neben der Sporthalle in Knallerup. Eine Gruppe junger Frauen in neongelben Trainingsanzügen stand vor dem Eingang, und alle hüpften auf der Stelle oder machten Wurfbewegungen oder Kniebeugen. Silke sprang aus dem Auto und lief zu den Frauen rüber, und sie begrüßten sich, gestenreich und lautstark. Ich trottete hinterher.

„Ach ja!", rief Silke. „Das ist Martin!"

Die anderen Frauen lachten und winkten mir zu, und einige riefen: „Alles klar!"

Ein paar Meter entfernt lehnte ein großer Typ mit blonden Locken an der Hallenwand. Silke lief zu ihm rüber und zog ihn dann am Ärmel in meine Richtung.

„Das ist Rüdi!", sagte sie: „Der passt auf dich auf!" Sie schaute den blonden Typen an. „Rüdi, pass auf, dass er nicht verloren geht!"

Dann gingen die Frauen mit ihren Sporttaschen in die Halle.

„Du bist der neue Typ von Silke, nicht wahr?", sagte Rüdi und grinste. „Alles klar. Dann komm mal mit!"

Wir gingen durch einen anderen Eingang in die Sporthalle und dann eine Treppe hoch. Oben an der Treppe saß eine dicke Frau hinter einem Tisch.

„Drei Mark!", rief sie.

„Das ist der neue Typ von Silke", sagte Rüdi.

„Alles klar!", sagte die dicke Frau und grinste.

Wir gingen weiter zu einem Bierstand unter dem Hallendach, und Rüdi bestellte zwei Bier.

„Das ist der neue Typ von Silke", sagte er zu dem Mann hinter dem Bierstand, der auch eine neongelbe Trainingsjacke trug und dazu eine pinke Stretch-Hose.

„Alles klar!“, sagte der Bierzapfer und guckte mich an und lachte.

Wir nahmen unsere Biere und setzten uns hin, ziemlich weit oben auf der Tribüne und ziemlich genau in der Mitte. Die Spielerinnen kamen raus zum Aufwärmen, und die Halle füllte sich, und die Leute, die an uns vorbeikamen, sagten „Moin!“ zu Rüdi und guckten mich irritiert an, und Rüdi sagte jedes Mal: „Das ist der neue Typ von Silke!“, und die Leute sagten: „Alles klar!“, und lachten.

Dann fing das Spiel an, und ich guckte, was Silke machte. Sie war die kleinste Spielerin auf dem Feld, aber sie war schnell und wendig und furchtlos, und jedes Mal, wenn sie den Ball ins Tor warf, brach Jubel auf der Tribüne aus, und ein paar Leute in der hinteren Ecke hauten auf ihre Trommeln.

„Sag mal“, sagte ich zu Rüdi, „die gucken mich alle so komisch an, von wegen ‚der neue Typ von Silke‘. Wie viele Typen hat sie hier denn so angeschleppt?“

Rüdi wackelte mit dem Kopf hin und her und legte den Zeigefinger auf seine Nasenspitze.

„Das kann ich echt nicht sagen“, sagte er.

„Na ja“, sagte ich, „ich meine, in letzter Zeit. Sagen wir, in den letzten zwei Jahren.“

Rüdi zählte die Finger an seiner linken Hand ab.

„Zwei … drei … vier … tja, das ist schwer zu sagen.“

„Mehr als fünf?“, fragte ich.

„Nein, auf keinen Fall!“

„Also weniger als fünf!“

„Nein“, sagte Rüdi, „das würde ich jetzt auch nicht sagen.“

„Also ziemlich genau fünf!“

Er legte wieder den Finger auf die Nase.

„Am besten fragst du sie selber!“, sagte er.

Vor der Ersatzbank von Silkes Mannschaft stand ein großer Mann mit einem schwarzen Vollbart. Er trug eine blaue Trainingsjacke und eine Jeans, und er wedelte mit den Armen und brüllte in Richtung des Spielfelds.

„Wer ist das denn?“, fragte ich Rüdi.

„Das ist Jochen, der Trainer!“, sagte Rüdi. „Ein ehemaliger THW-Spieler! Der war mal deutsche Spitze! Und weißt du, was man so über ihn sagt?“

Ich starrte ihn an.

„Dass er auch mal was mit Silke hatte?“

„Nein!“, rief Rüdi. „Natürlich nicht! Angeblich kriegt er tausend Mark im Monat! Plus Spesen! Unglaublich, oder?“

Dann war Pause, und Silkes Mannschaft lag deutlich in Führung. Ich stellte mich in die Schlange vor den Bierstand und holte noch zwei Bier für Rüdi und mich, und dann kamen die Spielerinnen wieder raus, und die zweite Halbzeit fing an.

„Bist du eigentlich jedes Mal dabei, wenn die Mädels spielen?“, fragte ich ihn.

„Ja“, sagte Rüdi. „Jedes einzelne Mal. Wegen meiner Freundin. Die will das so.“

„Dann musst du ja ein richtiger Handballfan sein!“, sagte ich.

„Nein!“, sagte Rüdi. „Ich hasse Handball! Die einen rennen nach vorne und schmeißen den Ball ins Tor, und dann rennen die anderen nach vorne und schmeißen den Ball ins Tor. Und so geht das eine ganze Stunde lang, plus Pause. Ich finde das grottenlangweilig!“

„Und wie hältst du das jedes Mal aus?“, fragte ich.

Er lehnte sich zu mir rüber und flüsterte mir ins Ohr.

„Ich spiele BH-Raten!“

„Was ist das denn?“, fragte ich.

„Na, ich versuche rauszufinden, welche Spielerin einen BH trägt und welche nicht. Guck mal, die da!“ Er zeigte auf die Spielerin aus Silkes Mannschaft mit der Nummer 8. „Die hat keinen!“

„Stimmt“, sagte ich, „die hat keinen!“

„Aber die da!“ Er zeigte auf die Nummer 3 aus der gegnerischen Mannschaft. „Die hat einen!“

„Stimmt", sagte ich, „die hat einen!" Ich zeigte auf die Nummer 15 aus Silkes Mannschaft. „Die hat auch einen!", sagte ich.

„Stimmt!", sagte Rüdi. „Die braucht einen! Das ist meine Freundin!" Dann zeigte er auf Silke. „Unsere Silke braucht ja nicht unbedingt einen BH!", sagte er.

Ich schlug die Hände vors Gesicht. „Hattest du etwa auch mal was mit ihr?"

„Ach", sagte Rüdi, „das ist ewig her."

Am Ende gewann Silkes Mannschaft mit 25 zu 15, und Silke warf acht Tore. Das wusste ich, weil der alte Mann neben mir jedes Tor in seinem Programmheft vermerkte. Hinter Silkes Namen waren acht Striche.

Wir gingen raus zum Halleneingang, und ich wartete auf Silke. Nach ein paar Minuten kam sie raus, mit nassen Haaren und der Sporttasche über der Schulter. Ich breitete die Arme aus und ging auf sie zu.

„Toll!", rief ich. „Super!"

„Ach, leck mich am Arsch!", rief Silke.

Ich ließ die Arme sinken.

„Was ist denn los?", fragte ich.

„Nichts wie weg hier!", rief sie und lief Richtung Parkplatz. Ich ging hinter ihr her.

„Willst du nicht noch mit ins Vereinsheim?", rief Rüdi. „Eine Runde Stiefel trinken?"

„Geh kacken, Rüdi!", rief Silke.

Wir stiegen ins Auto, und ich fuhr langsam vom Parkplatz.

„Was ist denn los?", fragte ich wieder.

„Jochen hat uns total zur Sau gemacht!", rief Silke. „Vor allem mich!"

„Warum das denn?", fragte ich. „Du warst doch Spitzenklasse! Acht Tore!"

„Ja, aber davon waren drei Siebenmeter. Und zwei Gegenstöße. Aus dem Spiel heraus lief gar nichts! Und das ist natürlich meine Schuld, als Mittelspielerin. Aber was kann ich denn dafür, dass alles zusammenbricht, bloß weil Svenja nicht mit dabei ist?"

„Aber ihr habt doch haushoch gewonnen!"

„Ja!", rief Silke: „Gegen diese Trampeltiere aus Lübeck! Wenn wir heute einen richtigen Gegner gehabt hätten, dann wären wir untergegangen! Sagt Jochen jedenfalls!"

Wir fuhren über die Landstraße Richtung Flensburg. Silkes Haare klebten an ihrem roten Gesicht. Ihr Mund war halb geöffnet, und sie guckte geradeaus.

„Hast du dich denn wenigstens amüsiert?", fragte sie.

„Wie man's nimmt", sagte ich. „Ich habe eine Menge erfahren über die ganzen Typen, die du so zum Handball mitgebracht hast."

„Ach, du heilige Scheiße!", rief Silke. „Rüdi, dieser Hirni!" Sie haute mit beiden Händen auf das Armaturenbrett, und dann verschränkte sie die Arme vor der Brust und guckte wieder geradeaus.

Es blieb lange still im Auto.

„Wenn wir wieder zu Hause sind", sagte Silke dann, „kannst du ein bisschen Gitarre für mich spielen?"

„Klar", sagte ich.

Sie lehnte sich zurück und sackte in sich zusammen.

„Und Knuffi, versprichst du mir eins? Wenn diese Scheiß-Saison vorbei ist, dann fahren wir zwei in Urlaub!"

Trainingslager
(1991)

Im Sommer fuhren Silke und ich auf einen Campingplatz in Dänemark, irgendwo in den Dünen. Es war der erste Urlaub in meinem Leben. Ich war noch nie länger als zwei oder drei Tage am Stück von meinem Zuhause weggewesen, außer während der Klassenfahrten mit der Schule, aber die hatten das Wort Urlaub nicht verdient.

Das Wetter in Dänemark war eine Katastrophe. Der Himmel war zwei Wochen lang schwarz von Gewitterwolken, und es regnete und stürmte und blitzte und donnerte. Wir blieben die meiste Zeit im Zelt und ernährten uns von Schwarzbrot mit Erdbeermarmelade. Wir lagen auf unseren Schlafsäcken und lasen die Bücher, die wir mitgebracht hatten.

Es war herrlich.

Irgendwann lagen wir nebeneinander auf dem Rücken, und ich las Silke aus ihrem Lieblingsbuch vor, der „Unendlichen Geschichte". Wir lasen uns häufig gegenseitig aus Büchern vor, und das konnte ich gut, weil ich Joanna jahrelang Märchen zum Einschlafen vorgelesen hatte.

„Du bist fast so gut wie der Märchenonkel von den Europa-Cassetten!", sagte Silke.

„Das Buch hat 485 Seiten!", sagte ich, als ich mit einem Kapitel fertig war.

„Ja und?"

„Also ist die Geschichte gar nicht unendlich!"

„Du bist ein Blödmann!", rief Silke.

Sie schnellte hoch, warf sich auf mich und versuchte, in mein Ohr zu beißen und ihren Zeigefinger in meine Seite zu stechen. Das Buch flog gegen die Zeltwand. Silke war viel kleiner als ich, aber sie war zäh und wendig, und sie scheute sich nicht, ihre ganze Kraft einzusetzen. Ich hatte keine Chance. Sie biss und pustete mir ins Ohr und hämmerte ihren Finger in meinen Bauch. Ich quietschte vor Lachen, und mir liefen die Tränen aus den Augen.

„Hör auf!", rief ich. „Hör auf, bitte!"

Sie hörte auf.

„Und außerdem", sagte ich, „heißt der Autor Michael Ende, und das ist ja auch irgendwie widersinnig!"

Sie warf sich wieder auf mich und pustete und biss und pikte. Ich drückte sie fest an mich und hoffte, dass ihr die Luft ausgeht. Nach einiger Zeit ließen wir voneinander ab und japsten wie Hunde. Silke kniete über mir und grinste.

„Du, Knuffi“, sagte sie, „ich bin hier ja eigentlich im Trainingslager.“

„Wieso das?“

„Jochen hat doch gesagt, wir sollen uns in der Sommerpause fit halten.“

„Und was willst du trainieren?“, fragte ich.

„Na ja, meine Beweglichkeit. Und meinen Wurfarm. Und meine Nackenmuskulatur. Und meine Ausdauer.“ Sie beugte sich runter und gab mir einen langen Kuss.

„Wir haben doch vorhin erst trainiert“, sagte ich.

„Na und?“

Wir küssten uns.

„Ist eigentlich noch Marmelade da?“, fragte ich und gab ihr einen Klaps auf den Hintern.

„Nicht schon wieder, Knuffi!“, sagte sie. „Du weißt doch, wie das immer klebt!“

Nerven *(2020)*

Wir gehen wieder in die Küche und setzen uns hin, und ich gieße Wein in die Gläser.

„Es wurde mit der Zeit etwas Ernsthaftes und Festes mit Silke und mir“, sage ich. „Wir verbrachten praktisch den ganzen Tag zusammen, in unserer Zweizimmerwohnung und in all den gemeinsamen Kursen an der Uni. Und das Tolle war: Wir gingen uns nicht auf die Nerven!“

„Das ist eine Menge wert“, sagt Sophia. „Man kann verknallt sein, so viel man will. Aber wenn einem der Mensch gleichzeitig die Nerven raubt, dann hilft das gar nichts!

Dann würde man den Kerl am liebsten in eine Zeitmaschine packen und ins Mesozoikum verfrachten!"

„Spannende Vorstellung", sage ich. „Ätzende Zeitgenossen in der Vergangenheit oder in der Zukunft entsorgen. Zum Glück ist mir dieser Gedanke nie gekommen."

„Echt nicht?", fragt Sophia. „Ich habe schon diverse Szenarien für Marcel im Kopf. Wenn du sein Foto mal in einer Vermisstenanzeige sehen solltest: Du weißt von nichts, klar?"

„Versteht sich."

„Wie ist Silke eigentlich mit deiner Verwandtschaft auf dem Bauernhof zurechtgekommen?"

„Um es kurz zu machen: gar nicht."

Äthiopien (1991)

„Ist sie das?", fragte Tina.

Wir standen im Wohnzimmer des Behrendshofs, am Fenster. Es war ein Mittwochabend im Sommer, und die Bandprobe war gerade vorbei. Ich schaute die Bücherregale durch, in der Hoffnung, etwas Verwertbares für mein Studium zu finden, eine alte Shakespeare-Ausgabe oder ein Schulbuch mit Matheaufgaben zum Üben oder irgendwas über Metallbau, das Rolf vielleicht hier reingestellt hatte. Bis auf ein zerfleddertes Taschenbuch der „Canterbury Tales" hatte ich aber noch nichts gefunden.

Wir hatten unsere Bandprobe an Silkes Trainingszeit angepasst, abends von sieben bis neun. Silke fuhr mich mit ihrem Golf zum Behrendshof, setzte mich ab und fuhr dann weiter zur Sporthalle nach Knallerup. Jetzt war es kurz nach halb zehn, das Training war vorbei, und sie stand auf dem Hof, in T-Shirt und Turnhose. Sie lehnte an der Motorhaube ihres Wagens und wartete auf mich.

„Ja", sagte ich. „Das ist sie."

„Die ist aber ganz schön klein!", sagte Tina.

„Im Vergleich zu dir sind die meisten Frauen klein."

„Ja schon", sagte Tina, „aber die da, die ist ja richtig winzig! Wie alt ist die?"

„Zweiundzwanzig", sagte ich.

„Dann wächst sie auch nicht mehr", sagte Tina. „Guck' dir mal die Beine an! Richtige Stummel! Und dann diese drallen Schenkel!"

„Das sind Muskeln", sagte ich. „Sie spielt Handball."

„Das finde ich ja so gar nicht vorteilhaft!" Tina klopfte von innen an die Fensterscheibe und winkte raus. Silke lächelte und winkte zurück. „Für zweiundzwanzig ist sie aber schon ganz schön faltig!", sagte Tina. „Als ich zweiundzwanzig war, da war ich nicht so faltig!"

„Das sind Grübchen", sagte ich. „Manche Männer finden das sehr attraktiv."

„Nein, auch die Stirn!", sagte Tina. „Sozusagen eine richtige Denkerstirn!" Sie strich sich mit den Händen über ihre Wangen. „Wenn das jetzt schon anfängt, dann sieht sie ja mit vierzig aus wie eine Mumie!" Sie verschränkte die Arme vor der Brust und schaute wieder raus auf den Hof. „Mein Gott, die arme Frau!"

„Tschüss, Tina", sagte ich. Ich nahm meinen Gitarrenkoffer und mein Taschenbuch und ging raus auf den Hof.

Tina folgte mir.

„Ich will nur mal kurz Hallo sagen", sagte sie.

„Besser nicht", sagte ich.

Ich lief die Treppe runter und gab Silke einen Kuss und lud meine Gitarre in den Kofferraum, und dann stiegen wir ein und fuhren los. Tina blieb auf der Treppe stehen und winkte uns zu, während wir durch die Schlaglöcher auf den Feldweg rollten.

„War sie das?", fragte Silke.

„Ja", sagte ich. „Das war sie."

„Das ist aber eine ganz schöne Bohnenstange!“, sagte Silke. „Und dazu noch dieses schwarze Kleid und diese wirren Haare! Weißt du, wie die aussieht? Wie eine Gewitterhexe!“

Ich wollte etwas sagen, um Tina in Schutz zu nehmen, aber mir fiel nichts ein. Ich sah Silke an und wartete darauf, dass sie weiterredete.

„Andererseits“, sagte Silke, „ist sie ja auch schon ein paar Tage älter, nicht wahr?“

„Ja“, sagte ich, und ich fing an zu lachen, denn ich liebte es, wenn Silke lästerte, auch wenn das keine nette Eigenschaft war. Bei Tina ging mir das Lästern auf die Nerven, aber bei Silke fand ich es toll, und das musste Liebe sein, dachte ich, wenn man an einem Menschen etwas toll findet, das man an einem anderen Menschen bescheuert findet. „Tina ist siebenunddreißig“, sagte ich.

„Siebenunddreißig!“, rief Silke. „Da war sie früher ja noch mit der Postkutsche unterwegs! Und ihr erster Freund war wahrscheinlich Fred Feuerstein! So gesehen: Respekt, dass sie so dürr und mager geblieben ist! Die Mutter von meinem Ex-Freund, die war mit siebenunddreißig, aber so was von aufgequollen! Kennst du diesen Film? ‚Der unglaubliche Blob‘?“

„Nein“, sagte ich, und ich schniefte und gluckste.

„Genau so sah die aus! Wie dieses Filmmonster! Unfassbar massig! Und ich kann das beurteilen! Schließlich haben wir Milchkühe auf dem Hof! Aber deiner Ex wird das natürlich nicht passieren! Da pfeift ja der Wind durch!“

Jetzt grölte ich vor Lachen.

„Weißt du, was das Komische ist?“, fragte Silke. „Eigentlich dürfte es so was gar nicht geben!“

„Was denn?“, fragte ich, und mir schossen die Tränen in die Augen.

„Mangelernährung auf einem Bauernhof!“, rief Silke. „Ein Ding der Unmöglichkeit, diesseits von Äthiopien! Aber deine Ex, die kriegt das hin! Ich glaube, die würde sogar verhungern, wenn sie nachts im Supermarkt eingeschlossen wäre! Wahrscheinlich würde sie sowieso die Kosmetikabteilung plündern! Ihre Haut kann man doch inzwischen als Schmirgelpapier verwenden, oder?“

Ich wackelte auf meinem Sitz hin und her, und mir tat der Bauch weh vor Lachen.

„Bitte, bitte!“, rief ich: „Sei still und fahr uns nach Hause!“

Berberitze
(1992)

Es war Mittwochabend, und ich fuhr wieder mit Silke zur Bandprobe. Sie setzte mich auf dem Behrendshof ab.

„Ich muss der Gewitterhexe ja nicht unbedingt Guten Tag sagen, oder?“, sagte sie.

Silke raste im Rückwärtsgang vom Hof, und ich ging mit meinem Gitarrenkoffer rüber zur Scheune.

„Martin, komm doch bitte mal!“ Tina stand oben an der Treppe. Sie schaute Silkes Auto hinterher. „Kann deine kleine, dralle Handballerin nicht mal Guten Tag sagen?“

„Was gibt's?“, fragte ich.

„Komm doch bitte mal rein!“, sagte sie. „Es geht sozusagen um Joanna!“

„Die Jungs warten!“, sagte ich.

„Deine Jungs können auch ohne dich ausreichend Krach fabrizieren!“

Ich stieg die Treppe hoch ins Bauernhaus, stellte meinen Gitarrenkoffer ab und ging in die Küche. Joanna saß am Küchentisch, mit zugekniffenem Mund, und sie hatte die Hände auf der Tischplatte gefaltet. Gegenüber von Joanna saß ein Mann. Er war alt, fand ich, bestimmt 50 oder so. Er war schmal und groß, und er hatte eine Halbglatze und eine Nickelbrille auf der Nase. Er trug einen braunen Pullunder und darunter ein weißes Hemd.

„Das ist Hans-Albert!", sagte Tina.

„Hallo Papa!", sagte Joanna. Ihre Stimme klang weinerlich.

„Hallo Sternchen!", sagte ich. „Was ist denn los?" Ich legte meine Hände auf Joannas Schultern und beugte mich runter und gab ihr einen Kuss auf die Wange, und gleichzeitig starrte ich den Mann auf der anderen Seite des Tisches an.

„Es gibt Ärger wegen deiner Tochter!", sagte Tina.

Ich starrte immer noch den Mann mit der Halbglatze und der Nickelbrille an. Er stand auf und kam zu mir rüber.

„Martin, nicht wahr?", sagte er. „Schön, dich zu treffen!" Er reichte mir die Hand, und ich nahm seine Hand, und wir schüttelten Hände.

„Hans-Albert ist Landschaftsarchitekt", sagte Tina.

„Aha", sagte ich.

„Schade, dass wir uns unter diesen Umständen kennenlernen", sagte Hans-Albert. „Wo es diese Probleme mit eurer Tochter gibt."

„Was denn für Probleme?", fragte ich.

„Das musste einfach mal sein!", rief Joanna.

„Gewalt ist nie eine Lösung", sagte Hans-Albert.

Joanna streckte ihm die Zunge raus.

„Deine Tochter hat einen Klassenkameraden verprügelt!", sagte Tina.

„Gewalt ist keine Lösung", sagte Hans-Albert.

„Dann hatte sie bestimmt einen Grund dafür!", sagte ich. „Was war denn los?"

Joanna wollte etwas sagen, aber Tina war schneller.

„Sie hat den kleinen Thomas Klümper in eine Hecke geschubst!", sagte sie und verschränkte die Arme vor der Brust. „In eine Berberitze! Das sind die mit den Dornen!"

„Das stimmt doch gar nicht!", rief Joanna. „Ich hab ihn nicht in die Hecke reingeschubst! Ich hab ihn durch die Hecke durchgeschubst!"

„Es gab wohl Streit im Schulbus", sagte Tina. „Und das ist dann sozusagen eskaliert, als sie ausgestiegen waren."

„Ein Wort gibt das andere", sagte Hans-Albert. „Und dann entsteht Gewalt."

„Die Mutter vom kleinen Thomas Klümper hat hier angerufen", sagte Tina. „Der Junge ist voller Schürfwunden! Wegen der Dornen! Die Frau hat mich richtig angekeift! Und die Lehrerin hat auch angerufen!"

Ich legte wieder meine Hände auf Joannas Schultern.

„Warum hast du denn diesen Jungen in die Hecke geschubst?", fragte ich.

„Nicht in! Durch!"

Tina stemmte die Hände in die Hüften und schüttelte den Kopf.

„Er ist auf dem Rücken gelandet, und der Kakao im Ranzen ist geplatzt!", sagte Tina. „Und jetzt sind alle seine Schulbücher versaut! Die Mutter will, dass wir das bezahlen!"

„Geschieht ihm recht!", sagte Joanna.

„Warum hast du ihn denn nun geschubst?", fragte ich.

„Wegen dem, was er gesagt hat!", sagte Joanna.

„Und was hat er gesagt?", fragte ich.

Joanna biss sich auf die Lippen, und sie ballte die Fäuste und guckte die Tischplatte an. Es war sekundenlang still in der Küche, und wir warteten, dass sie weiterredete.

„Er hat gesagt, dass mein Vater bei uns zu Hause ausgezogen ist, weil ich so hässlich bin!"

„Ach du Scheiße!", sagte ich.

„Und das sagt der seit Wochen!", rief Joanna.

Hans-Albert lachte. „Das ist doch dummes Kindergerede!", rief er.

„Joanna, du bist nicht hässlich!", sagte Tina.

„Ich weiß, dass ich nicht hässlich bin!", rief Joanna.

„Eben!", sagte Hans-Albert. „Die Jungs in deiner Klasse sind doch bestimmt alle ganz wild auf dich, oder?"

„Oh Mann, ey!", rief Joanna.

„Hansi, das ist jetzt gerade nicht hilfreich", sagte Tina. „Vielleicht wartest du besser im Wohnzimmer."

„Na gut“, sagte Hans-Albert. Er stand auf und wollte rausgehen, aber Tina fing ihn ab und drückte ihm einen Kuss auf den Mund.

„Was ist denn das für ein Typ?“, fragte ich, als Hans-Albert draußen war, und zeigte Richtung Tür.

„Hans-Albert engagiert sich auch für den Umweltschutz!“, sagte Tina.

„Und darum nennst du ihn Hansi?“, fragte ich. „Wie einen Kanarienvogel?“

„Wir sind vierundzwanzig Kinder in der Klasse“, sagte Joana. „Und alle anderen haben normale Eltern. Nur ich nicht!“

„Wir sind doch auch normal“, sagte Tina.

„Nein!“, rief Joanna. „Mein Papa wohnt woanders, und meine Mutter holt sich stattdessen einen komischen, neuen Mann ins Haus!“

Ich sah Tina an.

„Wie lange geht das denn schon mit diesem Landwirtschaftsarchitekten?“, fragte ich.

„Ist doch egal!“, sagte Tina. Sie setzte sich auf den Stuhl, auf dem Hans-Albert gesessen hatte. „Aber wir sind doch auch normal“, sagte sie. „Nur ein bisschen anders.“

„Eben!“, rief Joanna. „Ein bisschen anders! Also nicht normal!“

„Auf jeden Fall“, sagte ich, „wird dich dieser kleine Idiot ab jetzt in Frieden lassen. Der hat jetzt nämlich Schiss vor dir!“

„Na toll“, sagte Tina. „Das Prinzip der nuklearen Abschreckung.“

„Und wenn er nochmal anfängt, dich zu ärgern“, sagte ich, „dann sagst du zu ihm: Bis jetzt war das alles nur Pipifax, Klümper, du Kanaille! Als Nächstes landest du im Stacheldrahtzaun! Und dein Kakao, der landet in deiner Unterhose!“

Tina schüttelte wieder den Kopf. „Martin! Das ist jetzt nicht hilfreich!“

„Genau!“, rief Joanna. „Dann schmeiß’ ich ihn auf den Boden und setz’ mich auf seinen Rücken, und dann stecke ich den Strohhalm in den Kakao und drücke ganz fest drauf, und das spritzt dann alles auf seinen Arsch!"

„Richtig!", rief ich. „Genauso machst du das!"

Tina reckte die Arme zur Decke. „Ich fasse es nicht!", rief sie.

„Weißt du was, Sternchen?", sagte ich: „Wir gehen jetzt rüber in die Scheune, und du machst mit bei unserer Probe! Du nimmst dir einen Stock und eine von Harveys Trommeln, und da haust du drauf, und du stellst dir vor, dass das dieser kleine Idiot ist!"

Joanna haute auf den Tisch.

„Genau!", rief sie. Sie sprang auf, und wir gingen raus auf den Flur. Ich schaute mich zu Tina um.

„Und du kannst dich ja währenddessen mit deinem Hans-Wurst vergnügen!"

Tina streckte mir den Mittelfinger entgegen.

Dann gingen wir rüber in den Proberaum, und die anderen freuten sich, dass Joanna mit dabei war. Harvey schraubte eine seiner Toms ab, und dazu gab er ihr ein Tamburin, und sie hämmerte darauf rum. Und als wir fertig waren, setzte sie sich hinters Schlagzeug und hämmerte noch einmal eine halbe Stunde darauf rum.

Silke war inzwischen gekommen, um mich abzuholen. Wir schauten gemeinsam Joanna beim Trommeln zu.

„Sie hat Energie", sagte Silke. „Aber so ganz normal ist sie ja irgendwie nicht."

Biege
(2020)

„Du warst doch nicht ernsthaft eifersüchtig auf diesen Hans-Irgendwas!", sagt Sophia. „Schließlich hast du doch zuerst die Biege gemacht!"

„Das stimmt natürlich“, sage ich. „Aber ich war eben gekränkt. So wie damals, als Sabine mich gegen Schmidtchen ausgetauscht hat. Und Hans-Wurst war ja nun wirklich der Inbegriff eines Spießbürgers. Das tut schon weh, wenn deine Ex sich für so einen Typen entscheidet. So als ob man gegen den Tabellenletzten verliert.“

„Und deine beiden Frauen mochten sich ja offenbar auch nicht besonders …“

„Nein, obwohl sie niemals so richtig miteinander gesprochen haben, höchstens mal zufällig ein paar Worte am Telefon. Sie haben sich aus der Ferne gehasst.“

„Im Grunde konnte dir das doch auch egal sein“, sagt Sophia. „Mit deiner Silke lief es doch prächtig, oder?“

„Ja, zumindest eine Zeit lang. Aber dann kam die erste Begegnung mit den Schwiegereltern. Hast du so was schon mal miterlebt?“

„Ich hatte einmal einen Freund, da gab es mal so eine Art offizielle Vorstellung bei Vater und Mutter. Aber die fanden mich prima.“ Sie grinst. „Die Menschen mögen mich eben! Na ja, die meisten jedenfalls.“

„Tja“, sage ich, „bei mir lief das irgendwie unrund. Aber das lag nicht an Silkes Eltern.“

Sahnetorten (1992)

„Wenn du mit Vadder sprichst“, sagte Silke, „dann darfst du eine Sache auf keinen Fall machen!“ Wir saßen in ihrem gesponserten Golf und fuhren nach Knallerup. Silke hielt das Lenkrad mit beiden Händen fest, und sie redete laut und schnell.

„Und das wäre?“, fragte ich.

„Du darfst auf keinen Fall ‚Herr Lühr‘ zu ihm sagen! Das mag er nicht! Da fühlt er sich alt! Ich hatte mal einen

Freund, der hat Herr Lühr zu ihm gesagt! Der hatte gleich verschissen!“

„Und wie heißt er mit Vornamen?“

„Horst!“, sagte Silke.

Wir hingen hinter einem Trecker fest, der im Schneckentempo vor uns her wackelte. Silke hüpfte hinter dem Lenkrad auf und ab.

„Und wie heißt deine Mutter mit Vornamen?“, fragte ich.

„Um Himmels willen!“, rief sie. „Meine Mutter ist Frau Lühr für dich und nichts anderes! Ich hatte mal einen Typen, der hat Gisela zu ihr gesagt! Der war aber so was von unten durch!“

Die Straße war jetzt frei, und Silke trat aufs Gaspedal und raste an dem Trecker vorbei.

„Ach ja!“, sagte sie. „Meine zweitälteste Schwester wird auch da sein! Michaela!“

„Und?“

„Sie wird versuchen, dich anzubaggern! Du bist ja sogar in ihrem Alter! Sie macht sich immer an meine Freunde ran. Ich hatte mal einen, da hat sie …“

„Okay“, sagte ich, „und wie soll ich reagieren, wenn sie mich anbaggert?“

„Das musst du dir schon selber überlegen! Aber denk' dran: Frau Lühr wird dich genau im Auge behalten!“

Vor uns fuhr jetzt ein Jauchewagen, und das Innere des Golfs füllte sich mit Fäkaliengeruch.

„Igitt!“, rief ich und fummelte an der Lüftung.

„Landwirtschaft!“, rief Silke. „Übrigens: Bei euch auf dem Hof in Schnaddelby, da habt ihr die ganze Zeit eure Geranien gegossen! Kein Sex! Keine Drogen!“

„Versteht sich“, sagte ich. „Warum muss ich denn unbedingt jetzt deine Eltern kennenlernen? Wir sind ja schon mehr als zwei Jahre zusammen …“

„Ich wollte es dir eigentlich ersparen“, sagte sie. „So lange wie es geht. Aber es ist wichtig, glaub' mir.“

„Aha.“

Wir fuhren kilometerlang hinter dem Jauchewagen her. Auf der anderen Fahrbahn hingen die Autos hinter einem Mähdrescher fest, und Silke konnte nicht überholen. Sie hüpfte wieder auf und ab. Schließlich bogen wir rechts in einen Feldweg ein, der durch Kornfelder und über einen Hügel führte. Am Horizont war ein Gehöft zu sehen.

„Die Shiloh-Ranch!“, rief Silke.

Ich atmete durch. Silke parkte den Wagen vor einem weiß verputzten Haus. Daneben war ein großer, grüner Stall, und gegenüber vom weißen Haus grasten Kühe auf einer Weide. Ich stieg aus, und ich hörte ein tiefes, grollendes Geräusch. Ein Hund kam auf mich zugelaufen, und das Geräusch kam von ihm. Er war riesengroß, offenbar irgendeine Mischung aus Schäferhund und Dogge und Nashorn. Er war dunkelbraun und hatte einen gewaltigen Kopf, und ich hatte noch nie einen Hund mit so breiten Schultern gesehen.

Ich hatte überhaupt in meinem Leben noch nicht viel mit Hunden zu tun gehabt. Als ich klein war, liefen in Kiel ein paar alte Damen mit Dackeln und Pudeln durch die Stadt, und im Winter trugen die Dackel und Pudel bunte Decken auf dem Rücken, als Schutz vor der Kälte. Der einzige Hund, den ich jemals berührt hatte, gehörte dem kleinen Nils Buttgereit beziehungsweise seinen Eltern, ein Rauhaardackel namens Schnuffi, der manchmal mit uns im Zimmer war, wenn wir Krieg spielten mit Nils' Plastiksoldaten, er hatte eine ganze Omo-Trommel voll davon.

Der riesengroße Hund stürmte auf mich zu, und als er ungefähr fünf Meter von mir entfernt war, verwandelte sich sein Knurren in ein ohrenbetäubendes Kläffen. Ich ging zwei Schritte zurück und streckte die Arme nach vorne und bereitete mich auf den Einschlag vor.

„Panzer!“, rief Silke und klatschte in die Hände. „Hallo, Panzer!“

Der Hund jaulte auf und wechselte die Richtung. Er rannte auf Silke zu und sprang an ihr hoch. Ausgestreckt war er größer als sie. Silke klopfte dem Hund aufs Fell und stieß ihn dann von sich runter, und als er wieder mit allen vier Beinen den Boden berührte, kraulte sie den Hund hinter den Ohren. Der Hund bekam Schnappatmung und rieb sich an ihren Beinen.

„Ja, Panzer!“, rief sie: „Du bist ein Guter! Nicht? Ja, du bist ein Guter!“

„Der Hund heißt Panzer?“, fragte ich.

„Eigentlich heißt er Möhrchen, aber als er größer wurde, passte das irgendwann nicht mehr.“ Der Hund jaulte und bellte.

„Panzer! Aus!“

Ein kleiner Mann mit dunklen Haaren und einem grünen Pullover stand in der Tür des Hauses. Er zeigte rüber zur Scheune. Der Hund heulte wieder auf und ging dann langsam von uns weg, in die Richtung, in die der Mann gezeigt hatte.

„Wat trödelst du so?“, sagte der Mann zu Silke. „Der Kaffee steht schon op'n Disch!“

„Wir hatten einen Jauchewagen vor uns“, sagte Silke. Dann zeigte sie auf mich. „Papa, das ist Martin! Martin, das ist mein Vater!“

Ich ging auf ihn zu und streckte ihm meine Hand entgegen.

„Hallo Horst!“, sagte ich.

Er nahm meine Hand und lächelte.

„Du büss der Schmied, nich?“, sagte er.

„Genau“, sagte ich.

„Und du büss bi Rolf in der Lehre west?“

„Ja.“

„Rolf is'n feinen Kerl“, sagte Horst. „Aber so'n beten komisch is he ja ok, mit all den kommunistischen Drogen-Junkies dor op sien Hoff. Dat is dor ja meist so wie in Hamburg in der Harfenstraße!“ Er sagte „Harfenstraße“, mit rollendem R.

„Papa!", rief Silke. „Nun hör aber mal auf!"

„Doch, doch", sagte Horst, „so heißt das Wort, dat heb ik irgendwo gelesen: Drogen-Junkies! Paul Köpke hett dor jümmers över schimpt, den kenn ik ja ok gut, der ist ja eine ganz große Nummer im Abwasserzweckverband. Hess du Paul Köpke mol kennenlehrt?"

„Ja", sagte ich, „flüchtig."

„Dat mit die Drogen, dat war ihm ein Dorn im Auge."

„Keine Sorge", sagte ich, „mit Drogen hab ich nichts am Hut."

Horst lächelte und wackelte mit dem Zeigefinger. „Schmied is gut", sagte er. „Silke hat mal so'n Kerl angeschleppt, der war Raumausstatter. Stell di dat mol vör!" Er sah Silke an. „Wie hieß der noch? Gustav?"

„Gunnar", sagte Silke. „Er hieß Gunnar."

„Raumausstatter!", sagte Horst. „Ik meen, Tapezieren is wichtig, wi hebbt ja ok Tapeten. Aber Raumausstatter …"

„Ist ja gut, Papa!", sagte Silke.

Wir gingen ins Haus und durch einen Flur mit einer hellbraunen Kommode und weißen Wandtellern und dann rechts um die Ecke in ein großes Wohnzimmer mit einer Schrankwand und einem grünen Sofa, und darüber hing ein großes Bild von einem Heuhaufen im Abendrot. In der Mitte des Wohnzimmers stand ein Tisch mit einer weißen Tischdecke, und darauf standen eine große, gemusterte Kaffeekanne und drei Torten, gewaltige, runde Teile mit weißer Sahne obendrauf. An dem Tisch saßen zwei Frauen.

„Du musst rechtzeitig losfahren!", sagte die ältere der beiden Frauen. „Dann bist du auch pünktlich!" Sie war auch klein und hatte glatte, blonde Haare, so wie Silke.

„Hallo, Mama", sagte Silke und zeigte auf mich. „Das ist Martin!"

Die Frau stand auf und sah mich an.

„Hallo, Frau Lühr", sagte ich, und ich streckte die Hand aus, obwohl ich mir nicht sicher war, ob das richtig war.

Manche Frauen reagierten komisch, wenn man ihnen die Hand gab.

„Sie sind der Schmied, nicht?“, sagte sie und ignorierte meine Hand.

„Genau“, sagte ich.

„Na, dann nehmen Sie mal Platz!“, sagte sie und zeigte auf den Tisch. „Schmied ist ja ein ordentliches Handwerk. Wissen Sie, Silke ist hier mal mit so einem Jungen angekommen, der war Tankwart. Das ist doch nichts, oder? Wie hieß der noch? Karl?“

„Karsten“, sagte Silke. „Er hieß Karsten.“

„Dat war so'n Döösbaddel!“, sagte Horst.

„Tankwart ist doch kein Beruf!“, sagte Frau Lühr.

Ich setzte mich an den Tisch gegenüber von der jüngeren Frau. Sie war schlank und groß, bestimmt einen Kopf größer als Silke, und sie hatte rotblonde Haare und Sommersprossen.

„Und das ist meine liebe Schwester Michaela!“, sagte Silke.

„Hi, ich bin Mickie!“, sagte die rotblonde Frau und lächelte und reichte mir die Hand. „Du hast ja schöne Haare! Warte mal!“ Sie stand auf und kam um den Tisch rum. Sie setzte sich neben mich und begann, in meinen Haaren rumzuwühlen. „Da könnte man ganz viel draus machen!“, sagte sie. „Komm doch mal vorbei, dann probieren wir mal was aus!“

Silke stöhnte auf.

„Mickie ist Friseuse“, sagte sie.

„Danke“, sagte ich zu Mickie, „aber ich hab' ja in Flensburg meinen Stammfriseur. Der wäre enttäuscht, wenn ich fremdgehe. Also, frisurentechnisch.“

„Na gut!“, sagte Mickie. „Wenn du meinst.“ Sie setzte sich wieder auf die andere Seite des Tisches.

„Gute Antwort!“, flüsterte Silke. Sie setzte sich neben mich.

Frau Lühr schnitt ein großes Stück von einer der Torten ab und schaufelte es auf meinen Teller, und Silke goss Kaffee in die Tassen, und dann aßen und tranken wir, und Horst und Frau Lühr redeten die meiste Zeit, und das meiste, was sie sagten, drehte sich darum, dass Handwerk goldenen Boden habe und dass nicht jeder studieren müsse. Mickie drehte währenddessen mit den Fingern an ihren Locken und sah mich an. Zwischendurch stand Silke auf und ließ Panzer rein. Der Hund legte sich mit einem riesigen Knochen unter den Tisch und schmatzte.

Ich musste alle drei Sahnetorten probieren, und dann musste ich sagen, welche die leckerste war.

„Da kann ich mich gar nicht entscheiden“, sagte ich.

Frau Lühr lächelte, zum ersten Mal, seit sie mich gesehen hatte.

„Gute Antwort“, flüsterte Silke.

Mir tat inzwischen der Magen weh, aber alles in allem lief es gut, fand ich.

„Weswegen wir eigentlich hier sind“, sagte Silke, als ihre Eltern eine Pause beim Loben des Handwerks einlegten, „wir müssen euch was sagen.“

Alle sahen sie an. Silke stach ein paar Mal mit der Gabel in das Tortenstück auf ihrem Teller.

„Ich bin nämlich schwanger“, sagte sie.

„Was?“, rief ich.

„Ohauerha!“, rief Horst.

„Ha!“, rief Mickie.

Panzer heulte und bellte. Frau Lühr sagte nichts und kaute weiter an dem Stück Torte, das sie im Mund hatte, aber sie kaute jetzt deutlich langsamer. Ich drehte mich zu Silke.

„Aber wieso“, sagte ich, „ich meine, warum erfahre ich das erst jetzt?“

„Das klären wir später, Knuffi“, flüsterte Silke.

Dann war es still am Tisch, und ich sah Silke eine Zeitlang an, und dann schaute ich mich um, und alle schauten auf ihre Teller, bis auf Mickie, die mich anlächelte.

„Das ist dann ja jetzt unser sechstes Enkelkind“, sagte Frau Lühr, nachdem sie ihr Tortenstück runtergeschluckt hatte. „Nicht wahr, Horst?“

„Katharina hat dree", sagte Horst, „und Dirk hat twee. Ja, söss."

Frau Lühr stupste Mickie an.

„Dann halt' dich mal ran!", sagte Frau Lühr. „Irgendwann ist es zu spät!"

„Wenn ich so einen Mann hätte wie Martin hier …", sagte Mickie und drehte wieder an ihren Locken und lächelte mich an.

„Wollt ihr heiraten?", fragte Frau Lühr.

„Wie bitte?", rief ich.

Silke griff unter dem Tisch nach meiner Hand und drückte sie.

„Das wissen wir noch nicht", sagte sie.

„Heiraten mööt se ja ok nich unbedingt", sagte Horst. „Die jungen Lüüd heutzutage, dor is dat ja allens so'n beten anders."

Dann redeten alle übers Heiraten und über die Kinder von den Nachbarhöfen, die geheiratet hatten oder auch nicht. Und dann holte Horst eine Flasche Jubiläumsaquavit aus der Küche und vier Gläser aus dem Wohnzimmerschrank.

„Du darfst ja nu nich mehr", sagte er zu Silke. Er goss ein, und wir sagten „Prost!" und tranken den Schnaps, und Silke hob ihre Kaffeetasse.

„Kaffee ist auch nicht gut für dich!", sagte Frau Lühr.

Panzer jaulte, und alle lachten.

Dann wurde weiter geredet, noch eine ganze Weile, und ich saß dabei und bekam nichts mit, die Gespräche waren ein Hintergrundrauschen. Ich war sauer auf Silke, und gleichzeitig freute ich mich.

„So, nun ist es aber Zeit!", sagte Silke nach einer Weile, und wir standen auf und gingen nach draußen. Wir verabschiedeten uns, und diesmal gab mir auch Frau Lühr die Hand, und Mickie umarmte und drückte mich, und Panzer sprang kläffend um uns rum, und dann saß ich wieder auf meinen Sitz im Auto.

Silke fuhr los, eine kleine Runde über die Betonplatten vor dem Stall und dann wieder den Feldweg entlang zur Straße, und sie hupte drei Mal kurz, als wir vom Hof rollten, und es wurde gewinkt, und Panzer bellte.

Dann fuhren wir auf der Landstraße, und es waren keine Trecker und Mähdrescher und Jauchewagen mehr unterwegs. Ich guckte geradeaus, und ich sah zu, wie die weißen Streifen auf der Straßenmitte an mir vorbeiflogen. Es blieb lange still im Auto, nur das Radio plärrte, aber es war nicht zu verstehen, was da gesagt und gesungen wurde, weil der Motor zu laut war.

„Alles klar, Knuffi?", fragte Silke, als wir schon den halben Weg nach Flensburg hinter uns hatten, und sie drückte kurz meinen Oberschenkel.

„Was sollte das?", fragte ich. „Und wann ist das denn überhaupt passiert? Wir haben doch immer aufgepasst!"

„Das muss nach dieser Party bei Gabi und Matthias gewesen sein."

„Da, wo Thoralf auf den Teppich gekotzt hat?"

„Ja, genau", sagte Silke. „Da waren wir ja beide so ein bisschen rollig hinterher, nach dieser Party."

„Ach ja", sagte ich.

„Freust du dich nicht?"

„Das hat doch damit nichts zu tun!"

Dann war es wieder still, nur der Motor dröhnte, und das Radio plärrte.

„Ich hatte Angst, dass du abhaust!", sagte Silke, als wir in einem Dorf an einer Baustellenampel standen. „Dass du mich einfach sitzenlässt, wenn ich dir sage, dass ich schwanger bin. Und ich dachte, dass du vielleicht eher bei mir bleibst, wenn du, na ja, ein Teil der Familie wirst. Ich hab' meinen Eltern ganz viel Tolles von dir erzählt, und sie waren ja auch richtig begeistert von dir. Für ihre Verhältnisse. Und wenn du abhaust, dann haben meine Eltern den Vater ihres Enkelkinds zumindest mal gesehen."

Ich schüttelte den Kopf. „Warum sollte ich denn abhauen wollen?“, fragte ich.

„Ihr haut doch alle ab, irgendwann“, sagte Silke. „Deine Gewitterhexe hast du ja schließlich auch entsorgt!“

Die Ampel wurde grün, und sie gab Gas, und wir ließen das Dorf hinter uns und fuhren wieder durch die Felder.

„Ich könnte doch jetzt trotzdem abhauen“, sagte ich. „Obwohl ich deine Eltern kennengelernt habe. Oder gerade deswegen.“

„Willst du denn abhauen?“

„Nein“, sagte ich. „Natürlich nicht.“

Und dann war es wieder still im Auto, bis wir zu Hause ankamen.

Stichtag
(2020)

„Kein guter Anfang für ein Leben zu dritt“, sagt Sophia.

„Nein“, sage ich. „Überhaupt nicht. Da ist etwas zerbrochen zwischen Silke und mir, und das hat jahrelang nachgewirkt.“

Wir trinken die letzten Reste Weißwein.

„Ich hab’ noch was mitgebracht!“, sagt Sophia. Sie greift sich ihren Rucksack und holt eine Flasche Sekt raus. „Passt das jetzt überhaupt?“, fragt sie. „Deine Geschichte wird gerade so ein bisschen traurig. Wenn Doppelkorn angemessener wäre, dann musst du das sagen!“

„Ist schon in Ordnung“, sage ich.

Sophia geht zur Spüle und zerrt den Korken aus der Flasche. Eine kleine Fontäne sprudelt ins Becken. Ich hole zwei Sektgläser aus dem Schrank, und sie gießt ein.

„Zunächst lief alles so weiter wie bisher“, sage ich. „Außer, dass ganz Knallerup sauer auf mich war, weil Silke für die Handballmannschaft ausfiel. Sie musste ihren Golf wieder zurückgeben, und der Sponsoren-Bäcker war wohl den Tränen nahe vor Enttäuschung über Silke."

„Warst du denn diesmal bei der Geburt dabei?"

„Nein, wieder nicht", sage ich. „Der Stichtag fiel genau in meine Abschlussklausuren. Und alle Anträge, einen Nachholtermin zu bekommen, wurden abgelehnt. Wiebke wurde geboren, während ich meine mündliche Prüfung in Englisch hatte."

„Und dann vom Hörsaal in den Kreißsaal …"

„Genau. Das waren zwei tolle Erlebnisse an einem Tag. Ich hatte mein Studium geschafft, und ich war Vater geworden. Ich war stolz und glücklich. Meine Eltern waren auch da, und Silkes Eltern, und die verstanden sich auf Anhieb. Unsere Mütter sind lange Zeit in Kontakt geblieben, bis meine Mutter das nicht mehr hingekriegt hat. Aber an diesem Tag haben alle gestrahlt. Der Name stand schon fest, das hatte Silke schon Monate vorher beschlossen. Sönke für einen Jungen und Wiebke für ein Mädchen."

„Wiebke ist ja auch ein schöner Name", sagt Sophia. „Auf das junge Glück!"

Wir stoßen an und trinken einen Schluck Sekt.

„Aus dem Glück wurde dann schnell der Alltag", sage ich. „Ich fand einen Job als Lehrer, in Eckernförde, und wir zogen dahin. Aber Silke musste ihr letztes Semester und die Prüfungen nachholen, und sie war dann viel unterwegs mit Wiebke, entweder an der Uni in Flensburg oder in Knallerup bei ihren Eltern. Ihre Mutter und ihre Schwestern passten auf Wiebke auf, wenn ich bei der Arbeit war und wenn Silke mit der Uni beschäftigt war. Ich habe Wiebke in der ersten Zeit kaum gesehen. Das war nicht gut für uns. Wir sind uns nie besonders nah gewesen."

„Und wie war das Leben als Lehrer?", fragt Sophia.

„Tja, was soll ich sagen", sage ich. „Ziemlich frustrierend."

Kuchen
(1994)

Es war Dienstagmorgen. Ich hasste den Dienstagmorgen.

Am Dienstagmorgen hatte ich drei BVJ-Kurse. BVJ bedeutete Berufsvorbereitungsjahr. Im BVJ wurden Jungs und Mädchen untergebracht, vor allem Jungs, die keinen Schulabschluss hatten und die keinen Ausbildungsplatz gefunden hatten. Ich hatte ziemlich viele BVJ-Kurse. Anfangs dachte ich, das sei eine Auszeichnung. Ich dachte, dass Herr Borke, der den Stundenplan machte, mich für besonders engagiert und qualifiziert und dynamisch hielt und dass er meinte, ich käme mit den Jungs und den Mädchen im BVJ besonders gut klar, vor allem mit den Jungs. Aber so langsam merkte ich, dass Herr Borke mir die BVJ-Kurse unterjubelte, und ich war noch nicht selbstbewusst genug und noch nicht lange genug an der Schule, um Nein zu sagen, so wie die älteren Kollegen es taten, wenn Herr Borke ihnen mit BVJ kam.

Einer der drei BVJ-Kurse am Dienstagmorgen war besonders nervig. Ich unterrichtete dort Mathematik.

„Wofür brauch' ich die Scheiße denn, Alter!", rief Oliver Neumann.

Oliver Neumann saß in der letzten Reihe, ein schlaksiger Junge mit blasser Haut und roten Pickeln und einem dünnen, schwarzen Schnurrbart. Er trug ein viel zu weites, giftgrünes Kapuzensweatshirt mit irgendeinem Ghetto-Gekritzel vorne drauf, Graffiti, oder wie das hieß, und auf seinem Kopf saß eine Baseballkappe, verkehrt rum. Und ich dachte, wie dämlich sieht das denn aus, mit dieser Kappe verkehrt rum auf dem Kopf? Ich hatte ihn am Anfang ein paar Mal gebeten, die Kappe im Unterricht abzusetzen, und er hatte ein paar Mal „Nö, Alter!" gesagt, und dann hatte ich es irgendwann aufgegeben.

„Die Scheiße braucht doch kein Mensch, oder was!“, rief er.

„Auf dieses Wort verzichten Sie hier bitte!“, sagte ich.

„Welches Wort denn!“, rief er.

Ich hatte ihn gebeten, seine Hausaufgaben vorzulesen. Das machte ich in jeder Stunde, das war inzwischen ein Ritual geworden. Ich fragte ihn nach den Hausaufgaben, und er hatte sie natürlich nicht gemacht, und stattdessen versuchte er, mich zu provozieren, und ich stieg jedes Mal drauf ein.

„Zunächst einmal bin ich für Sie nicht ‚Alter‘“, sagte ich, „sondern für Sie bin ich Herr Hansen!“

„Alles klar, Alter!“, sagte Oliver Neumann, und die Klasse lachte, bis auf diejenigen, die sich komplett von der Außenwelt verabschiedet hatten und die den ganzen Tag nur mit halboffenem Mund vor sich hinstarrten. Das war ungefähr ein Drittel.

„Sie wollen wissen, wofür Sie die Grundrechenarten brauchen?“, fragte ich.

„Ja, genau!“, sagte Oliver Neumann. Er hob seine Arme und ließ sie krachend auf den Tisch fallen.

„Na, was wollen Sie denn mal werden, wenn sie mit der Schule fertig sind?“, fragte ich.

„Ich werd’ Koch!“, rief Oliver Neumann. „So wie Orhan hier! Dem sein Vater hat voll den Dönerladen!“ Er beugte sich rüber zu seinem Nachbarn und legte den Arm um seine Schultern.

„Ey, lass mich da raus, ey!“, rief Orhan. „Und mein Vater hat kein Dönerladen, du Pimmel!“

„Wer kann Herrn Neumann sagen, wofür ein Koch Mathematik braucht?“, fragte ich und schaute in die Runde.

Die Jungs starrten auf ihre Tische, oder sie starrten mit halboffenem Mund vor sich hin.

„Na, wegen der Rezepte ...“, sagte eines der Mädchen.

Es saßen drei Mädchen in der Klasse. Sie saßen nebeneinander vorne links in der zweiten Reihe. Ihre Haare waren voller Strähnen in Gelb und Silber, und sie trugen schwarzes Make-up um die Augen.

„Richtig, Frau Radulescu!“, sagte ich. „Nennen Sie doch bitte mal ein Beispiel!“

„Na, wenn man Kuchen backen will“, sagte das Mädchen, das ich Frau Radulescu nannte, denn der Schulleiter, Herr Harms, hatte uns gebeten, das so zu machen, mit den Nachnamen. Die Jungs und Mädchen fanden das komisch.

„Du hast wohl auch zu viel Kuchen gefressen!“, rief Oliver Neumann. „Fette Tonne!“

„Halt die Fresse, du Arschloch, ey!“, rief das Mädchen neben Frau Radulescu. Sie warf einen Kugelschreiber in Oliver Neumanns Richtung. Der Kugelschreiber prallte hinter ihm gegen die Wand.

„Hey!“, rief ich. „Frau Schebbeli!“

„Ich heiße Chelebi!“, rief sie. „Immer noch!“

Die Klasse lachte, bis auf die Jungs, die vor sich hinstarrten.

„Entschuldigung“, sagte ich. „Also, Kuchenrezepte. Stellen Sie sich vor, Sie brauchen fünfhundert Gramm Mehl für vier Personen.“ Ich schrieb „500 g“ an die Tafel und dann einen Strich und dann „4 Pers.“. „Aber Sie wollen einen Kuchen für sechs Personen backen.“ Ich schrieb „6 Pers.“ an die Tafel. „Wie rechnen Sie das?“

Stille trat ein. Es war sonst nie still in dieser Klasse, irgendjemand murmelte oder kicherte oder klapperte oder hustete immer. Aber jetzt war es still.

„Na?“, sagte ich. „Das hatten wir doch schon mal.“

„Ey, Orhan!“, rief Oliver Neumann. „Hau’ doch deine dicken Eier in den Kuchen!“

Die Klasse lachte, sogar einige von denen, die sonst nur vor sich hinstarrten.

„Halt die Fresse, ey!“, rief Orhan. Er nahm eine Packung Taschentücher, die auf Oliver Neumanns Tisch lag, und schmiss sie gegen das Fenster. Einer der Jungs, die am Fenster saßen, hob sie auf und gab sie mir.

„Das können Sie sich nach der Stunde abholen!", sagte ich zu Oliver Neumann.

„Alter, jetzt rotz' ich dich voll!", sagte Oliver Neumann zu Orhan.

Und dann erklärte ich an der Tafel den Dreisatz, gefühlt zum zwanzigsten Mal in den letzten vier Wochen, diesmal am Beispiel eines fiktiven Backrezepts mit fünfhundert Gramm Mehl.

„Ich will doch gar nicht Koch werden!", rief Oliver Neumann, als ich fertig war. „Ist doch voll der Kackjob, Alter!"

Und jetzt lachten wirklich alle.

„Wofür hab' ich mich eigentlich durch dieses Studium gequält?", fragte ich Silke beim Abendbrot.

„Ach, Knuffi", sagte sie und steckte Wiebke einen Löffel Brei in den Mund.

„Lineare Algebra, sphärische Trigonometrie, Stochastik! Und wofür? Damit ich alle fünf Minuten den Dreisatz erklären muss!"

Wiebke saß auf ihrem Hochstuhl. Sie beugte sich vor und versuchte, an den Abendbrottisch ranzukommen, um sich einen Teller oder ein Messer oder die Margarinepackung zu schnappen. Wenn sie es schaffte, sich etwas zu greifen, dann biss sie rein und schmiss es dann auf den Boden, und deswegen drückte Silke Wiebkes Arme runter, während sie ihr den Löffel mit Brei hinhielt.

„Ich glaube, ich bin ein mieser Lehrer", sagte ich.

„Du bist doch erst so kurz dabei", sagte Silke. „Und in den anderen Klassen läuft es doch besser, oder? Du musst eben Geduld haben."

„Nein, ehrlich", sagte ich. „Ich lass' mich provozieren. Und ich kann mir diese ganzen Namen nicht merken. Und von dem, was ich den Leuten beibringe, kommt ja offensichtlich nichts an. Sonst müsste ich nicht ständig alles wiederholen."

„Wiederholung ist ein pädagogisches Konzept!", sagte Silke. „Und bei einigen wird sicher etwas hängenbleiben."

„Das werden wir ja sehen", sagte ich, „bei der nächsten Klassenarbeit."

Wiebke riss Silke den Löffel aus der Hand und knallte ihn auf den Boden, und dann lachte sie, und der Brei quoll aus ihrem Mund.

„Herrgottnochmal!", rief Silke.

„Weißt du, was mich am meisten nervt?", fragte ich.

„Na?", sagte Silke und tauchte unter den Tisch, um den Löffel zu suchen.

„Dass ich selbst so ein spießiger Lehrer geworden bin, genauso wie unsere alten Lehrer damals. ‚Für Sie bin ich Herr Hansen' und ‚Nehmen Sie die Mütze ab' und so. Ich kann's gar nicht glauben, dass ich selbst mal solche Sprüche ablassen würde!"

„Knuffi, du bist total cool!", sagte Silke. Sie kam mit dem Löffel unter den Tisch hervor, und beim Aufstehen gab sie mir einen Kuss auf die Wange. „Aber du sollst dir jetzt auch nicht selber leidtun!"

„Weißt du, wer mir wirklich leidtut?", fragte ich. „Die Kinder. Und das sind nämlich Kinder, auch wenn ich Herr Meier und Frau Stepanovic zu ihnen sage. Was soll bloß aus denen werden? Eigentlich wäre ich dafür zuständig, ihnen eine Perspektive zu geben, aber das schaffe ich nicht!"

„So!", sagte Silke zu Wiebke und hob sie aus dem Hochstuhl. „Jetzt sag' mal Gute Nacht zu Papa, und dann geht's, hopp, ab in die Falle!"

Ich beugte mich rüber und gab Wiebke einen Kuss auf die Stirn. Sie lachte und ruderte mit den Armen.

„Gute Nacht, mein Schatz!", sagte ich.

Silke trug Wiebke in ihr Zimmer.

„Ist eigentlich noch Bier da?", fragte ich.

„Ach, Knuffi", sagte Silke.

Stammgäste
(2020)

„Frust und Bier sind keine gute Kombination", sage ich.

„Zum Glück haben wir hier Sekt", sagt Sophia. „Prost!"

Wir stoßen an.

„Ich war genervt von der Schule, genervt von den Schülern, und vor allem war ich genervt von mir selbst", sage ich. „Und das steigerte sich noch, als Silke auch anfing zu arbeiten, halbtags, an einer Hauptschule gleich um die Ecke. Sie kam prima mit allen klar, und die Kinder liebten sie. Das tat jedes Mal weh, wenn sie strahlend nach Hause kam und wenn sie erzählte, wie toll ihr Tag gewesen war. In dieser Zeit ist dann mein Vater gestorben, und das war ein richtiger Schlag ins Kontor."

„Und deswegen wurdest du zum Frustsäufer? Der fröhliche Martin vom Bierautomaten?"

„Ich hab' jedenfalls viel im ‚Hafendampfer' rumgehangen. Das ist eine Kneipe in Eckernförde."

„Oh ja!", sagt Sophia. „Endlich wieder eine lustige Kneipengeschichte! Erzähl' mal!"

„Nein", sage ich, „da gibt es nichts Lustiges zu erzählen. Ich saß da am Tresen und hörte zu, wie die Stammgäste miteinander redeten. Das waren Taxifahrer und Postboten und Verkäufer aus den Läden in der Innenstadt. Hart arbeitende Menschen, die wussten, dass sie auch in den nächsten Jahrzehnten hart arbeiten mussten und dass sie trotzdem am Ende jedes Monats in die Miesen rutschen würden."

„Und da hast du dich wohlgefühlt?"

„Mir gefiel der Humor. Der unverstellte Blick auf die Dinge. Das Ablästern über nervige Kunden und dämliche Fahrgäste und so. Da konnte ich dann hemmungslos über meine Schüler herziehen. Und alle haben mir zugestimmt, so nach dem Motto, die Kinder heute sind doch verblödet, aber sie bekommen von ihren Eltern Zucker in den Arsch geblasen, und wir mussten uns früher ja auch in der Schule durchbeißen und so. Und ich flirtete manchmal mit Renate aus dem Lottoladen. Die mochte ich, wegen ihrer rauchigen Stimme."

„Und zu Hause saß deine Familie?"

„Ja. Silke hat mich regelmäßig zur Sau gemacht, aber das war mir irgendwann egal. Von Wiebke bekam ich kaum etwas mit, die lag meistens schon im Bett, wenn ich nach Hause kam. Und dann gab es ja noch meine andere Familie auf dem Behrendshof."

Arschlöcher *(1997)*

Ich hatte mich gerade auf die Couch gelegt und den Fernseher eingeschaltet, Formel 1, der Große Preis von Belgien. Den Start des Rennens fand ich immer klasse, da knallte es am häufigsten. Ich hatte das erste Bier aufgemacht, als das Telefon klingelte. Silke stand in der Küche an der Spüle.

„Ich hab' nasse Hände!", rief sie.

„Mmhmm", machte ich.

„Herrgott!", rief sie.

Sie ging in den Flur und nahm den Hörer ab. Sie sagte „Moment, bitte!", und dann kam sie ins Wohnzimmer und stellte sich vor die Couch und begann, laut zu flüstern. Das konnte sie gut, laut flüstern, sie erreichte beinahe Zimmerlautstärke, und es klang immer bedrohlich.

„Es ist deine dämliche Ex!", flüsterte sie. „Diese Gewitterhexe! Was will die denn schon wieder?"

„Woher soll ich das denn wissen!", sagte ich und quälte mich von der Couch hoch und ging in den Flur. „Hallo Tina", sagte ich in den Hörer.

„Du musst sofort herkommen!“, sagte Tina. „Joanna ist völlig durch den Wind!“

„Und deswegen muss ich schon wieder bei euch antanzen?“

Ich war erst vor ein paar Wochen da gewesen, als Joanna sich die Hand aufgeschlitzt hatte, weil sie vor Wut ein Fenster in der Scheune eingeschlagen hatte. Christoph hatte bei mir angerufen, weil Tina nicht da war, sie war auf irgendeiner Versammlung von irgendeinem ihrer Weltverbesserungsvereine, und ich war zum Behrendshof gefahren, obwohl Christoph die Schnittwunden schon verbunden hatte.

„Wenn es nicht sozusagen ernst wäre, dann würde ich nicht anrufen!“, sagte Tina.

„Silke wird nicht begeistert sein“, sagte ich.

„Sie ist mit dir zusammen, also ist sie Enttäuschungen gewöhnt. Sie wird drüber wegkommen!“

Silke war nicht begeistert.

„Klar!“, rief sie. „Verbring' doch den Sonntag mit deiner dämlichen Ex und eurer gestörten Tochter! Tolle Wurst!“ Sie drückte mir die Bierflasche in die Hand. „Hier! Damit du dich unterwegs nicht langweilst! Gute Fahrt! Und schalt' vorher den Scheißfernseher aus!“

Im Auto schaltete ich das Radio an. Es ertönte ein Synthesizer und machte döpp döpp döpp döpp döpp döpp döpp, und dazu machte ein zweiter Synthesizer ugu ugu ugu ugu ugu ugu ugu, und obendrauf brüllte eine Männerstimme irgendeinen schwachsinnigen Text, irgendwas mit „Love“ und „Party“.

Techno, dachte ich, so heißt dieser Schwachsinn. Der Rock 'n' Roll ist tot, spätestens seit Kurt Cobain sich mit einer Schrotflinte den Kopf weggesprengt hat, und stattdessen gibt es Boygroups und Schlager-Revival und Gangster-Rap und diesen Schwachsinn hier. Beschissene Musik für eine beschissene Zeit.

Als ich auf dem Behrendshof ankam, saß Joanna im Schneidersitz mitten auf dem Innenhof. Ihre Haare waren grün gefärbt. Vor ein paar Wochen waren sie noch pink gewesen.

Ich parkte, stieg aus und ging auf sie zu.

„Hey, Sternchen!", sagte ich. „Was ist denn los mit dir?"

„Du bist ein Arschloch!", sagte sie.

„Wo ist Tina?", fragte ich.

„Keine Ahnung!", sagte sie. „Tina ist auch ein Arschloch!"

„Und Hans-Albert?"

„Das Arschloch ist hier schon seit Wochen nicht mehr aufgetaucht!"

Das heiterte mich ein wenig auf. Die Haustür ging auf, und Tina kam raus. Sie blieb auf der obersten Treppenstufe stehen. Im Nebenhaus wurden die Vorhänge beiseitegeschoben. Ingo und Irene standen am Fenster.

„Da sitzt sie schon seit drei Stunden!", sagte Tina. „Du hast dir ganz schön viel Zeit gelassen!"

Ich seufzte und setzte mich im Schneidersitz direkt vor Joanna hin.

„Sternchen?", sagte ich. „Alles klar?"

„Geh da weg!", sagte sie. „Ich kann nichts mehr sehen!"

Ich stand auf und setzte mich neben sie.

„So", sagte ich. „Jetzt kannst du wieder sehen. Und was siehst du?"

„Arschlöcher!", rief Joanna.

„Komisch", sagte ich. „Ich seh' nur einen ziemlich runtergekommenen Spielplatz."

Der Spielplatz war verwittert, seit Tina den Kindergarten vor ein paar Jahren geschlossen hatte. Es gab keinen Bedarf mehr für den „Nordstern", weil Paul Köpke dann doch das Geld für einen Kindergarten in Schnaddelby rausgerückt hatte. Die „Nordstern"-Schilder, die ich gemalt hatte, standen mit dem anderen Gerümpel hinten in der Scheune.

„Und ich seh' Wiesen und Felder", sagte ich, „aber keine Arschlöcher."

Joanna stieß ihren Ellenbogen gegen meine Schulter. Es tat weh.

„Wer ist denn alles ein Arschloch?", fragte ich.

„Na, du! Und Tina!", rief sie. „Und Charlotte! Und Patrick! Und Herr Steiger!"

„Wer ist denn Herr Steiger?", fragte ich.

„Ihr Mathelehrer", sagte Tina. „Eine grässliche Type."

„Also, diese fünf Leute sind Arschlöcher", sagte ich. „Mehr nicht?"

Sie fuhr wieder ihren Ellenbogen aus, aber diesmal konnte ich ausweichen.

„Dann gibt es ja ungefähr fünf Milliarden Menschen, die keine Arschlöcher sind!", sagte ich. „Das ist doch was!"

Wieder zuckte der Ellenbogen.

„Ist dir nicht kalt?", fragte ich. Joanna trug nur ein T-Shirt und eine kurze Jeans, und inzwischen war es schattig auf dem Hof.

„Doch!", sagte sie.

„Wollen wir nicht in die Sonne gehen?", fragte ich.

Joanna stand auf, verschränkte die Arme vor der Brust und stampfte über den Hof zum Feldweg, der runter an den Fluss führte.

„Ich geh' mal mit", sagte ich zu Tina, die sich inzwischen auf die Treppe gesetzt hatte.

„Pass bloß auf, dass sie dich nicht in den Hals beißt!", sagte Tina. „Und dass sie dir nicht das Blut aussaugt!"

Joanna ging mit langen, schnellen Schritten den Weg entlang, den Blick Richtung Boden gesenkt. Ich musste alle paar Meter einen Laufschritt einlegen, um ihr Tempo mitzuhalten.

„Wenn wir am Horizont sind, drehen wir aber um!", sagte ich.

„Ha! Ha! Ha!"

Sie bog in den Wald ein, hob ein Stück Holz vom Boden auf und drosch im Gehen auf die Blätter der Bäume ein. Am Ufer der Jammer blieb sie stehen und schmiss das Stück Holz ins Wasser.

„Wer sind denn Charlotte und Patrick?", fragte ich.

„Hier stinkt's!", rief sie.

Sie drehte sich um und stapfte den Weg zurück, wieder raus aus dem Wald und dann den Feldweg entlang. Ich lief hinterher. Als wir um eine Kurve bogen und der Behrendshof wieder in Sicht kam, blieb Joanna stehen. Sie verschränkte wieder die Arme vor der Brust.

„Ich hab' Hunger!", rief sie.

„Hast du Lust auf Rührei?", fragte ich. Rührei mochte sie immer gerne. Sie ging weiter Richtung Hof.

„Na los!", sagte sie.

Als wir auf den Behrendshof kamen, saß Tina immer noch auf der Treppe. Joanna lief an ihr vorbei ins Haus.

„Das Kind möchte Rührei!", sagte ich.

„Das Kind möchte Rührei!", rief Tina und reckte die Arme Richtung Himmel. „Das Orakel hat gesprochen!"

Joanna setzte sich an den Küchentisch. Sie donnerte ihre Ellenbogen auf die Tischplatte und stützte ihr Kinn auf. Ich holte die Milch aus dem Kühlschrank und goss ihr ein Glas ein.

„Hier, Sternchen!"

Sie trank das Glas mit ein paar hastigen Schlucken leer.

„Ich möchte mehr Milch!", sagte sie.

Ich goss das Glas wieder voll, und Tina stellte eine Pfanne auf den Herd und schlug Eier in eine Schüssel.

„Was war denn nun los mit deinem Mathelehrer?", fragte ich.

„Das ist so ein Arschloch!", sagte Joanna.

„Er hat ihr eine Zwei gegeben", sagte Tina und goss die Eier in die Pfanne.

„Das ist doch toll!", sagte ich.

„Es ist das erste Mal seit Jahren, dass sie keine Eins in Mathe geschrieben hat!“, sagte Tina. „Martin, deine Tochter ist extrem intelligent. Ich hab’ keine Ahnung, wie das passieren konnte, deine genetischen Anlagen können es ja nicht gewesen sein, aber Joanna ist außergewöhnlich klug!“

„Eine Zwei ist doch keine Schande!“, sagte ich.

„Ich hatte alles richtig!“, sagte Joanna. „Aber der Typ ist so ein Arschloch!“

„Sie hat die Rechenaufgaben alle korrekt gelöst“, sagte Tina. „Aber sie hat sozusagen vergessen, immer noch einen Antwortsatz dahinter zu schreiben. ‚Die Lösung lautet 8 1/2‘ oder irgend so was. Und das gab dann jeweils einen Punkt Abzug. Deswegen nur die Zwei. Hier!“

Sie legte ein Schulheft vor mir hin, mit ein paar Rechnungen, Gleichungen mit mehreren Unbekannten. Darunter stand eine große, rote Zwei.

„Und hast du ihn darauf angesprochen?“, fragte ich.

„Klar!“, sagte Joanna.

„Weißt du, was der Typ zu ihr gesagt hat?“, fragte Tina. Sie äffte den Mathelehrer nach. „Auch Genies müssen sich an die Regeln halten!“

„Das ist so ein Arschloch!“, sagte Joanna.

„Hast du auch mit ihm gesprochen?“, fragte ich Tina.

„Natürlich!“, sagte Tina. „Ich hab’ mit ihm telefoniert. Er sagt, er muss mit Joanna besonders streng sein, weil sie im Unterricht frech ist.“

„Du bist frech, Sternchen?“, sagte ich. „Das kann ich mir überhaupt nicht vorstellen!“

Joanna rollte mit den Augen.

„Der Typ ist so doof!“, sagte sie. „Der hat null Peilung! Der begreift seine eigenen Rechnungen nicht!“

„Und darauf weist du ihn dann freundlicherweise hin“, sagte ich.

„Sie hat das Pippi-Langstrumpf-Lied auf Herrn Steiger umgedichtet“, sagte Tina und stellte einen dampfenden Teller Rührei vor Joanna hin. „Blätter' mal ein paar Seiten weiter!"

Ich blätterte in Joannas Mathearbeitsheft. Auf der vorletzten Seite stand in Schönschrift:

„Zwei mal drei macht vier,
ja so rechnet der Herr Steiger,
er macht sich die Welt,
widde widde wie sie ihm gefällt!

Drei mal drei macht sechs,
keiner wird was bei ihm lernen,
alle Groß und Klein
nässen sich vor Lachen ein!"

„Ach du Scheiße!", sagte ich. „Warum hast du das denn in dein Arbeitsheft geschrieben?"

„Mir war langweilig!", sagte Joanna. „Ich war schon nach zehn Minuten mit den Aufgaben fertig."

„Und das Gedicht hat er natürlich gesehen, als er das Heft durchgeblättert hat", sagte ich.

„Alle haben's gesehen!", sagte Tina. „Denn deine hyperintelligente Tochter war so schlau, den Text während der großen Pause auch noch an die Tafel zu schreiben!"

Katja kam in die Küche.

„Oh, hallo Martin!", sagte sie, „das ist ja schön!"

„Psst!", sagte Tina. „Das Kind isst Rührei!"

„Oh, Entschuldigung!", sagte Katja und ging wieder raus.

Joanna aß den letzten Bissen Rührei.

„Ich bin jetzt müde!", sagte sie. Sie stand auf, kam zu mir rüber und umarmte mich. „Danke, Martin!", sagte sie. „Du musst öfter kommen!"

Dann verließ sie die Küche.

„Na prima!", sagte Tina. „Der Wunderheiler hat mal wieder eine Tote erweckt!"

„Und wie hießen noch die anderen beiden Arschlöcher?", fragte ich. „Patrick und Charlotte?"

„Charlotte kennst du ja wohl noch", sagte Tina. „Das war früher mal ihre beste Freundin!"

„Die mit der Nase?"

„Martin, zwei Komiker im Haus überlebe ich nicht!"

„Und mit der hat sie sich zerstritten, weil beide hinter Patrick her waren?", fragte ich.

„Ja, so ähnlich", sagte Tina. „Patrick wohnt im Dorf, und er geht in die zwölfte Klasse. Ein hübscher Junge, aber, wie soll ich sagen, doof wie ein Zaunpfahl. Joanna hat ihm im Schulbus immer bei den Matheaufgaben geholfen."

„Sie hilft einem Zwölftklässler bei den Matheaufgaben?", fragte ich. „Sie geht in die neunte Klasse!"

„Wie gesagt, Martin, deine Tochter ist so schlau, dass es wehtut. Und sie sagt, sie wollte auch gar nichts von Patrick, der ist ihr viel zu dumm, aber er war eben sozusagen ihre Trophäe. Die Neuntklässlerin, die mit dem niedlichen Oberstufenschüler rumhängt."

„Und dann ist Charlotte dazwischengefunkt?"

„Genau", sagte Tina. „Und Charlotte geht jetzt mit Patrick, und Joanna ist ausgebootet, und deswegen ist sie stinkig auf die ganze Welt. Und wenn du nicht gekommen wärst, dann würde sie immer noch auf dem Hof hocken und versuchen, Herrn Steiger und Charlotte und Patrick telepathisch zu töten. Und bei ihrem IQ wäre ihr das wahrscheinlich sogar irgendwann gelungen."

„Tja, die Pubertät …", sagte ich. „Seit wann hat sie denn grüne Haare? Ich dachte, sie steht auf pink."

„Seit ein paar Wochen ist sie grün", sagte Tina. „Du kriegst nichts mehr mit. Du läufst ja am Mittwoch immer nur in die Scheune, und wenn ihr fertig seid mit Krawallmachen, dann haust du wieder ab. Sie ist jetzt in der grünen Phase. Davor war sie auch mal ein paar Tage lang rot."

„Du meine Güte!“

„Martin, es fällt mir nicht leicht, das zu sagen“, sagte Tina, „aber das Leben hier ist anstrengend geworden, seit du ausgezogen bist. Vor allem wegen Joanna. Sie vermisst dich wirklich.“ Tina holte eine Flasche Rotwein aus dem Vorratsschrank. „Möchtest du ein Glas?“

„Na gut“, sagte ich. „Eins!“

Sie goss uns Wein ein.

„Wie wäre es denn“, fragte ich, „wenn dein Klaus-Bärbel zur Abwechslung mal den männlichen Part in eurer Beziehung übernimmt? Dann hätte Joanna eine Bezugsperson.“

„Er heißt Hans-Albert!“, sagte Tina. „Und das weißt du auch!“

„Läuft alles super mit euch beiden?“

„Nein!“, sagte Tina. „Es läuft nicht super mit uns beiden. Es läuft überhaupt nicht super!“

„Das war doch so ein netter Kerl“, sagte ich.

„Martin, Zynismus steht dir überhaupt nicht!“

Wir tranken beide einen Schluck Wein.

„Und, alles klar mit deiner kleinen, drallen Handballerin?“, fragte Tina.

„Tja“, sagte ich, „seit Wiebke geboren ist, gehen wir uns alle gegenseitig immer mehr auf die Nerven. Der Umstand, dass ich jetzt hier sitze und nicht zuhause, ist auch nicht gerade hilfreich.“

„Ich will dich nicht aufhalten“, sagte Tina.

„Ja, ich sollte besser gehen“, sagte ich.

Ich trank den letzten Schluck Wein und stand auf und ging zur Tür. Im Flur drehte ich mich zu Tina um, und wir standen uns eine Weile gegenüber und sahen uns in die Augen. Sie sah traurig aus.

„Komm mal her!“, sagte Tina, und wir umarmten uns. „Danke, dass du dir die Mühe gemacht hast!“, sagte sie. „Du weißt, dass du hier immer willkommen bist. Falls du mal nicht weißt, wo du hingehörst.“

Dann sahen wir uns wieder in die Augen, und für einen Moment wollte ich Tina küssen. Das hatte ich seit Jahren nicht mehr gewollt, und das hatte auch nichts mit Tina zu tun, sondern damit, dass ich so verkorkst war. Aber wenn ich Tina küssen würde, dann würde meine lange Liste von Problemen nur noch länger werden. Ich wandte meinen Blick von ihr ab und guckte die Bilder an der Wand an.

„Tschüss, Martin!", sagte sie. „Pass auf dich auf. Und pass auf, dass du kein zynisches Arschloch wirst! Das passt nicht zu dir." Sie legte den Zeigefinger auf ihre Lippen und drückte ihn dann auf meinen Mund.

„Tschüss!", sagte ich und verließ das Haus und stieg in mein Auto und fuhr los.

Ich schaltete das Radio ein. Ein Synthesizer machte binge binge binge binge binge binge binge, und dazu machte ein zweiter Synthesizer walla walla walla walla walla walla walla, und dazu sang eine euphorisierte Frau irgendwas von „Peace" und „Harmony".

Ich schaltete das Radio wieder aus. Ich hatte keinen Bock auf die beschissene Musik. Und ich hatte auch keinen Bock mehr auf diese beschissene Zeit. An Eckernförde fuhr ich vorbei Richtung Kiel. Ich wollte zum Bierautomaten in der Von-der-Horst-Straße, Ecke Olshausenstraße, und ich wollte sehen, ob ich diese beschissene Zeit gegen eine andere, weniger beschissene eintauschen könnte, irgendwann, irgendwo, egal. Meine Zeitreise war mit den Jahren immer tiefer in meine Erinnerungen herabgesunken, und sie kam nur noch selten an die Oberfläche, und dann auch nur kurz, wie ein Blitzlicht, das aufleuchtet und wieder verschwindet. Aber jetzt war sie wieder da, wie ein Versprechen auf ein besseres Leben ohne all die Nervereien.

Ich fuhr über die Levensauer Hochbrücke und dann die Eckernförder Straße runter, bog in den Westring ein und dann in die Olshausenstraße. Ich suchte einen Parkplatz, und während ich langsam die Straße entlangfuhr, schaute ich rüber zum Supermarkt, der jetzt „minimal“ hieß.

Die Automaten waren nicht mehr da.

An der kahlen Hauswand hingen stattdessen Plakate mit Sonderangeboten, Milka Knusperzauber für 1,49 DM und Werther’s Echte für 1,79 DM und Bac Deo für 1,99 DM.

Ich hielt an und schaute zu den Plakaten rüber, und dann ließ ich mich in den Sitz zurückfallen.

„Scheiße!“, sagte ich.

Im Rückspiegel sah ich, wie der Fahrer im Wagen hinter mir schimpfte und gestikulierte, und dann hämmerte er mit der Faust auf seine Hupe.

Ich fuhr weiter. Ich bog in die Holtenauer Straße ein und fuhr Richtung Norden über die Hochbrücke und dann die Stadtautobahn und die Fördestraße entlang. Ich wollte nach Schilksee, wo es damals majestätisch gewesen war, als ich mit Sophia oben an der Steilküste gestanden und auf die Ostsee geschaut hatte. Der Blick in die Ferne war der erste Schritt raus aus dem engen Leben gewesen, das ich damals geführt hatte. So was brauche ich wieder, dachte ich. Bei der Kirche bog ich ein, die wie eine umgekippte Schultüte aussieht, parkte den Wagen, und dann stand ich an derselben Stelle wie damals, mit dem Strand und der Mole und dem Meer unter mir. Die Abendsonne spiegelte sich in den Wellen und ein sanfter Wind wehte mir ins Gesicht. Es sah genau so aus wie am Anfang von diesem „Titanic“-Film, den ich neulich mit Silke im Kino gesehen hatte, wo zuerst alles schön und friedlich war. Aber am Ende ging das Schiff unter.

„Der Film dauert über drei Stunden“, hatte ich zu Silke gesagt, als alle an Bord noch fröhlich waren, das normale Volk im Unterdeck und die feinen Pinkel in ihren Luxuskabinen. „Eigentlich kann man doch vorspulen, oder? Es ist doch klar, wie das Ganze ausgeht. Der Dampfer säuft ab.“

„Knuffi, versau’ mir bitte nicht den Film!“, sagte Silke.

„Wieso ich?", sagte ich. „Wenn ein Film ‚Titanic' heißt, dann steht das Ende ja nun von vornherein fest. Das ist so, als wenn ein Tatort ‚Der Mörder ist der unauffällige Nachbar' heißen würde."

„Ach, halt doch die Klappe!", sagte sie.

Ich war im Kino wach geblieben, bis Leonardo DiCaprio vorne am Bug stand und die Arme ausbreitete und brüllte, „Ich bin der König der Welt!", und ich dachte, da lassen sie einen doch nie hin auf so einem Passagierschiff, ganz nach vorne an den Bug. Auf der Fähre von Kiel nach Göteborg wäre das unmöglich. Und dann schlief ich ein, und ich wachte erst wieder auf, als das Heck der „Titanic" schon im 45-Grad-Winkel in den Himmel ragte. Und während Silke mit den Tränen kämpfte, bemühte ich mich, das Gekreische der Ertrinkenden und die schmalzige Musik zu ertragen, als das Schiff in die Tiefe rauschte. Dann waren die drei Stunden zum Glück vorbei.

„Hast du etwa gepennt?", fragte Silke, als wir auf dem Weg nach draußen waren.

„Ja", sagte ich. „Ich war ziemlich kaputt."

„Das stimmt", sagte sie. „Du bist echt ziemlich kaputt!"

Ich warf einen letzten Blick von der Steilküste auf die Ostsee. Dann lief ich den Weg entlang, der zum Olympiazentrum führt, wo 1972 das olympische Dorf gewesen war, und ich ging auf die Dampferbrücke, ganz bis ans Ende. Dort breitete ich die Arme aus, wie Leonardo DiCaprio in dem „Titanic"-Film, und dann brüllte ich die Ostsee an.

„Ich hab' keinen Bock auf diese Welt!"

Dann ging ich zurück zu meinem Auto und fuhr nach Hause. Als ich dort ankam, war alles dunkel. Meine Bettdecke und mein Kissen lagen auf der Couch im Wohnzimmer.

Farbtupfer
(2020)

„Zum Glück bist du nicht reingesprungen, als du an der Ostsee warst“, sagt Sophia.

„Nein, da bestand keine Gefahr. Ich wollte ja leben. Nur eben anders.“

„Und der Bierautomat war nicht die Lösung“, sagt Sophia. „Das ist doch geradezu symbolisch. Aber irgendwo muss dieser Automat abgeblieben sein. Der steht bestimmt bei irgendeinem Sammler im Keller. Heute würde man bei Facebook eine Suche starten.“

„Damals gab es Windows 95 und ungefähr zwei Dutzend Seiten im Internet“, sage ich.

„Und deine ältere Tochter“, sagt Sophia, „die ist ja wohl ein sehr spezielles Wesen.“

„Absolut!“, sage ich. „Das mit dem Haarefärben, das hat sie jahrelang beibehalten. Auch, als sie schon an der Uni war.“

„Und was hat sie studiert?“

„BWL!“

„Ha!“, ruft Sophia. „Das klassische Studium für Menschen mit gefärbten Haaren und Gewaltfantasien!“

„Ja, Tina war schockiert. ‚Meine Tochter ist jetzt Kapitalistin‘, sagte sie, ‚was habe ich nur falsch gemacht?‘ Die Leute aus ihrer Öko-Gruppe mussten sie trösten. Es muss jedenfalls eine interessante Angelegenheit gewesen sein, so eine BWL-Vorlesung mit Joanna. Sie als grüner oder roter oder pinker Farbtupfer in einem Heer von grauen Jünglingen mit Anzug und Aktenkoffer. Und sie hat die ganzen Jünglinge natürlich in die Tasche gesteckt und als Jahrgangsbeste abgeschlossen, mit eins Komma null und Magna cum Laude und was weiß ich.“

„Und was macht sie heute?“

„Sie arbeitet für ein Auktionshaus in München, und sie ist weltweit unterwegs, um alte Bilder und Statuen und Möbelstücke zu begutachten. Nebenbei ist sie da auch noch in der Geschäftsführung, und sie ist Chefin der Personalabteilung. Ich komm' da kaum noch mit."

„Ist schon irre", sagt Sophia, „was aus so einem renitenten Teenager alles werden kann."

„Ja", sage ich, „ich bin sehr stolz auf sie. Und erleichtert. Weil Tina und ich dann ja doch so einiges richtig gemacht haben, trotz all der Schwierigkeiten, die wir miteinander hatten."

„Und deine andere Tochter?"

„Tja", sage ich. „Da habe ich es verbockt."

Herbert
(1999)

„Wach auf!"

Silke stand vor der Couch im Wohnzimmer. Es war Sonntagmorgen, und ich hatte einen Kater und einen pelzigen Geschmack im Mund. Ich hatte am Abend bis kurz vor Mitternacht im „Hafendampfer" gesessen und war dann auf der Couch zusammengebrochen.

„Wiebke muss mal an die frische Luft!", sagte Silke. „Mach doch mal einen Spaziergang mit ihr!"

„Wie spät ist es?", fragte ich.

„Gleich acht."

„Muss das sein?"

„Herrgott!", rief Silke. Sie trat gegen die Couch und ging raus und knallte die Tür zu.

Ich stemmte mich hoch, und als ich mich in eine sitzende Position gequält hatte, schoss ein stechender Schmerz durch meinen Kopf.

„Scheiße", murmelte ich.

Ich sammelte meine Hose vom Boden auf und zog mich an und ging in die Küche. Silke und Wiebke saßen am Küchentisch. Silke guckte aus dem Fenster, und Wiebke sah mich an, mit Angst im Blick.

„Hast du Kaffee gekocht?", fragte ich.

Silke sagte nichts. Ich nahm mir einen Becher aus dem Schrank und goss ihn voll, aus der Kanne in der Kaffeemaschine.

„Na, und du willst an die frische Luft?", fragte ich Wiebke.

Wiebke sagte nichts.

„Es ist gut, wenn sie mal rauskommt", sagte Silke. „Und es ist gut, wenn ihr beiden mal was zusammen unternehmt!"

„Wollen wir in den Park?", fragte ich.

Wiebke sagte nichts.

„Ja, geht doch in den Park!", sagte Silke.

Ich war schon ein paar Mal mit Wiebke im Park gewesen. Der Spaziergang im Park sollte für uns das Gleiche sein, was der Weg durch die Felder runter an die Jammer für Joanna und mich gewesen war, mit den Märchen, die wir uns ausdachten, und der Zeit, die wir gemeinsam verbrachten, während wir zuschauten, wie der Fluss vorbeifloss.

Das hatte ich gehofft.

Aber der Park war nicht der Behrendshof. Im Park gab es keine Feldwege und kein Unterholz zwischen den Bäumen und keine großen Stöcke, mit denen man Königreiche in den Boden ritzen konnte. Im Park waren Betonplatten, links und rechts standen kahle Sträucher, und auf dem Boden lagen Flaschen und Dosen rum und manchmal ein aufgeplatzter Müllsack oder eine vollgepisste Windel.

Und Wiebke war nicht Joanna.

Joanna wollte rennen und etwas erleben und die Welt entdecken. Wiebke hatte Angst vor der Welt. Wenn wir durch den Park gingen, dann hielt sie sich an meiner Hand fest, und wenn uns jemand entgegenkam, dann versuchte sie, mich zur Seite zu ziehen. Sie wollte sich hinter mir verstecken, weil sie Angst hatte vor den anderen Menschen, die im Park rumliefen. Ich hatte einmal angefangen, das Märchenspiel mit ihr zu spielen, aber sie wollte, dass ich aufhöre. Sie hatte Angst vor Drachen.

„Nimm die Pudelmütze mit!“, sagte Silke. „Es sieht nach Regen aus, und sie soll sich nicht schon wieder erkälten!“

Und dann gingen wir runter zum Park, und wir liefen über die Betonplatten an den Sträuchern vorbei, und Wiebke klammerte sich an meine Hand, und das nervte mich. Ihre Angst nervte mich. Und mein Schädel dröhnte von den zehn Bier und den fünf Ouzo, die ich am Abend im „Hafendampfer“ getrunken hatte.

„Wollen wir uns mal hinsetzen?“, fragte ich, als wir an einer Bank vorbeikamen.

Wir setzten uns auf die Bank, und Wiebke rückte eng an mich ran. Vor uns hüpfte eine Drossel über die Betonplatten.

„Papa, wie heißt der Vogel?“, fragte Wiebke.

Das ist eine Drossel, hätte ich sagen sollen.

„Herbert!“, sagte ich. „Der Scheißvogel heißt Herbert!“

Wiebke fing leise an zu weinen.

„Der Vogel heißt gar nicht Herbert“, schluchzte sie. „Das sagst du nur so! Weil du doof bist!“

Ich schluckte, und ich fühlte mich wie der letzte Arsch. Dann stand ich auf, und Wiebke stand auch auf, und dann gingen wir nach Hause. Wiebke ging neben mir, und jetzt hielt sie sich nicht mehr an meiner Hand fest. Sie weinte, bis wir zu Hause waren.

„Was ist denn los?“, fragte Silke, als Wiebke heulend im Flur stand.

„Papa ist doof!“, rief Wiebke und rannte in ihr Zimmer.

Silke verzog das Gesicht und sah mich an.

„Was ist denn passiert?“, fragte sie.

„Ach, was weiß ich!“, sagte ich.

Klempner
(2020)

„Tja, und das ist das Ergebnis meiner Dämlichkeit damals!“ Ich gebe Sophia den Zettel mit der E-Mail, die Wiebke mir zu meinem sechzigsten Geburtstag geschickt hat: „Hallo Papa, zu deinem heutigen Geburtstag wünschen wir dir alles Gute. Wiebke und Björn mit Torben.“

„Das war alles?“, fragt Sophia. „Mehr nicht?“

„Ich war froh, dass sie sich überhaupt gemeldet hat“, sage ich. „Unser Kontakt ist ziemlich unregelmäßig. Wenn Silke uns nicht überreden würde, zumindest gelegentlich mal miteinander zu telefonieren, dann wäre wahrscheinlich Funkstille. Ich mache Wiebke keinen Vorwurf. Ich hab's vermasselt.“

„Und was macht deine Wiebke so?“

„Sie hat Bürokauffrau gelernt und arbeitet jetzt bei einem Klempner in Preetz. Und sie hat ihren Björn geheiratet, als sie schwanger war. Ein schrecklicher Langweiler, finde ich.“

„Du sollst ja auch nicht mit ihm zusammenleben“, sagt Sophia.

„Stimmt. Es gab nur eine kleine Hochzeitsfeier, und ich war nicht eingeladen. Der kleine Torben ist jetzt vier Jahre alt, mein erster Enkel. Ich sehe ihn so gut wie nie.“

„Hast du mal versucht, deine Fehler von damals geradezurücken?“

„Doch“, sage ich. „Ich hab's probiert. Ich hab' sie mal besucht in Preetz, und ich hab' versucht, alles zu erklären. Dass ich damals in einer schlechten Phase war und dass ich neben der Spur war und dass es mir leidtut. Sie hat genickt, und dann gab's Kuchen, und sie hat mir von ihrem kleinen Torben vorgeschwärmt. Nähergekommen sind wir uns nicht.“

„Deine Töchter sind ja ziemlich unterschiedliche Menschen“, sagt Sophia. „Wie kommen die beiden denn miteinander klar?“

„Ich glaube, sie sind sich nie begegnet."

„Und wie ging's dann weiter mit deiner Frustphase?"

„Der Tiefpunkt war wohl unsere Welttournee mit der Band."

„Welttournee?", fragt Sophia.

Welttournee
(2002)

„Welttournee?", fragte ich.

„Na ja, fast", sagte Harvey. Am Freitag in Kappeln und am Sonnabend in Niebüll! Coast to Coast!"

Wir waren mit der Probe fertig, oder besser gesagt, wir hatten keine Lust mehr, und wir standen um das Schlagzeug rum.

„Welchen Freitag?", fragte Eberhard.

„Na, diesen Freitag!", sagte Harvey. „Friday on my Mind!"

„Übermorgen?", fragte Ole.

„Klar!", sagte Harvey. „Why not? Der Typ aus Kappeln hat gestern bei mir angerufen, bei denen spielt so 'ne Glamrock-Coverband, und die Vorgruppe ist denen abgesprungen, die haben sich aufgelöst oder so, und jetzt können wir da abfetzen! Und dann hab' ich bei diesem Gastwirt in Niebüll angerufen, wegen Sonnabend, da waren wir schon mal, und der fand uns hotter than Hell, und jetzt haben wir eine Welttournee!"

Harvey ließ die Stöcke über seine Trommeln fliegen, ein ohrenbetäubender Krach, und dann drosch er ein paar Mal auf seine Becken ein.

„Und was sagt ihr?", rief er. „Rockin' all over the World, oder was!"

Die Probe war schlecht gelaufen. Wir trafen uns inzwischen nur noch jeden zweiten Mittwoch, und das merkte man. Die alten Stücke rumpelten nur noch vor sich hin, die Präzision und das Timing waren verloren gegangen. Und dann hatte Ole so lange genervt, bis wir „Kashmir" von Led Zeppelin probiert hatten. Das Stück wollte er immer schon spielen, und jetzt hatte er endlich die Gitarrenakkorde rausgehört, und Harvey war begeistert, weil er bei diesem Stück kräftig rumholzen konnte, aber Eberhard war skeptisch, weil er nicht wusste, was er auf dem Bass spielen sollte, denn bei Led Zeppelin spielte bei diesem Stück gar kein Bass mit, und ich versuchte so zu krächzen wie der Sänger von Led Zeppelin, und mir tat schon nach ein paar Minuten der Kehlkopf weh. Es klang alles ziemlich grässlich, fand ich.

„Und außerdem", sagte Harvey, „kriegen wir dreihundert Euro pro Auftritt! Money makes the World go round!"

Das Geld hieß seit ein paar Monaten Euro. Das Wort hörte sich immer noch komisch an, obwohl ich es schon lange kannte, weil ich damals bei Farid am Tresen im „Lakritzzz" meine D-Mark-Scheine in bunte Euroscheine umgetauscht hatte. Und der Pfennig hieß jetzt Cent, das war tatsächlich neu für mich, das hatte ich gar nicht mitbekommen, als ich in der Bäckerei die kleinen Münzen zurückbekommen hatte, von der Verkäuferin mit der Tätowierung und den blauen Haaren.

„Na ja", sagte Eberhard, „wenn ihr da unbedingt spielen wollt, von mir aus. An mir soll's nicht liegen."

„Okay", sagte Ole. „Wenn's denn sein muss."

„Und was sagst du, Frontman?", fragte Harvey.

In meinem Kopf sprangen Bilder rum von vollen Hallen und begeisterten Fans und von Kühlschränken voller Bier und Schnaps und Champagner und von wilden Frauen. Und ich dachte, das wäre doch eine schöne Abwechslung vom Scheißalltag in der Schule und von der ständigen Nerverei zu Hause.

„Klar!", sagte ich. „Das machen wir!"

„Rock 'n' Roll all Night and Party every Day!", rief Harvey und prügelte wieder auf seine Trommeln ein.

Auf dem Rückweg fuhr ich an der Tankstelle in Klötenbötel vorbei und kaufte drei Dosen Faxe, und die trank ich auf der Fahrt nach Hause, und ich freute mich auf die Welttournee am Wochenende.

Zu Hause legte ich mich zu Silke ins Bett. Sie hatte die Nachttischlampe an und las ein Buch, „Harry Potter und der Feuerkelch".

„Weißt du was?", sagte ich: „Wir haben an diesem Wochenende zwei Auftritte! Am Freitag in Kappeln und am Sonnabend in Niebüll! Eine richtige kleine Welttournee!"

Sie ließ ihr Buch sinken und sah mich an.

„Bei dir piept's wohl!", rief sie. „Ihr habt ja wohl den Arsch offen!"

Ich strich ihr mit dem Finger über die Wange.

„Wieso?", fragte ich: „Was spricht denn dagegen?"

Sie richtete sich auf und setzte sich an die Bettkante und drehte mir den Rücken zu.

„Dagegen spricht", sagte sie, „dass du ohnehin kaum noch hier bist! Dagegen spricht, dass Wiebke seit einer Woche mit Fieber im Bett liegt!"

„Echt?", fragte ich.

„Ja, echt!", rief sie. „Dagegen spricht, dass ich mal wieder den ganzen Haushalt alleine schmeißen muss! Dagegen spricht, dass du nur noch in deiner Säufer-Parallelwelt lebst! Dagegen spricht, dass ich mich beschissen fühle, weil Panzer gestorben ist!"

„Echt?", fragte ich.

„Ja, echt!", rief Silke. „Heute Morgen! Dagegen spricht, dass du eine Klassenarbeit korrigieren musst, und die Hefte liegen seit Tagen auf deinem Schreibtisch! Dagegen spricht … einfach alles!"

„Na, wenn das so ist", sagte ich, „dann kommen wir eben auf keinen gemeinsamen Nenner."

Silke legte sich wieder ins Bett und machte das Licht aus.

„Leck' mich!", sagte sie.

„Gerne", sagte ich. „Jetzt gleich?"

Sie fuhr ihr Knie aus und rammte es mir in den Oberschenkel. Es tat ziemlich weh.

„Geh' kacken, Martin!", sagte sie.

Am Freitagnachmittag trafen wir uns auf dem Behrendshof, und dann fuhren wir mit unseren Verstärkern und Harveys Schlagzeug zu der Disco in Kappeln. Wir mussten stundenlang warten, bis wir aufbauen konnten, weil die Hauptgruppe, die Glamrock-Coverband, ewig für ihren Soundcheck brauchte.

„Das machen die mit Absicht!", sagte Eberhard. „Die wollen, dass wir scheiße klingen!"

Ich saß währenddessen am Tresen und trank Cola-Korn.

Und dann hatten wir nur noch eine Viertelstunde Zeit, um unseren Kram aufzubauen, und um die Gesangsmikros und die Mikros am Schlagzeug und die Mikros an den Verstärkern abzumischen, und das machte der Mann am Mischpult, und der gehörte auch zu der Glamrock-Coverband, und ich dachte, das klingt schon auf der Bühne wie ein Presslufthammer, unten im Saal klingt das bestimmt noch viel schlimmer.

„Fangt jetzt endlich an!", sagte der Chef von der Disco, als wir hinter der Bühne unseren Bühnenschnaps tranken, das machten wir vor jedem Auftritt. „Ihr habt fünfundvierzig Minuten! Keine Minute länger!"

Wir legten los, und es klang wie ein furzender Flugzeugträger, das war mein erster Gedanke, als ich in diesem Lärmgewitter stand, wie ein riesiges Ding aus Metall, das furzt. Der Saal war halbvoll gewesen, als wir anfingen, aber die meisten Leute gingen nach ein paar Minuten raus. Nur ganz hinten am Tresen, am anderen Ende der Halle, standen noch ein paar Leute.

„Ey!“, rief ich, als wir mit „All right now“ fertig waren: „Hier vorne spielt die Musik! Kommt endlich mal ran an die Bühne, ihr Schlappschwänze!“

„Fick dich!“, rief ein Typ mit schwarzen Haaren und Lederjacke.

„Fick dich selber!“, rief ich und reckte den Mittelfinger in den leeren Saal.

Dann rumpelten wir noch durch „My Sharona“ und unseren Hit „Flash Beer“, und dann gingen wir von der Bühne.

„Wie lange war das?“, fragte Eberhard.

„Achtundzwanzig Minuten oder so“, sagte Ole.

Wir bauten ab und trugen unseren Kram auf den Parkplatz.

„Hier!“, sagte der Chef von der Disco. „Zweihundert Euro! Und kommt bloß nicht wieder!“

„Ausgemacht waren dreihundert!“, sagte Eberhard.

„Du hast ja wohl ’ne Macke!“, sagte der Chef von der Disco. Er zeigte Eberhard einen Vogel und ging weg.

„Was für eine Kacke!“, sagte Ole.

„Schlimmer geht nimmer!“, sagte Eberhard.

Die anderen drei luden ihre Sachen in ihre Autos.

„Dann sehen wir uns tomorrow in Niebüll!“, sagte Harvey. „Six o’ clock!“

„Was soll denn das jetzt?“, rief ich. „Ich dachte, wir ziehen das Wochenende zusammen durch! Welttournee, oder was!“

„Ach, Martin“, sagte Eberhard.

Und dann stiegen sie in ihre Autos und fuhren los.

Ich wollte nicht nach Hause. Es war nur eine halbe Stunde Fahrt bis nach Hause, aber ich wollte da nicht hin. Ich wollte auf Welttournee gehen.

Ich ging zurück in die Disco und holte mir am Tresen ein Bier und einen Cola-Bacardi, und ich schaute der Glamrock-Coverband zu, die mit Perücken und bunten Kostümen über die Bühne fegte. Sie spielten Songs von Sweet und

Slade und Gary Glitter. Der Saal war jetzt voll, und vor der Bühne wurde getanzt, und Fäuste wurden in die Luft gereckt. Primitive Scheiße, dachte ich. Ich holte mir mehr Bier und mehr Cola-Bacardi. Dann stand plötzlich der Typ mit den schwarzen Haaren und der Lederjacke vor mir, den ich auf der Bühne beschimpft hatte. Er war riesig, einen Kopf größer als ich.

„Ey, du alte Sau!“, sagte er. „Wenn du in fünf Minuten noch hier drin bist, dann polier’ ich dir die Fresse!“ Dann grinste er und prostete mir zu und ging weg.

Für einen Moment überlegte ich, ob ich hinter ihm herrennen sollte, um ihn zu packen und mit der Nase voraus in den Tresen zu rammen. Aber er war größer und stärker als ich und nicht so betrunken wie ich, und wahrscheinlich machte er das jedes Wochenende, sich irgendjemanden in der Disco rauspicken, um ihm die Fresse zu polieren. Ich stürzte das Bier und den Cola-Bacardi runter und ging nach draußen.

Der Parkplatz vor der Disco war voll mit Leuten, die in Gruppen rumstanden und Bier und Wein tranken. Ich hatte mein Auto am Nachmittag dicht am Eingang geparkt, und da standen jetzt Dutzende Leute rum, und sie johlten, als ich meinen Autoschlüssel rauskramte und ihn fallenließ und umständlich wieder aufhob, und dann schloss ich die Fahrertür auf und setzte mich hinters Steuer. Ein Typ und seine Freundin klopften gegen die Windschutzscheibe und winkten und lachten.

„Gute Fahrt, Alter!“, rief der Typ.

Seine Freundin kreischte vor Lachen.

Ich überlegte, ob ich jetzt doch nach Hause fahren sollte, aber ich war sturzbetrunken von dem Korn und dem Bier und dem Bacardi, und es hätte massenhaft Zeugen gegeben, wenn ich jetzt losgefahren wäre, und ich hätte wahrscheinlich schon beim Rückwärtsausparken die ersten Menschen überrollt. Also blieb ich im Auto sitzen und versuchte zu schlafen, während um mich rum geredet und gelacht und gegrölt wurde.

Scheiß Welttournee, dachte ich.

Als ich aufwachte, war es hell, und der Parkplatz war leer, keine Menschen und keine Autos. Mir war kalt, und mein Schädel dröhnte von dem Schnaps, und meine Knochen taten weh, weil ich die Nacht zusammengequetscht hinterm Steuer geklemmt hatte. Ich stieg aus und dehnte und streckte mich, und ich sah mich um. Der weite, leere Parkplatz war voller Flaschen und Dosen.

Es gibt wenig, was trauriger ist als ein Disco-Parkplatz am Morgen, dachte ich.

Ich hatte Hunger. Ich fuhr nach Kappeln rein und kaufte mir in einer Bäckerei zwei belegte Brötchen und ein Stück Streuselkuchen und einen Becher Kaffee, und dann saß ich wieder hinter meinem Steuer und überlegte, wie ich den Tag rumbringen sollte bis heute Abend um sechs in Niebüll.

Ich fuhr nach Flensburg und lief durch die Fußgängerzone und aß einen Cheeseburger bei McDonald's. Der McDonald's in Flensburg war der erste in Schleswig-Holstein, und während des Studiums waren wir oft da, Silke und ich. Das war eine schöne Zeit, dachte ich, ganz anders als die Scheißzeit jetzt.

Dann fuhr ich nach Gelting und guckte stundenlang auf den leeren Strand, und dann fuhr ich nach Niebüll. Unterwegs kaufte ich mir an einer Tankstelle ein paar Dosen Bier, und dann stand ich auf dem Parkplatz vor dem Gasthof in Niebüll und wartete auf die anderen und trank mein Bier.

Die anderen kamen halbwegs pünktlich um kurz nach sechs.

„Wie siehst du denn aus?", fragte Eberhard.

„Wieso?", fragte ich.

„Du siehst aus wie 'ne Wasserleiche!", sagte Eberhard.

„Ey, Midnight Rambler!“, sagte Harvey. „Du schläfst wohl erst, wenn du tot bist, oder was!“

Wir bauten unsere Anlage und das Schlagzeug auf, und diesmal hatten wir genug Zeit für den Soundcheck, und heute klangen wir nicht wie ein furzender Flugzeugträger, sondern wie ein solide dröhnender Staubsauger, so, wie es sich gehört. Der Wirt, ein kleiner Typ mit einer bunten Weste, war begeistert und stellte uns einen Kasten Dithmarscher hin.

„Wir fangen um neun an!“, sagte Harvey. „Wir sind der Anheizer für die Disco um elf. Wir haben also zwei Stunden! No Mercy!“

„Zwei Stunden?“, fragte Ole.

„Was sollen wir denn zwei Stunden lang spielen?“, fragte Eberhard. „Wir bringen vielleicht eine Stunde halbwegs unfallfrei über die Rampe!“

„Wir spielen alles einen Tick langsamer!“, sagte Harvey. „Und wir improvisieren irgendeinen Slow Blues! Und ihr stimmt stundenlang auf der Bühne eure Guitars, so wie die Grateful Dead! Die Dorfmenschen hier werden durchdrehen!“

„Na denn“, sagte Eberhard.

Wir gingen um neun auf die Bühne. Der Laden war leer, bis auf den Wirt und seine Frau, eine Schönheit mit kurzen, schwarzen Haaren und einer weinroten Bluse, und den Barmann und den Discjockey und zwei Kellnerinnen. Wir klangen gut, und der Wirt war begeistert. Er rief „Super!“ und „Hey!“ und Yeah!“. Die erste Stunde lief großartig, außer dass der Laden leer war, bis auf den begeisterten Wirt und seine schöne Frau und den Barmann und den Discjockey und die Kellnerinnen.

Dann wurde es gegen zehn plötzlich voll, und wir wussten nicht mehr, was wir spielen sollten.

„Noch mal von vorne!“, sagte Eberhard.

„Nö!“, rief ich: „Wie sieht das denn aus? Wir sind doch keine Schülerband!“ Ich leerte das nächste Bier. „Jetzt gibt’s Musik für Erwachsene!“, rief ich.

Eberhard schüttelte den Kopf.

„Slow Blues, oder was!", brüllte ich.

Und dann spielten wir stundenlang einen langsamen Instrumental-Blues in A. Ole quietschte ein endloses Solo, und ich drosch dazu die Akkorde in meine Gitarre, laut und schmutzig.

Es gab vereinzeltes Klatschen, als wir fertig waren.

„Und jetzt ‚Kashmir!'", brüllte ich. „Das wolltet ihr doch, oder!"

Harvey und Ole spielten das Riff von „Kashmir", ebenfalls stundenlang. Ich tanzte dazu über die Bühne, mit dem Mikro in der Hand.

Eberhard ging von der Bühne.

„Ooooh yeah, ooooh yeah", machte ich, weil ich den Text nicht auswendig konnte.

Leere Zigarettenschachteln und Bierdeckel flogen mir um die Ohren.

„Und jetzt ‚Yellow Pain'!", rief ich, als ‚Kashmir' irgendwann in sich zusammengebrochen war.

„Das ist jetzt nicht dein Ernst!", sagte Eberhard, der wieder zurück auf die Bühne gekommen war.

„Was denn sonst!", brüllte ich. Ich hängte mir meine Gitarre um und hämmerte den E-Moll-Akkord.

Und dann spielten wir meine uralte Schnulze, obwohl wir das Stück längst aussortiert hatten. Die anderen quälten sich durch meine Primitivkomposition, während ich den schwachsinnigen Text ins Mikro brüllte, als gäbe es kein Morgen.

„Yellow Pain!
Now I'm standing in the rain!
Yellow Pain!
You wracked me a dirty stain!
Yellow Pain!
Please don't do it to me again!

Yellow Pain!
It's a fucking shame!"

Die Leute im Publikum starrten uns an, als hätten wir ihnen den nackten Arsch gezeigt.

Dann war das Lied vorbei, und ich schrammelte als Höhepunkt noch ein oder zwei Minuten auf E-Moll herum. Ich ging als Letzter von der Bühne, begleitet von Pfiffen und Gelächter, und dann legte der Discjockey los. Der Wirt stand hinter der Bühne.

„Geil!", rief er. „Am Ende ein bisschen komisch, aber geil!" Er gab uns dreihundertfünfzig Euro, obwohl dreihundert ausgemacht waren.

„Geile Nummer!", rief ich, als wir abgebaut hatten und mit den Trommeln und den Verstärkern auf dem Parkplatz vor unseren Autos standen. „Wir machen hier voll die Avantgarde-Show, und dafür kriegen wir auch noch Extra-Kohle! Hier spielen wir ab jetzt jedes Wochenende!"

Die anderen drei guckten Richtung Boden.

Ich ging wieder rein in den Gasthof und holte mir am Tresen ein Bier und einen Whisky-Cola. Die Tanzfläche war jetzt voll, und Trockeneis waberte durch den Saal. Ich stürzte den Whisky-Cola runter und bestellte noch einen und stürzte ihn runter.

Ich fühlte mich toll. Ich wollte jetzt eine Frau aufreißen.

Die schöne Frau vom Wirt mit den kurzen, schwarzen Haaren und der weinroten Bluse stand mit einem Glas Sekt neben dem Discjockey-Pult. Ich ging zu ihr rüber und lehnte mich neben ihr an der Wand an und beugte mich zu ihr rüber.

„Hallooooo!", sagte ich.

„Na, das wollen wir doch lieber mal lassen!", sagte sie und ging weg.

Dann stand Eberhard vor mir.

„Kommst du mal mit raus, bitte?", sagte er.

Die anderen standen immer noch auf dem Parkplatz zwischen den Trommeln und den Verstärkern.

„Was ist los?", fragte ich.

„Schluss, aus!", sagte Eberhard. „Wir sollten Schluss machen mit dieser Kapelle! Da sind wir drei uns einig. Wenn man merkt, dass man ein totes Pferd reitet, dann sollte man absteigen!"

„Wie bitte?", rief ich.

„Es hat keinen Sinn mehr!", sagte Ole. „Es macht keinen Spaß mehr! Dieser Aufritt eben war das Letzte! Im wahrsten Sinne des Wortes."

„It's all over now, Baby Blue!", sagte Harvey. „Das Ende von Jacky Action! Tod einer Rockband auf einem Parkplatz in Niebüll! Das hat doch was!"

„Wollt ihr mich verarschen!", rief ich.

„Tschüss!", sagte Eberhard. „Es war mir eine Ehre, mit euch zu musizieren! Wir können uns ja noch mal treffen und die Bandkasse verjubeln."

Er gab Ole und Harvey die Hand und klopfte mir auf die Schulter, und Harvey und Ole umarmten sich. Dann sagte Ole „Tschüss!" zu mir, und Harvey legte mir den Arm um die Schultern und sagte, „Take care, Alter!", und dann luden die drei ihre Verstärker und das Schlagzeug in die Autos, und ich sah ihnen dabei zu. Sie stiegen ein und fuhren los, und ich schaute ihnen hinterher, bis die roten Lichter hinterm Horizont verschwunden waren, und ich verstand die Welt nicht mehr.

Ich war sauer auf die drei Arschlöcher, die keine Ahnung hatten von Rock 'n' Roll. Ich war betrunken. Ich wollte jetzt erst recht eine Frau aufreißen.

Ich ging wieder in den Gasthof und holte mir noch einen Whisky-Cola, und dann stellte ich mich an den Rand der Tanzfläche. Der Discjockey spielte das gemäßigte Rock-Programm, „Solsbury Hill" und „Down Under" und „Hotel California". Ich sah einer Frau beim Tanzen zu. Sie hatte blonde Locken, und sie trug einen blauen Pullover, und sie war ein bisschen dick. Dicke Frauen sind immer scharf, wenn sie was getrunken haben, das hatte Stefan Greve mal gesagt. Wenn sie rund sind und dazu noch breit, dann sind sie spitz. Komisch, dachte ich, dass mir ausgerechnet jetzt dieser Spruch von Stefan Greve einfällt. Ich wankte auf die Frau zu und legte meine Arme auf ihre Schultern und wollte mit ihr tanzen.

„Bist du bekloppt oder was!", rief sie. Sie stieß mich weg.

Um mich rum war plötzlich ganz viel Platz auf der Tanzfläche. Die Frau mit dem blauen Pullover ging zu einer anderen Frau, die am hinteren Ende der Tanzfläche stand, und sie brüllte etwas in ihr Ohr und zeigte zu mir rüber. Ich winkte den beiden zu.

Dann kam der Wirt auf mich zu und griff meinen Arm. Ich versuchte mich loszureißen, aber ich schaffte es nicht. Er hatte einen festen Griff, obwohl er so klein war.

„Hey!", rief ich. „Ich denk', du stehst auf unsere Mucke!"

„Halt' den Rand!", sagte er. Er schob mich quer durch den Gasthof zur Eingangstür, und als ich in der Tür stand, gab er mir einen Stoß in den Rücken, und ich taumelte auf den Gehweg, der runter zum Parkplatz führte. „Für dich ist jetzt Feierabend!", rief der Wirt.

Die kalte Luft war wie ein Hammer aufs Gehirn. Ich schwankte hin und her und versuchte vorwärtszukommen, aber ich wackelte abwechselnd nach links und nach rechts, und so stolperte ich zurück zum Parkplatz wie eine Jolle auf dem Ozean. Leute standen in Gruppen rum, aber diesmal lachte keiner über mich. Die Leute glotzten mich an und gingen zur Seite, als ich an ihnen vorbeiwankte. Ich erreichte mein Auto und hielt mich daran fest wie ein erschöpfter Schwimmer am Beckenrand, und dann hangelte ich mich am Auto entlang zur Beifahrertür, so schlau war ich noch, erstaunlicherweise. Ich wollte die Nacht nicht wieder eingeklemmt hinterm Steuer rumhängen. Ich hantierte mit dem

Schlüssel, und dabei zerkratzte ich den Lack am Türschloss. Beim zehnten oder zwanzigsten Versuch schaffte ich es, den Schlüssel ins Schloss zu stecken und umzudrehen, und dann riss ich die Tür auf und drehte mich um und ließ mich ins Auto fallen, mit dem Arsch voraus. Ich stieß mit dem Hinterkopf gegen das Autodach, und dann kippte ich um, und so blieb ich liegen, ausgestreckt über die beiden Sitze mit der Handbremse im Rücken und den Füßen auf dem Parkplatz.

In dieser Position wachte ich auf, Stunden später, als ein Windstoß die Autotür gegen meine Schienbeine drückte. Es fing gerade an, hell zu werden. Ich versuchte aufzustehen, aber mein Rücken war wie gelähmt von der Handbremse, auf der ich lag. Mein Schädel pochte, am Hinterkopf hatte ich eine Beule von der Kollision mit dem Autodach, und in meinem Magen und meiner Brust tobte ein stechendes Sodbrennen. Ich drehte mich auf den Bauch und kroch rückwärts aus dem Auto raus, wieder Arsch voraus, und dann brach ich auf dem Parkplatz zusammen. Ich lag in einer Pfütze. Als das Wasser mein linkes Hosenbein durchgeweicht hatte, zog ich mich am Auto hoch und streckte mich, und mein Rücken schmerzte, als ob jemand mit einer Bohrmaschine in meiner Wirbelsäule rumrührte. Der Autoschlüssel steckte immer noch in der Tür.

Hier leben ehrliche Menschen, schoss es mir durch den Kopf. Die hätten mich in den Graben schmeißen und mit der Karre abhauen können, oder sie hätten die Gitarre und den Verstärker klauen können, aber das haben sie nicht gemacht. Ich überlegte, wo ich war. Nach einiger Zeit fiel es mir ein. Stimmt, dachte ich, ich bin in Niebüll. Hier leben ehrliche Menschen.

Ich fror, und mein Bein war nass. Ich setzte mich wieder ins Auto, auf den Beifahrersitz, und ich klappte den Sonnenschutz runter, um in den Spiegel zu schauen.

Ich erschrak vor dem Menschen, der mich aus dem Spiegel ansah. Meine Haut war bleich, mein Gesicht war aufgequollen, und die Augen waren blutrot. Meine Zähne waren braun von dem Gemisch aus Whisky-Cola und Magensäure und Speichel, das sich über Nacht in meinem Mund gebildet hatte. Die Haare standen wirr zu Berge. In meine dicken, schwarzen Bartstoppeln mischte sich das Grau.

Mir fiel langsam wieder ein, was gestern Abend passiert war. Mein besoffenes Herumstolpern auf der Bühne, das Ende der Band, der erbärmliche Versuch, eine Frau anzubaggern, der Rausschmiss aus dem Gasthof.

„Scheiße!“, murmelte ich. „Scheiße, Scheiße, Scheiße!“

Ich wollte nur noch nach Hause. Ich zog den Schlüssel aus der Beifahrertür, schwankte ums Auto rum, setzte mich hinters Steuer und ließ den Motor an. Der Tank stand auf Reserve. Ich rollte vom Parkplatz runter und schlich über die Bundesstraße Richtung Husum, und als der Zeiger kurz vor null war, fand ich eine Tankstelle, die am Sonntagmorgen offen war. Ich tankte für zehn Euro, die übrigen Scheine in meinem Portemonnaie hatte ich für Alkohol ausgegeben, und ich gab mein letztes Kleingeld für einen Snickers und eine Cola und einen Liter Mineralwasser aus, gegen meinen höllischen Nachdurst. Ich stürzte das Mineralwasser hastig und schmatzend runter. Die Frau in der Tankstelle guckte mich an wie einen Schwerverbrecher. Und dann rollte ich durch den stillen, einsamen Morgen nach Hause.

„Hallo!“, rief ich, als ich mit meiner Gitarre und meinem Verstärker im Wohnungsflur stand. „Das war vielleicht was! Ihr dürft nicht erschrecken, wenn ihr mich seht!“ Ich wollte mich duschen und dann noch ein paar Stunden schlafen und dann mit Wiebke spielen und abends mit Silke kuscheln. Das war mein Plan.

Silke und Wiebke saßen in der Küche.

„Ziehst du dir bitte schon mal den Mantel an, Schatz?“, sagte Silke zu Wiebke, als ich in der Tür stand, und Wiebke huschte an mir vorbei in den Flur.

„Hey!“, sagte ich. „Das ist so schön, euch zu sehen!“

Silke stand auch auf. Sie ging wortlos an mir vorbei zur Abstellkammer im Flur, und da holte sie meinen alten Koffer mit dem Schottenmuster raus, mit dem ich damals von Kiel nach Schnaddelby gezogen war, und dazu eine ihrer Sporttaschen vom Handball.

„Hier!“, sagte sie und warf den Koffer und die Tasche vor mir auf den Boden.

„Was soll das?“, fragte ich.

„Martin, ich hab’ keine Lust mehr!“, flüsterte sie. Sie hatte wieder ihren bedrohlichen Flüsterton. „Und ich hab’ auch keine Kraft mehr! Wir gehen jetzt spazieren, Wiebke und ich. Damit du Zeit hast, dein Zeug zusammenzupacken. Und wenn wir in einer Stunde wieder da sind, dann bist du weg!“ Sie ging zur Garderobe und zog sich ihre blaue Fleecejacke an und öffnete die Wohnungstür. „Schatz, geh’ doch bitte schon mal ins Treppenhaus!“, sagte sie und schob Wiebke vor die Tür.

„Hast du ’ne Meise, oder was!“, sagte ich.

Sie sah mich an. Sie hatte Tränen in den Augen.

„Verpiss dich einfach, Martin!“, sagte sie. Dann ging sie raus und knallte die Tür hinter sich zu.

Trockendock (2020)

„Du lieber Himmel!“, sagt Sophia. „Ein Rausschmiss erster Klasse! Und was hast du dann gemacht?“

„Na ja“, sage ich. „Ich hab erstmal versucht, zur Ruhe zu kommen. Das hat aber ein paar Wochen gedauert.“

„Nein, ganz konkret!“, sagt sie. „Was hast du gemacht, nachdem deine Herzallerliebste gesagt hat: Verpiss dich? Ich geh’ ja immer Eis essen, wenn ich emotional angeknockt bin. Vanille und Maracuja.“

„Ich hab' geduscht", sage ich. „Und dann habe ich ein paar Klamotten zusammengesammelt und ein bisschen Papierkram. Arbeitsverträge und Gehaltsabrechnungen und Kontoauszüge und so. Und dann bin ich zum Behrendshof gefahren und hab' mich in mein altes Bett in meiner kleinen Kammer gelegt, und dann habe ich drei Tage durchgeschlafen."

„Da waren deine Kumpels doch begeistert, dass du wieder einziehst, oder?"

„Klar. ‚Schlachtet die Wildschweine, Troubadix ist wieder da!', sagte Christoph. Aber Harvey meinte, ‚take it easy, der Junge gehört erstmal ins Trockendock!'"

„Und deine Tina?"

„Sie hat mich mit Hühnerbrühe versorgt und mit heißem Fliederbeersaft und Grießklößen."

„Wie selbstlos!"

„Ich habe mich eine Woche krankschreiben lassen, und sie hat mich bemuttert. Es hat ihr wohl Spaß gemacht, diese Rolle zu spielen. Joanna war inzwischen ausgezogen, und da war es ja auch schon lange vorbei mit der Mutterrolle. Joanna wurde ja selbständig, als sie zwölfeinhalb war oder so."

„Aber du bist trotzdem nicht dageblieben?"

„Nein", sage ich, „allein schon wegen der Fahrerei. Ich hab' mir nach einigen Wochen eine eigene Wohnung gesucht. Ein Zimmer mit Wohnküche und Balkon in Eckernförde. Tina war sehr enttäuscht, dass ich zum zweiten Mal ausgezogen bin. Sie hat dann selbst nicht mehr lange auf dem Behrendshof gewohnt. Da war jetzt niemand mehr da, mit dem sie etwas verband. Joanna war weg, ich auch, und mit Christoph und Harvey und Rolf konnte sie nicht viel anfangen. Sie hat Katja sowieso nie ernstgenommen, und Ingo und Irene gingen ja allen auf die Nerven."

„Und wo wohnt sie jetzt?"

„Sie ist in eine Frauen-WG gezogen, nach Kiel, und da ist sie immer noch. Von Männern in ihrem Leben habe ich nichts mehr gehört. Sie ist Landesvorsitzende von irgendeinem Verband für Frauen und fairen Welthandel gegen Klimawandel und Atomkraft geworden. Oder so ähnlich. Sie erzählt mir immer davon, wenn wir mal telefonieren, aber ich kann mir das nicht merken."

„Und deine Silke?"

„Ich hab ihr zweitausend Euro überwiesen für das Auto. Das war ziemlich großzügig, fand ich, für einen schrottreifen Opel Astra mit sechs Monaten TÜV. Und ich habe ihr einen langen Brief geschrieben, in dem ich erklärt habe, was mit mir los war."

„Und?"

„Der Brief kam ungeöffnet zurück, mit der Aufschrift ‚Annahme verweigert'."

„Oha."

„Und dann hatten wir jahrelang keinen Kontakt mehr. Meine Mutter blieb in Verbindung mit Silke und Wiebke und Gisela. Sie durfte natürlich von Anfang an Gisela sagen. So erfuhr ich, was los war. Ich hab' meiner Mutter Geschenke mit zu Wiebkes Geburtstag gegeben. Viel zu große Spielzeuge und viel zu viel Geld. Der typische Ablasshandel des getrennten Vaters."

„Um es mal zusammenzufassen", sagt Sophia und gießt Sekt in unsere Gläser: „Du hast alles, was du dir in deinem Leben bis zu diesem Zeitpunkt aufgebaut hast, mit dem Arsch eingerissen."

„Kann man so sagen", sage ich.

„Ja, und dann?"

„Tja, dann lief es besser", sage ich. „Klingt bizarr, ist aber so. Ich lebte zum ersten Mal allein. Nicht mit meinen Eltern, nicht mit den Leuten auf dem Behrendshof, nicht mit Silke und Wiebke. Ich war nur für mich selbst verantwortlich. Das war irgendwie beruhigend. Ich habe dann jahrelang ein komplett langweiliges Leben geführt, in meiner Einzimmerwohnung: morgens zur Arbeit, dann Einkaufen, Essen kochen, ein Buch lesen, fernsehen."

„Das klingt wie eine Meldung über einen Massenmörder: ‚Seine Nachbarn beschreiben ihn als einen ruhigen Zeitgenossen, der gerne für sich bleibt!'"

„Manchmal war ich auch mit den Kollegen zum Bowlen oder im Restaurant, oder ich war Joggen."

„Du hast mit Joggen angefangen?"

„Ja", sage ich. „Und ganz schnell wieder aufgehört."

„Richtig so!", sagt Sophia. „Mein bescheuerter Ex Marcel ist ja auch ein Jogger. Solche Typen laufen immer vor irgendwas weg. Psychologisch höchst verdächtig."

„Ich hatte zum ersten Mal Zeit, mich ein bisschen in der Welt umzugucken", sage ich. „Auf dem Behrendshof hatten wir ja keinen Fernseher, und danach habe ich studiert und gearbeitet und Scheiße gebaut. Und jetzt stellte ich fest, was ich alles verpasst hatte. Wann zum Henker wurde Zahnseide erfunden? Oder Tofu? Oder Kreditkarten?"

„Ich hab' es schon einmal gesagt, und ich sage es nochmal", sagt Sophia: „Willkommen im einundzwanzigsten Jahrhundert! Und die Sauferei? Hast du eine Therapie gemacht?"

„Nein, ich hab einfach mit dem Schnaps aufgehört. Ich bin kein Schnaps-Typ, hab' ich festgestellt."

„Wenn sich rumspricht, wie man das so einfach hinkriegt, dann wird eine ganze Branche arbeitslos. Und deine Probleme mit den Lümmeln in der Schule?"

„Da hat mir Helmut geholfen", sage ich. „Ein alter Kollege, der damals kurz vor der Pensionierung stand. ‚Du hast eine Phase übersprungen', sagte er mir, ‚das ist dein Problem!' Normalerweise verläuft ein Berufsleben in drei Phasen, sagt Helmut. Man fängt an mit Enthusiasmus. Man ist frisch dabei und will es sich und der Welt beweisen. Man hat Ideen und ist engagiert. Und ich bin vom Enthusiasmus sofort in Phase drei gesprungen, sagt Helmut: Zynismus. Man kann machen, was man will, es interessiert keinen, und es ändert sowieso nichts. So weit ist man normalerweise erst in den letzten Jahren vor der Rente. Aber ich war schon mit Mitte dreißig so drauf."

„Und welche Phase hast du übersprungen?", fragt Sophia.

„Den Realismus. Man muss tun, was man kann, aber man darf nicht durchdrehen. Niemand ist perfekt. Klingt simpel, aber als ich das begriffen hatte, lief es besser. Ich zeig' dir mal was!"

Ich stehe auf und gehe ins Wohnzimmer. Im Schrank liegt ein Brief, den mir eine Klasse mal zum Ende eines Schuljahres geschrieben hat. „Lieber Herr Hansen!", steht da, „Sie waren ein toller Lehrer! Vielen, vielen Dank!" Darüber sind eine Sonne und ein Regenbogen gemalt, und darunter sind zwanzig Unterschriften in bunten Farben. Ich zeige Sophia den Brief.

„Hach, das geht doch ans Herz", sagt sie.

„Solche Briefe kriegen Lehrer ja häufig", sage ich. „Ich hab' auch noch ein paar mehr davon. Aber der hier war der erste, und ich freue mich bis heute darüber. Weil er mir damals bewiesen hat, dass ich doch ganz brauchbar bin in diesem Job. Und mit den BVJ-Kursen klappte es dann auch besser. Ich bin mit den Schülern nachmittags durch die Betriebe der Stadt getingelt und hab' versucht, sie in eine Ausbildung zu vermitteln. Das hat sogar recht häufig funktioniert."

„Na also!", sagt Sophia. „Fack ju Göhte 7: Der brave Martin tut gute Werke. Das ist doch toll. Und damit könnte deine Geschichte zu Ende sein." Sie hebt den Arm und lässt ihn durch die Küche schweifen. „Aber jetzt bist du wieder Schmied, und du wohnst hier! Wieso das?"

„Jahrelang lief alles in ruhigen Bahnen", sage ich. „Und dann kam ein Telefonanruf."

Werkzeuge
(2012)

„Hier ist Rolf", sagte Rolf.

Es war halb neun am Morgen, und ich wollte gerade los zur Arbeit, als das Telefon klingelte.

„Moin, Rolf!", sagte ich. „Das ist ja eine Überraschung!"

Ich hatte seit Jahren nicht mehr mit Rolf gesprochen. Er hatte jetzt die sechzig hinter sich, und er arbeitete immer noch als Schmied, mit schweren Stahl in einer zugigen Werkstatt, bei Hitze und bei Kälte. Und er ärgerte sich immer noch mit seinen Lehrlingen rum, wie Christoph mal erzählte.

„Bernhard hört auf", sagte Rolf. „Kannst du noch schmieden?"

„Wer ist Bernhard?", fragte ich.

„Bernhard Kaiser. Alter Bekannter. Die Schmiede ist am Rand von Kiel. Bist du noch Lehrer?"

„Ja, klar", sagte ich.

„Ein Schmied braucht den Hammer in der Hand", sagte Rolf. „Bernhard hat keinen Nachfolger. Und du warst doch mal ganz gut. Besser als die meisten."

„Oh, danke!"

„Ich kenn' den Laden. Die Werkzeuge sind gut. Der Amboss ist gut. Büro und Wohnung sind mit dabei."

„Wirklich?"

„Denk' mal drüber nach."

„Aber ich bin doch nur Geselle", sagte ich. „Ich hab' doch keinen Meisterbrief. Ich meine, von wegen Handwerksordnung."

„Da gibt das Möglichkeiten", sagte Rolf.

„Und welche?"

„Ich sag' Bernhard, dass du dich bei ihm meldest. Schreib' dir mal die Nummer auf."

Gemäuer
(2020)

„Telefonate mit Rolf waren immer kurz", sage ich, „und sie hatten manchmal tiefgreifende Folgen. Das war damals so, als ich von Kiel nach Schnaddelby gezogen bin, und das war jetzt auch so."

„Und dann hast du also wieder umgesattelt", sagt Sophia. „Zum dritten Mal Schmied."

„Ich hab' mir die Schmiede angesehen, ein paar Tage nach Rolfs Anruf, eigentlich nur aus Höflichkeit. Aber du siehst es ja selbst!" Ich zeige zum Fenster.

„Nein, ich sehe nichts. Es ist dunkel."

„Das Haus ist schön, der Garten ist schön, die Landschaft ist schön", sage ich. „Das ist hier das letzte Haus, das noch zu Kiel gehört, bevor die Felder anfangen. Ich habe mich sofort verliebt."

„Was kaum einer Frau gelungen ist, das schafft ein altes Gemäuer!"

„Na ja, es kam noch einiges mehr dazu", sage ich. „Mit meiner Mutter ging es langsam bergab. Sie vergaß meinen Geburtstag, sie verlegte ihr Portemonnaie, sie erkannte die Nachbarn nicht mehr. Deswegen war es besser, dachte ich, wenn ich in ihrer Nähe bin. Außerdem war ich Anfang fünfzig, und das mit der Schmiede war die Gelegenheit, noch mal etwas Neues anzufangen."

„Also gerade, wo es so toll lief, hörst du auf, Lehrer zu sein? Oh Captain, my Captain!"

„Nicht ganz. Ich bin an ein Berufsbildungszentrum nach Kiel gewechselt, zunächst halbtags, und den Rest der Zeit verbrachte ich mit Bernhard in der Schmiede. Ich brauchte einige Zeit, um wieder reinzukommen, auch körperlich. Das ist schon eine andere Art von Arbeit. Ich lernte Bernhards Stammkunden kennen, und ich entwickelte langsam meine künstlerische Ader. Warte mal!" Ich gehe nach nebenan ins Büro und hole meine Präsentationsmappe mit Fotos von Gartentoren und Zäunen und Fenstergittern, die ich in den letzten Jahren angefertigt habe.

„Hübsch!", sagt Sophia. „Du bist ja ein echter Künstler!"

„Ja, ehrlich gesagt betrachte ich mich inzwischen auch mehr als Künstler und weniger als Metallbaugeselle. Da stecken schon so ein paar eigene Ideen drin. Siehst du diese Verdrehungen hier?" Ich zeige auf ein Bild von einem Rundbogen, der als Blumenranke in einem Garten steht.

„Na ja", sagt Sophia. „Das Metall ist eben verdreht."

„Das macht sonst niemand so wie ich. Auf jeden Fall gibt es einen Markt für solche Sachen. Der Laden läuft gut. Offiziell ist Bernhard immer noch Chef, weil er den Meisterbrief hat. Er wohnt auch in der Nähe, zwei Straßen weiter. Aber inzwischen guckt er nur noch alle paar Wochen vorbei."

„Na, wenn es so prima läuft", sagt Sophia, „dann kommt doch bestimmt bald der nächste Berufswechsel!"

„Ja, und zwar genau am 1. Januar 2027. Dann gehe ich in Rente."

„Ist ja irre!", sagt Sophia. „Vorgestern warst du noch der kleine Junge mit dem Baby-Schlafanzug, und jetzt ist schon die Rente in Sicht. Abgefahren!"

„Deswegen bin ich auch noch an der Schule, an einem Tag in der Woche. Mein Rentenberater sagt, es wäre besser, wenn ich den Job bis zum Ende mache, auch wenn es nur ein paar Stunden sind. Von wegen der Abschläge."

„Na, dann war dein Glück ja perfekt. Schläge auf den Amboss und kaum Abschläge."

„Stimmt", sage ich. „Und dann kam wieder ein Anruf."

Schwein
(2014)

Es war sechs Uhr abends an einem Dienstag, und ich saß im Büro und tütete Rechnungen ein. Die gab ich immer Holger, dem Postboten, mit. Dann brauchte ich nicht zum Briefkasten zu laufen, und Holger bekam gelegentlich zum Dank einen geschmiedeten Kerzenständer für seine Frau, die sammelte so was. Mit dem Postboten muss man gut klarkommen, der ist wichtig, das hatte Rolf schon gesagt, damals in Schnaddelby.

Das Telefon klingelte.

„Schmiedewerkstatt Kaiser und Hansen, Guten Tag!"

„Hey, Knuffi!"

Ich wollte etwas sagen, aber mein Atem stockte. Ich hatte seit mehr als zehn Jahren nicht mehr mit Silke gesprochen, aber ihre Stimme erkannte ich sofort, auch wenn sie jetzt leise sprach und nicht so laut und aufgeregt wie früher immer.

„Knuffi, bis du noch dran?"

„Ja, klar", sagte ich.

„Wie geht's dir?", fragte sie.

„Gut", sagte ich. „Ja, gut."

Es entstand wieder eine Pause.

„Und, wie geht's dir?", fragte ich, obwohl ich die Antwort kannte, im Wesentlichen jedenfalls. Meine Mutter hatte regelmäßig mit Silke und Wiebke und Gisela telefoniert, als sie das noch konnte. Silke war immer noch Lehrerin in Eckernförde, inzwischen war sie sogar Unterstufenleiterin. Sie hatte eine schöne, große Wohnung mit einem ausgebauten Dachgeschoss, da hatte Wiebke gewohnt, bis zu ihrem Auszug, und sie hatte wieder mit dem Handballspielen angefangen.

„Mir geht's auch gut", sagte Silke. „Hör mal, ich wollte einfach mal Hallo sagen und gucken, was du so machst. Es ist ja nun genug Zeit vergangen."

„Ja“, sagte ich, „das stimmt natürlich.“

„Ich hab’ dich ja ziemlich heftig angekoffert damals. Das tut mir leid, das mit dem ‚Verpiss dich‘ und so.“

„Na ja“, sage ich. „Ich war ja auch ein ziemliches Ekel.“

„In der Sache hatte ich natürlich recht, aber trotzdem …“

„Ja, klar.“

„Aber mit euch Männern ist das ja nun auch wirklich nicht einfach. Dein Nachfolger, das war vielleicht ein Schwein! Weißt du, was der von mir verlangt hat? Für den sollte ich …“

„Äääh.“

„Na, ist ja auch egal. Es ist jedenfalls schön zu hören, dass es dir gutgeht. Und du hast jetzt eine Schmiede?“

„Ja, genau“, sage ich.

„Und der Laden läuft?“

„Ja.“

„Na, das ist doch prima“, sagte Silke. „Und bist du zurzeit liiert?“

„Nein“, sagte ich.

„Ich auch nicht! Der letzte Typ, den ich hatte, das war vielleicht ein Volltrottel!“ Sie äffte den Volltrottel nach. „Für dich lass’ ich mich scheiden, mein Herzblatt!“ Sie lachte. „Ja, von wegen!“

„Ach du Scheiße“, sagte ich.

„Hör mal“, sagte sie, „wir können ja lose in Kontakt bleiben. Das ist doch bestimmt vernünftig, auch wegen Wiebke und so.“

„Klar!“, sage ich.

Wieder Stille.

„Wollen wir uns nicht mal treffen?“, fragte ich.

„Vielleicht später mal“, sagte Silke. „Wir sollten es ruhig angehen, findest du nicht auch?“

„Ja, logisch“, sage ich.

„Dann Tschüss, Knuffi!“

„Tschüss!“

Achterbahn
(2020)

„Und dann habt ihr euch natürlich am nächsten Tag getroffen!“, sagt Sophia.

„Nein“, sage ich. „Noch am selben Abend.“

„Und seitdem seid ihr wieder zusammen?“

„Ja, doch, das würde ich so sagen. Wir telefonieren häufig, wir treffen uns, und wir übernachten beieinander.“

„Freundschaft plus!“, sagt Sophia. „Nur Spaß, keine Verpflichtungen! Vielleicht sollte ich das auch mal probieren, nach der Nummer mit Marcel.“

„Ich gehe inzwischen sogar freiwillig zu Silkes Handballspielen mit. Sie wird bald fünfzig, und sie fährt immer noch Achterbahn mit den jungen Hüpfern, die halb so alt sind wie sie. Das macht Spaß, das anzugucken. Aber wir wollen auf keinen Fall wieder zusammenziehen. Das klappt nicht, das wissen wir inzwischen.“

„Was machen eigentlich deine Kumpels auf dem Bauernhof?

„Jetzt wird’s wieder traurig“, sage ich. „Rolf hatte einen Schlaganfall, kurz nachdem er bei mir angerufen hatte wegen der Werkstatt. Er saß danach im Rollstuhl und konnte nicht mehr sprechen. Und es gab zunächst niemanden, der sich für ihn verantwortlich fühlte. Mit seiner Ex-Frau hatte er schon lange keinen Kontakt mehr, und seine beiden Söhne wohnen irgendwo in Süddeutschland, und zu denen war das Verhältnis wohl auch nicht gut. Damals, als Tina mit Joanna schwanger war, hatte er zu mir gesagt: ‚Kinder sind das Allerschönste auf der Welt.‘ Damit wollte er wohl nicht nur mir Mut machen, sondern auch sich selbst.“

„Ach je. Und dann?“

„Er ist schließlich auf dem Behrendshof geblieben. Christoph und Katja haben sich um ihn gekümmert. Sie haben das Wohnzimmer im Erdgeschoss für ihn eingerichtet und eine Rampe für den Rollstuhl gebaut. Christoph fand Rolf ja immer ein bisschen komisch, aber jetzt war er für ihn da, bis zu Rolfs Tod vor zwei Jahren. Bei der Trauerfeier waren seine Mitbewohner die einzigen Gäste. Christoph, Katja, Tina, Harvey und ich. Von der Familie war niemand da. Seine Asche haben wir in einem Friedwald verstreut. So soll es bei mir auch gemacht werden, wenn es so weit ist. Ein Schmied wird zu Asche. Das habe ich Joanna und Silke geschrieben. Das ist so ein Spruch, der hätte auch von Rolf stammen können."

„Aber so weit ist es ja noch lange nicht", sagt Sophia. „Du bist zwar sechzig, aber du könntest glatt für achtundfünfzig durchgehen. Und ist da noch jemand auf dem Hof, den du kennst?"

„Harvey ist vor ein paar Jahren auch ausgezogen. Er wohnt jetzt mit seiner neuen Freundin zusammen. Die ist fünfundzwanzig oder so. Die Frauen fliegen nun mal auf Schlagzeuger. Katja und Christoph wohnen noch auf dem Behrendshof, mit zwei neuen Mitbewohnern. Ich guck' gelegentlich mal rein, ein oder zwei Mal im Jahr. Vielleicht ziehe ich da ja wieder hin, wenn ich in Rente bin."

„Du redest ganz schön viel vom Älterwerden und vom Sterben!"

„Mag sein", sage ich. „Aber hauptsächlich genieße ich meine Zeit auf diesem Planeten."

Nordstern 6
(2019)

Die Bundesstraße 76 war voll. Die Autos fuhren Schritttempo, weil irgendwo hinter Gettorf eine Baustelle war, und das Navi hatte mal wieder nichts gemeldet. Ich saß hinterm Steuer meines Smart, und ich dachte an die Baustelle an der

B76 in Fleckeby vor vielen Jahren, mit der Umleitung durchs Neubaugebiet, und an das Chaos, das entstanden war, nachdem der Bus die falsche Abfahrt genommen hatte und auf dem Spielplatz gelandet war, meine letzte Amtshandlung beim BVN.

Ich war auf dem Weg zu Silke nach Eckernförde. Es war ein Freitagnachmittag Mitte August, und in den üblichen Feierabendverkehr mischten sich die Urlauber mit Kennzeichen wie AIB und SAW und WND.

Die Woche war gut gelaufen. Am Vormittag hatte ich einen Vertrag mit einem neuen Kunden abgeschlossen, der alle möglichen Verzierungen auf seiner Terrasse und in seinem Garten haben wollte, ein Nachbar von Familie Meierling. Die Meierlings waren vor ein paar Jahren so begeistert von meiner Arbeit gewesen, von dem Gartentor und der Grillecke und den Fenstergittern, dass sie mir jedes Jahr eine Karte zum Geburtstag schickten. Und sie hatten offenbar die gesamte Nachbarschaft in ihren Garten gelotst und meine Werke präsentiert, und jetzt hatte ich haufenweise Neukunden in der Gegend.

Bei solchen Terminen bei gut betuchten Menschen in idyllisch gelegenen Neubaugebieten trat ich immer als Künstler auf. Ich strubbelte mir mit Haargel die Frisur zu einem Berg aus Locken, so wie Art Garfunkel in der Frühphase, und ich zog das alte, beige Cordjackett an, das ich damals von Rolf ausgeliehen hatte, als ich zur Hochzeit von Sabine und Schmidtchen eingeladen war. Das Outfit machte auch diesmal Eindruck, und ich zog einen satten Auftrag an Land. Danach hatte ich keine Lust mehr, noch die Esse in der Schmiede anzufeuern, und ich machte mich auf den Weg zu Silke.

„Hey Knuffi!“, sagte sie, als ich nach einer halben Stunde Stau bei ihr vor der Tür stand. Sie drückte meinen Kopf nach unten und gab mir einen Kuss. „Komm rein!“

Ich hatte geklingelt. Ich hatte keinen Schlüssel zu ihrer Wohnung, und sie hatte keinen zu meiner. Wir hatten mal darüber geredet, Schlüssel auszutauschen, aber wir fanden beide, das sei noch „zu früh“, und so war es geblieben, seit Jahren.

Wir setzten uns in die Küche, und ich sah Silke zu, wie sie das Abendessen vorbereitete, Nudeln mit Sahnesoße, das bekam niemand so lecker hin wie sie, mit einem Schuss Sherry in der Soße.

„Der Kornemeier ist vielleicht ein Gehirnakrobat!“, sagte Silke. Kornemeier war der Rektor ihrer Schule. „Ich hab’ dir doch mal von unserem Kopierraum erzählt!“, sagte Silke, und ich nickte, und dann erzählte sie eine lange und komplizierte Geschichte über das neue Regelwerk im Kopierraum. Ich hörte nicht zu. Ich beobachtete Silke, wie sie in der Küche herumwirbelte und wie sie sich über ihren Chef aufregte, und dabei nippte ich an meinem Glas Weißwein, und das war ein schöner Augenblick, zu zweit in der Küche, an einem Freitagnachmittag, und da war es nicht wichtig, was im Kopierraum ihrer Schule los war. Wenn wir zusammenwohnen würden, dann wäre der Kopierraum bestimmt irgendwann nochmal aufgetaucht in Silkes Erzählungen, und es wäre peinlich geworden für mich, wenn ich davon keine Ahnung gehabt hätte, und wir hätten uns wahrscheinlich gestritten. So wie jetzt ist es viel besser, dachte ich und trank einen Schluck Weißwein und schaute Silke dabei zu, wie sie Töpfe und Pfannen durch die Küche trug.

„Was gibt es denn heute für einen Film?“, fragte ich, als wir mit dampfenden Nudeltellern am Tisch saßen.

Silke stöberte immer den Grabbeltisch mit den billigen DVDs bei Famila durch, und diese Filme sahen wir uns an, wenn wir uns freitags bei ihr trafen.

„Irgendwas Spanisches“, sagte sie, „für neunundneunzig Cent. Der Film hat einen goldenen Kaktus in Venedig gekriegt oder so!“

Nach dem Essen legten wir uns auf die Couch in ihrem Wohnzimmer. Sie hatte eine riesige Couch, wo man bequem zu zweit Platz hatte. Wir legten uns so hin, dass ich den Arm um sie legen konnte und gleichzeitig eine Hand frei hatte, um an die Chips und die Erdnüsse ranzukommen.

Die meisten von Silkes Filmen waren billig produziert oder bizarr oder einfach schlecht, und es war kein Wunder, dass sie auf dem Grabbeltisch gelandet waren, aber das war mir egal, denn es war schön, mit ihr im Arm auf der Couch zu liegen, mit Chips und Erdnüssen in Griffweite. Aber diesmal war der Film gar nicht so übel. Es ging um einen Jungen, der in den Pyrenäen ohne Eltern aufwächst und stattdessen von einem Wolfsrudel aufgenommen wird. Irgendwann finden ihn die Leute aus dem Dorf und nehmen ihn mit, aber er kehrt immer wieder zurück zu seinen Wölfen.

„Schöne Gegend!“, sagte Silke.

Der Film war voller Naturaufnahmen aus den Pyrenäen, Hügel und Wälder und Bäche.

„Mmhmm“, machte ich und zerkaute eine Handvoll Chips.

„Da könnte man ja mal Urlaub machen“, sagte sie.

„Mmhmm.“

Wir waren ein paar Mal zusammen im Urlaub gewesen, als Wiebke noch klein war, in Österreich und an der Mosel und in der Bretagne. Das war immer anstrengend. Ich hätte am liebsten den ganzen Tag am Badesee gelegen oder in der Hängematte gehangen oder in dem Schaukelstuhl geschaukelt, der in unserer Ferienwohnung in der Bretagne stand. Silke wollte wandern und Fahrrad fahren und Schlösser besichtigen und Minigolf spielen und dann abends ins Restaurant gehen und dann noch ein Eis essen. Der Streit war vorprogrammiert. Jetzt gab es keinen Zwang, gemeinsam in den Urlaub zu fahren, um sich übereinander zu ärgern. So wie jetzt ist es viel besser, dachte ich und schluckte die Chips runter.

„In die Pyrenäen?“, sagte ich. „Vielleicht bringst du ja als nächstes einen Film aus der Mongolei mit, und dann willst du dahin!“

„Ach, Knuffi“, sagte sie.

„Wir können ja mal für ein Wochenende nach Dänemark fahren!“, sagte ich. „Auf einen Campingplatz. So wie damals, weißt du noch?“

„Als du mich immer mit Erdbeermarmelade einschmieren wolltest? Wie könnte ich das je vergessen!“

„Du schmeckst nun mal gut“, sagte ich und gab ihr einen Kuss.

Der Film endete damit, dass der Junge als alter Mann wieder zu den Wölfen zurückkehrte.

„Wollen wir uns umbetten?“, fragte Silke.

„Gerne!“

„Dann putz' dir mal die Zähne! Ich hab keine Lust, mit einer Tüte Paprikachips zu knutschen!“

Wir hatten zwar noch keine Schlüssel ausgetauscht, aber wir hatten Zahnbürsten stationiert.

Am Morgen stand ich auf und ließ Silke schlafen. Ich ging zum Bäcker um die Ecke und holte Brötchen, und als ich wiederkam, war Silke unter der Dusche. Wir frühstückten zusammen, und dann legten wir uns wieder auf die riesige Couch im Wohnzimmer. Silke las ein Buch, „Guglhupfgeschwader“ von Rita Falk, und ich las die Zeitung. Silke hat eine Bluetooth-Box mit wummernden Bässen, und darauf lief ihre aktuelle Lieblingsmusik, Girlie-Pop und deutscher Rap und Mark Forster und ähnliche Geschmacksverwirrungen. Ich ertrage Silkes Spotify-Gedudel nur für eine bestimmte Zeit. Irgendwann verspüre ich den Drang, die Bluetooth-Box aus der Steckdose zu reißen und aus dem Fenster zu werfen. Wenn ich das täte, wäre Silke vermutlich irritiert, und wir würden uns wahrscheinlich streiten.

„Ich glaube, ich werde langsam mal aufbrechen“, sagte ich.

„Ist es wieder die Musik?"

„Nein", sagte ich und gab ihr einen Kuss. „Deine Musik ist super, wie immer!"

Wenn wir zusammenwohnen würden, dann würde ich an meinen Plattenschrank gehen, nachdem ich die Bluetooth-Box aus dem Fenster geworfen hätte, und ich würde extraschräge Musik auflegen, Pere Ubu oder Van der Graaf Generator oder die Platte vom Mahavishnu Orchestra, die mit der quietschenden Geige, die Christoph so toll findet. Silke würde mich dann vermutlich fragen, ob ich noch alle Tassen im Schrank hätte, und wir würden uns wahrscheinlich streiten.

So wie jetzt ist es viel besser, dachte ich.

„Nachher kommen meine Eltern vorbei!", sagte Silke. „Willst du nicht noch kurz Hallo sagen?"

Silkes Bruder hatte inzwischen den Betrieb übernommen, aber die Eltern wohnten noch auf dem Hof. Frau Lühr hatte verhalten reagiert, als ich nach all den Jahren wieder im Dunstkreis ihrer Familie aufgetaucht war. Ich war immer noch meilenweit davon entfernt, sie Gisela nennen zu dürfen. Mit Horst verstand ich mich gut. Wir hatten uns nicht viel zu sagen, aber wir mochten uns.

„Kommt Putin mit?", fragte ich.

„Natürlich!", sagte Silke.

Putin war der neue Hofhund, der Nach-Nachfolger von Panzer. Dazwischen gab es noch Pesto, der faul und träge war, und der irgendwann vom Trecker überrollt wurde. Putin war kleiner als Panzer, und sein Gekläffe war nicht so tief und so dröhnend. Es glich eher einem Zahnarztbohrer. In geschlossenen Räumen war Putins Gebell schwer zu ertragen. Außerdem hatte Putin einen enormen Speichelfluss. Eine Berührung mit dem Hund war wie ein klitschnasser Waschlappen, der einem ins Gesicht geworfen wird, nachdem er tagelang am Boden einer Mülltonne gelegen hat.

„Dann sag' doch bitte liebe Grüße von mir!", sagte ich.

„Ach Knuffi“, sagte Silke. „Du bist eben kein Familienmensch!“

Silkes Familie war inzwischen weiter gewachsen. Es gab eine schwer zu überblickende Zahl an Neffen und Nichten, Cousins und Cousinen, Enkeln und Urenkeln. Ihre Wohnung in Eckernförde wurde ständig von der Verwandtschaft gekapert, und ein halbes Dutzend Kinder tobten dann auf der großen Couch im Wohnzimmer rum. Wenn wir zusammenwohnen würden, dann wäre ich irgendwann genervt, und ich würde die Kinder anpflaumen, und einige Kinder würden dann heulen, und Silke wäre vermutlich sauer auf mich, und wir würden uns wahrscheinlich streiten. Deswegen ging ich meistens, bevor die Familie kam, außer wenn Mickie mit dabei war, Silkes große, schlanke Schwester mit den roten Locken. Sie hatte inzwischen drei Kinder bekommen und war zweifache Oma und geschieden. Ich blieb immer etwas länger, wenn Mickie kam. Mickie umarmte mich zur Begrüßung und lächelte mich an und wuschelte in meinen Haaren herum, und dann lächelten wir uns an und tauschten Freundlichkeiten aus. Silke guckte immer genervt, wenn Mickie und ich uns anlächelten. Wenn wir zusammenwohnen würden, dann würde ich einen gehässigen Spruch zu hören bekommen, nachdem Mickie gegangen war, und ich würde so etwas sagen wie: „Mickie ist nun mal eine attraktive Frau“, und dann wäre Silke vermutlich sauer, und wir würden uns wahrscheinlich streiten.

„Du kennst mich doch“, sagte ich. „Es ist besser so.“

Silke streichelte mir über die Wange.

„Noch eine Tasse Kaffee?“

Wir setzten uns in die Küche, und Silke erzählte von ihren Geschwistern und Neffen und Nichten und dann noch einmal von der Arbeit, von Kornemeier, „dieser Blindschleiche“, und seinem Kopierraum. Ich saß ihr gegenüber und trank meinen Kaffee, und ich hörte wieder nicht zu. Ich schaute sie an, und ich freute mich über sie.

Wir küssten uns zum Abschied, und dann stieg ich in meinen Smart und fuhr wieder die B76 entlang, bis ich vor Gettorf wieder im Stau stand, das Navi hatte wieder nichts gemeldet. Ich hatte eine CD von Bruce Springsteen eingelegt. Wenn jemand so viele Lieder übers Autofahren schreibt, dann muss man das würdigen, dachte ich. Da war ich solidarisch mit meinem Musikerkollegen, obwohl ich selbst schon lange keine Musik mehr machte, oder nur noch sehr selten, und dann nur für mich alleine.

Bruce Springsteen war mal wieder lebensklug.

„It's a long dark highway and a thin white line,
Connecting baby, your heart to mine,
We're runnin' now, but darlin' we will stand in time,
To face the ties that bind,
Now you can't break the ties that bind."

Zwischen uns liegt eine lange Straße, und wir sind so unterschiedlich, dass das nächste Gewitter nur einen falschen Satz entfernt ist, aber es gibt etwas, das uns zusammenhält, Silke und mich. Ich freute mich immer, wenn ich zu Silke fuhr, und ich freute mich auch immer, wenn ich wieder nach Hause fuhr. Es lief gut mit uns beiden.

Zu Hause legte ich eine Platte von Mitch Ryder auf, die ich lange nicht mehr gehört hatte, und dann setzte ich mich an den Schreibtisch im Büro und schrieb den Kostenvoranschlag für den Nachbarn von Familie Meierling, und dann machte ich eine Materialliste für den Auftrag und einen Arbeitsplan für die kommende Woche. Dann sah ich meine Postfächer durch.

Barbara von nebenan hatte eine SMS geschickt: „Ha du Schla Bohrmasch?" Mir fiel ein, dass sie noch meinen Bandschleifer hatte. In der Mailbox war eine Nachricht von Silke. „Hey Knuffi, schöne Grüße von Gisela, Horst und Putin!", schrieb sie. Darunter war ein Link zu einem Lied von Max

Giesinger auf YouTube mit dem Kommentar „Friss dies, du Snob!“, mit drei Smileys dahinter. Ich klickte den Link an und machte das Lied nach zehn Sekunden wieder aus. Es war erbärmlich. „Netter Versuch!“, schrieb ich zurück. „Küsschen!“

Joanna hatte eine WhatsApp geschrieben. Sie war in Paris, um altes Porzellan für ihr Auktionshaus abzuholen, und sie schickte ein Foto, auf dem sie in einem Park vor einer Statue stand. Die Statue war ein nackter, bärtiger Mann mit einem Hammer in der Hand vor einem Amboss, auf dem ein Helm lag. „Moin, moin, Martin!“, schrieb Joanna. „Das ist Vulcanus, der römische Gott der Schmiederei! Du hast knackige Kollegen! LG! Bis hoffentlich bald!“ Es war offenbar heiß in Paris, Joanna hatte ihr Jackett ausgezogen und über die Schulter gehängt, und in ihren Haaren steckte eine Sonnenbrille. „Hey Sternchen!“, schrieb ich zurück. „Kauf dir eine Tube Sonnenmilch! Und häng dem Gott eine Schürze um!“

Ich räumte die Werkstatt auf und fegte den Boden, und dann kochte ich mir Abendessen, Baked Beans mit Spiegelei und hinterher eine Banane, und dann legte ich eine Platte von Joe Jackson auf und setzte mich mit einem Glas Weißwein auf die Terrasse. Ich dachte darüber nach, was ich morgen machen würde, am Sonntag. Zum Beispiel eine Radtour durch die Felder, falls ich mich dazu aufraffen könnte, dann Mittagsschlaf, und nachmittags ein Besuch bei meiner Mutter im Heim. Vielleicht würde sie auf mich reagieren. Vielleicht würde sie mich erkennen.

Und da saß ich, bis die Platte zu Ende war und bis es dunkel wurde. Es war ein warmer und klarer Sommerabend, und am Himmel leuchteten die Sterne. Am Ende der Deichsel des Kleinen Bären war der Nordstern, den Sophia mir damals gezeigt hatte, vor fast vierzig Jahren, vorm Tor der Holsten-Brauerei, nachdem wir in dem polynesischen Restaurant gewesen waren. „Der Nordstern ist 400 Lichtjahre entfernt", hatte Sophia gesagt, „und er bleibt immer an derselben Stelle, und daran kann man sich orientieren." Mir gefiel damals der Gedanke, dass es einen Punkt gibt, der einem die Richtung zeigt, auch wenn man ihn niemals erreichen wird, weil er 400 Lichtjahre entfernt ist.

Nachdem Sophia mir den Nordstern gezeigt hatte, war sie zurückgekehrt in ihre Welt, und ich hatte mein Leben auf den Kopf gestellt. Ich hatte beschlossen, dass alles anders werden musste, und dann war ich zu Hause ausgezogen und hatte viele neue Menschen kennengelernt. Ich hatte die Berufe gewechselt und zwei Kinder bekommen. Aber dabei war ich keinem Stern gefolgt, sondern dem Zufall. Der Anzeige im „Station to Station", Tinas Ideen von einer Vaterschaft ohne Verantwortung, den Tipps von Rolf und der Berufsberaterin, meinen eigenen Launen, Silkes Lächeln. Ich hätte auch Krabbenfischer oder Friedhofsgärtner werden können, Bettler oder Multimillionär. Ich war keinem Ziel gefolgt, ich war einfach losgelaufen, und jetzt war ich angekommen.

Es gab Menschen, die ich mochte und die mich mochten.

Ich stand jeden Morgen auf und freute mich auf den Tag, und abends freute ich mich auf den nächsten.

Ich saß jetzt in einem schönen Garten zwischen Feldern und Wäldern, und es roch nach Sommer.

Der Wind rauschte in den Bäumen, sonst war es still.

Alles war gut.

Island
(2020)

„Gibt es denn keine spannenden Geschichten mehr, die du zu erzählen hast?", fragt Sophia.

„Es ist schon komisch", sage ich. „Je älter man wird, desto weniger bleibt haften. Ich kann mich noch an fast jeden Tag aus meiner Anfangszeit auf dem Behrendshof erinnern und auch an die Zeit mit Silke im Studentenwohnheim. Aber danach wird es immer spärlicher. Ich habe mal gelesen, dass am Ende des Lebens die Hälfte der Erinnerungen aus den ersten zwanzig Jahren stammt und die andere Hälfte aus den restlichen Jahrzehnten."

„Also ist gar nichts mehr bei dir hängen geblieben?"

„Aber natürlich!", sage ich. „Ich habe noch ganz viel erlebt! Ich habe zum Beispiel mal einen kleinen Jungen gerettet, der in einem Graben hier in der Nähe lag! Er war mit seinem Fahrrad gestürzt! Ich habe ihn rausgeholt und getröstet und zu seinen Eltern gefahren!"

„Langweilig!", sagt Sophia.

„Ich hatte mal vier richtige Endziffern beim Spiel 77! Da habe ich 777 Euro gewonnen! Das war kurz vor Weihnachten! Und dann versuch' mal, im Lottoladen 777 Euro abzuholen! Das ist gar nicht so einfach, denn so viel Geld haben die ja gar nicht in der Kasse! Da war vielleicht was los!"

„Langweilig!"

„Ich hab' mal auf einem Flohmarkt in Bordesholm eine originale amerikanische Pressung von ‚Sergeant Pepper' gefunden, von 1967! In tadellosem Zustand! Und die Frau, die die Scheibe verkauft hat, wollte nur fünf Euro dafür haben! Die hat die Platten ihres Sohnes verhökert, und sie wollte den alten Kram einfach nur loswerden! Stell dir das mal vor! Ich hab' ihr zehn Euro angeboten, aber sie wollte nur fünf! Das war was!"

„Ernsthaft, Martin?"

„Ich war mal auf Island! Der Flug dahin war fast so aufregend wie die Zeitreisen, wegen der ganzen Turbulenzen! Und die Aussicht von den Gletschern auf Island, die ist, wie soll ich sagen, majestätisch!"

Sophia gähnt.

„Und im Hotel auf Island hatte ich ein Techtelmechtel mit einer französischen Touristin! Die hatte ich in der Bar getroffen! Das war natürlich, bevor ich wieder mit Silke zusammen war!“

„Selbstverständlich!“, sagt Sophia. „Du bist eben brav und ehrlich, durch und durch.“

„Sie hieß Catherine oder Sandrine oder so, den Namen habe ich nicht so genau verstanden.“

„Wahrscheinlich hatte sie die ganze Zeit den Mund voll. Langweilig!“

„Ich hab’ mal ein Gartentor geschmiedet für diesen Typen, der in der ‚Lindenstraße‘ den Arzt im Rollstuhl gespielt hat! Der wohnt hier in der Nähe! Und weißt du was? Der sitzt in Wirklichkeit gar nicht im Rollstuhl! Aber das merkt man nicht, wenn man ihn im Fernsehen sieht!“

„Ganz große Schauspielkunst. Langweilig!“

„Ich bin mal bei Schneetreiben in einem Hotel in Bad Berleburg gelandet! Das liegt im Rothaargebirge! Ich wollte eigentlich ganz woanders hin, aber dann war die Autobahn gesperrt …“

„Lass es gut sein, Martin!“, sagt Sophia. Sie hebt ihr Glas und lächelt und trinkt den letzten Schluck. „Du hast keine Geschichten mehr“, sagt sie. „Und weißt du warum? Weil du jetzt ein glücklicher Mensch bist. Glücklich wie ein Schwein in der Jauche! Glückliche Menschen sind langweilig. Deswegen gibt es auch kaum Filme und Bücher und Lieder über glückliche Menschen.“

„Du meinst, ich bin langweilig, weil ich glücklich bin?“

„Oder umgekehrt. Jedenfalls liegen deine guten Geschichten in der Vergangenheit. Die solltest du übrigens mal aufschreiben!“

„Mal sehen“, sage ich.

„Und deine Gegenwart ist ein langweiliger, ruhiger Fluss“, sagt Sophia. „Es gibt Schlimmeres. Ich beneide dich ein bisschen.“

Ich proste ihr zu und trinke auch den letzten Schluck Sekt.

„Du wirst auch deinen Weg machen", sage ich. „Du bist klug und neugierig, und du kannst mit Menschen umgehen. Dein Leben wird irgendwann auch mal langweilig sein, wenn du Glück hast!"

„Goldene Aussichten!", sagt Sophia. „Was für ein Schlusswort!" Sie steht auf und greift sich ihren Rucksack und ihre Jacke. Es ist kurz vor elf. „Ich hab' morgen Frühschicht", sagt sie. „Komm doch so um halb zehn bei mir vorbei, dann frühstücken wir zusammen, und dann kommst du mit ins ‚Lakritzzz' und guckst dir den Laden noch mal an. Wie wär's?"

„Gerne!", sage ich.

„Bringst du wieder Brötchen mit?"

„Klar!"

„Aber diesmal bitte kein Käsebrötchen!", sagt Sophia. „Vor ein paar Tagen hast du ein Käsebrötchen mitgebracht. Die Dinger schmecken wie Pappe mit Salz. Und außerdem bin ich ja Veteranin, wie du weißt."

„Stimmt!", sage ich. „Das hatte ich vergessen. Und ich hab' damals in dieser Bäckerei ein Käsebrötchen gekauft? Das weiß ich gar nicht mehr. Ist so lange her."

Ich begleite Sophia zur Tür. Wir umarmen uns und sagen „bis morgen", und dann steigt sie auf ihr Fahrrad. Sie rollt die Auffahrt runter und biegt nach links ab, und ihr rotes Rücklicht verschwindet hinter der Hecke.

2. Oktober

Kobold
(2020)

Ich fahre mit dem Bus bis zum Schauspielhaus, so wie früher immer mit der Straßenbahn. Da, wo damals die stinkende Brauerei war, stehen jetzt Wohnhäuser mit einer Ladenzeile und mit einem Rasen und einem Spielplatz in der Mitte. Ich überquere den Knooper Weg, um zur Bremerstraße zu kommen, und da ist immer noch kein Zebrastreifen, aber immerhin eine Verkehrsinsel, so dass man eine Pause einlegen kann, wenn man an den fahrenden Autos vorbei auf die andere Seite rennt.

Das Haus, wo ich aufgewachsen bin, ist frisch gestrichen, und vor den Fenstern im zweiten Stock rechts, wo unsere Wohnung war, hängen bunte Vorhänge. Ich bleibe einen Augenblick stehen und gucke mir das Haus an, und dann schaue ich aufs Klingelbrett, zweiter Stock rechts, und da steht schon lange nicht mehr „Hansen“, sondern jetzt „Wilke Rindfleisch Okachango“ auf einem gelben Zettel. Dann gehe ich weiter zur Bäckerei in der Olshausenstraße, Ecke Samwerstraße.

Die junge Frau mit den blau gefärbten Haaren und den tätowierten Armen steht wieder hinterm Tresen, und ich erinnere mich daran, wie erstaunt ich damals war über ihre Haare und ihre Tätowierungen und ihr Duzen.

„Was kann ich Gutes für dich tun?“, fragt sie.

„Sechs Brötchen hätte ich gerne“, sage ich.

„Vierkorn, Vollkorn oder Vielkorn?“

„Ist egal. Alles außer Käse.“

Sie nimmt eine Papiertüte von einem Stapel neben der Kasse und füllt sie mit Brötchen.

„Nimmst du auch einen Korn-Kobold?“, fragt sie. „Die werden zurzeit sehr gerne genommen, die sind mit ganz viel Magnesium!“

„Ja, klar!“, sage ich.

Sie steckt das Brötchen mit dem Magnesium in die Tüte. Dann geht sie zur Kasse und wühlt mit einer Hand in der Tüte herum und tippt mit der anderen die Preise ein.

„Vier Euro einundsiebzig!“

Ich zähle ihr das Geld auf den Tresen.

„Lass es dir schmecken!“, ruft sie, als ich den Laden verlasse.

Ich gehe die Olshausenstraße hoch, komme am „Oblomow“ vorbei und biege in die Hansastraße ein. Die Tür von Sophias Haus steht offen. Ich steige die Treppe hoch in den ersten Stock, und dann stehe ich wieder vor der Tür von „Birkholz Carlsson Lohwinkel“ mit den vielen Aufklebern, für Werder Bremen und gegen Werbung und Nazis und die AfD. Ich klingele. Nach einigen Sekunden geht die Tür auf.

Liam steht vor mir.

Er trägt ein blaues T-Shirt mit der Maske der imperialen Sturmtruppen auf der Brust, und seine Haare stehen zu Berge, und eine riesige Brille bedeckt sein bleiches Gesicht.

„Hallo, Liam!“, sage ich.

Er legt den Kopf in den Nacken und zieht die Augenbrauen hoch, und seine Augen weiten sich. Er starrt mich an, und dabei atmet er mit einem lauten Rauschen durch die Nase ein. Dann atmet er aus, und seine Gesichtszüge entspannen sich.

„Ach, du bist es“, sagt er. „Der Zeitreisende. Komm rein.“

Dann dreht er sich um und geht in sein Zimmer, wo immer noch Unterhosen und Pizzapackungen und Bücher und Kabel auf dem Boden liegen, und er macht die Tür zu.

Ich gehe durch den Flur mit den weißen Wänden und den vielen kleinen Bilderrahmen mit den bunten Farbklecksen, vorbei an dem Zimmer, in dem ich damals geschlafen hatte.

Am hinteren Ende des Flurs ist die Tür von Sophias Zimmer mit dem großen Schild mit dem S drauf. Hinten links ist die Küche. Sophia sitzt am Küchentisch. Sie trägt wieder ihren grauen Jogginganzug, der mit weißen und braunen Flecken übersät ist. Vor ihr steht eine Schüssel mit dampfender Schokocreme.

„Willkommen zurück, Martin Hansen!", sagt sie. „Vorsicht, ich klebe!" Sie steht auf und umarmt mich. „Wie geht's dir?", fragt sie. „Hast du die Reise durch dein Leben gut verkraftet?"

„Alles gut", sage ich.

„Setz dich!", sagt Sophia. „Am besten da vorne!" Sie zeigt auf den Stuhl vor dem Regal mit den Töpfen und den Pfannen. „Da hast du ja vor zwei Wochen auch schon gesessen!"

Ich setze mich und schaue mich in der Küche um, und ich erinnere mich daran, dass mir die Mikrowelle und der E-Herd und der Geschirrspüler damals vorgekommen waren wie Instrumente von der Kommandobrücke eines Raumschiffs. Sophia schüttet die Brötchen in einen Korb. Sie legt Teller und Messer auf den Tisch und gießt Kaffee in bunte Becher.

„Ich hab' das Rezept ein bisschen verfeinert", sagt sie und zeigt auf die Schüssel mit der Schokocreme. „Damit ich nicht wieder gegen Käpt'n Nuss abstinke!"

„Der Käpt'n ist leider inzwischen untergegangen", sage ich. „Die Marke gibt es nicht mehr."

Sophia schneidet ein Brötchen auf. Dann legt sie das Messer auf den Teller, setzt sich in ihrem Stuhl zurück und schaut mich an.

„Weißt du, wie irre das ist, dass du jetzt wieder da sitzt? Genau an der gleichen Stelle wie vor zwei Wochen, als du mir deinen ranzigen Personalausweis gezeigt hast! Und jetzt bist du vierzig Jahre älter! Irre! Einfach irre!"

„Ja", sage ich, „ich bin auch ziemlich geplättet."

„Hast du dich eigentlich nie gefragt, warum das alles passiert ist? Vierzig Jahre hin und wieder zurück? Und warum es ausgerechnet uns beiden passiert ist?"

„Doch, natürlich", sage ich. „Als ich alleine in Eckernförde gelebt habe, da hatte ich viel Zeit zum Lesen und zum Nachdenken. Ich habe mir schlaue Bücher gekauft, ‚Eine kurze Geschichte der Zeit' von Stephen Hawking zum Beispiel. Da habe ich mich durchgequält, aber viel begriffen habe ich nicht. Und ich habe mir ein paar Mal ‚Täglich grüßt das Murmeltier' angeguckt. Da reist er ja auch ständig durch die Zeit, und er kommt erst zur Ruhe, nachdem er ein besserer Mensch geworden ist. Das war ja auch so eine metaphysische Begründung für Zeitreisen, wie damals im ‚Nordstern' beim Professor."

„Aber eine richtig schlüssige Erklärung hast du nicht?"

„Nein."

„Warte mal!", sagt Sophia. „Der Experte sitzt doch um die Ecke!" Sie steht auf und geht raus in den Flur und klopft an Liams Tür. „Liam!", ruft sie. „Wir brauchen mal wieder dein Gehirn!"

Kurz darauf wird Liam in die Küche geschoben. Er setzt sich auf den Stuhl links von mir, mit dem Rücken zum Fenster, wo er vor vierzig Jahren auch schon gesessen hatte.

„Also", sagt Sophia, „da wären wir wieder! Wie du siehst, Liam, ist Martin Hansen wieder da. Nur eben vierzig Jahre älter. Du hast uns vor zwei Wochen ja lang und breit erklärt, wie das alles passieren konnte. Wurmlöcher, Stringtheorie, das ganze Pipapo. Und du hast uns deine Gesetze mit auf den Weg gegeben. Nummer eins: Wenn es dumm läuft, dann landen wir hinterm Jupiter. Das ist uns aber nicht passiert!"

„Glück gehabt!", sagt Liam.

„Spruch Nummer zwei", sagt Sophia. „Keine Informationen mit in die Vergangenheit nehmen. Da war ich ganz brav!"

„Du hast mir erzählt, dass Prinzessin Leia die Schwester von Luke Skywalker ist!", sage ich.

„Stimmt!", sagt Sophia. „Das Geheimnis von Prinzessin Schneckenohr. Aber sonst habe ich nichts verraten."

„Und du hast mir vorgeschwärmt, wie toll dein Smartphone ist!", sage ich. „Damals auf dem Deich, nachdem du die Fotos von mir gemacht hast."

„Na gut", sagt Sophia. „Das auch."

„Und du hast mir von deinem Lieblingsfilm erzählt!"

„Okay. Das auch."

„Wie unverantwortlich!", sagt Liam. „So mit den Grundlagen unserer Existenz zu spielen!"

„Noch leben wir ja!", sagt Sophia.

„Purer Zufall!", sagt Liam.

„Wie auch immer", sagt Sophia. „Dein dritter Spruch lautete: Es gibt eventuell ganz viele Zeitreisende, und die bringen alles durcheinander. Wir haben aber keine getroffen, obwohl wir wirklich intensiv gesucht haben!"

„Na ja", sage ich.

„Du hast mit dem Schnapstrinken angefangen!", sagt Sophia. „Bei der alten Dame mit dem Kohleofen!"

„Und du hast fleißig mitgetrunken", sage ich. „Und danach waren wir im Kino, und dann waren andere Sachen irgendwie wichtiger."

Sophia lächelt mich an.

„Da warst du ja auch noch jung und knackig!", sagt sie. „Vor vier Tagen!"

Ich schaue Liam an.

„Dein vierter Spruch hieß: Man soll sich nicht selbst begegnen", sage ich. „Da habe ich drauf geachtet, ich war seit Jahren nicht mehr in der Gegend hier! Ich wollte mich vor zwei Wochen auf die Lauer legen und zugucken, wie ich selbst aus dem Nichts auftauche. Aber ich habe es mir verkniffen."

„Eine weise Entscheidung!", sagt Liam.

„Und ich habe es seitdem auch nie wieder probiert", sage ich, „das mit dem Zeitreisen. Obwohl es mal eine Phase gab, wo ich ernsthaft darüber nachgedacht habe. Aber dann war der Bierautomat weg."

„Ich bin mit dem Thema auch durch", sagt Sophia. „Außer, ich finde einen Weg, Marcel hinter den Jupiter zu beamen."

„Dass ausgerechnet ihr beiden diese unfassbare Möglichkeit erhaltet …", sagt Liam und schüttelt den Kopf. „Ihr hättet die Grundprinzipien des Universums erforschen können, aber stattdessen macht ihr daraus einen Ballermann-Urlaub. Perlen vor die Säue!"

„Bitte nicht jammern!", sagt Sophia. „Und eine entscheidende Frage ist offen geblieben." Sie klatscht in die Hände und breitet die Arme aus, und dann beugt sie sich vor und stemmt die Ellenbogen auf den Tisch und schaut Liam an. „Warum, Liam? Warum Martin und ich? Warum an diesem Ort und zu dieser Zeit?"

Liam berührt seine Nase mit seinem Zeigefinger, und dann legt er den Kopf in den Nacken. Er wackelt ein wenig auf seinem Stuhl hin und her, und er atmet ein paar Mal laut ein und aus.

„Wenn man die Grundlagen der Physik betrachtet und die Mechanik von Raum und Zeit und die Gesetze der Wahrscheinlichkeit, dann gibt es eigentlich nur eine mögliche Antwort."

„Und die wäre?", fragt Sophia.

Liam schaut sie an und dann mich und dann wieder sie.

„Die Antwort lautet: Warum nicht?" Er versucht zu lachen, und es klingt wie ein Krächzen.

„Warum nicht?", ruft Sophia. „Ist das ernsthaft deine Antwort?"

„Ja", sagt Liam. „Eine bessere gibt es nicht."

Sophia schüttelt den Kopf. Liam steht auf.

„Wenn ich nicht mehr gebraucht werde …", sagt er.

„Nein", sagt Sophia. „Vielen Dank."

„Stets zu Diensten!", sagt Liam. Er verlässt die Küche und geht in sein Zimmer, und die Zimmertür fällt ins Schloss.

Wir sitzen schweigend am Tisch und essen Brötchen mit Schokocreme.

„Vielleicht hatte der Professor ja recht", sage ich nach einer Weile. „Dass unsere Wünsche dafür verantwortlich waren. Mein Durst nach Bier und deine Liebe zu Petzi-Büchern."

„Kann sein", sagt Sophia. „Aber es gab bestimmt schon Menschen auf der Welt, die sich viel sehnlicher etwas viel Wichtigeres gewünscht haben. Und bei denen es nicht geklappt hat."

„Tja", sage ich.

„Tja", sagt sie.

Dann sitzen wir wieder schweigend da und essen unsere Brötchen.

„Eines würde mich noch interessieren", sagt Sophia schließlich. „Wie genau hast du dich denn an den zweiten Spruch gehalten? Hast du eigentlich niemals irgendjemandem davon erzählt, was dir passiert ist?"

„Aber natürlich habe ich davon erzählt!", sage ich. „Genau drei Mal! Und das Ergebnis war jedes Mal das gleiche."

Lasso
(1985)

„Geiler Film!", rief Christoph. Er saß hinterm Steuer des Postautos, und er hatte die Scheibe runtergekurbelt. Sein linker Arm ragte nach draußen, und mit der linken Hand klopfte er auf das Wagendach. Ich saß auf dem Beifahrersitz, und mir war kalt von dem Wind, der durch den Wagen blies. „Was für ein geiler Film! Der Flux-Kompensator! Geiler Apparat!"

Wir waren auf dem Rückweg vom Kino in Schleswig. Dort hatten wir „Zurück in die Zukunft" geguckt. Über den Film hatte ich eine begeisterte Kritik gelesen, in einer von Tinas Frauenzeitschriften, „Xanthippe“ oder „Tortelina“ oder so, und ich dachte, das muss ich sehen. Dass jemand durch die Zeit reist und dann ganz viele schräge Sachen erlebt, das musste ich sehen. Und dann saßen wir in einem halbvollen Kino, an einem Sonnabendnachmittag, und alle lachten, als der riesengroße Gitarrenverstärker explodierte und als er mit seiner roten Jacke durch das Jahr 1955 lief und alle meinten, er trage eine Schwimmweste, und als er auf seinem Skateboard vor Biff und den anderen Idioten flüchtete, und als deren Wagen am Ende voller Jauche war.

Ich saß da und starrte auf die Leinwand, und ich lachte nicht.

Ich war schockiert, denn das war im Grunde meine eigene Geschichte, die da lief. Ich wollte aufstehen und es allen Leuten zurufen, dass es sich wirklich genau so anfühlt, wenn man plötzlich in eine andere Zeit reist, und man weiß nicht, wie man da klarkommen soll, und man weiß auch nicht, wie man wieder zurückkommt. Und dann hieß der Typ auch noch Marty, fast so wie ich.

„Weißt du, was das geilste war?“, fragte Christoph.

„Na?“

„Das mit dem Flugblatt über die Rathausuhr! Die alte Schnepfe drückt ihm den Zettel in die Hand, und er steckt ihn ein und nimmt ihn mit in die Vergangenheit, und ausgerechnet darauf steht dann die entscheidende Information! Dann und dann schlägt der Blitz ein, und daher kriegen sie die Energie, um die Zeitmaschine in dem Sportwagen wieder anzuschmeißen. Eins Punkt einundzwanzig Gigawatt!“

„Stimmt“, sagte ich. „Das war toll.“

„Nee, weißt du, was noch geiler war?“

„Nein.“

„Wo der Typ ihn fragt: Wer ist denn 1985 Präsident der USA? Und er sagt, Ronald Reagan, und das glaubt ihm keiner! Hä, dieser dämliche Schauspieler?“ Christoph lachte und schüttelte den Kopf, und seine linke Hand klopfte heftig aufs Dach des Postautos.

„Nee, stimmt gar nicht!", rief er. „Weißt du, was noch viel geiler war?"

Ich seufzte.

„Er bringt ‚Johnny B. Goode' mit in die Vergangenheit, und der Cousin von Chuck Berry hört das, und der ruft dann bei Chuck an und sagt, hör dir mal diesen Song an! Verstehst du? Der Typ hat Chuck Berry dessen eigenes Lied mitgebracht!"

Ich saß auf meinem Sitz, und ich hielt es nicht mehr aus.

„Genau so was ist mir auch mal passiert!", sagte ich. „Ich hab' zufällig eine Zeitmaschine entdeckt, und die war nicht in einem Auto, sondern die war in Kiel in einem Bierautomaten. Keine Ahnung wieso. Und dann war ich im Jahr 2020, vierzig Jahre in der Zukunft! Und mir ging's genauso wie dem Typen in dem Film! Alles war irgendwie ähnlich, aber auch irgendwie schräg! Weißt du, in der Zukunft, da gibt das so kleine Kästen, da ist ein Telefon drin und eine Kamera und ein Lexikon und eine Plattensammlung! Und die Leute tragen komische Klamotten und komische Frisuren, und sie reden komisch! Ich bin da durch die Straßen gelaufen, in Kiel im Jahr 2020, und das war das Abgefahrenste, was ich je erlebt hab' in meinem ganzen Leben!"

Christophs Lachen wurde lauter, und er gab Gas und klopfte im Stakkato auf das Wagendach.

„Und als ich es dann zurückgeschafft hatte, in meine Zeit, das war 1980, da wohnte ich noch zu Hause, und kurz danach bin ich dann ja bei euch eingezogen, das hing irgendwie auch damit zusammen, mit dieser Zeitreise, jedenfalls, da besucht mich diese Frau, die ich da in der Zukunft kennengelernt habe! Die steht plötzlich bei mir vor der Tür! Und wir haben dann auch einen verrückten Professor gefragt, wie in dem Film! Und wir mussten auch aufpassen, dass wir nichts durcheinanderbringen, so wie der Typ in dem Film, der hätte sich ja beinahe in Luft aufgelöst, weil seine Eltern um ein Haar kein Paar geworden wären! Wir mussten höllisch aufpassen, das hat Liam uns erklärt, das war auch so'n schräger Typ, und eigentlich darf ich dir das alles gar nicht erzählen, wegen dem zweiten Spruch des Liam!"

Christoph hatte aufgehört zu lachen. Er wackelte immer noch mit dem Kopf und grinste und klopfte aufs Wagendach. Wir kamen durch ein Dorf, und auf der anderen Straßenseite war eine Bushaltestelle. Dort standen zwei Jungs in Pfadfinderuniform. Christoph hielt an.

„Ey, ihr Cowboys!", rief Christoph ihnen zu. „Habt ihr mal ein Lasso? Wir müssen Troubadix an den nächsten Baum binden! Der singt mal wieder bizarre Lieder!" Dann gab er Gas, und er fing wieder an zu lachen, und er klopfte aufs Dach, und so ging es weiter, bis wir auf dem Behrendshof waren.

„Wollen wir noch ein Bierchen trinken?", fragte Christoph. „Dann kannst du noch ein paar von deinen Storys erzählen!" Er fing wieder an zu lachen.

Ich sagte nichts und zuckte mit den Schultern, und dann drehte ich mich um und ging über den Innenhof zu dem Feldweg, der runter zum Fluss führte, und dann lief ich stundenlang durch die Gegend, bis hinter Schnaddelby und dann in einem weiten Bogen wieder zurück.

Als ich wieder zu Hause war, war es dunkel, und alle Lichter waren aus. Ich überlegte, ob ich noch eine Runde laufen sollte, aber dann legte ich mich ins Bett. Geschlafen habe ich nicht in dieser Nacht.

Mix-Cassette (1988)

Es war nachts, so gegen zwei Uhr, und Harvey und ich saßen im Bedford Blitz und waren auf dem Rückweg von einem Auftritt in der Nähe von Leck. Harveys Mix-Cassette dröhnte durch die Fahrerkabine, und wir grölten mit.

„Whoa, Black Betty, Bam-ba-Lam!
Whoa, Black Betty, Bam-ba-Lam!
Black Betty had a Child, Bam-ba-Lam!
The damn Thing gone wild! Bam-ba-Lam!“

Der Auftritt war gut gelaufen. Der Laden war einigermaßen voll, und wir spielten vier Zugaben, zum Schluss sogar „Yellow Pain“ als Rausschmeißer. Der Wirt von dem Gasthof war ein Arschloch, ein alter Typ mit einem schlecht verklebten Toupet. Er hatte uns zwei Sechserträger Bier und zwei Flaschen Selters und eine Flasche Cola hingestellt.

„Damit kommt ihr doch klar, oder?“, sagte er. „Mehr gibt's nämlich nicht!“

Zu essen gab es Reis mit Erbsen und mit Thunfisch aus der Dose. Auf der Speisekarte standen Pizza und Schnitzel und Spaghetti, aber wir kriegten das Billigste vom Billigen.

„Der zusammengekratzte Rest vom Küchenboden!“, sagte Ole.

„Reis mit Scheiß!“, sagte Eberhard. „So nennt man das in Fachkreisen!“

Wir waren genervt von dem Wirt, und deswegen klauten wir, so viel wir konnten. Harvey stieg runter in den Keller des Gasthofs und kam mit einer Kiste Flensburger zurück, und die stellten wir mitten auf die Bühne. Als wir unseren Hit „Flash Beer“ spielten, schmiss ich den Leuten in der ersten Reihe ein paar Flaschen zu.

Nach dem Auftritt bauten wir ab und luden unsere Verstärker und das Schlagzeug in den Bedford Blitz, und Ole stellte einen Zehnlitereimer Majonäse dazu, den er aus der Küche mitgenommen hatte.

„Das Zeug eignet sich bestimmt auch als Motoröl!", sagte er.

Dann holten wir unsere Gage ab, dreihundert Mark, und dann verabschiedeten wir uns grinsend vom Wirt. Auf dem Weg nach draußen nahm ich noch eine Flasche Southern Comfort aus dem Regal hinterm Tresen mit. Und dann trank ich Schnaps, während Harvey den Wagen steuerte.

„Whoa, Black Betty, Bam-ba-Lam!
Whoa, Black Betty, Bam-ba-Lam!
She really gets me high, Bam-ba-Lam!
You know that's no Lie, Bam-ba-Lam!"

„Jetzt hör dir mal die Drums an!", brüllte Harvey. „Freak out!"

Die Gitarren schepperten aus den Lautsprechern, und die Trommeln böllerten, und Harvey haute mit dem Fuß im Takt auf das Gaspedal. Der Wagen schlingerte ruckartig über die Landstraße, und ich purzelte auf meinem Sitz hin und her und hielt meine Flasche fest. Dann war das Lied vorbei, und das nächste Lied fing an, und wir schüttelten wieder unsere Köpfe und grölten mit.

„Get it on! Bang a Gong! Get it on!
Get it on! Bang a Gong! Get it on!"

Jedes Mal, wenn wir „Bang a Gong!" grölten, haute sich Harvey mit der Hand gegen die Stirn.

Dann kam das nächste Lied, mit einer röhrenden Orgel und einem kreischenden Saxofon und einer verzerrten Stimme, und ich nahm noch einen Schluck Southern Comfort, und wir schüttelten wieder unsere Köpfe und grölten mit.

„Death Seed, blind Man's Greed!
Poets starving, Children bleed!
Nothing he's got he really needs!
Twenty-first Century Schizoid Man!"

„Der schizoide Typ im einundzwanzigsten Jahrhundert!", brüllte Harvey. „Das ist Future-Music! Monster-heavy! So 'ne Mucke machen sie bestimmt im Jahr 2000!"

Dann machte es klick, und die Cassette war zu Ende. Ich nahm einen großen Schluck Southern Comfort.

„Weißt du was?", sagte ich. „Ich war da mal, im einundzwanzigsten Jahrhundert, so wie der Typ in dem Lied! Ich war mal in der Zukunft! 2020, da war ich mal! Da ham sie so kleine, schwarze Kästen, damit können sie alles machen! Alles! Und wenn man zum Bäcker geht, dann muss man so'ne Maske aufsetzen, wie so'n Arzt! Und in der Küche sieht das aus wie aufm Raumschiff, so mit roten Leuchten überall!"

Harvey starrte auf die Straße und wischte sich über die Nase.

„Ich hab da 'ne total scharfe Torte kennengelernt, in der Zukunft, die hatte so Punker-Haare, und dann war sie bei mir, weißt du, in unserer Zeit! Wir waren im Kino, und dann haben wir gepoppt! Und dann hat sie mir die Haare geschnitten, aufm Deich, ist echt wahr, und dann ist sie wieder zu sich zurückgereist, in die Zukunft, weißt du, mit dieser Petzi-Zeitmaschine in diesem Scheiß-Buchladen!"

„Der letzte Drink war wohl too much!", sagte Harvey. Er beugte sich zu mir rüber und wühlte im Handschuhfach. Er holte eine andere Cassette raus und steckte sie ins Tapedeck.

„Wir machen hier jetzt mal einen auf Mellow Yellow!", sagte Harvey. „Und du renkst dein Gehirn wieder ein!"

Eine akustische Gitarre wurde langsam und leise gezupft, und aus den Lautsprechern quäkte eine Stimme, die ich liebte und hasste, je nach Gemütslage.

„I've seen the Needle and the Damage done,
A little Part of it in everyone,
But every Junkie's like a settin' Sun …"

Die quäkende Stimme hallte durch meine Ohren in meinen Schädel, und ich trank noch mehr Southern Comfort.

Als wir auf dem Behrendshof ankamen, fiel ich aus dem Wagen auf das Pflaster. Die Flasche glitt mir aus der Hand und kullerte über den Innenhof. Ich versuchte aufzustehen, aber ich schaffte es nur, mich auf allen vieren hinzuknien. Dann kotzte ich meine Gedärme aus. Harvey stand daneben und lachte.

„Reis' doch jetzt mal in die Zukunft!", rief er. „Deine Gegenwart ist ja im Moment eher so ein bisschen abgefuckt!"

Ceranplatten (2002)

„Was ist bloß los mit dir, Martin? Ich begreife es nicht!"

Ich saß mit Silke am Frühstückstisch. Es war Dienstagmorgen, und ich hatte am Abend zuvor im „Hafendampfer" gesessen, und da hatte ich viel Schnaps getrunken. Renate aus dem Lottoladen hatte Geburtstag, und sie hatte eine Runde Kümmerling nach der anderen geschmissen, und wir hatten versucht, die leeren Flaschen zu einem Kreis zusammenzulegen, und das hatten wir nicht geschafft, zumindest nicht bis elf, als mir übel war und als ich nach Hause gewankt bin. Und jetzt saß ich am Frühstückstisch und ich fühlte mich beschissen.

„Wie viele Stunden hast du heute?", fragte sie. „Vier?"

„Fünf!", sagte ich.

„Was ist bloß los mit dir?", fragte Silke. Sie sprach wieder in ihrem Flüsterton, und das Zischen der S-Laute bohrte sich in meine Gehörgänge wie eine Nadel. „Du siehst so was von beschissen aus, du Saftsack!“

„Das hat alles mit diesem Trauma zu tun“, sagte ich.

„Welches Trauma?“

„Na, ich hab’ mal was erlebt“, sagte ich, „ich hab’ mal was durchgemacht, das hat noch kein anderer Mensch auf der Welt durchgemacht. Ich bin durch die Zeit gereist, vierzig Jahre in die Zukunft. Und da haben sie mich angeguckt, als wär’ ich ein Außerirdischer, und in unserer Wohnung, da wohnte ein Schwarzer, und das Geld, das hieß da schon Euro, verstehst du, das wusste ich alles, schon seit mehr als zwanzig Jahren, dass wir den Euro kriegen, weil ich in der Zukunft war, im Jahr 2020! Und ich bin da nur ganz knapp wieder weggekommen, weil da die Holsten-Edel-Kisten standen bei Getränke-Rademann in der Alten Lübecker!“

Ich überlegte, ob ich etwas von Sophia erzählen sollte, aber ich dachte, das wäre jetzt nicht so schlau, Silke etwas von einer anderen Frau zu erzählen.

„Die haben da Handys, die können viel mehr als die Handys, die wir haben!“, sagte ich. „Und so einen Herd mit Ceranplatten, den habe ich damals auch schon gesehen!“ Ich zeigte auf unseren Herd in der Küche. „Das ist heute der letzte Schrei, aber ich kannte das alles schon, verstehst du, weil ich damals in der Zukunft war!“

Ich schaute Silke an. Sie kniff die Augen zusammen und fing wieder an zu flüstern.

„Du bist krank, Martin! Richtig, richtig krank!“

Wahrheit
(2020)

„Die Leute vertragen eben die Wahrheit nicht!“, sagt Sophia. „Kommt mir irgendwie bekannt vor. Und stattdessen meinen sie, dass Corona eine Erfindung der Mainzelmännchen ist, um gemeinsam mit Lady Gaga und Räuber Hotzenplotz die Welt an außerirdische Riesen-Eichhörnchen zu verkaufen." Sie schneidet ein Brötchen auf. „Du könntest mich deiner Silke ja mal vorstellen! Dann könnte ich ihr bestätigen, dass deine Geschichte stimmt!"

„Klar!", sage ich. „Dann stünde ich mit einer Zwanzigjährigen bei ihr vor der Tür, und wir würden ihr erzählen, wie aufregend Zeitreisen sind. Ich glaube, das wäre keine gute Idee."

„Ich bin zweiundzwanzig!", sagt Sophia.

„Hast du denn auch mal versucht, mit jemandem über deine Erlebnisse zu sprechen?", frage ich.

„Mit Liam natürlich. Aber der zählt nicht. Für den ist eine Zeitreise ungefähr so spektakulär wie eine Fahrt mit dem Fördedampfer nach Heikendorf."

„Sonst niemand?"

„Ich hab' gestern mit Evi telefoniert", sagt Sophia. „Die hatte wohl das ganze Wochenende lang versucht, mich anzurufen. Sie hat sich beschwert: ‚Du warst verschollen! Dein Handy war tot! Du hast dich wohl mit irgendeinem Kerl rumgetrieben, um den Frust wegen Marcel rauszuschwitzen!'"

„Treffer ins Schwarze!", sage ich.

„Logisch, habe ich zu ihr gesagt, ich hab' das ganze Wochenende mit einem Typen rumgeschwitzt, der inzwischen sechzig und Großvater ist, aber der wohnte noch bei seinen Eltern und hatte große Schwierigkeiten, eine Luftmatratze aufzupusten! – Evi fand das irgendwie gruselig. Die Leute glauben eben die Wahrheit nicht!"

„Irgendwann wirst du den Drang verspüren, jemanden in dein Geheimnis einzuweihen!", sage ich. „Mal sehen, wie die Sache bei dir ausgeht."

Sie schaut auf die Uhr, die über der Tür hängt. Es ist kurz vor halb elf.

„Oh Scheiße!“, ruft sie. „Wir müssen los! Und ich muss mich noch umziehen!“ Sie springt auf und rennt in ihr Zimmer.

Ich sehe mich in der Küche um. Auch hier hängen die kleinen Holzrahmen mit den selbstgemalten Bildern von Sophias Mitbewohner und seiner Freundin. Komisch, denke ich, dass ich in meiner Küche auch solche kleinen Rahmen hängen habe. Diese Wohnung hat wohl einen bleibenden Eindruck hinterlassen.

Sophia kommt zurück in die Küche. Sie trägt wieder die weiße Bluse und den schwarzen Rock, dieselben Sachen, die sie damals getragen hatte, als ich auf dem Boden vor ihrem Lokal lag.

„Komm mal mit!“, sagt sie.

Wir gehen in ihr Zimmer, wo die blauen und roten Teppiche auf dem Boden liegen und die blau-rot gestreiften Vorhänge vor den Fenstern hängen. An den Wänden hängen große Bilderrahmen, und ich erinnere mich daran, dass damals Fotos von Schrauben und Grashalmen und einer Zahnpastatube in Nahaufnahme in den Rahmen waren. Jetzt sind hier Bilder von einer rostigen Stoßstange und einem Kaugummi-Automaten und von der Lücke in der Häuserfassade am Rondeel, wo wir vorbeigekommen waren, als wir auf dem Weg von Getränke-Rademann zu mir nach Hause waren.

„Sind das die Fotos, die du damals gemacht hast?“, frage ich.

„Druckfrisch und vierzig Jahre alt!“, sagt Sophia. „So was hat sonst niemand! Ach ja, das hätte ich fast vergessen!“ Sie zeigt auf einen Briefumschlag, der auf ihrem Schreibtisch an einem Kaffeebecher lehnt, in dem Stifte stecken. „Hier, das gehört dir!“

Sie gibt mir den Umschlag.

„Aha?“, sage ich. Ich öffne den Briefumschlag. Darin sind Geldscheine und Münzen. „Was ist das?“, fragte ich.

„Das ist das Geld, das du mir vor vier Tagen gegeben hast, als wir uns vor dem Nazi-Buchladen verabschiedet haben. Gott, was warst du sentimental! Deine restlichen Euros, die du bei Farid eingetauscht hast und mit denen du in deiner Zeit nichts anfangen konntest. Genau 85 Euro und 38 Cent!"

„Wahnsinn!", sage ich. „Das hatte ich ganz vergessen."

„Ich hab' dir doch gesagt: Das Geld bekommst du wieder!"

Sie geht in den Flur und kommt mit ihrer schwarzen Lederjacke zurück. „Jetzt aber hurtig!", sagt sie. „Farid wird sich schon fragen, wo ich bleibe!"

Zapfhahn
(2020)

Wir gehen die Hansastraße hoch und dann die Olshausenstraße runter. Sophia geht schnell, und ich muss zusehen, dass ich hinterherkomme. Vor dem Haus Olshausenstraße 3, wo wir damals bei Frau Schölermann zu Gast waren, überqueren wir die Straße rüber zum „Lakritzzz".

Farid rückt auf der Terrasse die Stühle an den Tischen zurecht. Er steht an derselben Stelle, wo ich damals auf dem Hosenboden gelandet war. Farid trägt diesmal ein weißes Hemd, die oberen Knöpfe stehen offen, und die silberne Kette baumelt um seinen Hals. Er schaut Sophia an, und dann schaut er auf seine Armbanduhr.

„Schon wieder verschlafen, was?", sagt er.

„Sorry!", sagt Sophia. „Ein Bier!"

„Wie bitte?"

Sophia zeigt auf mich.

„Mein Begleiter hat Durst. Machst du ihm bitte ein Hasentaler nullfünf?"

Farid schaut mich an und grinst.

„Unsere Sophia und ihre Männer!“, sagt er. „Hast du jetzt einen Sugar-Daddy?“

Sie zeigt ihm einen Vogel.

„Nein, Farid. Das ist mein entfernter Schwipp-Onkel. Und der hat Durst!“

Sophia lächelt mich an.

„Vor zwei Wochen hast du ja auch Hasentaler getrunken“, sagt sie. „Ich geb’ einen aus!“ Dann geht sie ins Lokal.

„Echt, du willst Hasentaler?“, sagt Farid. „Das trinken sonst nur die Studenten, wenn sie kein Geld haben!“

„Die Marke kenn’ ich noch von früher“, sage ich.

„Setz’ dich schon mal!“, sagt Farid und zeigt auf die Tür. „Ich komm’ gleich!“

Ich gehe ins „Lakritzzz“. Das Lokal ist leer, das helle Parkett ist noch feucht vom Feudeln, und es riecht nach Putzmitteln. Die Stühle stehen ordentlich an den schwarzen Tischen. Sophia stellt Blumenvasen auf die Tische und stapelt die Speisekarten.

„Da!“, sagt sie und zeigt in Richtung Tresen. „Da hinten hast du vor zwei Wochen gesessen!“

„Und da soll ich mich wieder hinsetzen?“

„Tu es für mich!“, sagt Sophia. „Um der alten Zeiten willen!“

Ich setze mich auf den Barhocker ganz links am Tresen und schaue mir die Zapfhähne an und die Spülbecken und die Regale mit den Flaschen und den Gläsern, und ich denke an den Abend vor vierzig Jahren, als ich hier den beiden erklären wollte, dass ich aus der Vergangenheit gekommen war, und als Farid mich vor die Tür geschickt hat, weil ich geraucht hatte.

Farid kommt rein und nimmt sich ein Weizenglas, das neben der Spüle steht. Er dreht den Zapfhahn auf, und weißer Schaum fließt in das Weizenglas. Er kippt den Schaum in die Spüle und füllt das Glas ein zweites und ein drittes

Mal. Dann greift er hinter sich und hält ein Henkelglas unter den Zapfhahn.

„Das erste Bier des Tages!“, sagt er. „Normalerweise will um halb elf niemand ein Bier trinken!“ Er stellt das Henkelglas ab. „Und schon gar kein Hasentaler!“

Sophia steht hinterm Tresen und stapelt Aschenbecher.

„Weißt du, das ist das Schöne an diesem Job“, sagt Farid: „Man lernt ganz viele unterschiedliche Leute kennen. Einige trinken Hasentaler morgens um halb elf, und andere erzählen komische Geschichten, oder sie sehen komisch aus.“ Er nimmt das Glas und hält es wieder unter den Zapfhahn.

„Vor zwei Wochen zum Beispiel“, sagt Farid, „da saß hier so ein schräger Typ, genau da, wo du jetzt sitzt!“ Er wirft einen Bierdeckel auf den Tresen und stellt das Glas Hasentaler darauf ab, und dann dreht er das Glas, bis das Brauereiwappen in meine Richtung zeigt, ein Hase vor einer Burg. „Wohl bekomm's, Kollege!“, sagt Farid.

„Prost!“, sage ich und nehme einen Schluck.

„Der Typ kürzlich“, sagt Farid, „der sah aus, als wäre er direkt aus den 80er-Jahren hier reingerauscht. Weißt du, so mit Vokuhila und Blousonjacke und Stiefeletten und so. Unsere Sophia fand den Typen richtig klasse, und sie hat ihn dann ja auch noch näher kennengelernt, nicht?“ Er lacht und reckt die Arme in die Luft. „Amore! Amore!“

„Kümmer' dich um deinen eigenen Scheiß, Farid!“, sagt Sophia.

„Ich hör' ja schon auf“, sagt Farid. „Wir wollen deinen Onkel ja nicht zu doll erschrecken! Sonst kommt er nicht wieder!“

Sie streckt ihm die Zunge raus, und dann geht sie mit den Aschenbechern raus auf die Terrasse.

„Und dieser Typ da vor zwei Wochen“, sagt Farid, „der hatte uralte Geldscheine dabei! So richtig alte D-Mark-Scheine, weißt du?“

„Das gibt's doch nicht!“, sage ich.

„Doch, echt!“, sagt Farid. „Ich hab’ ihm die Scheine abgekauft, die wollte ich bei eBay verticken! Aber bisher hat niemand angebissen.“

„Ich nehm’ die Scheine!“, sage ich.

„Echt?“, sagt Farid. „Super!“ Er holt ein dickes, schwarzes Lederportemonnaie aus seiner Hosentasche und zupft an den Geldscheinen. „Hier!“ Er legt den Fünfzigmarkschein und die zwei Zwanziger und den Zehner auf den Tresen. Das Geld, das ich damals bei der Sparkasse in der Holtenauer Straße abgehoben hatte.

Sophia kommt mit einem Tablett mit kleinen Blumenvasen vorbei.

„Guck’ mal!“, sage ich.

Sie stellt das Tablett auf dem Tresen ab.

„Dein neuer bester Freund steht voll auf alte Geldscheine!“, sagt Farid. „Und ich werd’ die Dinger endlich los!“

„Ha!“, ruft Sophia. „Das gibt’s ja nicht!“

„Was willst du dafür haben?“, frage ich Farid.

„Hundertzehn Euro!“, sagt Farid. „Weil du’s bist!“

„Ich geb’ dir 85 Euro und 38 Cent!“, sage ich.

„Warum denn so ein schiefer Betrag?“, fragt Farid.

„So viel hab’ ich gerade zufällig bei mir“, sage ich. Ich hole den Briefumschlag aus meiner Jacke, den Sophia mir gegeben hat.

„Irre!“, sagt Sophia. „Einfach irre!“ Sie lächelt.

Farid schaut mich an, und dann tippt er mit den Fingerkuppen auf den Tresen.

„Na gut!“, sagt er. „Besser als gar nix!“

Ich gebe ihm den Umschlag, und er zählt das Geld und steckt es in sein Portemonnaie.

„85,38“, sagt er. „Korrekt!“

„Das glaub ich jetzt nicht!“, sagt Sophia. Sie schüttelt den Kopf und kichert.

Ich nehme die D-Mark-Scheine und falte sie und stecke sie in meine Jackentasche.

„Danke!“, sage ich.

„Dafür nicht!“, sagt Farid.

Sophia schaut mich an und dann Farid, und dann beginnt sie zu lachen. Sie hält sich mit einer Hand an meiner Schulter fest, die andere Hand hat sie zur Faust geballt, und sie hämmert auf den Tresen.

Und sie lacht und lacht und lacht.